ro
ro
ro

ro
ro
ro

FRANKA BLOOM

Die Mitte ist ein guter Anfang

ROMAN

Rowohlt Taschenbuch Verlag

Originalausgabe
Veröffentlicht im Rowohlt Taschenbuch Verlag, Hamburg, Mai 2020

Redaktion Katharina Rottenbacher
Covergestaltung ZERO Werbeagentur, München
Coverabbildung Kai Pannen
Satz aus der Dante MT
bei Dörlemann Satz, Lemförde
Druck und Bindung CPI books GmbH, Leck, Germany
ISBN 978-3-499-27627-9

Gewidmet *dem* Mann,
der definitiv nicht in diesem Buch vorkommt!
Und meinen Eltern, die sowieso an allem schuld sind.
Und meinen Kindern, die das alles ausbaden müssen.

TEIL 1

WIESO, WESHALB, WARUM

1.

«Er ist da draußen. Das weiß ich genau», sagt Carla und schaut über das glitzernde Meer, in dem sich Sterne und Mond funkelnd spiegeln.

«Wer?», frage ich, leicht beschwipst von dem überraschend lustigen Abend. Dabei wollten wir nur gemütlich am Meer etwas essen gehen. Wir konnten ja nicht ahnen, dass wir in eine Geburtstagsfeier geraten, die um Mitternacht nahtlos in *meinen* Geburtstag überging. So was weiß man doch vorher nicht, denke ich und muss grinsen, während ich mir einen Gin Tonic mixe.

«*Mein* Mann», sagt Carla versonnen.

Ich horche überrascht auf. «Aber … du bist doch gar nicht verheiratet, oder habe ich da was verpasst?»

«Nein! Ich meine mein Mann, der noch nicht mein Mann ist, der aber irgendwo da draußen auf mich wartet, ohne zu ahnen, dass wir füreinander bestimmt sind.»

«Versteh ich nicht. Dann kann er doch nicht auf dich warten, wenn er nichts von dir weiß.»

«Im übertragenen Sinn!»

«Ach so!» Ich bin verwirrt, nehme einen Schluck Gin Tonic und lehne mich in Carlas Lounge-Sofa zurück.

Wir sitzen auf der Dachterrasse von Carlas gemütlichem Stadthaus an der spanischen Küste und schauen auf die kleine Bucht, in der das Meer im Mondschein funkelt.

Das Haus war das Letzte, was Carla von ihrem dritten Ehemann bekam, bevor er sich in seiner Midlife-Crisis einem Zen-Orden anschloss, in einem französischen Buddhisten-Kloster verschwand und Carla in Spanien allein ließ. Er schenkte es ihr als Entschuldigung und Wiedergutmachung für eine unglückliche, sechs Jahre andauernde Ehe, die auf Missverständnissen basierte. Immerhin gingen sie am Ende respektvoll und in Freundschaft auseinander.

Nach wie vor ist Carla eine absolute Romantikerin. Bedingungslose Liebe und Ehe gehören für sie zusammen. Trotz drei gescheiterter Ehen, in die sie sich jedes Mal völlig naiv hineingestürzt hat, obwohl sie es doch eigentlich hätte besser wissen müssen, nachdem sie von ihrem ersten Mann finanziell ausgenommen, vom zweiten sexuell überfordert und vom dritten emotional vernachlässigt wurde. Unbeirrbar glaubt sie an das Gute im Mann und an die wahre Liebe, die durch die Ehe erst richtig manifestiert wird. Jedenfalls wenn sie wieder in dieser Sehnsuchts-Stimmung ist.

Dabei ist es doch so: Die wenigsten Paare, die ich kenne und die länger als fünfzehn Jahre verheiratet sind, sind glücklich. Da drängt sich mir die Frage auf: Wozu haben die eigentlich geheiratet, wenn dann alles so entsetzlich endet? Im Durchschnitt hält eine Ehe heutzutage fünfzehn Jahre. Sagt die Statistik. Bei den meisten Scheidungen sind die Männer knapp siebenundvierzig Jahre alt und die Frauen vierundvierzig. Das heißt, die haben alle zwischen Ende zwanzig und Anfang dreißig geheiratet. Kenne ich. Ich war oft eingeladen bei diesen Hochzeiten, dic mit hohen Erwartungen begannen und mit bitteren Enttäuschungen endeten. Auf manchen dieser Hochzeiten wurde sogar schon während der Feier fremdgegangen. Oder alle wussten, dass der Bräutigam kurz zuvor eine Bettgeschichte mit der besten Freundin der Braut hatte. Oder die Braut hatte was mit ihrem zukünftigen Schwager. Alles schon da gewesen.

Zwar sinken die Scheidungsraten seit über zehn Jahren, und es wird auch wieder mehr geheiratet, aber zwei Drittel der Ehen enden noch immer mit dem Tod eines Ehepartners. Sagt die Statistik. Vorausgesetzt, diese Ehen wurden nicht zuvor geschieden. Wenn nun aber eine Ehe im Durchschnitt fünfzehn Jahre lang dauert, dann erscheint das Risiko des Todes durch Ehe enorm hoch, denn was sind heutzutage schon fünfzehn Jahre?

Ganz ehrlich? Mir ist die Ehe zu gefährlich. Und die Unabhängigkeit heilig. Dafür hänge ich zu sehr an meinem Leben, an meiner Freiheit und an meinem Lebenspartner, der mich zum Glück nach zweiundzwanzig Jahren Beziehungs-Auf-und-Ab *nicht* heiraten will.

«Dass du nicht genug hast von der Ehe.» Ich blicke Carla seufzend an.

Sie zieht an ihrem Strohhalm. «Niemals!» Sie lacht. «Dafür sind Männer viel zu spannend. Es ist jedes Mal ein Abenteuer. Eine neue Herausforderung.» Jetzt grinst sie mich zweideutig an. «Oder? Du hast ja heute Nacht auch nichts anbrennen lassen, meine Liebe. Du warst in Höchstform. Was ist los mit dir?»

Ich atme einmal tief durch. «Ach, es tut einfach nur gut, hier sein zu dürfen. Mal raus aus dem Alltag. Ich brauche diese Auszeit bei dir gerade so sehr.»

«Was genau?»

«Na ja, so ein Gefühl von Freiheit. Einfach in den Tag hineinleben. Momentan steh ich so unter Druck – der Kredit muss abbezahlt werden, ständige Akquise und Bewerbungen für Ausschreibungen. Das zehrt so an den Kräften.»

«Aber du wolltest dich doch unbedingt selbständig machen. Das war doch dein Traum.»

«Absolut, und das war auch definitiv der richtige Schritt. Es braucht nur alles seine Zeit.»

«Dann bereust du es nicht?»

«Keine Sekunde! Ich seh's als … Herausforderung.»

«Sehr gut! Und die Familie?»

«Das Übliche. Frida steckt voll in der Pubertät. Sie hat jede Woche ’n anderen Look.»

Carla lacht. «Solange sie nicht jede Woche ’n anderen Kerl hat!»

«Sie ist fünfzehn!»

«Eben! Wenn sie nach dir kommt, dann zieh dich warm an! Oder hast du etwa vergessen, wie wir uns in dem Alter schon die Nächte um die Ohren geschlagen haben? Ständig neue Typen und ständig neue Frisuren – Punk, New Wave, Grunge, Popper – wir haben doch alles ausprobiert.»

Ich verziehe das Gesicht, als hätte ich auf eine Zitrone gebissen. «Erinnere mich bitte nicht! Schlimme Zeiten!»

«Und deine Eltern?»

«Och, ganz gut. Sie werden älter, kommen aber noch gut zurecht.»

«Aber das klingt doch alles gar nicht so übel. Sieh mal: Du hast einen Mann, der dir deine Freiräume lässt, eine Tochter, die sich langsam abnabelt, und deine Eltern sind auch noch fit. Hm?»

«Stimmt, und wenn ich erst mal den Kredit für die Werkstatt abbezahlt habe, dann starte ich so richtig durch.»

Carla nickt und gibt mir einen Kuss auf die Wange. «Einen Vorgeschmack darauf hast du heute Abend ja schon gegeben.»

«Ach komm, ich hab Urlaub. Das war doch bloß ein klitzekleiner Miniflirt», sage ich und halte Daumen und Zeigefinge ganz nah beieinander, um zu zeigen, *wie* klein der Flirt war.

«Aha, so nennt man das, wenn zwei Menschen sich leidenschaftlich küssen.»

Ich verdrehe die Augen. «Hör schon auf! Ein kurzer Abschiedskuss, mehr nicht.»

«Ist doch völlig okay! Bloß wieso hast du’s nicht zu Ende gebracht mit diesem gutaussehenden George-Clooney-Verschnitt?»

«Ehrlich gesagt, weiß ich gar nicht mehr, wie der genau aussah. Außerdem … Das lag nur am Champagner! Ich wollte das doch gar nicht.»

Mich packt plötzlich das schlechte Gewissen, und ich lege zur Bekräftigung der nun folgenden Worte meinen Zeigefinger auf Carlas Lippen. «Bitte, bitte, du darfst Arne niemals etwas davon erzählen. Nie! Es war doch nur ein Kuss. Okay?»

Denn es war wirklich nur ein kurzer, zugegeben sehr intensiver Kuss mit einem Mann, den ich gerade erst kennengelernt hatte. Seine Stimme hat mich irgendwie angemacht. Total irre eigentlich. Wie früher, mit siebzehn. Erst hatte *er* Geburtstag, dann um Mitternacht hatte *ich* Geburtstag, und wir waren in Feierlaune, und eins kam zum anderen.

Carla und ich waren in unserem Lieblings-Beach-Club essen, direkt am Strand – so eine Mischung aus Restaurant, Bar, Café und Spa. Wer es sich leisten kann, verbringt den ganzen Tag dort. Wir waren nur zum Essen gekommen – ursprünglich. Und am Tisch nebenan feierte eine illustre Clique den neunundfünfzigsten Geburtstag von … hach, ich weiß nicht mal mehr seinen Namen. Na ja, und irgendwie sind Carla und ich mit denen ins Gespräch gekommen und haben uns dazugesetzt. Wie das so ist im Urlaub, wenn die Stimmung ausgelassen ist, die Temperaturen lau sind und das Meer im Hintergrund rauscht. Das ist dann für einen Abend ganz nett, aber nicht weiter der Rede wert.

Carla schüttelt den Kopf. «Als ob ich Arne davon erzählen würde. Trotzdem! Wieso sollten andere Männer dich nicht attraktiv finden? Du bist doch hübsch!»

«Ja, klar, ich weiß gar nicht, was ich hübscher finden soll: meine grauen Haaransätze, die Plattfüße oder die Speckhüfte?»

«Zum Beispiel deinen sinnlichen Mund, die Grübchen, die grünen Augen. Und auf dein blondes Haar bin ich seit Jahren neidisch. Hör auf, dich selbst runterzumachen! Das steht dir nicht!»

Ich schüttele den Kopf. «Auf jeden Fall darf Arne nichts von diesem kleinen Flirt erfahren! Versprich es!»

«Versprochen. Aber er ist doch auch kein Kind von Traurigkeit.

Du hättest ruhig mit diesem attraktiven Herrn ins Bett gehen können. Dann wärt ihr quitt gewesen – Arne und du.»

Ich winke ab. «Das ist doch Lichtjahre her.»

«Und? Hast du's vergessen?»

«Natürlich nicht!»

«Siehst du, meine Liebe! Du hast was gut bei deinem Mann.»

«Meinem Lebenspartner», korrigiere ich.

«Wie auch immer.»

«Können wir bitte das Thema wechseln? Irgendwie hab ich jetzt ein ganz schlechtes Gewissen.»

«Aber wieso denn?! Hat George Clooney schlecht geküsst?»

«Nein, das ist es ja! Es war … eigentlich … ganz schön, mal einen anderen Mann zu küssen. Aber dafür setze ich doch nicht meine Beziehung aufs Spiel. Läuft doch alles prima mit Arne, und das soll auch so bleiben.»

«Prima? Ist das dein Ernst? Du küsst einen attraktiven Mann und grinst anschließend wie ein Honigkuchenpferd. So strahlend wie heute Abend hab ich dich schon lange nicht mehr gesehen.»

«Ich geb ja zu, dass es ganz schön ist, mal wieder richtig begehrt zu werden, aber mach es nicht größer, als es ist, Carla.»

Carla fühlt sich bestätigt. «Siehst du, deine eheähnliche Langzeitbeziehung liegt im Koma.»

«Ach, Unsinn! Zwischen Arne und mir ist alles gut, und so wird's auch bleiben!»

Carla gähnt demonstrativ. «Laaaangweilig.»

«Immerhin sind wir noch zusammen, während viele andere sich nach so vielen Jahren scheiden lassen. Deshalb sind wir gar nicht erst verheiratet.»

«Du machst dir was vor, liebe Eva. Wann hast du von Arne das letzte Mal ein Kompliment bekommen?»

Jetzt muss ich tatsächlich überlegen. Es fällt mir nicht ein. «Keine Ahnung, aber das ist doch nicht entscheidend.»

«Sex?»

Ich schnaube und verdrehe die Augen. «Ewig her.»

Carla fühlt sich ein weiteres Mal bestätigt und zieht die Stirn in Falten, wie eine Ärztin, die ihrer Patientin gerade klarmacht, dass sie ernsthaft krank ist.

«Ja und? So ist das nun mal! Die wilden Jahre sind vorbei.»

«Und gleich sagst du mir, dass Sex nicht alles ist. Hm?»

«Aber Sex *ist* nicht alles!»

Carla schüttelt mitleidig den Kopf. «Ach Eva, wenn du dich nur selbst hören könntest!»

«Ich bin nur realistisch», verteidige ich mich und fische einen Eiswürfel aus meinem Glas.

«Wenn du realistisch wärst, würdest du merken, dass ihr eine Beziehung ohne Leidenschaft führt. Dabei seid ihr so ein tolles Paar. Ihr müsst das ändern!»

«Du siehst das viel zu eng.»

«Und du resignierst. Es geht hier um euer Glück.»

«Du übertreibst total!»

«Nein, Eva! Alles, was ich sage, ist, dass man in einer intakten Beziehung niemals das Interesse am anderen verlieren sollte – körperlich und geistig. Es muss doch einen Grund geben, warum man zusammen ist. Oder? Ihr müsst euch vielleicht einfach mehr umeinander bemühen.»

Wir schweigen eine Weile, und ich denke über Carlas Worte nach, während ich die Eiswürfel in meinem Glas schwenke.

Da ist was dran. Und ehrlich gesagt – Arne und ich tauschen uns nur noch selten aus. Mich interessiert nicht, was er so den lieben langen Tag macht, und ich erzähle ihm auch nicht viel aus meinem Leben. Wir sind zu sehr mit uns selbst beschäftigt oder fokussieren uns auf Frida, die wiederum total genervt ist von uns.

Ja, Carla hat vermutlich recht. «Ich dachte immer, wenn wir nicht verheiratet sind, können wir einander auch nie sicher sein und müssen uns deshalb ständig besonders umeinander bemühen.»

«Und?»

«Ich glaub, ich hab mich geirrt. Jetzt stehen wir da wie alle anderen verheirateten Paare auch – in einer Beziehung, in der sich nichts mehr bewegt und die nur noch aus Kompromissen besteht.»

Ich seufze tief.

«Oje, was hab ich getan!» Carla nimmt mich in den Arm. «Klingt entsetzlich! Komm, wir stoßen auf dich an, Geburtstagskind.»

Meine Freundin holt aus der Sommerküche eine Flasche Champagner und zwei Gläser.

«Noch eine?!», frage ich erstaunt. «Es ist drei Uhr früh. Sollten wir nicht lieber schlafen gehen? Meine Kondition ist nicht mehr die einer Zwanzigjährigen.»

«Oh, daran solltest du arbeiten, denn das Feiern macht ab fünfzig erst richtig Spaß!»

«Kaum vorstellbar. Ich habe das Gefühl, einem immerwährenden Schlafdefizit hinterherzuhecheln, seit ich nachts schwitze.»

«Das geht vorbei. Schlafen kannst du im Jenseits. Wir leben hier und jetzt! Genieße es! Das Leben ist zu kurz, um keinen Champagner zu trinken.» Klingt nach einem Deko-Spruch auf einem verwitterten Vintage-Sideboard.

Carla öffnet die Flasche mit lautem Knall und fliegendem Korken, während die Turmuhr der Kirche nebenan zur vollen Stunde schlägt. Meine Freundin schenkt ein und reicht mir ein Glas.

«Happy Birthday, meine liebe Eva, und willkommen in der Mitte des Lebens. Willkommen im fünfzigsten Lebensjahr.»

Ich halte alarmiert inne. «Warum sagst du das?»

«Was?»

«Na, das mit der fünfzig!? Das geht mir jetzt einfach etwas zu schnell. Ich bin doch noch gar keine fünfzig, fühle mich auch nicht wie fünfzig und versuche alles, um nicht auszusehen wie fünfzig!»

«Ja, ich weiß, aber du bist jetzt im fünfzigsten Lebensjahr.»

«Aber das ist doch erst mein neunundvierzigster Geburtstag. Ein Riesenunterschied!»

Carla verdreht die Augen. «Schatz, du musst da deutlich souveräner werden, wenn du nicht in einem Jahr an der fünfzig verzweifeln willst. Wozu es im Übrigen gar keinen Grund gibt: Mir ging es nie besser als jetzt. Und du solltest dein Alter auch mit Anmut und Würde tragen, statt es zu ertragen! Und jetzt: Prost!»

«Prost!»

Wir lassen die Gläser klirren und trinken auf unsere Freundschaft und auf das Leben. Carla dreht ohne Rücksicht auf die Nachbarn die Musik lauter, und wir tanzen über den Dächern von Puerto Azul, trinken Champagner und singen laut David Bowies *Heroes*, denn so fühlen wir uns.

Ich genieße die Zeit bei Carla. Meine Freundin ist einfach wunderbar! Sie ist die Exit-Strategie meines Lebens. Zu ihr komme ich immer dann, wenn ich Luft und Zeit für mich brauche. Raus aus dem Alltagstrott, Abstand von der Familie, Distanz vom Partner. Alle zwei Jahre schenke ich mir zum Geburtstag einen Besuch bei Carla in Spanien und mache im Herbst zehn Tage lang nur, wozu ich Lust habe. Ausschlafen, viel lesen, gut essen, sonnenbaden, die Tage verbummeln und die Nächte durchtanzen, wenn mir danach ist. Oder stundenlang durch Kirchen, Kathedralen und Museen schlendern, ohne Rücksicht auf Zeit und Anhängsel. Urlaub bei Carla ist wie Balsam für die Seele. Wir verbringen natürlich nicht die ganze Zeit miteinander. Carla hat schließlich ihren eigenen Alltag, ihre Freunde, ihre Dinge zu erledigen, wenn sie nicht gerade Häuser einrichtet oder Paddling- und Yogakurse am Strand gibt. Sie ist da sehr vielseitig, extrem kommunikativ und mit Mitte fünfzig ziemlich fit und sportlich. Im Gegensatz zu mir. Das ist mir zu stressig, denn ich hab ja Urlaub.

Mir ist ehrlich gesagt rätselhaft, wieso Carla schon seit über zwei Jahren Single ist. Sie sieht gut aus, ist klug, lustig, kann kochen und fantastische Drinks mixen. Zudem hat sie ein großes Herz und einen noch größeren Bekanntenkreis in der kleinen Stadt am Mittelmeer, wo sie früher Urlaub machte und seit ein paar Jahren zwei Drittel des Jahres lebt. Den Rest des Jahres verbringt sie auf Reisen oder in Deutschland, wo sie noch eine hübsche kleine Wohnung besitzt.

«Und was machen wir in Herzensdingen mit dir?», frage ich, als wir uns nach der Tanzeinlage erschöpft aufs Sofa fallen lassen.

«Ich bin halt wählerisch. Wie du», sagt sie und springt schon wieder auf. «Das hätte ich ja fast vergessen.» Sie verschwindet im Inneren der Wohnung und kehrt kurz darauf zurück. Feierlich überreicht sie mir ein Päckchen.

«Oh!», sage ich erwartungsvoll. «Für mich?!»

Carla lacht. «Vermutlich, denn es steht dein Name drauf.»

Ich schaue mir das Präsent genauer an und wundere mich. «Das sieht aber gar nicht nach dir aus.»

Dazu muss man wissen, das Carla die beste Geschenke-Verpackerin der westlichen Hemisphäre ist. Sie liebt es, Dinge schön zu verpacken, einschließlich sich selbst, weshalb sie nie ohne Make-up und in schmuddeligen Klamotten rumläuft. Nicht mal zum Müll geht sie ungeschminkt, weil sie ja jederzeit *ihm* begegnen könnte. Dem Mann fürs Leben. Und dann will sie vorbereitet sein.

«Es ist von Arne.»

Jetzt bin ich irritiert. Sonst überreicht er mir mein Geschenk nach dem Urlaub bei einem schicken Candlelight-Dinner, auf das ich mich dann für gewöhnlich schon auf dem Rückflug freue. Dieses Ritual ist ein bisschen wie Urlaubsverlängerung. Aber jetzt?

«Du meinst, er hat extra ein Geschenk für mich vorausgeschickt, damit du es mir übergeben kannst?»

Carla lächelt. «Ist doch süß! Oder?»

«Schon, irgendwie. Sieht ihm gar nicht ähnlich, so ein Aufwand.» Verwundert betrachte ich das Päckchen in meiner Hand und öffne es ungeduldig. Es ist ungefähr so groß wie ein halber Schuhkarton. Irgendwas lässt mich zögern.

«Mach schon! Ich bin neugierig», drängt Carla.

Ich öffne das silberglänzende Papier mit der rosa Schleife, die etwas zu kurz geraten ist. Zum Vorschein kommt ein pinkfarbener Geschenkkarton mit Glitzeroberfläche. Ausgerechnet Pink und Glitzer! Wo hat er den denn her? Darin hätte ich als Zehnjährige gerne eine Barbie-Puppe geschenkt bekommen. Aber heute …

Behutsam hebe ich den Deckel und muss grinsen, denn sofort lacht mich Arne auf einem Foto breit an. Ich selbst habe den Schnappschuss vor ein paar Wochen an einem entspannten Sonntagnachmittag im Garten gemacht und mir noch dabei gedacht: *Meine Güte, kann der doof gucken.* Auf dem Foto steht *Happy Birthday* und *Bitte wenden!*.

Also wende ich.

«Was schreibt er denn?», fragt Carla ungeduldig.

«Warte, gib mir mal deine Lesebrille», sage ich und rupfe Carlas Brille aus ihren schönen, dunklen, grau gesträhnten Locken. «Also er schreibt … *Meine geliebte Eva, ich finde, wir kennen einander gut genug, um es zu wagen, denn ich liebe dich: Willst du mich heiraten?*»

Ein Heiratsantrag! Reflexartig lasse ich das Foto fallen, als sei es ein giftiger Skorpion, der mir jederzeit den Todesstich versetzen könnte. Schock. Hat er das wirklich geschrieben? Kann nicht sein!

Ich lese erneut und merke, wie mein Herz wummert und meine Mundwinkel hochgehen. Ich kann nichts dagegen tun – ja, ich glaube, nach dem ersten Schock freue ich mich. Es ist das schönste Kompliment, das mir je gemacht wurde. Aber heiraten? Meine Gefühle fahren Achterbahn, mein Puls rast, doch tief in meinem Bauch spüre ich eine wohlig warme Welle, die sich ausbreitet. Sie will raus und schreien: *JA!*

Aber ich kriege keinen Ton raus, denn mein Blick fällt auf den

Karton, in dem eine noch kleinere Box liegt. Ich habe eine Ahnung, öffne auch diesen Deckel und sehe – den Ring. Wunderschön. Gold mit einem Aquamarin in silberner Fassung. Das ist eindeutig mein Ring! Noch nie in all den Jahren hat Arne meinen Geschmack so perfekt getroffen.

Mir schnürt sich der Hals zu, bis ich es nicht mehr aushalte und vor Glück heule. Zu viele Emotionen und zu viel Alkohol.

2.

Eine Odyssee. Wer einmal erlebt hat, wie es ist, wenn eine Billig-Airline scheinbar grundlos von jetzt auf gleich Flüge streicht und dann auch noch ein Lotsenstreik am anderen Ende der Welt in Mitteleuropa den Flugverkehr lahmlegt, der kann nachfühlen, was ich für eine Odyssee hinter mir habe, als ich nach einer Zwischenlandung auf Mallorca sowie achtzehn Stunden Fastfood und Frust mitten in der Nacht endlich im Flieger nach Hause sitze.

Das Schlimmste daran ist, dass jeglicher Erholungseffekt der letzten zehn Tage mit einem Streich verflogen ist. Jetzt sitze ich hier, eingeklemmt zwischen einer jungen Spanierin, die total angespannt in eine noch leere Kotztüte starrt und kaum wagt, sich zu bewegen, und einem Typen, der offenbar im Flieger seinen Junggesellenabschieds-Ausflug beendet und nach einer Mischung aus Schnapsfabrik und Bisongehege stinkt. Sein Körpergeruch ist nahezu unerträglich, und ich vermute, dass er das Wochenende ohne Unterkunft am Ballermann durchgefeiert hat. Seine Freunde sitzen überall im Flugzeug verteilt und geben keinen Laut von sich, so erschöpft und verkatert sind sie. Der neben mir pennt gleich nach dem Start ein und fällt zu allem Überfluss ständig mit dem Kopf auf meine Schulter. Ein paar Mal schiebe ich ihn zurück, bis ich schließlich aufgebe und zwei Kissen zwischen ihn und meine Schulter stopfe. Das hilft zwar nicht viel, aber es schafft etwas Abstand.

Da sitze ich also, in der Mitte, und kann nicht schlafen. Zu viele Gedanken rasen mir durch den Kopf. Und sie alle drehen sich um

Arne und mich und seinen Antrag. Denn je mehr ich mich dem Wiedersehen mit Arne nähere, umso nervöser werde ich. Ich bin durcheinander. Einerseits freue ich mich wirklich sehr über den Antrag, der ja nichts anderes als eine Liebeserklärung ist. Andererseits ist unsere Beziehung momentan alles andere als auf einem Höhepunkt. Im Gegenteil – sie steckt fest. Bevor wir heiraten, sollten wir vielleicht erst mal herausfinden, wo wir stehen oder ob wir uns tatsächlich emotional auseinandergelebt haben, wie Carla nicht zu Unrecht behauptet. Dann zu heiraten wäre doch ein fataler Irrtum. Genauso wie man durch ein Baby keine Ehe kittet, können wir unsere Beziehung nicht durch einen Trauschein kitten. Außerdem stand Heiraten bei Arne und mir nie im Raum, weil wir das einfach nicht für notwendig hielten. Beide.

Ich bin verwirrt – und zweifele an meiner eigenen Einstellung: Wie kann man etwas nicht wollen, das man gar nicht kennt? Das ist wie Sushi essen. Kam absolut nie in Frage für mich, bis ich es zum ersten Mal probiert habe. Seitdem bin ich süchtig nach Sushi. Vielleicht ist Heiraten ja so wie Sushi essen – genau mein Ding?

Warum ist immer alles so kompliziert? Kann nicht einfach alles so bleiben, wie es ist? Warum muss sich immer alles ändern? Warum will Arne jetzt plötzlich heiraten? Läuft doch ganz gut mit uns. Seit mehr als zwei Jahrzehnten führen wir eine Beziehung, die schließlich in einem gemeinsamen Kind gipfelte. Was will man mehr?

Die letzten Tage bei Carla habe ich versucht, das Thema auszublenden. Und nun scheint es, als sei die erste Euphorie über Arnes Antrag genauso verflogen wie der Erholungseffekt meines Urlaubs.

Dass bei vielen Paaren auch ein Absicherungsgedanke dahintersteckt, bezweifele ich nicht. Aber ich brauche das doch nicht. Ich habe als Restauratorin schon immer mein eigenes Geld verdient. Und seit einem Jahr bin ich sogar unabhängig. UNABHÄNGIG!

Ich bin mein eigener Chef, treffe meine eigenen Entscheidungen, trage mein eigenes Risiko. Ich muss nicht mehr um eine Gehaltserhöhung betteln oder die Fehler anderer ausbügeln. Okay, dass es finanziell noch nicht so gut läuft, macht es nicht gerade einfach, aber ich bin zuversichtlich. Das wird schon.

Alles in allem fühlt sich die Selbständigkeit supergut an. Vielleicht bin ich irrational, aber Ehe klingt für mich eher nach Bindung als nach Unabhängigkeit. Und Unabhängigkeit war mir immer sehr wichtig. Zumal ich als Kind und Jugendliche miterlebt habe, wie meine Mutter meinen Vater immer um Geld bitten musste, wenn sie etwas außer der Reihe brauchte. Das fand ich so erniedrigend, dass ich schon sehr früh für mich beschlossen habe, immer mein eigenes Geld zu verdienen.

Nur die wenigsten Ehepaare, die ich kenne, sind rundum glücklich. Und die wenigsten Paare, bei deren Hochzeit ich dabei sein durfte, sind überhaupt noch zusammen. Manche Bekannte und Verwandte sind sogar schon zum zweiten oder dritten Mal verheiratet, und das läuft auch nicht unbedingt besser.

Natürlich gibt es auch die ewigen Singles, wie mein Bruder, der noch weniger von der Ehe hält als ich. Er ist ein Weiberheld im klassischen Sinn. Sobald er sich mit einer Frau langweilt, hält er Ausschau nach der nächsten. Dabei muss ich ihm zugutehalten, dass es nicht immer jüngere Frauen sind, die ihn reizen. Es steckt auch kein Muster dahinter, wie bei Boris Becker. Vielmehr sieht er in jeder Neuentdeckung eine Herausforderung. Natürlich spielt ein gewisser Grad an Narzissmus und Erfolgsverwöhntheit dabei eine entscheidende Rolle. Mein Bruder ist so süchtig nach Anerkennung, dass er die Frauen wechselt, sobald sie nicht mehr für ihn brennen. Dann geht er, denn das erträgt er nicht. Mein Bruder ist Rechtsanwalt und macht auch aus jedem Gerichtssaal eine Showbühne. So zumindest kommt es mir vor, wenn er ausufernd erzählt, wie er Plädoyers hält und Zeugen befragt. Er ist immer der

Held. Ich kann seine Freundinnen verstehen, mich würde das alles irgendwann auch langweilen. Aber in welcher Beziehung brennt denn das Feuer der Leidenschaft dauerhaft lichterloh?

Der Alltag killt Beziehungen – egal ob verheiratet oder unverheiratet. Das stimmt leider. Die einen bleiben stur zusammen und sitzen das aus; die anderen trennen sich kampflos.

Bei Arne und mir brennt schon lange kein Feuer mehr. Allenfalls ist da noch eine Glut. Wir haben uns in den letzten zwanzig Jahren bestimmt schon zehnmal beinahe getrennt, weil wir einander nichts mehr geben konnten, nichts mehr zu sagen hatten und uns miteinander gelangweilt haben, während sich die Welt ohne uns weiterzudrehen schien. Theoretisch. Doch sobald wir unseren Frust aneinander ausließen und das Wort Trennung wie ein Damoklesschwert über unseren Köpfen schwebte, wurde uns immer wieder klar, was wir verlieren würden. Plötzlich fielen uns wieder die vielen durch den Alltag in Vergessenheit geratenen Dinge ein, die wir am anderen so sehr lieben und schätzen. Das überwog jedes Mal, sodass wir die Krisen überstanden und die kleine Glut immer wieder neu entfachen konnten.

Während ich über das alles nachdenke, betrachte ich den Verlobungsring in meiner Hand, denn ich habe ihn seit meinem Geburtstag in der Handtasche dabei. Er ist wirklich wunderschön und mit viel Geschmack ausgesucht – nur leider zu groß. Zum Glück. Denn sonst würde ich ihn definitiv tragen, weil er so schön ist, und das hieße JA. Also trage ich ihn erst mal nur mit mir rum und überlege, was ich Arne antworten soll. Bis jetzt haben wir noch nicht über das Thema Heiraten geredet, weil wir das einfach nicht am Telefon machen wollten. Wobei ich ihm natürlich gesagt habe, wie sehr mich sein Antrag freut und wie überrascht ich darüber war. Eine Antwort habe ich ihm allerdings noch nicht gegeben. Stattdessen habe ich Arne um Geduld gebeten, um von Angesicht zu Angesicht zu Hause mit ihm darüber zu reden. Ich mag den Ring.

Und ich würde ihn gerne tragen. Das wusste ich vom ersten Moment an. Aber man darf sich doch nicht von einem Schmuckstück ködern lassen, oder? So eine Entscheidung will wohl durchdacht sein.

Eigentlich tickt Arne in seiner Meinung über die Ehe wie ich – das dachte ich zumindest immer. Daher hat mich sein Antrag ja auch so überrascht. Und dann auch noch ein Fernantrag – ganz schön clever! Hat er damit gerechnet, dass ich spontan nein sagen würde? Wie es so meine Art ist – direkt und ohne Umschweife. Oder ohne nachzudenken, wie seine Mutter Doris gern mit einem kritischen Unterton zu sagen pflegt. Dabei hätte ich ganz spontan wahrscheinlich ja gesagt.

Je länger ich grübele, desto merkwürdiger kommt mir das alles vor. Ich begreife einfach nicht, wieso er ausgerechnet jetzt heiraten will. Ich habe ihm keinerlei Zeichen gegeben, dass mir das wichtig wäre. Es gibt auch überhaupt keinen Anlass, ausgerechnet jetzt heiraten zu wollen. Plötzlich kommt mir in den Sinn, dass noch ganz andere Gründe dahinterstecken könnten. Im Flieger habe ich genug Zeit, mir alle möglichen Szenarien auszudenken. Die schlimmste aller Vermutungen: Arne ist todkrank! Vermutlich will er seine Dinge ordnen – wie es so schön heißt. Der Gedanke lässt mich nicht mehr los. Ich steigere mich regelrecht in die Vorstellung hinein, ihn zu verlieren, was vermutlich mit meiner Übermüdung in einer Flughöhe von 6000 Metern zu tun hat. Traut er sich nicht, es mir zu sagen? Ich werde Arne zu Hause beobachten, seine Körperhaltung, sein Essverhalten, und die Wohnung nach Medikamenten, ärztlichen Unterlagen, Diagnosen, Hinweisen durchsuchen. Wenn das nichts ergibt, werde ich Franky bitten, mir die Wahrheit zu sagen. Er ist Arnes Orthopäde, Unfallchirurg und ein guter Fußballfreund von ihm. Arne und er kennen sich schon ewig, und Frankys Frau Lisa ist eine Freundin von mir.

So werde ich es machen, denke ich, versuche zu entspannen und werfe einen Blick in die *Bunte*, die ich mir am Flughafen in Palma gekauft habe. Aber das bringt alles andere als Entspannung, denn bei der Titelstory drängt sich mir der nächste Verdacht auf: *Hat Heidi eine Affäre?* Gute Frage! Hat Arne eine Affäre? Will er mich deshalb so überraschend heiraten? Weil ihn das schlechte Gewissen plagt?

Doch bevor ich mich meinen Spekulationen über Arnes Hochzeitsmotive noch weiter hingeben kann, unterbricht eine Borddurchsage meine Gedanken.

«Verehrte Fluggäste, wegen einiger Wetterturbulenzen bitten wir Sie, Ihre Sitze einzunehmen und sich anzuschnallen, bis das Signal wieder erloschen ist. Danke.»

Kaum hat die Flugbegleiterin ihre Ansage beendet, beginnt das Flugzeug zu ruckeln und durch mehrere Luftlöcher zu trudeln. Zum Glück leide ich nicht unter Flugangst und vertraue grundsätzlich den Absturz-Statistiken des internationalen Flugverkehrs, die besagen, dass Fliegen noch nie so sicher war wie heute. Grundsätzlich. Allerdings muss ich mit zunehmendem Ruckeln und Absacken zugeben, dass es ja auch immer Ausnahmen geben muss, weil sonst die Statistiken nicht vollständig wären. Und das macht mich jetzt doch etwas nervös.

Krampfhaft halte ich meinen Becher mit Tomatensaft in der Hand, da landet das rote Zeug auf meiner weißen Jeans, noch ehe ich es austrinken kann, und mir wird bewusst: Egal, was ich nun mache, es wird nur schlimmer. Also mache ich nichts, sondern verharre in meiner Sitzposition und konzentriere mich auf meine Atmung. Dabei überlege ich, wann man beginnen sollte, seine frühesten Erinnerungen vor dem inneren Auge abzurufen, um das Leben an einem vorbeiziehen zu lassen. Doch dazu kommt es nicht, denn meine Sitznachbarn geraten jetzt ihrerseits in den Ausnahmezustand, weil das Flugzeug weiter gefährlich rappelt, auf und ab, hin und her. Links neben mir übergibt sich die Spanierin in ihre Kotztüte. Rechts neben mir übergibt sich der stinkende Junggeselle in letzter Minute zwischen seine Beine auf den Boden statt auf meine Schulter. Ein absoluter Albtraum! Und wenn das Flugzeug jetzt abstürzt, bleibe ich Arne für alle Ewigkeit eine Antwort schuldig.

Allmählich lassen die Wetterturbulenzen nach, das Flugzeug beruhigt sich, und die Warnlämpchen erlöschen. Ringsum atmen alle auf, und das Bordpersonal geht durch die Reihen, um nach den Passagieren zu sehen.

Ich fühle mich nicht so gut, denn ich versuche seit einer gefühlten Ewigkeit, nicht zu atmen, weil ich mich sonst auch noch übergeben muss, und ich frage mich, ob schon Menschen auf diese Weise erstickt sind oder ob ich als Pionierin damit in die Geschichte der Luftfahrt eingehen werde. Bevor ich blau anlaufe, erbarmt sich die freundliche transsexuelle Flugbegleiterin mit den Bartstoppeln und weißblond gefärbten Haaren und bietet mir einen Platz in der letzten Reihe vor den Toiletten an. Pest oder Cholera, fragt man sich da, aber ich habe nichts zu verlieren. Also nichts wie ab in die letzte Reihe. Der Fensterplatz ist schon besetzt von einem Mann mit Schlafmaske – der Glückliche. Froh darüber, dass er schläft, beachte ich ihn gar nicht näher, denn das Letzte, was ich jetzt gebrauchen kann, ist Smalltalk. Also setze ich mich auf den Gangplatz, lehne mich zurück und schließe die Augen.

«Mineralwasser könnte helfen», höre ich es nach ein paar Minuten von rechts flüstern.

Ich öffne die Augen und schaue meinen Sitznachbarn irritiert an, weil mir seine Stimme bekannt vorkommt.

Er hält mir eine kleine Flasche Mineralwasser und ein Stofftaschentuch hin. «Gegen die Flecken. Also, meine Mutter hat bei eingetrockneten Flecken immer Mineralwasser und später Gallseife benutzt. Es hilft!»

Ich schaue ihn an und weiß nun, wen ich vor mir habe. IHN – das Geburtstagskind, das so gut küssen konnte. Auch das noch! Ich tue einfach so, als würde ich ihn nicht erkennen.

«Nein, aber danke für den Tipp», sage ich und schließe wieder die Augen, denn ich will wirklich nicht reden.

«Eva, nicht?»

Ich setze mein Kennen-wir-uns?-Gesicht auf und ziehe die Schultern hoch. Aber er quatscht einfach weiter.

«Letzte Woche, im Beach-Club von Puerto Azul. Schon vergessen? Wir haben zusammen gefeiert. Erst meinen, dann deinen Geburtstag.»

Natürlich erinnere ich mich. Der Kuss war … spektakulär. Aber mehr ist mir offenbar nicht in Erinnerung geblieben, denn ich weiß ja nicht mal seinen Namen. Zu viel Gin, zu viele Gespräche, zu viel frische Luft. Ein ganz natürlicher Verdrängungsprozess.

Ich lächele meinen Sitznachbarn an. «Oh, ja, stimmt, ich erinnere mich an Sie. Hallo!» Ich sieze ihn betont, denn ich kenne den Mann ja eigentlich gar nicht und will jede Intimität vermeiden – erst recht nach diesem Abend am Strand.

Ich möchte auf diesem Flug einfach meine Ruhe haben. Es ist Nacht, ich bin seit Stunden unterwegs, sitze in einem Billigflieger, der einer Wetterfront nur schwach trotzt, und habe Tomatensaft auf meiner weißen Jeans, und jemand will mich heiraten, und nun quatscht mich dieser Typ, mit dem ich kurz mal geknutscht habe, voll, obwohl meine Gedanken bei Arne und seinem Heiratsantrag sind. Heiraten! Er will mich heiraten. Und –

«Du … ich meine, *Sie* kamen mir schon an diesem Abend irgendwoher bekannt vor.» Er lässt nicht locker.

«Ich will jetzt nicht heiraten!», rutscht es mir unkontrolliert heraus, was immer dann passiert, wenn sich meine Gedanken und mein Wortfindungsprozess überschneiden und kurzschließen, vor allem, wenn ich übermüdet bin.

Der Gesichtsausdruck meines Sitznachbarn ist entsprechend verstört. «Oh, äh … so weit war ich noch gar nicht, aber …»

«'tschuldigung, ich meine … nein. Nein, ich glaube nicht, dass wir uns vorher schon begegnet sind.»

Mit fokussiertem Blick starrt er mich durch sein teures braunes Designer-Brillengestell an, wie ein Lehrer, der sich eine quälende Frage ausdenkt. «Doch.» Er bleibt dabei. «Sicher doch.»

Welchen Teil von *Nein* hat er nicht verstanden?

In seinem Gehirn tut sich offenbar etwas, denn sein Gesicht entspannt sich und formt ein Lächeln auf seinen – zugegeben – schönen Mund. Überhaupt sieht er schon ziemlich gut aus: sportliche Figur, braungrau meliertes, dichtes Haar, gebräunte Haut, gepflegte Hände, schicke Klamotten. Eher der elegante Typ Mann, im Gegensatz zu Arne, der es lieber sportlich-unkompliziert mag. Und erst seine tiefbraunen Augen, die sehr viel Wärme, aber auch Humor ausstrahlen. Das alles habe ich schon bei unserer ersten Begegnung im Strandclub bemerkt.

«Doch, doch, letztes Jahr, die Fachtagung für Denkmalpflege und Restaurierung in Erfurt. Da hast du … haben Sie doch einen Vortrag gehalten über … über …»

«Digitale Methoden zur Erhaltung des sakralen Kunstgutes.»

«Genau! Also genau genommen kannte ich Sie schon, bevor wir … na ja, also vor diesem Abend vor einer Woche … Aber Sie mich offensichtlich nicht.»

«Scheint so», antworte ich kurz angebunden.

Er hält mir seine Visitenkarte hin. «Also, dann eben noch mal in aller Förmlichkeit: Hagemann, Henry Hagemann.»

«Richtig, Henry!» Jetzt erinnere ich mich wieder. Ich nehme das Kärtchen und betrachte es. An Schlaf ist sowieso nicht mehr zu denken, denn draußen wird es langsam hell, und in einer halben Stunde landen wir. Ich lese und versuche, freundlich zu bleiben. «Sie sind in der Immobilienbranche?»

Er nickt. «Genau.»

«Eva. Eva Hitz.»

«Ich weiß», grinst er frech.

«Ich hab leider keine Karte dabei – bin ja im Urlaub.»

«Sie machen's richtig. Ich war nach unserer Begegnung noch ein paar Tage in Palma bei einer Hausversteigerung.»

«Oh, erfolgreich?»

«Leider nein.»

«Sicher eine schöne Finca mit Pool.»

«Wieder nein. Ein historisches Stadthaus. Traumhaft.»

«Aha, dann kaufen Sie alte Immobilien und renovieren Sie, um sie teuer wieder zu verkaufen?»

«Das klingt nach einem Vorwurf.»

«Nur, wenn Sie es so auffassen.»

Henry Hagemann schüttelt den Kopf. «Nein, ich hatte ein rein privates Interesse an diesem Haus.»

«Dann wollen Sie nach Palma ziehen?»

«Vielleicht – später irgendwann mal.»

«Jetzt bin ich aber neugierig!»

Dann erzählt mir dieser gutaussehende Mann, der so phantastisch küssen kann und mit dem ich lieber per Sie bleibe, um gar nicht erst Gefahr zu laufen, zu privat mit ihm zu werden, sehnsüchtig von dieser wunderbaren Villa in Palma. Und wie er die Fassade beschreibt, den wild bewachsenen Innenhof mit seinen Treppenaufgängen, die handgeschmiedeten Balkon- und Treppengeländer, die geschwungenen Handläufe, könnte man meinen, er rede von einer Frau, die er niemals haben kann.

«Am Ende bin ich überboten worden», sagt er traurig.

«Dann hat es nicht sollen sein. Sie werden Ihr Traumhaus schon noch finden.»

«Und wovon träumen Sie, Eva?»

«Ich träume von …»

Jetzt muss ich überlegen. Das ist eine von den Fragen, auf die man nie spontan eine Antwort hat. Genauso wie *Was ist dein Lieblingslied oder Lieblingsfilm*. Es gibt so viele Lieblingslieder, Lieblingsfilme und Träume. Wie soll man sich da entscheiden?

«Weiß nicht. Ich will einfach nur glücklich sein.»

«Oh, das nennen ich bescheiden», sagt Henry Hagemann und grinst mich an.

Wir unterhalten uns noch bis zur Landung über die wunderbare Architektur Palmas und seine Bauten, bevor sich unsere Wege trennen, denn Henry Hagemann reist mit Handgepäck, während ich ewig am Gepäckband stehe und – wie soll es auch anders sein – meinen Koffer als Letzte bekomme.

An diesem sehr frühen Sonntagmorgen will ich ein Taxi nach Hause nehmen, um sicherzugehen, dass ich auch unbeschadet ankomme, denn in der S-Bahn würde ich vermutlich einschlafen und wer weiß wohin fahren. Aber natürlich steht da kein Taxi am Taxistand. Außerdem regnet es, und der Wind zieht und zerrt an mir, als wolle er mir höchstpersönlich mitteilen, dass es Herbst ist.

Seit meiner Abreise aus Carlas Haus geht schief, was schiefgehen kann – Murphy's Law. Ich setze mich also auf meinen Koffer und warte auf ein Taxi. Und warte und warte, während sich der Tomatensaftfleck auf meiner Hose vom Regenwasser verdünnt und langsam rosafarben ausbreitet. Zu allem Überfluss hole ich mir hier mit Sicherheit einen Schnupfen, wenn nicht sogar eine Lungenentzündung. Ich friere, denn ich komme aus dem Sommer, der nur drei Flugstunden entfernt ist. Klar könnte ich auch zurück in die Ankunftshalle gehen, aber da würde ich ja dann kein Taxi kriegen. Fehlt eigentlich nur noch, dass ich vom Blitz getroffen oder überfahren werde. Aber stattdessen prescht ein schwarzer Kombi vor und beschert mir mit seinem Spritzwasser zusätzlich zu meinem Tomatensaftfleck eine matschige Sprenkelung auf meiner ursprünglich weißen Hose.

Der Kombi bremst scharf ab, und das Beifahrerfenster öffnet sich. Henry Hagemann. Der hat mir gerade noch gefehlt.

«Soll ich Sie in die Stadt mitnehmen?»

Nein danke, denke ich. Und sage: «Sie schickt der Himmel!»

Während er im Regen mein Gepäck in den Kofferraum packt, steige ich ein. Ich frag mich nur, was der so lange gemacht hat, dass er überhaupt noch am Flughafen ist. Immerhin haben wir vor ungefähr fünfundvierzig Minuten den Flieger verlassen. Oder hat er mir etwa aufgelauert? Und ich Naivchen steige einfach so zu ihm ins Auto?!

Ich mustere ihn von der Seite, und mir werden drei Dinge klar: Erstens: Das Böse sieht nicht böse aus. Zweitens: Psychopathen handeln nicht zwingend rational. Drittens: Er sieht echt gut aus.

«Wieso haben Sie so lange gebraucht?», frage ich, als er wieder einsteigt.

«Was?» Überrascht schaut mich Henry Hagemann von der Seite an, während er am Terminal entlangfährt.

«Na ja, Sie hatten doch nur Handgepäck und könnten längst zu Hause sein. Das ist doch der Vorteil von kleinem Gepäck, oder?»

«Ach so, ja, stimmt!» Er lacht verlegen und scheint nach einer Ausrede zu suchen. «Ich … also, es ist mir etwas peinlich, aber ich … musste mein Auto suchen. Hatte vergessen, wo es steht.»

«Oh!» Erleichtert atme ich auf, denn seine Erklärung klingt plausibel und kommt mir sehr bekannt vor. «Ja, ist mir auch schon passiert. Gerade in so großen und unübersichtlichen Parkhäusern.»

Natürlich sage ich ihm nicht, dass ich in Amsterdam einmal fast zwei Stunden nach meinem Auto gesucht habe, weil ich nicht wusste, dass die Tiefgarage unendlich viele Eingänge hatte und weder symmetrisch noch nach irgendeinem Muster angelegt war. Und als ich dann endlich vor der Schranke stand, war mein Ticket nicht mehr gültig, weshalb ich den Help-Button drücken musste, damit ein Parkhauswächter mir erklärte, dass ich nachzahlen sollte, was die Fahrer und Fahrerinnen der fünf wartenden Pkws hinter mir zu einem Hupkonzert veranlasste. Schön war das nicht, und man zweifelt natürlich während der Suche an seinem Verstand. Daher kann ich gut verstehen, wenn Herr Hagemann nicht näher darauf eingehen möchte.

Also vertraue ich diesem relativ fremden Mann mein Leben an, obwohl ich mich eigentlich nicht so leicht einwickeln lasse. Aber in Anbetracht der Gesamtsituation ist es sinnvoll, mich mitnehmen zu lassen. Außerdem mag ich seine Stimme und seinen Mund und die Art, wie er küsst. Aber das nur ganz nebenbei.

Dreißig Minuten später liefert mich Henry Hagemann unversehrt zu Hause ab, wo mich Lotti, unsere Mischlingshündin, voller Begeisterung begrüßt. Nicht mehr die Jüngste, aber eine treue Seele, die mir schwungvoll über das Gesicht schlabbert, als ich die Tür aufschließe. Arne und ich nehmen sie tagsüber abwechselnd mit zur Arbeit, dann liegt sie unter einem Schreibtisch oder einem Gerüst, wenn ich irgendwo an einem Auftrag arbeite. Arne und Lotti sind ein Herz und eine Seele, seit er sie vor dem Tierheim bewahrt hat, nachdem ihr blödes, egoistisches und zudem höchst unsympathisches Herrchen vor drei Jahren Hals über Kopf aus Steuergründen nach Südamerika auswandern musste und den Hund ganz allein im Haus nebenan zurückgelassen hat. Lotti hat so lange gebellt und gejault, bis wir nachts durch den Garten geschlichen sind, um nachzusehen, was da los war. Sie war ausgehungert, und ihre Krallen waren abgewetzt, weil sie versucht hatte, sich durch den Parkettboden in die Freiheit zu graben. Der Erste, der die Tür öffnete und den sie sah, war Arne. Aus Dankbarkeit schleckte sie ihm das Gesicht ab und wich nicht mehr von seiner Seite. Auf dem Tisch neben Lottis Korb lag ein Brief. *Bitte kümmern Sie sich um Lotti. Sie ist ein guter Hund und würde diese Reise nicht überstehen. Danke!* Ohne zu zögern, haben wir Lotti behalten, denn wir kannten sie nach vier Jahren Nachbarschaft schließlich gut genug, um uns für sie verantwortlich zu fühlen. Seither lebt die zottelige Hundedame von der Größe eines Labradors bei uns. Der Tierarzt hält sie für eine Mischung aus Airedale Terrier, Deutsch Drahthaar und Labradoodle. Tatsächlich ist Lotti eine undefinierbare Schönheit mit Zottelfell, Schnauzbart und braunen Augen.

Nachdem ich Lotti ausgiebig begrüßt und gestreichelt habe, falle ich um 6.34 Uhr todmüde ins Bett. Arne kuschelt sich bettwarm an mich und umarmt mich.

«Da bist du ja endlich. Wieso hast du nicht angerufen? Ich hätte dich abgeholt», nuschelt er schlaftrunken.

«Ich weiß, aber wir müssen ja nicht beide unter der dämlichen Airline leiden.»

«Aber geteiltes Leid ist doch halbes Leid. Ich teile auch die blöden Momente mit dir. Schön, dass du wieder da bist.»

Er schließt seine Arme fest um mich, während ich an Henry Hagemann denke.

***

Vor über zweiundzwanzig Jahren haben Arne und ich uns auf der Geburtstagsparty eines gemeinsamen Freundes kennengelernt. Es war spät, und Arne war der Einzige, der Lust hatte, mit mir zu tanzen, obwohl er gar nicht tanzen konnte. Aber ich war betrunken genug, um das nicht zu bemerken, denn wir hatten umso mehr Spaß. An diesem Abend haben wir getanzt, gelacht, gequatscht und geküsst und … mehr nicht. Ich bin am nächsten Morgen alleine in meinem Bett aufgewacht. Der Einzige, der an diesem Vormittag nicht von meiner Seite wich, war ein riesiger Kater. Erinnern konnte ich mich an nichts mehr. Blackout. Als mir Arne am Abend eine Nachricht auf mein Handy schickte, konnte ich mich nicht mal mehr an sein Gesicht erinnern. Also rief ich ihn an, um mehr über den Abend in Erfahrung zu bringen. Und seine Stimme gefiel mir auf Anhieb – ruhig, tief, weich, angenehm. Da steh ich drauf. Wir verabredeten uns zum Essen eine Woche später. Bis dahin telefonierten wir jeden Abend. Arne gefiel mir immer besser. Er hatte schon damals Witz, Verstand und Charme. Es war wie bei den *blind auditions* dieser Casting-Show *The Voice*, wo die Teilnehmer nur nach ihrer Stimme und nicht ihrem Äußeren beurteilt werden. Damals hat man sich auch noch nicht gegoogelt, weil es meistens nichts zu googeln gab. Als wir uns dann das zweite Mal begegneten, war es, als ob Arne und ich uns schon ewig gekannt hätten. Es passte – das wussten wir sofort. Ein halbes Jahr später zogen wir zusammen.

3.

Am Mittag weckt mich Arne mit einem üppigen Frühstück im Bett. Cappuccino, Frühstücksei, frische Brötchen und Saft. Sogar eine Sonntagszeitung ist dabei. Das gab es noch nie. Aber ich mag es auch nicht besonders, im Bett zu frühstücken – zu wackelig und viel zu krümelig. Und Arne ist eigentlich auch kein Freund davon.

«Wow, toll!», täusche ich Begeisterung vor, während Arne das wackelige Tablett umständlich auf der Matratze abstellt. Ich richte mich auf und helfe ihm, die Decke unter dem Tablett wegzuziehen, wobei der Kaffee gefährlich schwappt. Es mag ja gut gemeint sein, aber irgendwie fühle ich mich sofort krank, sobald ich im Bett essen soll. Im Film sieht das immer so einfach und gemütlich aus, wenn ein Paar im Bett frühstückt, am besten noch von einer Hausangestellten bedient. Da schwappt nichts über, da krümelt nichts. Aber im Film wachen die Figuren auch schon perfekt geschminkt auf und küssen sich noch vor dem Zähneputzen – igitt!

«Moment!» Arne verschwindet wieder und kommt mit einer Flasche Champagner und zwei Gläsern zurück, um das ganze Szenario auf die Spitze zu treiben. Er öffnet die Flasche so schwungvoll, dass der Korken an der Zimmerdecke einen Fleck hinterlässt.

«Champagner? Ist das nicht etwas übertrieben? Was gibt's denn dann an meinem fünfzigsten Geburtstag?»

«Die liegt schon ewig im Regal und muss weg.»

«Ja dann!» Ich schaue mir das Etikett genauer an. «Ach, ist das die Flasche, die mir mein Vater zum vierzigsten geschenkt hat?»

«Genau – jetzt haben wir endlich einen Grund, was?»

Ich überlege noch, ob ein fast zehn Jahre in unserem Weinregal vor sich hin dümpelnder Champagner noch genießbar ist, als Arne mit mir anstößt, wobei das Pressglas der Sektgläser eher ein *PLOG* statt eines mondänen Champagner-Klirrens zulässt.

«Auf uns», sagt Arne.

«Auf uns», sage ich und nippe vorsichtig an meinem Glas. Eine Frage kann ich immerhin mit einem klaren Ja beantworten: Der Champagner ist noch genießbar. Sehr sogar.

Wir frühstücken relativ ungemütlich. Haben wir schließlich nicht ohne Grund in den zweiundzwanzig Jahren, die wir ein Bett miteinander teilen, nie gemacht. Der Kaffee schwappt beim Aufschneiden der Brötchen. Beim Hineinbeißen muss man umständlich den Kopf über das Tablett halten, um nicht ins Bett zu krümeln. Und ständig klappert und klirrt das Geschirr, sobald man sich bewegt, ganz zu schweigen von der Gefahr, dass die Gläser umkippen und sich der Inhalt auf das Laken ergießt.

«Also?»

«Was also?» Ich beiße in mein Brötchen, denn mit vollem Mund spricht man nicht. Ich würde das Thema Hochzeit jetzt lieber noch nicht anschneiden. Aber ich fürchte, es ist unausweichlich, zumal wir es nicht am Telefon machen wollten.

«Wie hast du dich entschieden?»

Ich nehme einen großen Schluck Champagner, der mir sofort in den Kopf steigt und einen leichten Schwindel auslöst. «Wozu?»

«Schatz, deine Hinhaltetaktik ist beschämend für deine Intelligenz. Du weißt genau, was ich meine. Also?»

Arne hat recht – ich habe in der Tat eine Taktik und drehe den Spieß um, denn ich muss mehr über die Hintergründe herausfinden.

«Du willst es also wirklich wissen?»

Er nickt. «Selbstverständlich, aber bevor du antwortest, lass mich noch eins schnell fragen …»

«Was?»

«Gefällt dir der Ring?»

«Absolut!»

Er atmet erleichtert aus. «Ich wusste, dass er dir gefallen würde!»

«Er ist nur zu groß.»

«Wir können ihn jederzeit ändern lassen. Das ist im Preis inbegriffen. Du musst nur ja sagen, dann sind wir verlobt.»

«Okay, aber bevor ich dir eine Antwort gebe, muss ich noch eins wissen …»

Arne kräuselt die Stirn. Ich mache eine Kunstpause und hole tief Luft. «Warum? Was steckt dahinter?»

«Ich dachte mir, dass du das fragen würdest.»

Er erhebt sich so schwungvoll vom Bett, dass mein Kaffee auf die Untertasse schwappt. Zum Glück kann ich gerade noch rechtzeitig das Sektglas sichern. Schwergewichtig, wie vermutlich einst Winston Churchill, der sich zur Suez-Krise äußern sollte, schreitet Arne mit hinterm Rücken verschränkten Händen im Schlafzimmer auf und ab, wobei er alles, was auf dem Boden liegt, beiläufig mit dem nackten Fuß zur Seite schiebt. Ich bezweifele, dass Churchill so leichtfüßig war. Überhaupt ist Arne deutlich attraktiver als Churchill: Er achtet auf sein Äußeres, bekämpft mit Haarwässerchen den drohenden Haarausfall und geht mit diversen Cremes schon genauso gegen Falten vor wie ich. Sein Glück ist, dass sein dunkelblondes Haar einfach nicht grau wird, im Gegensetz zu meinem. Und einen Speckring in der Mitte hat er auch nicht, erst recht keinen Bierbauch. Zum Glück. Arne ist knapp eins achtzig groß und eher der sportive Typ als der elegante. Nur sein Gang ist heute ähnlich bedeutungsschwanger wie der von Churchill. Fehlt bloß noch die Zigarre.

Arne holt tief Luft, bleibt vor mir stehen, schaut mich an, lässt die Luft ohne ein Wort wieder raus und schreitet weiter. Ich kenne das. Er macht das, weil er beim Laufen am besten denken kann. Seinen Kollegen in der Zeitungsredaktion ist er so sehr damit auf den Keks gegangen, dass er ein eigenes Büro bekommen hat, wo er beim Telefonieren und Brainstormen so viele Kilometer zurücklegt, dass er fast auf seinen Sport verzichten könnte.

Ohne stehen zu bleiben und ohne mich anzusehen, beginnt er schließlich seine kleine Rede: «Wir kennen uns seit über zwanzig Jahren, respektieren und schätzen uns. Im Laufe der Jahre haben wir viel erlebt und vieles erreicht. Abgesehen vom Abschluss eines Tanzkurses, aber man kann nicht in allem gut sein.»

Ich muss lachen. «Und du warst noch nie ein großer Redner.»

Jetzt bleibt er erneut stehen, schaut mich an und atmet tief durch. «Okay, ich mach's kurz: Ich habe ein Job-Angebot in Kiew angenommen.»

Mir bleibt die Spucke weg. «Du hast *was*?!»

Arne nickt.

Ich bin verwirrt und klammere mich an mein Glas. «Aber … Worum geht's denn hier überhaupt? Und wieso Kiew?»

Er setzt sich zu mir aufs Bett, das Geschirr verrutscht, und mit einer leicht genervten Bewegung schnappt Arne sich die Griffe des Tabletts und stellt es schwungvoll auf seinen Nachttisch.

«Pass auf, Eva, das Angebot kam, als du in Spanien warst. Ich hatte vierundzwanzig Stunden Zeit, mich zu entscheiden. Das ist die letzte Chance für mich, endlich aus dem Innenressort rauszukommen. Eva, das ist ein super Angebot! Da kann ich nicht nein sagen!»

«Du willst nach Kiew?» Das muss ich erst mal sacken lassen und nehme lieber noch einen Schluck Schampus, bevor ich reagiere.

Er nickt erneut.

«Und ich? Und Frida?»

«Ihr kommt mit!»

Er sagt das so selbstverständlich, als würden wir darüber reden, dass am 24. Dezember Weihnachten ist. Ich muss lachen, und das liegt nicht nur am Champagner. «Sicher nicht!»

«Aber Eva …»

«Was soll ich denn in Kiew? Ikonen vergolden? Auf keinen Fall! Ich bin gerade dabei, mir hier was aufzubauen!»

«Aber das läuft doch nicht!»

Wieso sagt er das so? Das kann er doch gar nicht beurteilen! «Lass das mal meine Sorge sein. Du fragst mich ja auch nicht um Rat, wenn es um deinen Job geht!»

«Aber du sagst doch immer –»

«Und wie soll ich den Kredit für die Werkstatt abbezahlen, wenn ich jetzt das Handtuch werfe? Kannst du mir das mal erklären?»

Arne geht zum Fenster. «Du hast recht. Und Frida wird auch nicht begeistert sein – zweieinhalb Jahre vorm Abi.» Er dreht sich zu mir. «Ehrlich gesagt hab ich mir schon gedacht, dass du nicht mitkommen willst. Verständlich.»

«Über welchen Zeitraum reden wir eigentlich?», hake ich nach.

«Erst mal drei Jahre, mit Option auf Verlängerung.»

«Und wie lange fliegt man überhaupt nach Kiew?»

«Zweieinhalb Stunden direkt.» Arne kommt zu mir. «Das ist näher, als wenn einer von uns nach München pendeln würde. Das kriegen wir doch hin, oder? Eva, das ist meine letzte Chance auf so ein Angebot.»

«Ich weiß», sage ich, denn Arne ist tatsächlich schon seit längerer Zeit unzufrieden in seinem Innenpolitik-Ressort. Und ich kann ihn sehr gut verstehen. Ich war ja auch unzufrieden in meinem Job als angestellte Restaurateurin. Mir fehlten die Herausforderungen. Erst nach der Kündigung und mit dem Eintritt in die Freiberuflichkeit wurde ich wieder glücklicher und habe meine Arbeit wieder lieben gelernt. Ja, ich kann Arne sehr gut verstehen und nicke. «Natürlich. Was sind schon drei Jahre?»

«Genau. Und deshalb sollten wir heiraten. Es ist wichtig, dass ihr versorgt seid, wenn mir etwas passiert.»

«Aha», sage ich verwundert. «Ein beunruhigender Gedanke, findest du nicht?»

«Gar nicht», sagt er, setzt sich zu mir und küsst mich. «Auf jeden Fall wäre es ein gutes Gefühl, wenn ich wüsste, dass da jemand auf mich wartet.»

«Wirst du jetzt etwa romantisch?»

«Quatsch! Ich würde mich einfach besser fühlen. Du nicht?»

So genau habe ich noch nie darüber nachgedacht, wie es sich anfühlt, mit jemandem zusammen zu sein, der im Ausland lebt. Immerhin hatte ich recht: Es gibt einen Grund für den Antrag. Kiew.

«Wir würden heiraten, um uns dann zu trennen. Ist doch irgendwie komisch, oder?»

«Überhaupt nicht. Das ... Heiraten wäre doch nur ein Akt für die Behörden. Dabei geht es vor allem um praktische Fragen für den Fall, dass mir etwas zustößt.»

Jetzt muss ich tief durchatmen. «Aber was soll dir denn zustoßen?»

«Was weiß ich? Herzinfarkt, oder ich werde vom Bus überfahren oder von einem Rebellen erschossen. Keine Ahnung.»

«Erschossen?» Was redet der Mann denn da?

«Ja, aber das kann natürlich überall passieren – egal ob in Kiew oder im Sauerland. Und damit zwischen uns und für Frida alles geregelt ist oder schnell geregelt werden kann, müssen wir dem vorgreifen.»

«Klingt, als würdest du morgen im Kugelhagel von Winterberg ums Leben kommen.»

Arne verdreht die Augen. «Es geht um Dinge, die unter Eheleuten einfacher zu regeln sind als bei Unverheirateten. Erbansprüche, Patientenverfügungen, Bankvollmachten, Ehevertrag und so 'n Kram.» Jetzt schaut er mich ganz erwartungsvoll an. «Du weißt, was ich meine, oder?»

Ich nicke. Und trotzdem will ich erst darüber nachdenken. So bin ich eben. Sternzeichen Waage – keine schnellen Entscheidungen, gründliches Abwägen aller Argumente. Das braucht Zeit. Ich nehme sein Gesicht in meine Hände und drücke meine Stirn an seine, ganz nah.

«Und wenn wir's vielleicht doch erst mal mit einem Tanzkurs versuchen?»

«Das wäre der schnellste Weg, mich loszuwerden.»

«Aber das will ich ja gar nicht!»

«Dann sag ja.»

«Gib mir etwas Zeit. Bitte!»

«Wie viel?»

«Vier Wochen?», fordere ich unsicher.

«Zwei», feilscht er.

«Okay, dann drei.»

Drei Wochen Bedenkzeit sind drei Wochen Zeit, mir Gedanken zu machen – über meinen Beziehungsstatus, über mich, über Arne, über Kiew und darüber, was das alles für uns bedeutet.

«Deal!»

Wir reichen uns die Hände und schlagen ein wie auf einem Bazar, und dann frühstücken wir – am Tisch.

4.

«Kiew!?» Carla schaut mich entsetzt an, als ich sie ein paar Tage später am Flughafen abhole und ihr auf dem Weg in die Stadt alles erzähle. Sie will ein paar notarielle Formalitäten in Deutschland klären, Arztbesuche machen und Freunde sehen.

«Ich habe eine dreiwöchige Bedenkzeit ausgehandelt.»

Carla ist irritiert. «Aber ich dachte, du hast längst ja gesagt.»

«Ich konnte nicht. Nicht so spontan.»

«Aber du hast doch in Spanien schon genug Zeit zum Nachdenken gehabt.»

«Da wusste ich ja noch nichts von Kiew.»

Carla schaut mich prüfend an. «Denkst du ernsthaft darüber nach, mitzugehen?»

«Natürlich nicht!»

«Wo ist dann das Problem?»

«Ach Carla, es geht doch gar nicht um Kiew. Es geht um das Heiraten. Wobei Kiew schon ziemlich symbolhaft ist.»

«Ich kann dir leider nicht folgen, Süße.» Ihr Finger deutet nach vorne. «Achtung, die Ampel ist rot.»

Ich steige auf die Bremse. «Es ist doch so, dass Arne und ich sowieso schon lange nur noch nebeneinanderher dümpeln. Jeder macht sein Ding. Und jetzt will er nach Kiew – was Besseres hätte ihm gar nicht passieren können. Wozu dann überhaupt heiraten?»

Carla schaut mich irritiert an. «Moment, redest du von Trennung?»

Ich lege den ersten Gang ein und fahre weiter. «Zum Beispiel.»

«Steht das denn zur Debatte?»

«Nein, aber es steht im Raum.»

Das scheint Carla zu überraschen. «Dein Mann macht dir einen Heiratsantrag, und statt ja zu sagen, denkst du über Trennung nach? Das ist doch … verrückt.»

«Nein, meine Liebe, das ist logisch. Er will unsere Beziehung durch einen Trauschein kitten.»

«Oder er will dich nicht verlieren und eure Beziehung retten.»

«Ist das nicht das Gleiche?»

«Nicht wirklich. Wenn man etwas kitten will, ist es schon zerbrochen. Etwas zu retten heißt, es zu schützen und aufzufangen, bevor es bricht.»

«So hab ich das noch gar nicht gesehen», gebe ich zu und halte vor dem Haus, in dem Carla ihr Apartment hat. Wir bringen ihr Gepäck hinein. Sie macht sich etwas frisch und zieht sich um, während ich aus dem Fenster im vierten Stock schaue. «Er sagt, er will Frida und mich durch die Ehe absichern, falls ihm etwas zustößt. Rein bürokratisch.»

«Klingt vernünftig. Aber wieso rein bürokratisch? Eine Hochzeit ist doch schließlich auch ein feierlicher Akt», höre ich Carlas Stimme aus dem Schlafzimmer.

«Ich weiß nicht …», druckse ich herum, denn ich habe noch immer diesen kruden Gedanken im Hirn, den ich schon auf dem Rückflug hatte. «Vielleicht steckt ja noch was ganz anderes dahinter.»

«Ich bin gespannt!»

«Na ja, vielleicht hatte er wieder eine Affäre.»

Carla lugt hinter der Schlafzimmertür hervor. «Traust du ihm das zu? Nach allem, was ihr damals durchgemacht habt? Ich dachte, du hast ihm den Seitensprung verziehen.»

Da hat Carla leider recht. Das war damals ein Ausrutscher. Arne war sonst nie ein Draufgänger. Als wir uns kennenlernten, hatte ich gerade mein Examen und eine gescheiterte Beziehung hinter mir. Da kam er genau richtig. Es funkte sofort, denn er verstand es, mich zum Lachen zu bringen. Damit hatte er schon gewonnen. Arne tat mir gut. Er wich nicht mehr von meiner Seite und ich nicht von seiner. Umso überraschter war ich, als er dann fünf Jahre später diese Geschichte laufen hatte. Mit einer ehemaligen Kommilitonin. Auf Knien hat er mich angefleht, ihm zu verzeihen.

«Wo bleibt die Pointe?», fragt Carla, die sich gerade ein frisches Kleid anzieht.

«Vielleicht will er durch eine Heirat sein schlechtes Gewissen beruhigen.»

«Ach, du meinst, er überspringt die Blumen und macht dir gleich einen Antrag. Interessante Variante, aber nicht blöd.»

Ich fühle mich bestätigt. «Oder?»

Carla nickt. «Das könnte zu ihm passen.»

«Sag ich doch.»

Sie legt den Kopf schief. «Du solltest das prüfen, Eva.»

«Hab ich schon. War aber negativ.»

Jetzt steht Carla umgezogen vor mir und schaut mich mit großen Augen an. «Du hast ihn ausspioniert?»

Ich nicke. «Ich bin schließlich ein gebranntes Kind!»

Carla verdreht die Augen. «Aber das ist ewig her.»

Ich schüttele den Kopf. «Der Zweck heiligt die Mittel. Ich habe aber nichts gefunden.»

Endlich gehen wir mittagessen. Ich sterbe vor Hunger. Ja, ich gebe zu, ich habe nach unserem Champagner-Frühstück bei nächster Gelegenheit Arnes Sachen durchsucht – auf das Übliche: Hotelrechnungen, Restaurantquittungen, Lippenstiftreste am Hemd, Parfumduft in seinem Kleiderschrank. Ich stehe dazu, denn wie gesagt, es wäre nicht das erste Mal.

«Wie alt ist Arne jetzt eigentlich?», fragt Carla, während sie die Karte liest.

«Vierundfünfzig, wieso?»

«Auch nicht mehr der Jüngste. Vielleicht hat er Angst, alleine alt zu werden.» Sie wendet sich dem Kellner zu, der neben dem Tisch auf die Bestellung wartet. «Das vegetarische Menü bitte!»

Ich nehme meine Brille ab und schaue Carla überrascht an. «Seit wann isst du vegetarisch?»

«Seit ich diesen andalusischen Koch kennengelernt habe.»

«Andalusischer Koch?», frage ich überrascht.

Aber Carla lässt sich nicht beirren. «Der Kellner wartet.»

Ich setze die Brille wieder auf und zeige auf die Karte. «Ich nehme den Wolfsbarsch mit Gemüse. Keine Kartoffeln und keinen Reis, bitte.»

«Seit wann isst du keine Kartoffeln?»

«Seit ich auf Low Carb umgestiegen bin. Seit wann hast du einen andalusischen Koch?»

Aber sie bleibt stur. «Ich erzähl's dir später. Wo waren wir stehen geblieben?» Sie überlegt kurz. «Ach ja, Arne will vielleicht nicht alleine alt werden.»

«Wie meinst du das? Das ergibt keinen Sinn, wenn er nach Kiew zieht und ich nicht.»

«Du hast doch gesagt, er würde sich gut fühlen zu wissen, dass da jemand ist, der auf ihn wartet.» Carla nimmt ein Stück Brot und tunkt es in die Knoblauchcreme. Sehnsüchtig schaue ich ihr dabei zu. Eigentlich liebe ich Brot.

«So ungefähr. Denn warten müsste ich ja sowieso, egal ob mit Trauschein oder ohne», sage ich.

«Na, irgendwann wird er ja aus Kiew zurückkommen.»

«Du meinst, er glaubt, dass ich Hemmungen haben werde, ihn mit einem Ring am Finger zu verlassen, wenn er alt wird?»

«Genau das meine ich.»

«Aber ich bekomme jetzt schon Spam mit Werbung für Seniorenwindeln, Abführmittel und Treppenlifts. Außerdem leide ich unter Hitzewallungen, Gewichtszunahme und fürchterlichen Gefühlsschwankungen. Ich bin bereits alt. Da wäre doch eine *junge* Ehefrau viel sinnvoller als Altersvorsorge», wende ich ein.

«Da hast du's!»

«Was hab ich?»

«Wenn das alles nicht in Frage kommt als Erklärung, dann muss es Arne wohl doch ernst sein mit eurer Beziehung.»

5.

Nach dem Essen bringe ich Carla zu ihrem Homöopathen und treffe mich mit Frida in der Stadt. Sie braucht neue Klamotten. Diesmal stimmt das sogar, denn sie ist aus ihren alten herausgewachsen. Und weil sie leider keine älteren Geschwister hat, deren Sachen sie auftragen könnte, muss ich alle paar Monate Neues kaufen. Sie hat endlich den langersehnten Schuss gemacht und sich mit diesem Wachstumsschub vom Platz der Kleinsten in der Klasse zur Sechstgrößten hochkatapultiert. Sie gehört nun zum Mittelmaß und fühlt sich dort wohl – ohne aufzufallen, wohlgemerkt.

Es gibt zwei Strategien der Pubertistinnen, diese Lebensphase zu überstehen: entweder um jeden Preis auffallen und provozieren – also viel Make-up, bunte Haare und schlimme Outfits – oder möglichst unauffällig, am liebsten gleich unsichtbar sein, damit weder die Pickel noch die Zahnspange und schon gar nicht der zu große oder zu kleine Busen auffallen. Frida gehört eindeutig zur zweiten Kategorie, obwohl es ihr nicht an Selbstbewusstsein mangelt.

Sie ist nun fast so groß wie ich und kann es kaum erwarten, auf mich herabschauen zu können. Wir probieren Hosen, Kleider, Mäntel, aber alles, was ich gut finde, findet Frida weder *fancy* noch *nice* und umgekehrt. Wie sehr bewundere ich Mütter, deren Töchter sie so cool finden, dass sie ihnen sogar die Klamotten aus dem Schrank klauen. Wobei ich eigentlich ganz froh bin, dass ich meine Klamotten nicht teilen muss und meine Tochter kein Double von mir ist. Sie hat ihren eigenen Kopf. Und sie hasst es eigentlich auch, mit mir shoppen zu gehen. Aber solange ich bezahle, möchte ich auch ein Vetorecht haben, sonst kauft sie sich am Ende nur zerschlissene Jeans, bei denen jedes Loch extra kostet.

Nervös tänzelt sie um mich herum wie ein Boxer um seinen Gegner, während ich ein Kleid begutachte.

Arne und ich haben beschlossen, erst mit Frida über Kiew zu reden, wenn ich ihm eine Antwort auf den Antrag gegeben habe. Als ich ihr erzählt habe, dass Arne mich gefragt hat, ist sie ausgerastet, so happy war sie. Natürlich hat sie nicht verstanden, wieso ich eine Bedenkzeit brauche.

«Mama, was ist eigentlich dein Problem?»

Hab ich mich da gerade verhört, oder redet meine fünfzehnjährige Tochter mit mir wie mit einem Typen, der sie gerade schief angemacht hat?

«Was willst du mir sagen, mein Kind?», frage ich betont streng.

«Ich find's toll, wenn ihr endlich heiratet.»

«Was? Du bist doch erst fünfzehn und schon so spießig!»

«Na und? Hauptsache, ich kann endlich auch mal Blumenkind sein.»

In jeder ironischen Anspielung steckt ein Funke Ernst. Ich bleibe stehen. «Schnucki, es tut mir leid, das sagen zu müssen, aber du bist zu alt dafür.»

Frida macht ein entsetztes Gesicht. «Was?! Nein!» Dann bricht sie in Tränen aus. Zumindest tut sie so. «Wie kannst du nur so grausam zu mir sein! Dabei wollte ich doch einfach nur normale, verheiratete Eltern haben.»

Obwohl es so absurd klingt, spricht Frida aus tiefstem Herzen.

Sie hat sich ihr Leben lang nichts sehnlicher gewünscht, als dass ihre Eltern heiraten und endlich «normal» werden. Am schlimmsten war es, als sie noch klein war. Sie hat sich regelrecht geschämt, dass wir nicht verheiratet waren, weil wir ihr als Familie nicht vollwertig schienen. Außerdem wäre sie so gerne unser Blumenmädchen gewesen. Hundertmal haben wir versucht, ihr zu erklären, dass wir natürlich auch ohne Trauschein eine echte Familie sind, aber es nutzte rein gar nichts. Als sie älter wurde, gab es zunehmend Wichtigeres als den Beziehungsstatus ihrer Eltern – nämlich ihren eigenen. Nichtsdestotrotz scheint sie noch immer an die Kraft der Ehe zu glauben. Dabei habe ich ihr ständig gesagt, dass es viel wichtiger sei, dass man sich liebt. Aber wenn immer mehr Paare im Bekannten- und Verwandtenkreis heiraten, hat das für ein Kind eine Signalwirkung.

Dann ist da noch die Sache mit dem Namen. Erst ab der sechsten Klasse hatte sich Frida daran gewöhnt, dass ihre Lehrer wissen wollten, ob Arne wirklich ihr Papa sei, weil er ja einen anderen Nachnamen hat als Frida und ich. Ganz abgesehen davon, dass Arne sich ständig genötigt sah, die Namensproblematik klarzustellen, wenn man ihn fälschlicherweise mit «Herr Hitz» ansprach statt mit «Herr Schröder». Jedenfalls hat Frida irgendwann aufgehört zu fragen, wann wir endlich heiraten, was nicht heißt, dass sie es sich nicht weiterhin gewünscht hat. Genauso wie alle anderen Verwandten und Freunde. Sie alle haben den Umstand unseres gemeinsamen Lebens ohne Trauschein zähneknirschend hingenommen. Sogar mein Vater, der jahrelang darauf bestand, dass alles seine Ordnung haben müsse, bis er einsah, dass es auch ohne Ehe geht. Seit ein paar Jahren bleiben Fragen nach unserem Hochzeitstermin aus, denn viel mehr als unsere langweilige Nichtehe stehen in unserem Alter nun Trennungen und Scheidungen im Fokus des Tratschs. Das ist eindeutig spannender.

«Aber wieso willst du Papa denn nicht heiraten?»

«Weil …» Ich wische mit der rechten Hand durch ein paar schwarze Chiffon-Kleider mit massenhaft Glitzer auf der Vorderseite. Nichts für Frauen mit kurzem Oberkörper und dickem Busen – also nichts für mich. Wer will schon die Blicke der anderen genau auf die Krisenregion lenken? «Weil ich das nicht unbedingt für notwendig halte.»

«Notwendig ist so vieles nicht. Dass Papa alle fünf Jahre ein neues Auto kauft, ist auch nicht notwendig. Vor allem ist es schlecht für die Klimabilanz. Und dass wir Fleisch essen, ist auch nicht notwendig. Und –»

«Schon gut, ich hab's kapiert», sage ich und muss mir schnell ein Argument einfallen lassen, das nicht darauf schließen lässt, dass es nicht bestens um Arne und mich steht. «Ich … halte die Ehe einfach für ein überholtes Modell. Und für moderne, emanzipierte Frauen erst recht nicht akzeptabel.»

Frida klopft mir kumpelhaft auf die Schulter. «Aber da stehst du doch drüber. Oder?»

«Ja klar!», sage ich kleinlaut.

«Na, wo ist dann das Problem?»

Ich hänge eine Jacke zurück auf den Kleiderständer. «Ich …»

«Genau!», unterbricht mich Frida. «*Du* bist das Problem. Du hast nämlich Bindungsangst. Total schizo nach so langer Zeit! Ihr seid doch längst eine Bindung eingegangen – sieh mich an!»

«Ja, und?», sage ich genervt.

«Liebst du Papa denn?»

«Natürlich!», sage ich vielleicht etwas zu selbstbewusst. «Oder hast du etwa einen anderen Eindruck?»

«Na ja, ihr zofft euch ganz schön viel in letzter Zeit. Und ihr geht auch nicht mehr so viel aus wie früher. Ich hab den Eindruck, ihr macht so euer Ding – jeder für sich.»

Selbst Frida hat es gemerkt, obwohl sie kaum zu Hause ist.

«Aber das ist doch auch gut so», rufe ich aus. «Wir lassen uns eben unsere Freiräume.» Ein erbärmlicher Versuch, die Dinge schönzureden.

Frida wirft mir einen äußerst skeptischen Blick zu. Sie hat ja recht mit allem, und da gibt es auch nichts zu beschönigen. Gerne würde ich sagen, dass wir – eben weil wir nicht verheiratet sind – eine aufregende, abenteuerliche, sexuell aufgeheizte und intellektuell herausfordernde Beziehung führen. Ist aber nicht so. Arne und ich führen eine langweilige Alltags-tagein-tagaus-Beziehung und gehen uns lieber auf die Nerven oder aus dem Weg statt ins Kino. Bloß gut, dass wir nicht verheiratet sind, sonst ständen wir wahrscheinlich kurz vor der Scheidung. Da wir also nicht verheiratet sind und damit nicht in einer schwierigen Situation gefangen, glauben wir, unsere Beziehung immer wieder rebooten zu können. Mit seinem Antrag beweist mir Arne, dass er *uns* vermutlich wirklich retten will.

Aber ich bin da skeptisch. Vielleicht habe ich momentan einfach nicht die Kraft für einen weiteren Reboot. Vielleicht muss ich jetzt, wo Frida auf dem Absprung ist und Arne ja irgendwie auch, mal einfach nur an mich denken. Und wenn das mit der Werkstatt besser läuft, bin ich nicht mehr zu bremsen.

«Fridi …» Sie hasst es, wenn ich sie so nenne. «So ist das nun mal in …» Ich suche nach Worten und Erklärungen. «Langzeitbeziehungen. Da ist man nicht mehr so … super verliebt. Mit den Jahren kommt es viel mehr auf andere Dinge an.»

Demonstrativ ziehe ich einen Sweater aus einem Stapel, um nach dem Preis zu schauen.

«Ach, jetzt bin ich aber neugierig», höre ich Frida sagen.

«Na ja. Vertrauen, Verlässlichkeit, Freundschaft – so was eben.»

Wenn ich mich so reden höre, möchte ich am liebsten den Kopf schütteln, so abgedroschen klingt das. Umständlich fummele ich das Etikett aus dem Sweatshirt.

«Die spinnen ja!»

«Habt ihr noch Sex?»

«180 Euro … Was?!» Ich muss mich wohl verhört haben.

«HABT IHR NOCH SEX?» Fridas Stimme ist klar, deutlich und vor allem laut.

Unsicher blicke ich mich um und ernte schmunzelnde Blicke von Frauen, die das gar nichts angeht.

«Psst – schrei doch nicht so! Muss ja nicht jeder hier wissen!»

«Was? Dass da nichts mehr geht zwischen Papa und dir?»

Das ist frech! «Vorsicht, Fräulein! Vor allem geht es *dich* nichts an!» Mir bleibt heute auch nichts erspart!

«Also hab ich recht.»

«Nein! Überhaupt nicht! Zwischen Papa und mir läuft … alles … bestens», lüge ich.

Frida strahlt und gibt mir einen Wangenkuss. «Na also! Dann freu dich doch über den Antrag.»

«Mach ich ja, aber …»

«Mama! Jetzt hör mal mit dem ständigen *Ja, aber* auf! Das nervt!» Frida zeigt mir eine Latzhose mit großen Rissen in den Beinen.

Skeptisch begutachte ich das Teil. «Also, wir haben die Jeans früher so lange getragen, bis die Löcher von alleine kamen. Je älter, desto besser.»

«Ach, dann willst du Papa am Ende erst mit neunzig heiraten?» Fridas Lachen ist ansteckend.

«Keine schlechte Idee!»

«Aber da passt du in kein schönes Kleid mehr und feierst die Party mit Rollator», sagt Frida. «Vielleicht sterbe ich ja vor dir – dann erleb ich das gar nicht mehr.»

«Jetzt hör aber auf!», protestiere ich.

Frida hält mir ein weißes Kleid vor den Körper, um zu sehen, wie es mir steht. «Gar nicht schlecht. Halt mal!», sagt sie, nimmt mir mein Handy aus der Jackentasche, und gerade als ich genervt die Augen verdrehe, macht sie ein Foto, das sie mir sofort zeigt.

«Weiß trägt auf», kommentiere ich und stecke das Handy weg.

«Mal im Ernst, Mama, Oma sagt immer, der erste Gedanke zählt. Was war dein erster Gedanke nach dem Antrag?»

Ich erinnere mich und muss lächeln. «Okay, zugegeben, ich habe mich gefreut. Aber jede Frau würde sich ja wohl über einen Heiratsantrag freuen.» Und so einen tollen Ring.

«Egal. Du hast dich gefreut. Nur das zählt!»

«Aber ich bin auch wütend, weil Papa mich unter Druck setzt.»

Frida hängt das weiße Kleid zurück. «Willkommen in meiner Welt. Ihr setzt mich ständig unter Druck. Dabei mach ich erst in zweieinhalb Jahren Abi.»

«Kann ich Ihnen helfen?», fragt eine Verkäuferin, die sich lautlos angeschlichen haben muss.

«Nein!», sagen wir gleichzeitig und ziehen lachend weiter.

6.

Ganz vorsichtig streiche ich über die beschlagene Holztür, deren Rundbogen durch Witterungseinflüsse stark geschädigt ist und dringend komplett erneuert werden müsste. Weil ich ein paar Minuten zu früh bin, will ich mir allein einen ersten Eindruck verschaffen. Nur Lotti ist bei mir. Also öffne ich vorsichtig die schwere Tür der kleinen Kapelle, von der ich bislang nicht mal ahnte, dass sie nicht weit von mir existiert. Sie liegt in der Nähe eines kleinen abgeschiedenen Weilers nur eine halbe Autostunde von meiner Werkstatt entfernt. Es gibt ein paar Häuser, ringsum Ackerland und hinter dem Birkenwäldchen einen See, entstanden aus einer ehemaligen Tagebaugrube, die vor zwanzig Jahren geflutet wurde. So steht es jedenfalls auf der Info-Tafel am Spazierweg, der rings um den See führt. Am hohen Ufer dieses einstigen Baggerlochs thront die kleine weiße Kapelle. Wie eine Königin wacht sie über das Wasser, als läge darin ihr vergangenes Königreich begraben.

Langsam trete ich ein und nehme einen modrigen Geruch wahr. Auch Lotti schnuppert neugierig, bleibt aber eng an meiner Seite. Die weißen Wände, an denen sich grüngräulicher Schimmel ausbreitet, sind feucht und kalt. Ich lasse meine Hände über die Holzbänke gleiten, die genauso wie die Eingangstür vom Holzwurm befallen sind. Der Altarraum wird umrahmt von vier milchigen Kirchenfenstern, die viel Licht in die kleine Kapelle bringen, was ihr eine besondere, positive Stimmung verleiht. Davor steht ein dreiteiliger Flügelaltar, ebenfalls vom Wurm befallen. Er ist stark verschmutzt, die Farben leuchten nicht mehr, der Rahmen ist durchsiebt, das Holz an einigen Stellen abgesplittert. Und trotz alledem zieht dieser gotische Altar die Blicke des Betrachters magisch an. Er ist der heiligen Anna gewidmet, der Mutter Marias und Großmutter von Jesus. Er zeigt alle drei Generationen in einem Motiv. Das Jesuskind sitzt auf der linken Seite von Annas Schoß und die jugendliche Maria auf der rechten. Sie reicht ihrem Sohn eine goldene Kugel. Das Hauptmotiv wird zu beiden Seiten flankiert von zwei Heiligen. Vermutlich die heilige Katharina und die heilige Elisabeth. Es berührt mich – nicht weil ich gläubig wäre – im Gegenteil. Vielmehr berührt es mich als Frau.

«Frau Hitz?» Eine warme Frauenstimme hallt hinter mir in das Kirchenschiff.

Lotti bellt leise und vorsichtig. So ganz geheuer ist ihr der Ort mit seiner Akustik und den fremden Gerüchen nicht.

Ich drehe mich um und sehe eine alte Dame um die achtzig, die mir von der Tür her zuwinkt.

«Ja, das bin ich. Frau …» Ich gehe zu ihr und muss mich kurz sammeln, um den Namen richtig auszusprechen, den sie mir am Telefon genannt hat. «Frau Zschitzsch-» Verdammt! Noch mal. «Frau Zschitzschk- …kewicz.» Keine Ahnung, ob ich diesen Knoten je wieder aus meiner Zunge bekomme.

Aber die Aussprache muss einigermaßen richtig gewesen sein, denn nun lacht sie mich an, diese sympathische Frau mit den vielen Zischlauten im Namen, und das ist so herzlich und ansteckend, dass ich mitlache. Sie reicht mir ihre große, faltige, mit Altersflecken übersäte Hand, deren Haut so dünn ist, dass die Adern durchschimmern. Es ist ein fester, starker und vor allem warmer Händedruck. Einer, der keine Zweifel aufkommen lässt über die Person, zu der diese Hand gehört – eine Frau, die viel erlebt hat und die zupacken kann.

«Sagen Sie doch Anna zu mir. Damit fühlen wir uns sicher beide besser.»

«Gerne, Anna. Ich bin Eva.»

Sie klatscht in die Hände und lacht noch mehr. «Anna und Eva treffen sich in der Marienkapelle unter dem Annenaltar. Wenn das nicht Frauenpower ist!»

«Ja, allerdings.» Zugegeben, ich habe zuvor noch keine Achtzigjährige das Wort *Frauenpower* aussprechen hören. Obwohl sie zur 68er-Generation gehören könnte. Ich schaue sie genauer an und erkenne, dass sie wirklich eine Powerfrau ist. Sie trägt eine bequeme Jeanslatzhose mit blauer Bluse unter ihrer Strickjacke, dazu bequeme Birkenstock an den Füßen. Auf dem Kopf ein rotes Kopftuch, wie eine Bäuerin. Sie hat mich vor zwei Tagen angerufen und um ein Treffen gebeten. Es ginge um eine alte Kapelle. Mehr konnte sie mir noch nicht sagen.

«Und wen haben Sie da mitgebracht?», fragt Anna und beugt sich zu Lotti, um ihr den Kopf zu tätscheln.

«Das ist Lotti, sie ist ganz lieb, nur etwas ängstlich.»

Die alte Frau streichelt meiner Hündin den Hals, und Lotti genießt es mit halbgeschlossenen Augen.

«Ja, das gefällt dir, was? Ich hatte immer Hunde früher.» Anna richtet sich wieder auf und hakt sich bei mir unter. «Kommen Sie!»

Sie zieht mich ein Stück hinaus vor die Kapelle, zu der wir nun aufblicken. «Ist sie nicht hübsch?»

«Sie ist wunderschön.»

«Wenn diese Wände reden könnten, sie hätten viel zu erzählen.»

«So wie Sie vermutlich auch», sage ich.

Sie winkt ab. «Ich mache das hier ehrenamtlich, wissen Sie? Schon seit vielen, vielen Jahren versuche ich, das Schlimmste zu verhindern. Kümmere mich um die Kerzen, bringe Blumen und mache sauber. Aber das reicht nicht. Die Gemeinde würde die Kapelle gerne restaurieren lassen. Sie machen doch so was, oder?»

«Ja, das ist mein Beruf!», sage ich und bin ein bisschen stolz.

Anna freut sich sichtlich. «Ich soll Ihnen …» Sie versucht, sich zu erinnern. «Ah, jetzt weiß ich's wieder: Sie sollen sich die Kapelle ansehen und uns ein Angebot machen.»

«Uns?»

«Dem Gemeinderat.»

«Aber wofür genau? Für die ganze Kapelle?!»

«Ach so. Nein, nein ... es ist der Altar. Die Anna.»

«Sehr gut. Wie kommen Sie denn auf mich?»

«Oh, das müssen Sie den Gemeinderat fragen. Ich bin nur eine helfende Hand. Aber Sie werden die Verantwortlichen sicher bald kennenlernen.»

«Woher wissen Sie das so genau? Sie holen doch sicher noch andere Angebote ein?»

Die alte Frau lächelt mich an. «Das fühle ich, meine Liebe.» Sie nimmt meine Hand in ihre und drückt sie leicht. «Und Ihren Hund können Sie auch mitbringen. Jetzt muss ich los. Ein Arzttermin – das Herz. Bleiben Sie doch noch und sehen sich in Ruhe um. Ich schließe dann später ab.»

Ich muss Anna versprechen, mich bald mit einem Angebot bei der Gemeinde zu melden und bleibe noch, um Fotos zu machen. Eine schöne Begegnung, aber irgendwie auch seltsam.

***

Zu Hause setze ich mich hin und beginne mit der Recherche. Da ich gerade einen Auftrag beendet habe – in einem dreihundert Jahre alten Kloster –, kommt dieser neue Auftrag genau richtig. Anna hatte recht: Ich wusste auf den ersten Blick, dass ich in dieser Kapelle arbeiten möchte. Da bleibt eigentlich gar keine Zeit, um mich mit Hochzeitsgedanken zu befassen. Aber es dauert ja noch etwas, bis ich mich entscheiden muss. Und wenn ich nein sage und Arnes Antrag ablehne, wird er das akzeptieren müssen und nach Kiew gehen – ohne Ehering. Wir leben dann ganz einfach unser Leben so weiter wie bisher. Jeder macht seins. Was wäre so schlecht daran?

Ich lade die Fotos aus der Marienkapelle auf meinen Computer und schaue sie im Detail an, um den Altar grob einordnen zu können nach Alter, Epoche und Zustand. Die kleine Kapelle selbst könnte schon im 12. Jahrhundert erbaut worden sein. Der aufwendige Altar, den ich restaurieren soll, stammt aber wahrscheinlich aus der Spätgotik, also 15. Jahrhundert. Wenn ich Glück habe, finde ich später irgendwo eine Datumsangabe und einen Verweis auf den Bildschnitzer. Diese Recherchen helfen mir, eine erste Einschätzung für ein Angebot vorzunehmen. Dem Zustand des Altarretabels nach würde diese Restaurierung ungefähr sechs Monate dauern.

Meine Güte, dieser Auftrag wäre ein Geldsegen.

Mehrere Stunden versinke ich konzentriert in meiner Arbeit, recherchiere, kalkuliere und überschlage Arbeitsabläufe, Zeitaufwand, Kosten und, und, und. Es ist großartig – wie ein Reinemachen in meinem Kopf. Nur an das denken, wo ich kompetent und sicher bin – meine Arbeit. Endlich bin ich mal wieder voll in meinem Element und schließe alle Gedanken an Arnes Antrag und alles, was mit Heiraten zu tun hat, aus meinem Bewusstsein aus, bis meine Konzentration irgendwann nachlässt und mich etwas auf dem Bildschirm ablenkt. Eine banale Spam-Mail, die meine Aufmerksamkeit auf sich zieht, mit der Überschrift: *Die schönsten Outfits für den schönsten Tag im Leben.*

Unfassbar! Woher weiß so ein dämlicher Algorithmus eigentlich, dass ich … Zack, schon draufgeklickt und abgelenkt und weggefischt. Nur mal eben ganz kurz schauen. Das heißt ja gar nichts. Nur rasch einen Überblick verschaffen, um zu wissen, was es alles so gibt und was ich sowieso nicht brauche bei meiner nüchternen amtlichen Hochzeit. Wenn überhaupt. Und diese sündhaft teuren, aber auch sündhaft schönen Kleider … will ich sowieso nicht. In meinem Alter stecke ich mich doch nicht mehr in so ein hautenges Meerjungfrauen-Kleid mit angedeuteter Schwanzflosse und bauchnabeltiefem Ausschnitt. Albern! Um da reinzupassen, müsste man mich schon reinschießen. Vor allem der Preis ist lächerlich: 4500 Euro! Dafür mache ich lieber Urlaub.

Wahnsinn, so viel Geld für ein bisschen Tüll und Tütü, denke ich und klicke mich durch die Hochzeitskleider. Es gibt so viele unterschiedliche Stile, Farben, Formen, Ausschnitte, Längen, Verzierungen, Materialien – so viele hässliche, aber auch traumhafte Kleider, so viele unterschiedliche Designs und Ausführungen, dass ich gar nicht aufhören kann zu schauen.

Drei Stunden und mindestens siebzig Kleider später tippt mir Frida auf die Schulter.

«Rück mal», sagt sie und holt sich einen Stuhl, um neben mir Platz zu nehmen.

Ich fühle mich von meiner Tochter ertappt. «Es ist nicht so, wie du denkst!», versuche ich mich rauszureden, als hätte ich etwas Verbotenes getan.

Aber das interessiert Frida gar nicht. Gebannt starrt sie auf den Bildschirm, wo ich gerade ein spanisches Designerkleid mit Spitze und Perlen angeklickt habe.

«Ist das schön! Wahnsinn! Das würde dir so gut stehen, Mama. Ist das Creme oder Weiß?»

«Creme natürlich! Weiß macht mich zu blass.»

«Hm … Obwohl Meghan Markle ja auch ein schneeweißes Kleid anhatte. Das ist wieder total in.»

«Schon, aber ich bin eher der Kate-Middleton-Typ. Also reifer und gediegener und so. Lieber Creme. Steht mir besser.»

«Ja, Weiß trägt auch mehr auf.»

Ich werfe Frida einen skeptischen Seitenblick zu.

Sie zieht die Schultern hoch «Ja sorry, ist so, wenn man nicht gerade fünfzig Kilo wiegt.»

«Na, wenn du das sagst, bin ich ja beruhigt.»

Frida ist schlank und sportlich mit einem Rest Babyspeck im Gesicht, zu dem sich einige Pickel und Mitesser gesellen. Ihr Haar ist lang. Wie bei fünfundneunzig Prozent aller Mädchen in ihrem Alter, würde ich sagen. Jedenfalls sehen sie von hinten alle gleich aus – gleicher Klamottenstil, gleiche Zöpfe, gleiche Rucksäcke, gleiche Gangart, gleiche Sneaker sowieso.

Plötzlich umarmt mich Frida und drückt mich ganz fest. «Mensch, Mama, ich freu mich so, dass du endlich ja sagst. Das wird eine wunderschöne Hochzeit, und du wirst die coolste Braut unter der Sonne. Vorausgesetzt, ich heirate nicht am gleichen Tag.»

Ich halte meine Tochter auf Abstand. «Moment, Moment, das ist ein Missverständnis. Niemand hat ja gesagt, erst recht nicht ich.»

«Aber … die Kleider?»

«Haben rein gar nichts zu bedeuten!»

Frida überlegt kurz, grinst breit und nickt blöd. «Schon klar, Mama, rede dir das ruhig ein.» Sie hebt einen Daumen und zwinkert mir verschwörerisch zu, als sei sie Mitwisserin einer höchst geheimen Information.

Hoffentlich steigert sie sich da nicht hinein, denke ich. Am Ende ist sie bei einem Nein enttäuschter als Arne.

***

«Machst du Witze?», ruft Carla nahezu euphorisch, als ich ihr von meiner Kleiderschau erzähle. «Das ist ja wunderbar!»

«Ich sage ja nur, dass ich überrascht bin, wie groß die Auswahl ist. Mehr nicht!»

«Ja, ja, komm schon, insgeheim willst du's doch auch.»

«Was will ich auch?»

«Einmal im Leben Prinzessin sein.»

«Nein danke! Du warst ja schon dreimal Prinzessin. Und bei keiner deiner Hochzeiten warst du Jungfrau und hast doch immer wieder Weiß getragen. Schäm dich!»

Ich schmunzele, als wir unser Lieblingscafé betreten, ein echtes Wiener Kaffeehaus von einem echten Wiener betrieben, der nicht nur die beste Sacher- und Linzertorte macht, sondern auch ein phantastisches Wiener Schnitzel auf der Karte hat.

Kaum sitzen wir an unserem Lieblingstisch am Fenster, kommt Wolfgang schon angerauscht. Früher war er mal Schlagersänger in Talentshows und Autohäusern, hat aber bald gemerkt, dass er das schnell verdiente Geld besser investieren sollte, statt es zu verprassen. Und weil er außer Singen nur Kochen und Kellnern konnte, entschied er sich für ein Café – das *Kuchenrausch*. Seine Freundin Uschi, seit ihrer ersten Begegnung mit Wolfgang sein treuester Fan und eine waschechte Konditorin, hat ihm zu dem Schritt geraten. Sie ist finanziell mit eingestiegen, nachdem sie in einem 5-Sterne-Hotel ihren Job als Pâtissière hingeschmissen hatte, weil sie den Stress in der Hotelküche nicht mehr ertrug. Sie suchte Trost im Alkohol und beschloss, sich wenigstens einmal im Leben an der noblen Hotelbar zu betrinken. Am gleichen Abend hat sie dort an der Theke den zehn Jahre älteren Wolfgang kennengelernt, der gerade von einem Playback-Auftritt in einem Autohaus kam und erschöpft und desillusioniert noch einen Absacker zu sich nehmen wollte. Es war Liebe auf den ersten Blick, obwohl Uschi damals noch nicht auf Schlager stand und Wolfgang auch gar nicht kannte. Das hat ihn zunächst irritiert, aber dadurch wusste er, dass es Uschi ernst war. Diese Begegnung war wie eine Fügung: Schon bald zogen der erfolglose Schlagerstar mit Schnauzbart, Glatze und großer Leidenschaft für Torten und die kugelrunde, rot gelockte arbeitslose Konditormeisterin zusammen. Sie machten sich selbständig und bekamen Zwillinge. Da war Wolfgang schon fünfzig und der glücklichste Mann der Welt. Zum ersten Geburtstag seiner

Töchter Lili und Lulu gab es ein großes Fest im *Kuchenrausch*, mit Drinks, Torten und Schlagergesang, den Wolfgang sonst nur noch abends am Kinderbett über die Lippen bringt. Wie sich das später auf die Psyche der Zwillinge einmal auswirken wird, kann man nur ahnen. Die Party war jedenfalls toll!

Wolfgang begrüßt uns überschwänglich wie immer mit drei Bussis links, rechts, links, wie in Österreich üblich.

«Meine Lieben, schön, dass ihr mal wieder da seid. Du siehst toll aus, Carla. Wie läuft's in Spanien?»

«Gut, ich warte auf euren Besuch! Eva war gerade erst da.»

Ich nicke. «Genau, das war super, ich …» Ich habe das Gefühl, unsichtbar zu sein, denn Wolfgang beachtet mich gar nicht, sondern winkt ab und fällt mir ins Wort, um Carlas Frage zu beantworten.

«Hör bloß auf. Ich würde ja, aber Uschi kriegst du mit den Kleinen nicht in den Flieger. Den Stress will sie sich nicht antun. Die würden da alles zusammenschreien.»

«Das muss am geerbten Gesangstalent liegen», spotte ich, weshalb mir Wolfgang einen gespielt bösen Blick zuwirft.

«Bringst du uns bitte zwei Kaffee Crema und für mich ein Stück Sacher», sagt Carla, während sie ihre Jacke auszieht.

«Ich nehme ein Stück Apfel-Walnuss mit Sahne», rufe ich schnell hinterher, damit er mich nicht wieder übersieht.

«I weiß scho, Eva, Liebes: mit etwas Zimt obendrauf.»

«Genau! Danke dir», sage ich lächelnd und bin versöhnt.

Keine drei Minuten später kommt Uschi persönlich aus der Küche und bringt uns den Kuchen. Sie strahlt, als sie uns sieht.

«Wusst ich's doch, dass ihr das seid!» Sie stellt die Teller ab und umarmt uns zur Begrüßung. «So schön, euch zu sehen!»

Ich habe das Gefühl, sie drückt mich besonders herzlich als Ausgleich für Wolfgangs anfängliche Ignoranz.

«Mensch, Uschi, du strahlst ja so. Was ist denn passiert?», frage ich. Und ehe ich die Frage ausgesprochen habe, ändert sich Uschis Stimmung von himmelhoch jauchzend in zu Tode betrübt.

«Die Mädchen zahnen. Ist das nicht toll?!»

Uschis Lächeln ist so unecht wie das einer Eiskunstläuferin nach dem Sturz aus dem doppelten Rittberger.

«Ist es das?», wundert sich Carla.

Uschi nickt. «Bald können sie meinen Kuchen essen», sagt sie, klingt aber eher verzweifelt statt euphorisch. Jetzt weint sie sogar.

«Warum weinst du dann?», frage ich.

«Weil, weil ich eine glückliche Mutter bin, der schlaflose Nächte, wunde Brüste und schreiende Babys absolut gar nichts ausmachen … sollten.»

Jetzt weint Uschi richtig.

«Das sind die Hormone», flüstere ich Carla zu, die das Gesicht verzieht.

«Klingt grausam!»

Uschi nickt und holt Luft. «Das ist es!»

Carlas Telefon piept, weshalb sie kurz draufschaut und abgelenkt ist.

Aber ich sehe ihn. Gerade als Uschi sich ein Taschentuch vor die Nase hält, sehe ich – den Ring. Ich fasse es nicht.

«Uschi! Du hast … ihr habt … geheiratet?»

«Was?!», bricht es aus Carla heraus, die von ihrem Handy aufschaut und uns wieder ihre volle Aufmerksamkeit schenkt.

Uschi wischt sich die Tränen weg, schiebt sich eine widerspenstige kupferrote Locke aus der Stirn und grinst breit. Dabei schiebt sie ihre Hand vor, um uns den Ring zu zeigen. Schmal, schlicht, golden. Ein Ehering eben.

«Wann? Wo?», frage ich verdutzt.

«Und wie?», fragt Carla. «Ihr hattet doch versprochen, bei mir in Spanien zu heiraten.»

Uschi setzt sich zu uns. «Vor zwei Wochen. Ganz plötzlich. Es war so ein Gefühl.»

«Was denn für ein Gefühl?», frage ich irritiert. «Kannst du das beschreiben?»

Sie schaut nachdenklich zum funkelnden Deckenlüster hinauf. «Na ja, so ein Gefühl eben – dass es richtig ist. Und da wollten wir beide es ganz schnell.»

Wolfgang kommt dazu und serviert die zwei Kaffee. «Es gab keine Zweifel mehr, wieso also zögern?»

Uschi springt auf und umarmt ihren Wolfgang verliebt.

«Und? Ist es anders als vorher?», frage ich in Erwartung auf ein klares Nein. Das ist wie die Geburtstagsfrage: «Na, wie fühlt man sich denn so – ein Jahr älter?»

Wenn überhaupt, dann dürfte diese dämliche Frage nur alle fünf Jahre gestellt werden, weil man nur mit Abstand einen Unterschied erkennt. So wie ein entfernter Verwandter, der ein Kind eher selten sieht, genau genommen mehr Recht auf die Bemerkung «Du bist aber groß geworden!» hat als ein naher Verwandter, der das Kind täglich sieht und dem daher eher weniger oder gar nicht auffällt, dass es gewachsen ist.

«Ja!», sagen Wolfgang und Uschi im Chor, schauen sich verliebt an und küssen sich.

«Natürlich ist es anders hinterher», stimmt Carla ein und schiebt sich genüsslich ein Stückchen Sachertorte in den Mund.

«Aber was ist denn anders? Ihr wart doch vorher auch glücklich. Wieso ist das mit Trauschein und Ringwechsel anders?»

«Es ist … Keine Ahnung. Erklär du's ihr, Mäuschen», sagt Wolfgang und geht zu einem anderen Tisch, um eine Bestellung aufzunehmen.

«Ach Eva, das ist schwer zu erklären. Am besten, du findest es selbst heraus. Eins kann ich dir jedenfalls versprechen: Es lohnt sich!» Uschi lacht und verschwindet in die Küche.

Ich probiere den köstlichen Apfelkuchen und denke an die beiden frisch Vermählten. Sie sehen so glücklich aus. Das Heiraten scheint ihnen tatsächlich noch mal einen extra Kick gegeben zu haben. Schwer verliebt waren sie schon immer.

«Schau sie dir doch an!», sagt Carla und lächelt verträumt – die Romantikerin. Und ich muss gestehen, dass es mir ähnlich geht.

Wie zwei alte Tanten sitzen wir bei Kaffee und Torte an unserem Wiener Kaffeehaus-Tisch und beobachten Wolfgang und seine Uschi hinter dem Tresen beim Turteln, als hätten sie sich gerade erst kennengelernt. Das pure Glück!

«So was muss man *hier* entscheiden», sagt Uschi, als sie noch mal an unseren Tisch kommt, und legt eine Hand auf ihr Herz. «Und *hier.*» Die Hand wandert zum Bauch. «Tu's einfach! Mit allem Drum und Dran, Eva.»

«Du meinst in großer Robe mit Kirche und Fest und so?»

Carla nickt, und ich muss sagen, der Gedanke gefällt mir. Muss ansteckend sein, dieses Heiratsfeeling.

Doch bevor ich mich meiner Hochzeitsphantasie intensiver hingeben kann, klingelt mein Handy. Arne.

«Ja?»

«Eva? Du musst sofort in die Hubertusklinik fahren. Deine Eltern hatten einen Unfall.»

7.

Zwanzig Minuten später bezahle ich den Taxifahrer, ohne auf das Wechselgeld zu warten, springe aus dem Auto und renne in die Notaufnahme der Hubertusklinik. Ich sehe meine Mutter schon von weitem. Sie sitzt unsicher auf einem Stuhl und hat Angst. Das erkenne ich sofort. Eine Krankenschwester ist bei ihr.

«Mama, bist du in Ordnung? Was ist passiert?»

«Gut, dass du da bist!» Erleichtert umarmt sie mich ganz fest und weint. Ich weiß gar nicht, wann ich sie das letzte Mal so habe weinen sehen – so verzweifelt. Über ihre Schulter hinweg schaue ich die Schwester fragend an und ahne das Schlimmste.

«Ihr Vater ist …»

«Bruno ist einfach über die Straße gelaufen. Ohne zu schauen. Bei Rot. So ein Narr! Und plötzlich war da ein Auto und hat ihn umgefahren. Alles ging ganz schnell.»

Ein schweres Gefühl breitet sich in meiner Brust aus und klemmt alle Organe ab. Das Atmen fällt mir schwer. Nein! Das kann nicht sein! Mein Vater tot? Bitte, lieber Gott, alles, nur das nicht!

«Ist er? Ich meine … wo ist er? Mama! Sag mir, wo er ist! Ich muss doch zu ihm!»

Bevor ich komplett hysterisch werde, mischt sich zum Glück die Krankenschwester ein, denn Mama steht völlig neben sich.

«Ihr Vater ist im OP. Ein Oberschenkelhalsbruch. Es musste schnell gehen. Da darf man keine Zeit verlieren – in dem Alter.»

O mein Gott, er lebt. Papa lebt. Unendlich erleichtert atme ich tief ein und aus, um mich zu sammeln.

«Ja, ja, natürlich. Aber … wie schlimm ist es denn? Ich meine … wird er es überstehen?»

«Das kann ich Ihnen nicht sagen. Erst nach der OP wissen die Ärzte mehr.»

Wir warten. Arne und Frida sind auf dem Weg. Während Mama auf der Toilette ist, googele ich mit dem Handy *Oberschenkelhalsbruch*, in der Hoffnung, dass es wirklich nur ein harmloser Bruch ist, wie Schien- oder Wadenbeinbruch. Leider wird diese Hoffnung nicht bestätigt, und die Aussage der Krankenschwester erschließt sich mir erst jetzt. Ich lese von einer hohen Anzahl an Komplikationen und über fatale Folgen bis zum Tod. Das ist schrecklich, und mir wird zum ersten Mal in meinem Leben wirklich bewusst, dass mein geliebter Papa sterben könnte – jetzt, gleich, jeden Moment.

Mein Herz fängt erneut an zu rasen, in mir schwillt wieder das schlimme Gefühl einer schrecklichen Ohnmacht gepaart mit Angst an. Ich muss aufstehen, mich bewegen. Ausgerechnet jetzt erfasst mich zu allem Überfluss eine Hitzewelle. Ich greife mir eine herumliegende Zeitschrift und fächele mir kühle Luft zu. Wie ein Löwe im Käfig laufe ich nervös hin und her, angetrieben von einer inneren Unruhe, die stetig wächst.

Als meine Mutter zurückkommt, versuche ich angestrengt, ein positives Gesicht zu machen.

«Was ist los? War was?», fragt sie dennoch sofort beunruhigt und greift nach meiner Hand. Sie kennt mich einfach zu gut und lässt sich nicht täuschen. Mama kann jede Regung in meinem Gesicht deuten, so wie ich es bei meiner Tochter kann.

«Nein, nein. Alles gut! Es ist …», ich lächele angestrengt, «die Wechseljahre. Papa ist … in besten Händen.»

Endlich kommen Arne und Frida. Sie umarmen uns ganz fest, und ich bin froh, dass sie da sind, auch wenn ich mich wegen der Hitze so schnell wie möglich aus der Umarmung befreie.

«Wie sieht's aus? Bist du auch untersucht worden, Marlene?», fragt Arne meine Mutter besorgt.

Ich fühle mich sofort miserabel, denn ich habe sie das nicht gefragt. Ich Rabentochter. Dabei könnte sie einen Schock haben oder innere Verletzungen oder so.

«Ich bin schon im Krankenwagen untersucht worden. Alles in Ordnung. Aber Bruno ist angefahren worden.»

«Was ist denn passiert? Jetzt erzähl mal!», fordert Frida ihre Oma auf.

«Bruno ist einfach über eine rote Ampel gelaufen. Ohne zu gucken. Dieser Sturkopf! Warum tut er mir das an?!» Marlene lässt ein wenig Wut ab, das ist gut.

«Gibt es weitere Verletzte? Was ist mit dem Autofahrer?», will Arne wissen.

Marlene winkt ab. «Ach, der arme Kerl kann gar nichts dafür.»

«Na, das wird sich dann noch zeigen.»

Typisch Arne! Sucht immer die Schuld bei anderen. Dabei kann ich mir schon sehr gut vorstellen, dass mein Vater die Straße überquert hat, weil er nicht einsieht, sich von einer Ampel sein Leben vorschreiben zu lassen, wenn die Straße vermeintlich leer ist. So ist er. Er setzt seinen Dickkopf durch – ohne Rücksicht auf irgendwen oder irgendwas. Meine Mutter kann ein Lied davon singen. Wie oft sie schon für ihn in die Bresche springen musste!

Einmal wollte Papa unbedingt eine Polizeiabsperrung durchbrechen, nachdem er mehrmals zurückgewiesen wurde, weil in der Nachbarschaft eine Bombe aus dem Zweiten Weltkrieg gefunden worden war. Im Umkreis von fünfhundert Metern mussten alle Häuser evakuiert werden. Als mein Vater nach Hause wollte, aber nicht durfte, hat man ihn kurz entschlossen verhaftet und zum Selbstschutz in eine Arrestzelle gesteckt, bis die Bombe entschärft wurde. Dann konnte Mama ihn wieder abholen.

Ein anderes Mal hat Papa sich im Flugzeug mit einer Stewardess angelegt, die ihn nicht aus dem Flieger lassen wollte, obwohl es schon seit Stunden keine Starterlaubnis gab. Papa hat Theater gemacht und einen Aufstand der Passagiere angezettelt – mit Erfolg. Die Türen wurden tatsächlich geöffnet, aber Papa wurde sofort abgeführt – von italienischen Carabinieri, kein Spaß. Mama musste ihm einen Anwalt besorgen, einen neuen Flug von Italien nach Hause buchen und Papa da rausholen. Das war zwar ganz schön nervig für uns alle, aber ich fand das irgendwie auch cool, weil mein Vater nie ein Duckmäuser war oder anderen nach dem Mund geredet hat. Immer hat er mir gepredigt, kein Lemming zu werden, der anderen hinterherläuft, sondern immer eine eigene Meinung zu haben, meinen eigenen Weg zu gehen. Anpassung war nie Papas Ding. Mein Vater, mein Held.

Und jetzt? Jetzt stirbt er vielleicht, weil er sich von einer Ampel nichts vorschreiben lassen wollte. So ein Irrsinn!

Frida ist mittlerweile ganz nachdenklich geworden und sagt kein Wort mehr. Ich wechsele einen besorgten Blick mit Arne, denn wir wissen beide, was Fridas Schweigen bedeutet: Sie fängt an zu grübeln, zieht sich zurück und lässt niemanden wissen, was in ihr vorgeht. Dabei steht sie ihrem Opa besonders nahe, genauso wie ich. Wir sind «seine Mädchen». Ich habe von ihm gelernt, wie man mit Schnitzmessern umgeht und einen Abfluss repariert, wie man Feuerzangenbowle macht und ein gutes Stew kocht. Ihm war egal, ob wir Jungs waren oder Mädchen, solange wir von ihm lernen wollten. Ein Leben lang lernen – das ist bis heute seine Devise.

Arne nimmt unsere Tochter in den Arm. «Mach dir keine Sorgen, Opa ist zäh. Dem macht ein Beinbruch nichts aus.»

Wir tauschen über Fridas Schulter hinweg einen kurzen Blick, wissend, dass es mehr als nur ein Beinbruch ist. Aber Frida ist nicht doof. Sie löst sich aus der Umarmung und setzt sich trotzig hin. «So ein Schwachsinn. Natürlich mache ich mir Sorgen. Ihr euch doch auch!»

Da hat sie leider recht. Ich setze mich neben meine Mutter und halte den Mund. Wir warten. Arne holt uns Kaffee. Schließlich kommt ein Arzt zu uns. Es ist Franky, Arnes Kumpel, Facharzt für Orthopädie und Unfallchirurgie. Er sieht aus wie alle Ärzte hier – sehr kompetent. Außerdem wirkt er größer, als er ist, so ganz in Weiß. In weißem Kittel, weißer Hose und mit Brille hätte ich ihn fast nicht erkannt. Privat trägt er nie Brille, und sein graublondes Haar ist selten so akkurat zurückgekämmt. Sofort umringen wir ihn.

Er begrüßt uns, meine Mutter ganz besonders.

Arne stellt die beiden einander vor: «Franky ist ein sehr guter Freund von mir, Marlene. Da ist Bruno in den besten Händen.»

«Kommen Sie, Frau Hinz, setzen wir uns.» Oje, das klingt nicht gut, denke ich. Franky führt Mama zu einer Sitzgruppe. Wir setzen uns alle.

«Wie sieht's denn aus?», frage ich ungeduldig. «Wie geht's meinem Vater? Hast du ihn operiert? Was ist mit ihm?»

«Also, der Bruch ist keine Kleinigkeit, so viel steht fest, aber es besteht kein Grund zur Sorge. Ihr Mann, dein Vater und dein Opa …» Er schaut uns Frauen der Reihe nach an. «… hat die OP gut überstanden.»

Ich atme tief durch, so erleichtert bin ich.

«Wann kann mein Mann denn wieder nach Hause?», fragt Mama.

«Wir dürfen nichts überstürzen. Wichtig ist jetzt, Komplikationen und Embolien zu vermeiden. Daher muss Ihr Mann im Anschluss so schnell wie möglich eine Bewegungstherapie machen. Wenn alles gut läuft, kann er in zwei bis drei Wochen wieder nach Hause.»

«Zwei bis drei Wochen?!», bricht es aus meiner Mutter heraus.

«Vielleicht auch schon früher. Das muss man sehen.»

Ich nicke und lege meinen Arm um Mama. «Können wir zu ihm?»

«Natürlich, sobald er aus dem Aufwachraum kommt, bringen ihn die Schwestern auf Station.»

«Danke, Franky.» Mit einem Schulterklopfen verabschiedet sich Arne von seinem Freund.

«Ich halte euch auf dem Laufenden.»

«Ja, danke, Franky. Gut, dass du gerade Dienst hattest», sage ich, bevor er wieder im OP-Bereich verschwindet.

«Das klingt doch gar nicht übel, Oma.» Frida hockt sich vor meine Mutter und streichelt ihre Hand. «Opa packt das.»

Meine Mutter lächelt dankbar, aber mich überzeugt ihr Lächeln nicht. Da ist noch was anderes, das sehe ich ihr genau an.

***

Eine Stunde später dürfen wir zu meinem Vater, der aber noch viel zu schwach ist, um mit uns zu reden, stattdessen fallen ihm immer wieder die Augen zu. Mama sitzt nah bei ihm, gibt ihm zu trinken und streichelt die Finger seiner am Tropf hängenden Hand, die ganz blau ist vor Blutergüssen.

«Kommt! Er braucht Ruhe und sollte schlafen», sagt Arne.

Sogar Frida sieht ein, dass wir nichts für Opa tun können, außer ihn in seinem halben Delirium in Ruhe zu lassen. Ich stütze meine Mutter, der jeder Schritt fort von meinem Vater schwerer zu fallen scheint. Als ob man zwei Magneten voneinander trennen würde. Es geht Mama gar nicht gut.

«Alles okay? Willst du vielleicht bei uns übernachten?»

«Ach, nein!» Sie winkt demonstrativ ab, als sei das die dämlichste Idee, die jemand in dieser Situation nur haben kann.

Ich belasse es dabei, denn ich weiß, dass Mama sich nicht umstimmen lässt, weil sie ungern woanders übernachtet. Mir geht es ähnlich. Zu Hause im eigenen Bett ist es am schönsten. Das habe ich von ihr.

Also bringen wir sie nach Hause, in das Haus, aus dem ich vor dreißig Jahren ausgezogen bin, um in einer anderen Stadt zu studieren. Es brach mir einerseits fast das Herz, weil ich mein Zuhause liebte, andererseits wurde es mir zu eng. Ich wollte raus in die Welt, unabhängig und frei sein. Meine Eltern ließen mich ziehen, wie ein paar Jahre zuvor schon meinen großen Bruder, mit dem Unterschied, dass er nach Südamerika ging und ich nach Süddeutschland. Also kam ich regelmäßig nach Hause und war eigentlich nie weiter als vier Zugstunden von meinen Eltern entfernt. Das war der Lauf der Dinge, und sie kamen gut zurecht. Meine Eltern waren eine Einheit, nein, viel mehr als das – eine Symbiose. Wo der eine war, konnte der andere nicht weit sein. Jetzt wohnen wir wieder in der gleichen Stadt. Nach Studium und Ausbildung bin ich zurückgekehrt, weil ich eine wirklich gute Stelle als Restaurateurin fand.

Arne und Frida verabschieden sich liebevoll von Mama, bevor ich sie ins Haus begleite. Ich schließe auf und inhaliere den Duft meiner Kindheit, den Geruch des 60er-Jahre-Baus, in dem ich aufgewachsen bin. Hier kenne ich jedes Geräusch, jede Unebenheit im Teppich, jeden Kratzer im Parkett. Es duftet nach Lavendel, nach frischer Wäsche aus dem Bügelzimmer, nach Holzpolitur und Gebratenem.

Ich nehme meiner Mutter den Mantel ab und helfe ihr, die Schuhe auszuziehen.

Erschöpft lässt sie sich in ihren Ohrensessel fallen. «Was für ein beschissener Tag», höre ich sie aus tiefstem Herzen sagen.

«Allerdings. Willst du etwas trinken?»

«Ja, bitte ein Glas Rotwein. Nimm dir auch eins.» Weil ich unschlüssig bin, winkt sie sofort ab. «Ach, lass! Arne und Frida warten ja.»

«Nein, nein, ich sag nur schnell Bescheid.»

Also rufe ich Arne auf dem Handy an und winke ihm gleichzeitig aus dem Fenster zu. Er lehnt an der Motorhaube und raucht.

Das sieht lässig aus – wie eine Szene aus einem alten Humphrey-Bogart-Film. Wir rauchen beide nur noch ganz selten, aber es macht uns zu Verbündeten, zu Komplizen.

Frida sitzt auf dem Beifahrersitz und starrt auf ihr hell erleuchtetes Display.

«Ist vielleicht ganz gut, wenn du noch 'ne Weile bleibst», sagt Arne, nachdem ich ihm die Lage geschildert habe. «Jetzt, so ohne Bruno.»

«Ich glaub, ihr ist noch gar nicht klar, dass sie ein paar Wochen sturmfrei hat», sage ich, um der Situation etwas abzugewinnen.

Arne räuspert sich künstlich. «Das ist gemein.»

«Komm schon, du weißt, wie ich das meine», schiebe ich versöhnlich hinterher. Aber mein Vater ist auch nicht immer ein leichter Umgang. Den könnte ich nicht immer um mich haben, weil er – je älter er wird – gerne rumkommandiert und meine Mutter ganz schön auf Trab hält. Aber es gehören bekanntlich immer zwei zum Tango.

Ich lege auf, bringe zwei Gläser und eine Flasche Merlot ins Wohnzimmer und setze mich zu meiner Mutter. Jetzt erst merke ich, dass sie weint. Ich hocke mich vor sie und halte ihre Hände.

«Mama, der Arzt hat doch gesagt, dass Papa das ganz gut wegsteckt. Das wird schon wieder.»

Aber sie schüttelt den Kopf. «Ich wusste, dass dieser Moment eines Tages kommen würde.»

«Dass Papa sich die Knochen bricht?»

«Nein, dass ich irgendwann ohne ihn nach Hause komme. Daran muss ich mich wohl jetzt gewöhnen.»

Ich setze mich in Papas Fernsehsessel. «Jetzt übertreib doch nicht gleich. Er ist ja nicht tot!»

«Eva, dein Vater ist ein alter Mann. Wir sind beide alt. Da muss man mit allem rechnen.»

«Hör auf, dir das einzureden! Das ist doch totaler Quatsch! Ihr seid beide noch fit. Das war ein Unfall. In zwei Wochen ist er wieder da. Und dann kommt alles wieder ins Lot.»

Meine Mutter zieht die Brauen hoch, schüttelt den Kopf und nippt am Rotwein. Als wollte sie mir indirekt sagen, wie naiv ich doch sei. Behutsam stellt sie ihr Glas auf einen Untersetzer.

«Zwei Wochen! Weiß du, dass dein Vater und ich nie länger als eine Woche getrennt waren? Und das ist auch schon ewig her.»

«Du machst Witze!»

Mama nimmt den nächsten Schluck. «Seh ich so aus?»

Nein, wahrlich nicht. Ich denke nach, kann mich aber nicht mehr genau erinnern. «Musste Papa nicht mal auf Dienstreisen oder in Kur oder so?»

«Beim Finanzamt gab es keine Dienstreisen. Und zur Kur sind wir immer gemeinsam gefahren.»

«Stimmt.» Mama hat recht. Urlaube haben wir gemeinsam gemacht. Und erst nachdem ich ausgezogen war, haben unsere Eltern ab und zu eine Kur gemacht. Immer gemeinsam.

«Wir waren immer zusammen. Über fünfzig Jahre lang.»

Unvorstellbar! Ich gieße uns nach und erinnere mich an die goldene Hochzeit meiner Eltern. Alle waren gekommen: Nachbarn, Jugendfreunde, Verwandte ersten, zweiten und dritten Grades, Chorbrüder meines Vaters, Klöppelschwestern meiner Mutter, Wanderfreunde, Urlaubsbekanntschaften, Witwen und Witwer, Paare, Singles. Sogar Freunde von meinem Bruder und mir waren dabei, die früher in unserem Haus ein und aus gingen.

«Und jetzt?», frage ich unsicher.

«Weiß nicht.» Mama zieht die Schultern hoch und leert das Glas in einem Zug. «Er fehlt mir jetzt schon, der alte Kauz. Wenn wir doch mal ein paar Tage getrennt waren, haben wir jeden Tag lange telefoniert.»

«Und als wir Kinder geboren wurden und du in die Klinik musstest?»

«Hat Papa mich jeden Tag besucht und mir selbstgekochtes Essen gebracht, weil in der Klinik alles ungenießbar war.»

«Meine Güte, seit über fünfzig Jahren glücklich verheiratet und unzertrennlich. Beeindruckend.»

Das ist es wirklich. Und jetzt, in diesem Moment, habe ich das Gefühl, dass ich das auch will. Ich hole tief Luft. «Mama, Arne hat mir einen Antrag gemacht.»

Ich bin mir sicher, dass sie das aufmuntern oder zumindest ablenken wird, und warte auf ihre euphorische Reaktion. Aber meine Mutter ist nicht bei der Sache, sondern sucht etwas in den Ritzen des Ohrensessels.

«Hast du meine Brille gesehen?»

«Nein, aber hast du gehört, was ich gesagt habe, Mama?»

«Natürlich, ich bin ja nicht taub. Arne will dich heiraten.» Begeisterung klingt anders. Sie findet ihre Brille und setzt sie auf, um das Etikett der Weinflasche zu lesen.

Ich lasse nicht locker. «Ja und? Was sagst du?»

Sie schaut auf. «Ist das von Bedeutung?»

«Für mich schon! Ihr habt uns doch jahrelang in den Ohren gelegen mit der Frage: Wann ist es denn endlich so weit?»

«Aber das ist doch schon ewig her. Frida zieht bald aus, und ihr wollt *jetzt* noch heiraten?»

Das klingt fast wie ein Vorwurf. Ich bin irritiert. «Was heißt denn hier *noch*? Du wirkst ja nicht gerade begeistert.»

Irgendwie läuft dieses Gespräch anders als erwartet.

«Muss das denn sein? Oder bist du etwa schwanger?»

«Nein! Natürlich nicht. Das wäre auch kein Grund.» Ich versteh die Welt nicht mehr! «Wegen Frida haben wir ja auch nicht geheiratet.»

«Eben! Dann braucht ihr jetzt auch nicht damit anzufangen.»

«Aber Mama, ich dachte immer, es wäre dein Wunsch, dass Arne und ich heiraten.»

«Wieso? Was hab ich denn damit zu tun? Ist doch dein Leben. Du solltest es genießen, solange du gesund bist, statt jetzt noch zu heiraten.»

«Was?!»

Mamas Reaktion überrascht mich total.

Sie beugt sich zu mir vor und nimmt meine Hand. «Eva, du bist doch noch jung, verdienst dein eigenes Geld, dein Kind ist erwachsen, du bist unverheiratet und unabhängig. Überleg dir genau, was du für deine Zukunft willst. Und wofür du deine Unabhängigkeit aufgibst!»

«Was? Aber Papa und du, ihr seid doch so was wie mein Vorbild. Ihr seid so ziemlich das einzige Paar, das ich kenne, das eine erfüllte Ehe führt.»

«Ach Eva ... Das waren doch damals ganz andere Bedingungen. Wenn ich heute noch mal entscheiden könnte – ich würde nicht heiraten! Auf keinen Fall. Aber damals hatten wir jungen Dinger keine Wahl. Heiraten, Kinder kriegen, Hausfrau – so lief das. Du kannst dir nicht vorstellen, wie froh meine Eltern waren, als ich unter der Haube war.»

«Aber ... hast du Papa denn nicht geliebt?»

«Doch, natürlich! Und wie! Ich wollte ihn ja auch unbedingt! Aber es gibt doch heute mehr als Haushalt, Kinder und Ehe. Frauen müssen unabhängig sein. Deshalb habe ich immer drauf gepocht, dass du dein eigenes Geld verdienst.»

Stimmt. Das hat sie. Ständig lag sie mir damit in den Ohren. Ich sollte mein eigenes Geld verdienen, für den Fall, dass ich irgendwann allein mit Kind dastehe. Ich habe ja immer gedacht, das sei ihr so wichtig, weil wir ohne Trauschein lebten. Ich dachte, sie sei deshalb davon überzeugt, dass Arne mich irgendwann verlassen würde. Dabei hat sie selbst ja nie schlechte Erfahrungen gemacht, ist nicht verlassen worden.

Mein Vater war ihr zweiter Freund, nachdem ihre erste große

Liebe schon in jungen Jahren an Leukämie starb – Hans-Peter, der ihr immer die Schultasche nach Hause getragen hatte. Da war sie aber erst sechzehn. Das zählt also nicht. Papa war ihr immer treu ergeben.

Die Ehe meiner Eltern ist die einzige, die ich bislang wirklich glaubwürdig fand. Aber genau deshalb, weil sie eine Ausnahme zu sein schien, hat mich das Modell Ehe nicht unbedingt überzeugt.

«Und was rätst du mir nun?»

Mama zögert mit der Antwort, bis sie mich schließlich mild anlächelt und meine Hand streichelt. «Du brauchst meinen Rat nicht. Hör auf dein Bauchgefühl – du bist fast fünfzig, da solltest du dir selbst vertrauen können.»

Da ist was dran. Wieso wissen Eltern immer alles besser? Und Mütter sowieso?

Ich beschließe, über Nacht zu bleiben – natürlich in meinem alten Zimmer, aus dem Papa längst seinen Hobbyraum gemacht hat: Er sammelt und repariert alte Leuchtreklamen. Überall im Haus ist seine Sammlung aus fünfzig Jahren Werbung verteilt – im Keller, unterm Dach, in der Garage, im Gartenschuppen. Dazu entsprechendes Werkzeug wie Lötkolben, Leuchtmittel, Kabel, Glas-, Spahn- und Emailleplatten. Keine Ahnung, woher diese Leidenschaft rührt. Jedenfalls war es immer ein kreativer Ausgleich zu seiner eher nüchternen Arbeit als Finanzbeamter.

Meine Mutter legt frisches Bettzeug heraus, und gemeinsam beziehen wir mein Bett.

Bevor ich einschlafe, deckt sie mich wie früher immer gut zu, damit auch bloß keine Monster durch den kleinsten Schlitz zwischen Decke und Laken hindurchschlüpfen. Sie gibt mir einen Gutenachtkuss, auch wie früher.

«Schlaf gut, meine Kleine. Egal, wie du dich entscheidest. Es wird die richtige Entscheidung sein! Der erste Gedanke …»

«… zählt», sage ich und schlafe mit einem leichten Weinschwips ein.

***

Die folgende Woche vergeht wie im Flug. Mama erträgt das Alleinsein nicht und fährt täglich ins Krankenhaus, um Papa zu besuchen. Sie weicht nicht von seiner Seite, wie ein treuer Hund, der sonst nicht weiß, wo er hinsoll. Ohne Papa weiß sie einfach nichts mit sich anzufangen. Es ist, als sei sie nur ein halber Mensch, den es immer nur zu seiner zweiten Hälfte zieht, um sich vollwertig zu fühlen.

Ich versuche alles, um sie abzulenken. Locke sie mit Ausstellungen, Klavierkonzerten, Spaziergängen, Restaurantbesuchen, Einkaufstouren. Aber sie möchte sich auf nichts einlassen. Papa steht immer an erster Stelle. Einerseits finde ich das sehr rührend, andererseits bin ich besorgt zu sehen, wie extrem meine Mutter auf meinen Vater fixiert ist. Das war doch nicht immer so. Und mit einem Mal wird mir klar, dass sich meine Mutter ihr Leben lang gekümmert hat – um ihre Eltern, um ihre Kinder, um ihren Mann. Nur nicht um sich.

Ich besuche Papa morgens nach der Visite, bleibe aber nie länger als eine halbe Stunde. Krankenhäuser deprimieren mich. Mal ehrlich, wieso kann man diesen Ort nicht einfach freundlich gestalten statt nüchtern und steril?

Nach den ersten Tagen auf der Intensivstation, in denen Papa sehr schlapp und meist müde war, sieht er an diesem Morgen schon wieder recht fit aus. Ein wenig blass vielleicht noch, aber das kann auch am Grün der Wände liegen. Sein Kreislauf hat sich zum Glück stabilisiert. Mein Vater war immer ein robuster Mann, den so schnell nichts unterkriegen konnte. Nicht auffällig, aber widerstandsfähig. Zäh, einer, der was aushält. Seit gestern liegt er in einem Dreierzimmer.

«Kommst du klar hier?», frage ich Papa mit Blick auf die anderen beiden Herren.

«Die beiden sind prima. Wir spielen Skat. Und sie sind gut. Meine Güte, wie lange hab ich nicht mehr Skat gespielt!»

Einer der beiden winkt mir zu. «Ich bin Günther, Prostata. Der dadrüben ist Walther, der hat Hüfte.»

Das ist schon mehr Information, als ich zu hoffen gewagt hätte, denke ich, und nicke den beiden Schlafanzugträgern in Papas Alter freundlich zu.

«Ihr Vater spielt ein gutes Blatt!», sagt Walther und hustet erst mal ab. Klingt nach Kettenraucher, und ein Blick auf seine gelben Finger bestätigt meine Vermutung sofort.

«Hier scheint es ja hoch herzugehen.»

«Es gibt Schlimmeres. Ärzte und Schwestern sind auch ganz nett», sagt mein Vater und grinst seinen beiden Skatbrüdern zu. Wenn ich es nicht besser wüsste, würde ich sagen, ihm gefällt es im Krankenhaus sogar.

«Und hat die Bewegungstherapie schon angefangen?», frage ich.

Papa nickt. «Spitze. Meine Therapeutin ist nett, klug und sehr attraktiv!»

«Aha. Na, dann kannst du ja hoffentlich bald wieder raus, Papa.»

«Nein!», sagt er wie aus der Pistole geschossen mit erhobenem Zeigefinger. «Ich meine, das kommt drauf an.»

«Worauf?»

«Den Heilungsprozess – das kann dauern.»

«Ich rede mal mit den Ärzten. Nicht dass die dich hier länger behalten als nötig.»

«Nee, lass mal, Schätzchen, mach da bloß keinen Stress. Die wissen schon, was sie machen, die Ärzte.» Mein Vater scheint es tatsächlich nicht eilig zu haben, hier wieder rauszukommen.

«Mit dem darf man nicht leichtfertig umgehen», mischt sich Prostata-Günther ein.

«Mit wem?», frage ich.

«Na, dem Heilungsprozess», bringt Kettenraucher-Walther den Satz zu Ende. «Wenn der zu früh abgebrochen wird –» Er schüttelt resignierend den Kopf und winkt mit seinen gelben Nikotin-Fingern ab. «Dann is' alles umsonst gewesen. Da kenn ich mich aus.»

Ich will da gar nicht näher darauf eingehen, nicke und bin ernsthaft besorgt um meinen Vater, der dem ungefilterten Einfluss dieser beiden Spezies nun wochenlang ausgeliefert ist.

Ich gebe meinem alten Herren – immerhin ist er schon vierundsiebzig – zum Abschied einen Kuss auf die Stirn. «Mach's gut, Papa.»

«Tschüs, mein Mädchen», sagt Papa, und jetzt fällt mir ein, dass ich ihn vielleicht auch ins Bild setzen sollte. Schließlich bin ich *sein* Mädchen.

«Ach, hör mal, Papa, da ist noch was.»

«Dann raus damit, meine Kleine.»

Weil ich aus dem Augenwinkel die neugierigen Blicke von Papas Zimmergenossen sehe, drehe ich ihnen den Rücken zu und dämpfe meine Stimme. Muss ja nicht jeder mitkriegen.

«Wie würdest du es finden, wenn ich ... heiraten würde?»

«Heiraten?», ruft Papa erschrocken. Ich spüre die bohrenden Blicke der beiden Skatbrüder in meinem Rücken. «Wen?»

«Wie wen?»

«Ja, wen?! Ich muss doch wissen, wem ich mein Mädchen zur Frau gebe!» Er strahlt mich an und scheint sich tatsächlich zu freuen, aber die Frage an sich irritiert mich.

«Ja, Arne natürlich, wen denn sonst? Arne hat mir einen Antrag gemacht.»

«Ach so.» Enttäuscht sackt er in sich zusammen. «Bisschen spät, nicht? Arne ist ja auch nicht mehr taufrisch.»

«Papa, geht's noch? Wir sind seit über zwanzig Jahren zusammen und *beide* nicht mehr taufrisch.»

«Eben, da braucht ihr jetzt auch nicht mehr zu heiraten.»

Ich versteh die Welt nicht mehr. «Aber Mama und du, ihr wolltet doch immer, dass wir heiraten. Was ist das denn jetzt?»

«Jetzt seid ihr aus dem Gröbsten raus! Da heiratet man doch nicht mehr.»

«Nö, da trennt man sich besser, was?! Hö, hö, hö!» Prostata-Günther lacht einmal in die Runde und freut sich über den eigenen blöden Witz. Und Papa lacht mit.

Das wird mir jetzt zu doof hier. «Ich muss los. Gleich kommt Mama ja auch schon.»

«Ach, Eva, tu mir den Gefallen und sag deiner Mutter, dass sie nicht jeden Tag kommen muss. Das ist wirklich nicht nötig.»

«Ich weiß. Sag's ihr selbst. Tschüs.»

Walther und Günther winken mir nach, und es würde mich gar nicht wundern, wenn die drei sich jetzt erst mal einen Schnaps genehmigen. Die scheinen sich ja gefunden zu haben.

Auf dem Heimweg frage ich mich, ob ich meinen Eltern besser nichts von dem Antrag gesagt hätte. Sehr hilfreich sind ihre Reaktionen jedenfalls nicht.

8.

Arne und ich sind bei Freunden zum Essen eingeladen. Ich stehe im Bad und verdecke meine Krähenfüße und Pigmentflecken mit Make-up und Concealer und versuche mein leicht aufgedunsenes Gesicht irgendwie vorteilhaft zu schminken, was mir heute echt schwerfällt. Völlig überraschend habe ich meine Tage bekommen, was nur noch selten und unregelmäßig geschieht. Ausgerechnet heute!

Mehrmals habe ich mich schon umgezogen, weil ich mir selbst nichts recht machen kann, denn ich fühle mich rundum unwohl, unförmig, unattraktiv. Dabei wollte ich eigentlich meinen neuen dunkelroten Hosenanzug anziehen, in dem ich mich rattenscharf finde – in guten Zeiten, in Eisprungzeiten. Aber heute machen die Hormone mir mal wieder einen dicken Strich durch die Rechnung. Rot ist heute definitiv nicht meine Farbe und macht mich höchstens aggressiv. Aber alles, was ich bis jetzt anprobiert habe, war entweder zu eng, zu weit, zu kurz, zu lang, zu blau, zu grün oder eben zu rot. Oder ich habe nicht die passenden Schuhe, das passende Oberteil, die passende Jacke, die passende Tasche. Vielleicht bin ich heute einfach nicht der passende Mensch für meine Klamotten. Vielleicht sollte ich einfach nicht ausgehen, denn meine Laune wird durch die vielen Versuche, mich zu optimieren, nicht unbedingt besser. Am liebsten würde ich mir einen schwarzen Sack überziehen. Dabei möchte ich heute gut aussehen. Denn es ist: Pärchenabend!

«Warum ziehst du nicht das neue rote Kleid an, Schatz? Steht dir so gut», sagt Arne, während er sich die Manschetten zuknöpft.

Verwundert schaue ich ihn an. Dass er die Farbe überhaupt registriert hat. «Ein Anzug.»

«Wie bitte?»

«Es ist ein roter Hosenanzug, kein Kleid.»

«Steht dir jedenfalls gut.» Er schaut sich suchend um. «Hast du meine Uhr gesehen?»

Immerhin hat Rot als Signalfarbe seine Wirkung nicht verfehlt. Ich stehe also vorm Spiegel am Kleiderschrank und halte mir den roten Blazer vor den Körper. *Entsetzlich!*, denke ich und mache ein knatschiges Gesicht. Was habe ich mir nur dabei gedacht, als ich den Zweiteiler gekauft habe? Arne legt seinen Arm um meine Schulter und schaut mit mir zusammen in den Spiegel.

«Schick. Sieht spitze aus. Aber das rote Kleid ist besser.»

Unfassbar! Ich beiße mir auf die Zunge und frage mich, wie viel er von dem, was ich sage, überhaupt mitkriegt. Immerhin bemerkt er mein Unbehagen.

«Was ist denn das Problem?», fragt er jetzt leicht genervt. Ich hasse es, wenn er mir zu verstehen gibt, dass ich ihn nerve.

«Das verstehst du nicht. Ist schwierig heute.»

Natürlich tue ich ihm Unrecht, denn nach über zwanzig Jahren Beziehung hat er oft genug erfahren, was das Problem ist, wenn ich bin, wie ich jetzt bin – schlecht drauf. Und natürlich kann sogar Arne den Code *Das verstehst du nicht* entschlüsseln. Er zieht also die Brauen hoch und nickt.

«Verstehe.» Dann gibt er mir einen Wangenkuss. «Aber egal, was du anziehst, du solltest dich beeilen! Wir sind spät dran.»

Na, super, jetzt drängelt er auch noch. Das geht gar nicht. Am liebsten würde ich zu Hause bleiben. Soll er doch ohne mich gehen. Aber das bleibt nur ein frommer Wunsch.

Um nicht nackt, schlecht angezogen oder unsichtbar zum Pärchenabend gehen zu müssen, gibt es nur eine einzig wahre Lösung: Schwarz – der Plan B für schlechte Tage.

Eine Stunde später klingeln wir mit Wein und einem Blumenstrauß an der Tür von Manu und Guido, die heute als Gastgeber dran sind. Die Stimmung zwischen Arne und mir könnte nicht besser sein.

«Kein Wort übers Heiraten oder Kiew», bitte ich Arne, bevor wir klingeln, und zupfe an meiner Bluse herum. Ich will mich nicht erklären müssen.

«Warum? Sie sind unsere Freunde.»

«Bitte, ich will da kein Stuhlkreisthema draus machen. Erst mal nur wir beide. Okay?»

«Also ich versteh dich nicht ...»

«Okay?!», frage ich mit Nachdruck.

«Ja doch!»

Die Tür geht auf, wir strahlen Manu und Guido an, und die Party beginnt.

Wir sind drei Paare und kennen uns schon seit einer Ewigkeit. Zweimal im Jahr treffen wir uns reihum. Die Rituale sind immer gleich. Begrüßung: Bussi links, Bussi rechts, männliches Schulterklopfen. Smalltalk, Drinks, Essen, mehr Drinks, Quatschen, noch mehr Drinks, dann beschwipst nach Hause, dort vielleicht noch einen Absacker, um den Abend kurz zu resümieren, und zum Abschluss eventuell noch Sex. Manchmal. Wenn der Abend gut läuft.

Also jetzt erst mal Begrüßung, Bussis, Schulterklopfen. Wir bestätigen uns gegenseitig, wie gut wir ausschauen und dass es schön ist, sich mal wieder zu sehen.

«Meine Güte – schon wieder ein halbes Jahr um!»

Während Guido geht, um die Drinks zu mixen, schaue ich in die Runde. Fast könnte man meinen, jemand sei gestorben, denn ausnahmslos alle tragen Schwarz.

«Haben die *alle* Hormonprobleme?», fragt mich Arne flüsternd.

«Das ist das Alter», lächele ich.

Er schaut mich an und küsst mich überraschend. «Du siehst sowieso am besten aus.»

Ich muss grinsen, denn manchmal versteht es Arne, im richtigen Moment meine Stimmung zu heben. Gerade an so einem Abend unter Artgenossen sind wir ein gut eingespieltes Team. Komplizen eben. «Heirate mich!», flüstert er mir ins Ohr und grinst frech, während ich ihn in die Seite knuffe.

«Was ist mit deinem Mann los? Hast du ihm was ins Glas getan?», fragt Manu lachend und begutachtet mein Outfit – schwarzer Blazer, schwarze Jeans, hohe Schuhe. «Aber er hat recht, Schwarz steht dir. Hast du etwa noch deine Tage?»

Ich verdrehe die Augen, nicke, begutachte ihr weites schwarzes Kleid und lächele. «Du etwa auch?»

«Gott bewahre! Damit bin ich zum Glück durch, aber ich hab in letzter Zeit zugelegt. Verdammter Stoffwechsel! Funktioniert überhaupt nicht mehr.»

Reine Koketterie, denke ich, denn Manu ist noch immer ziemlich schlank, auch wenn sie das Gegenteil behauptet. Außerdem ist sie groß. Das lange braune Haar trägt sie wie immer hochgesteckt. Dazu eine sehr schicke rote Brille – ein Muss als Optikerin. Sie und Guido sind schon über zwanzig Jahre verheiratet. Guido ist Italiener und arbeitet im Vertrieb einer Spirituosenfirma. Egal zu welcher Tageszeit – Guido sieht immer aus wie aus dem Ei gepellt. Stets im Sakko, das schwarz gelockte Haar perfekt gegelt, gibt er sich immer lässig. Dass er ein paar Zentimeter kleiner ist als Manu, fällt fast gar nicht auf. Außer wenn sie High Heels trägt, was aber nur ganz selten der Fall ist, um ihrem Mann kein schlechtes Gefühl zu geben. Dabei liebt Manu hohe Schuhe.

«Ich sag nur Apfelessig», mischt sich Lisa ein, die Frau von Franky. «Eiweißdrinks und ein neuer Personal Trainer. Da gerät der Stoffwechsel in Wallung, kann ich euch sagen.»

Lisa ist Apothekerin. Sie und Franky sind eigentlich ein witziges

Paar, das optisch so gar nicht zusammenpassen will. Sie ist klein, hat kurze Beine, kurze, blonde Haare und immer einen kessen Spruch auf den Lippen, während er groß, langbeinig und graublond meliert ist und einen eher sarkastischen Humor hat.

«Ach, ein Personal Trainer? Und ... was machst du mit dem so?», frage ich neugierig.

«Wir ...» Franky schiebt sich dazwischen und legt demonstrativ seinen Arm um Lisas Hüften. Als wolle er beweisen, wie sehr sie zusammengehören. «Wir machen's zu dritt. Ist effektiver.»

Lisa lacht spöttisch und schiebt Frankys Arm weg. «Das hättest du wohl gerne, Schatz.»

Es klingt so, als sei die Stimmung zwischen den beiden nicht die beste. Und offenbar bin ich nicht die Einzige, der das auffällt, denn auch Manu und Guido tauschen irritierte Blicke.

Guido, der soeben Prosecco verteilt hat, versucht, seinen Freund zu retten. «Kostengünstiger ist es zu dritt bestimmt, oder, Franky?»

«Genau erkannt, mein Lieber!» Franky stößt brüderlich mit Guido an.

«Und du weißt immer, was deine Frau so treibt», lacht Guido.

Lisa verdreht die Augen. «Ihr seid so bescheuert! Was ich treibe, ist Sport! Was denn sonst?»

«Och», sage ich, «wenn der Trainer süß ist, kannst du mir gerne seine Nummer geben.»

Franky legt nun einen Arm um meine Hüften und grinst mich an. «Suchst du etwa Abwechslung?» Er zieht die Brauen zweimal kurz hoch und hält mir sein Glas zum Anstoßen hin.

«Wenn das ein Angebot sein sollte – nein», sage ich. «Aber ich werd's mir merken. Prost!»

Lisa schüttelt den Kopf. «Das willst du nicht», zischt sie mir leise zu.

Ich nehme sie zur Seite, sodass Franky uns nicht hören kann. «Was ist los bei euch?»

Lisa schaut mich an und seufzt dann schwer. «Genau genommen nichts. Gar nichts. Nada. Niente.»

«So schlimm?»

«Schlimmer, ich komme jetzt in die Mir-egal-Phase», sagt sie und nimmt einen großen Schluck Prosecco.

«Aber warum tust du dir das an? Ich meine, warum –»

«Wegen Max. In zwei Jahren macht er Abi, und dann sehen wir, was passiert.»

«Sieht Franky das genauso?», frage ich.

Lisa zieht die Schultern hoch und grinst. «Mir egal.»

Wir stoßen an, und ich wende mich Manu zu, die sich uns neugierig nähert. «Na, was tuschelt ihr?»

Ich wechsele schnell das Thema: «Du schuldest uns noch eine Antwort. Warum trägst *du* heute Schwarz, Manu? Hast du doch am wenigsten von uns nötig – bei deiner Figur.»

Lisa hat die Antwort schon parat. «Sie versteckt darunter ihre knochigen Hüften und die vorstehenden Rippchen, ist doch klar.»

«Genau», antwortet Manu und lächelt unschuldig. «Denn Schwarz trägt zum Glück nicht auf, bei meinen Stoffwechselhüften.»

«Du meinst, ihr seid alle nur schwarze optische Täuschungen?» Arne steht überraschend hinter uns und macht ein übertrieben besorgtes Gesicht. Alle lachen.

«Ich fürchte, ja», sagt Manu mit bedauerndem Blick.

Lisa schüttelt den Kopf und betrachtet Manu von oben bis unten. «Deine Figur hätte ich gern. Du hast weder Babyspeck noch zu dicke Dinger oder Wink-Elemente an den Oberarmen.»

Ich nicke. «Genau! Wenn *wir* Schwarz tragen, haben wir unsere Tage, Stress oder Streit. Irgendwas macht uns auf jeden Fall so unsicher, dass wir im Schwarz verschwinden wollen. Aber du musst nun wirklich nicht Schwarz tragen», sage ich bewundernd. «Also: Was ist der wahre Grund?»

«Wir sind …» Manu schaut verlegen in ihr Glas, dann zu Guido, der sich mit Arne und Franky über die aktuellen Bundesligaergebnisse unterhält. «Später, Mädels.» Sie schaut auf ihre Uhr, stellt das Glas ab und klatscht in die Hände. «Na dann – zu Tisch!»

In der großen Wohnküche ist der Familientisch auf seine Maximalgröße ausgezogen und dekorativ in Blau und Beige eingedeckt. Hübsch! Manu und Guido haben ein phantastisches Drei-Gänge-Menü gezaubert, der Wein fließt in allen Farben, die Gespräche laufen von selbst. Wir lassen in den nächsten vier Stunden nichts aus und kommen von einem Thema aufs nächste: Politik, Theater, Literatur, Kinder und Krankheiten. Wir tauschen uns über Ärzte aus und über unsere Eltern.

«Sag mal, Eva, wieso hat dein Vater eigentlich keine Patientenverfügung?», fragt Franky aus heiterem Himmel und schenkt Wein nach.

«Keine Ahnung, da muss ich mal meine Mutter fragen.»

«Mach das», sagt Lisa. «Als meine Oma letztes Jahr gestorben ist, war ich froh, dass wir das vorher alles geregelt hatten.»

«Aber deine Oma war siebenundneunzig. Meine Eltern sind da noch weit von entfernt», wende ich ein und breche mir ein Stück Ciabatta ab.

Franky schüttelt den Kopf. «Das Alter spielt da keine Rolle. Jeder kann jederzeit in eine Situation geraten, in der Entscheidungen gefragt sind. Dein Vater zum Beispiel. Jede OP ist ein Risiko, jede Narkose. Willst du deiner Mutter in solchen Ausnahmemomenten Entscheidungen über Leben und Tod zumuten?»

«Nein, natürlich nicht», sage ich kleinlaut. «Ich hab ja auch schon darüber nachgedacht.»

«Also, ich brauch das nicht!», sagt Guido voller Überzeugung. «Mir ist wichtig zu wissen, dass jeder Arzt die Pflicht hat, Leben zu retten. Niemand soll bei mir die Geräte abstellen, nur weil ich das irgendwann mal unterschrieben habe. Was ist, wenn ich mich umentscheide, mich aber nicht mehr artikulieren kann. Dann muss ich sterben, obwohl ich nicht will. Super System.»

«So funktioniert das ja gar nicht», wendet Franky ein und will gerade ausholen, aber Lisa bremst ihn aus.

«Wie läuft das, wenn Arne auf Reisen ist?»

Arne und ich schauen uns an, können Lisa aber nicht ganz folgen. «Wie läuft was?», fragt Arne.

«Na, wenn dir zum Beispiel im Ausland was passiert – wer regelt dann alles?», fragt Lisa weiter.

«Eva, hoffe ich», antwortet Arne und schaut mich fragend an. «Oder?»

«Vermutlich», sage ich. «Aber jetzt sehen wir mal nicht schwarz», versuche ich das Thema abzuschwächen.

«Nee, nee», hakt Manu nach, die ansonsten heute Abend eher still ist. «Das ist schon eine interessante Frage, denn wenn ihr nicht verheiratet seid, hast du dann überhaupt juristisch gesehen das Recht, für Arne zu entscheiden?»

«Vermutlich nicht», sagt Franky. «Da werden dann die nächsten Angehörigen gefragt.»

«Oh, das wäre dann deine Mutter, Schatz», schmunzele ich.

Arne nickt und verzieht das Gesicht zu einer Grimasse. «Und deine bei dir.»

«Solange Frida nicht volljährig ist», sagt Lisa. «Aber ich möchte nicht, dass Max über mein Leben und Sterben entscheiden muss. Das kann man den Kindern doch nicht zumuten.»

«Auf keinen Fall», stimme ich ihr zu.

Sie haben alle so recht. Seit dem Heiratsantrag und Papas Unfall denke ich ständig daran, was passiert, wenn *etwas passiert*. Aber ich schiebe unangenehme Entscheidungen nun mal so lange vor mir her, bis sie unausweichlich sind.

Manu schenkt Wein nach, und während ich noch darüber grübele, dass ich mehr Verantwortung für die Menschen, die mir etwas bedeuten, übernehmen sollte, zieht die Karawane weiter zum nächsten Thema.

Nach dem Wein kommen Kaffee und Grappa, dann der Wodka. Und irgendwann ziehe ich mich aus allen Gesprächen zurück, beobachte die Runde im Stillen. Mein Blick bleibt an Arne hängen, der heute Abend so gut aussieht und so lustig ist und so klug und so charmant. Und ich muss an Carlas Worte denken. Sie hat recht! Arne will unsere Beziehung retten, nicht kitten, denn diese Beziehung ist noch nicht zerbrochen. Da ist noch so viel, das sich zu retten lohnt.

Ich nehme einen Wodka auf ex, stehe auf und schreie es spontan heraus: «Ja!»

Alles verstummt. Fünf Augenpaare schauen mich überrascht an, aber nur Arne weiß, was ich meine.

«Wirklich?»

Ich schaue ihm über den Tisch, über ein Meer aus Gläsern, Flaschen und Kerzen hinweg tief in die Augen und wiederhole meinen Ausruf ruhig und klar. «Ich sage ja!»

«Wie jetzt?» Franky ist verwirrt.

Arne steht nun auch auf und strahlt wie ein kleiner Junge, der den letzten Fußballer in sein Panini-WM-Sammelalbum geklebt hat. «Ihr seid alle meine Zeugen. Sie hat ja gesagt!»

«Wir werden heiraten», sage ich in die Runde und erwarte Jubelgeschrei, Fanfaren, Applaus. Aber nichts dergleichen geschieht. Stattdessen ungläubiges Schweigen.

«Bist du etwa schwanger?», ruft Lisa laut aus.

«Nein!», sage ich. «Würde ich sonst trinken?»

Wie aufs Stichwort schenkt Franky eine Runde Wodka nach und legt Arne seine Hand auf die Schulter. «Hör mal, Kumpel, wenn dir das Finanzamt im Nacken hängt und ihr einen finanziellen Engpass habt, dann können wir da sicher helfen, oder, Guido?»

Guido nickt mitfühlend. «Auf jeden Fall! Gar kein Ding.»

«Quatsch! Es ist nicht wegen der Steuer», versichert Arne. «Sondern aus Liebe und Verantwortung!»

«Aus dem Bauch heraus», sage ich und schwanke leicht vor und zurück, um das Gleichgewicht zu halten. Über den Tisch hinweg reiche ich Arne meine Hand.

«Ich find's toll, dass ihr euch nach so vielen Jahren traut!», sagt Manu und schaut uns ganz rührselig an.

«Wow! Endlich wieder eine Hochzeit! In Weiß? Mit Kirche und Party und dem ganzen Drumherum?» Lisa klingt geradezu euphorisch.

Schön, dass sich wenigstens meine Freundinnen freuen.

«Eher was Kleines. Wahrscheinlich nur Standesamt», sage ich, um die Erwartungen in Grenzen zu halten.

«Aber warum? Ist doch 'ne große Sache!», protestiert Lisa.

«Eben nicht», sagt Arne sehr sachlich. «Wir sind ja keine zwanzig mehr.»

«Deshalb erst recht», sagt Manu.

«Schauen wir mal», erwidere ich, um jetzt bloß keine Diskussion über ungelegte Eier aufkommen zu lassen. «Ist ja noch nichts geplant.»

Guido hebt feierlich sein Glas. «Also dann auf euch!»

Alle am Tisch stimmen mit ein. «Auf euch!»

Ich bin erleichtert. Nun freuen sich also doch alle für und mit uns. Wir stoßen an und lassen die Gläser aneinanderklingen.

Dann schlägt Manu ein Messer an ihr Glas, als folge nun eine Tischrede. «Wenn wir schon bei den Ankündigungen sind – ich muss euch auch was sagen.» Sie steht auf, nimmt ihre rote Brille ab und holt tief Luft. «Wir lassen uns scheiden.»

TEIL 2

PLANUNG

9.

«Passt perfekt», sagt Arne, als er mir beim Goldschmied den geänderten Verlobungsring ansteckt.

«Wunderschön», spricht der Juwelier meine Gedanken aus. «Und wenn Sie wollen, haben wir hier auch gleich eine feine Auswahl an Eheringen. Wann soll es denn so weit sein?» Erwartungsvoll schaut uns der auffallend jugendlich wirkende ältere Herr mit den zurückgegelten weißen Haaren und der modischen Brille an.

Ich ziehe die Schultern hoch. «Keine Ahnung.»

«Bald», antwortet Arne fast schon triumphal.

«Verstehe», sagt der Juwelier. «Na, genießen Sie erst mal die Verlobungszeit.» Dann nimmt er Arne zur Seite. «Aber warten Sie nicht zu lange, sonst schnappt Ihnen am Ende noch jemand Ihre hübsche Braut weg.»

«Keine Sorge», sagt Arne. «Ich warte schon seit zweiundzwanzig Jahren.»

Wie er das so sagt, als warte er tatsächlich schon so lange auf ein Ja von mir! Dabei hat er mir nie zuvor einen Antrag gemacht. Aber egal! Jetzt hat er gefragt, ich habe ja gesagt, und wir sind tatsächlich verlobt. Nur ist noch völlig unklar, wann die Hochzeit überhaupt sein soll. Und das ist auch gut so. Zwar war ich betrunken, als ich seinen Antrag angenommen habe, aber ich war mir trotzdem völlig über meine Entscheidung im Klaren. Arne und ich gehören zusammen, und wie müssen uns nicht aneinanderklammern, wie meine Eltern das tun. Im Gegenteil – jeder von uns soll sich verwirklichen, denn nur dann können wir doch eine glückliche Beziehung führen. Und Kiew ist ja nur vorübergehend. Wichtig ist, dass wir füreinander Verantwortung übernehmen. Ja, ich bin überzeugt davon, das Richtige zu tun.

Nach dem Juwelier schlendern wir noch etwas durch die Stadt und gehen anschließend in ein Restaurant, um das weitere Vorgehen zu besprechen, denn es gibt Redebedarf.

«Eine Hochzeit in den nächsten sechs Monaten, dachte ich. Auf jeden Fall, bevor ich nach Kiew gehe.» Arne spricht das so selbstverständlich aus, als habe er schon alles genau durchdacht und geplant.

«Also, ich dachte kurioserweise, dass wir erst mal sehen, wie das in Kiew so läuft, und heiraten dann – irgendwann. Schließlich sind wir ja nun verlobt, und ich habe dir mein Versprechen gegeben. Ich lauf dir ja nicht weg. Hm?»

Aber Arne sieht das anders. «Mir wäre lieber, wir erledigen das vor Kiew. Ich hab noch so viel zu tun, dass ich das gerne schnell auf meiner Liste abhaken möchte.»

Wie das klingt. Dabei wollte *er* doch heiraten. Jetzt hab ich eingewilligt, und er macht daraus eine Nummer zum Abhaken. Irgendwie fühle ich mich übers Ohr gehauen und ärgere mich.

Arne merkt, dass er etwas übers Ziel hinausgeschossen ist. «Entschuldige, Schatz! Das war blöd. Aber mal im Ernst, jetzt ist Oktober. Im August fange ich in Kiew an. Wir sollten das bis dahin doch schaffen. Gerne auch früher.»

Klingt nicht unbedingt besser.

Arne nimmt meine Hand. «Ich würde am liebsten gleich diese Woche zum Standesamt gehen. Dann haben wir das schon mal hinter uns gebracht.»

Egal, wie er es formuliert – es klingt wie ein Zahnarztbesuch. Und warum diese Eile? Mir geht das wirklich zu schnell. Ich versteh ihn ja, aber wie er das jetzt so sagt, sträubt sich plötzlich etwas in mir. Und es ist gewiss nicht die Vernunft. Denn rein rational gebe ich Arne völlig recht. Es geht um einen rein behördlichen Akt, aber trotzdem sprechen wir ja immerhin noch von meiner Hochzeit – meiner ersten und hoffentlich auch einzigen Hochzeit. Tief in meinem Inneren bin ich am Ende wohl doch viel zu romantisch, um diesen Aspekt unbeachtet zu lassen.

«Stopp! Nein!»

Bloß weil ich einen Drink zu viel hatte, die Stimmung perfekt war und der Kerzenschein Arne in ein vorteilhaftes Licht gesetzt hat, habe ich im Überschwang der Emotionen und in einem schwachen Moment ja gesagt. Aber ich stehe dazu. Heiraten wäre jetzt der nächste Schritt in unserer Beziehung, die nächste Stufe sozusagen. Und das ist völlig okay, bloß ... Muss es so schnell gehen? Und so nüchtern?

«Ganz ehrlich – so hab ich mir das nicht vorgestellt.»

«Wie denn?»

«Etwas romantischer schon.»

«Ach Schatz, jetzt geht es doch erst mal darum, dass wir überhaupt heiraten und den ganzen Papierkram erledigen. Ehevertrag, Versicherungen und so was.»

Ich werde hellhörig. «Ehevertrag?»

«Ja klar, ich glaub schon, dass wir den brauchen. Stell dir vor, deine Eltern sterben und vererben dir was. Willst du, dass ich die Hälfte davon kriege, wenn wir uns vielleicht mal trennen?»

Fragend schaue ich ihn an. Wieso redet er von Trennung?

«Und du willst doch sicher auch nicht meine Schulden teilen, wenn ich mir in meiner Midlife-Crisis einen Sportwagen kaufe und mich dann von dir trenne.»

«Sicher nicht.»

«Siehste! Und um das zu regeln, brauchen wir einen Ehevertrag.»

«Okaaay», sage ich gedehnt.

«Prima, dann machen wir erst einen Termin beim Rechtsanwalt

und danach beim Standesamt. Die Sache sollte doch früher als in sechs Monaten erledigt sein.»

Und wie er das so sagt, *die Sache* und *erledigt*, bäumt sich in mir ein unerhört großer Widerstand auf.

«Nein!», sage ich überraschend vehement. «So nicht.»

«Was? Wieso?»

Es ist die Romantikerin in mir, die sich nun zu Wort meldet. Die gleiche Romantikerin, die mit glänzenden Augen Brautkleider im Internet anschaut und Hochzeitsblogs liest. Ja, ich gebe es zu: So bin ich! Und wenn ich jetzt nicht protestiere, wird Arne mich mit seiner pragmatischen Sachlichkeit zwischen zwei Terminen während einer Innenministerkonferenz durch eine simple Unterschrift und ein hektisches Jawort dazu bringen, ihn zu heiraten. Das will ich nicht! Also muss ich jetzt protestieren!

«Weil … weil … Wenn ich schon heirate, dann will ich auch das ganze Programm – mit Kirche, in Weiß, der ganzen Familie, Party und allem Drum und Dran. Und natürlich sollen meine Eltern dabei sein, und das geht ja momentan wohl nicht.»

Arne lehnt sich überrascht zurück. Sein Gesichtsausdruck zeigt eine Mischung aus Genervtheit und der verzweifelten Suche nach einer Lösung für diesen vermeintlichen Konflikt. Nie und nimmer hat er damit gerechnet, dass ich eine große Hochzeit wollen könnte, da bin ich sicher. Ich bin ja von mir selbst überrascht. Aber welche Frau träumt nicht von einer romantischen Hochzeit? Ich bin da keine Ausnahme. Nur habe ich an Arnes Seite mit den Jahren jeden Gedanken ans Heiraten verworfen, weil ich es nicht für nötig hielt. Es gab einfach keinen Grund, darüber nachzudenken. Bis jetzt. Hätte Arne mich nicht gefragt, ich hätte mich nie damit auseinandergesetzt.

Er überlegt kurz, und ich rechne jeden Moment damit, dass er mir sagt, dass er für eine große Hochzeit vor Kiew weder Zeit noch Nerven noch Geld und sowieso überhaupt keinen Sinn hat.

Im nächsten Schritt wird er dann versuchen, mich davon abzubringen.

Wider Erwarten beugt er sich vor, nimmt meine Hand und küsst sie. «Im Ernst?»

Ich nicke, wenn auch etwas unsicher.

«Okay, machen wir eine große Nummer daraus, bevor ich mich nach Kiew verabschiede. Phantastisch! Wir feiern ein großes Hochzeits- und Abschiedsfest! Das ist genial. Eva, wir machen eine Riesenparty für alle!» Arne freut sich so wahrhaftig wie ein Fünfjähriger, der das Trikot seiner Lieblingsmannschaft zum Geburtstag bekommt. «Du machst mich so glücklich! Nein, uns!»

«Uns?»

«Na, mich und Frida und … Doris natürlich.»

Doris? Natürlich! Ein Albtraum! Was habe ich getan? Doris – meine zukünftige Schwiegermutter! Ausgerechnet. Denn Doris hasst mich, seit ich vor zweiundzwanzig Jahren in Arnes Leben getreten bin. Zuerst dachte sie, ich sei nur eine unangenehme vorübergehende Erscheinung, wie eine Darminfektion, die irgendwann geheilt ist. Als sie aber merkte, dass Arnes Gefühle zu mir nicht heilbar waren, fing sie an, mich zu meiden. Und wenn das nicht möglich war, versuchte sie, mich zu ignorieren. Erst als Frida auf die Welt kam, forderte sie fast täglich die Heirat, weil ihr Enkelkind sonst angeblich nicht ihr Enkelkind sei – rechtlich gesehen. Ständig versuchte Arne, ihr diesen Unsinn auszureden – vergeblich. Nur Frida selbst schaffte es mit der Zeit, das Herz ihrer Oma zu erobern, auch ohne Trauschein der Eltern. Dennoch ist die Situation für Doris nach wie vor nur suboptimal, wie sie nie müde wird zu bemerken. Seit Arnes Vater Horst vor zehn Jahren gestorben ist, grämt sich Doris noch mehr über unsere ungeordneten Familienverhältnisse. Bis zu seinem Tod hatte sie an Horst immer etwas auszusetzen. Danach mäkelte sie ständig am Beziehungsstatus ihres Sohnes herum, was einzig daher rührt, dass sie mit sich selbst zutiefst unzufrieden ist. Diese These darf ich aber bis heute nicht laut aussprechen, weil Arne jeden Konflikt mit seiner Mutter scheut.

«Du willst mir aber nicht sagen, dass du mir den Antrag wegen Doris gemacht hast.»

Arne legt die Stirn in Falten. «Natürlich! Weswegen sonst? Das Glück meiner Mutter liegt mir sehr am Herzen. Und jetzt hast du ja gesagt, also machen wir Mama endlich glücklich!»

Sein ernster Gesichtsausdruck irritiert mich fast mehr als seine Worte. Schließlich verzieht sich seine Miene zu einem breiten Grinsen, und ich ärgere mich, dass ich mal wieder auf ihn hereingefallen bin.

«Nein, diesmal geht es nicht um meine Mutter, sondern nur um dich und mich und Frida.» Erleichtert atme ich aus. Aber Arne schaut mich so seltsam an. «Obwohl ich mir ziemlich sicher bin, dass Doris dir liebend gerne helfen würde bei den Vorbereitungen.»

«Nur über meine Leiche!»

«Dachte ich's mir.» Arne lacht und nimmt einen großen Schluck Wein, um das Thema Mutter runterzuspülen.

«Das kriegen wir doch wohl auch ohne deine Mutter hin.»

Arne wiegt den Kopf. «Unterschätz das nicht!»

Ich winke ab. «Außerdem habe ich ja auch noch Frida und Carla», sage ich und hoffe, dass mich Carla jetzt nicht hängenlässt und noch eine Weile in Deutschland bleibt, bevor sie in den spanischen Winter zurückkehrt.

Auf dem Nachhauseweg erinnern wir uns an die vielen Hochzeiten, auf denen wir in den letzten Jahren schon getanzt haben. Es war wirklich alles dabei – echte Highlights, aber auch ganz langweilige oder gruselige Veranstaltungen.

«Erinnerst du dich noch an diese Hochzeit in Flensburg?», frage ich. «Irgendein Jugendfreund von dir. Die Braut, die sturzbetrunken unbedingt für ihren Mann strippen wollte und dann vom Tisch gefallen ist?»

«Und ob. Ich hätte an seiner Stelle sofort die Ehe annulliert.»

Wir erinnern uns an die Party in einem Rinderstall in der Uckermark und an eine Trauung auf einer Mittelalterburg mit Kostümzwang. Arne ging als Robin Hood mit braunen Strumpfhosen – sehr sexy. Wir denken an beeindruckende lederbehoste Alphornbläser, an schräg singende DJs und an geschmacksneutrale Caterings. Es gab Kampfbesäufnisse im Kolpingverein und den Raub der Braut aus einem Schlosshotel. Wir waren auf einer Feier in Irland, wo wir schon auf dem Weg zur Kapelle an jedem Pub ein süffiges Guinness trinken mussten, und auf einer Hochzeit in Lissabon, wo fast alle Gäste beim Get-together am Vorabend eine Fischvergiftung erlitten.

«Und weißt du noch, Guido und Manu in der Toskana», sagt Arne. «Manus Eltern wollten erst gar nicht kommen, weil Manu und Guido heimlich beim Standesamt waren … Wieso eigentlich?»

Ich helfe Arne auf die Sprünge: «Weil ihr Vater Guido von Anfang an nicht ausstehen konnte.»

«Und weißt du, wieso sie sich scheiden lassen?», fragt Arne.

«Nee, aber ich schätze mal, Guido hat sich 'n Fehltritt erlaubt.»

Arne nickt zustimmend. «Er hat ja schon auf seiner eigenen Hochzeit mit Manus Trauzeugin rumgemacht.»

«Ja, stimmt!» Ich schüttele den Kopf.

Wir erinnern uns an die vielen geschmacklosen Klamotten auf den diversen Hochzeiten, an überbordende Frisuren und Hüte, die eher nach Ascot als nach Braunlage gepasst hätten. Das Beste aber waren die Reden – manche peinlich, manche rührend – von Vätern, die ihre Töchter nur unter größtem Bedauern ziehen ließen, und von Müttern, die sich gerne selbst in ihre Schwiegersöhne verliebt hätten. Wir haben grandiose Gedichte und unfassbar geniale Song-Interpretationen gehört, aber auch Liebeserklärungen, die uns vor Rührung die Tränen in die Augen getrieben haben. Es war alles dabei. Arne und ich kommen aus dem Lachen nicht mehr heraus.

«Ich bin echt zu alt für das ganz große Drama», sagt er und wischt sich die Tränen aus den Augenwinkeln.

Vor unserem Haus kommt uns Matti entgegen, unsere Nachbarin, mit einem gutaussehenden Typen in Lederjacke. Sie wohnt über uns.

«Oh, ihr seid ja gut drauf!», sagt sie. «Na dann, schönen Abend euch.»

«Ja, euch auch!»

Die beiden steigen in einen Sportwagen und düsen davon.

«Wer war das denn?», fragt Arne, als er die Tür aufschließt.

«Äh, Matti, unsere Nachbarin, schon vergessen?»

«Nicht sie, der Typ! Hat sie schon wieder 'n Neuen?»

«Schon länger. Mit diesem Moritz, mit dem wir mal gegrillt haben, hat sie doch längst Schluss gemacht.»

«Wieso, der war doch okay.»

«Ganz genau, aber okay reicht nicht.»

«Ganz schön wählerisch. Ich meine, sie ist ja auch nicht mehr die Jüngste. Irgendwann steht sie allein da.»

Arne geht schon in unsere Wohnung, während ich noch an der Tür stehe und mich ernsthaft frage, ob es gut war, seinen Antrag anzunehmen, wenn er mich vielleicht auch nur okay findet.

10.

«*Okay*?! Hat er wirklich *okay* gesagt?», fragt Manu und schüttelt den Kopf. «So ein Idiot!»

«Nein, so direkt hat er das über mich ja nicht gesagt, nur so in etwa.» Ich nehme Arne in Schutz. Diese ganze Thematik ums Heiraten überfordert mich und bremst mich bei allen anderen wirklich wichtigen Sachen, wie zum Beispiel der Beschäftigung mit der Marienkapelle. Zum Glück ist das Angebot fertig. Ich muss es nur noch rausschicken – morgen, nachdem ich es ein letztes Mal gecheckt habe. Das habe ich von Papa, der mir stets gepredigt hat, wichtige Dinge erst mal liegenzulassen und dann erneut zu prüfen, bevor sie final rausgeschickt werden. Finanzbeamter eben. Heute Morgen im Krankenhaus hat er mir sogar wieder geraten, noch mal genau zu prüfen, ob das mit der Hochzeit auch wirklich sein muss. Daran hab ich gemerkt, dass es Papa schon viel besser geht. Und irgendwie hat er gar nicht so unrecht. Nach dieser blöden *Okay*-Bemerkung von Arne sollte ich da vielleicht wirklich noch mal drüber nachdenken. Drum prüfe, wer sich ewig bindet …

Wie auch immer – jetzt sitzen wir beim Brunch im *Kuchenrausch*, um über Manus Ausnahmesituation zu reden, denn nach dem Pärchenabend fand sich keine Minute, um mit Manu darüber zu reden. Ständig kam bei ihr etwas dazwischen. Ich hatte sogar das Gefühl, dass sie jedes Gespräch dazu meidet. Dabei wollte ich mich eigentlich heute mit Carla treffen, um über *meine* Ausnahmesituation zu reden, aber als Manu mich heulend anrief und offenbar doch jemanden zum Reden brauchte, hab ich sie kurzerhand ins *Kuchenrausch* dazubestellt. Carla ist ohnehin besser in so was. Die beiden kennen sich gut und mögen sich.

«Also, was ist passiert?», frage ich Manu. «Wieso Scheidung?»

Sie holt tief Luft. «Weil Guido das so will.»

«Hat er 'ne andere?», fragt Carla zu Recht.

Manu schüttelt den Kopf. «Ich ...»

«Du?!» Mit allem habe ich gerechnet, aber nicht damit. Ausgerechnet Manu, die brave Manu.

«Nein, ich ...» Sie holt noch mal tief Luft. «Er hat herausgefunden, dass ich ... ab und zu in Swingerclubs gehe.»

Was?! Damit habe ich noch viel weniger gerechnet.

«Echt?», frage ich ungläubig.

Manu nickt.

«Allein?», fragt Carla.

Manu nickt wieder.

«Aber warum denn? Und wie funktioniert so was überhaupt?» Ja, ich gebe zu, ich bin neugierig. «Ich dachte immer, dass es wenigstens bei euch im Bett gut läuft.»

Aber Manu schüttelt den Kopf. «Schön wär's. Bei uns läuft schon ziemlich lange absolut gar nichts mehr.»

Carla und ich wechseln erstaunte Blicke. In dem Moment tritt Uschi an unseren Tisch. Sie wollte sich gerade zu uns setzen und hat das Geständnis mitbekommen. Tröstend umarmt sie Manu.

«Ach, Dummerchen! Dann hättest du deinen Guido einfach mitnehmen sollen. Wolfgang und ich sind früher auch ab und zu swingen gegangen – bis die Zwillinge kamen. Aber zusammen ist das viel ehrlicher und macht auch mehr Spaß.» Sie zwinkert Manu verschwörerisch zu. So als seien die beiden in einem Geheimbund.

In meinem Hirn rattert unaufgefordert das Kopfkino, und ich sehe Bilder vor mir, die ich mir lieber erspart hätte. Ich schließe kurz die Augen und schüttele den Kopf, um das wieder abzustellen. Seltsam, was man nach so vielen Jahren noch alles erfährt von seinen Freunden.

«Und deshalb will er sich scheiden lassen?», frage ich.

Manu nickt. «So schnell wie möglich.»

«Ach, der fängt sich bestimmt wieder», tröstet Carla und winkt ab.

«Habt ihr darüber denn mal offen geredet? Wie's aussieht, habt ihr unterschiedliche Bedürfnisse», fügt Uschi hinzu.

«Für ihn ist es wie Ehebruch oder Fremdgehen.»

«Nicht ganz zu Unrecht. Immerhin hast du Sex mit anderen Männern», sagt Carla und fügt nachdenklich hinzu: «Das ist aber besser als gar kein Verkehr.»

Manu nickt. «Fand ich ja auch.»

«Sag mal, wie ist das denn überhaupt so?», frage ich erneut. Zugegeben, ich habe auch schon mal mit dem Gedanken gespielt, mit einem anderen ... Aber meine Beziehung wollte ich dann doch nicht aufs Spiel setzen. Sieht man ja jetzt bei Manu, wie schnell das geht. Und erst der Stress mit der Heimlichtuerei und das schlechte Gewissen und so. Bloß wegen eines schwachen Moments, und am Ende war es das noch nicht mal wert. Lieber nicht.

Das sieht Manu aber offenbar anders. «Es ist ... toll, spannend, befriedigend.» Ihr Gesicht erhellt sich, doch dann macht sich sofort wieder ein Ausdruck der Verzweiflung breit. «Aber es ist nur Sex. Ich liebe Guido, nur ... wir schlafen nicht mehr miteinander – abgesehen vom Geburtstagssex. Er kann das aber nicht trennen.»

«Was erwartest du? Er ist dein Mann!», sage ich und mache dazu ein So-ist-das-eben-Gesicht. «Noch dazu Italiener.»

«Italiener hin oder her – wenn die Luft raus ist, muss man sich was einfallen lassen», erklärt Uschi.

Wem sagt sie das? Ich kenne mich da auch ziemlich gut aus. Im Stillen hoffe ich ja, dass Kiew und die Fernbeziehung unser Sexleben auffrischt.

«Was ihr braucht, ist keine Scheidung, sondern eine Therapie», schlägt Carla vor.

«Zumindest ein offenes Gespräch», findet Uschi und steht wieder auf. «Ich muss zurück zu meinen Cupcakes.»

Manu schüttelt resigniert den Kopf. «Ich hab wirklich alles versucht, aber Guido ist so gekränkt.»

«Schwierig», sage ich, und die anderen nicken.

«Ich dachte, vielleicht kann Arne mal mit ihm reden.» Manus flehender Blick ist herzerweichend. «Euer Glück scheint mit den Jahren ja immer größer zu werden.» Ich will gerade etwas erwidern, da fragt Manu: «Apropos: Gibt's schon einen Termin? Wisst ihr schon, wie und wann ihr heiraten wollt? Das ist so aufregend! Endlich wieder eine große Hochzeit.»

«Nein, noch wissen wir gar nichts, außer *dass* wir heiraten wollen. Wenn es nach Arne ginge, so bald wie möglich.» Während ich es ausspreche, bin ich von mir selbst überrascht, wie viel Spaß es macht, darüber zu reden.

«In Weiß?» Uschi hat ihre Ohren überall. «Bitte, bitte in Weiß, und ich mache euch die perfekte Torte zum Kleid! Oder gibt es vielleicht ein Motto? Kann ich auch!»

«Ja, in Weiß und von mir aus auch mit weißer Torte. Und das Motto ist *Heiraten.*»

«Wie originell», lacht Uschi und verschwindet wieder in der Küche.

«Ich organisier dir so 'n klassischen Junggesellinnenabschied!» Carlas Augen glänzen regelrecht. Dabei weiß sie ganz genau, wie sehr ich so ein Theater verabscheue.

«Auf keinen Fall! Ich lade euch höchstpersönlich aus, wenn eine von euch auf diese beknackte Idee kommt, irgendwelche Spielchen zu planen.»

«O ja, Hochzeitsspiele! Baumstammsägen und so? Riesige Herzen mit Nagelscheren ausschneiden? 4ever-2gether-Ballons steigen lassen?» Manu ist kaum noch zu bremsen. Ihre Sorgen scheinen komplett verschwunden. «Davon habe ich immer geträumt. Wir mussten ja zuerst heimlich heiraten, also standesamtlich, weil meine Eltern dagegen waren.»

«Ach, wieso das denn?», fragt Uschi, die nun mit einem Tablett bunter Cupcakes aus der Küche kommt.

«Na, weil Guido Italiener ist. Meine Mutter war in den 50ern mal in einen Italiener verliebt und voll auf dem Italo-Trip. Seither war jeder Italiener für Papa ein rotes Tuch.»

«Oh, das tut mir leid», sagt Uschi.

«Jetzt denke ich manchmal, Papa hatte recht: Guido ist ein Idiot.» Manu wirkt plötzlich wie ausgewechselt. Je mehr sie über Guido nachdenkt, desto mehr entfernt sie sich von ihm.

«Und was ist jetzt mit dem Junggesellinnenabschied und den Spielchen?», fragt Uschi.

Ich strecke den Oberkörper, um mir Gehör zu verschaffen. «Zum letzten Mal: Ich möchte in Würde mit der Anmut einer fast Fünfzigjährigen heiraten und mich nicht zum Affen machen. Schließlich werde ich nur einmal heiraten.»

«Das haben schon viele gesagt.» Carla grinst zweideutig.

«Wir lassen uns trotzdem was Schönes für Eva einfallen. Okay, Mädels?» Manu schaut Carla und Uschi verschwörerisch an, dann grinsen alle drei. Das klingt eindeutig wie eine Drohung.

Uschi geht zur Theke und holt etwas aus einem Schrank unter der Kasse.

«Hier, das kannst du in den nächsten Wochen sicher gut gebrauchen.» Es ist ein weißes Notizbuch, auf dem mit goldener Schrift steht: *Kuchenrausch – für die süßen Momente im Leben*. «Dahinein schreibst du alles, was in der Zeit bis zur Hochzeit ansteht – Termine, Adressen, Kontaktpersonen, Menüfolgen, Fristen, Formalitäten, Lieferanten, Preise, Zusagen, Absagen, Gästelisten, Bestelllisten, To-do-Listen …»

Ich rolle mit den Augen. «Danke, danke, aber übertreibst du nicht etwas?»

Uschi wirft Carla einen deutlichen Blick zu. «Sag du's ihr!»

Carla nickt bedeutungsschwer. «Uschi hat recht. Du kannst dir diesen ganzen Orga-Kram gar nicht merken. Glaub mir, ich weiß, wovon ich rede. Wir alle, stimmt's?»

Ich blicke der Reihe nach in die Runde, alle nicken.

«Aber keine Sorge, Eva, wir helfen dir!» Manu lacht.

Sie sind wie im Rausch, seit das Wort *Hochzeit* gefallen ist. Und ich muss zugeben, dass mir das etwas Angst macht.

11.

Auch in meinem Kopf dreht sich plötzlich alles nur noch ums Heiraten, ob ich will oder nicht. Das Thema drängelt sich in sämtliche meiner Gehirngänge, breitet sich aus und hindert andere Gedanken am Wachstum. Wichtige Gedanken, die meine Arbeit angehen, zum Beispiel. Zum Glück habe ich das Angebot für die kleine Kapelle rausgeschickt, bevor meine Gedanken vollständig von Hochzeitskleidern, Terminen, Menüabfolgen und Locations gekapert wurden.

Arne dagegen sperrt das Thema Heiraten komplett aus, er hat momentan nur noch Kiew im Kopf und muss nebenbei seinen Job im Innenressort der Zeitung erfüllen, auf den er überhaupt keine Lust mehr hat. Kann ich alles verstehen, allerdings kriegt Arne bei dem ganzen Stress, der eher mehr statt weniger wird, kaum noch mit, was zu Hause abläuft.

Als ich ihn morgens frage, ob er Frida abends vielleicht zum Tanzkurs bringen kann, weil es in Strömen gießt, schaut er mich an, als würde ich chinesisch sprechen.

«Tanzkurs? Seit wann geht Frida zum Tanzkurs?»

Ich verdrehe die Augen, gebe einen kurzen Stoßseufzer von mir und antworte mit dem üblichen: «Lass mal, ich mach das schon.»

Seit ein paar Tagen regnet es Bindfäden, was für die Natur sehr gut ist, denn der Sommer war heiß und trocken. Also chauffiere ich meine Tochter ausnahmsweise, denn sie fährt sonst mit dem Fahrrad. Eigentlich fahre ich sie aber ganz gerne, weil mich das an früher erinnert, an Fridas Kindheit, als ich sie und ihre Freunde mehrmals die Woche zum Turnen, Schwimmen oder Reiten gefahren habe.

An einer Ampel wage ich mich vor, um die seltene Chance der Zweisamkeit zu nutzen und Frida in ein Gespräch zu verwickeln, denn seit sie in der Pubertät ist, redet sie kaum noch mit uns – wir, die Eltern, sind der Feind.

«Sag mal, hast du eigentlich in letzter Zeit mal mit Papa geredet?» Es wird grün, ich fahre an.

Ohne von ihrem Handy aufzuschauen, stellt mir Frida die gelangweilte und uninteressierte Gegenfrage: «Worüber?»

«Über … Kiew?»

Jetzt schaut sie kurz auf. «Kiew? Mit Papa? Was gibt's da zu reden?» Wieder starrt sie auf ihr Handy, was auch immer da so interessant ist. «Oma hat mir davon erzählt.»

Ich trete auf die Bremse, dass die Reifen quietschen. Dahinter quietschen andere Reifen, gefolgt von lautem Hupen und noch mehr Reifenquietschen.

«Oma?! Was hat Oma dir über Kiew erzählt?»

«Na, dass Papa dahin geht und einen neuen Job hat und so.»

«Aber … woher weiß Oma davon?»

«Von Opa.»

«Und … woher weiß Opa davon?»

«Was weiß ich – keine Ahnung! Frag ihn halt.»

Ich werde wahnsinnig! Hat Arne etwa schon alles ausgeplaudert, ohne mir was zu sagen? Wieso redet meine Mutter mit meiner Tochter über ein Thema, von dem eigentlich bisher nur Arne und ich etwas wissen sollten? Geht doch sonst niemanden etwas an. Außer Frida natürlich.

Jetzt wird das Hupen hinter mir lauter.

«Ja, ja, ich fahr ja schon!»

Ich gebe Gas, ohne einen Gang einzulegen. Mein alter Volvo

macht einen kurzen Satz nach vorne und säuft ab. Das cholerische Hupen geht weiter.

«Mach dich endlich vom Acker!», höre ich eine aggressive Männerstimme rufen. Als ob das etwas ändern würde.

Frida schaut sich um, blickt vorwurfsvoll zu mir rüber und sinkt tiefer in ihren Sitz. «Mama, das ist voll peinlich, fahr endlich.»

Genau das hat mir jetzt gefehlt – ein Spruch meiner Tochter und so ein Vollhorst hinter mir.

«Weißt du, was peinlich ist?» Ich schaue nach links, wo mich der Choleriker gerade hupend überholt und sich weit rüberbeugt, um demonstrativ in mein Auto zu glotzen und mich bei geöffnetem Fenster zu beschimpfen: «Typisch: Frau am Steuer!»

«*Der* ist peinlich», sage ich zu Frida, lasse mein Fenster herunter und brülle: «Arschloch!»

Jetzt stoppt der Typ seinen SUV mitten auf der Straße, steigt aus und kommt auf uns zu – so ein junger Schnösel, höchstens dreißig, mit aufgekrempeltem Hemd und Anzughose. Auch das noch!

«Oh shit!», höre ich Frida sagen, die jetzt am liebsten unsichtbar wäre. Ich ehrlich gesagt auch.

Ich starte nervös den Wagen und gebe Gas, allerdings nicht ohne dem Typen noch meinen gestreckten Mittelfinger aus dem Fenster zu zeigen.

«Mama, das war …»

«… cool. Ich weiß!» Triumphierend halte ich Frida meine Hand zum High five hin, aber sie hält sich ihre nur vors Gesicht.

«… mein Tanzlehrer.»

Oh! Na, wenn der so tanzt, wie er Auto fährt, mache ich mir ernsthaft Sorgen um den Abschlussball.

Weil ich meiner Tochter peinlich bin, soll ich sie bloß nicht vor der Tanzschule, sondern an der Straßenecke absetzen. Kann sie haben.

«Danke, Mama, nächstes Mal nehme ich wieder das Rad.»

«Und, was sagst du denn nun zu Kiew?»

Frida steigt aus, beugt sich aber noch mal zu mir ins Auto. «Wenn du's genau wissen willst: Von mir aus kann Papa nach Timbuktu auswandern – ohne mich! Ich bleibe hier!»

Na, das ist mal 'ne klare Aussage! Sie meint es nicht so, das weiß ich. Dazu kenne ich sie zu gut. Es wäre ihr sicher nicht egal, wenn ihr Vater nach Timbuktu auswandern würde. Aber sie knallt trotzdem die Tür zu, als sei mein Auto ein Sechzehntonner, und geht zu ihren Freunden, die schon vor der Tanzschule warten.

Mein Blick fällt auf eine Plakatwerbung für eine Hochzeitsmesse.

«Ach, Frida?!» Schnell steige ich aus, um vielleicht doch noch etwas zu retten.

Sie dreht sich genervt um. «Was denn noch?!»

«Gehst du mit mir da hin?» Ich zeige auf das Plakat, das ein strahlendes Hochzeitspaar zeigt. Darüber steht: *Ja zum schönsten Tag im Leben!*

Frida liest, begreift und strahlt wieder. «Du meinst, du ziehst das durch?»

Ich nicke. Jetzt lacht sie und hebt den Daumen. Dann tuschelt sie mit ihren Freundinnen, vermutlich um die frohe Kunde zu verbreiten, dass ihre Eltern heiraten werden. Hauptsache, ihre Laune ist jetzt besser – auch wenn der Preis, den ich dafür zahle, verdammt hoch ist: der Besuch einer Hochzeitsmesse – zum Glück erst im Januar.

Auf dem Weg zum Italiener, wo ich Arnes und meine Bestellung abholen will, rufe ich meine Mutter an, um ihr die Meinung zu sagen, weil sie sich wieder mal in Dinge einmischt, die sie nichts angehen.

«Mama, wie kommst du dazu, Frida von Kiew zu erzählen?»

«Ich wusste nicht, dass ich Redeverbot habe.»

«Aber du hättest dir doch denken können, dass *wir* das unserer

Tochter sagen wollen. Wir müssen das erst mal für uns abklären, bevor wir mit euch darüber reden. Deshalb weiß es auch noch niemand.»

«Ach, aber Papas Arzt, dieser Orthopäde, der gehört offenbar zum erlesenen Kreis der Mitwisser?»

Franky!? Der hat's entweder von Arne oder von Lisa. Nur mir sagt keiner Bescheid, verdammt!

«Aber schön, dass wir, als deine Familie, auch mal von diesen unwichtigen Ereignissen erfahren», meckert meine Mutter. Sie ist eingeschnappt.

«Übertreib doch nicht so, Mama!»

«Schätzchen, dein Vater liegt im Krankenhaus, mir wächst das Haus über den Kopf, und du lässt mich in dieser Situation im Stich und sagst, dass ich übertreibe?»

«Niemand lässt dich im Stich, Mama.»

«Ja, ja, geh du nur nach Kiew. Dein Bruder konnte ja auch nicht weit genug weggehen. Lasst Papa und mich ruhig allein, bis wir irgendwann in einer Ecke unseres Hauses vor uns hin modern. Völlig alleingelassen.»

Jetzt geht das wieder los! Meine Mutter kann eine unglaubliche Drama-Queen sein.

«Mama, das ist totaler Unsinn. Weder Frida noch ich gehen nach Kiew. Nur Arne. Frida und ich bleiben hier und kümmern uns um Papa und dich, damit ihr nicht irgendwo vor euch hin modert. Das stinkt und senkt außerdem den Wert eurer Immobilie.»

Jetzt muss Mama lachen.

«Du bist eine unmögliche Tochter, Eva.»

«Und du bist eine unmögliche Mutter, Marlene.»

«Und was machen wir nun mit deinem Vater?»

«Was sollen wir schon machen? Warten, dass es vorbeigeht. Franky hat mir gesagt, dass Papa auf dem Weg der Besserung ist. Mach dir keine Sorgen, Mama. Ich bin da für euch, okay?»

«Danke, Schatz», höre ich Mamas erleichterte Stimme und beende das Gespräch, froh, das geklärt zu haben. Wer weiß, was sich Mama schon alles ausgemalt hat, seit sie denkt, ich verlasse sie. Natürlich lasse ich sie und Papa nicht im Stich.

Ich fahre vor der Pizzeria vor, und mir wird wieder einmal klar, dass meine Eltern alt sind und ich nicht mehr sehr viele Jahre mit ihnen haben werde. Das macht mich aus heiterem Himmel so traurig, dass ich anfange zu heulen. Einfach so, weil es sein muss oder weil die Hormone plötzlich meinen, dass ich mal heulen muss.

Die Vorstellung, meine Eltern zu verlieren, macht mich plötzlich echt fertig. Und ich will auch Arne nicht verlieren, wenn er in die Ukraine geht. Unvorstellbar, ohne ihn zu leben. Genauso wie mich der Gedanke schmerzt, eines Tages ohne Frida zu leben, weil sie erwachsen wird. Und wenn sich meine Freunde auch noch trennen, steh ich irgendwann ganz alleine da.

Der Regen wird stärker, und all meine Ängste, verlassen zu werden, stürzen gleichzeitig auf mich ein. Verdammte Hormone!

Und so sitze ich da, im Auto, bei strömendem Regen vor der Pizzeria, und heule. Einfach so. Bis jemand an meine Scheibe klopft. Im ersten Moment erschrecke ich, aber dann erkenne ich Danny, den Besitzer der Pizzeria, unter einem Regenschirm.

«Was machst du hier draußen? Komm rein!»

Also folge ich ihm ins Restaurant. Er ist klein und rund und ständig gut gelaunt. Noch nie habe ich ihn missmutig oder verärgert erlebt. Immer wenn ich ihn sehe, muss ich lachen, denn er sieht wirklich aus wie Danny deVito, weshalb ihn alle nur Danny nennen. Seinen echten Namen kenne ich gar nicht.

«Hier, das wird dir guttun», sagt er und stellt mir einen starken Espresso vor die Nase und ein Baci – ein Küsschen –, eine kleine italienische Süßigkeit aus Schokolade. Ich muss lächeln, denn das ist genau das, was ich jetzt brauche – ein Küsschen.

«Ist gut für die Seele», sagt er.

«Allerdings!» Ich genieße Kaffee und Schokolade.

«Willst du reden?»

Ich schüttele den Kopf. «Bloß nicht!»

Danny lacht. «Ihr Frauen seid mir ein Rätsel.»

«Gut so», sage ich. Dann bezahle ich meine Bestellung, nehme das Essen, drücke Danny zum Abschied und fahre deutlich entspannter nach Hause, als ich es noch vor einer halben Stunde war.

12.

«Eine Tonno, eine Vierjahreszeiten, ein Salat – perfekt», sagt Arne und öffnet dazu einen tiefroten Primitivo, den wir kistenweise aus dem letzten Italienurlaub mitgebracht haben. Wir machen es uns auf dem Sofa im Wohnzimmer bequem.

«Das hat aber lange gedauert. War's so voll bei Danny?»

«Ja», sage ich kurz angebunden und wechsele das Thema. «Hast du schon was herausgefunden?» Ich träufele etwas Olivenöl über den Salat.

Arne beißt von seiner Pizza ab und antwortet mit vollem Mund: «Ja, klar, da war doch gestern dieser Kunstraub in der Staatsgalerie. Heute dann die Pressekonferenz mit dem Ministerpräsidenten persönlich. Hat mich schon stutzig gemacht Ich hab da anschließend ein bisschen nachgebohrt. Du glaubst gar nicht, was die auf der PK alles nicht erzählt haben, und …»

«Hm», mache ich und blättere in meinem neuen *Kuchenrausch*-Notizbüchlein.

Arne bemerkt meine Abwesenheit. «Das scheint dich ja nicht sehr zu interessieren.»

Ach. Wie kommt er nur darauf? «Stimmt, ich meinte auch eigentlich nicht deine Recherchen, sondern unsere Hochzeit.»

«Äh … nee, da bin ich noch nicht weitergekommen, wegen des Kunstraubs. Du?»

Ich könnte jetzt einfach verneinen, meine Pizza essen und das Thema für heute sein lassen. Wäre gar nicht weiter schlimm, weil Arne ja auch nichts auf die Reihe bekommen hat. Aber dann wäre ich so wie er, und das bin ich nicht. Ich bin die fleißige Eva, die schon in der Schule immer ihre Hausaufgaben dabeihatte. Natürlich habe ich zwischen Haushalt, Krankenhaus, dem Schreiben des Angebots für die Kapelle und meinen täglichen Online-Ablenkungen meine Leidenschaft für das Prokrastinieren um eine weitere Ablenkung erweitert: die Hochzeitsrecherche.

«Wir müssen jede Menge Fragen klären, denn es gibt unendliche Möglichkeiten.»

«Wie jetzt? Wofür?»

«Zum Heiraten!», sage ich mit Nachdruck.

«Okay, schieß los.»

Endlich habe ich Arnes volle Aufmerksamkeit und schlage mein Notizbuch auf. «Zuerst müssen wir uns überlegen, wo und wie wir heiraten wollen, um dann die Frage nach dem Wann zu klären.»

«Wieso in dieser Reihenfolge? Überlegt man sich nicht zuerst einen Termin?»

«Äh, nein, denn wir sind ja nicht die Einzigen, die heiraten wollen. Da müssen wir wissen, wo, um dort eine konkrete Anfrage zu machen.»

«Verstehe. Ich vermute mal, du hast da schon was vorbereitet?»

Irgendwie komme ich mir vor wie Arnes Sekretärin. Natürlich habe ich mich online auf den entsprechenden Webseiten und Hochzeitsblogs schlaugemacht. Aber er soll seine kleinen grauen Zellen mal selbst rotieren lassen.

«Arne, die Frage ist doch, welche Art Hochzeit wollen wir?»

Jetzt lacht er und beißt wieder in seine Pizza. «Also, mir würde ja eine standesamtliche Trauung völlig ausreichen.»

Ich stöhne auf. «Das hatten wir doch bereits: wennschon, dennschon. So haben wir's beschlossen, dachte ich.»

«Schon gut, ja, so haben wir's beschlossen.» Er zuckt mit den Schultern. «Also, keine Ahnung, wie ich heiraten will. Hab ich noch nicht drüber nachgedacht. Aber ich kann dir sagen, was ich nicht will.»

«Auch gut! Dann machen wir es im Ausschlussverfahren.»

Sofort schießen wir die dämlichsten Ideen ab, von denen wir jemals gehört oder gelesen haben.

«Keine Iglu-Hochzeit in der Arktis», sagt Arne. «Zu kalt.»

«Und keine Fallschirm-Trauung», sage ich.

«Oder in einem Heißluftballon», sagt er.

«Und auch nicht in einer Taucherglocke», sage ich.

«Oder einem Unterwasserhotel!»

«So was gibt's?», frage ich überrascht.

«Totaler Unsinn! Igor aus der Wirtschaftsredaktion hat sich während einer Kreuzfahrt trauen lassen. So Traumschiff-mäßig.»

Ich schüttele mich. «Bloß nicht. Aber auf einem Boot wäre gar nicht schlecht. Oder?»

«Kommt drauf an, wo», sagt Arne. «Auf'm Weser-Ems-Kanal, Ost- oder Südsee, Bodensee oder Baggerloch? Das ist schon ein Unterschied!»

Ich muss grinsen. «Unwesentlich. Aber halten wir das schon mal fest», sage ich und notiere *Schiff/Boot/Wasser*. Und ohne es zu merken, sind wir bei den Hochzeitsumständen, die wir uns gut vorstellen können.

«Oder doch lieber auf dem Land? Toskana, Provence, Highlands, Allgäu?», fragt Arne mit sehnsüchtigem Fernweh-Blick. «Das hätte so was Erdiges – könnte mir gefallen.»

«Oh, ja, in den Alpen, auf der Zugspitze vielleicht.»

«Auch nicht schlecht», sagt Arne, und ich notiere *Alpen, Toskana, Provence, Highlands*. Doch Arne hat jetzt erste Bedenken und stochert mit der Gabel im Salat. «So was braucht doch sicher einen langen Vorlauf, könnte ich mir vorstellen.»

«Keine Ahnung. Muss man sehen. Wenn du es unbedingt schnell haben willst, bliebe nur Las Vegas.»

Jetzt schaut er mich amüsiert von der Seite an und schüttelt den Kopf. «Wenn ich mir nicht sicher wäre, vielleicht. Denn dann ließe sich die Eheschließung am Morgen nach der Zeremonie annullieren, wenn ich mit einem Riesenkater aufwache und feststelle, dass du alt und hässlich bist. Dann wäre Las Vegas ganz sicher eine Option.»

«Aber so ein schlechter Elvis-Imitator als Trauzeuge wäre cool. Oder?»

«Eva, wir sind keine zwanzig mehr.»

Arnes vorwurfsvoller Blick erinnert mich an den Blick meines Vaters, wenn ich als Studentin die Soße von Mamas Sonntagsbraten mit dem Zeigefinger vom Teller gewischt hatte, weil etwas so Leckeres in meinem sonstigen Studentenleben nicht vorkam. «Eva, du bist doch kein Kind mehr!», hieß es dann.

Ich wäre Las Vegas aber tatsächlich nicht abgeneigt und lasse mir meine Begeisterung dafür nicht nehmen. «Eben, deswegen ja – in unserem Alter können wir uns alles erlauben.»

Doch meine romantische Vorstellung einer rebellisch-berauschten Turbo-Rock-'n'-Roll-Hochzeit zwischen Roulettetisch, Celine-Dion-Konzert und dem Siegesrausch am einarmigen Banditen wird im Keim erstickt.

«Ich denke, du willst *old school* – mit Kirche, in Weiß und mit Familie und so.»

«Schon, aber … cool wäre es trotzdem», sage ich, obwohl Arne natürlich recht hat und Las Vegas nicht mit meiner Vorstellung von einem großen Familienfest zusammengeht.

Da sieht man mal wieder, welche zwei Seelen in meiner Brust wohnen. Die eine, die frei und ungebunden leben will, kompromisslos und immer die geöffnete Hintertür im Blick, um jederzeit das Weite suchen zu können, wenn das Leben zu eng wird. Und die andere Seele, der Familie und ein entspanntes, gemütliches Zuhause über alles gehen. Schon verrückt, aber vielleicht war das

Nicht-verheiratet-Sein für mich bislang auch irgendwie die letzte Bastion der Freiheit in einem sehr normalen, an Beziehungen und gesellschaftliche Konditionen gebundenen Dasein mit Kind und Hund, Elternstammtischen, Kindertaxidiensten, Gassi-Bekanntschaften, Pärchenabenden, erschöpft-schläfrigen Samstagabenden und allem, was zu einem bürgerlichen Familienleben dazugehört.

Arne kennt meine Angst vor der Komplettierung der Spießigkeit und reagiert sofort. «Wir könnten Elvis überall engagieren. Schließ die Augen!»

«Was?»

«Mach schon! Schließ die Augen und sag mir, was du siehst, wenn du an unsere Hochzeit denkst.»

«Ich sehe Schuldenberge und zerstrittene Schwiegermütter.»

«Falsches Programm. Komm schon! Mehr Phantasie!»

«Oh, okay … ja, stimmt.»

Also schließe ich die Augen und sehe alles genau vor mir. «Ah! Schon besser: Ich sehe eine Wiese, Bäume mit bunten Girlanden und dazwischen Tische und Blumen. Die Sonne scheint, ein leichter Wind bringt das Laub zum Rauschen. Die Vögel singen, und alle sind da – unsere engsten Freunde, die ganze Familie, Musiker …»

«Meine Kollegen, nicht zu vergessen.»

Ich öffne die Augen und wundere mich kurz. Stimmt ja, es soll auch ein Abschiedsfest für Arne sein.

Ich schließe also erneut die Augen, um meine Vision wieder aufzunehmen. «Okay, ich sehe Familie, Freunde und Kollegen. Die Stimmung ist entspannt und ausgelassen. Alle unterhalten sich, essen, trinken und flanieren umher.»

«Klingt schön. Was machen wir?»

Ich hole tief Luft. «Du knutschst mit der zwanzigjährigen Nichte deines Trauzeugen, und ich schneide mir die Pulsadern auf.»

Arne stößt mich an. «Falsches Programm – umschalten!»

Also konzentriere ich mich wieder. «Du trägst einen Leinenanzug mit Strohhut und ich ein unglaublich schönes cremefarbenes Designerkleid. Wir trinken Champagner, küssen uns, und ich tanze.»

«*Wir* tanzen.»

«Nein, *du* tanzt zum Glück nicht. Ich tanze nämlich mit Elvis.»

«Na toll. Und wo werden wir getraut?»

Ich nehme einen Schluck Wein und schließe wieder die Augen.

«In … Venedig! Es ist der Hammer. Allerdings … Oh nein, zu viele Touristen ringsum. Wir heiraten in … in unserer Kirche. Die Kirche, in der unser Kind getauft und konfirmiert wurde und im Krippenspiel das Schaf spielen durfte, während wir in der zweiten Reihe unsere Lachkrämpfe unterdrücken mussten. Die Kirche, in der mir jedes Jahr an Heiligabend bei *Stille Nacht* die Tränen kommen.»

Fast kommen mir sogar jetzt die Tränen, wenn ich nur dran denke, dort getraut zu werden.

«Perfekt», sagt Arne. «Das ist es. So machen wir's.»

Wir sehen uns an und küssen uns zur Besiegelung der Kirchen-Entscheidung.

«Rufst du dann den Pfarrer an und klärst das mit ihm ab?»

«Äh … klar», sage ich. Wer sonst.

«War's das?»

«Wie, war's das?»

Arne schaut auf die Uhr. «Ich müsste noch diesen Kommentar zu Ende schreiben. Der muss heute noch raus.»

«Ja, das war's», sage ich und bin zurück auf dem Boden der nüchternen Sachlichkeit, nach einem kleinen Ausflug in die Welt der Phantasie.

***

Mitten in der Nacht wache ich auf, nass geschwitzt. Mal wieder. Diese ganze Hochzeitsangelegenheit rauscht wild durch meine Gedanken. Aber diesmal nicht positiv, sondern voller Sorge. Sorge, der ganzen Organisation nicht gewachsen zu sein, denn von Arne ist offenbar nicht viel Hilfe zu erwarten. Ich suche mein Notizbüchlein und blättere darin, denn wir haben etwas Entscheidendes vergessen, das keinen Aufschub duldet. Beunruhigt rüttele ich ihn wach.

«Arne, wach auf! Arne! Wach auf!»

Ich reiße ihn aus dem Tiefschlaf, denn er braucht einige Sekunden und weiß zuerst gar nicht, wo er ist. «Was? Was ist denn? Ist was mit Frida?»

«Nein, Frida ist längst zu Hause und im Bett. Aber wir haben noch keinen Termin.»

«Was? Was denn für einen Termin? Wofür?»

«Einen Hochzeitstermin. Ich muss doch dem Pfarrer einen Termin nennen.»

«Ach, Eva! Hat das nicht Zeit bis morgen?»

«Nein, hat es nicht. Ich kann sonst nicht schlafen. Bitte! Wir müssen das besprechen. Jetzt!»

Arne seufzt. «Also gut. Jetzt bin ich sowieso wach.» Er setzt sich auf, knipst ein Licht an und gähnt. «Ich höre?»

«Wir müssen die standesamtliche Trauung ein halbes Jahr vor dem gewählten Termin hier im Standesamt anmelden.»

«Wer sagt das?»

«Die Homepage vom Rathaus.»

«Okay, anmelden kann ja nicht so schwer sein. Geht bestimmt online. Heutzutage machen die Ämter doch alles online», sagt Arne.

«Nein, da muss man persönlich hin. Zu zweit oder nur einer mit Vollmacht des Partners.»

«Wie altmodisch. Ist ja fast so wie die Trauung selbst. Wann gehen wir dahin?»

Ich atme schwer aus. «Wenn wir wissen, *wann* wir heiraten wollen. Von dem Tag der Anmeldung an haben wir sechs Monate Zeit, um standesamtlich zu heiraten.»

«Und die Kirche?»

«Erst Standesamt, dann Kirche. Ohne Standesamt keine Kirche. Standesamt muss – egal ob mit oder ohne Kirche!»

«Auch so richtig mit Ringtausch und so?»

«Keine Ahnung, glaub schon. Oder?»

«Was fragst du mich? Ich habe noch nie geheiratet», sagt Arne.

«Ja, ich etwa?»

Offenbar haben wir bei den vielen Hochzeiten, bei denen wir schon dabei sein durften, nie so richtig auf die wirklich wichtigen Details geachtet. Aber ich bin mir fast sicher, dass es immer einen Ringwechsel gab. Oder?

«Ich dachte, du hättest dich da mal mit deinen Mädels drüber ausgetauscht. Die sind doch alle unter der Haube.»

«Ach, und warum hast du deine Jungs nicht mal gefragt, wie das abläuft? Die sind doch auch alle unter der Haube.»

«Weil ich keine Zeit hatte.»

«Klar!», sage ich und werde langsam sauer. «Aber über den Stand der Bundesligatabelle tauscht ihr euch regelmäßig aus.»

«Das ist ja wohl was anderes!»

Arrrrgh … Ich könnte ihn manchmal … Aber das bringt jetzt nichts, außer einem erwürgten Bräutigam. Zugegeben, in letzter Zeit bin ich sehr dünnhäutig, wenn irgendwas nicht läuft, wie es laufen sollte. Dann verliere ich schnell die Beherrschung.

Arne schüttelt jetzt demonstrativ sein Kissen auf, um sich im nächsten Moment mit dem Kopf darauffallen zu lassen. Aber ich muss verhindern, dass er wieder einschläft. Also schnappe ich mir sein Kissen und ziehe es unter seinem Kopf weg.

«Hey! Was soll das denn?»

«Wir brauchen einen Termin», insistiere ich und halte sein Kissen mit vor der Brust verschränkten Armen fest.

«Eva, bitte! Ich muss schlafen!»

«Ohne Termin keine Planung, ohne Planung keine Hochzeit.»

«Also gut, dann schlag was vor», sagt er müde.

«Dieses Jahr nicht mehr. Ist ja schon Ende Oktober, da sind alle Messen gesungen», sage ich.

«Gut. Dann bleibt ja nur noch der Sommer, bis ich nach Kiew gehe. Eine tolle Sommerhochzeit. Okay? So wie du es vor deinem inneren Auge gesehen hast. Und morgen gehen wir zum Standesamt und melden unsere Sommerhochzeit an!»

Ich schließe kurz die Augen, weil ich manchmal denke, mein toller Mann ist so ein Blödmann, der mir nie zuhört, egal, was ich ihm zwei Minuten zuvor erklärt habe.

«Ich sag's nur ungern, aber Sommer wäre in mehr als sechs Monaten.»

«Ja, und?»

«Sinnlos.» Ich schüttele resignierend den Kopf und gebe ihm sein Kissen zurück. Normalerweise würden wir jetzt streiten, wie so oft, seit ich an Hitzewallungen und Dünnhäutigkeit leide. Aber Arne mobilisiert seine letzten Kräfte.

«Also gut. Sobald wir einen Kirchentermin haben, gehen wir ein halbes Jahr davor zum Standesamt und melden das an. Okay?»

Endlich hat er's begriffen. «Okay.»

Dann lässt er sich in sein Kissen fallen und dreht sich auf die Seite, bereit, seinen wohlverdienten Schlaf fortzusetzen. «Ich bin gar nicht so blöd, wie du immer denkst», murmelt er.

Ich bleibe sitzen. «Wettermäßig beginnt der Sommer im Mai. Wir haben also drei Monate.»

Er stöhnt. Zwar leise, aber ich hab's gehört.

«Prima, dann suchst du ein paar Termine raus», sagt er bemüht ruhig, «dazu ein paar schöne Locations und schickst mir die Links. Du triffst die Vorentscheidung. Ich vertrau dir, Schatz. Das wird super. Nacht.»

«Aber wieso denn ich? *Du* hast doch die Büchse der Pandora geöffnet. *Du* willst heiraten, also kümmere *du* dich um den Kram.»

Arne seufzt demonstrativ und setzt sich wieder auf. Er spricht langsam und müde. «*Wir* wollen heiraten.»

«Aber *du* bist der Initiator. Ich bin nur so was wie eine … eine Mitläuferin. Also musst *du* das auch organisieren.»

«Und verrätst du mir auch, wann ich das machen soll? Bei meinem vollen Terminplan und den Vorbereitungen auf Kiew?»

«Und deshalb soll *ich* mich also um die ganze Organisation kümmern? Vergiss es! Ich habe einen neuen Auftrag in Aussicht, der mich so viel Zeit kosten wird, dass ich bestimmt keine Hochzeit nebenbei organisieren kann.»

«Ich bin müde, Eva. Lass uns nicht wieder streiten. So eine kleine Hochzeit ist doch kein Ding. Das kannst du doch viel besser als ich.»

Das wäre ein geeigneter Moment, einen Schreikrampf zu kriegen, wenn ich nur etwas hysterischer wäre. Stattdessen bin ich mittlerweile auch müde.

So oft habe ich dieses Verhalten schon bei Arne erlebt. Das hat etwas mit der Trennung von Privat- und Berufsleben zu tun. Denn beruflich kann Arne superschnell Entscheidungen treffen. Muss er als leitender Redakteur einer Tageszeitung ja auch. Er muss Aufgaben delegieren, Themen einschätzen, Artikel absegnen, Personalentscheidungen treffen … und was weiß ich nicht noch alles. Aber sobald er sich beim Metzger am Samstag zwischen Schwein oder Rind entscheiden muss, steht er auf dem Schlauch und verursacht an der Fleischtheke Stau und schlechte Stimmung bei den Leuten hinter sich. Kann ich gut verstehen. Ich kriege auch die Megakrise, wenn da vorne einer steht und den Metzger nach dem Vornamen des Bio-Schweins fragt, von dem er eine Lende haben will, vorausgesetzt, das Tier hatte auch ein schönes Leben und war genug an der frischen Luft und sein Name beginnt mit Y. Und wenn der

Metzger oder seine Fleischfachverkäuferin sich nicht sicher ist, will Arne doch lieber ein Stück Rinderfilet, weil er das eigentlich lieber mag, auch wenn seine Tochter ihm ständig Vorwürfe wegen der schlechten CO_2-Bilanz der Rinder macht, weil das den Klimawandel beschleunigt und die Eisbären ausrottet. Daher sollte man genau genommen doch lieber Schweinefilet essen. Oder am besten gar kein Fleisch. Das geht dann so lange hin und her, bis der Unmut in der Schlange hinter Arne so laut wird, dass mein lieber Freund am Ende die Metzgerei mit leeren Händen verlässt und Tofu nach Hause bringt.

Gehen wir aber gemeinsam einkaufen, wälzt er sämtliche Entscheidungen auf mich ab, und dann heißt es nur: *Entscheide du das, Schatz*.

«Sieh's als Privileg, dass du diese Entscheidungen treffen darfst», nuschelt Arne. «Das ist auf dieser Welt nicht selbstverständlich. Schon gar nicht für Frauen.»

«Ist das dein Ernst?!» Ich muss mir auf die Zunge beißen, weil Widerspruch leider gar keinen Sinn mehr macht – denn Arne schnarcht bereits.

Erschöpft lasse ich mich zurück in die Federn sinken, denke aber noch ein paar Minuten nach und beschließe, die Dinge positiv zu sehen. Schließlich habe ich nun alle Macht, meine Wünsche weitestgehend durchzusetzen, denn ich habe *das Privileg der Entscheidung*!

13.

Obwohl die Hochzeit ständig in meinen Gedanken präsent ist, muss ich zwischendurch auch mal an andere Dinge denken, wie zum Beispiel meine Arbeit. Vor dem Urlaub habe ich die Restaurierung mehrerer großformatiger Leinwandgemälde in einem Kloster abgeschlossen. Da wäre ein Anschlussprojekt jetzt genau richtig. Doch seit Tagen habe ich keine Reaktion auf mein Angebot für die kleine Marienkapelle erhalten – keine Mail, keine Post, kein Anruf. Nichts. Klar könnte ich auch dort anrufen und nachfragen, aber ich will niemanden drängen. Schließlich geht es um eine Gemeindeentscheidung. So was dauert einfach länger. Aber das wäre ein so schöner Auftrag, auf den ich wirklich Lust hätte und den ich gut gebrauchen könnte. Damit wäre ich die nächsten Monate beschäftigt.

Aber ganz gleich, wie oft ich auch meinen Mail-Account checke – es tut sich nichts. Also lenke ich mich ab und kümmere mich – na, worum wohl? – um meine Hochzeit, denn einer muss es ja machen.

Pfarrer Cornelius Butterbier, den seine Konfirmanden kumpelhaft Conne nennen dürfen, ist Ende fünfzig, mit einer Religionslehrerin verheiratet und Vater von vier Söhnen. Er betreut in seiner Gemeinde drei Kirchen und ist immer im Stress, weshalb er mich am Telefon bat, ihm eine Mail mit meinem Anliegen zu senden, da ich ihn nur zwischen Tür und Angel erwischte, auf dem Weg zu einem Seelsorgereinsatz. Ich habe ihm also mein Anliegen und unsere Hochzeitspläne in einer Mail geschildert. Und nun ruft er mich zurück.

«Schön, dass Sie sich vor Gott und der Gemeinde das Jawort geben wollen. Wird ja auch langsam Zeit, was?» Er darf das sagen, denn er hat Frida getauft und konfirmiert. «Auch wenn die Reihenfolge etwas ungewöhnlich ist, haha.»

Witzig!

«Na ja, wir wollten eben sichergehen. Drum prüfe, wer sich ewig bindet und so.»

«Sehr richtig. Wissen Sie denn schon, wen?»

«Wie bitte?»

«Oh, Entschuldigung! Ich meine natürlich: wann.»

Ja, er ist etwas verhuscht, aber das macht ihn so sympathisch.

«Ich dachte an den 1. Juni.»

Er lacht laut auf. «Nächstes Jahr?»

Bislang wusste ich nicht, wie witzig unser Pfarrer wirklich ist.

«Natürlich, wann sonst?»

«Schon vergeben. Außerdem ist da Stadtfest neben der Kirche. Unmöglich, viel zu laut. Das wollen Sie nicht. Und ich auch nicht. Muss meine Stimme schonen. Aber diese jungen Menschen ließen sich das nicht ausreden. Sie wollen das Jawort lieber schreien als einen anderen Termin. Konnte es ihnen nicht ausreden.»

«Und sonst zwischen Mai und Ende Juli?»

Er blättert offenbar in seinem Terminkalender, denn ich höre Papier rascheln. «Tut mir leid, alles ausgebucht: Kirchentag, Chorfest, Konfirmanden-Wochenende.»

«Was? Wie kann das sein?»

Ich höre ihn aufschnauben. «Hoch-Zeit für Hochzeiten – schönes Wortspiel, nicht?» Erwartet er ernsthaft, dass ich darauf antworte? «Ganz ehrlich? Sie sind spät dran, Frau Hitz. In der Regel kommen die Paare über ein Jahr im Voraus.»

«Oh. Das heißt, auch ganz spontan könnte man gar nicht kirchlich heiraten?»

«Nicht bei uns, und erst recht nicht an den Wochenenden zwischen Mai und Oktober. Nur unter der Woche. Aber ich rate von einer spontanen Eheschließung ab. Erfahrungsgemäß hält das nicht lange.»

Ich kann mir ein Lachen nicht verkneifen. «Keine Sorge, von Spontanität kann bei uns nicht die Rede sein.»

«Allerdings», höre ich ihn leise sagen und dann nachdenklicher: «Hm … was machen wir denn da?»

«Vielleicht ist es besser, wenn Sie mir Ihre freien Samstage mal nennen», sage ich.

«Gute Idee, Frau Hitz. Moment, ich schau mal nach.»

Ich höre ihn erneut blättern. Vielleicht tut er aber auch nur so und blättert eigentlich in einem Fußballmagazin.

«Hören Sie, Frau Hitz, also … hm … schwierig … da wären nur noch Termine Ende August, am letzten Samstag um 14 Uhr. Oder vier Wochen später, Ende September. Sie haben die Wahl.»

«Oh … äh … das … ist ja blöd.»

«Dann erst wieder im Oktober.»

«Nein, nein, es soll schon im Sommer sein.»

«Dann also der letzte Samstag im August. Da haben Sie Glück im Unglück, denn normalerweise gibt es auch im August so knapp vorher keine Termine mehr.»

«Na ja, knapp ist relativ. Es ist ja erst Oktober.»

«Es ist *schon* Oktober, Frau Hitz, schon.»

«Es wird offensichtlich ganz schön viel geheiratet», sage ich, um Bedenkzeit rauszuschinden. Was mache ich denn jetzt?

«Allerdings! Wenn die doch bloß alle verheiratet blieben!»

Über Scheidungsquoten will ich jetzt nicht reden, denn ich habe schon genug damit zu tun, hier spontan am Telefon eine Entscheidung zu treffen. Und während Pfarrer Butterbier über voreilige Trennungen und Scheidungen monologisiert, denke ich darüber nach, dass wir eigentlich heiraten wollten, bevor Arne am 1. August in Kiew anfängt. Allerdings habe ich ja das Privileg der Vorentscheidung. Kiew liegt nur zweieinhalb Flugstunden entfernt – da kann Arne also mal kurz für ein Wochenende zum Heiraten herfliegen. Aber ist der August nicht leider oft verregnet? Andererseits stecken wir ja im Klimawandel, und der Regen wird seltener. Dem muss man auch mal etwas Positives abgewinnen. Zudem sind im August alle noch in so einem Urlaubsgefühl und Entspannungsmodus, leicht gebräunt und gut drauf.

«Okay, ich nehme den August!», sage ich.

«Gut, dann trage ich Sie gleich in den Kalender ein. Wir machen dann ein halbes Jahr vorher das erste Traugespräch und so etwa sechs Wochen davor das zweite. Da reden wir dann noch mal nächstes Jahr.»

«So machen wir das», sage ich, verabschiede mich und trage den Termin in meinen Kalender ein, stolz auf meine schnelle Entscheidung. Dann googele ich sicherheitshalber noch mal die Wetterverhältnisse am 28. August der letzten zehn Jahre – und bin entsetzt. Das Ergebnis meiner kleinen meteorologischen Recherche ist niederschmetternd: Von zehn 28. Augusts waren acht komplett verregnet, manche sogar mit Hagel und Sturm.

***

«Ach was, das Wetter ist unberechenbar», beruhigt mich Arne, als ich ihm und Frida beim Abendbrot den Termin nenne.

Ich protestiere. «Aber die Statistik …»

«Kann uns mal! Viel bedenklicher finde ich, dass es so spät ist. Ich dachte, wir könnten noch heiraten, bevor ich weggehe. Es sollte ja schließlich auch eine Abschiedsparty werden.»

«Gut, dass du das ansprichst, denn ich finde das ehrlich gesagt nicht so sinnvoll», wende ich ein. «Unsere Hochzeit soll schon etwas Besonderes, Persönliches sein. Ich meine … ich will schließlich nur einmal im Leben heiraten. Und zwar ohne Kollegen und

Leute, die mir nicht wichtig sind. Nur mit Menschen, die uns etwas bedeuten.»

«Aber meine Kollegen bedeuten mir etwas!»

«Mir nicht. Deshalb musst du wohl deine Abschiedsparty selbst planen.» Das klingt fast nach Meuterei, aber ich habe nach dem Gespräch mit dem Pfarrer noch mal darüber nachgedacht und bin zu dem Schluss gekommen, dass wir nicht beides an einem Termin feiern sollten. Dazu ist mir die Hochzeit dann doch zu wichtig, und Arnes Kollegen sind mir zu unwichtig.

«Außerdem müsste ich Ende August extra für die Hochzeit anreisen. Ich weiß ja gar nicht, ob das geht.»

«Dann finde es heraus.»

«Vielleicht sollten wir es doch bei einer standesamtlichen Hochzeit belassen. Das scheint deutlich unkomplizierter zu sein.»

«Ganz oder gar nicht», sage ich. «Barfuß oder Lackschuh, Sekt oder Selters.» Und dann fällt es mir wieder ein. «Okay, es gibt eine Alternative: Las Vegas oder Kirche. Hm?»

«Kirche», kommt es von Arne wie aus der Pistole geschossen. «Also Ende August, Kirche mit Familie und besten Freunden. Und alles so romantisch wie in deiner Vorstellung. Deal!»

Na bitte! Geht doch, denke ich und schlage ein. Aber Arne legt noch mal nach: «Wenn ich's mir genau überlege, ist doch eigentlich egal, ob ich meine Abschiedsparty vor Kiew mache oder wenn ich schon dort bin. Dann hab ich den Kollegen wenigstens was zu erzählen. Also Ende August das ganz große Fest!»

Mist! Mal wieder bin ich beeindruckt, wie flexibel Arne manchmal ist. Meine Freude über eine Abschiedsparty-Hochzeit hält sich in Grenzen. Und dann kommt aus dem Off plötzlich noch ein ganz anderes Argument.

«Aber Ende August sind noch Ferien», wendet Frida zu unserer Überraschung ein. «Besser wäre, wenn ihr im September heiratet.»

Wir starren sie überrascht an. Bis jetzt hat sie nämlich nur schweigsam am Tisch gesessen, was ohnehin schon eine Ausnahme ist. Denn in letzter Zeit ist sie ständig mit ihren Freundinnen unterwegs in der Stadt oder beim Sport oder mit irgendwem im Kino. Mit uns isst sie nur noch selten, und sie redet auch nur noch das Nötigste. Dabei war sie früher geradezu geschwätzig. Aber jetzt sind Frisuren, Klamotten und Jungs wichtiger als wir. Sogar die Schule kommt noch vor uns im Ranking. Und jetzt das! Sie redet!

«Frida hat recht», sage ich und ärgere mich, dass ich nicht selbst daran gedacht habe. «Da sind viele unserer Freunde noch im Urlaub. Die Schule fängt erst im September wieder an.»

«Genau, und wenn ihr nach den Ferien heiratet, kriege ich einen Tag extra schulfrei.» Zufrieden lehnt sich Frida zurück.

«Netter Versuch», sagt Arne, «aber wir heiraten sicher an einem Samstag. Da hast du keine Schule.»

Jetzt beugt sich Frida wieder vor und schlägt einen sehr altklugen Ton an. «Aber ich muss mich ja wohl um meine Verwandten kümmern und euch beim Vorbereiten helfen.»

«Du hilfst doch sonst nie bei irgendwas.»

«Aber eure Hochzeit ist ja wohl nicht irgendwas», protestiert sie.

«Vergiss es!» Arne ist unerbittlich.

Mit dem traurigsten Augenaufschlag, den eine treue, alte Hündin nur machen kann, legt Lotti ihren Kopf auf dem Oberschenkel ihres geliebten Herrchens ab, um ein Stück Schinken zu erbetteln. Wie immer gelingt es ihr, der Königin der Bettelkunst.

Das erkennt auch Frida. «Das ist unfair. Sie kriegt immer, was sie will. Aber ich …»

«Nun, mein Kind, das liegt vermutlich daran, dass diese Hündin weise, treu, ergeben und folgsam ist – im Gegensatz zu dir.»

Ich muss grinsen und nehme Frida in Schutz. «Ich glaube eher, es liegt daran, dass du ihren Willen gebrochen hast und sie von dir abhängig ist, weil sie allein den Kühlschrank nicht öffnen kann.»

«Sie liebt mich eben bedingungslos, das ist es», sagt Arne voller Überzeugung.

Frida kreuzt enttäuscht ihre Arme vor dem Körper und schmollt.

Arne belegt sich eine Scheibe Vollkornbrot mit Schinken und Gürkchen und gibt Lotti den Fettrand.

«Och Arne, nicht vom Tisch!», ermahne ich ihn, obwohl ich weiß, wie sinnlos das ist.

«So richtig glücklich bin ich mit dem späten August-Termin nicht», höre ich Arnes Stimme, während ich mit einem Stück altem Gouda kämpfe, der sich nicht schneiden lassen will. «Hast du den Pfarrer denn auch mal nach einem Termin im Frühjahr gefragt?»

Erschrocken schaue ich auf. «Was? Nee, wir haben uns doch auf Sommer geeinigt?»

«Mir wäre *vor* Kiew aber deutlich lieber. Ich weiß halt nicht, was mich da erwartet. Und Frühling hat so was Dynamisches.»

«Aha ...»

Arne schaut in die Ferne und scheint den Frühling geradezu vor sich zu sehen: «Alles blüht und so. Du weißt schon – im Frühling ist alles frisch und neu, also jetzt rein symbolisch.»

Ich frage mich, ob er vielleicht schon ein, zwei Bierchen hatte. «Na ja. So würde ich das jetzt nicht unbedingt sehen. Nach zweiundzwanzig Jahren ist nichts mehr frisch oder neu.»

«Ach Eva ... was ich sagen will, ist ... Versuch es doch noch mal beim Pfarrer mit einem Termin im Frühjahr. Bitte!» Arne zieht mich zu sich und küsst mich.

Frida verzieht das Gesicht. «Is' ja abartig, dieses Rumgeknutsche – in eurem Alter. Ich dachte, es geht um Liebe und nicht um Sex.»

«Seit wann ist Küssen Sex?», fragt Arne.

Ich zucke übertrieben zusammen: «Oh nein! Bin ich jetzt etwa schwanger?»

«Ihr seid so blöd!» Frida steht demonstrativ auf und geht. «Komm, Lotti, wir gehen noch 'ne Runde, sonst verderben die uns noch mit ihrem Rumgemache.» Sie gibt sich viel Mühe, empört zu klingen, kann sich aber ein Grinsen nicht verkneifen.

«Hey, küssen ist kein Schweinkram, ja?!», ruft Arne ihr hinterher. Lotti sichert sich mit einem kurzen Blickwechsel bei ihrem Herrchen ab, ob sie mitgehen darf, und folgt Frida.

«Ätzendes Alter», sagt er. «Hoffentlich ist das bald vorbei.»

Ich muss lachen und räume den Tisch ab. «Es ist vorbei, wenn's vorbei ist. Vor ein paar Tagen war sie noch todunglücklich. Aber jetzt ...»

«Was jetzt?»

«Ich glaub, sie ist verliebt.»

«Was? Quatsch! Wie kommst du denn darauf?»

«Freiwillig würde sie nie mit Lotti Gassi gehen. Und das ist schon das dritte Mal in zwei Tagen.»

Arne wird hellhörig. «Ach!» Er kratzt sich am Kopf. «Hab mich auch schon gewundert. Und wer ist der Knabe? Muss ich ihn mir vornehmen?»

«Unsinn!»

«Mal im Ernst: Geht das jetzt los?»

«Ich fürchte, ja.»

Arnes Gesicht nimmt Züge der Verzweiflung an. «Bitte nicht! Mein Mädchen ist doch noch ein Kind!»

«Wenn du dich da mal nicht irrst», sage ich, und plötzlich scheint Arne bewusst zu werden, dass Pubertät mehr bedeutet, als nur zickig, einsilbig und muffelig zu werden. Resigniert lässt er die Stirn auf die Tischplatte sinken.

Während mein erwachsener Verlobter unserer heranwachsenden Tochter unter dem Vorwand, den Müll rausbringen und noch etwas aus dem Auto holen zu müssen, nachspioniert, um herauszufinden, mit wem sie sich am Abend trifft, schicke ich dem Pfarrer per E-Mail eine Terminanfrage für Mai, in der Hoffnung, dass es keinen Termin mehr gibt, denn Mai ist mir viel zu früh.

***

Mit meinem Laptop auf dem Schoß sitze ich eine Stunde später nach einem ausgiebigen Bad im Bett und lese E-Mails, als Arne ins Schlafzimmer kommt.

«Da muss ja was los gewesen sein», sage ich.

«Wo?», fragt er unschuldig und zieht sich mit einer routinierten Schwungbewegung, wie sie nur Männer draufhaben, den Pulli über den Kopf, um ihn auf den Sessel zu schleudern.

«An der Mülltonne – so lange, wie du den Müll rausgebracht hast.»

Arne ist etwas aufgebracht. «Du hattest recht!»

Sofort horche ich auf, denn so direkt sagt er das sonst nie. «Womit?»

«Frida trifft sich mit so 'nem Typen.»

«Hast du sie etwa die ganze Zeit beobachtet?»

«Quatsch, nein. Natürlich nicht!» Das klingt etwas zu vorwurfsvoll. «Ich … hab … noch mit der Redaktion telefoniert.»

Ich glaube ihm kein Wort, schaue wieder auf den Bildschirm und versuche, ganz beiläufig herauszufinden, was Arne beobachtet hat. «Hast du ihn denn wenigstens gesehen?»

Arne steigt aus seiner Hose. «Ja. So 'n Großer, Schlaksiger mit Mütze.»

«Blond?»

«Mit Mütze!», sagt er leicht gereizt. «Weiß nicht, ob er blond war. Jedenfalls war er deutlich größer als unsere Kleine. Wahrscheinlich ist er auch deutlich älter. Das gefällt mir nicht.»

«Quatsch, wenn er 'ne Mütze getragen hat, dann ist es wahrscheinlich Jojo aus ihrer Klasse. Der geht ohne Mütze nicht aus dem Haus.»

«Jojo? Das ist so 'n kleiner Blonder, oder? Der war doch mal zum Geburtstag hier. Nee, der war das nicht.»

Ich schaue überrascht von meinem Laptop auf. «Da ist Frida zehn geworden.»

«Ja, und?»

«Das war vor fünf Jahren!»

Er legt seine Hose zusammen. «Danke, ich kann rechnen!»

«Vielleicht solltest du mal mehr Interesse am Leben deiner Tochter zeigen. Dann wüsstest du nämlich, dass Kinder in der Pubertät sehr schnell wachsen – besonders Jungs.»

Arne verliert jede Körperspannung und schaut mich missmutig an. «Wie soll ich denn aus Kiew auf sie aufpassen?»

«Tja. Das dürfte schwierig werden. Hättest du dir früher überlegen sollen.»

Nachdenklich verschwindet Arne im Bad nebenan. Weil er die Türen beim Zähneputzen nicht schließt, rede ich einfach weiter. «Außerdem ist Henk fast zwei Meter groß.»

Mit der Zahnbürste in der Hand lugt Arne durch die Schlafzimmertür. «Wer ist denn jetzt Henk?»

«Jojos Vater. Supernett! Er ist Elternsprecher in der Schule.»

«Ach!»

«Hm … kommt aus den Niederlanden.»

Arne verschwindet wieder im Bad, und ich höre ihn gurgeln. «Und hat Jojo auch eine Mutter?» Er macht das Licht im Bad aus.

«Nein, er wurde beim Bettenmachen gefunden.»

Genervtes Aufstöhnen. «Eva, ich will doch nur wissen, was das für Leute sind, deren Sohn unsere Kleine anbaggert, verführt, schwängert, was weiß ich?!» Aggressiv schüttelt er sein Kopfkissen auf, um dann ins Bett zu kommen.

«Jetzt hör aber mal auf!» Arne geht mir mit seiner Eifersucht echt auf die Nerven. «Wenn es wirklich Jojo ist, dann sei froh! Er ist ein total netter Junge und kommt aus gutem Hause, wenn du das meinst. Du klingst wie mein Vater damals.»

«Bruno? Was hat der denn damit zu tun?» Arne setzt seine Lesebrille auf und blättert in seiner Abendlektüre – ein Agententhriller.

«Mein Vater wollte auch immer alles sofort wissen, wenn ich einen Freund hatte: Wer ist er? Wie heißt er? Was macht er? Was machen die Eltern von Beruf?»

Arne blickt von seinem Buch auf. «Aber Bruno hat eindeutig recht. Ein Vater muss doch wissen, mit wem sich seine Tochter rumtreibt.»

«Unsere Tochter treibt sich nicht herum! Sie ist zum ersten Mal verliebt.»

«Eben. Das ist ja das Problem.»

«Und nur zur Erinnerung: *Ich* habe mich zuletzt mit *dir* rumgetrieben.»

«Siehst du, du hast alles richtig gemacht!»

«Das sah Papa aber anders.»

«Wieso?»

«Weil er über unsere Liaison nicht glücklich war. Er hatte sich etwas Besseres für mich gewünscht. Einen Arzt oder Rechtsanwalt oder so was.»

Arne blickt von seinem Thriller auf. «Ach, das ist mir neu.»

«Er wollte nie, dass ich unter meinem Niveau heirate», sage ich und muss grinsen.

«Das hat er gesagt? Na gut, dass ich nicht bei ihm um deine Hand anhalten muss.»

«Du kannst es ja mal versuchen.»

«Lieber nicht! Trotzdem werde ich niemandem erlauben, unserer Tochter zu nahe zu kommen! Egal, ob er Jojo heißt, Mütze trägt oder sein Vater der fliegende Holländer ist.»

Ich verdrehe die Augen. Aber so sind Väter von Töchtern wohl.

Mein Papa war für mich der Größte – bis ich in die Pubertät kam. Es war ganz schwierig für ihn, zu realisieren, dass ich nicht ewig seine Kleine bleiben würde. Und erst recht wollte er nicht wahrhaben, dass ich mich für Jungs und Jungs sich für mich interessierten. Doch obwohl wir damals tiefe Grabenkämpfe austrugen und ich mir meine Freiheit erkämpfen musste, blieb ich doch immer ein Papakind. Denn trotz aller Auseinandersetzungen, die wir hatten, hat mich mein Vater nie enttäuscht und war immer für mich da, ganz gleich, ob er mir bei einem Umzug helfen, als Tanzpartner herhalten oder Fridas Windeln wechseln musste. Auf Papa war Verlass.

Ein paar Sekunden später macht mein Laptop ein leises Gong-Geräusch.

«Oh, der Pfarrer arbeitet noch so spät», sage ich und lese die neue Mail von Pfarrer Butterbier. Offenbar wurden meine Gebete erhört. Er schreibt nämlich, dass im Wonnemonat ja fast jeder heiraten wolle und da könne er theoretisch jeden Samstag fünf Hochzeiten abhalten, wenn das ginge und er im Zwei-Stunden-Takt Trauungen durchführen würde. Also kein Termin im Mai.

Ich lese laut weiter: *«Aber Sie haben Glück! Ich könnte Ihnen den letzten Samstag im April anbieten – der ist noch frei.»*

Arne schaut auf seinen Handy-Kalender. «Nach Ostern … perfekt! Je schneller, desto besser. Warum nicht?»

«Das ist aber sehr früh! Ich will doch nicht im Hagelregen oder bei Schnee heiraten. Sommer ist schöner.»

«Es gab auch schon schöne Tage im April.» Arnes Stimme klingt jetzt ziemlich ernst. «Du siehst das viel zu dramatisch. Entspann dich.» Damit dreht er sich auf seine rechte Seite, bereit für seinen Tiefschlaf.

«Ja, vielleicht, aber es ist doch auch meine Hochzeit», nuschele ich, lege das Laptop weg und drehe mich zum Schlafen auf meine linke Seite.

Nur an Schlaf ist bei mir in den nächsten Stunden nicht zu denken.

***

«Ist doch völlig wurscht, ob du einen Monat früher oder später heiratest. Wenn du den Antrag angenommen hast, wird es passieren. Früher oder später», sagt Carla. «Es sei denn, du löst die Verlobung auf.»

Das ist das Verrückte an Carla. So romantisch sie in Liebesangelegenheiten ist, so klar ist sie auch, wenn es darum geht, sich zu trennen.

«Beziehungen, die nirgendwohin führen, sind reine Zeitverschwendung», betont sie, während wir in meiner Werkstatt auf den Bildschirm starren und alle möglichen Hochzeitslocations ansehen: Schlösser, Herrenhäuser, Villen, Hotels, Event-Lounges, Gartenlokale, Clubs und Restaurants.

Beziehungen, die nirgendwohin führen, sind reine Zeitverschwendung – das erinnert mich an meine vergangene schlaflose Nacht, und ich fühle mich bestätigt. Nur was fange ich mit dieser Wahrheit an, sofern es eine ist?

«Das hier ist auch reine Zeitverschwendung», sage ich angesichts der Tatsache, dass die meisten dieser Lokalitäten nach einer schnellen Onlineabfrage entweder von Ostern bis August ausgebucht sind oder nicht zu bezahlen oder beides.

Ich muss an mein niederschmetterndes Telefonat mit einem Weddingplaner heute Morgen denken.

«Sie machen Witze, oder?», fragte mich die unsympathische Männerstimme mit undefinierbarem Dialekt am Telefon und lachte. «Das Einzige, was wir Ihnen aus unserer Datei am letzten April-Wochenende noch anbieten können, ist ein halbverfallenes Barockschloss, für das der Besitzer einen Paket-Preis von knapp

50 000 Euro haben will – inklusive Unterkunft für alle Gäste, Speisen, Getränke, Frühstück, BBQ am Vorabend der Trauung, Blumenschmuck, Service etc.»

«Schade», sagte ich mit gespieltem Bedauern, «aber Barock ist nicht unser Stil.» So *romantisch* brauche ich es dann doch nicht.

«Vielleicht sollten wir doch nur standesamtlich heiraten», sage ich jetzt seufzend, während Carla das Schloss von der Liste streicht.

«Schatz, du musst mit diesen Zweifeln aufhören. Eine Hochzeit ist etwas, das beide Partner wollen. Du willst deine Traumhochzeit, du bekommst sie!»

Jetzt muss ich lachen. «Wieso habe ich den Eindruck, dass *dir* meine Hochzeit wichtiger ist als *mir*?»

«Weil ich Hochzeiten liebe! Du kommst auch noch dahinter.»

«Bloß nicht, einmal würde mir schon reichen. Und überhaupt, statistisch gesehen –»

«Komm mir nicht mit der hohen Scheidungsquote! Die beweist nur, dass sich Menschen verändern. Und Veränderung ist gut!»

«Aber ich will nur einmal im Leben heiraten.»

«Ich verrate dir was: Es spielt keine Rolle, wie oft man heiratet, solange es jedes Mal aus tiefstem Herzen geschieht.» Sie grinst.

Wieso führe ich dieses sinnlose Gespräch ausgerechnet mit einer Hochzeits-Fanatikerin? Zum Glück klingelt mein Telefon. Ich geh erleichtert ran, ganz gleich, ob es das Finanzamt ist oder mein Hausarzt mit schlechten Neuigkeiten. Hauptsache, keine Diskussion mehr mit Carla.

«Eva Hitz hier? … Oh, ja, hallo … Moment bitte.» Ich halte den Hörer zu und flüstere Carla zu: «Wichtig! Wir sehen uns später, okay?»

Carla nickt und zieht ihren Mantel an.

«Hallo! Schön, dass Sie mich anrufen!» Sofort spüre ich Carlas neugierigen Blick in meinem Rücken. Ich drehe mich also um und winke meiner Freundin zum Abschied. «Was kann ich für Sie tun?»

Am Telefon ist die alte Dame mit der Latzhose, die sich so rührend um die kleine Marienkapelle kümmert. Anna.

Sie weint, ich höre es ganz deutlich.

«Anna? Was ist denn passiert?»

«Ich muss mit Ihnen reden!», höre ich sie sagen.

«Ja, natürlich. Sind Sie in der Kapelle, Anna?»

«Ja, ich warte hier!»

«Gut, ich beeile mich», sage ich und beende das Gespräch. «Los, komm, Lotti!» In diesem Moment zeigt sich deutlich, dass Hunde eben doch nicht unsere Sprache sprechen. Ganz langsam erhebt sich die alte Hündin von ihrem weichen Hundebett, streckt sich ausgiebig, gähnt mit spitzer Zunge und schlappt mir träge hinterher. Es dauert immer ein bisschen, bis sie in die Gänge kommt und sich die Bandscheibe eingestellt hat – wie bei uns Menschen. Ich schnappe mir Leine und Schlüssel und verlasse das Atelier.

14.

Das Wetter ist prächtig. Ende Oktober mit Temperaturen knapp unter zwanzig Grad – herrlich. Bauern fahren die letzte Ernte ein, am Straßenrand werden Kürbisse und Äpfel verkauft. Die Farben der Landschaft sind warm und weich und schimmern golden von Laub und Sonne. Ich rase in meinem alten Volvo-Kombi übers Land zu der netten alten Frau Zschitzschkewicz, deren Nachname *zu* viele Zischlaute hat, um ihn korrekt und flüssig auszusprechen. Irgendwas muss passiert sein, dass sie ausgerechnet mich anruft. Schließlich haben wir uns nur einmal getroffen. Es muss mit der Kapelle zu tun haben.

Lotti und ich fahren am Weiler vorbei und um den halben See herum, da sehe ich schon die Kapelle hell am Ufer aufragen. Nur wenige Minuten später parke ich den Volvo vor dem weißen Gebäude, lasse Lotti aus dem Wagen springen und nehme sie mit in die Kirche. Vorsichtig öffne ich die schwere beschlagene Holztür. Anna sitzt in der letzten Bank und dreht sich zu mir um. Sie sieht erschöpft aus.

«Hallo!», begrüße ich sie leise und betrete mit Lotti die Kapelle. Anna sieht den Hund und lächelt. Sie mag Lotti.

«Was ist denn passiert?»

Sie steht auf und kommt zu mir – offenbar hat sie sich beruhigt. «Ach, es tut mir so leid.»

«Was denn nur?»

«Der Gemeinderat hat beschlossen, die Kapelle zu verkaufen. Das Grundstück hier ist viel wert, und die Renovierung wäre zu teuer.»

«Verstehe. Dann wird sie nicht restauriert?»

«Nein. Wahrscheinlich wird sie entweiht, vielleicht sogar abgerissen, damit hier gebaut werden kann.»

«Aber was ist mit dem Denkmalschutz?»

«Ach, Sie wissen doch, wie das ist.»

Da hat sie leider recht, denn bei so kleinen Bauten riskiert der Investor gerne eine Strafe und reißt das Gebäude einfach ab. Was weg ist, ist weg. Geld zählt mehr als Denkmal. Alles schon da gewesen.

«Gibt es denn schon einen Interessenten?»

Anna schüttelt den Kopf. Sie drückt sich ein Stofftaschentuch vor die Augen, um die aufkommenden Tränen abzuwischen.

«Ich habe Ihr Restaurierungskonzept gelesen. Unsere Anna wäre so schön geworden.»

Ja, ich habe mir wirklich viel Mühe mit meinem Angebot gemacht und die Fotos, die ich von dem Retabel gemacht habe, digital bearbeitet, bis sie den Annenaltar zeigten, wie er nach der Restaurierung ausgesehen hätte.

Anna streichelt Lotti den Kopf.

«Wenn ich reich wäre, würde ich der Gemeinde die Kapelle abkaufen. So ein friedlicher Ort. Und wer soll sich denn ohne sie noch an das Dorf erinnern, das hier früher einmal stand?»

Ihr kommen wieder Tränen, und ich begreife, worum es wirklich geht.

«Haben Sie hier gelebt, Anna?»

Sie nickt. «Mein ganzes Leben.»

Und dann erzählt mir die alte Frau, dass sie und die anderen Dorfbewohner vor zwanzig Jahren umgesiedelt wurden. Die meisten zogen fort, zu ihren Kindern oder in die Stadt, wo es eine gute Infrastruktur gibt. Wer nicht wegzog, bekam ein Häuschen als Entschädigung im kleinen Weiler hinterm Wald. Anna wollte nie fort. Wohin sollte sie auch? Kinder hatte sie keine, und der Mann, mit dem sie viele Jahre ihr Leben teilte, war tot. Alles, was sie hatte, war die Heimat an diesem Fleck. Als das Dorf dem Tagebau weichen musste, brach es ihr zum ersten Mal das Herz. Wenn die kleine Kirche nun entweiht und abgerissen oder zweckentfremdet wird, bricht Annas Herz ein weiteres Mal.

Und diese Frau tröstet nun mich, weil sie Angst hat, mir falsche Versprechungen gemacht zu haben: «Es tut mir so leid, dass Sie den Auftrag nicht bekommen.»

«Machen Sie sich um mich mal keine Gedanken. Kommen Sie, gehen wir ein Stück.»

Draußen lasse ich Lotti von der Leine und gehe mit Anna spazieren. Sie zeigt mir die Gegend und erzählt mir ihre Geschichte. Ich habe das Gefühl, eine neue Freundin gefunden zu haben. Am Ende steigt die 82-Jährige auf ihr Fahrrad und radelt nach Hause.

Den ganzen restlichen Tag sitze ich im Atelier und muss an die alte Frau denken, die mir in nur wenigen Stunden so ans Herz gewachsen ist. Sie war Nonne, hat sich aber mit vierzig Jahren verliebt, den Orden verlassen und war zwanzig Jahre lang glücklich verheiratet, bis ihr Mann starb. Glücklich verheiratet, bis der Tod sie geschieden hat. Am Ende bleibt einer allein zurück. Das ist auch kein erquickender Gedanke. Konsequenterweise müsste man gemeinsam sterben, wenn man als Paar glücklich alt geworden ist, habe ich zu Anna gesagt, aber sie sah das natürlich anders – als ehemalige Nonne.

«Niemand darf dem Herrn ins Handwerk pfuschen – auch wenn es den Schmerz stillt. Denn der Schmerz ist die Liebe», hat Anna gesagt. Und ob gläubig oder nicht – es hat mich berührt.

Auf dem Computerbildschirm schaue ich mir die Innen- und Außenfotos der kleinen Kapelle an und habe plötzlich eine Idee. Also krame ich in der kleinen Kiste auf meinem Arbeitstisch und finde schließlich die Visitenkarte, die ich suche. Dann greife ich zum Handy.

«Hallo, Herr Hagemann, Eva Hitz hier.»

«Frau Hitz! So eine Überraschung! Was kann ich für Sie tun?»

«Ich würde mich gerne mit Ihnen treffen.»

«Ach, wie nett! Aber … ich bin verwirrt. Wie muss ich das verstehen – als Date?»

«Nicht direkt. Ich würde sagen, eher ein Arbeitsmeeting.»

«Och, schade.» Er flirtet eindeutig mit mir, so viel steht fest. «Na, Hauptsache, wir treffen uns, und mit Ihnen zu fachsimpeln ist mir immer ein Vergnügen. Bin schon sehr gespannt zu erfahren, worum es geht.»

Ich verrate nichts, und wir verabreden uns für den nächsten Tag im *Kuchenrausch*. Beschwingt lege ich das Telefon auf den Tisch und freue mich tatsächlich auf das Treffen mit Henry Hagemann.

«Wer war das denn?», höre ich Arnes Stimme hinter mir und drehe mich überrascht um. Tatsächlich, er steht in der Tür und strahlt mich an. Lotti rafft sich auf, um Herrchen zu begrüßen.

«Hallo! So eine Überraschung», sage ich und fühle mich irgendwie ertappt – völlig grundlos.

«Wer war das gerade?»

«Och, das war …» Ich stocke. Soll ich ihm jetzt wirklich erklären, dass ich mich mit einem Mann zum Kaffee verabredet habe, den ich in einem Billigflieger von Malle wiedergetroffen habe, nachdem ich ein paar Tage zuvor flüchtig mit ihm in einem Beach-Club rumgemacht habe? Das klingt nicht gut und ist die Aufregung nicht wert, denn Arne wird schnell eifersüchtig. «Ein Klient. Was machst du hier?»

«Dich zum Essen abholen», sagt Arne und freut sich.

«Das hast du ja schon ewig nicht gemacht», wundere ich mich, freue mich aber auch.

Doch die Freude währt nur kurz, denn eine halbe Stunde später sitzen wir vor einem türkischen Imbiss um die Ecke und essen vegetarische Dürüm. Nach so vielen Beziehungsjahren werden die Essenseinladungen leider auch unspektakulärer.

«Ich hab heute Morgen etwas recherchiert und rumtelefoniert.» Arne sagt das in einem Ton, als wollte er gelobt werden.

«Toll!», sage ich deshalb und beiße großzügig von meiner Teigrolle ab.

«Na ja, es ist wegen des Hochzeitstermins. Ich glaub, das wird nichts im April.»

Oha! Ich halte inne und lausche neugierig seinen Worten.

«Na ja, wie's aussieht, gibt es nichts, wo wir so kurzfristig unsere Familien-Gartenparty-Sommerfest-Hochzeit feiern können.»

«Ach was?», sage ich gespielt überrascht. Dabei schäme ich mich für meine Unaufrichtigkeit, denn ich weiß ja längst, dass es schwierig ist, so kurzfristig eine geeignete Location zu finden.

Arne greift nach meiner knoblauchsaucenverschmierten Hand über den Tisch. «Und wenn etwas frei war, hat irgendwas anderes nicht gestimmt. Ich wollte es dir schonend beibringen.»

«Das heißt, wir müssen den Kirchentermin noch mal verlegen.»

Er nickt. «Oder wir machen's nur standesamtlich. Spart übrigens auch 'ne Menge Geld und Nerven.»

Irgendwas passiert hier gerade. Worauf will er hinaus?

«Was soll das, Arne?! Wir hatten uns doch auf Kirche geeinigt», protestiere ich.

«Trotzdem, ich hab das mal durchkalkuliert …» Er zieht einen Zettel aus der Hosentasche. «Schau mal, ich habe mit einer Gästeliste angefangen, weil ich ja bei den Locations die ungefähre Gästezahl angeben musste. Und dann habe ich die einzelnen Posten kalkuliert …»

Aha, jetzt nimmt er also die Organisation in die Hand. Interessant. Traut er mir etwa nicht? Mein Blick scheint ihn zu irritieren.

«Ich dachte, ich nehme dir mal was ab bei dem Projekt.»

Das sieht ihm gar nicht ähnlich. «Kann es sein, dass du die Kontrolle behalten willst? Oder wieso sagst du das so abwertend – *Projekt*?»

«Ich bin nicht abwertend, ich bin … sachlich. Schließlich geht es hier um eine sachliche Organisation.»

Ich muss die Jacke ausziehen. «Nein, es geht um uns.»

«Aber wenn man da zu emotional rangeht, dann verliert man schnell den Überblick», sagt Arne ruhig.

«Was denn für einen Überblick?» Langsam bin ich echt genervt.

«Über das Projekt und die Finanzen und überhaupt, die Rahmenbedingungen», sagt er. «Eva, du weißt doch, was ich meine!»

«Allerdings: Du vertraust mir nicht.»

Er schüttelt den Kopf. «Mach doch nicht immer alles so kompliziert. Ich wollte dir nur etwas abnehmen. Nur deshalb habe ich begonnen, eine Gästeliste zu machen. Und ja, natürlich auch damit wir im Rahmen bleiben.»

«Also doch Kontrolle», sage ich und trinke mein Wasser, im Bewusstsein, dass hier gleich die Stimmung kippt. «Arne, diese Gästeliste hier ist nicht im Entferntesten realistisch. Auf deiner Seite stehen mindestens fünfzig Namen und auf meiner nur zwanzig. Du übernimmst eindeutig die Kontrolle.»

«Was weiß ich denn, wen du alles einladen willst? Außerdem sind da ja auch meine Kollegen bei. So hatten wir das besprochen.»

«Wir haben viel besprochen, aber ständig ändert sich alles.»

«Ja, weil du unbedingt eine große Sommerhochzeit veranstalten willst.»

«Die du mit einer Abschiedsparty kombinieren musst.»

«Weil es sich anbietet! Vielleicht erinnerst du dich: Ich wollte ursprünglich nur aufs Standesamt. Mir hätte das total genügt. Ich brauche gar keine Party. Wenn ich mir vorstelle, was ich mit dem Geld alles anstellen könnte …»

«Ich, ich, ich. Hörst du dich selbst eigentlich reden? Es dreht sich alles nur um dich. Aber zu einer Hochzeit gehören zwei, schon vergessen?»

«Ich wollte nur nett sein», sagt er genervt. «Aber dir kann man offenbar nichts recht machen.» Er schiebt sein kaum angerührtes Essen zur Seite und steht auf. «Ich weiß nicht, was dein Problem ist, aber so wird das nichts mit unserer Hochzeit.»

Er ist echt sauer. Und ich erst!

***

Völlig unnötig, dieser Streit. Aber wie soll das auch gehen, wenn zwei sture Blöcke einen Plan verfolgen, über den sie sich nicht einigen können? Und wie ich da so sitze, alleine vor der Dönerbude mit einer alten Hündin, durcheinandergeratenen Hormonen und schwierigen Hochzeitsplänen, wird mit klar, dass ich nur zwei Möglichkeiten habe: Entweder ich löse die Verlobung, was ich nicht will, oder ich setze mich durch.

Am nächsten Morgen formuliere ich eine umständliche E-Mail an den Pfarrer, um ihm mitzuteilen, dass wir den April-Termin nicht wahrnehmen können. Es ist mir etwas unangenehm, aber ich kann mir denken, dass auch andere Paare so wankelmütig sind. Kaum habe ich die Mail abgeschickt, klingelt mein Telefon.

«Ah, Frau Hitz, gut, dass Sie anrufen.»

«Äh, ich habe nicht angerufen», sage ich verwirrt.

Pfarrer Butterbier lacht. «Ach, ich bin schon ganz durcheinander. Nur ganz schnell – muss meine Predigt fertig kriegen – der 1. Juni ist überraschend frei geworden. 14 Uhr. Wollen Sie?»

«Aber da ist doch Stadtfest, haben Sie gesagt. Wegen der Bühne neben der Kirche. Da kann's laut werden, haben Sie gesagt.»

«Richtig, das Paar, das abgesagt hat, hatte damit aber kein Problem und ich mittlerweile auch nicht mehr. Wir müssen eben jeden Termin nutzen. Also? Das ist Ihre letzte Chance auf Ihren Wunschtermin.»

Ich überlege kurz. Stadtfest ist ja jetzt kein WM-Finale. So schlimm wird es schon nicht werden, und die Kirchenmauern sind dick, denke ich und sage schließlich zu. «Perfekt!»

«Gut, dann trage ich Sie endgültig für den 1. Juni ein und melde mich in ein paar Wochen. 'tschuldigung, die Predigt wartet.»

«Ach, Sekunde noch! Wieso wollte das andere Paar den Termin nicht mehr?»

«Sie haben sich getrennt.»

«Wie bitte?»

«Wegen der Gästeliste komplett zerstritten.»

«Oh! Das tut mir leid.»

«Die zwei waren noch jung. Keine Sorge, das wird Ihnen nicht passieren. Sie beide sind gefestigt. Also der 1. Juni, ja? Nicht der 28. August, auch nicht Ende April, sondern der 1. Juni. Weil diese beiden Termine schon von anderen Paaren anvisiert werden.»

«Ja. Endgültig! Es bleibt beim 1. Juni.»

Wir verabschieden uns, und ich bin stolz auf mich.

«Gut, oder?», sage ich zu Lotti, die mich verwundert anschaut. «Ich habe spontan ja gesagt, und das fühlt sich super an, Lotti. Solltest du auch mal versuchen.»

Sie legt ihren hübschen Kopf schräg, sodass ihr rechtes Schlappohr nach hinten rutscht, wie eine Haarsträhne. In letzter Zeit ertappe ich mich immer öfter dabei, wie ich mich mit dem Hund unterhalte. Dabei kann man es kaum eine Unterhaltung nennen. Eher einen Monolog – ich rede, und Lotti hört zu. Manchmal schläft sie auch ein beim Klangteppich meiner Stimme. Vermutlich geht es Arne ähnlich, weshalb er abends manchmal einschläft, wenn ich von meinem Arbeitstag monologisiere. Obwohl es da gar nicht so viel zu erzählen gibt. Zudem hat Arne ohnehin keine Ahnung von meiner Arbeit.

«Nun haben wir also endlich einen fixen kirchlichen Hochzeitstermin.»

Lotti scheint etwas anmerken zu wollen.

«Ob du dabei sein darfst? Na klar, du gehörst ja zur Familie.»

Doch statt sich zu freuen, legt Lotti ihren Kopf ab und dämmert weg. Etwas mehr Begeisterung wäre schön, denke ich und streiche der alten Dame sanft über den Kopf.

15.

Eigentlich wollte ich am Nachmittag Papa im Krankenhaus besuchen, aber ich bin ja heute mit Henry Hagemann verabredet. Und weil Mama sowieso täglich in die Klinik geht, muss ich gar kein schlechtes Gewissen haben, wenn ich mal nicht komme. Papa meint, er habe sowieso kaum Zeit für Besuch, weil er so viele Physiotermine hat. Außerdem hat er ja seine Skatbrüder auf dem Zimmer, mit denen er sich die übrige Zeit vertreiben kann. Mit Mama telefoniere ich täglich, weil ich weiß, dass sie einsam ist. Alle paar Tage geht Frida hin – die beiden sind neuerdings ganz dicke. Ich halte mich da etwas zurück, denn je unzufriedener Mama mit ihrer Single-Situation ist, desto unausstehlicher wird sie und desto mehr kritisiert sie an mir rum. Ich vermute, dass sie Papas Abwesenheit kompensiert. Papa hätte also guten Grund, so lange wie möglich in der Klinik zu bleiben.

Auf dem Weg zum *Kuchenrausch* treffen wir auf Lottis übliche Hundeclique im Park auf der Hundewiese. Diesmal winke ich den anderen nur kurz zu, denn wir haben es eilig.

Lotti schaut im Vorbeigehen sehnsüchtig zu ihren Freunden und versteht überhaupt nicht, wieso sie heute nicht mitmachen darf. Dabei tobt sie schon lange nicht mehr. Bandscheibe.

Ich erkenne Guido auf der Wiese. Er winkt mir aufgeregt zu und kommt zu uns rüber. Barney, sein hibbeliger Jack Russel, läuft vorneweg. Lotti kann ihn nicht ausstehen, weil er sie immer ankläfft und nervig rumspringt.

«Hallo, Eva.» Guido begrüßt mich mit Bussis.

«Guido, was gibt's? Bin etwas in Eile.»

«Ich wollte nur mal fragen … Also … na ja, ist alles in Ordnung bei euch?»

Zugegeben, die Frage irritiert mich etwas. «Äh, ja, wieso?»

«Also, ich meine jetzt bei Arne und dir. So beziehungstechnisch – alles gut bei euch?»

Warum können manche Menschen nicht einfach ganz klar sagen, was sie meinen, ohne herumzueiern?

«Guido, was ist los? Warum stellst du so komische Fragen?»

«Na, weil … ich mir Sorgen mache.»

«Wieso sollte bei uns nicht alles in Ordnung sein?»

«Weil Arne mich angerufen hat und sich mit mir treffen will. Um irgendwas mit mir zu besprechen. Und er klang nicht happy. Da mache ich mir Sorgen.»

Stimmt, angesichts der Tatsache, dass sich Männer eigentlich nicht zum Reden verabreden, wirft Arnes Anruf tatsächlich Fragen auf.

«Nein, soweit ich weiß, ist bei uns alles in Ordnung.» Natürlich sage ich ihm nicht, dass ich Arne gebeten habe, mal mit Guido über seine und Manus Beziehung zu reden, weil Manu mich darum gebeten hat. Ich habe meine eigenen Baustellen.

«Aber ihr seid doch sicher im Hochzeitsstress. Das zerrt an den Nerven, stimmt's?»

Darauf lasse ich mich nun wirklich nicht ein. Schon gar nicht mit Guido, dem größten Macho unter der Sonne.

«Du, ich bin spät dran», sage ich, lasse Manu grüßen und gehe.

Eine Viertelstunde später sind wir pünktlich im *Kuchenrausch*. Lotti kennt sich hier bestens aus. Wolfgang und sie sind dicke Freunde, weil Lotti immer Leckerlis von ihm bekommt.

«Hallo, ihr zwei Hübschen!» Wolfgang küsst mich auf die Wangen und rubbelt Lotti zur Begrüßung ordentlich durch. «Da hinten wartet ein Herr auf dich, Liebes.»

Ich schaue mich um und sehe Henry Hagemann Zeitung lesend in einer Ecke sitzen. Gut sieht er aus – in Jeans-Sakko-Kombination und einem dunkelblauen Hemd, dazu braune Stiefeletten.

«Sehr gut. Bringst du mir das Übliche?»

«Klar, aber mach mir keinen Unsinn. Du bist jetzt verlobt.»

Ich zwinkere Wolfgang zu und gehe zu meiner Verabredung.

«Hallo», sage ich. «Schön, dass Sie es einrichten konnten.»

Sofort steht er auf, um mich zu begrüßen – per Handschlag. Irgendwie seltsam, wenn man überlegt, dass wir uns schon geküsst haben. Aber das ist Lichtjahre her, und ich schätze mal, wir haben es beide verdrängt. Im Urlaub herrschen nun mal andere Gesetze und Regeln, erst recht unter Alkoholeinfluss. Also alles auf null!

«Hallo, Frau Hitz. Ich habe mich sehr über Ihren Anruf gefreut, aber auch gewundert.»

Wir setzen uns.

«Das ist übrigens Lotti, meine Hündin.»

«Ein schönes Tier.»

«Nicht mehr die Jüngste, aber eine treue Seele.»

Der Smalltalk nimmt seinen Lauf, und ich erfahre, dass Henry Hagemann immer gerne einen Hund gehabt hätte, seine Frau aber allergisch war.

«Aber wenn sie's nun nicht mehr ist, spricht doch nichts dagegen», schlussfolgere ich.

«Nein, eigentlich nicht. Jetzt, wo sie tot ist.»

Oh! Ja, manchmal nehme ich die größten Fettnäpfchen mit, die herumstehen. «Das tut mir leid.»

«Muss es nicht. Es liegt schon ein paar Jahre zurück.»

«Also dann – warum kein Hund?»

«Das Übliche – keine Zeit, zu viel unterwegs.»

Lotti legt sich zu Henry Hagemanns Füßen und lässt sich genüsslich von ihm den Bauch kraulen.

«So ein Hund ist Balsam für die Seele.»

In diesem Moment jault Lotti auf, springt mit einem Satz auf und schnappt nach Henry Hagemanns Hand.

«Lotti! Aus! Was soll denn das?!», schimpfe ich. Knurrend verzieht sie sich unter meinen Stuhl. «Hat Sie sie erwischt? Zeigen Sie mal Ihre Hand!»

Ich greife instinktiv nach seiner Hand, um nach einer Bisswunde zu suchen, aber anders als das Händeschütteln zuvor ist diese Berührung intensiver – vertrauter. Kaum bin ich mir dessen bewusst, lasse ich seine Hand los, als sei sie vergiftet, und er zieht sie zurück. Seltsam.

«Nein, nein, ich war schneller. Meine Schuld. Ich glaube, ich habe ihr versehentlich am Fell gezogen.»

«Tut mir leid, normalerweise ist sie sanft wie ein Lamm.»

«Ja, ja, der Wolf im Schafspelz.»

Wir lachen beide – wohl eher aus Verlegenheit. Wo bleibt eigentlich der Kuchen? Ich fühle mich zunehmend unwohl, aber ich habe eine Mission. Also mutig voran!

«Der Kuchen hier ist super. Haben Sie schon welchen bestellt?»

«Sachertorte.»

Darauf hätte ich wetten können. «Warum essen Männer so gerne Sachertorte?»

«Keine Ahnung, vielleicht weil sie ohne Schnickschnack daherkommt. Schokolade und Marmelade. Was braucht's mehr?» Er mustert mich. «Und Sie?»

«Ich stehe auf Schnickschnack.»

Wie auf Kommando erscheint Uschi und serviert den Kuchen. «Sacher für den Herrn, Nusstorte für die Dame.»

«Uschi, grüß dich.» Wir umarmen uns zur Begrüßung, und ich stelle sie und Henry Hagemann einander vor.

«Was machen die Zwillinge?», frage ich.

«Die Oma passt gerade auf sie auf. Das tut so gut.»

«Wer hätte gedacht, dass du dich mal so über einen Besuch deiner Schwiegermutter freust.»

«Allerdings!» Uschi lacht. «Ich will gar nicht stören, sondern nur schnell sagen, dass Carla und ich uns da was überlegt haben, wegen deines Junggesellinnenabschieds und so.» Jetzt schaut sie ganz kurz zu Henry Hagemann rüber, um sicherzugehen, dass er auch alles mitbekommt. «Aber da reden wir dann noch mal. So, ich muss zurück in die Küche. Grüße an deinen Verlobten!»

Und weg ist sie. Ich glaube, in den vielen Jahren, die ich Uschi kenne, hat sie noch nie Grüße an Arne ausrichten lassen. Was für eine Nummer! Und so durchschaubar.

«Oh, man darf gratulieren?», fragt Henry Hagemann zögernd.

Tatsächlich ist mir diese Situation jetzt ziemlich unangenehm, denn ich wollte sicher nicht mit ihm über meine Hochzeit reden.

«Ja, sieht so aus.»

«Wann ist es denn so weit?»

«Och, im Sommer erst.» Oh nein! Was rede ich denn da? Das klingt ja, als ob ich sagen wollte: *Hey, bis dahin kannst du mit mir machen, was du willst!*

«Da haben Sie ja noch einiges vor sich.»

Was meint er denn jetzt? «Wieso?», frage ich irritiert.

«Na ja, die ganze Vorbereitung und so.»

«Ja, ja», sage ich und hoffe, dass er meine knappe Antwort zu deuten weiß, denn das Allerletzte, was ich will, ist ein Gespräch mit Henry Hagemann über meine Hochzeitsplanung. Also komme ich zum Wesentlichen. «Herr Hagemann, ich habe Sie angerufen, weil ich Ihnen etwas zeigen möchte.»

Ich krame mein Tablet aus der Tasche und rufe die Fotos der Kapelle auf, um sie ihm zu zeigen. «Schauen Sie mal, wie finden Sie das?»

Er setzt seine Brille auf, die ihm ziemlich gut steht, und schaut sich die Fotos an. Eins nach dem anderen. Er nickt. Anscheinend gefällt ihm, was er sieht.

«Interessant. Wo ist das?»

«Oh, gar nicht weit weg von hier an einem See.»

«Ja, ich kenne diese Kapelle. Aber da gab es den See noch nicht, kann das sein?»

«Richtig. Das Dorf musste dem Tagebau weichen, und der Tagebau wurde später geflutet.»

Er nickt nachdenklich. «Ich erinnere mich dunkel, dass ich als kleiner Junge mal dort war. Eine Taufe. Das Kind eines entfernten Onkels oder so. Genau weiß ich das nicht mehr. Aber diese Kapelle – daran erinnere ich mich, weil mich der Altar so fasziniert hat. Da war ich vielleicht zehn. Ich fand diese Figur … wunderschön.»

«Die Anna?»

Er nickt erneut und wischt weiter. Das nächste Foto zeigt allerdings mich. Es ist das Foto, das Frida von mir im Kaufhaus gemacht hat – mit dem weißen Kleid.

Henry Hagemann lacht. «Sehr hübsch. Das Hochzeitskleid?»

Wie peinlich. Ich übergehe das kommentarlos und nehme das Tablet wieder an mich. «Sie können sie retten.»

Henry Hagemann schaut auf. «Wen? Die Braut? Was muss ich tun?»

Jetzt flirtet er mit mir, ohne mit der Wimper zu zucken. Ich grinse und mache einen jungfräulichen Augenaufschlag – schließlich soll er die Kapelle kaufen.

«Die Anna.»

«Schade», murmelt er. Dann beugt er sich über den Tisch zu mir vor und erklärt: «Schade, dass es nicht um die ganze Kapelle geht.»

Jetzt habe ich ihn! Bingo!

«Es *geht* um die ganze Kapelle!»

Wir lehnen uns beide zurück und lächeln uns an.

«Frau Hitz, ich bin ganz Ohr!»

Und dann erzähle ich ihm die ganze Geschichte, wie ich zu der Kapelle kam und von Anna und der Gemeinde und dem Dorf und dem Wandgemälde.

«Stand das Grundstück schon mal zum Verkauf?», fragt er nachdenklich.

«Keine Ahnung. Müssen Sie die Gemeinde fragen.»

«Und was sagen Sie? Als Expertin? In welchem Zustand ist das Gebäude Ihrer Einschätzung nach?»

«Es ist ein Schmuckstück, das sich lohnt zu polieren.»

«Was ist mit dem Altar?»

«Gehört der Gemeinde, die aber einen Spender zur Restaurierung sucht.»

«Und würden Sie die Restauration übernehmen?»

«Wenn man mich lässt – auf jeden Fall!»

Henry Hagemann nickt. «Ich werde mit der Gemeinde Kontakt aufnehmen.» Dann nimmt er ein großes Stück Sachertorte, schließt die Augen und genießt. Ein Schluck Kaffee hinterher und ein wohliger Seufzer.

«Frau Hitz, es macht Spaß, mit Ihnen über Geschäfte zu reden.»

Ich gebe ihm alle nötigen Kontaktdaten, und wir plaudern noch ein wenig über das *Kuchenrausch*, das er noch gar nicht kannte und von dem er wirklich begeistert ist. Gut gelaunt verabschieden wir uns vor dem Café.

«Auf bald, meine Liebe.»

«Wiedersehen», sage ich und mache innerlich einen Luftsprung, weil ich völlig geflasht bin. Von diesem Gespräch, meinem Geschäftssinn – und von Henry Hagemann.

16.

«Es wird jetzt doch der 1. Juni», sage ich zu Arne, während ich gut gelaunt das Abendessen zubereite. Der kleine Flirt mit Hagemann und die Aussicht, diesen Altar vielleicht doch noch renovieren zu dürfen, beflügeln mich regelrecht. Aber Arne reagiert nicht.

«Bist du etwa noch sauer wegen unseres Streits in der Dönerbude?» Keine Antwort. Arne holt sich ein Bier aus dem Kühlschrank. Ich versuch's weiter. «Ach komm schon. Ich bin wohl gerade etwas dünnhäutig.»

Arne nimmt einen Schluck Bier aus der Flasche und lehnt sich an den Kühlschrank. «Du bist anscheinend nicht die Einzige hier, mit der die Hormone durchgehen», nuschelt er.

Aha, da ist also noch was anderes im Busch, was ihn bedrückt. Ich greife mir seine Flasche und nehme auch einen Schluck.

«Wieso? Ist was mit Frida?»

«Sag du's mir. Sie kommt und geht, wann und wohin sie will.»

«Arne, sie ist fünfzehn!»

«Ja, und? Was soll denn das heißen, *sie ist fünfzehn*? Ich musste in dem Alter zur Tagesschau zu Hause sein.»

Ich verdrehe die Augen. «Das erklärt alles.» Ich wende mich wieder dem Salat zu und schneide eine gelbe Paprika auf.

«Dann kommt sie also nach dir.»

Jetzt drehe ich mich wieder zu ihm um, das kleine, scharfe Gemüsemesser in der rechten Hand. «Und? Wäre das so schlimm?»

Arne nimmt einen Schluck Bier. «Wie man's nimmt. Du warst ja wohl etwas frühreif, was ich so gehört habe.»

Jetzt wird's interessant. Ich hab keine Ahnung, was das hier wird, aber meine Neugier steigt.

«Was hast du denn gehört? Und von wem überhaupt? Ich kann mich nicht erinnern, dass ich dich mit fünfzehn schon kannte.» Jetzt muss ich lachen, weil ich mir selbst eine schöne Vorlage gemacht habe. «Woher auch? Du musstest ja zur Tagesschau zu Hause sein.»

Aber Arne lässt sich nicht provozieren.

«Von Bruno. Dein Vater hat nämlich erzählt, du hättest dich viel mit Jungs rumgetrieben in Fridas Alter und seist damals schon durch die Discos gezogen.»

Ich verdrehe die Augen. «Olle Kamellen. Ich hatte ja auch das Glück, einen großen Bruder zu haben, der mich überallhin mitgenommen hat. Meine Eltern wollten, dass er auf mich aufpasst.»

«Na super, da haben sie ja den Bock zum Gärtner gemacht.»

Worauf will er eigentlich hinaus? «Arne, was ist das Problem?»

«Im Gegensatz zu dir mache ich mir Sorgen um unsere Tochter.»

«Ja, dann rede halt mit ihr.»

«Wann denn? Sie ist ja nie zu Hause.»

«Jetzt sei nicht albern, sie wird pünktlich zum Essen in einer halben Stunde hier sein, wenn sie vom Sport kommt.»

«Ich war heute bei Bruno im Krankenhaus.»

Ich gebe Arne einen schnellen Kuss. «Danke, dass du dran gedacht hast. Ich hatte einen Termin.»

«Aha, was denn für einen Termin?»

«Es geht um einen Altar, ein *Anna selbdritt*, den ich restaurieren soll.»

Arne beginnt, den Tisch zu decken. «Aha, okay», sagt er, und obwohl ich ihm in den vergangenen zweiundzwanzig Jahren schon mehrmals erklärt habe, dass ein *Anna selbdritt* eine Abbildung der heiligen Anna mit ihrer Tochter Maria und dem Enkel Jesus ist, weiß ich, dass er keinen Schimmer hat. Es interessiert ihn ganz einfach nicht. Also belasse ich es dabei, um mich nicht aufzuregen. Stattdessen hole ich den Senf aus dem Kühlschrank.

«Und? Wie geht's Papa? Gibt's was Neues?»

«Ich dachte schon, du fragst nie. Er hatte Besuch.»

Rhythmisch rühre ich ein Salatdressing zusammen. «Ja klar, Mama sitzt ja auch jeden Tag an seinem Bett.»

«Nee, nee, nicht Marlene. Eine andere Frau.»

Ich horche auf, rühre aber weiter. «Was denn für eine Frau?»

«Weiß ich doch nicht. Sie ging gerade, als ich kam.»

Jetzt will ich mehr wissen und drehe mich zu Arne um. «Wie sah sie denn aus?»

Arne stellt Teller und Gläser auf den Tisch. «Nett.»

«Wie, *nett*? Was soll das denn heißen – *nett*?»

«Wieso wirst du sofort wieder so zickig?»

«Ich werde gar nicht zickig», sage ich genervt. «Jetzt lass dir doch nicht alles aus der Nase ziehen!»

«Schlanker und jünger als deine Mutter. Graubraunes Haar. Nettes Lächeln.»

Ich spüre ein ganz gemeines Gefühl in mir, das ich in Zusammenhang mit meiner Mutter so noch nie gespürt habe. Eifersucht! Oder besser: Stellvertreter-Eifersucht! Mit dem Messer in der Hand stelle ich Arne gestikulierend zur Rede. «Wieso vergleichst du diese Frau sofort mit meiner Mutter?»

Arne legt Servietten auf den Tisch. «Hab ich ja gar nicht.»

«Und ob! Du hast gesagt, sie sei schlanker und jünger als Mama. Ist das kein Vergleich?»

«Nein … Na ja, schon. Aber doch nur, damit du dir eine Vorstellung von ihr machen kannst. Als Gedankenstütze, sozusagen.»

«So 'n Quatsch! Da hättest du sie auch mit Angela Merkel vergleichen können oder mit Beate Uhse. Aber du hast sie mit meiner Mutter verglichen.»

Arne verdreht die Augen. «Meine Güte!»

Ich hake nach, bevor Arne die Geduld mit mir verliert. «Hast du mit dieser *netten* Frau geredet?»

«Nein.»

«Woher willst du dann wissen, ob sie nett war?»

«Weil sie nett aussah und mich nett angelächelt hat.» Arnes Ton wird schärfer.

«Aber du kennst sie doch gar nicht. Vielleicht gehörte sie ja zu der Prostata oder zu der Hüfte?»

«Sicher nicht. Bruno war allein im Zimmer und ziemlich gut drauf, als ich kam.»

«Schön. Und wer war sie nun?», frage ich angespannt.

«Keine Ahnung, hat er nicht gesagt. Vielleicht fragst du ihn selbst, wenn du ihn mal wieder besuchst?»

Enttäuscht sacke ich zusammen. Von wem kriegt mein Vater netten Damenbesuch?

Das Telefon klingelt. Ich schaue aufs Display – meine Mutter! Natürlich. Als hätte sie's gerochen.

«Hallo, Mama, was gibt's?»

«Hallo, Schatz. Ich war heute bei Papa – und du glaubst es nicht!»

«Was?», frage ich scheinheilig und drücke den Lautsprecherknopf, damit Arne mithören kann. Hat sie diese Frau etwa auch getroffen?

«Es geht ihm schon viel besser. Er hatte phantastische Laune. Einfach so! Sicher kommt er bald aus der Klinik.»

Arne nickt und macht eine Daumen-hoch-Geste.

«Das klingt ja super, Mama. Wann warst du denn da?»

«Kurz nach Arne. Wir müssen uns knapp verpasst haben, sagt Papa. Hat er dir nicht erzählt, dass dein Vater bester Laune war?»

Arne grinst triumphierend.

«Doch, doch. Er fand auch, dass Papa gut drauf war. Dann werde ich morgen mal nach ihm sehen.» Ich räuspere mich. «Du, ich bin gerade beim Kochen …»

«Dann will ich nicht weiter stören. Was gibt's denn?»

«Omelett und Salat. Also, Mama …»

«Ich mach mir nur ein Schnittchen. Das genügt mir alleine ja. Außerdem muss das alte Brot weg.»

Oha, jetzt wird es Zeit, aufzulegen! «Tschüs, Mama, mir brennt was an.»

Ohne ihre Verabschiedung abzuwarten, lege ich auf, aber bevor ich die Eier aufschlage, klingelt es erneut. Arne hat sich längst verzogen. Wieder meine Mutter.

«Mama, was denn noch?», frage ich genervt.

«Ich wollte nur sagen, dass Papa meinte, morgen Nachmittag brauchen wir nicht zu kommen, da hat er den ganzen Tag Untersuchungen und Physiotherapie.»

«Alles klar, Mama. Ich schau mal.» Schnell will ich wieder auflegen, aber meine Mutter ist noch nicht fertig.

«Ist Frida schon zu Hause?»

«Nein, Mama, sie kommt aber gleich.»

«Müsste sie nicht längst zu Hause sein? Sie war schon lange nicht mehr bei Bruno. Er würde sich sicher freuen, seine Enkelin mal wiederzusehen und …»

«Mama, sie hat ein Handy. Sag es ihr selbst. Okay? Ich muss jetzt auflegen. Wegen der Omeletts.»

«Omeletts brennen schnell an.»

«Genau! Also dann …»

«Ja, die muss man im Auge behalten. Ich hatte ewig kein Omelett mehr», sagt Mama und seufzt demonstrativ Mitleid erregend in den Hörer.

«Tschüs», sage ich und lege auf.

Hundertmal habe ich gesagt, sie soll es aussprechen, wenn ihr etwas auf dem Herzen liegt. Klar und deutlich in Worte fassen, was sie mir mitteilen will. Und wenn sie Appetit auf Omeletts hat, dann soll sie es einfach sagen. Vielleicht hat sie dann Glück, und ich lade sie zum Abendessen ein. Vielleicht auch nicht. Heute hätte sie kein Glück gehabt. Nicht weil ich sie nicht bei mir haben will, sondern weil ich dann womöglich mit ihr über Papas gute Laune hätte reden müssen. Und dann hätte ich ihr verschweigen müssen, dass da eine fremde Frau war, wegen der Papa vermutlich so gut drauf war. Eine *nette* fremde Frau, jünger und schlanker als Mama. Das hätte mich einiges an Überwindung und Kraft gekostet, und am Ende hätte ich es doch ausgeplaudert, und meine Mutter wäre am Boden zerstört gewesen, weil ich meinen Mund nicht halten konnte. Und ich wäre schuld gewesen. Nein, nein, das sind eindeutig zu viele Konjunktive, die es zu vermeiden gilt. Daher lade ich Mama heute lieber nicht zum Abendessen ein.

Frida erscheint nicht zum Essen, obwohl das ganz klar so ausgemacht war. Arne ruft sie auf dem Handy an. Aber sie geht nicht ran und antwortet nicht auf seine Nachrichten. Ätzend. Leider passiert das in letzter Zeit immer öfter. Das Gute daran: Arne ist jetzt sauer auf Frida, nicht mehr auf mich. Wobei sich das rasch ändern kann.

«Da hast du's! Sie macht, was sie will!»

«Arne, sie ist in der Pubertät.»

«Aber deshalb kann man ihr doch nicht alles durchgehen lassen. Sie ist minderjährig, und als ihre Eltern haben wir eine Aufsichtspflicht.»

«Man könnte meinen, du seist bei meinem Vater in die Lehre gegangen, so wie du dich anhörst.»

«Mach dich nicht lächerlich!»

«*Du* machst dich lächerlich! Führst dich auf wie ein … verlassener, eifersüchtiger Vater.»

Jetzt muss ich selbst lachen, denn genauso ist es. Arne kann seine Kleine nicht loslassen.

«Ach, Unsinn! Ich bin besorgt, das ist alles.» Nachdenklich schaut er mir beim Aufschlagen der Eier zu.

«Also gut, wenn sie in einer Stunde nicht hier ist, rufen wir bei ihren Freundinnen an. Okay?»

«Okay.»

«Hast du mit Papa eigentlich über die Hochzeit geredet?», frage ich.

«Was? Nein.»

«Hat er wirklich gar nichts dazu gesagt?» Ich wundere mich.

«Doch, um genau zu sein, hat er gesagt: *Kann man wohl nichts machen.*»

Ich drehe mich zu Arne um und hake nach. «Im Ernst?»

«Ja, und dann haben wir über die letzten Spieltage der ersten und zweiten Liga geredet.»

Ich verdrehe die Augen und kümmere mich wieder um das Omelett. Gedankenverloren würze ich die Eiermasse und gebe sie mit etwas Öl in die Pfanne. Mittlerweile genügt es meinem Vater also schon, wenn sein zukünftiger Schwiegersohn sich mit Fußball auskennt. Dann muss er auch kein Arzt oder Anwalt sein. Wie sich die Prioritäten mit dem Alter verschieben, denke ich und muss grinsen.

Heute fühle ich mich wirklich gut, ausgeglichen und leichter als gestern. Seit ich in den Wechseljahren bin, ist jeder Tag anders. Am schlimmsten ist es im Winter, wenn es dunkel und kalt ist. Und der Winter steht vor der Tür. Ich mag gar nicht dran denken. Diese Wechseljahre sind wirklich gemein, und ich verstehe beim besten Willen nicht, was sich die Natur dabei gedacht hat. Ich meine, es ist doch so: Wir werden immer älter, halten uns aber durch gute Ernährung, Bewegung und Gehirnjogging immer länger jung. Das führt dazu, dass wir zwar fünfzig sind, uns aber wie vierzig fühlen. Einzig unsere Hormone lassen sich von diesem verbreiteten Jugendwahn nicht beirren. Wir bleiben äußerlich straff und mental jung, können aber trotzdem nichts gegen Östrogen-Verlust und verminderte Eizellenproduktion machen, mal ganz abgesehen von einer Hormontherapie. Das ist doch nicht zeitgemäß.

Mit Schwung wende ich die Eier und fange das Omelett aus der Luft wieder auf. Etwas angebrannt auf einer Seite vielleicht, aber ansonsten gar nicht schlecht. Die dunkle Seite fülle ich einfach mit Käse und Rucola und klappe sie um. Schnell noch ein zweites hinterher. Voilà!

«Essen ist fertig!», rufe ich, und Arne und Lotti lassen sich nicht lange bitten. Wir setzen uns an den großen runden Küchentisch, an dem wir schon so viel Zeit verbracht haben und an dem wir – mit Familie, Freunden, Kollegen – schon so viele wichtige und unwichtige Gespräche geführt haben.

Lotti nimmt darunter Platz.

«Du wolltest mir vorhin irgendwas mit dem 1. Juni sagen.»

«Ja, der Pfarrer hat angerufen. Der 1. Juni ist fix.»

Arne schaut auf. «Echt jetzt? Das ist ja super!»

«Wirklich?» Ich schaue meinen Verlobten mit dem Eierwender in der Hand an, als wäre das Ding eine Waffe. «Du bist ganz sicher?»

«Klar, wir werden am 1. Juni heiraten.» Arne stochert in seinem Omelett herum, als sei es mit Nägeln gespickt. «Es sei denn, ich überlebe deine Kochkünste nicht.»

«Im Ernst, Arne, wir zoffen uns so oft in letzter Zeit, dass ich das Gefühl habe, wir sollten vielleicht lieber nicht …»

«Ach Unsinn, Eva! Wir haben jetzt den Termin und ziehen das auch durch. Außerdem haben wir's schon allen erzählt. Da gibt's sowieso kein Zurück mehr. Die Sache ist offiziell.»

Vorsichtig hebe ich das Dressing unter den Blattsalat. «Ach, darum geht's also, was die anderen denken, wenn wir einen Rückzieher machen?»

«Natürlich nicht.»

Arne schiebt seinen Teller zur Seite.

«Warum sagst du dann so was? Ist doch unsere Sache. Arne, es geht bei dieser Hochzeit nur um uns! Um dich und mich! Und vielleicht sollten wir uns wirklich mal tief in die Augen schauen und uns fragen: Wollen wir das wirklich? Denn seit dem Antrag streiten wir nur noch.»

«Mach doch nicht immer so ein Drama aus allem.»

Das Omelett auf seinem Teller bleibt zerrupft und unberührt, genauso der Salat.

«Schmeckt's dir nicht?»

«Es ist angebrannt.»

Na super, das trägt nicht gerade zur Besserung der Situation bei. Am liebsten würde ich jetzt heulen, mache ich aber nicht. Also starte ich einen Schlichtungsversuch.

«Hör mal, wenn dir das alles zu viel ist mit Kiew, uns, einer großen Hochzeit und so, dann musst du es mir sagen, und die Sache ist vom Tisch. Alles würde so bleiben, wie es war. Zwischen uns ändert sich doch nichts, nur weil wir das mit dem Heiraten nicht hinkriegen.»

Arne schaut mich an, nimmt meine Hände und küsst sie. «Wir wissen beide, dass das unmöglich ist, weil es zwischen uns nie wieder wäre, wie es war.»

Ja, da hat er leider recht. Ich stehe auf und setze mich auf Arnes Schoß, um ihn zu umarmen. «Wir müssen besser miteinander umgehen, sonst verlieren wir uns.»

Arne nickt und lehnt seinen Kopf an mich. Einen sehr langen Moment bleiben wir einfach so sitzen. Ohne ein weiteres Wort, ohne einander zu verletzen, ohne eine Erwartung. In diesem Moment ist uns beiden klar, dass unsere Beziehung stillsteht. Uns fehlt ein Ziel, eine gemeinsame Vision. Dabei muss es doch vorwärtsgehen, immer irgendwie weitergehen – das Leben, die Liebe. Die Dinge bleiben nie so, wie sie sind.

«Komm, lass uns heiraten», flüstert Arne. «Das ist schöner als Trennung.»

Bevor ich antworten kann, hören wir draußen das Geräusch eines Motorrollers. Arne schiebt mich von sich, springt auf und rennt zum Fenster, um zu sehen, wer Frida nach Hause bringt.

«Vielleicht solltest du das Licht ausmachen, damit sie dich nicht sehen. Ist sonst ziemlich peinlich», rate ich und esse weiter, denn mich stört eine angebrutzelte Unterseite beim Omelett nicht.

«Fragt sich nur, für wen peinlich. Für sie oder mich?»

Ich verdrehe die Augen. «Für euch beide.»

«Wieso kommt sie denn jetzt nicht rein? Die stehen da unten und quatschen, obwohl sie längst zu Hause sein sollte. Und wieso kommt sie mit einem Roller? Hat der Kerl überhaupt einen Führerschein?»

«Wieso denn nicht?!»

«Wer ist der Knabe überhaupt? Etwa dieser Jojo?»

«Keine Ahnung. Frag sie!», sage ich etwas genervt, denn Arnes Verhalten ist lächerlich, überzogen und völlig überholt.

«Worauf du einen lassen kannst. Aha, jetzt steigt er wieder auf. Und ... Nein!»

Vor Schreck stoße ich fast mein Wasserglas um. «Was?»

«Sie knutschen! Eva! In aller Öffentlichkeit! Schau!»

Ich muss lachen. «Soweit ich weiß, ist das in Deutschland nicht verboten.»

«Das ist nicht witzig! Komm, komm!»

Aufgeregt zieht er mich zu sich ans Fenster und umarmt mich. Ich finde uns unmöglich. Und ja – es ist doch witzig.

«Da siehst du's!» In seiner Stimme höre ich eindeutig eine Mischung aus Enttäuschung und Entsetzen. Doch was ich sehe, ist genau das Gegenteil. Ich sehe meine Tochter mit einem Jungen knutschen – und freue mich für sie. Nur ist es nicht Jojo, aber das sage ich Arne besser nicht.

«Sehr schön!» Ich klopfe Arne tröstend auf die Schulter und setze mich wieder.

«Jetzt begrapscht er sie auch noch. Ich will das nicht sehen!»

«Dann schau halt weg.»

Aber er kann den Blick nicht von den beiden Teenagern abwenden. «Herrgott, wie oft denn noch? Reicht jetzt! Lass die Finger von meinem Mädchen … Mist!» Er holt tief Luft. «Er hat mich gesehen. Jetzt winkt er mir auch noch zu!»

Schnell macht Arne das Licht in der Küche aus, und ich sitze plötzlich im Dunkeln vor meinem Omelett. Da kann man sich wirklich nur noch wundern.

Als der Motorroller davonfährt, macht Arne die Lampe über dem Küchentisch wieder an. Eine halbe Minute später kommt Frida in die Küche gerauscht. Sehr, sehr wütend!

«Sag mal, Papa, spinnst du?! Das ist voll peinlich, wie du dich aufführst! Denkst du etwa, du bist unsichtbar?»

Arne bläst sich auf und macht auf autoritär. «Moment mal, Fräulein! Nicht in diesem Ton. Ich bin immer noch dein Vater. Etwas mehr Respekt, bitte.»

Oje, ich höre wieder meinen alten Herrn reden.

«Wie soll ich Respekt vor jemandem haben, der sich aufführt wie ein Trottel!»

«Also, jetzt reicht's! Erst kommst du deutlich zu spät, und dann wirst du auch noch pampig! Für wen hältst du dich?»

«Wieso zu spät? Ich hab Mama doch 'ne Nachricht geschickt, dass ich später komme und …»

Arne wirft mir einen fragenden Blick zu.

Ich zucke mit den Achseln, suche mein Handy und finde es schließlich unter einem Geschirrtuch. Laut lese ich die Nachricht vor: «Hallo, Mama, komme später. Wartet nicht mit dem Essen.» Schuldig schaue ich abwechselnd Frida und Arne an. «Sorry, ist mir wohl durchgerutscht.»

«Na super!», motzt Arne, und an Frida gewandt, fügt er hinzu: «Das nächste Mal schickst du mir auch eine Nachricht. Klar?!»

«Ja, ja», höre ich Frida leise sagen und weiß genau, dass sie das sicher *nicht* machen wird.

«Hast du gegessen?», frage ich.

«Wir hatten Döner.»

Arne schüttelt den Kopf. «Wer wir?»

Oh Mann, Arne klingt wirklich wie Papa damals. Sollte tatsächlich etwas an der Theorie sein, dass sich Frauen Lebenspartner aussuchen, die sich anhören wie ihre Väter? Und hier ist es nicht nur die Stimme, sondern auch die Betonung, die Schärfe, die Lautstärke, die Wortwahl.

«Das geht dich ja wohl überhaupt nichts an!»

Jetzt wird Frida ein bisschen zu patzig, finde ich.

Arne findet das auch. «Oh doch, Fräulein. Und ob!»

Frida wirft mir einen hilfesuchenden Blick zu, aber ich kann nur erneut mit den Achseln zucken. Da muss sie durch.

Arne ist nämlich noch nicht fertig. «Also, wer ist der junge Mann? Ist das Jojo?»

«Was? Nein! Jojo ist mein Kumpel.» Frida verdreht die Augen.

«Wer war es dann?»

Fridas Gesicht lässt nichts Gutes erwarten. Es brodelt in ihr. «Wenn das ein Verhör ist, dann wüsste ich gerne, was mir vorgeworfen wird?»

Oha, sie geht zum Gegenangriff über. Man darf gespannt sein.

«Werd nicht frech!»

Blöder Spruch! Arne gehen die Argumente aus.

«Sein Name!»

Frida schüttelt den Kopf. «Papa!»

Aber er besteht drauf. «Wie heißt der Knabe!»

«Philip. Und? Willst du ihn jetzt anzeigen?»

«Welcher Philip?»

Ich horche auf: Genau! Welcher Philip überhaupt? Und wieso nicht Jojo? Ich mag Jojo.

«Papa, merkst du's noch? Du nervst!»

Ich sitze am Tisch, schaue mir das Theater vom Logenplatz aus an und frage mich, ob meine Tochter zweigleisig fährt.

«Philip Bach aus der Zehnten», erklärt sie. «Wir sind zusammen im Tanzkurs. War's das? Oder muss ich mir den Mist noch länger anhören?»

Das war eindeutig ein Strategiefehler, mit dem sich Frida nun leider auch meinen Unmut zugezogen hat. So geht's nicht!

Arne ist schneller: «Es reicht! Auf dein Zimmer! Das Handy bleibt hier! Und Taschengeld wird auch gestrichen!»

Ach, herrje … Gleich gibt's noch Stubenarrest, denke ich. Aber Arne ist zu Recht sauer. Doch Frida hat auch irgendwie recht. Ich weiß gar nicht, auf wessen Seite ich mich schlagen soll. Nur eins weiß ich ziemlich sicher: Das hat alles auch mit Fridas Hormonen zu tun. Ich kenne mich da aus! Wir pubertieren sozusagen gleichzeitig, nur in entgegengesetzte Richtungen.

«Ich bin kein Kleinkind mehr!», ruft Frida und dampft ab.

Die beiden Streithähne verlassen die Arena in verschiedene Richtungen, nur Lotti bleibt bei mir und wedelt erwartungsvoll mit dem Schwanz. Sie liebt angebranntes Omelett.

17.

Die halbe Nacht liege ich wach, zermartere mir über alles Mögliche und Unmögliche den Kopf und komme mal wieder ganz schön ins Schwitzen. Ich wechsele mittlerweile zweimal pro Woche das Bettzeug und wünschte mir, ich könnte auch meine Launen einfach so in die Waschmaschine stecken und bei 60 Grad ordentlich durchwaschen, um sie danach auch noch fluffig weichzuspülen.

Das hätte meine Stimmung heute nötig, denn sie ist grau in grau, schwer wie Blei und hängt nur noch durch. Und das stinkt mir gewaltig!

Am Morgen stehe ich mechanisch wie ein Zombie um sieben Uhr auf und bin schon schlecht gelaunt, bevor ich in den Spiegel geschaut und mich auf die Waage gestellt habe. Danach sollte mir erst recht niemand in die Quere kommen. Ich bin ständig in Versuchung, zurück ins Bett zu gehen und mir die Decke über den Kopf zu ziehen. Ich komme nur seeehr langsam in die Gänge. Erst wenn ich meine Morgenroutine erledigt habe, bin ich ansprechbar.

Zunächst nehme ich einen harmlosen Pillen-Mix aus Vitamin-B-Komplex, Eisen, Vitamin D, Magnesium, Traubensilberkerze und Johanneskraut. Das Ganze spüle ich todesmutig herunter mit einem Gebräu aus Multivitaminsaft, zwei Esslöffeln Apfelessig und einem halben Teelöffel organischem Schwefel.

Dann ein paar Rücken- und Yogaübungen, bis es zieht und knackt, damit sich Knochen und Muskeln für den Tag entfalten können. Danach abwechselnd heiß und kalt duschen und eine Kanne grünen Tee für den Stoffwechsel trinken. Erst dann kommt der wohlverdiente und langersehnte erste Kaffee – stark und nur mit etwas Milch. Herrlich! Jetzt kann's losgehen.

So gegen neun Uhr mache ich mich auf den Weg zu Mama.

«Das ist doch völlig normal! Da mussten wir alle durch», erklärt sie, als ich von meinen Wechseljahrbeschwerden berichte. «Bei mir war's aber zum Glück nicht so wild.»

Sie ist total beschäftigt, als ich vorbeikomme, um zu schauen, wie es ihr geht, denn Mama ist es absolut nicht gewöhnt, zu Hause allein zu sein. Sonst betüddelt sie Papa rund um die Uhr. Heute scheint sie stattdessen einen kompletten Hausputz zu machen, überall liegen Wäscheberge und Putzmittel herum, Möbel wurden verrückt, und alle Fenster sind aufgerissen. Sie bezieht die Betten, räumt die Schränke auf, kocht gleichzeitig Pflaumenmus ein und hat einen Auflauf im Backofen.

«Ich hatte wirklich Glück. Ab und zu mal ein Stimmungstief – geschenkt, aber diese Hitzewallungen sind mir erspart geblieben.»

Schwungvoll bezieht sie die Betten neu. Dreimal habe ich ihr angeboten, das zu übernehmen. Dreimal hat sie abgelehnt.

Eigentlich wollte ich nur kurz nach ihr sehen und einen klitzekleinen Rat von ihr einholen. Da ist es äußerst wenig hilfreich, wenn sie mir stolz erzählt, wie toll sie durch die Wechseljahre gekommen ist. Jedenfalls fühle ich mich wie eine Meno-Memme, die nicht hart genug im Nehmen ist. Mama räumt auf und um, zieht die Betten ab, wischt zwischendurch Staub und kümmert sich um Kompott und Auflauf. Ein Wunder, dass sie überhaupt Notiz von mir nimmt.

Dabei spüre ich sehr wohl, dass sie innerlich total angespannt ist. Ich kenne das von ihr – sie versucht, Haltung zu bewahren in einer Situation, die sie überfordert. Das Alleinsein. Sie kompensiert es durch übertriebenen Aktionismus.

«Alles in Ordnung, Mama?», frage ich besorgt. Aber sie lässt sich nicht beirren.

«Natürlich ist alles in Ordnung, Schatz. Wieso denn nicht? Ist doch alles wie immer. Nur dass dein Vater nicht da ist.»

Überraschend lässt sie sich auf einen Sessel fallen und sackt schluchzend in sich zusammen.

«Mama, was ist denn los?»

«Ich weiß gar nicht, was ich mit mir anfangen soll, seit Papa in der Klinik ist. Es ist so leer und trostlos hier. Und ich … fühl mich so … einsam.»

Ich nehme sie in den Arm. «Er ist ja bald wieder da.»

Sie schüttelt den Kopf. «Was ist, wenn er nicht mehr zurückkommt?»

«Aber wieso denn? Es ist nur eine Frage von Wochen. Und eh du dich versiehst, sitzt er wieder hier in seinem Sessel. Papa wird nicht an einem Oberschenkelhalsbruch sterben.»

Erschrocken schaut sie mich an. «Sterben? Dein Vater? An so einem Bruch? Nein, natürlich nicht. Aber …» Wieder kullern die Tränen.

«Was aber?», frage ich mit Nachdruck.

«Es könnte ihm gefallen.»

«Was denn, Mama?»

«Das Leben ohne mich.»

Ich nehme meine kleine Mama wieder in den Arm und weiß ehrlich gesagt nicht, was ich sagen soll. Weil ich aber etwas sagen *sollte,* sage ich unglücklicherweise etwas völlig Idiotisches: «Vielleicht braucht ihr mal etwas Abstand vonein–» Schon bevor ich den Satz zu Ende bringe, bricht sie vollends in Tränen aus.

Ich bin so ein Trottel!

«So meine ich das doch nicht», versuche ich, die Situation zu retten. «Ich meine, dass ihr das vielleicht mal üben solltet. Also, das Voneinander-getrennt-Sein.»

Doch damit mache ich alles nur noch schlimmer. Mama kriegt sich gar nicht mehr ein.

«Ich will nicht von ihm getrennt sein! Ich wollte nie von ihm getrennt sein!»

«Das weiß ich doch. Und Papa will ja auch nicht von dir getrennt sein. Sei doch froh, wenn es ihm im Krankenhaus gut geht und er in guter Gesellschaft ist. Dann hast du auch mal Zeit, mehr für dich zu tun.»

Mama hört plötzlich auf zu weinen und schaut kalt durch mich hindurch. «Um IHR Platz zu machen? Niemals!»

Wie bitte? Ich verstehe kein Wort. «IHR? Wen meinst du?»

Sie atmet tief durch, als sei ein Dämon aus ihr gewichen, und ihre Gesichtszüge werden wieder sanfter. Ich starre sie an, aber sie weicht meinem Blick aus. Und dann riechen wir ihn beide – den Rauch aus der Küche.

«Der Auflauf!», ruft Mama.

Ich stürze in die Küche, reiße den Backofen auf, ziehe die gläserne Auflaufform heraus und verbrenne mir natürlich die Finger, weshalb ich die Form fallen lasse und am Ende nicht nur meine Finger schmerzen, sondern auch meine Füße. Und die neuen weißen Sneaker und die helle Hose sind auch versaut, ganz abgesehen vom Küchenboden.

Schöne Schweinerei!

Minutenlang halte ich meine Finger unter lauwarmes Wasser, bis der Schmerz einigermaßen nachlässt. So was von unnötig!

Nachdem ich meine Hände gekühlt, die Schuhe gesäubert und die Scherben eingesammelt habe, wische ich die weitverteilten Auflaufstücke auf allen vieren vom Boden und von den Küchenfronten.

«Du weißt doch, wie gerne Papa Auflauf isst», jammert Mama. «Was soll ich ihm denn jetzt mitbringen, der Arme?»

«Er kriegt doch in der Klinik Essen», sage ich.

«Ach, darum geht's doch gar nicht. Am Ende bringt SIE ihm auch noch Essen mit. Auf gar keinen Fall! Da mache ich es lieber noch mal.»

Ich schmeiße den Lappen in einen Putzeimer und richte mich auf. «Dann erklär mir doch mal, worum es hier geht?» Aber sie antwortet nicht, sondern räumt die Küche auf. «Mama!»

Meine Mutter schaut kurz auf, überlegt, rauscht an mir vorbei zurück ins Schlafzimmer und macht mit den Betten weiter.

Ich folge ihr und versuche es ein letztes Mal. «Wer – ist – *sie*?»

«Niemand. Eine alte Geschichte. Nicht der Rede wert. Hab mich nur gerade dran erinnert. Vergiss es.»

Ich seufze. «Wenn du meinst», sage ich, denn es ist eindeutig, dass Mama nicht darüber reden will. Aber meine Neugier ist geweckt. Ich schicke meine Mutter zurück in die Küche und beziehe für sie die Betten. Dann verabschiede ich mich von ihr.

«Ich fahr jetzt zu Papa. Soll ich was mitnehmen für ihn?»

Mama winkt ab. «Sag ihm, ich bringe sein Essen später.»

Zum Abschied drücke ich sie ganz fest, um ihr ein bisschen Sicherheit zu geben, denn ich glaube, das braucht sie jetzt.

«Schön, dass du hier warst, mein Kind», sagt Mama und drückt mich auch ganz fest.

Auf dem Weg zur Klinik rufe ich Arne an. «Hast du dich mit Frida versöhnt?», frage ich.

«Sie geht mir aus dem Weg.»

«Zu Recht.»

«Aber du hast selbst gehört, wie frech und respektlos sie war.»

«Respektierst *du* sie denn?»

Pause. Arne atmet genervt aus. Er weiß, dass ich recht habe.

«Arne, sie ist keine zehn mehr. Du musst lernen, sie ernst zu nehmen. Und sie loszulassen.»

«Danke für den Tipp. Und was ist mit dir?»

«Ich gewöhne mich langsam daran, dass sie erwachsen wird. Schwierig, aber nicht unmöglich.»

«Aber sie ist noch nicht erwachsen! Niemand ist mit fünfzehn erwachsen. Egal, für wie schlau man sich hält.»

Jetzt atme ich tief durch, denn wir drehen uns im Kreis.

«Vertragt euch wieder», mahne ich.

«Und du?»

«Bin auf dem Weg zu Papa.»

***

Am Klinikeingang stehen die Raucher und ziehen sich in Bademantel und Jogginganzug ihre Nikotin-Dröhnung rein. Vor mir führt ein junger Mann seine hochschwangere Frau zum Aufzug.

«Du schaffst das, Schatz! Ich bin so stolz auf dich! Ich lass dich nicht allein. Wir sind ein Team. Du bist stark! Komm schon, du bist die Beste! Du machst das großartig. Du rockst das, Baby!»

Tja, sie sind ein Team, aber nur sie macht die Arbeit. Der Typ redet ohne Punkt und Komma. Aber dann stößt sie einen gewaltigen Urschrei aus, der vermutlich in der ganzen Klinik zu hören ist: «Uaaaaaaaarrr! NICHT ANFASSEN!»

Typisch.

Ein paar Minuten später klopfe ich an Papas Zimmertür.

«Hereinspaziert!», höre ich seine vertraute Stimme und folge der überaus freundlichen Aufforderung. Doch kaum bin ich eingetreten, verschwindet sein strahlendes Lächeln.

«Ach du.» Das klingt sehr enttäuscht.

«Ja, ich find's auch schön, dich zu sehen, Papa.» Ich gebe ihm einen Kuss. «Deine Begeisterung über mein Erscheinen hält sich aber sehr in Grenzen.»

«Ich hatte jemand anderes erwartet.»

«Ach, wen denn?»

Er zögert.

«Mama natürlich. Wen sonst? Wo bleibt sie? Ich hab Hunger.»

«Sie kommt heute später.»

«Ach! Aber sie kommt doch immer mittags.»

«Heute nicht.»

«Offensichtlich.»

«Bist du etwa sauer deswegen?», frage ich.

«Nein, aber es wirft meine Pläne durcheinander.»

«Welche Pläne? Ich dachte, das ist ein Krankenhaus hier und kein Vergnügungspark. Oder geht's um deine Skatrunde?»

«Genau. Und vorher hab ich ja auch noch Physio.»

Ich nicke verständnisvoll und erzähle ihm von meinem seltsamen Gespräch mit Mama. «Wen meint Mama denn mit *sie*?»

Papa winkt ab. «Alles Hirngespinste von ihr. Du weißt doch, dass sie eine blühende Phantasie hat.»

Er lächelt gequält, als wäre ich die Einzige auf der Welt, die ihm bestätigen könnte, dass meine Mutter sich da in etwas hineinsteigert.

«Aber Mama denkt sich das doch nicht aus!»

Papa sammelt sich. «Eva, deine Mutter hat Probleme mit dem Alleinsein. Das weißt du doch! Erinnerst du dich an damals, als ich mal ein paar Tage auf Weiterbildung in Köln war?»

«Stimmt», sage ich und erinnere mich. Meine Mutter war so aufgekratzt vor Sorge, dass sie alle Gardinen abgenommen und gewaschen hat, die Fenster geputzt und die Küche neu gestrichen hat. Orange! Sie brauchte Ablenkung, damit sie nicht immer an Papa denken musste und daran, was er vielleicht ohne sie alles anstellen könnte. Das war ihre ganz persönliche Art der Therapie gegen das Alleinsein.

Papa und ich müssen lachen, denn wir haben die gleichen Bilder im Kopf.

«Die Farbe war grauenhaft», sagt er.

«Allerdings!» Unsere Küche sah nach dem Anstrich wirklich schrecklich aus. «Ich durfte aussuchen, ob Dunkel-, Hell- oder Knallorange.»

Papa und ich kriegen uns gar nicht mehr ein.

«Du bist also schuld an der Farbe! Hätte ich mir gleich denken können.»

«Das war schick damals. Sei bloß froh, dass es noch keine Handys gab. Sonst hätte dir Mama ständig Nachrichten und Fotos geschickt.»

«Du meinst, so wie heute?» Papa wird ernst. Er nimmt meine Hand und tätschelt sie, als müsste er mir nun eine schlechte Nachricht mitteilen. Ein Stoßseufzer entweicht ihm. Dann holt er tief Luft. «Also schön, Mama ist krankhaft eifersüchtig. Und weil sie findet, dass auch ich nicht ohne sie leben kann, will sie mich sogar in der Klinik unter Kontrolle haben. Deshalb sitzt sie ständig hier.»

«Jetzt hör aber mal auf! Sie meint es doch nur gut, weil das Essen hier so schlecht ist.»

«Unsinn – das Essen hier ist super. Es ist die pure Eifersucht.»

«So ’n Quatsch! Auf wen denn? Etwa die beiden da?», frage ich und deute auf Prostata und Hüfte, die beide mit Kopfhörern fernsehen.

Er nickt. «Weil ich nämlich mit den beiden Spaß habe. Und zwar ohne deine Mutter.»

Ich wage mich einen Schritt vor. «Oder ist Mama auf diese Frau eifersüchtig, der Arne hier begegnet ist?»

Papa verdreht die Augen. «Glaub mir, es gibt da keine andere Frau außer deiner Mutter. Wirst du jetzt auch schon so?»

«Wie denn?»

«Ach, egal.» Er nimmt erneut meine Hand und drückt sie. «Hör mal, Liebes, ich bin schon so viele Jahre mit deiner Mutter zusammen, dass ich diese kleine Auszeit hier sehr genieße. Sag ihr bitte, dass sie nicht ständig kommen muss. Es geht mir gut, und ich laufe ihr auch nicht weg.»

«Aber warum sagst du ihr das nicht selber?»

«Weil ich sie nicht verletzen möchte.»

«Aber ich werde von ihr geköpft als Überbringer der schlechten Nachricht, oder wie?»

Papa schaut mich an wie Lotti, wenn ich eine Stück Wurst in der Hand habe. «Bitte, mein Häschen, tu deinem armen, alten Vater den klitzekleinen Gefallen.»

Ich verdrehe die Augen und gebe ihm einen Abschiedskuss. «Ich muss los.»

Aber wie gesagt: Ich bin ein Papa-Kind. Immer gewesen. Und ich wollte ihn auch ganz klassisch heiraten als Kind. Er war *der* Mann in meinem Leben, bis zur Pubertät. Da wurde er plötzlich streng. Erst als Frida auf die Welt kam, sind wir einander wieder nähergekommen. Doch irgendwie habe ich das Gefühl, dass unser gutes Verhältnis wackelt, weil mir Papa nicht die Wahrheit sagt.

***

Am Nachmittag ruft Mama mich aufgeregt an, und weil sie so durcheinander ist, fahre ich kurzerhand zu ihr.

«Er war nicht auf seinem Zimmer! Über eine halbe Stunde habe ich mit dem Essen auf ihn gewartet.»

Weil Papa offensichtlich Besseres zu tun hatte, als darauf zu warten, dass sie mit dem Essen kommt. Unverrichteter Dinge ist sie wieder nach Hause gefahren. Abends hielt sie es dann nicht mehr aus, hat mich angerufen und zu sich bestellt, weil es ihr körperlich nicht gut geht.

«Beruhige dich, ich war bei ihm – er war sicher bei der Physiotherapie.»

«Das hat er dir erzählt?! Dieser Mistkerl!» Mama ringt nach Luft, so sehr regt sie sich auf. Ich verstehe das gar nicht. «Ich sag dir was! Ich bin seiner Physiotherapeutin begegnet. Bruno hatte heute keinen Termin bei ihr. Ha!»

«Was heißt hier *Ha!*?»

«*Ha* heißt, dass er lügt!»

«Dann hatte er eben irgendeine Untersuchung. Wieso sollte er dich anlügen?»

«SIE steckt dahinter.»

Geht das schon wieder los. Ich werde noch irre.

«Aber wer ist denn diese mysteriöse SIE?»

Meine Mutter atmet tief durch, geht zum Küchenschrank und holt eine Flasche selbstgemachten Holunderblütenschnaps raus, den sie jedes Jahr aus den Blüten eines wild wuchernden Strauches hinterm Haus macht, und gießt uns je einen ein. Ich wundere mich, denn ich weiß ziemlich genau, dass die Flasche am Vormittag noch voll war. Nun ist sie nur noch halb voll. Dann zieht sie eine Schublade auf und holt ein Bündel Papier heraus, das sie vor mich auf den Tisch legt.

«Was ist das?»

«Sie.»

Mamas Gesicht ist wie versteinert. Ich verstehe kein Wort, sehe nur, dass es Briefe sind.

«Dein Vater hat eine Geliebte.»

Ich muss mich verhört haben.

«Was?!»

Mama nickt und trinkt ihr Glas mit einem Schluck leer.

«Eine Geliebte, eine Affäre, eine Maitresse, eine Zweitfrau – nenn es, wie du willst.»

«Papa? So 'n Quatsch! Jetzt mach aber mal 'n Punkt. Papa würde nie …»

Mama kippt den nächsten Schnaps.

«Hier, lies», sagt sie und zeigt auf das Briefbündel. «Liebesbriefe aus über dreißig Jahren.»

Das wird ja immer besser! «Was?!»

«Herrgott, Eva, sei doch nicht so naiv! Dein Vater hat seit Jahren eine andere! Seit Jahrzehnten!»

Mama greift wieder zur Flasche, aber diesmal bin ich schneller und nehme den Schnaps an mich.

«Du solltest lieber mit dem Holunderzeug aufhören, statt noch mehr Unsinn zu erzählen. Alkohol ist keine Lösung, Mama, und verwirrt dich nur.»

«Alkohol hilft aber, es erträglicher zu. machen!», sagt sie sehr bestimmt, nimmt mir die Flasche wieder weg und füllt ihr Glas erneut. «Und wenn du mir nicht glaubst, dann lies diese Briefe!»

Ich bin ganz durcheinander und schiebe dieses elendige Briefbündel von mir. Ich will und kann das alles nicht glauben.

«Papa würde nie fremdgehen, und das weißt du! Was auch immer das für Briefe sind – ich glaub's nicht.»

Mama schüttelt den Kopf.

«Du und dein Vater, ihr wart schon immer ein Herz und eine Seele. Nur diesmal muss ich dich enttäuschen. Oder besser gesagt: *Er* wird dich enttäuschen.»

Mama setzt sich zu mir an den Tisch und schiebt mir mein noch volles Schnapsglas hin.

«Trink lieber, bevor ich's dir erzähle. Das macht dich locker.»

Ein Blick in Mamas Augen sagt mir, dass ich besser auf sie höre. Also trinke ich. In den nächsten Minuten erzählt mir meine Mutter, was ich niemals für möglich gehalten hätte. Nämlich dass mein geliebter, verehrter und für mich bislang unfehlbarer Vater seit vierunddreißig Jahren eine Geliebte hat. Damals war ich gerade mal so alt wie Frida jetzt – fünfzehn.

«Aber wieso?» Ich hoffe, im nächsten Moment aus einem schlechten Traum aufzuwachen. Passiert leider nicht.

«*Wieso?* Das musst du deinen Vater fragen. Mir konnte er auch keine Antwort auf diese einfache Frage geben. Vielleicht fand er sein Leben mit mir langweilig.»

«War sie denn aufregender? Und wer ist sie überhaupt?»

«Sie war Kellnerin in einem Lokal, in dem Bruno mittags mit

seinen Kollegen essen ging. Ich hatte so eine Ahnung und bin ihm einmal nachgegangen. Da hab ich sie gesehen. Zusammen im Park. Händchenhaltend. Das war so … furchtbar.»

Mamas Blick geht an mir vorbei in die Vergangenheit. Es ist, als sähe und fühlte sie das alles noch einmal. Mit einem Taschentuch wischt sie sich die Tränen weg und schaut mich an.

«Das war so eine kleine, zierliche Person. Dunkelhaarig. Mindestens zehn Jahre jünger als ich und viel schlanker.»

Ich kann's kaum glauben und leere mein Glas. «Und dann?»

«Hab ich ihn zur Rede gestellt, und er hat sofort alles zugegeben.» Mama lacht kurz auf und gießt uns noch einen ein. «Weißt du, ich hatte fast das Gefühl, dass er erleichtert war, mir endlich alles sagen zu können.»

«Und dann?»

«Hat er's angeblich beendet, weil sie nämlich auch verheiratet war und kleine Kinder hatte.»

«Ach! Is' ja krass!»

Mama nickt. «Du sagst es. Sie beließen es bei der Affäre.»

«Warum hast du Papa nicht verlassen?»

Wieder lacht Mama bitter auf und schüttelt den Kopf.

«Na, du bist lustig! Wovon hätte ich denn leben sollen? Als ich mit dir schwanger war, hab ich meinen Beruf als Sekretärin aufgegeben. Wer hätte mich denn nach fünfzehn Jahren eingestellt – ohne Computer-Erfahrung und so 'n Kram? … Und außerdem … hättest du das gewollt – Scheidung?»

«Sicher nicht, aber –»

«Siehst du?! Und ich konnte und wollte nicht. Meine Mutter, deine Oma, hat damals zu mir gesagt: Lenchen, reiß dich zusammen und sei froh, dass er dich nicht verlassen hat!»

«Na super!», rutscht es mir heraus. «Toller Trost von Oma.»

Mama gießt unsere Gläser nach. «Und was ist das da?», frage ich mit Blick auf die Briefe.

Sie seufzt ganz tief und geht zum Fenster.

«Das ist der Beweis, dass dein Vater es doch nie beendet hat.»

Ich hab's geahnt.

***

Am Ende des Nachmittags ist die Flasche leer und eine weitere angebrochen. Ich decke Mama fürsorglich zu und gebe ihr zum Abschied einen Kuss. Wie konnte ich mich so in meinem Vater irren? Und wieso habe ich von alldem nichts mitbekommen? Ich nehme die Briefe und will sie schon einstecken, um sie zu Hause zu lesen, aber dann lege ich sie lieber zurück in die Schublade. Das ist ja ziemlich privat und geht mich auch gar nichts an. Es sind Liebesbriefe meines Vaters und seiner … Geliebten. Nein, ich würde mich nur fremdschämen. Ich lasse die Briefe Briefe sein und gehe leicht angeschlagen nach Hause. Ich weiß ja jetzt, wo sie liegen, und kann sie theoretisch jederzeit lesen. Na ja, mal sehen.

Ich muss mich beeilen, denn Arne und ich gehen heute aus. Reine Routine und nicht ganz freiwillig, denn wir müssen das Theater-Abo absitzen. Ist vielleicht heute Abend gar nicht schlecht und wird mich ablenken. Vor zwei Jahren haben wir uns tatsächlich ein Theater-Abo gegönnt, weil wir dachten, unter dieser Zwangsmaßnahme würden wir wieder mehr Zeit miteinander verbringen. Schöne Idee. Die Wahrheit sieht anders aus. Abgesehen davon, dass wir uns jedes Mal zwingen müssen, ins Theater zu gehen, sind wir uns selten einig über die Wahl des Stücks, das wir uns ansehen wollen, denn wir sehen uns nicht jede Aufführung an. Haben wir uns dann endlich geeinigt, schläft mindestens einer von uns beiden ein, sodass wir am Ende nicht über Inhalt, Regie und Darsteller reden können, was ja zu so einem Theaterbesuch schon irgendwie dazugehört. Arne sagt dann immer, er könne so gut im Theater entspannen und dass er nach einer anstrengenden

Woche zu erschöpft sei, um wach zu bleiben. Mir geht's oft ähnlich, aber ich bemühe mich wenigstens und hoffe jedes Mal, dass es eine gute und spannende Inszenierung ist, die uns beide in ihren Bann zieht.

«Bruno?!», fragt Arne ungläubig. Wir sitzen in der U-Bahn und sind auf dem Weg ins Theater. Arne im Anzug, aber lässig ohne Krawatte, ich im schwarzen Cocktailkleid und mit High Heels. Shakespeare steht auf dem Programm – *Othello*.

«Ja, Bruno, mein Vater! Ein rücksichtsloser Fremdgeher, Lügner, Betrüger, Herzensbrecher, der seine Frau todunglücklich macht – bis heute.»

Arne lacht. «So ein Schlitzohr!»

«Ach, du findest das wohl auch noch gut, oder wie?!»

Wir sind die Einzigen in der Bahn, die sich miteinander unterhalten. Alle anderen sitzen nur da und starren auf ihre Smartphones.

«Nein, aber ich hätte ihm das nie zugetraut.»

«Gib zu, dass du's gut findest!»

«Na ja, also ich ...» Arne muss grinsen. «Schon irgendwie.»

Und diesen Mann soll ich demnächst heiraten? Unvorstellbar. Dass sich diese Typen immer gegenseitig so beweihräuchern müssen, finde ich entsetzlich.

«Dann erklär mir mal bitte, was daran gut ist, wenn ein Mann vierunddreißig Jahre lang seine Frau betrügt?»

Jetzt fällt mir auf, dass einige Mitfahrer interessiert unserem Gespräch lauschen. Mir egal, denn ich spüre, wie ich langsam sauer werde, weil Arne so eine blöde Haltung annimmt. Es beginnt in mir zu brodeln.

Er zieht die Schultern nach oben. «Na ja, also dass er das vierunddreißig Jahre lang geschafft hat eben. Ohne dass sie ihn verlässt. Ist doch 'ne Leistung – finde ich. Überleg mal, er hat jahrzehntelang zwei Frauen. Davon träumt jeder ...»

Und da passiert es einfach so, ganz automatisch. Ich kann es weder steuern noch stoppen, so überrascht bin ich selbst, als ich aushole und meinem Verlobten eine saftige Ohrfeige verpasse. Unsere Zuhörer sind mindestens genauso überrascht wie Arne!

«Gut gemacht! Voll der Chauvi!», sagt eine junge Frau mit Nasenring und Tattoos.

«Ey, Alter, lass dir dat nicht gefallen!», ruft ein mittelalter Punk mit Schäferhund und Bierflasche, der Mühe hat, in der Bahn sein Gleichgewicht zu halten. «Alter, du musst dich emanzipieren!»

«Sag mal, spinnst du jetzt völlig?!», sagt Arne und hält sich die Wange. Durch seine Finger hindurch kann ich sehen, dass sie rot anläuft.

«Das … das wollte ich nicht. Tut mir leid, aber du hast mich provoziert. Irgendwie.»

«Ja, hat er! Eindeutig!», sagt die Nasenringträgerin.

Ich fühle mich bestätigt und spüre meine Wut wieder. «Mein Vater ist ein Fremdgänger, und du stellst dich auf seine Seite. Das geht gar nicht! Und … und wenn du so redest, dann muss ich mich doch automatisch fragen, ob es gut ist, dich zu heiraten. Am Ende hältst du's genauso wie Bruno mit der Treue. Wär ja nicht das erste Mal.»

«Nicht das schon wieder!»

Die Nasenringträgerin steigt aus. Dafür mischt sich jetzt die Frau neben mir mit dem Pferdeschwanz ein.

«Heiraten Sie den bloß nicht!», sagt sie leise, aber nicht leise genug. «Meiner ist auch so. Erst fremdgegangen, dann fing er an zu prügeln.»

«Sie halten sich besser da raus!», regt sich Arne auf.

«Genauso hat mich meiner auch immer angeguckt», sagt die Frau neben mir. «Dann hat er zugehauen!»

«Wie guck ich denn? Und – wer schlägt denn hier wen? Ich bin doch hier das Opfer! Sie sollten besser den Mund halten!» Arne verteidigt sich, so gut er kann, macht aber alles nur noch schlimmer.

«Hör mal, Freundchen, schrei meine Freundin nicht so an, sonst kriegen wir zwei Ärger», mischt sich nun der große, breite Typ neben der Pferdeschwanz-Trägerin ein, kaum älter als fünfundzwanzig. Ich spüre, dass die ganze Situation gleich eskalieren wird.

«Lass sein, Arne», sage ich beruhigend, aber er ignoriert mich. Stattdessen starrt er den Mann an und erhebt sich langsam.

«Wie bitte?» Arne baut sich drohend vor dem Typen auf. «Ich mache Ihre Freundin nicht an, sie ist auch gar nicht mein Typ. Aber sie beschuldigt mich, gewalttätig zu sein. Das ist ein großer Unterschied, denn das bin ich keineswegs. Ich bin Pazifist.»

Der Mann fühlt sich offenbar von Arne bedroht und steht nun seinerseits ganz langsam auf. Unglücklicherweise überragt er ihn um eine Kopflänge, was Arne aber nicht zu stören scheint.

«Und was jetzt?»

«Jetzt wirst du dich bei meiner Freundin entschuldigen und bei deiner Frau auch.»

«Ich wüsste nicht, wieso.» Arne zeigt auf mich. «Und diese Frau da ist gar nicht meine Frau. *Ich* bin hier das Opfer! *Ich* wurde körperlich und verbal angegriffen.» Er wendet sich an den Punk. «Stimmt's?»

Aber der Punk wendet sich ab. «Leck mich!»

«Du entschuldigst dich jetzt sofort bei den Frauen!»

Unsere Station kommt als Nächstes. «Wir müssen hier raus», sage ich, greife Arnes Hand und will ihn an dem Typen vorbei zur Tür ziehen, aber der Kerl lässt Arne nicht durch. Arne schubst ihn weg, der Typ strauchelt, will Arne im nächsten Moment packen, aber da geht die Tür auf, und wir hauen ab. Wir rennen und rennen und rennen – durch die U-Bahn-Station, die Treppe hoch, als sei der Teufel persönlich hinter uns her. Schließlich verstecken wir uns hinter einer Litfaßsäule und beobachten ängstlich den U-Bahn-Ausgang. Nichts. Der Typ ist uns zum Glück nicht gefolgt. Völlig außer Atem entspannen wir uns langsam und inhalieren die kühle

Abendluft. Dann schauen wir uns an und beginnen gleichzeitig zu lachen, so absurd war die Szene in der Bahn.

Arne sieht so gut aus heute Abend – mit seinem Dreitagebart, dem oben aufgeknöpften schwarzen Hemd zum schwarzen Sakko. Wir lachen immer lauter und immer heftiger, bis wir uns schließlich in den Armen liegen, um uns gegenseitig zu stützen. Dann küssen wir uns. Immer leidenschaftlicher und enger aneinandergepresst stehen wir eine Ewigkeit auf der Straße, ohne die Autos zu bemerken, die hupend an uns vorbeifahren. Wir sind beide so erregt, dass wir sogar anfangen, an unseren Klamotten zu zerren. In aller Öffentlichkeit mitten auf der Straße. Also fast. Das Adrenalin hat uns völlig in seinen Bann gezogen. Uns ist nicht mehr nach *Othello*. Ohne ein Wort gehen wir in die nächste Bar, nehmen jeder einen doppelten Wodka, und als unser Blick gleichzeitig auf die gegenüberliegende Straßenseite fällt, wissen wir beide, wie der Abend weitergehen wird. Ein Hotel. Wir gehen rüber und checken ein.

18.

«Ja, ich will», sage ich am nächsten Tag in der kleinen Kapelle am See überglücklich zu Henry Hagemann. Er hat mich gerade gefragt, ob ich das Triptychon restaurieren will. Er hat tatsächlich die Kapelle gekauft. Die gute Anna hat zur Feier des Tages eine Flasche Sekt mitgebracht. Sie freut sich so sehr, und ich freue mich für sie.

Nachdem ich Henry Hagemann grob erklärt habe, wie ich vorgehen will, soll der Dreiseiten-Altar in den nächsten Tagen gelegt werden, damit ich mit der Restaurierung beginnen kann. Ein schöner Auftrag. Gleichzeitig wird die Kapelle komplett saniert. Henry Hagemann steckt eine Menge Geld in das Projekt. Warum eigentlich?

«Keine Ahnung, vielleicht die alten Erinnerungen oder die Hingabe, mit der diese alte Dame für das Andenken von Kirche und Dorf kämpft.»

Anna schenkt ihm ein warmes Lächeln, wie nur alte Damen lächeln können – aus tiefstem Herzen.

Henry Hagemann fährt fort: «Vielleicht aber auch, weil ich weiß, wie viel das Grundstück ringsum wert ist. Es sollte nicht irgendwem in die Hände fallen. Ich habe den Zuschlag nur erhalten, weil ich mit der Gemeinde kooperieren will. Die Kapelle soll wieder mehr in das Dorfleben integriert werden – kulturell, sozial, gesellschaftlich. Vielleicht machen wir eine Gedenkstätte daraus. Oder ein kleines Ausflugscafé.»

«Oder beides», sage ich und kann mich für die Idee begeistern.

«Danke, dass Sie beide sich für die Kapelle einsetzen», sagt Anna, als wir miteinander anstoßen. «Das bedeutet mir so viel. Jetzt wird alles gut, und ich kann mich etwas zurückziehen.»

Sie drückt uns beide und verabschiedet sich, wie eine gute Fee, die ihre Aufgabe erfüllt hat und weiterzieht.

«Bis bald, Anna!», sage ich.

Wir begleiten sie noch zur Tür und schauen zu, wie sie sich aufs Fahrrad schwingt und davondüst.

«Sie ist unglaublich», sagt Henry Hagemann.

Ich muss lachen. «Ja, sie ist schon toll. Ohne Anna hätte ich Sie nicht angerufen und auf die Kirche aufmerksam gemacht.»

«Nur gut, dass wir uns zuvor schon ein paarmal zufällig über den Weg gelaufen sind, hm?» Er grinst. «Das war wohl ... Schicksal.»

Ich weiche seinem Blick aus. Nach dem überraschenden und äußerst befreienden intimen Intermezzo mit Arno im Hotel gestern kann ich unmöglich auf seinen Flirt einsteigen. Arne und ich sind im Morgengrauen Arm in Arm durch die Stadt nach Hause gelaufen. Die Luft war klar und trocken, und wir waren froh über die Abkühlung nach einer heißen Nacht im Hotel. Wir haben unsere Routine spontan durchbrochen, und es fühlte sich phantastisch an. Wie damals, als wir frisch verliebt waren.

Also, Themenwechsel. Zurück zur Sachlichkeit.

«Wie konnte das denn jetzt so schnell gehen? Ich meine, mit dem Verkauf an Sie. So was muss doch durch bürokratische Prozesse, Ausschreibungen, Abstimmungen im Gemeinderat, Antragsprüfungen – so was.»

Henry Hagemann schaut mich an, schließt die Augen und atmet schwer ein und wieder aus, so als müsse er sich zu dem, was er nun sagen wird, schweren Herzens durchringen.

«Ganz ehrlich?»

«Unbedingt!»

«Ich war der einzige Interessent. Und offenbar zur richtigen Zeit am richtigen Ort. Also danke, dass Sie mich angerufen haben.»

Ich schüttele amüsiert den Kopf. «Gern geschehen. Die Wege des Herrn sind unergründlich.»

«Allerdings», sagt Henry Hagemann. «Aber ich glaube ja nicht an Zufälle, wenn Sie mich fragen. Sie?»

«Ich hab noch nicht drüber nachgedacht.»

«Finden Sie nicht, dass wir uns einige Male zu oft *zufällig* über den Weg gelaufen sind?»

Ich muss lachen. «Na, ich weiß nicht.»

«Sie zweifeln daran?»

«Genaugenommen – ja!»

«Aber nein! Ich denke, es war tatsächlich Fügung, damit wir zwei … das hier in Angriff nehmen können.» Er hebt beide Arme und zeigt zum Himmel.

Jetzt muss ich erneut laut auflachen und wiege den Kopf hin und her. «Ja, vielleicht hat *er*», ich blicke zum Kreuz an der Wand, «das so gewollt und hat uns deshalb Anna geschickt.»

«Ganz genau! Und deshalb möchte ich das mit Ihnen feiern. Kommen Sie, ich lade Sie ein.»

Henry Hagemann greift nach meiner Hand und will mich hinter sich herziehen, aber mir wird das dann doch zu viel.

«Oh, nein, nein, das … das geht nicht.» Bemüht um Abstand in jeder Hinsicht, schaue ich demonstrativ auf meine Armbanduhr und suche nach einer Ausrede. «Mein … mein Verlobter wartet.»

«Ach ja, Sie sind ja verlobt. Der Glückspilz.» Seine Enttäuschung ist unüberhörbar. Es entsteht eine unangenehme Pause. Ich habe das Gefühl, mich erklären zu müssen, und hole zu einer Notlüge aus.

«Wir … müssen heute zur … Lehrer-Sprechstunde. Wichtig. Probleme mit unserer Tochter.»

«Ach herrje, da beneide ich Sie nicht! Wie alt ist sie denn?»

«Fünfzehn.»

«Oh! Jetzt bemitleide ich Sie sogar. Hat sie was ausgefressen?»

«Wieso?»

«Na, weil Sie beide antreten müssen. Kenne ich noch von meinem Sohn. Bei den schlimmen Sachen wurden wir immer zu zweit vorgeladen.»

Ich versuche, betroffen zu schauen. «Ja, sie … sie … schwänzt.»

Henry Hagemann nickt. «Ja, damit fängt es meistens an. Also, gehen Sie nur, Frau Hitz, ich kann Sie sehr gut verstehen. Diesen Termin sollte man nicht auf die leichte Schulter nehmen. Wir holen das ein anderes Mal nach.»

«Ja, danke.»

«Und lassen Sie sich nicht von den Lehrern Ihrer Tochter ins Bockshorn jagen.»

«Sicher nicht.»

Wir verlassen gemeinsam die Kapelle und verabschieden uns per Handschlag – doch er lässt meine Hand nicht los.

«Eins noch …»

«Ja?», frage ich verwundert.

«Wenn wir demnächst zusammenarbeiten, wäre es doch unkomplizierter, wenn wir uns duzen. Oder?»

Auf gar keinen Fall! Das würde ja bedeuten, dass wir Abstand zueinander verlieren. Nein, das wäre mir viel zu privat für ein Arbeitsverhältnis. Und viel zu gefährlich in Anbetracht unserer kleinen Spanien-Episode. Duzen geht gar nicht!

«Gerne», höre ich mich sagen und lächele. «Eva.»

«Henry. Schön, dass wir das geklärt haben. Ich freu mich auf die Zusammenarbeit mit dir, Eva. Tschüs, bis bald.»

Ich kann es nicht leugnen – er ist ein Charmebolzen.

Bevor ich den Wagen starte, klingelt mein Handy. Unbekannte Nummer. Ich nehme den Anruf über die Freisprechanlage an.

«Frau Hitz?»

Die Stimme ist mir völlig unbekannt.

«Ja?»

«Konrad Schulte hier. Sie hatten über meine Homepage nach einem Termin für Ihre Hochzeitsfeier angefragt.»

Meine grauen Zellen rotieren. Ich habe keine Ahnung, welche von den vielen Locations, die ich angefragt habe, das sein könnte.

«Ja – und?»

«Wir hätten da einmal den *Landgasthof Minkwitz*, das *Strandcafé am Silbersee* und das *Hotel Sonnhügel*. Sie können sich die drei gerne anschauen.»

«Also gut, warum nicht.»

«Wann könnten Sie denn?»

«Jetzt.»

«Oh, so spontan – das ist schwierig.»

Wieso muss eigentlich immer alles so kompliziert sein? Niemand ist mehr spontan. Überall muss man Termine machen, wo es keine braucht. Ständig wird man in irgendwelche Zeit- und Orts-Korsetts gezwängt. Ich mach da nicht mehr mit.

«Jetzt oder nie», höre ich mich freundlich, aber ungewohnt entschieden sagen und wundere mich über mich selbst.

«Da muss ich schauen. Welche denn?»

«Alle drei, wenn möglich.»

«Ich weiß nicht, ob wir das hinbekommen.»

«Wieso, sind die geschlossen?»

«Nein, aber …»

«Wo sind Sie denn jetzt, Herr Schulte?»

«Im Landgasthof. Also gut, kommen Sie erst mal her, dann sehen wir weiter.»

Geht doch, denke ich und mache mich bestens gelaunt auf den Weg. Ich drehe die Musik auf und fahre zum Landgasthof Minkwitz, der gar nicht weit weg ist. Diese kleine Besichtigungstour ist jetzt genau das Richtige!

Kaum stehe ich eine halbe Stunde später vor dem gutbürgerlichen Gasthof, weiß ich, dass ich hier sicher nicht meine Hochzeit feiern will. Manchmal reicht ein erster Eindruck, ein erstes Gefühl, ein erster Blick. Ich weiß aber auch, dass es sich manchmal auch lohnt, einen zweiten Blick zu riskieren.

Ein mittelalter und mittelgroßer Mann mit wenig Haaren, viel Bauch und hochrotem Gesicht kommt kurzatmig auf mich zu und hält mir lächelnd die Hand hin.

«Hallo, Frau Hitz?»

Ich gebe ihm die Hand und bereue es sofort. Sein Händedruck ist feucht und fleischig.

«Hallo, Herr Schulz. Schön, dass es so spontan klappt.»

«Schulte. Ja, das passt zufällig gerade. Heute ist Ruhetag.»

Zufällig? Ich wette, der saß gerade beim Zeitunglesen und hat sich überlegt, ob er gleich ein Nachmittagsschläfchen macht. Und überhaupt macht es mich stutzig, dass gleich alle drei Locations noch buchbar sind. Das muss ja einen Grund haben.

Konrad Schulte führt mich in den Gasthof und zeigt mir die Räumlichkeiten im hinteren Teil. Ein großer, dunkler, mit Holz vertäfelter Saal, der in einen kleinen Garten führt.

Ich erinnere mich, dass meine Oma in so einem Vereinszimmer ihren 75. Geburtstag feierte. Es gab Schweinebraten, Schnaps und Bier.

«Schön», sage ich. Und um das abzukürzen: «Aber nicht das, was ich suche. Ich suche etwas Helles.»

«Verstehe. Na, dann fahren wir mal rüber zum Strandcafé. Das Hotel ist da auch gleich um die Ecke.»

Gesagt, getan. Der Name klingt vielversprechend. Es kann nur besser werden.

Ich folge Herrn Schulte mit meinem Wagen zum Strandcafé, das tatsächlich am Ufer eines Gewässers liegt. Allerdings eher ein Tümpel als ein See. Der Laden versprüht den Retro-Charme eines

Achtziger-Jahre-Ausflugslokals für Inline-Skater. Die Hauptfarben sind Mint, Lila und Schwarz, die Einrichtung ist aus Metall, und an den Wänden hängen dreieckige Spiegel. Nein danke!

Weiter geht's. Aber auch die Besichtigung des Hotels Sonnhügel ist verschwendete Zeit. Eher eine Pension als ein Hotel. Zwar mit großem Wintergarten und sonniger Terrasse, aber sehr lieblos gestaltet mit Plastikbestuhlung, Plastikblumen, Plastiktischdecken und Kegelbahn im Keller. Nein, auch nicht, was ich suche.

«Was suchen Sie denn genau, Frau Hitz?», fragt mich Herr Schulte ungeduldig.

Ich versuche meine Hochzeitsparty-Vision neu zu beleben und sehe …

«Einen großen Garten, Wiese, Blumen, lange Tafeln, helle Farben.»

«Können Sie bei uns alles haben – wo ist das Problem?»

«Problem? Och, gar kein Problem. Was mir vorschwebt, sieht nur einfach anders aus.»

«Ja, wie denn, anders?»

Ich lege den Kopf schief. «Schöner! Viel, viel schöner!»

19.

Auf der Rückfahrt in die Stadt sinkt meine Laune im Gleichschritt mit der Sonne über dem Feld – zu schnell und zu früh. Ich mache mir Sorgen um die Hochzeits-Location. Was, wenn wirklich schon die schönsten Adressen ausgebucht sind? Wenn es nur noch seelenlose, geschmacklose plastikbestuhlte Vereinssäle gibt?

Ich verabrede mich mit Carla im *Kuchenrausch*, um ihr eine halbe Stunde später bei einem Gin Tonic von meinem Tag zu erzählen, der eigentlich ja mit einer wilden Nacht begann.

«Ihr hattet Sex im Hotel?», ruft Carla überrascht und leider etwas zu laut. Innerhalb einer Zehntelsekunde kommt Uschi wie ein geölter Blitz mit kleinen schnellen Schritten und einem Schneebesen, an dem noch Schokomasse klebt, aus der Küche.

«Sex im Hotel?», flüstert sie etwas zu laut, sodass jetzt wirklich alle anderen Gäste zu unserem Tisch schauen.

«Wer hatte Sex im Hotel?», fragt Wolfgang, der neugierig mit neuen Drinks neben uns steht.

«Himmel!», rufe ich und schaue in die Runde. «Ja, ich hatte Sex im Hotel. Haben's jetzt auch alle mitgekriegt?»

Alle, die mich nicht kennen, schauen grinsend weg. Alle anderen wollen mehr wissen.

«Mit wem?»

«Wann?»

«Warum?»

«Mit meinem Verlobten. Letzte Nacht. Aus purer Lust!», antworte ich. «Und es war richtig gut.»

«Sehr gut. Beste Voraussetzungen, um diesen Mann zu heiraten. Prost!», freut sich Carla und stößt mit mir an.

Enttäuschte Gesichter bei Uschi und Wolfgang, die offenbar mit einem kleinen Skandal gerechnet haben. Dann kehren sie an ihre Arbeitsplätze – Küche und Theke – zurück.

Carla rückt näher. «Und sonst?»

Ich nehme einen Schluck Gin Tonic.

«Das reinste Chaos!»

«Geht's etwas genauer?»

«Ich mach's mal kurz: Frida und Arne reden gar nicht mehr miteinander. Mein Vater geht fremd. Und mein neuer Auftraggeber ist der Typ, mit dem ich in Spanien ...» Ich beuge mich zu Carla und flüstere: «... rumgemacht habe.»

«Was?!», quietscht Carla überrascht auf.

Ich wusste gar nicht, dass sie solche Laute von sich geben kann. Sofort schaue ich mich nach Uschi und Wolfgang um, die aber zum Glück diesmal nicht angelaufen kommen.

Um keine weiteren Fragen zu Henry beantworten zu müssen, wechsele ich sofort das Thema.

«Aber was noch viel schlimmer ist: Die Hochzeits-Locations, die ich mir angesehen habe, sind entsetzlich.» Und aus heiterem Himmel fange ich an zu heulen. Völlig unkontrolliert. Es passiert einfach. Ich bin machtlos dagegen. «Ich will doch nur glücklich sein und einen schönen Ort finden, wo ich meine Hochzeit feiern kann», jammere ich und finde mich selbst unfassbar nervig.

Carla bleibt geduldig und tröstet mich. «Das wirst du. Glaub mir, wir finden den perfekten Ort. Das war doch erst der Anfang.»

Wieso beruhigt mich das nicht?

Ich putze mir die Nase. «Tut mir leid, aber in letzter Zeit überkommt mich öfter mal so ein Emotionsschub. Schrecklich. Und so peinlich. Wie damals, als ich mit Frida schwanger war.»

Dann bestellt Carla per Handzeichen noch zwei Gin Tonic und schaut mir tief in die Augen. «Raus damit! Ist es nur das, oder ist da noch mehr?»

Ich fühle mich ertappt und nicke schuldbewusst, als hätte ich ihr nicht die volle Wahrheit gesagt. Carla nimmt mich ins Verhör.

«Schweißausbrüche?»

Ich nicke.

«Schlaflosigkeit?»

Ich nicke.

«Grundlose schlechte Laune? Trockener Mund? Konzentrationsschwierigkeiten?»

Ich nicke.

Ihr Fazit: «Wechseljahre!»

Ich heule fast. «Ich weiß.»

Wolfgang bringt uns die nächsten Drinks, merkt, dass wir über ein Thema reden, das nicht sein Fachgebiet ist, und verzieht sich schnell. Ich nehme einen sehr großen Schluck Gin Tonic.

«So schlimm ist das alles gar nicht. Sieh's positiv!»

«Was soll daran bitte positiv sein? Der Verlust meiner Fruchtbarkeit, gefolgt vom Verlust meiner Freunde, weil ich ständig schlecht gelaunt bin? Oder der Verlust meines Verlobten, mit dem ich seit seinem Antrag fast nur streite – abgesehen von dem einen Mal gutem Sex? Oder dass ich trotz Intervallfasten und Low Carb immer fetter werde?»

«Nein, du sollst es positiv sehen, dass die Beziehung deiner Eltern nach so vielen Jahren durchgerüttelt wird. Dass dieser Henry Hagemann offenbar einen Narren an dir gefressen hat und deine Arbeit schätzt. Und dass du *trotz* der vielen Streits mit Arne Sex hast. Außerdem kannst du froh sein, mich zu kennen, die dir gerne einiges bei deiner Hochzeitsplanung abnehmen will – auch die Besichtigung von Locations. Zudem bin ich hier immer noch ganz gut vernetzt.»

Im ersten Moment will ich Carla schon umarmen, aber dann zögere ich, weil da natürlich irgendwas faul ist.

«Aber was ist mit Spanien? Musst du nicht bald zurück?»

Sie winkt ab, sodass ihre vielen silbernen und goldenen Armreifen laut aneinanderklimpern.

«Ach, da wartet ja doch niemand auf mich. Also kann ich mich auch hier nützlich machen.»

Ich atme auf und falle meiner Carla dankbar um den Hals. Gemeinsam machen wir einen Plan für alle meine Baustellen. Zuerst gibt sie mir und Arne eine Hausaufgabe: Sie braucht unsere Hochzeitskalkulation, um zu wissen, in welcher Größenordnung sie denken darf. Und sie muss wissen, wie viele Gäste eingeladen werden. Und was meine Eltern angeht, rät sie mir, die Briefe zu lesen. Aber da bin ich skeptisch. Trotzdem ist es schön, Carla an meiner Seite zu haben.

***

Als ich an diesem Abend nach Hause komme, freue ich mich auf Arne. Und das liegt nicht nur an den Gin Tonics. Ihm scheint es genauso zu gehen. Wir begrüßen uns inniger denn je, kochen gemeinsam und berühren uns öfter als sonst ganz nebenbei. Die letzte Nacht hat Spuren hinterlassen.

«Hmm – du riechst gut», sagt er und küsst meinen Hals, während ich Zwiebeln schneide und heule.

«Och, könnt ihr mal aufhören, euch ständig zu befummeln und rumzumachen?», hören wir Frida hinter uns, die sich eine Flasche Mineralwasser aus dem Kühlschrank holt.

Arne umarmt mich fester. «Wieso denn? Wir sind schließlich verlobt. Du lässt dich doch auch befummeln und machst rum. Oder?»

«Das ist ja wohl was ganz anderes.» Frida knallt die Kühlschranktür zu und ruft beim Verlassen der Küche: «Ihr seid so ätzend!»

«Hier wird offenbar mit zweierlei Maß gemessen», kommentiert Arne das Verhalten unserer Tochter.

«Das hab ich gehört!» Sie steht wieder in der Küchentür. «Ich wollte nur sagen, dass ihr vielleicht mal von eurem Egotrip runterkommen solltet. Opa hat mich angerufen, weil er Mama nicht erreichen konnte.»

«Ja, und? Was wollte er?», wundere ich mich.

«Oma besucht ihn nicht mehr im Krankenhaus. Und sie geht auch nicht ans Telefon, wenn er sie anruft.» Ihr Ton ist feindselig. «Vielleicht kümmerst du dich auch mal um andere?»

Und Abgang. Sie lässt uns einfach stehen.

«Huch, was war das denn?», fragt Arne.

«Ich würde sagen, ein versteckter Schrei nach Aufmerksamkeit.»

«Anscheinend brauchen dich gerade alle!» Arne grinst blöd.

«Das wäre mir neu.»

Ich rufe also meine Mutter an, um zu hören, was da los ist.

«Ja?», antwortet Mama und klingt sehr komisch.

«Ich bin's», sage ich. «Alles in Ordnung bei dir?»

«Bei mir?! Alles bestens!» Sie lallt.

«Mama, hast du getrunken?»

«Klar! Und das ist phantastisch! Nur leider ist der Hollnd … Hollan … der Ho-lun-der-schnaps alle. Nächstes Jahr mache ich mehr.» Sie lacht.

«Papa sagt, du gehst nicht ans Telefon und kommst ihn nicht mehr besuchen?»

«So? Sagt er das? Na, dann wird's wohl stimmen. Hehe!» Ihr Lachen klingt jetzt irgendwie bösartig.

«Mama, soll ich –»

Sie unterbricht mich mit einem lauten Gähnen. «Ich muss jetzt schlafen. Gute Nacht.» Es piepst noch ein paar Mal, als würde sie verschiedene Tasten zum Beenden des Gesprächs ausprobieren, bevor die Leitung stumm ist.

«Einfach aufgelegt», sage ich zu Arne. «Sie ist betrunken und legt einfach auf.»

«Deine Mutter wird mir immer sympathischer. Fährst du zu ihr?»

«Nein, ich denke, sie geht jetzt schlafen.»

Zum Glück weiß ich, dass Mamas Holunderblütenschnaps nicht sehr hochprozentig ist. Also muss ich mir nicht wirklich Sorgen machen. Wir essen, danach liest Arne noch irgendwas über Kiew, schreibt ein paar Mails, und ich mache eine Liste der Dinge, die ich für die Arbeit in der Kapelle noch benötige. Währenddessen geht Frida mit Lotti und irgendeinem Burschen Gassi. Alles wie immer, jeder macht seins.

20.

Gleich am nächsten Vormittag besuche ich Papa in der Klinik.

«Guten Morgen, die Herren», sage ich beim Eintreten.

«Mahlzeit! Hier is' schon Mittag, gleich gibt's Essen», sagt Prostata-Günther und zeigt auf die Uhr an der Wand: 11 Uhr 13. «Komm, Walther, wir ziehen schnell noch eine durch.»

Walther erhebt sich vorsichtig aus seinem Bett, aber die neue Hüfte scheint schon ganz gut zu funktionieren.

«Viel Spaß, die Herren», wünsche ich und setze mich zu Papa, der etwas mürrisch wirkt.

«Hast du mit Mama gesprochen? Sie kommt nicht mehr.» Er klingt zerknirscht – wie ein kleiner Junge, dem etwas abhandengekommen ist.

«Also, ich mach's mal kurz: Mama hat die Briefe gefunden und ist stinksauer.»

«Was? Aber wieso denn?»

«Machst du Witze? Wieso denn? Weil du sie seit vierunddreißig Jahren betrügst. Sie dachte, diese Geschichte sei längst beendet. Ich finde, Mama hat allen Grund, sauer zu sein.» Was ich davon halte, spielt vorerst keine Rolle.

Papas Stimmung kippt mit einem Mal von besorgt zu zickig. «Unsinn! Hat sie gar nicht. Sie spinnt sich da was zurecht. Aber wenn sie nicht kommen will – ich kann sie nicht zwingen. Muss sowieso noch länger bleiben.»

Tatsächlich wusste ich bislang nicht, wie bockig mein Vater sein kann.

«Ach, wieso das denn?»

«Da hat sich was entzündet.» Er zeigt auf die Bruchstelle. «Hier oben irgendwo, und das muss erst ausheilen, bevor ich in die Reha kann. Die wollen nicht riskieren, dass es schlimmer wird.»

«Okay, aber jetzt sag mir doch mal, was da dran ist an der Geschichte mit dieser … dieser Frau.»

«Erstens, diese Frau heißt Linda. Zweitens ist das längst vorbei. Und drittens geht es dich überhaupt nichts an. Deine Mutter leidet an krankhafter Eifersucht.»

Eine hübsche Krankenschwester mit langem, dunklem Haar bringt auf einem Tablett das Mittagessen, umhüllt von einer typischen Krankenhaus-Kantinen-Geruchsschwade.

Papas Gesicht erhellt sich sofort. «Ah, Schwester Melanie, wie bezaubernd Sie heute wieder lächeln.»

Ich glaub, ich hör nicht richtig.

«Bilden Sie sich nichts drauf ein, Herr Hitz», kontert die junge Frau. Sie stellt das Tablett ab, und als sie sich umdreht, um Papas Bein etwas zu richten, sehe ich ganz genau, wie sein Blick an ihrem Po klebt.

Ich lehne mich auf meinem Stuhl zurück und versuche Papas Aufmerksamkeit wieder auf mich zu lenken, während Schwester Melanie das Zimmer verlässt. «Was ist denn jetzt mit diesen Briefen?»

Mein Vater wendet sich mir wieder zu. Sein Blick sendet schlagartig eine einzige große Warnung aus.

«Die Briefe sind privat!» Sein Ton wird schärfer. «Misch dich nicht in mein Leben ein. Ich mische mich ja auch nicht in deins ein. Obwohl ich das vielleicht sollte, denn diese ganze Heiratsnummer ist … lächerlich! Wie verzweifelt bist du denn? In deinem Alter!»

Das reicht!

Ohne ein weiteres Wort stehe ich auf und verlasse das Krankenzimmer.

Dass er über die Hochzeit nicht begeistert ist – von mir aus. Aber den Rest kann er gerne für sich behalten. Je älter er wird, desto kauziger wird mein Vater, und rücksichtsloser, so viel steht fest.

Sauer und gedankenverloren pralle ich im Eingangsbereich der Klinik mit einer Frau zusammen, die zwei Tupperdosen vor sich herträgt.

«'tschuldigung», sage ich.

Wir bleiben voreinander stehen, und obwohl ich sie nicht kenne, weiß ich sofort, wen ich vor mir habe: klein, dunkelhaarig, freundliches Lächeln, schlanker und etwa zehn Jahre jünger als Mama. Es ist so ein Gefühl, diese Frau ist …

«Linda?»

«Kennen wir uns?», fragt sie überrascht.

Sie ist es tatsächlich! Unfassbar! Taucht hier auf und füttert Papa mit selbstgekochtem Essen! Als hätte sie geahnt, dass Mama dazu nicht mehr bereit ist. Oder hat mein Vater sie sofort angerufen, in Ermangelung an gutem Essen? Sieht das wirklich meinem Vater ähnlich? Klatscht wie ein Pascha in die Hände, damit seine Frauen ihm die Trauben in den Mund stecken. Das darf nicht wahr sein!

«Noch nicht, aber Sie werden mich kennenlernen!», keife ich. «Was haben Sie da? Ist das etwa Mittagessen für meinen Vater?»

Die Frau schaut sich unsicher, fast ängstlich um, vermutlich auf Hilfe hoffend, falls ich, die Irre, ihr etwas antue. Große Lust dazu hätte ich ja – rein emotional. Rational wäre das natürlich alles andere als souverän.

«Ich glaube nicht, dass Sie der Inhalt meiner Tupperdosen etwas angeht.»

«Das glaube ich aber doch!» Ich spüre die Blicke der Leute ringsum, denn ich werde mit jedem Wort lauter. Das passiert einfach, weil ich so wütend bin – nicht nur auf diese Frau, sondern auch auf Papa und meine Hormone und überhaupt. «Wissen Sie eigentlich, dass Sie die Ehe meiner Eltern zerstören mit Ihren … Ihren …» Ich greife mir eine der Tupperdosen und schaue hinein. Es duftet wunderbar. «… mit Ihren Kohlrouladen!»

Die Frau bleibt ruhig, nimmt mir das Essen wieder aus der Hand und geht lächelnd weiter. «Ich gebe Ihnen gerne das Rezept.»

Das ist sie also. Linda.

***

«Ja, und? Ist doch halb so wild», sagt Arne, während er rumspringt und sich aufwärmt. Seit ewigen Zeiten stehen wir mal wieder zusammen auf dem Squashcourt, einem Schwitzkasten hinter Schaufenstern. Ich halte diesen Ort für den Gipfel der Demütigung unsportlicher Laien, die sich zur Belustigung anderer in einem durchsichtigen Kasten mit einer Affengeschwindigkeit Hartgummibälle um die Ohren schlagen, unendlich ins Schwitzen geraten und dabei niemals gut aussehen können.

Warum ich es doch mache? Das hat mehrere Gründe.

Erstens muss ich nach unserer spontanen Sex-Nacht im Hotel überschüssige Lust abbauen, die ich bei Arne momentan nicht loswerde, weil der beruflich gerade voll im Stress ist. Dabei wäre Sex viel besser, billiger und deutlich angenehmer als Squash. Und mit geringerem Unfallrisiko, weniger Aufwand und ohne Zuschauer.

Zweitens: Der Platz ist gebucht und bezahlt, aber keiner von Arnes Squash-Kumpels hat Zeit.

Drittens musste ich ihm vor Jahren schon versprechen, Squash zu lernen, wenn er mit mir Ski fährt. Mittlerweile ist er ein leidenschaftlicher Skifahrer, aber ich eine mehr als lausige Squashspielerin.

Viertens muss ich meine Aggressionen abbauen, denn die Sache mit dieser Linda und meinen Eltern setzt mir zu. Meine Mutter weigert sich, auch nur ein Wort mit meinem Vater zu wechseln.

Und ins Haus darf er auch nicht mehr, sollte er jemals die Klinik verlassen. Sagt sie jedenfalls.

«Das ist albern», findet Arne und haut mit aller Kraft den Ball gegen die Wand. Das Geschoss prallt zurück und erwischt mich fast am Ohr. Zzzzzzt – höre ich es ganz nah vorbeisausen.

«Aua! Was machst du denn?!», rufe ich und befühle mein Ohr.

«Ich hab dich doch gar nicht getroffen», sagt Arne.

«Aber fast! Geht's vielleicht etwas weniger brutal?»

«Das ist eben ein schneller Sport. Da steht man nicht rum und quatscht. Beweg dich, Schatz! Deine Mutter beruhigt sich schon wieder. Komm!» Er wirft mir den Ball zu.

Ich schlage auf, und wir wechseln ein paar schnelle Bälle. Ich lasse mir doch von Arne nicht nachsagen, eine lahme Ente zu sein. Und wieso hackt er eigentlich auf Mama rum, wenn Papa fremdgeht?

Nächster Ballwechsel.

«Vielleicht braucht Bruno einfach mal etwas Abwechslung im Leben. Oder möchtest du jeden Tag Kartoffelsalat mit Würstchen essen?»

«Was soll das denn jetzt? Nimmst du ihn wieder in Schutz?!»

Krawumm! Beidhändig und mit voller Wucht hämmere ich den Ball gegen Arnes Seitenwand, sodass die Gummikugel abprallt und direkt gegen seinen rechten Rippenbogen springt. Punkt für mich.

Arne schreit auf und hält sich die Seite. «Geht's vielleicht etwas weniger brutal?»

«Ist das hier 'n Ponyhof, oder was?» Ich trommele mir wie ein testosterongesteuerter Gorilla auf die Brust. «Echte Kerle brauchen auch mal ein Steak!» Alles seine Sprüche.

«Sei nicht albern! Dein Vater ist kein Schwerverbrecher.»

Arne schlägt auf.

Ich retourniere. «Aber er hat meine Mutter jahrelang betrogen.»

Verschlagen. Punktverlust.

«Das sagt *sie*. *Er* sagt etwas anderes.» Arne schlägt erneut auf.

Ich hetze wie ein wildgewordener Köter dem Ball hinterher, strecke mich und kriege ihn. Arne kriegt ihn nicht. Ja! Punkt für mich.

«Klar streitet er alles ab.» Ich schlage auf.

«Aber vielleicht liegst du ja falsch.»

Schneller Ballwechsel. Ich bin gut, stürze von links nach rechts, von vorne nach hinten.

«Wohl kaum. Es gibt Briefe, die eine Affäre beweisen.»

«Hast du sie gelesen?»

Ich kämpfe! Für mich. Für Mama.

«Brauch ich nicht. Ich habe diese Frau ja selbst getroffen.»

Ein Ball ins hinterste Eck. Ich strecke mich, komme ran, treffe aber nicht richtig. Punkt für Arne.

«Ein Besuch im Krankenhaus, mehr nicht! Daraus kannst du ihm keinen Strick drehen. Das ist nicht fair.»

Er schlägt auf. Langsam werde ich wütend. Warum muss er meinen Vater in Schutz nehmen? Ist das so eine Männersache?

«Das Leben war zu Mama auch nicht fair.»

Ich springe in den Ball, komme ran und ziehe durch. Punkt für mich. Mein Aufschlag.

«Jetzt werd nicht pathetisch!», spottet Arne und retourniert meinen Aufschlag souverän. «Marlene hätte ihn ja verlassen können, wenn er seit über dreißig Jahren fremdgeht.»

Ich schlage zurück und habe das Gefühl, immer besser zu werden, je wütender ich auf Arne werde, der mich und meinen Standpunkt offenbar nicht verstehen will.

«Wie denn?! Sie war finanziell abhängig von ihm. Sie hätte ihn gar nicht verlassen können.»

Ausfallschritt und … ohhhhhhh neiiiiiin! Ich rutsche auf meiner eigenen Schweißspur aus und spüre ein grausames Brennen und Stechen im hinteren linken Oberschenkel. Als würde jede einzelne Faser meines Muskels reißen.

21.

Zum Glück ist es nur eine Muskelzerrung, obwohl ich hätte schwören können, dass es ein Riss war. So oder ähnlich könnte sich ein Riss zumindest anfühlen – schmerzhaft, sehr, sehr schmerzhaft.

«Zwei Wochen kein Sport, nicht wandern, keine Muskelanstrengung, kein Sex», sagt Franky und grinst dabei blöd.

Eigentlich ist das seine Verletzung, denn eigentlich hätte er an diesem Tag mit Arne auf dem Court stehen sollen. Aber er hatte ja Notdienst – den *wir* dann in Anspruch nehmen mussten. Ironie des Schicksals.

«Wie kommst du darauf, dass wir noch Sex haben?», frage ich Franky erstaunt. Natürlich antwortet er mit einem Augenzwinkern.

«Nun, ich hörte davon.»

Wie schön. Männer tun's also auch und reden untereinander über Sex. Vielleicht hätte Franky aber mal mehr mit seiner Frau über das gemeinsame, offenbar nicht mehr stattfindende Sexleben reden sollen statt mit Arne über unser kleines spontanes Hotel-Abenteuer.

Ich bedanke mich für die gründliche Untersuchung und humpele auf Arne gestützt aus der Klinik.

«Es läuft nicht so gut zwischen Lisa und Franky, oder?», frage ich Arne, als wir mit dem Wagen auf dem Heimweg sind.

«Hm … hab ich auch mitgekriegt.»

«Hat er eine andere?»

Arne schaut mich irritiert an. «Franky? Nein! Siehst du jetzt schon überall Affären? Gleich fragst du mich das auch noch.»

«Soll ich?»

«Sei nicht albern!»

«Also hat er oder hat er nicht?»

«Sicher nicht. Die beiden haben eine ganz normale Krise, wie sie bei vielen Paaren vorkommt! Das nennt man Ehe.»

«Na, das sind ja schöne Aussichten.» Dann fällt mir noch das andere Krisenpaar in unserem Freundeskreis ein. «Wie sieht es eigentlich mit den Scheidungsplänen von Manu und Guido aus?»

«Läuft», ist Arnes spärlicher Kommentar.

«Du meinst, er hat die Scheidung wirklich eingereicht?»

Arne nickt, und ich bin völlig fassungslos, denn es scheint ihm egal zu sein, dass sich unsere Freunde trennen.

«Da müssen wir doch was gegen unternehmen!»

«Wieso?»

«Na, weil sie unsere Freunde sind. Guido und Manu gehören doch zusammen! Bloß weil sie keinen gemeinsamen Sex mehr haben, trennt man sich doch nicht!»

Arne sieht das offenbar ganz anders. «Es ist deren Entscheidung.»

«Nein, soweit ich weiß, ist es Guidos Entscheidung. Außerdem trennen wir uns doch auch nicht, bloß weil wir nicht mehr miteinander schlafen.»

«Aber wir schlafen doch noch miteinander.»

Ich wusste, dass das kommen würde. «Diese Hotelnummer war eine Ausnahme. Davon zehre ich noch die nächsten Monate.»

«Jetzt übertreibst du wieder», sagt Arne.

«Warten wir's ab.»

Wir starren auf die nasse Straße vor uns.

«Du willst also nichts dagegen unternehmen, dass sie sich scheiden lassen?» Ich lasse nicht locker.

Arne atmet genervt ein und aus. «Die zwei sind erwachsen, und Guido hat ja irgendwie auch recht. Manu macht mit anderen Männern rum. Vorsätzlich. Kein einmaliger Ausrutscher oder so. Das ist ein totaler Vertrauensbruch.»

«Ach, und dass mein Vater vorsätzlich eine Geliebte hat, ist dagegen keine große Sache, oder wie?»

«Das … das ist doch was ganz anderes.»

«Wieso das denn?»

«Na, weil … weil … weil Marlene davon weiß und offenbar kein Problem damit hatte. Guido kann nicht damit leben, dass Manu es mit anderen Männern treibt. Und was anderes ist es ja gar nicht.»

Ich könnte ausrasten! Was für ein bescheuerter Vergleich!

«Es ist doch viel verletzender zu wissen, dass bei einer Affäre Gefühle im Spiel sind, als wenn es nur um reinen Sex geht.» Ich halte meine Argumentation für absolut schlüssig. Aber Arne kann das überhaupt nicht nachvollziehen.

«Ist es nicht! Dass eine Frau sich ihre sexuelle Befriedigung lieber bei wildfremden Männern holt statt bei ihrem eigenen, ist so ziemlich die schlimmste Erniedrigung für einen Mann.»

«Falsch! Dass eine Frau von ihrem Mann überhaupt nicht befriedigt wird und sie sich deshalb ihren Spaß woanders holen *muss* – das ist erniedrigend!»

Aber alles Argumentieren hilft nichts. Wir vertreten einfach komplett gegensätzliche Ansichten. Arne schüttelt nur den Kopf und sagt kein Wort mehr.

Seitdem gehen wir uns gepflegt aus dem Weg.

22.

Mein kleiner Squash-Fight mit Arne und die anschließende Verletzung lassen über zwei Tatsachen keinen Zweifel aufkommen. Erstens: Ich hasse Squash. Zweitens: erst recht mit Arne.

Nach drei Tagen Dauerkühlung, wenig Belastung und einer Tube Schmerzgel ist die Muskelzerrung schon viel besser zu ertragen, als ich nach dem Frühstück einem Blumenboten die Tür öffne und einigermaßen überrascht bin.

Danke!, steht auf der Karte, die ich aus dem Umschlag ziehe, der zwischen den dunkelroséfarbenen Hortensien steckt, die mir gerade geliefert wurden. Ein großer Strauch im Kübel. Wunderschön. Arne weiß eben doch, welche Blumen ich mag.

Ich drehe die Karte um – und stocke. *Einladung zur Projektbesprechung beim Lunch! Heute Mittag 13 Uhr bei mir im Büro. Henry* und darunter die Adresse. Das überrascht mich – positiv. Meine Laune steigt, und ich freue mich über die schönen Blumen. Obgleich ich finde, dass er ja wohl überhaupt nicht davon ausgehen kann, dass ich sofort springe. Aber vielleicht sollte ich weniger kleinlich sein und mich spontan auf den Termin einlassen. Es ist ja ein Geschäftstermin.

Drei Stunden und vier Outfits später stehe ich vor der angegebenen Adresse.

«Schön, dass du so kurzfristig Zeit für mich hast», sagt Henry. «Ich muss dir nochmals danken, denn durch dich ist mir die wahre Bedeutung der Kapelle erst wieder bewusst geworden.»

Wir sitzen in seinem Büro in einer Jugendstilvilla am Park.

Schick. Sehr schick. Der helle Raum ist ausgestattet mit Parkett, Designermöbeln und zeitgenössischer Kunst. Schon ziemlich klischeehaft – aber sehr geschmackvoll. Eine Mitarbeiterin serviert Kaffee und Wasser und einen Korb mit verschiedenen Brotsorten, dazu ein großes Tablett mit verschiedenen Antipasti – herrlich!

«Ich freue mich wirklich, dass du die Kapelle gekauft hast und die Gemeinde mit der Aufarbeitung des Retabels unterstützen willst. Wirklich, das ist großartig! Und … danke, dass du mir diese Aufgabe anvertraust.» Einerseits finde ich mich gerade enorm erwachsen und vernünftig. Andererseits fühle ich mich wie eine Schleimerin. Also noch mal mit etwas mehr Haltung: «Wir sollten da ganz sachlich rangehen.» Klingt auch bescheuert.

Henry reicht mir einen Teller und eine Serviette. «Bitte, bedien dich. Danny macht die besten Antipasti der Stadt.»

«Ach, du gehst auch zu Danny?»

«Wir sind Freunde.»

Warum überrascht mich das nicht? Ich bediene mich und probiere zuerst die gegrillten Zucchini. Henry nimmt von den eingelegten Tomaten und kommt zum Thema zurück.

«Mal ehrlich, Eva, du solltest nicht mir danken, sondern dir selbst. Ich habe dich doch nicht angefragt, weil du so sympathisch bist und gut aussiehst. Ich meine, das kommt natürlich erleichternd hinzu. Nein, bei dieser Aufgabe geht es allein um Kompetenz, über die du eindeutig verfügst.»

«Vielen Dank.» Langsam wachse ich wieder.

Ich will mir ein Stück Weißbrot nehmen, erinnere mich aber an meine Low-Carb-Diät und schwenke um zu den großen Kapern.

«Also, genug mit dem Geplänkel. Wie ist dein Plan?» Henry nimmt mein Angebot aus seiner Mappe, überfliegt es und klatscht motivierend in die Hände.

Schnell würge ich die dicke Kaper herunter, spüle mit einem Schluck Wasser nach, und schon rattert meine Maschine. Ich erkläre ihm, meinem neuen Chef, wie ich bei der Restaurierung des Altars vorgehen werde: «Zunächst werde ich in einer Voruntersuchung eine Bestandsaufnahme des Retabels machen. Das heißt, ich werde den Altar vermessen, fotografieren und seine Provenienz recherchieren, um auf Datierung und Herkunft zurückzuschließen.»

«Hast du schon eine vage Idee?»

«Na ja, ich vermute, dass Altar und Kirche nicht zusammengehören.»

«Ach, wieso das?»

«Weil …» Ich rücke auf die Kante des ledernen Freischwingers, um besser erklären zu können. «Dieser gotische Flügelaltar ist sehr aufwendig gearbeitet und war in der Herstellung zu seiner Zeit sicher nicht billig. Ich schätze, er stand in einer großen, reichen Kirche.»

«Ja, ich dachte auch schon, dass die Kapelle ziemlich klein ist für so einen Altar.»

«Genau.»

«Aber wie kommt so was? Raub?»

Ich muss lachen. «Wohl eher eine Schenkung, denn später im Barock änderte sich die Mode, die alten Altäre mussten weichen für neue, modernere und weltlichere. Also wurden sie oft an kleinere Kirchen verschenkt.»

Henry lacht auf. «Clever!»

«Um mehr über die Restaurierungsgeschichte des Objektes zu erfahren, muss ich verschiedene optische, makro- und mikroskopische Untersuchungen vornehmen.»

«Arbeitest du auch mit UV-Licht?»

«Nach Möglichkeit schon. Es hilft bei der Materialbestimmung. Dann folgt die naturwissenschaftliche Untersuchung des Materials im Labor.»

Es klopft, und kurz danach steht Henrys Mitarbeiterin in der

Tür. Ich atme durch, nehme einen Schluck Wasser und ein Stück Weißbrot – ich hab Hunger und pfeife auf Low Carb.

«Verzeihung, aber denken Sie bitte an den Notartermin?»

Henry durchfährt ein Blitz. «Oh, ja, verdammt, total vergessen.» Er schaut auf seine Uhr. «Na ja, ein Viertelstündchen haben wir noch. Danke, Frau Roth.»

Sie verlässt den Raum, und Henry wendet sich mir wieder zu. «Ich könnte dir stundenlang zuhören, Eva. Bitte, fahr fort. Vielleicht etwas gestraffter?»

Ich kaue das Brot, kippe Wasser nach und fahre fort: «Klar, also ich untersuche die Malschichten und Werktechniken, um später möglichst originalgetreu arbeiten zu können. Dann mache ich eine Schadenserfassung. Nun kommt der zweite große Schritt meiner Arbeit – die Konservierung. Dabei geht es vor allem darum, den Bestand zu sichern und seine Substanz zu bewahren. Reinigen und festigen.»

«Das klingt fast poetisch, so wie du das sagst – reinigen und festigen.»

Jetzt bin ich etwas unsicher. Macht er sich lustig, oder macht er mich an?

«Jedenfalls ist die Konservierung extrem zeitaufwendig. Zuerst müssen die verwendeten Materialien auf ihre Löslichkeit getestet werden und ob sie mit dem vorhandenen Material verträglich sind. Dann kommt eine trockene Vorreinigung – ähnlich dem Staubwischen, gefolgt von der Festigung der Originalsubstanz. Da werden dann z. B. Risse und Löcher vom Holzwurm verschlossen. Danach werden lose Farbschollen, die abblättern, stabilisiert.»

«Wie das?»

«Ankleben.»

«So einfach?»

«Nicht ganz, aber das führt jetzt zu weit. Im nächsten Schritt folgt die Restaurierung. Dabei muss die Authentizität des gealterten Objektes bewahrt bleiben. Da muss dann je nach Schädigung abgewogen werden, wo nachmodelliert wird oder nachgeschnitzt oder wie viele Fehlstellen der Fassung wie geschlossen werden.»

Oje, ich fürchte, ich steigere mich zu sehr in mein Fachgequatsche – begreift ja kein normaler Mensch. Oder?

«Verstehe», nickt Henry, aber ich bin mir da gar nicht mehr sicher. Jetzt kommt er hinter seinem Schreibtisch hervor. «Nun wird mir der Umfang deiner Arbeit erst wirklich bewusst, Eva. Vielen Dank für deine Ausführungen. Ich vertraue dir voll und ganz.»

«Sehr schön!»

«Meine Assistentin schickt dir dann den Vertrag per Post. Ich freue mich wirklich sehr auf unsere Zusammenarbeit.» Er strahlt mich an, als sei ich ein Sechser im Lotto.

«Hier, das ist noch für dich», sagt er und zieht eine kleine Geschenkverpackung aus der Jacketttasche.

Jetzt bin ich total irritiert. Was soll das denn? «Äh, was ist das?», frage ich skeptisch.

«Mach's auf!»

Also ziehe ich an der Schleife und öffne den Deckel – ein Schlüssel. Soll ich jetzt bei ihm einziehen, oder was?

«Der Schlüssel zur Kapelle.»

Meine Güte, bin ich doof. Natürlich, der Schlüssel zur Kapelle! Ich werde da ja ständig ein und aus gehen.

«Dann bist du unabhängig.»

«Sehr gut», sage ich erleichtert.

Ich reiche ihm die Hand, aber er ist schneller und drückt mir zum Abschied zwei Bussis auf die Wangen, so als seien wir seit Jahren gute Freunde. Er riecht gut, registriere ich, bin aber dennoch völlig überrascht, obwohl das ja eigentlich ganz normal ist heutzutage. Bloß zwischen Henry und mir irgendwie nicht. Natürlich könnte ich das jetzt und hier sofort klarstellen und sagen: *Halt, stopp, ich will das nicht!* Allerdings wäre das gelogen.

Zurück in der Werkstatt, mache ich mich sofort an die Arbeit und beginne damit, meinen Arbeitsplatz für die nächsten Monate in die Kapelle zu verlegen. Ich freue mich sehr darauf – und auf die künftigen Treffen mit Henry.

23.

Im November war die Welt noch halbwegs in Ordnung. Nun steht Weihnachten vor der Tür, und im Gegensatz zum Wetter ist die Stimmung in der Familie an einem Gefrierpunkt angelangt. Meine Mutter redet nicht mehr mit meinem Vater. Ich rede nicht mehr mit meinem Vater. Frida redet nicht mehr mit ihrem Vater, und Arne und ich zanken nur noch, weil er auf Brunos und Guidos Seite steht und weder mich noch meine Mutter oder Manu und erst recht nicht seine Tochter versteht. Manu und Guido leben im Trennungsjahr. Und Franky und Lisa leben nur noch für ihren halbwüchsigen Sohn nebeneinanderher. Irgendwie habe ich den Eindruck, alle Beziehungen ringsum gehen zu Bruch. Außer der von Wolfgang und Uschi.

Anfang November sollte Papa nach fast vier Wochen aus der Klinik entlassen werden. Wie sich herausstellte, ging der Heilungsprozess des Bruchs nur langsam voran, trotz ständiger Krankengymnastik, Muskelaufbau durch Krafttraining, Physio- und Ergotherapie. Als Papa dann endlich entlassen werden sollte, waren wir alle erleichtert – bis ein paar Tage davor Franky anrief.

«Die Kollegen haben bei Bruno eine Lungenentzündung diagnostiziert», sagte er. Bei mir läuteten sofort alle Alarmglocken, denn im Zuge aller Informationen, die mir Dr. Google offenbarte, Franky aber vorenthielt, wusste ich, dass zwanzig Prozent aller Patienten, die im Alter einen Oberschenkelhalsbruch erleiden, im ersten Jahr nach der OP an einer Lungenentzündung sterben, weil der Körper offenbar massiv abbaut.

«Vermutlich, weil Brunos Immunsystem geschwächt ist», erklärte Franky.

Mama hatte sofort eine plausible Erklärung parat. «SIE ist schuld!» Damit meinte sie Linda. «Weil sie ständig mit Bruno draußen herumspaziert, statt ihn zu schonen. Die Schwestern tuscheln schon. Und erst ihre mitleidigen Blicke, wenn sie mich dann sehen. Ich geh da nicht mehr hin!»

Und trotzdem besucht sie Bruno ab und zu – natürlich immer unter einem Vorwand –, weil er ihr eben doch nicht egal ist. Seltsam, diese Dreieckskonstellation. Entweder kann Mama tatsächlich nicht ganz ohne Papa, oder sie arrangiert sich oder beides.

Ich ziehe statt der übellaunigen Kommunikation in der Familie eindeutig die Arbeit vor und verschwinde regelmäßig aufs Land in die kleine Kapelle, um den Annenaltar zu restaurieren. Henry hat mir eine Heizung in die Kirche stellen lassen. Meistens bin ich dort allein mit Lotti, die mir bei der Arbeit zuschaut, wie ich da sitze oder stehe unter meiner grellen Tageslichtlampe, die mit ihren 5600 Kelvin den kompletten Kölner Dom erleuchten könnte. Mit der Lupenbrille auf der Nase über den Altaraufsatz gebeugt oder durch ein Technoskop blickend. Dann bin ich total bei mir, und um mich herum könnte die Welt untergehen, ich würde es nicht bemerken.

Außer wenn Lotti wie jetzt plötzlich aufspringt.

«Und? Hast du's auch schön warm hier, Eva?»

Ich dreh mich um, und da steht Henry im grauen Wollmantel vor mir.

«Hallo!», sage ich, nehme die Lupenbrille ab und werde wieder mit Bussis begrüßt, was ich ganz schön finde.

«Hallo! Oh, du hast aber kalte Wangen. Funktioniert die Heizung etwa nicht?»

«Doch, doch, es liegt an mir. Die Heizung läuft super, danke», sage ich und trete etwas zurück.

«Sehr gut, das wollte ich wissen. Und sonst? Kommst du gut voran?»

«Absolut. Eine schöne Arbeit.»

Er lächelt, nickt und schaut sich um. «Phantastisch. Brauchst du sonst noch etwas?»

Ich kräusele die Stirn, überlege kurz. Dann schüttele ich den Kopf. «Nein, momentan nichts, das heißt … ich könnte dir meine Einkaufsliste für den Wochenendeinkauf geben, wenn du willst.»

Jetzt ist er echt irritiert und weiß nicht, ob ich das ernst meine oder nicht. Lustig – für mich, weniger für ihn.

«Kleiner Scherz», sage ich, und er atmet auf.

Irgendwie habe ich das Gefühl, dass Henry nicht nur hier ist, um nach der Heizung zu fragen. Wortlos lächelt er mich an. Warum lächelt er eigentlich immer so nett? Nun muss ich selbst schon grinsen, versuche aber, mich zu kontrollieren. Die Situation ist einigermaßen bizarr. Ich fühle mich wie eine schüchterne Fünfzehnjährige. Und er benimmt sich wie ein schüchterner Sechzehnjähriger, obwohl er zehn Jahre älter ist als ich.

«Tja, ich wollte nur das mit der Heizung mal überprüfen. Scheint ja gut zu laufen. Nicht dass du noch krank wirst.»

«Keine Sorge, ich hab's warm.»

«Gut, gut …»

Wie er da so steht, mich anlächelt und dabei unsicher an seinem Autoschlüssel nestelt, erinnert mich Henry an Hugh Grant, der so oft den unsicheren netten Typen von nebenan gespielt hat. Zugegeben – ich steh drauf.

«Wie läuft's mit deiner Tochter?»

Wie kommt er denn jetzt darauf? «Mit meiner Tochter?»

«Hatte sie nicht Schwierigkeiten in der Schule?»

«Meine Tochter? Nein! Bei der läuft alles bestens.»

Jetzt ist Henry verunsichert. Was ist denn auf einmal mit ihm los? Wieso stammelt er so wirres Zeug?

«Ach, das muss ich wohl verwechselt haben. Ich … dachte nur, weil ihr doch zu zweit in die Schule zitiert wurdet … weil eure Tochter schwänzt.»

Shit! Wie konnte ich das nur vergessen?

«Ach das meinst du! Alles halb so wild. Wir arbeiten dran. Das wird schon wieder.»

«Sehr gut! Dann … Ach, fast hätte ich's vergessen: Ab Januar kommen die Handwerker. Dann bist du nicht mehr allein hier.»

«Ja, ich habe mich schon gefragt, wann die Renovierung losgeht.»

«Im Januar.»

«Ja, das sagtest du.»

Offensichtlich bemerkt auch Henry, dass dieses Gespräch immer seltsamer wird, und macht dem ein Ende.

«Na gut, ich lass dich dann mal in Ruhe weiterarbeiten. Und vergiss nicht, dass wir das noch feiern müssen.»

«Was?»

Er dreht sich um, hebt wieder die Arme und geht zum Ausgang. «Das hier! Auf bald, Eva.»

«Tschüs.»

Und weg ist er. Dieser Mann bringt mich immer wieder zum Staunen. Ständig zeigt er mir eine andere Seite von sich, und irgendwie mag ich sie alle. Ja, ich gebe zu, dass ich mich von ihm angezogen fühle und dass ich ihn angenehm und erfrischend finde, weil er so … spontan und so positiv ist. Seine Gegenwart tut mir gut. Nur die Tatsache, dass ich verlobt bin und bald Arne heiraten werde, hält mich davon ab, mit ihm auszugehen. Und das ist auch gut so, denn offensichtlich legt es Henry ja darauf an. Und das bilde ich mir nicht ein. Vielmehr genieße ich es.

Während ich versuche, mich voll und ganz auf meine Arbeit zu konzentrieren, kümmert sich Carla unbeirrt und rührend um die Hochzeitsvorbereitungen. Zugegeben, der Auswahl von Tischdeko, Namenskärtchen, Blumenschmuck oder Stuhlhussen messe ich deutlich weniger Bedeutung bei als der richtigen Farbwahl für die Heiligenbilder der beiden Seitenflügel, aber dennoch soll natürlich am Ende alles perfekt sein. Also treffe ich die Entscheidungen, nachdem Carla eine enge Vorauswahl getroffen hat. An die vielen großen und kleinen Dinge, die es darüber hinaus für die Hochzeit später noch zu entscheiden gibt, will ich gar nicht erst denken. Ein wenig nervös bin ich allerdings, weil Carla noch keine passende Location gefunden hat. Aber ich vertraue ihr und habe sowieso keine Zeit, mich darum zu kümmern. Denn es gibt momentan neben Hochzeit und Arbeit tatsächlich noch Wichtigeres in meinem Leben: Morgen Abend steht Fridas Tanzschul-Abschlussball an.

Sie ist total aufgeregt. Und ich glaube, ich bin noch aufgeregter. Denn im Gegensatz zu ihren Freundinnen hat meine Tochter trotz wochenlanger Suche, die uns alle fast in den Wahnsinn getrieben hat, kein passendes Kleid für sich gefunden. Nach unzähligen Anproben mit mir, mit ihrem Freund und Tanzpartner Philip, mit ihren Freundinnen, ihrem Kumpel Jojo und sogar mit meiner Mutter – gab es am Ende kein Kleid auf diesem Planeten, ach was, in diesem Universum, das Frida nicht anprobiert hat. Ich war ratlos, als sie noch ratloser hilfesuchend vor mir stand und den Ball trotzig absagen wollte.

«Ich geh da nicht hin!»

Unglücklicherweise lag das nicht nur am fehlenden Kleid, sondern auch an ihrem Vater. Frida hatte nämlich vergeblich versucht, mit Arne Walzer, Cha-Cha-Cha und Discofox inklusive sämtlicher Promenaden zu üben. Und das, obwohl das Verhältnis zwischen Vater und Tochter gerade etwas – sagen wir mal – angespannt ist. Dabei hatte ich sie noch gewarnt, denn aus langjähriger Erfahrung weiß ich, dass rhythmische Tanzbewegungen nicht zu Arnes Stärken zählen – unabhängig von seiner Selbsteinschätzung, die natürlich genau das Gegenteil ist. Arne sieht in sich einen «hoffnungsvollen, ambitionierten Tänzer, dem bislang die richtige Partnerin gefehlt hat». Frida sieht das zwar anders, aber sie hat a) keine Wahl und b) nur diesen einen Vater, der mit ihr auf ihrem Abschlussball tanzen muss. Es ist vermutlich ihrem jugendlichen Leichtsinn geschuldet, dass Frida eine derart frustrierende Übungseinlage im Wohnzimmer einberief, das danach einem Schlachtfeld glich und Fridas Lust auf den Ball auf den Tiefpunkt sinken ließ. Da war es dann sowieso egal, ob sie ein hübsches Kleid trägt oder einen Leinensack.

«Auf keinen Fall tanze ich mit Papa, und überhaupt gehe ich ohne Kleid nicht zu diesem dämlichen Ball!»

Seit drei Stunden bin ich wieder zu Hause. Und seit zwei Stunden ist sie in ihrem Zimmer verschwunden. Die Zeit habe ich ihr gelassen. Aber wie es sich für eine gute Mutter gehört, wird es nun für mich Zeit, den Hebel umzulegen und das Drama zu beenden.

«Schatz, es geht doch nicht nur um das Kleid. Es geht doch um den Abend an sich. Das wirst du nie wieder erleben!»

«Umso besser», höre ich sie durch die Zimmertür schluchzen. Und dann fällt mir etwas ein. Ich krame alte Fotos von meinem Tanzschul-Abschlussball hervor und schiebe eins davon durch die Tür – völlig ohne Scham. Kurz darauf höre ich einen spitzen Schrei auf der anderen Seite der Tür, die sofort aufgerissen wird.

«Mama! Nicht dein Ernst, oder?»

«Leider ja», muss ich zähneknirschend zugeben.

Frida kommt hysterisch lachend aus ihrem Zimmer. So eine Art Schocklachen über das, was sie sieht, nämlich mich und meinen Tanzschuljahrgang. Ich war vierzehn und gefangen in den irren Trends der achtziger Jahre – mit Dauerwelle und hellblonden Strähnchen. Die Mädchen in meinem Jahrgang trugen fast ausschließlich bodenlange Kleider aus Taft und Tüll mit großen Rüschen – ein einziges Rascheln und Rauschen. Wir waren schlechte

Vorstadt-Kopien der Figuren aus *Dallas* und dem *Denver-Clan*. Schauerlich!

«Siehst du – es geht immer noch schlimmer. Davon abgesehen war dein Opa auch kein besonders guter Tänzer. Mit ihm musste ich den Eröffnungswalzer tanzen – voll peinlich.»

Im Gegensatz zu heute *mussten* wir einen Tanz mit unseren Eltern aufs Parkett legen, das heißt die Mädchen mit den Vätern und die Jungs mit den Müttern. Offenbar gab es damals keine alleinerziehenden Singles, die man hätte berücksichtigen müssen.

«Krass hässlich, die Kleider», kommentiert Frida. Recht hat sie, aber das war der Trend, den ich damals schon scheußlich fand.

«Pink, Lila und Dunkelgrün waren die Renner.»

«Aber ...» Frida schaut genauer hin und versucht mein Kleid zu erkennen, was nicht ganz einfach ist, denn auf dem Gruppenfoto werde ich von einem großen Typen verdeckt, sodass nur meine Dauerwelle, die sich um das verschwindend kleine Gesicht windet, und etwas Dekolleté zu sehen sind. «Was hast du denn da an? Sieht man ja gar nicht.»

Ich nicke und zeige ihr noch mehr Fotos. «Da tanze ich mit Opa Wiener Walzer. Die Spitzen meiner weißen Pumps waren schwarz danach.»

Frida nimmt das Foto und staunt. «Aber ... das ist ja ganz anders! Cool!»

«Na ja. Große Rausche-Roben waren jedenfalls nicht so mein Stil.»

Abgesehen davon, waren diese Ballkleider auch viel zu teuer und mein Kleiderschrank dafür zu klein. Während die Mädchen meiner Tanzschulklasse mit ihren Müttern feierlich in die nächste Großstadt fuhren, um einen ganzen Tag lang Ballkleider anzuprobieren, fand ich mein Glück in einer kleinen Boutique bei uns um die Ecke. Wie ein Solitär strahlte es in dem kleinen Schaufenster an einer Puppe aus Drahtgestell ohne Kopf. Es war ein knöchellanges Kleid mit herzförmigem Dekolleté ohne Träger, in der Mitte betont schmal durch einen schwarzen Lackgürtel, unten dafür betont weit mit Petticoat. Das Ganze in Weiß mit großen schwarzen Tupfen und einem kleinen schwarzen Schleifchen am Dekolleté. Ein Fünfzigerjahre-Traum, denn ich liebte damals die Fifties und musste diese einmalige Chance nutzen, jemals so ein Kleid mit schwingendem Petticoat tragen zu dürfen, wie ich es nur aus Hollywoodfilmen kannte. Wie oft hatte ich meine Mutter gebeten, mir von ihren Kleidern aus ihrer Jugend zu erzählen. Daher wusste ich, dass sie sicher nichts gegen dieses Kleid einzuwenden hatte, das zudem deutlich billiger war als eine riesige Tüll- und Taft-Robe in Lila, Pink oder Grün. Und so war es zum Glück auch.

Frida schaut sich begeistert die Fotos an. «Hammer! Du siehst so toll aus! Was ist aus dem Kleid geworden?»

«Hängt im Schrank», sage ich fast beiläufig. Frida flippt aus.

«Was?! Das hast du noch?»

«Seltsamerweise ja.»

«Wo?», fragt sie aufgeregt.

«Sekunde», sage ich und gehe in den Flur, wo ich den großen Wandschrank aufschiebe, in dem alles aufbewahrt wird, was normalerweise im Keller wäre, vorausgesetzt, wir hätten einen trockenen Keller. Zum Glück haben wir diesen sehr großen Wandschrank, in dem neben Werkzeug, Weihnachtsbaumschmuck, Gummistiefeln, Koffern und Luftmatratzen auch ausrangierte Kleidung hängt. Und zwischen alten Sakkos und Mänteln hängt der rosafarbene Kleidersack mit meinem Abschlussballkleid von damals. Aus irgendeinem Grund, den ich nicht kenne, habe ich mich nie davon trennen können. Vielleicht weil es so eine Zäsur in meinem Leben war – der Übergang zum Erwachsenwerden. Vielleicht weil ich es einfach nur schön fand. Ich wollte es nicht lieblos in die Altkleidersammlung geben. Und ich hätte mir niemals vorstellen können, dass ein anderes Mädchen es jemals tragen könnte – außer … Ich hole es aus dem Schrank, befreie es aus dem Kleidersack und sehe Fridas leuchtendes Gesicht, das mein Herz höherschlagen lässt.

«Mama! Das ist so unglaublich schön!»

«Findest du?!» Das erstaunt mich jetzt wirklich, denn dieses Kleid ist heute überhaupt nicht modisch und fällt voll aus der Zeit. Daher wäre mir nie in den Sinn gekommen, dass Frida sich jemals dafür begeistern könnte. «Also, ich war damals etwas jünger als du, aber vielleicht passt es dir ja.»

«Wirklich? Ich darf es anprobieren?!»

«Ja, klar!»

Und während ich das Kleid vom Bügel nehme, komme ich mir vor wie die gute Fee aus *Cinderella*. Frida zieht es aufgeregt über und ist enttäuscht. Es passt nicht. Meine Kleine ist zu schmal und hat deutlich weniger Oberweite als ich damals. Schnell hole ich ein paar Wäscheklammern und klemme das Kleid oben und am Rücken zurecht, bis es passt.

«Das kriegen wir hin», sage ich und gebe Frida einen Kuss.

«Aber wie denn, bis morgen?»

«Vertrau mir», sage ich und rufe Lisa an, denn Lisa ist Hobbyschneiderin. Sie hat sich im Gästezimmer ein kleines Atelier eingerichtet, wo sie neuerdings an ihrer eigenen kleinen Dessous-Kollektion arbeitet. Da sie diesen Samstag nicht in der Apotheke arbeiten muss, sollen wir sofort am nächsten Morgen kommen.

Verrückt. Ich hätte mein Hab und Gut gewettet, dass es für eine Fünfzehnjährige heutzutage uncool ist, im Kleid der eigenen Mutter zum Abschlussball zu gehen. So wie ich niemals im Hochzeitskleid meiner Mutter heiraten würde. Aber Frida sieht das anders.

«Mama, das ist voll der gute Style – so was Cooles hat mit Sicherheit kein anderes Mädchen.»

«Und Papa?»

«Ach egal, mit dem Kleid achtet sowieso niemand auf Papas nicht vorhandenes Tanztalent.»

Und mit alledem soll Frida recht behalten.

***

Der Tanzschul-Abschlussball der eigenen Tochter ist eine Pflichtveranstaltung für uns Eltern, denn es ist tatsächlich ein Schlüsselmoment, an dem wir teilhaben dürfen. Zum ersten Mal sehen Arne und ich unsere Kleine in aller Öffentlichkeit am Arm eines jungen Mannes, der sie aufs Parkett führt – und den Arne absolut nicht ausstehen kann. Für ihn als Vater ist das eine schwere Prüfung, denn ich sehe ihm an und spüre, dass er Schmerzen hat – Trennungsschmerzen. Und wenn ich mich so umschaue, scheint es vielen Vätern und Müttern so zu ergehen, die darum ringen, Haltung zu bewahren, während sie sich daran erinnern, wie sie diesem Kind doch scheinbar gerade erst das Laufen beigebracht haben.

Frida sieht umwerfend aus. Das zeitlose Kleid steht ihr großartig, Lisa hat in der Kürze der Zeit ganze Arbeit geleistet und es ihr perfekt angepasst. Dazu trägt Frida schwarze Pumps, die ihr Vater ihr nicht durch schwarze Fußabdrücke ruinieren kann. Das lange Haar kunstvoll geflochten und hochgesteckt, dazu ein dezentes Make-up. Vor uns steht eine junge Frau. Es ist furchtbar!

Noch viel furchtbarer für mich ist die Wiederbegegnung mit Fridas Tanzlehrer, diesem arroganten Schnösel, der mir auf der Straße blöd kam. Hier spielt er sich auf wie Vater Abraham zwischen seinen Schlümpfen, die alle nur auf seine Anweisungen warten und sogar über seine schlechten Scherze lachen. Er ignoriert mich, ich ignoriere ihn. Vermutlich erinnert er sich auch gar nicht an mich – umso besser. Dann ergreift Vater Abraham das Mikro und ruft zum Unvermeidlichen auf, dem Mutter-Sohn- und Vater-Tochter-Tanz, zum Glück ein einfacher Discoswing. Jetzt wäre ein

Schluck Wein zur Beruhigung der Nerven gut, aber ausgerechnet unser Tisch wird von der langsamsten Kellnerin weit und breit bedient. Wenn er bedient würde. Aber seit unserer Bestellung vor einer halben Stunde ist die junge Dame zu unserem größten Bedauern nicht mehr aufgetaucht.

Die Eleven, die alle zusammen an einem eigenen Tisch sitzen, erheben sich von ihren Plätzen, um zielstrebig auf ihre Väter und Mütter zuzugehen, denen der Angstschweiß schon auf der Stirn steht – zumindest Arne. Ich klopfe ihm auf die Schulter.

«Ihr schafft das», sage ich und nicke ihm ermutigend zu. «Und blamier sie nicht!»

«Ich geb mir Mühe.» Arne greift Fridas Hand, um ihre Aufforderung anzunehmen, und beugt sich noch mal unschuldig lächelnd zu mir. «Du bist heute auch noch dran.»

Vertraut wie ein Liebespaar schlendern die beiden zur Tanzfläche, und es wird wider Erwarten ein großer Spaß, weil Frida nun – mit dem richtigen Kleid – sehr entspannt ist und ihrem Vater, der sich bewegt wie ein Tanzbär, jeden Fehltritt verzeiht. Vermutlich trägt auch dazu bei, dass es vielen anderen Paaren ähnlich geht und der Moderator die Tanzenden unterstützt und motiviert, so gut und so locker er kann. So schlecht ist der Typ doch nicht.

Trotz seiner Drohung lassen Arne und ich das mit dem Tanzen lieber sein, um Frida nicht doch noch zum Gespött zu machen. Statt Arne fordert mich Jojo zu einem Swing auf. Natürlich kann ich ihm keinen Korb geben, und weil er zu meiner großen Überraschung sehr gut führen kann, schaffe ich es auch halbwegs, im Takt zu bleiben. Zu meiner eigenen Verwunderung, denn das Hauptproblem zwischen Arne und mir beim Tanzen ist, dass ich mich nicht führen lasse – schon gar nicht von ihm. Es kommt also doch auf die Führungsqualitäten des Tanzpartners an. Hm, da müssen wir wohl mal dran arbeiten, denke ich, während Arne ganz andere Sorgen zu haben scheint. Zwischen zwei Drehungen beobachte ich, dass Fridas Freund Philip überraschend nach dem dritten Vater-Tochter-Tanz abklatscht, um mit Frida eine Rumba zu tanzen. Nur widerwillig überlässt Arne seine Kleine diesem Moped-Knaben, der zwei Jahre älter ist als Frida. Vielleicht hatte Arne gehofft, dass Frida den ganzen Abend nur noch mit ihrem Vater tanzen will, wenn er sich gut anstellt – vergeblich. Arne lässt die Rumba-Tanzenden nicht aus den Augen. Ich danke Jojo für den Tanz und gehe meinen Verlobten trösten.

Endlich bringt die völlig überforderte Kellnerin unsere Getränke und kämpft sich durch die tanzende Menge. Ich will sie auch schon bemitleiden, wenn sie nicht nach Zigarettenrauch riechen und die falsche Bestellung bringen würde. Wir diskutieren kurz und sagen ihr wiederholt, dass wir keinen Bananensaft und keine Rum Cola bestellt haben, sondern einen Rotwein und zwei Glas Prosecco. Sie schiebt die Schuld auf den Barmann und will die Bestellung so schnell wie möglich bringen. Arne und ich tauschen einen vielsagenden Blick und belassen es dabei. Die Rumba ist inzwischen vorbei, und der Tanzlehrer moderiert einen Tango-Show-Act an. Tatsächlich erscheint jetzt eine andere Kellnerin mit unserer Bestellung. Diesmal passt alles. Wir wollen mit Frida anstoßen und ein paar Fotos machen, aber sie ist nicht da, nirgends zu sehen. Nicht an ihrem Tisch, nicht in der Fotoecke, nicht auf der Tanzfläche und auch nicht an der Bar.

«Sie ist bestimmt auf dem Klo», sage ich beruhigend zu Arne, der wild Ausschau nach Frida hält. «Entspann dich, die müssen doch sowieso gleich weitertanzen.» Dann nämlich kommt der eigentlich große Auftritt der Tanzschüler, wenn sich jedes Paar einzeln vorstellt und ein paar Runden Wiener Walzer durch den Saal dreht – alle Paare hintereinanderweg. Darauf freuen sich alle Eltern schon mit gezückten Kameras. Wir auch. Aber Arne hört mich gar nicht.

«Ich trau dem Knaben nicht. Ich seh mich mal um.»

Und schon ist er weg. Weil ich seinen Gesichtsausdruck gesehen habe, folge ich ihm lieber unauffällig und hoffe dabei inständig, dass er Frida und Philip nicht findet. Vergeblich, denn er findet die beiden knutschend und fummelnd in der Garderobe zwischen Jacken und Mänteln. Und ehe ich dazwischengehen kann, sieht Arne, was ich sehe, nämlich dass Philips Hand eindeutig unter Fridas bzw. meinem Petticoat zugange ist. Und jetzt passiert das Unvermeidliche: Arne sieht rot, packt den Jungen an den Schultern und zerrt ihn von Frida weg. Ich will dazwischengehen, um Schlimmeres zu vermeiden, aber Arne schubst mich mit dem Ellenbogen von sich und trifft mich an der Lippe. Ich taumele zurück, während Frida laut aufschreit.

«Papa, spinnst du?!»

«Hey, was soll 'n das?! Das ist Körperverletzung!», beschwert sich Philip, verstummt aber, als er Arnes angedeuteten Faustschlag sieht – und meine blutende Lippe im Hintergrund. Tja, wir sind schon ein sehr eingespieltes Team, Arne und ich.

«Arne – nicht!», rufe ich und werde erhört.

Arne zügelt sich und zischt Philip an: «Ich warne dich, Freundchen, verschwinde lieber, bevor ich richtig ungemütlich werde! Halt dich von meiner Tochter fern!»

Damit gibt er Philip einen Schubs Richtung Ausgang. Im Saal geht gerade der Show-Tanz zu Ende. Der Applaus ist laut, und niemand hat unsere kleine Auseinandersetzung bemerkt. Aus dem Augenwinkel sehe ich, wie ein Pärchen Richtung Ausgang stürzt. Der jungen Dame geht es offenbar nicht so gut.

«Sag mal, hast du sie noch alle, Papa!? Toll! Danke, dass du mir diesen Abend versaut hast!» Frida ist echt wütend. «Bist du völlig irre? Ey, du … du bist so ultrapeinlich! Wie steh ich denn jetzt da, nach so einer Aktion? Fuck!»

«Wie redest du denn mit mir! Ich wollte doch nur …»

«Und hast du Mama mal gesehen? Super gemacht!»

Ich tupfe mir mit einem Taschentuch das Blut von der Lippe und halte ein kühles Glas an die Schwellung. Arne will mir sofort helfen, aber ich wehre ihn ab.

«Halb so wild! Zum Glück trage ich ein schwarzes Kleid.»

Im Saal wird der große Walzer-Höhepunkt der Paare angekündigt.

«Komm, du musst da wieder rein, sonst verpasst du den Höhepunkt», sage ich etwas verwirrt zu Frida. «Du auch, Arne, komm!»

«Sag mal … merkt ihr's noch? Mit wem soll ich denn jetzt tanzen? Mit mir selbst? Oder mit Papa vielleicht? Sicher nicht!», sagt sie und weint fast vor Wut und weil sie emotional einfach total von der Rolle ist. Das höre und sehe ich.

«Du könntest mit *mir* tanzen», sagt Jojo, der jetzt überraschend in der Garderobe steht. «Melanie hat zu viel getrunken. Ich hab sie in ein Taxi gesetzt.» Ehe Frida antworten kann, greift er ihre Hand und zieht sie mit sich.

Arne kommt zu mir und umarmt mich. «Tut mir leid. Aber sag mir, dass ich recht hatte!»

«Niemals.»

Wir gehen zurück in den Saal, und am Ende des misslungenen Abends steht zumindest eins fest: Frida trägt das bezauberndste Kleid, das beim Wiener Walzer am schönsten und höchsten von allen schwingt. Aber verzeihen wird sie uns wohl erst mal nicht.

24.

«Arne, Bruno und neuerdings auch Guido sind in einer chauvinistischen Erprobungsphase, die weit über eine harmlose Midlife-Crisis hinausgeht», versucht die gute Carla uns – also Manu, Mama, Lisa, Uschi und mir – zu erklären. Neuerdings treffen wir uns wöchentlich erst auf dem Weihnachtsmarkt zu Glühwein und Bratwurst und gehen danach ins *Kuchenrausch* zum Aufwärmen. Uschi hat wie immer einen Tisch für uns freigehalten – zum Glück, denn der Laden brummt. Sie gönnt sich eine Pause, um sich kurz zu uns zu setzen. Ausgerechnet Carla, die normalerweise den milden Winter in Spanien bevorzugt und selbst kein Problem mit den Männern hat, wie sie nie müde wird zu betonen, versucht also nun, uns unsere Männer zu erklären. Irgendwie beneide ich sie ja auch. Nach drei gescheiterten Ehen hat sie den Glauben an die Männer immer noch nicht verloren.

«Und was heißt das jetzt?», fragt Manu.

Carla blickt verheißungsvoll in die Runde. «Keine Ahnung, aber sicher nichts Gutes.»

Wir lachen alle auf und bestellen bei Uschi eine Runde Punsch.

Mit viel persönlichem Engagement und Zeitaufwand befasst sich Carla seit Oktober intensiv mit meiner Hochzeit, als sei es ihre eigene. «Es muss perfekt sein, schließlich ist es ein einmaliges Erlebnis», sagt sie. Egal, wie oft man heirate, jede Hochzeit sei für sich gesehen einmalig, weil man jedes Mal daran glaube, es sei für die Ewigkeit, davon ist Carla fest überzeugt. Und davon versucht sie mich ständig zu überzeugen – mit mäßigem Erfolg. Es macht ihr großen Spaß, die Dinge für Arne und mich zu organisieren – mit all ihrem Know-how. Sie checkt, sortiert, handelt Preise aus, und wir müssen nur noch auswählen. Das ist für uns ein großer Luxus! Ein professioneller Hochzeits-Planer hätte uns ein Vermögen gekostet und vermutlich unendlich Nerven.

Allerdings frage ich mich allmählich, was wirklich hinter Carlas Aktionismus steht, denn früher ging es ihr nicht schnell genug wieder nach Spanien zurück, sobald sie ihre Freundschafts- und Arztbesuche hier erledigt hatte. Seit Wochen hat sie längst alles erledigt, und sie ist noch immer hier, obwohl ich ihr versichert habe, dass ich die Hochzeit auch ohne sie hinbekomme. Da hat sie nur gelacht und den Kopf geschüttelt, weil ich weder Zeit noch Talent hätte, mich selbst um alles zu kümmern. Also blieb sie. Ihr sei außerdem im Winter langweilig in Spanien, hat sie neulich gesagt. Und die Weihnachtszeit verbringe sie sowieso lieber in Deutschland. Außerdem freut sie sich darüber, dass wir sie brauchen. Aber ich weiß, dass das nicht alles ist.

«Kann es sein, dass du in Spanien einsam bist?», frage ich und nehme einen Schluck Punsch, den Uschi nach einem Rezept von Wolfgangs britischer Uroma zubereitet.

Carla kippt zusätzlich ihren Grappa in den Punsch und rührt um. Ich kann ihr ansehen, dass sie überlegt, was sie sagen soll. Schließlich nickt sie.

«Es ist … wegen dem Koch.»

«Dem Koch? Welchem Koch denn?», frage ich verwundert.

«Der andalusische Koch, den ich nach deiner Abreise auf so einer Food & Wine Fiesta kennengelernt habe.»

«Ja, und? Erzähl!»

«Was soll ich sagen? Schön war's.»

«Und seitdem isst du nur noch vegetarisch?»

Carla nickt, schüttelt dann aber schnell den Kopf. «Nein, nicht nur, aber immer häufiger.»

«Und wo ist der Haken?», frage ich.

«Mädels, habt ihr schon alle Geschenke?», funkt Manu dazwischen. «Das Gute an einer Trennung ist, dass man sich ein teures Geschenk sparen kann.»

«Aber du kriegst auch ein teures Geschenk weniger», gibt Mama bedauernd zu bedenken.

Lisa springt plötzlich auf. «Dann schenken *wir* uns eben gegenseitig teure Geschenke. Wir wissen doch sowieso am besten, was wir wollen. Oder? Habt ihr jemals von euren Männern das Richtige bekommen?» Wir alle schütteln den Kopf. «Seht ihr!»

«Da bin ich raus», wende ich ein und hebe meinen Verlobungsring-Finger. «Ich gebe die Hoffnung nicht auf.»

«Laaaaangweilig», ruft Lisa, sie hat offenbar ein paar Glühwein zu viel. «Zeigst du mir noch mal Fridas Abschlussballfotos?»

Großartig! Wenn Lisa angeschickert ist, redet sie viel wirres Zeug und kommt vom Hölzchen aufs Stöckchen. Ich gebe ihr mein Handy, und sofort scrollen sich meine Freundinnen durch die Fotogalerie meines Handys.

«Sie ist sooooo schön!» Lisa weint fast. «So schade, dass es zwischen ihr und unserem Max nie gefunkt hat.»

«Ja, aber Frida hat ihren eigenen Kopf», sage ich und nutze die Gelegenheit, dass die anderen abgelenkt sind, um mich weiter mit Carla zu unterhalten.

«Also, wie war das denn nun mit dem andalusischen Koch?»

«Ein Traum!»

«Hattet ihr Sex?», frage ich leise, damit die anderen nicht neugierig aufschrecken.

Carla verdreht vor Wonne die Augen. «Und wie! Der absolute Wahnsinn!»

«Aber er wollte keine Beziehung, oder was?»

«Doch. Mit allem Drum und Dran.»

«Wie jetzt, heiraten?»

Sie nickt, schaut mich dabei aber skeptisch an. «Ja.»

Ich bin gespannt auf die Pointe, denn das klingt doch alles perfekt. «Aber wo ist dann das Problem?»

«Er … ist sehr jung.»

«Ach herrje!» Das überrascht mich jetzt. «Wie jung?»

«35.»

«Oha», rutscht es mir erstaunt heraus. «So jung!»

«Genau. Jung und schön und sportlich und klug und einfühlsam, wahnsinnig freundlich, offen, toll, und er kocht göttlich, interessiert sich für Kunst und Kultur, liest viel, reist viel … Und …» Sie stockt.

«Und?»

«Und er liebt mich.»

O mein Gott, wie mich das für meine Freundin freut. «So habe ich dich nie von einem Mann schwärmen hören. Ist doch perfekt! Wann heiratet ihr?»

Carlas Blick verfinstert sich. «Gar nicht.»

«Was?! Aber wieso?»

«Weil er eben doch nicht perfekt ist, sondern verheiratet. Außerdem hat er drei kleine Kinder.»

Da muss ich erst mal tief durchatmen. «Shit», rutscht es mir heraus. «Aber wenn er sich scheid…»

«Vergiss es! Auf keinen Fall! Ich werde weder seinen Kindern den Vater wegnehmen noch seiner Frau den Mann. Das habe ich mir geschworen! Nie! Und weil ich es in seiner Nähe nicht aushalte, bin ich jetzt noch hier. Und bleibe erst mal, bis es vorbei ist.»

«Was vorbei ist?»

«Dass ich an ihn denken muss und ihn vermisse.»

«Liebeskummer, hm?»

Carla nickt. Unglücklicherweise hat Lisa einen Teil unseres Gesprächs mitbekommen und mischt sich nun ein.

«Echt jetzt, Carla? Das hätte ich nie von dir gedacht. Dass du einer anderen den Mann ausspannst. Das ist echt das Letzte.»

Lisas Blick ist eisig. Sie trinkt den Rest Punsch in einem Zug. Die Stimmung kippt.

«Jetzt mach mal halblang», sage ich zu ihr und wende mich dann wieder Carla zu. «Wusstest du das denn vorher?»

«Natürlich nicht. Hätte ich es gewusst, hätte ich die Finger von ihm gelassen.»

«So was merkt man doch», gibt jetzt sogar meine Mutter ihren Senf dazu. «So gut kann kein Mann schauspielern.»

«Nein, ich habe es nicht bemerkt. Seine Familie lebt in Madrid, und er kocht in einem Luxushotel in Valencia.»

«Oh, wie praktisch – in einem Hotel», kommentiert Manu.

Lisa lässt nicht locker. «Wahrscheinlich *wolltest* du es nicht wahrhaben, wenn er so toll ist.»

«Moment mal, das lasse ich mir nicht nachsagen! Ich hab's beendet, und jetzt bin ich hier. Außerdem geht es euch nichts an!»

Meine Mutter wiegt den Kopf hin und her. «Wie auch immer, du hast dir im Rausch der Gefühle wahrscheinlich genommen, was du wolltest, ohne jede Rücksicht.»

Das bringt für Carla das Fass zum Überlaufen. Sie rafft ihre Sachen zusammen, um zu gehen, aber das lasse ich nicht zu.

«Jetzt reicht's. Ja, vielleicht sind wir alle schon mal mehr oder weniger von unseren Männern betrogen worden. Aber dann seid doch sauer auf eure Männer! Die gehen schließlich fremd. Außerdem hat Carla doch gesagt, dass sie nicht wusste, dass er Familie hat. Also ist *er* der Arsch. Nicht sie. Okay?!»

Meine Mutter und Lisa schauen bedröppelt in die Luft und nuckeln an ihren leeren Tassen. Manu klatscht auffordernd in die Hände, wie eine Erzieherin, die einen Kita-Streit schlichten und deshalb ein Lied singen will. «Vielleicht essen wir mal was?», versucht sie die Situation zu retten.

«Gute Idee, ich hol uns ein paar Häppchen.» Uschi springt auf und entflieht der beklemmenden Stimmung am Tisch.

Meine Mutter findet als Erste die Worte wieder. «Tut mir leid, Carla. Das war dumm. Natürlich gehören immer zwei zum Tango. Weißt du schon, wo du Weihnachten verbringen wirst? Du kannst gerne zu mir kommen. Das Haus ist groß genug.»

Das ist zwar freundlich von meiner Mutter, aber ich schüttele sofort den Kopf. «Sie feiert Weihnachten bei uns.»

«Ach», sagt meine Mutter spitz. «Wie nett. Und ich?»

Mist, daran habe ich nicht gedacht! Denn solange meine Eltern eine Einheit bildeten, verbrachten sie die Weihnachtsfeiertage stets auf Kreuzfahrtschiffen. Reisen statt Geschenke. Auf diese Weise haben sie die halbe Welt bereist, seit mein Vater im Ruhestand ist. Und jetzt? Erst mal versuche ich, Zeit zu gewinnen und diplomatisch zu bleiben. «Da reden wir später drüber, okay?»

«Wann? Nächstes Jahr? Da lebe ich vielleicht nicht mehr.»

Auf diese alterstypischen Erpressermethoden gehe ich gar nicht ein.

Zum Glück kommt Uschi zurück und wechselt sofort das Thema. «Was ist denn nun mit der Hochzeit? Habt ihr schon einen Termin?»

«1. Juni!», sage ich und ernte sofort einen Kommentar von Manu, die abwinkt.

«Bloß nicht! Da hatten wir Standesamt, und es hat an dem Tag geregnet wie aus Kübeln – ohne Ende.»

Wir greifen beherzt zu Uschis Häppchen.

«Muss ja bei Eva und Arne nicht genauso sein», sagt Carla.

«Stimmt. Und wenn man an den Klimawandel denkt, haben wir sowieso in Zukunft von April bis November Sommer», lallt Lisa, die schon ziemlich in den Seilen und wieder an meinem Handy hängt und sich sämtliche Fotos anschaut. «Ihr seid so ein schönes Paar – Arne und du! Franky und ich waren auch mal so glücklich.»

Oje, jetzt wird sie sentimental. Schnell nehme ich das Handy wieder an mich.

Uschi versucht es noch mal. «Also Termin am 1. Juni. Und wo? Ich meine, habt ihr schon eine Location?»

«Leider nein», muss ich gestehen. «Oder, Carla? Haben wir schon eine Location?»

«Nein, ich hab mich durch die halbe Stadt und das Umland telefoniert. Sieht schwierig aus, so kurzfristig. Wir sind zu spät dran», seufzt Carla. «Aber das wird schon. Mach dir keine Sorgen.» Sie sagt das so beruhigend wie eine Mutter zu ihrem Streber-Kind, wenn es eine Klassenarbeit versemmelt hat. Und obwohl die Location doch fast das Wichtigste für eine gelungene Hochzeitsfeier ist, beruhigt mich Carlas Zuversicht. Nur sie schafft das. Schließlich hatte sie bereits drei wunderbare Hochzeiten, die sie selbst organisiert hat. Es gibt also Hoffnung. «Und wenn ich extra dafür eine Location kaufen muss! Schließlich wird es die Hochzeit des Jahres!»

«Warum feiert ihr nicht hier bei uns?», fragt Uschi zu Recht.

Natürlich hab ich da auch schon dran gedacht, aber irgendwie soll es ja auch eine besondere Hochzeitslocation werden und nicht der Ort, an dem man sowieso ständig seine Hüften aufpolstert.

«Das ist lieb, Uschi, aber –»

Carla unterbricht mich zum Glück. «Es soll doch eine Gartenhochzeit werden, schon vergessen?»

«Ja, richtig – Gartenhochzeit. Na, mal sehen», sagt Uschi und schaut zu Wolfgang rüber, der ihr ein Zeichen gibt. «Mädels, seid mir nicht böse, ich muss wieder in die Küche.»

Carla tätschelt beruhigend meine Hand. «Alles wird gut!»

Ich sehe diese ganze Heiratsnummer weniger staatstragend als Carla. Ja, wir heiraten. Ja, wir tun es kirchlich. Ja, wir machen ein großes Fest. Aber nein, ich finde nicht, dass sich deswegen die ganze Welt nur noch um diese Hochzeit drehen muss. Und genau genommen heiraten wir ja vor allem aus praktischen Gründen, weil Arne ins Ausland geht. Er ist gerade ziemlich im Stress, wie eigentlich immer. Und reizbar, vor allem wenn ich mit Fragen bezüglich der Hochzeit komme.

«Mach du das mal», heißt es dann immer. Oder: «Du machst das schon, ich hab Wichtigeres zu tun.»

Er hat ständig Wichtigeres zu tun. Deshalb ist es momentan besser, wenn wir uns aus dem Weg gehen. Das klappt leider nicht immer, und dann streiten wir wegen Frida oder meiner Eltern oder totaler Nichtigkeiten, wie Müll und Gassigehen. Vor Weihnachten sind sowieso immer alle gereizt.

Papa hat die Lungenentzündung ganz gut überstanden, soll aber noch zur Beobachtung in der Klinik bleiben. Nach Weihnachten wird er dann direkt in die Rehaklinik wechseln, die an das Krankenhaus angeschlossen ist. Normalerweise gibt es da lange Wartezeiten, aber Franky hat seine Beziehungen spielenlassen.

Mama hat komplett aufgehört, ihn zu besuchen. Meine Eltern haben ihre Ehe auf Eis gelegt und jede Kommunikation eingestellt. Zugegeben, ich bin nicht ganz unschuldig daran, denn ich bekomme mehr und mehr ein völlig neues Bild von meinem Vater, der früher für mich immer der tugendhafteste, verantwortungsbewussteste und untadeligste Mensch war, den ich kannte. Für ihn als Finanzbeamten waren Lug und Trug ein absolutes No-Go. Papa konnte jede meiner Lügen schon im Ansatz ihres Entstehens erkennen. Für eine Heranwachsende wie mich waren das damals echt schwere Zeiten. Bis ich erkannte, dass ich meinem Vater nur plausibel erklären musste, *warum* ich unbedingt auf eine bestimmte Party wollte. Und *wieso* ich bis zwei und nicht bis 22 Uhr bleiben wollte. Papa war kein Unmensch, er war nur besorgt. Und solange ich ehrlich zu ihm war, war er um Kompromisse und Lösungen bemüht.

Mein Vater wäre der letzte Mensch auf Erden gewesen, dem ich eine Affäre zugetraut hätte. Deshalb bin ich gekränkt, enttäuscht und eifersüchtig, weil er seine eigenen Vorsätze verraten hat. Wie kann er es wagen, sich in eine andere Frau zu verlieben?! Seit ich von dieser Linda-Affäre weiß, fühle ich mich verpflichtet, für Mama Partei zu ergreifen, weil ich finde, dass sie Beistand verdient hat. Mein Verlobter sieht das ganz anders.

«Du hast kein Recht, dich dermaßen ins Leben deiner Eltern einzumischen», hat Arne mir erst kürzlich vorgeworfen.

Und zack, waren wir schon wieder mitten in einer Auseinandersetzung, denn Arne findet mein Verhalten krank. Ich denke genau das Gegenteil, denn wenn irgendwer ein Recht hat, sich in die Beziehung meiner Eltern einzumischen, dann bin das ja wohl ich. Ihr Kind. Ich bin das Bindeglied zwischen ihnen. Ich bin das Ergebnis ihrer Liebe. Okay, mein Bruder natürlich auch, aber der sieht das alles weniger dramatisch. Ich schon! Mich hat mein Vater genauso betrogen, wie er meine Mutter betrogen hat, und das ist unverzeihlich.

Das *Kuchenrausch* ist heute besonders voll, weil der Weihnachtsmarkt in die zweite Woche geht. Es wird jetzt von Woche zu Woche bis zum Fest voller. Überall sitzen Glühweingrüppchen wie wir, die hier nach Powershoppen und Vorglühen einkehren, um im Warmen weiterzutrinken, weiterzuessen, weiterzuquatschen. Doch es wird später und leerer, und irgendwann gesellt sich Uschi wieder zu uns. Lisa und Manu diskutieren darüber, ob man nach einer Trennung ungeliebte Weihnachtsgeschenke zurückgeben darf, während ich an meinen Vater denken muss.

«Glaubt ihr, dass Untreue vererbbar ist?»

Carla kippt sich noch einen Grappa in den Punsch und überlegt. «Du meinst genetisch?»

«Genau.»

Alle anderen sind jetzt auch neugierig. Vor allem Mama.

«Hm, mal überlegen.» Genüsslich nippt Carla an ihrer Tasse.

Statt zu antworten, stellt sie eine Gegenfrage: «Hast du Angst, untreu zu werden?»

«Oder warst du's schon?», fragt Manu aufgeregt.

«Was? Du hast eine Affäre?», ruft Uschi.

«Quatsch! So entstehen fiese Gerüchte!», sage ich und sehe den anderen ihre Enttäuschung an. «Ich meine, was, wenn es so ist? Wenn mir die Untreue meines Vaters vererbt wurde. Hm? Wie kann man heiraten, wenn das vorprogrammiert ist?»

«Hattest du etwa mehr Gläser Punsch als ich?», lacht Lisa.

«Nee, lass doch mal. Ist eine interessante Theorie», nickt Carla und legt die Stirn in Falten.

«Unsinn, natürlich ist das nicht vererbbar!», protestiert Uschi. «Wenn dein Vater in puncto Untreue etwas übertragen haben sollte, dann ausschließlich über vorgelebtes Handeln, das du dir abgeschaut haben könntet. Aber», und jetzt wendet sie sich an meine Mutter, «aber Bruno hat diese Affäre doch gar nicht offen ausgelebt, oder?»

«Vor *mir* jedenfalls nicht», sagt Mama.

Manu nimmt ihre Brille ab und holt tief Luft. «Ich … muss euch was sagen. Ich hab da auch schon mal dran gedacht, denn meine Mutter ist auch mit einem anderen durchgebrannt. Na ja, und meine Swinger-Vorliebe ist ja auch irgendwie … wie … fremdgehen.»

«Unsinn! Das ist doch was ganz anderes! Da geht's doch nur um Sex», versucht Uschi das Problem kleinzuhalten.

«Moment mal, du meinst, das zählt dann nicht, oder wie?» Lisa ist jetzt ganz Ohr.

Und schon sind wir mitten in einer Diskussion, wo Betrug beginnt und wo er aufhört und wie sich Fremdgehen überhaupt definiert.

Carla setzt ihre Lesebrille auf, googelt und räuspert sich theatralisch, dann hebt sie belehrend den Zeigefinger und liest vor.

«Ich zitiere: Laut Wikipedia ist ein Seitensprung eine umgangssprachliche Bezeichnung für eine vorübergehende sexuelle Beziehung zwischen zwei Menschen, von denen mindestens eine Person verheiratet ist oder sich in einer sonstigen festen sozialen Partnerbeziehung befindet. Der Begriff, der ursprünglich einen Sprung des Pferdes in seitliche Richtung bezeichnet und im 18. Jahrhundert für eine Abweichung allgemeiner Art verwendet wurde (vgl. auch Eskapade), wird seit dem 19. Jahrhundert ausgehend vom Österreichischen auch in moralischer Hinsicht meist für einen kurzfristigen Ausbruch aus der ehelichen Beziehung verwendet.»

Carla schaut kurz zu Wolfgang rüber, der hinterm Tresen steht, und dann zu Uschi, die die Brauen hochzieht. «Da schau her, die Österreicher.» Damit wendet sie sich wieder ihrem Handy zu. «Weitere Begrifflichkeiten sind fremdgehen, seinen Partner betrügen, Affäre oder Ehebruch, wobei Ehebruch heutzutage fast nur noch als rechtlicher Ausdruck verwendet wird. Seit den 1960er Jahren wird das Fremdgehen nicht mehr zum Bereich der Unzucht gezählt. Der Begriff wird erst seit einigen Jahrzehnten im Zusammenhang mit Ehebruch gebraucht.»

«Aber das ist doch total undifferenziert», winkt Uschi ab, die sich jetzt auch mal einen Punsch genehmigt.

«Da gibt es nichts zu differenzieren. Ehebruch ist Ehebruch. Egal ob mit oder ohne Gefühl. Basta!» Meine Mutter ist da wenig kompromissbereit. Sie steht auf und geht zur Toilette. Und wie ich ihr so hinterherschaue, bezweifle ich, dass sie recht hat.

«Ach, ich weiß nicht. Es kommt immer drauf an», sage ich und erinnere mich daran, dass ich Arne auch schon einen One-Night-Stand habe durchgehen lassen – vor fast zwanzig Jahren. Dabei fällt mir auf, dass ich möglicherweise ja das Verhalten meiner Mutter geerbt habe – nämlich den Seitensprung hinzunehmen.

«Worauf denn?», fragt Lisa.

«Auf … auf die Umstände», eiere ich herum und weiß, dass ich damit nicht durchkomme, denn sofort hagelt es Kommentare.

«Genau, wenn zu Hause nichts mehr läuft, kann man auch mal woanders Sex haben.» Manu weiß, wovon sie spricht. Schließlich swingt sie sich so durchs Leben.

Ich frage mich, wie es wohl wäre, wenn ich auch mal fremdgehen würde. Nicht in einem Swingerclub, sondern ein One-Night-Stand … mit Henry. Vielleicht würde mir Arne das ja auch durchgehen lassen, und wir wären quitt. Nein, eher unwahrscheinlich. Und sowieso nur rein theoretisch. Schließlich wollen wir ja heiraten. Allerdings lässt mich der Gedanke an einen Seitensprung mit Henry nicht mehr los. Ich hätte es in Spanien einfach tun sollen. Genießen und schweigen. Doch dazu ist es jetzt zu spät. Oder? Denn wie es das Schicksal gewollt hat, sind wir uns ja nun wiederbegegnet. Das kann kein Zufall sein! Das ist meine zweite Chance! Rein theoretisch … Lisa reißt mich aus meinen Gedanken.

«Was ist mit Alkohol? Zählt das als Ausrede?»

Und wir anderen antworten im Chor: «Nein!»

«Verdammt», rutscht es Lisa heraus. Sofort sind wir hellhörig.

«Okay, ich gestehe, ich hatte was beim 25. Abi-Treffen mit dem Schulsprecher von damals, auf den immer alle scharf waren. Ich musste ihn doch wissenlassen, dass er sich damals für die Falsche entschieden hat. Na ja, wir hatten einiges getrunken, und eins kam zum anderen.»

«Wo?», fragt Manu neugierig.

Lisa zögert verschämt «Auf dem Schulhof.»

«Echt?!», ruft Uschi. «Wann?»

«Nachts um drei.»

«Wie?», fragt Carla neugierig.

Lisa verdreht die Augen. «Ganz klassisch: erst wildes Knutschen, dann noch wilderes Gefummel und dann … na ja, was man so auf 'ner Schulhofbank eben veranstalten kann.»

Wir sind alle alt und erwachsen genug, um uns ein Bild der Situation zu machen, auch wenn wir den Herrn nicht kennen.

«Und? Hat es sich gelohnt?», frage ich.

Lisa schüttelt den Kopf. «Viel zu unbequem! Jede Menge blaue Flecken, und am Ende kam der Hausmeister und hat uns verjagt.»

Wir brechen alle in lautes Lachen aus.

Franky hat sie nie davon erzählt. Mama kommt zurück an den Tisch und wundert sich über den Spaß, den wir haben. Und wäre sie noch länger weggeblieben, hätten wir vermutlich noch mehr Seitensprünge voreinander ausgeplaudert.

«Und, hab ich was verpasst?»

«Ich habe gerade von meinen Sex-Abenteuern erzählt», sagt Lisa und trinkt ihren Grappa.

Mama lacht ungläubig und winkt ab. «Ach, wie langweilig.»

«Genau!» Uschi ergreift das Wort. «Deshalb Themenwechsel! Wir dürfen uns nicht auf die Männer konzentrieren, sondern sollten *uns selbst* mehr in den Fokus unseres Lebens rücken.»

«Oh», freut sich Manu, «das hab ich mir irgendwann auch gedacht. Seitdem habe ich eine ganze Kollektion an Vibratoren.»

«Wie dem auch sei – es geht um uns!» Uschi erhebt ihr Glas.

Mama nickt begeistert. «Denn wir haben nur dies eine Leben, und das sollten wir selbst bestimmen! Prost.»

«Prost!», stimmen wir ein.

Obwohl das ja eigentlich nichts Neues ist, wird mir in diesem Moment endlich klar, was ich Mama zu Weihnachten schenke.

25.

Wie sich in den vielen, langen Gesprächen der letzten Wochen herausgestellt hat, hat es Mama seit ihrer Heirat mit Papa an Bestätigung und Anerkennung von außen gefehlt. Sie war Sekretärin und wohnte noch bei ihren Eltern, als sie Bruno kennenlernte, einen aussichtsreichen Finanzbuchhalter, der Sicherheit versprach. Nach einem halben Jahr machte er ihr einen Antrag, die beiden zogen zusammen und gründeten eine Familie. Er wurde Beamter und sie Hausfrau. Sie ging darin auf. Die Familie war ihr Glück und wir Kinder ihre größte Bestätigung – das genügte.

Doch alles wurde anders, als mein großer Bruder gerade Abi gemacht hatte und ich fünfzehn war. Papa lernte diese Linda kennen, und Mama fand heraus, dass ihr Mann eine Affäre hatte. Sie ließ ihn gewähren. Unfassbar! Sie ließ es ihm durchgehen, aus Angst, ihn zu verlieren und mit uns Kindern auf der Straße zu landen. Zudem wollte sie uns Kinder so wenig wie möglich damit belasten und das enge Verhältnis zwischen uns und Papa nicht zerstören. Denn er war zweifelsohne ein guter Vater, der immer versuchte, es allen recht zu machen. Zu ihren Eltern konnte Mama nicht zurück, weil dort nicht genug Platz war. Also schluckte sie die bittere Pille – nicht zuletzt für mich. Denn mein Bruder musste nach der Schule zur Bundeswehr und fing dann an zu studieren. Und damit war er raus. Meine Mutter hat sich für uns Kinder, später vor allem für mich, aufgeopfert und sich selbst, ihren Stolz und ihre Bedürfnisse dabei zurückgestellt.

«Es waren andere Zeiten», sagt sie. «Und ich war weder selbstbewusst noch egoistisch genug, um einfach alles stehen und liegen zu lassen. Ich musste doch an euch denken.»

Zuerst hat sie meinem Vater gegenüber kein Wort darüber verloren, dass sie von der anderen Frau wusste. Bis sie es nicht mehr aushielt und ihm eine Szene machte. Daran kann ich mich noch vage erinnern, denn es gab ansonsten nie viel Streit zwischen meinen Eltern. Mama ist ein absoluter Kontrollfreak. Immer hat sie versucht, Haltung zu wahren.

«Haltung und Stolz kann uns niemand nehmen», sagte sie mir einmal, nachdem ich in der Grundschule von einer Mitschülerin gemobbt wurde. Ich hasste sie und kam jeden Tag weinend nach Hause. Mama trocknete meine Tränen und tröstete mich.

Seit ich darüber nachdenke, wird mir schlagartig bewusst, dass ich ihr etwas schuldig bin – nämlich einen Teil ihres Lebens. Also habe ich mir vorgenommen, künftig mehr Zeit mit Mama zu verbringen.

***

Weihnachten haben wir tatsächlich dann doch alle zusammen bei uns gefeiert. Fest der Liebe und so!

Irgendwie waren die Feiertage bizarr, denn bis heute reden meine Eltern nicht miteinander. Ständig musste Frida vermitteln und Nachrichten überbringen. Da mein Vater nur über die Feiertage die Klinik verlassen hatte, wohnte er bei uns im Gästezimmer. Mama wollte ihn zu Hause nicht haben. Ich muss gestehen, dass mir das ganz schön leidtat – ausgerechnet an Weihnachten. Aber Papa schien damit kein Problem zu haben. Ständig betonte er, dass er sich nichts vorzuwerfen habe und dass Mama das irgendwann schon begreifen werde. Für meinen Geschmack etwas zu selbstgefällig. Am 27. Dezember haben wir Papa dann wieder in die Klinik gebracht. Die Fronten sind völlig verhärtet.

Und heute ist Silvester. Dieser Abend droht, wie jedes Jahr abzulaufen, wenn es nämlich nur darum geht, Lotti ihre Angst vor der Knallerei zu nehmen. Frida macht irgendwo Party, und wir betüddeln die arme Hündin, die völlig durchzudrehen droht, weil die Angst vor Knallerei sie jedes Jahr in einen absoluten Panikzustand versetzt. Wegen Lotti haben wir sogar schon Silvester auf sämtlichen Nord- und Ostseeinseln verbracht, weil wir naiv dachten, da würde nicht so viel geballert. Aber genau das Gegenteil war der Fall. Kein Strand ohne Feuerwerk.

Diesmal habe ich eine neue Idee. Arne und ich packen eine Flasche Sekt und etwas zu essen in einen Picknickkorb und fahren mit Lotti zu der kleinen Kapelle am See. Und das könnte auch ganz schön und sogar romantisch sein, wenn es nicht so bitterkalt wäre, denn über die Feiertage ist die Heizung ausgeschaltet. Wir halten es bis halb zwölf aus. Dann setzen wir uns ins Auto und fahren übers Land, bis uns wieder warm wird und wir in der Ferne bunte Raketen aufsteigen sehen, die den Nachthimmel erleuchten. Mitternacht. Arne parkt am Rand eines großen Ackers und greift nach dem Picknickkorb auf dem Rücksitz, wo Lotti friedlich schläft und von Silvester absolut nichts mitbekommt.

«Ziel erreicht, Patient schläft», sagt Arne und öffnet die Flasche mit einem leisen *Plopp.* Dann stoßen wir an.

«Auf uns», flüstert Arne, damit Lotti nicht aufwacht.

«Und auf die Zukunft», füge ich ebenfalls flüsternd hinzu.

Dann küssen wir uns. Sehr romantisch alles. Ich kann mich gar nicht erinnern, wann wir zuletzt so einen harmonischen und schönen Silvesterabend verbracht haben.

Nachdenklich schauen wir in die Ferne, wo über den Dörfern bunte Lichter aufblitzen.

«Das wird ein sehr spannendes Jahr», sagt Arne nachdenklich.

Ich nicke. «Ja, wir werden heiraten, und dann … dann verlässt du mich.»

Wir schauen uns an und müssen beide lachen, ziehen aber sofort schuldbewusst die Köpfe ein und legen uns gegenseitig eine Hand auf den Mund, damit Lotti nicht wach wird. Ganz sanft streichelt Arne mein Gesicht und küsst mich.

«Aber nur um immer wieder zu dir zurückzukommen.»

***

Meine Mutter und ich starten mit Schwung und einem Sack voll guter Vorsätze ins neue Jahr. *Selbstoptimierung* ist das Schlüsselwort zum Erfolg. Mein Weihnachtsgeschenk an Mama. Der Plan: sie aktiver, attraktiver und selbstbewusster werden zu lassen. Und ich nehme mir wirklich Zeit für Mama. Wir gehen gemeinsam in die Oper, ins Theater oder zur Wellness-Behandlung. Ich habe ihr ein Fitness-Abo für Senioren in meinem Sportstudio geschenkt, und an den Wochenenden schlendern wir über Märkte, durch Ausstellungen oder Einkaufsstraßen.

Manchmal nehme ich sie unter der Woche mit in die kleine Kapelle, wo ich mit der Restaurierung des Retabels ganz gut vorankomme. Dort hat Mama neulich erst die gute Anna kennengelernt. Die zwei Damen mochten sich auf Anhieb und haben fröhlich gequatscht und Tee aus Annas Thermoskanne geschlürft, während ich gearbeitet habe. Henry sehe ich nur selten in der Kirche und auch sonst nicht. Die Immobilienbranche boomt, und deshalb ist er viel unterwegs. Auch im Ausland. Leider. Wie gerne würde ich ihm jeden einzelnen Arbeitsschritt in der Praxis noch einmal ganz genau erklären und zeigen, damit er sieht, wie sehr ich in meiner Arbeit aufgehe.

Nach der Dokumentation und Kartierung der Schäden auf Fotos, die ich zuvor von dem Altaraufsatz gemacht habe, beginne ich nun mit der Konservierung und führe zunächst Materialtests durch. Dazu nehme ich Proben der vorliegenden Materialien, um ihre Reaktion zu testen, zum Beispiel auf Wasser, Alkohol und andere Lösungsmittel, Reinigungs- und Festigungsmaterialien – es gibt zig Möglichkeiten. Der schönste Arbeitsschritt steht mir noch bevor – das Säubern und Festigen. Es ist immer wieder irre, wenn sich am Ende eines Tages das Kunstwerk verändert hat. Für das Auge eines Laien sind sie oft kaum wahrnehmbar, aber ich sehe jede Veränderung. Jede Reinigung, jedes Holzwurmloch, das ich verschlossen, jeder Riss, den ich retuschiert habe, macht mich glücklich. Der Erhaltungs- und Erneuerungsprozess eines Kunstwerks ist jedes Mal wie eine Wiedergeburt. Es kann Monate dauern, manchmal Jahre, bis es zu dem wird, was es ursprünglich war. Aber es ist noch viel zu tun, bis Anna, Maria, Jesus und die beiden Heiligen vollends wiederhergerichtet sind.

Bei Mama funktioniert das schon ziemlich gut und dauert nur einige Wochen. Jedenfalls sieht sie blendend aus, schminkt sich wieder, treibt Sport und geht regelmäßig zum Friseur und zur Fußpflege. Ihr farbloses Beige im Kleiderschrank haben wir zusammen mit Frida gegen frisches Pink ausgetauscht – ihre Lieblingsfarbe, die sie sich nur nie getraut hat zu tragen, weil sie nicht auffallen wollte. Mama war immer eine graue Maus. Wozu sollte sie auch hübsch und auffällig geschminkt und angezogen sein. Sie hatte ja einen Mann und eine Familie.

«Für dich», habe ich ihr zu erklären versucht. «Nur für dich allein.» Das neue supermoderne Brillengestell in Stahlblau passt großartig zu ihren grauweißen Haaren, die sie wieder wachsen lässt, um nicht mehr wie eine typische Kurzhaar-Omi auszusehen, für die eine Frisur vor allem praktisch sein muss. Tatsächlich bin ich überrascht, wie gut meine Mutter aussieht. Sie strahlt regelrecht.

An Papa verschwendet sie dabei nur wenig Gedanken. Er bekommt von dieser Verwandlung auch gar nichts mit, denn seit er Anfang Januar in die Rehaklinik umgezogen ist, besucht sie ihn gar nicht mehr. Ich besuche ihn dort nur selten und überlasse das lieber Arne und Frida. Außerdem wurde mir gesagt, dass diese Linda fast täglich kommt und viel Zeit mit meinem Vater verbringt. Unglaublich, dass er die eine Frau einfach gegen eine andere austauscht, die mit ihm Händchen hält. Hauptsache, er wird gut bekocht.

Er braucht also weder Mama noch mich – könnte man denken. Aber das stimmt nicht ganz. Er ruft mich nämlich regelmäßig an, um zu hören, wie es mir und Mama geht. Ich bin dann jedes Mal irritiert, denn ich kann nicht damit umgehen, dass mein Vater sich mit dieser anderen Frau trifft, von der er felsenfest sagt, sie sei nur eine Freundin. Aber das nimmt ihm wirklich niemand ab, nicht mal Arne, auch wenn der mit Papa eher über Fußball redet. Papa behauptet, dass ihm Mama fehlt, und er will genau wissen, was sie so macht. Ich halte mich mit Infos zurück, um ihn abzustrafen. Arne meint, dass ich damit eindeutig meine Kompetenzen überschreite. Aber ich muss das für Mama machen, die selbst dem Ganzen eher machtlos gegenübersteht. Um genau zu sein – sie leidet. Ja, ich lenke sie, so gut es geht, ab, aber jeder Gedanke an Papa bereitet ihr innere Schmerzen. Es scheint fast wie eine Wunde, die einfach nicht heilen will. Wie auch, nach so vielen Jahren.

Um Mama noch mehr abzulenken, versuche ich sogar, sie aktiv in die Hochzeitsvorbereitungen einzubinden, aber da blockt sie ab.

«Das mach mal schön mit Carla. Viele Köche verderben den Brei, und ich hab für so was noch nie viel Sinn gehabt.»

Stimmt. Ich erinnere mich, dass Mama zwar ständig für alle Familienfeste gerne gekocht hat, aber wenn es ums Organisieren und Dekorieren ging, hat sie mich oder irgendwelche Freundinnen und Nachbarinnen eingebunden. Und sowieso ist sie nach wie vor nicht davon überzeugt, dass ich Arne heiraten sollte. Über das Thema reden wir daher nur selten.

26.

Der Winter will dieses Jahr einfach nicht enden, genau wie die viel zu langen Nächte und viel zu kurzen Tage. Außerdem habe ich den Eindruck, dass ich ständig friere und die Sonne sich nie wieder blickenlassen wird. Morgens habe ich Schwierigkeiten, in die Gänge zu kommen, klar und vor allem positiv zu denken, denn nichts ist positiv daran, aufzustehen, wenn es dunkel und kalt ist.

«Aufstehen, Hochzeitsmesse!»

Mit diesen schlimmen Worten weckt mich Frida an einem kalten grauen Sonntagmorgen im Februar.

Eigentlich wollte ich endlich mal wieder so richtig ausschlafen und in den Tag hineinbummeln. Aber das scheint aussichtslos, denn Frida lässt sich nicht abwimmeln. Sie meint dass absolut ernst: Sie will zu dieser Hochzeitsmesse, und es gibt kein Entkommen. Also raffe ich mich auf, während Arne sich neben mir auf seiner Seite noch mal umdreht und tiefer in seine Bettdecke kuschelt.

«Eigentlich müsstest du mitkommen, denn es geht ja auch um dich und deine Hochzeit. Geteiltes Leid ist halbes Leid. Hm?»

«Vergiss es! Das ist eindeutig Frauensache. Für so was hab ich weder Zeit noch Kraft. Muss nachher ins Büro und vorher noch 'n bisschen schlafen. Viel Spaß!»

«Danke, Schatz!», sage ich betont übertrieben. Aber diese Reaktion hätte ich mir auch denken können. Und ehrlich gesagt, kann ich ihn gut verstehen. Aber ich hab's Frida versprochen, und wir haben schon lange nichts mehr gemeinsam gemacht. Also warum nicht mal eine Hochzeitsmesse?

Ich habe keine Ahnung, was mich erwartet, aber ich vermute, der blanke Horror. Wie ein Schäferhund treibt sie mich an, hetzt mich geradezu. Dabei weiß ich absolut nicht, was ich anziehen soll. Muss ich mich für den Besuch einer Veranstaltung, die sich um den schönsten Tag im Leben dreht, rausputzen, um ernst genommen zu werden? Oder kann ich im Schlabberlook gehen? Weil ich nicht in die Gänge komme, wird Frida ungeduldig.

«Ist doch egal, was du anziehst. Du musst ja nicht dort heiraten.»

Da hat sie recht. Wir treffen uns mit Carla am Bahnhof, um mit der Straßenbahn zur Messehalle zu fahren. Während ich neidisch daran denke, dass Arne gleich aufsteht und mit Lotti einen Waldspaziergang macht, werden wir in der Halle mit lauten Beats und strahlend weißer Deko empfangen. Ich bin nicht nur geblendet, sondern muss zugeben, dass ich jetzt auch viel lieber im Wald wäre.

Die Messehalle ist gut besucht – vorwiegend von Paaren und Frauengruppen unterschiedlichster Kombinationen: angehende Bräute mit Freundinnen, Müttern, Schwiegermüttern, Töchtern oder anderen vorwiegend weiblichen Verwandten. Schwule Paare sehen wir kaum, denn genaugenommen ist hier alles auf Hetero-Paare ausgerichtet.

«Ganz schön diskriminierend», findet Frida. «Und total spießig!»

«Hm», sage ich und fühle mich bestätigt. «Hab ich ja gesagt, dass das nicht so toll wird.»

«Jetzt warten wir mal ab. Gleich beginnt die Modenschau.» Carla ist wie immer optimistisch und voller Erwartungen. Aber sie hat recht, denn die laute Musik wird noch lauter und der weiße Laufsteg im Zentrum der Halle wird in buntes Scheinwerferlicht getaucht. Eine Moderatorin vom Format einer Frauke Ludowig betritt die Bühne und kündigt die neuesten Hochzeitstrends an, die angeblich viel Haut zeigen. Und schon betreten die ersten Models im Stechschritt die Bühne, während im Hintergrund die Namen der regionalen Brautausstatter an die Wand geworfen werden. Zugegeben, schöne Kleider in allen Formen mit Spitzen, Glitzer und Perlen bestickt. Anmutig bewegen sich die Mannequins, schreiten nach vorn, zurück, zur Seite, drehen sich und stellen sich nebeneinander zum Greifen nahe auf. Sie sehen wie Königinnen und Prinzessinnen aus. Das Publikum staunt und klatscht Beifall. Und während ich mich umschaue, fällt mir auf, dass nahezu keine der klatschenden Frauen hier in eines dieser Traumkleider hineinpassen würde. Die Bräute wären entweder zu klein oder zu dick. Ich wäre gleich beides und verabschiede mich nun endgültig von dem Gedanken, wie eine Elfe vor den Traualtar zu treten. Ach Unsinn, ich bin ja auch keine zwanzig mehr und muss realistisch bleiben. Was soll ich denn mit so einem Kleid, in dem ich allenfalls aussehe wie ein Sahnebaiser. Schließlich bin ich erfahren und abgebrühte Zuschauerin sämtlicher Trash-Hochzeitsshows im Fernsehen und sollte wissen, dass ein Brautkleid keine neue Frau aus einem macht und auch keine neue Figur zaubert. Trotzdem ist es schön anzuschauen, wenn diese Elfen in diesen Elfenkleidern über den Laufsteg schweben. Okay, manche sehen aus wie Weihnachtsbäume mit Krönchen statt Spitze – fehlt nur noch blinkende LED-Beleuchtung, aber ich bin sicher, das gibt es auch.

Dann kommen die Männer dazu. Auch sehr gut aussehend alle, bloß sind ihnen durch die Reihe die zwei- und dreiteiligen Anzüge zu klein. Zu knapp die Ärmel, zu kurz die Hosenbeine oder zu eng die Jacketts. Hier scheint dann doch nur die Braut im Mittelpunkt zu stehen.

«Ist doch hübsch – das eine oder andere Kleid», sagt Carla, deutlich um Diplomatie bemüht. Aber Frida und ich schütteln gleichzeitig den Kopf. Carla nickt. «Aber natürlich nichts für dich dabei!» Na, da bin ich wirklich froh, dass sie das auch so sieht.

Wir schlendern durch die Halle und bleiben vor einem Stand für Brautsträuße stehen.

«Darf ich Ihnen einen Gutschein schenken, den können Sie bei uns im Laden einlösen», spricht mich eine junge Frau freundlich an. Ich nehme den Gutschein und schaue ihn mir genauer an.

«99 Euro? Wow!», rutscht es Frida heraus, die mir den Gutschein neugierig aus der Hand nimmt.

«Für einen Brautstrauß?», frage ich.

Die junge Frau lacht. «Genau. Für Ihren Brautstrauß für die Ewigkeit.»

Jetzt bin ich aber neugierig. «Wie das?»

«Durch ein besonderes Acrylverfahren, mit dem ich Ihren persönlichen Brautstrauß konserviere.»

Und dann zeigt sie uns ihre Kunst – nämlich individuell getrocknete Blütenbilder, in Acryl gegossen. Das ist …

«Interessant», heuchele ich. «Und was kostet so was?»

«Also, das ist ein ganz aufwendiges Verfahren. Diese individuellen Blütenbilder kosten zwischen 790 und 1590 Euro. Hängt von der Größe Ihres Blumenstraußes ab.»

Carla nickt verständnisvoll. Die Frau fährt fort mit ihrer Erklärung. «Das ist dann aber auch etwas ganz Besonderes. Hat nicht jeder an der Wand. Und bevor diese schönen Sträuße verwelken, konservieren wir sie einfach für die Ewigkeit. Hübsch, oder?»

«Absolut!», sage ich und finde das, was ich sehe, sehr scheußlich und völlig überflüssig. Ich bin aber nicht das Maß der Dinge, denn ich mag auch keine Trockenblumensträuße, und selbstgetrocknete Rosen vom letzten Geburtstag sind für mich nur Staubfänger. Ist eben Geschmackssache.

«Danke, wir überlegen es uns», sagt Frida höflich, und wir gehen weiter.

«Überlegt mal, was man mit dem Geld alles machen könnte!», sage ich.

«Zum Beispiel einen Foto-Bulli mieten», freut sich Frida und zieht uns zu einem alten VW-Bus, in dem eine Fotobox installiert ist.

Mich kann man für 700 Euro mieten steht auf der Windschutzscheibe. Und ich finde tatsächlich auch, dass das Geld hier besser angelegt wäre als in einen Acryl-Strauß. Wir suchen uns ein paar alberne Hüte, Bärte und Brillen aus, quetschen uns aufs Bild, schneiden ein paar doofe Fratzen und machen lustige Sofortbilder. Ich nehme mir noch eine Visitenkarte des Bulli-Verleihers mit, und weiter geht's.

Zwischen zwei Ständen mit Trauringen, die alle langweilig aussehen, entdecken wir eine Art Kosmetikstand. Was aber eigentlich unsere Blicke auf sich zieht, ist ein Korb, der in einer Ecke steht, in dem ein Neugeborenes schläft.

«Bei uns können Sie ein Facelift ohne chirurgischen Eingriff vornehmen lassen. Ganz ohne Risiko.»

Ich drehe mich nach der Stimme um. Hinter mir steht eine langhaarige Frau, die sich an mir vorbeidrängelt und das schlafende Baby aus dem Korb nimmt, um es sich in ein Tragetuch eng an den Körper zu binden. Das Kleine muckelt etwas, bleibt aber ruhig und entspannt.

«Süß, Ihr Baby», sage ich.

Die Frau wippt entspannt hin und her.

«Ja, ein Engelchen … mein Enkelkind», sagt sie stolz. Frida, Carla und ich wechseln vielsagende Blicke. Wow, so jung und schon Oma!

«Und, äh, wie soll das funktionieren, ohne Messer?» Carla wechselt elegant, aber dennoch neugierig das Thema.

«Fäden. Ein ganz einfaches Verfahren», sagt die Großmutter, die ungefähr fünfzehn Jahre jünger ist als ich. Und ich frage mich, ob sie nur so jung aussieht oder wirklich so jung ist, wie ich denke. Falls ja: Liegt es an den Fäden in ihrem Gesicht? «Mit dünnen Nadeln werden noch dünnere Fäden unter die oberste Hautschicht geschoben.»

«Ach, und diese Fäden ziehen die schlaffe Haut wieder in Position, oder wie?»

Ehrlich gesagt kann ich mir das nur schwer vorstellen. Am Ende sieht man dann im Gesicht aus wie eine Rinderroulade nach sechs Stunden Schmorzeit, wenn das durchgegarte Fleisch zwischen den Fäden herausquillt.

«Nein, die Fäden regen die Collagenproduktion in der Haut an und lösen sich nach sechs bis acht Wochen komplett auf. So entsteht eine Art Collagen-Stützgerüst von innen.»

«Aha, und tut das weh?», fragt Frida zu Recht.

«Nein, natürlich nicht! Das wird ja örtlich betäubt», sagt die junge Großmutter. Aber irgendwie können wir ihr das nicht so recht glauben, denn hinter ihr auf einem Bildschirm läuft ein Demo-Film, auf dem einer Frau diese Fäden unter die Haut geschoben werden. Und sie sieht nicht glücklich aus.

«Haben Sie selbst denn auch diese Fäden im Gesicht?», stellt Carla die Frage, die auch mir auf der Zunge liegt.

«Äh … Nein!»

Das verwundert uns. «Und warum nicht?»

«Es war noch nicht nötig. Außerdem: Ein Konditor kann ja auch nicht ständig seinen eigenen Kuchen essen. Oder ein Bierbrauer sein eigenes Bier trinken.» Es folgt ein künstliches Lachen. Jetzt wird das Baby etwas unruhig. Aber sie ist noch nicht fertig mit uns und kommt einen Schritt auf mich zu. «Sind Sie die Braut?» Ich nicke. «Bei Ihnen könnte ich mir das gut vorstellen. Hier, die Marionettenfalten, dann die schlaffen Wangen und an den Augen vielleicht. Hier so …» Sie zeigt auf meine Krähenfüße und gibt mir ihre Karte. «Denken Sie als Braut über ein wenig Selbstoptimierung nach – ein neuer strahlender Look. Kann es ein schöneres Geschenk für Ihren zukünftigen Mann geben?»

Ich bin schockiert über so wenig Sensibilität und will schon kontern, aber mir fehlen einfach die Worte. Carla tritt an meine Seite, greift blitzschnell meine Hand und lächelt die Dame zuckersüß an.

«Interessante Idee, aber nichts für uns. Ich habe für meine Verlobte längst einen OP-Termin vereinbart. In einer ästhetischen Klinik. Die machen dann auch gleich den Bauch-, Bein- und Kniespeck weg. Oder, Maus?»

Ich lächele dankbar und gebe Carla einen Kuss. «Ja, Hase. Das ist so süß von dir!»

Das Gesicht der Frau gefriert, als habe jemand an allen angeblich nicht vorhandenen Fäden gleichzeitig gezogen.

Ich hake mich schwungvoll bei Frida unter, die sich kaum noch halten kann vor Lachen, und wir ziehen weiter.

In dieser Halle wird alles angeboten, was man für eine Hochzeit braucht, und noch viel mehr, das man nicht braucht. Ich brauche zum Beispiel keine Hochzeitsplanerin, die auf einem weißen Ledersofa kostenlos Blitzberatungen anbietet und vor deren Stand eine mindestens hundert Meter lange Schlange ansteht. Ich habe ja Carla, meine *Zukünftige*. Und ich brauche auch keinen Fotografen, der für 2500 Euro von morgens bis abends – ach, vermutlich bis zum nächtlichen Vollzug der Ehe – Fotos vom Brautpaar macht.

«Das sind nicht einfach nur Fotos, das ist Storytelling vom Feinsten», versucht der junge Mann mit den wilden Locken, auf denen ein sommerlicher Strohhut sitzt, dem Karohemd mit aufgekrempelten Ärmeln und der romantischen Harry-Potter-Nickelbrille, mich zu überzeugen. Und um es perfekt zu machen, hat er Sommersprossen und sieht aus wie aus einer Tom-Sawyer-und-Huckleberry-Finn-Verfilmung. Freundlich zeigt er mir eines seiner Storybooks.

«Sehen Sie, diese Strandhochzeit durfte ich letzten Sommer begleiten.»

Irgendwie klingt er wie ein Pfarrer, der einen Schwerkranken in den Tod *begleiten durfte* – nicht sehr überzeugend und schon gar nicht lebensbejahend. Wir schauen uns die Fotos an, die mich allesamt an Werbespots erinnern – eine Mischung verschiedener Spots für Schnapspralinen aus dem Bergischen Land, bayerischen Landjoghurt, friesisches Bier und Teewurst aus Mecklenburg vor dem Hintergrund einer Südseetapete. Und über dem Ganzen liegt ein heimeliger Vintage-Filter. Heiraten wie in einer Wurstwerbung.

«Digitale Fotos kann ja jeder, aber ich biete Ihnen ein individuelles Rundum-Sorglos-Paket an. Vom Aufstehen bis zum Schlafengehen, wenn Sie wollen.»

«Wollen wir, Schatz?», frage ich Carla laut.

«Nein danke.»

«Oh, es gibt auch andere Varianten.»

Genauer betrachtet – wir schauen uns jetzt noch andere beispielhafte Storybooks an – eine schöne Idee. Schöne Bücher mit schönen Menschen in schönen Locations, perfekt ausgeleuchtet, perfekt geschminkt …

«Perfekt inszeniert», flüstert Carla. «Das sind doch keine Schnappschüsse!»

«Das ist ganz unterschiedlich. Kommen Sie doch in mein Studio. Wann ist denn Ihr Termin?» Damit schaut er abwechselnd zu Carla und mir.

«Am 1. Juni», sagt Frida und drängt sich zwischen uns wie ein Kleinkind.

«Oh, da scheinen alle heiraten zu wollen. Aber ich könnte Ihnen den Termin reservieren!»

«Wir schauen mal. Aber danke», sagt Frida und zieht Carla und mich weg von dem Stand.

«Ihr zieht nicht ernsthaft in Erwägung, so einen Kitsch machen zu lassen, oder?»

Carla und ich schauen uns an und schütteln vehement den Kopf. «Nein! Natürlich nicht!», sagen wir im Chor.

«Gut, ich kenne da nämlich einen, der macht das deutlich günstiger. Aber mit dem muss ich erst reden.»

Oh, jetzt kommen also auch schon Fridas Connections ins Spiel. Man darf gespannt sein.

Die Konditoren lassen wir aus, darum müssen wir uns zum Glück nicht kümmern. Außerdem hängen wir an unserem Leben. Uschi würde Arne, mich und Carla umbringen, wenn sie nicht die Hochzeitstorten und das Catering machen dürfte. Im nächsten Gang kommen wir zu den DJs, die hinter ihren Infoständen herumlungern.

«Warum sind die alle so alt?», frage ich Carla und Frida.

«Äh, Mama, das ist ja wohl klar: weil die irgendwann den Anschluss verpasst haben. Die waren vielleicht mal cool.»

«Kaum vorstellbar», murmelt Carla.

«Wann soll das gewesen sein?», frage ich.

«Ich fürchte, als wir auch noch cool waren», sagt Carla bitter.

«Aber im Vergleich zu diesen DJs hier sind wir heute immer noch cool, meine Liebe!», glaube ich zumindest.

Frida schüttelt peinlich berührt den Kopf. «Mama, sag das nicht so laut, sonst muss ich mich fremdschämen.»

Wir machen einige Preisanfragen und erfahren, dass diese Herren hier – es sind ausschließlich Männer – pro Abend fast tausend Euro verlangen. Kein schlechter Tagessatz dafür, dass sie ihr Repertoire abdudeln.

«Die kriegen einen Tausender dafür, dass sie nicht mal das auflegen, was die Leute zum Tanzen bringt», sagt Carla schockiert. «Auf keiner meiner Hochzeiten war die Musik perfekt. Egal wie lange ich vorher mit dem DJ alles abgesprochen habe.»

«Hm, aber Musik ist wichtig», sage ich und überlege, wie das Problem zu lösen ist. Dann lege ich meiner lieben Tochter den Arm um die Schultern und lächele sie an. Sie ist zu Recht misstrauisch.

«Was willst du, Mutter?»

«Frida, mein Kind, du bist auf so vielen Gebieten mit Talent gesegnet – du kümmerst dich um die Musik.»

«Aber ich …»

«Höre ich da etwa Protest? Nein, du würdest deiner dich liebenden Mutter so einen Herzenswunsch niemals abschlagen. Stimmt's?»

Frida atmet schwer aus und schüttelt den Kopf.

«Du bist unmöglich, Mama! Ich lass mir was einfallen.»

«Wunderbar!» Ich ziehe das kleine *Kuchenrausch*-Notizbuch aus meiner Handtasche und mache eine Liste. «Also, wir haben Kuchen und Catering, die Musik, Fotograf, Kirche, Pfarrer und Termin – ist doch super.»

Carla holt ihr eigenes *Kuchenrausch*-Notizbuch aus ihrer Handtasche und ergänzt: «Fehlen noch Location, Kleid, Ringe, Standesamt, Save-the-Date-Ankündigungen, Einladungen, Trausprüche, Brautstrauß, Kosmetiktermin, Test-Frisur und Test-Make-up, Arnes Outfit, Weinprobe …»

«Stopp!», rufe ich. «Du machst mir Angst. Wenn ich das so höre, möchte ich am liebsten die Hochzeit absagen. Wie soll ich das denn alles neben der Arbeit …»

«Aber wieso denn?», unterbricht mich Carla. «Genau dafür hast du doch mich. Vertrau mir! Alles wird gut.»

«Sollten wir nicht wenigstens langsam wissen, wo wir feiern?»

«Ich arbeite daran, vertrau mir», sagt Carla mit Nachdruck. «Alles – wird – gut!»

Sie sagt das wie eine Wahrsagerin, die mich in völliger Sicherheit wiegen will, um bloß keinen Zweifel an ihrer Kunst aufkommen zu lassen. Aber Carla ist auch der einzige Mensch auf Erden, dem ich das voll und ganz glaube. Ja, ich vertraue ihr. Außerdem bleibt mir auch gar nichts anderes übrig.

An einem Getränkestand benetzen wir unsere trockenen Kehlen mit einem äußerst günstigen Mineralwasser für je fünf Euro – geradezu ein Schnäppchen im Vergleich zu dem, was nun folgt – in der Trauringabteilung. Seltsamerweise habe ich immer das Gefühl, einen Griff fürs Teure zu haben, denn kaum sehe ich einen Trauring jenseits vom Mainstream, steigt der Preis um mindestens 500 Euro, was keinen Ring, den ich schön finde, günstiger als 1500 Euro macht – und man braucht ja zwei.

«Das müsst ihr zu zweit machen. Lass ihn bloß nicht alleine Ringe aussuchen. Mein erster Mann hat die Ringe ohne mich ausgesucht und gekauft. Hab ich nie getragen! So hässlich.»

«Deshalb wolltest du noch mal heiraten – der Ring war blöd!» Frida und ich lachen über Carla, die zustimmend mitlacht.

«Genau. Irgendwas stimmte immer nicht. Da musste ich es eben immer wieder machen. Der Ring, der Mann, das Karma.»

«Aber die Hochzeiten waren super, oder wie?», frage ich.

«Alle drei. Sie wurden immer besser mit dem Alter – die Ringe, die Hochzeiten, die Kleider.»

«Nur die Männer nicht. Arme Carla», sagt Frida übertrieben.

«Kein Mitleid, bitte! Denn ich weiß, es gibt ihn. Ich gebe niemals auf! Und jetzt – die Kleider!»

Also gut. Wir gehen auf die Empore der Halle, wo die Brautmoden-Stände sind. Aber weil ich schon so erschöpft bin, will ich mir die teuren Fummel gar nicht mehr so richtig anschauen. Es sind zu viele. Und die Vorstellung, jetzt und hier so ein riesiges Kleid anzuprobieren, kommt mir völlig absurd vor.

«Das ist mir jetzt zu anstrengend», sage ich zu einer Verkäuferin, die mir anbietet, ein Prinzessinnenkleid mit Federbustier anzuprobieren. Zudem muss ich schon lachen, wenn ich nur daran denke, wie ich darin aussehe – wie ein sterbender Schwan.

Aber dann – wir sind schon auf dem Weg zum Ausgang – sehe ich ein Kleid, das mir auf Anhieb gefällt. Allerdings ist es eher ein Abend- als ein Hochzeitskleid.

«Sie meinen das Schwiegermutterkleid? Hübsch, nicht?», sagt der offensichtlich schwule Mann, der sich als Designer zu erkennen gibt. Dann schaut er zu Frida und Carla rüber, dann wieder zu mir. «Und wer ist jetzt hier die Braut? Ah, da ist sie ja …» Ohne die Antwort abzuwarten, geht er zielstrebig zu Frida und schiebt sie zu seiner Brautkleid-Kollektion. «So jung und schön – das sind die Bräute für meine Kollektion! Wunderbar!»

Und ehe sich Frida versieht, drückt er ihr ein Kleid an den Körper und schiebt sie hinter einen Vorhang. Die Arme weiß nicht, wie ihr geschieht. Aber sie macht mit. Als der Vorhang wenige Minuten später wieder aufgeht, habe ich eine vage Vorstellung davon, wie meine Tochter als Braut einmal aussehen könnte. Schön. Wunderschön. Atemberaubend schön. Ein Traum in Tüll – tatsächlich schön. Frida sieht aus, als würde sie gleich auf der Bühne das Dornröschen tanzen. Schneeweißer Tüll geht einfach nur, wenn man jung und unschuldig ist. Sogar mit schwarzen schmutzigen Doc Martens. Sehr lässig!

«Sorry, aber das da ist die Braut», sagt Frida grinsend und zeigt auf mich.

Dem Designer rutscht ein Stoßseufzer heraus, der nicht zu überhören ist. Dann fasst er sich und strahlt mich so falsch an, dass mir angst und bange wird.

«Ja, genau, Sie wollten doch dieses Kleid hier anprobieren …» Er nimmt das Schwiegermutterkleid von der Kleiderstange und hält es mir vor. «Steht Ihnen wunderbar! Sie sollten es einmal anpro–»

Aber ich winke ab. «Nein danke. Welche Braut will schon ein Kleid tragen, das nach Schwiegermutter aussieht?»

Wir belassen es dabei und gehen. Auf dem Weg durch die Halle kommen wir wieder am Laufsteg vorbei, wo die letzte Show des Tages gerade beginnt. Schwierig, sich an den Massen vorbeizuschieben. Die Musik beginnt, die Mannequins spulen ihre Show ab.

«Bloß weg hier», sage ich, und wir verdünnisieren uns.

Vollbepackt mit Prospekten, Tüten, Gutscheinen, Visitenkarten, Angeboten und Eindrücken sitzen wir in der Straßenbahn und fahren nach Hause.

«Wahnsinn, was man da für ein Geld lassen kann!», sage ich.

«Nur gut, dass die Zeiten vorbei sind, in denen die Eltern der Braut alles zahlen mussten.»

«Allerdings!», sage ich und bin mir sicher, meine Eltern würden mich lieber auf den Mond oder in ein Kloster schicken, als meine Hochzeit mit Arne auszurichten.

27.

Frida und ich kommen gut gelaunt nach Hause und erzählen Arne ohne Punkt und Komma von der Hochzeitsmesse und allem, was wir dort gesehen haben, während er Unterlagen zusammensucht und in eine Tasche packt.

«Arne, Carla hat gemeint, wir sollen uns endlich auf eine Gästeliste einigen, weil die Save-the-Date-Ankündigungen rausmüssen, damit dann die Einladungen rauskönnen. Und irgendwann im Frühjahr brauchen wir die konkrete Anzahl der Zusagen, wegen der Tischordnung und Namenskärtchen und so. Außerdem sollten wir uns so langsam Gedanken über unsere Outfits machen.»

«Hör mal, ich hab da jetzt gerade gar keinen Kopf für. Du siehst doch, ich hab zu tun.»

«Das sehe ich», sage ich enttäuscht. «Hast du nicht irgendwann auch Feierabend? Es ist Sonntagabend!»

Arne drängt sich an mir vorbei aus seinem Arbeitszimmer ins Schlafzimmer und beginnt zu packen. «Das interessiert doch die Nachrichten nicht.»

Mit einem Mal ist meine gute Laune dahin. «Aber es geht um unsere Hochzeit. Und …»

«Eva, ich hab da jetzt keinen Sinn für. Kümmer du dich darum.»

Er beginnt, eine Reisetasche zu packen, und will die Sache auf sich bewenden lassen, aber so funktioniert das nicht. Ich bin genervt, schließlich haben wir das alles schon besprochen.

«Nein! Wir müssen endlich eine finale Gästeliste machen, mit der Carla dann arbeiten kann. Sonst wird das nichts.»

«Ja, nimm halt die, die wir schon gemacht haben.»

Mit einem Mal spüre ich eine solche Wut in mir aufsteigen, dass ich schreien könnte.

«Geht's noch?! Da stehen über hundert Namen drauf. Wir wollten uns auf sechzig bis achtzig einigen. Da hängt so viel von ab – die Location, das Catering, die Weinauswahl, das Budget, Arne!»

Jetzt merke ich, dass auch Arnes Geduld am Ende ist. «Jetzt hör mir mal zu, Eva. Du wolltest eine große Hochzeit, dann kümmer dich auch um das ganze Zeug. Mir hätte das Standesamt gereicht. Du hast die Zeit, also mach du das alles!»

Sein Handy klingelt, er drückt den Anrufer weg. Ich kann nur noch den Kopf schütteln. «Schon klar, verstehe!» Jetzt klinge ich fast genauso grob wie er. «Aber nur zu deiner Erinnerung: *Du* wolltest diese blöde Hochzeit, nicht ich!»

«Eva!» Arne schreit fast und zeigt mit dem Handy auf mich. Es kommt mir fast vor wie eine Mischung aus Drohung und Mahnung. «Lass mich jetzt mit diesem Scheiß in Ruhe, okay?!»

«Ja super, dann lassen wir *den Scheiß* eben!»

Ich bin so wütend! Wenn ich gewusst hätte, dass am Ende alles an mir hängenbleibt, hätte ich niemals eingewilligt. Dabei hätte ich es mir eigentlich denken können. Jede weitere Diskussion ist sinnlos. Ich atme tief durch und beruhige mich.

«Was machst du da eigentlich?»

«Packen. Ich fliege für zwei Tage nach Kiew.»

«So plötzlich?»

«Ich muss die nächsten Monate zwischendurch immer mal für ein paar Tage hin, um einige Leute kennenzulernen, Kontakte knüpfen und so weiter. Das ist wichtig, damit ich sofort einsteigen kann, wenn ich im August anfange», sagt er und packt weiter.

«Wann geht dein Flieger?»

«Um 6.30 Uhr. Ich schlafe im Gästezimmer, um dich nicht zu wecken.»

Frida hat sich zum Glück aus allem rausgehalten, aber sie hat mitgehört. In der Küche gibt sie mir ein Glas Wasser, und ich lasse meinem Ärger über ihren Vater freien Lauf. Ja, ich weiß, dass man die Kinder nicht in einen Elternstreit involvieren darf, aber ich muss irgendwo Luft ablassen. Sie hat vollstes Verständnis für mich, versucht aber, mir Arnes Verhalten zu erklären.

«Aber du weißt auch, dass Papa auf das Weltgeschehen reagieren muss – als Journalist», erklärt sie möglichst diplomatisch.

«Natürlich weiß ich das! Ich kenne ihn und seinen Job schließlich länger und besser als du.»

«Kein Grund, mir jetzt doof zu kommen», beklagt sich Frida.

«Sorry», sage ich kleinlaut.

«Warum machst du es denn nicht einfach ohne ihn?!»

«Weil ich nicht *will*! Es war alles *seine* Idee!»

«Das ist kindisch, Mama. Du benimmst dich wie Oma!»

«Wieso? Was ist denn mit Oma?»

«Na, sie ist genauso trotzig wie du. Voll kindergartenmäßig.» Frida nimmt einen Apfel aus dem Obstkorb, beißt hinein und spricht mit vollem Mund weiter: «Und dass sie jetzt mit diesem Typen abhängt, ist doch auch nur eine Trotzreaktion.»

«Was denn für ein Typ?», frage ich überrascht.

Frida verdreht altklug die Augen. «Du kriegst auch gar nichts mit, oder? Dabei hängt doch alles mit allem zusammen.»

Ich verstehe nur Bahnhof, atme tief durch und lausche einer weiteren sich anbahnenden Krise.

Von Frida erfahre ich, dass hier offenbar einiges an mir vorbeiläuft. Offensichtlich genießt meine Mutter ihre neue Freizeit und die von mir initiierten Selbstoptimierungs-Maßnahmen in vollen Zügen – mittlerweile sogar ohne mich. Ihr neuerster Coup ist ein Tangokurs in der *Tangofabrik*. Sie ist beseelt – vom Tango, vom Tangolehrer und vom Spaß, den sie mit ihren Tanzpartnern hat. Wenn ich mit ihr rede, ist alles nur noch Tango.

Was sie mir aber bislang verschwiegen hat, ist der Herr, mit dem sie tanzt. Und nur mit ihm. Er holt sie ab, und nach dem Kurs bringt er sie nach Hause. Neulich hat er Mama sogar in die Oper und zum Essen eingeladen. Sagt Frida, die mit ihrer Oma offenbar in regem Austausch steht. Sein Name sei Friedhelm. Er sei Witwer, 79 Jahre alt, kulturell sehr interessiert, von großer, schlanker Statur, und er trage stets ein frischgebügeltes Hemd.

«Oma sagt, er bügelt seine Hemden selbst. Da fährt sie voll drauf ab.» Fridas Begeisterung über Friedhelm hält sich in Grenzen, meine sowieso. Weil ich wissen will, was da wirklich läuft zwischen diesem Friedhelm und Mama, bringe ich Arne am nächsten Morgen zum Flughafen und fahre auf dem Rückweg *zufällig* bei Mama vorbei.

***

Jetzt sitzen wir bei Kaffee und Brötchen in ihrer Küche, weil ich in Ruhe mit ihr über Papa reden will und über ihre Ehe und nebenbei etwas über Friedhelm erfahren möchte. Doch sie will, dass ich ihr von der Hochzeitsmesse erzähle.

«Ich wäre gerne mitgegangen, aber Friedhelm hat mich zu einer Tango-Ausstellung eingeladen.» Aha, und nun gerät sie nicht nur ins Plaudern, sondern geradezu ins Schwärmen. «Es war einmalig! Er ist so ganz anders als Bruno. Er interessiert sich für mich und fragt mich, was ich gerne mag. Stell dir vor! Und zwar weil es ihn *wirklich* interessiert. Dein Vater hat mich schon lange nicht mehr gefragt, was ich gerne mag.»

«Aber nur weil er dich kennt», nehme ich Papa in Schutz, was gar nicht meine Absicht ist. Seltsam, jetzt wo Mama mit diesem Friedhelm um die Häuser zieht, habe ich das Gefühl, Papa verteidigen zu müssen, obwohl er ja auch mit einer anderen Frau seine Zeit verbringt.

«Nein, mein Kind, du irrst. Weil es ihn einfach nicht interessiert. Er *glaubt*, alles über mich zu wissen, aber er wird sich noch umschauen, das sag ich dir!»

Wie sie das so sagt! So kenne ich Mama gar nicht. So entschlossen und energisch. Über jeden Zweifel ihres Tuns erhaben. Es klingt wie eine Kampfansage. Und ich muss gestehen – es steht ihr. In den letzten Wochen hat sie sich wirklich sehr verändert, sie wirkt geradezu jugendlich.

«Gehst du zur Kosmetik?»

«Klar. Du hast mir Vanessa doch selbst empfohlen. Sie ist ein Schatz. Meine Haut fühlt sich ganz glatt an, fühl mal!»

Mama beugt sich zu mir vor, damit ich ihre Wange berühre.

«Nicht schlecht. Und sonst?»

Aber Mama reagiert nicht. Das kann nur eins bedeuten. Ich habe da so eine Vermutung. «Mama, ist da mehr als nur Tango und Ausgehen mit diesem Friedhelm?»

«Manchmal gehen wir auch spazieren», sagt sie unschuldig.

Sie *will* mich nicht verstehen.

«Mama, schlaft ihr miteinander?»

Huch, das ist mir jetzt so rausgerutscht. Meine Mutter ist fast genauso überrascht wie ich selbst. Doch sie bleibt gefasst. «Und du? Schläfst du noch mit Arne?»

Ich bleibe cool. «Durchaus. Willst du Einzelheiten wissen?»

«Bloß nicht! Erspar mir das!»

«Mama, wie soll es denn jetzt mit dir und Papa weitergehen?»

Meine Mutter rührt lustlos in ihrer Tasse. «Mir egal. Frag ihn.»

«Aber er sagt, er ist sich keiner Schuld bewusst.»

«Und das glaubst du ihm?»

«Mama, das hatten wir schon. Das ist eine Pattsituation. So kommen wir nicht weiter.»

«Vermutlich hast du recht, mein Kind.» Meine Mutter schaut auf die Uhr. «Oh, schon so spät. Du musst jetzt gehen. Ich bekomme gleich Besuch. Herrenbesuch. Und ich will mich noch umziehen. Bis bald, mein Schatz.» Sie verabschiedet mich liebevoll, aber bestimmt, schiebt mich aus dem Haus und schließt die Tür hinter mir. Was sagt man dazu?

Ich fahre mit Lotti zur Kapelle, wo ich mich mit ein paar Stunden Arbeit von meiner Mutter, meinem Vater und meiner Hochzeit ablenke. Hochkonzentriert mit Musik in den Ohren arbeite ich versunken an dem Retabel, als mir von hinten jemand auf die Schulter fasst. Überrascht schrecke ich auf und drehe mich um.

«Henry!» Sofort nehme ich mir die Stöpsel aus den Ohren. Meine Laune steigt.

Er lacht mich an. «Tut mir leid, ich wollte dich nicht erschrecken, aber du hast mich nicht gehört. Störe ich?»

«Ja … nein, überhaupt nicht. Aber … was machst du hier?! Ich dachte, du hast so viel zu tun und bist dauernd unterwegs.»

«Jeder braucht mal 'ne Pause.» Er hält mir eine Papiertüte entgegen. «Und da dachte ich, wir könnten zusammen essen. Ich war bei Danny.»

Ein Blick in die Tüte macht mir sofort Appetit – belegtes Ciabatta.

Wir setzen uns in eine der Kirchenbänke und essen.

«Schön, dich zu sehen», sagt Henry. «Aber … Ist alles in Ordnung?»

«Wieso?», frage ich verwundert und beiße in mein Brot.

«Du siehst … irgendwie unglücklich aus.»

Es ist verrückt. Entweder hat dieser Mann ein unglaubliches Feingefühl, oder er spioniert mich aus. Ich tippe auf Ersteres.

«Stimmt», gebe ich zu. «Meine Eltern machen mir gerade etwas Sorgen …»

Und dann erzähle ich Henry unaufgefordert ohne Punkt und Komma von Papas Oberschenkelhalsbruch, seinem Seitensprung, Mamas neuer Leidenschaft für Tango und diesen Friedhelm und dass ich mir Sorgen um die Ehe meiner Eltern mache. Henry ist ein geduldiger Zuhörer.

«Spannend, dass es im Alter nicht langweilig wird.»

«Ich könnte auf derartige Turbulenzen verzichten», sage ich.

«Na, ein Gutes hat das alles ja auch.»

«Nämlich?»

Henry grinst. «Du stürzt dich in die Arbeit, und ich profitiere von der Krise deiner Eltern.»

«Nicht witzig», sage ich, muss aber trotzdem lachen. «Und du?»

«Ich bin nur kurz hier und fliege in ein paar Tagen nach Asien, um Investoren zu treffen.»

«Klingt aufregend.»

«Nicht so aufregend wie die Geschichte deiner Eltern. Bin gespannt, wie es ausgeht.»

«Ja, ich auch.»

Nach einer Stunde ist unsere kleine Pause vorbei, und wir verabschieden uns.

Dass ich heute Henry begegnet bin, war wie Balsam für die Seele. Als hätte er geahnt, dass es mir nach meinem Besuch bei Mama nicht so gut ging.

Carla erinnert mich später in einer Nachricht daran, ihr ein paar Listen für die Hochzeit zu schreiben. Nichts leichter als das, denke ich und verbringe den Abend mit Gästelisten, Weinlisten, Lieferantenlisten, Trauspruchlisten, Listen mit Fürbitten, DJ-Playlisten, Cateringlisten, Getränkelisten, Kuchenlisten, Blumenlisten und vor allem mit Kostenlisten. Ich drehe durch! Irgendwie wird alles teurer, pompöser, unübersichtlicher und größer als geplant. Überhaupt wächst mir alles über den Kopf. Sogar die Unlust auf die Hochzeit wächst, denn zu allem Überfluss blitzt zwischendurch immer wieder Henry in meinen Gedanken auf, und am Ende schreibe ich eine Pro-und-Kontra-Liste zum Thema Heiraten. Irgendwo tief in mir schlummert ein ungutes Gefühl.

Nachts um halb zwei wache ich auf – nassgeschwitzt. Zum Glück ist Arne in Kiew, und Frida übernachtet bei einer Freundin. Mein Herz rast, ich bin außer Atem, habe Angst. Bloß wovor? Es ist die Angst, die Restaurierung nicht fertig zu bekommen, die Angst vor der Hochzeit, die Angst, dass Frida erwachsen wird, die Angst, dass meine Eltern plötzlich sterben könnten. Alles völlig irrational. In meiner Not mache ich das einzig Vernünftige und rufe Carla an, um ihr zu erklären, was ich mir selbst nicht erklären kann – meine Angst. Aber sie versteht mich, denn sie kennt das nur zu gut.

«Ich kann auch nicht schlafen. Muss am Vollmond liegen. Komm rüber! Wir schauen uns alte Filme an», sagt sie. Ich ziehe mich an, und eine halbe Stunde später sitze ich gemütlich in Carlas Apartment auf dem Sofa, und wir schauen uns *Die oberen Zehntausend* an. Ein Feel-Good Movie mit Musik, Humor, Gefühl, Stars, Glitzer und Glamour in einer Welt, die mit uns heute überhaupt nichts gemein hat. Wir lassen uns mitreißen ins Hollywood der fünfziger Jahre, singen mit Frank Sinatra, tanzen mit Grace Kelly und trinken dazu Gin Fizz, bis wir beide am frühen Morgen ohne böse Ängste selig einschlafen.

***

Als ich aufwache, ist alles an mir schwer – mein Kopf, meine Augenlider, mein Körper. Carla sitzt auf der Bettkante und hält mir ein Glas mit milchig-sprudelnder Flüssigkeit hin – Alka-Seltzer. «Los, trink. Wir haben Termine!»

«Was denn für Termine? Ich muss nach Hause und in meine Kapelle.»

«Heute nicht, ich hab dich krankgemeldet.»

«Was? Wo? Bei wem?»

«Telefonisch bei deinem George Clooney.»

«Was?»

«Deinem Chef. Ich hab die Nummer aus deinem Handy. Sehr nett. Er wünscht dir gute Besserung.»

«Oje! Und … was hab ich?»

«Äh, Wechseljahre?»

«Was?!?»

«Ich kann so schlecht lügen. Und er hat's auch sofort verstanden.»

«Hast du sie noch alle!?»

«Nein, wieso?»

«Weil das nicht professionell ist! Mir geht's gut. Du hast meinen Auftraggeber angelogen. Wenn ich Pech habe, löst er jetzt den Vertrag auf und hält mich zu allem Überfluss für eine hysterische Hormon-Kuh», sage ich.

«Und? Bist du doch auch.»

«Haha … Autsch!» Ein stechender Schmerz durchzuckt meinen Kopf, den ich mir halte, als würde er jeden Moment bersten.

«Siehste! Dir geht's *nicht* gut, und du hast *kein* Pech. Außerdem kann ich ihm ja dann immer noch sagen, dass ich schuld war und du doch noch nicht in der Menopause bist, sondern übernächtigt und verkatert.»

Ich verdrehe genervt die Augen. Dann rufe ich Henry selbst an, um ihm persönlich zu sagen, dass ich mich nicht wohlfühle und heute nicht in die Kapelle fahre. Er reagiert sehr locker.

«Verkatert?»

«Hm, etwas», gebe ich kleinlaut zu und schäme mich.

«Schade, dass ich nicht dabei war!»

«Mädelsabend.»

«Das nächste Mal feierst du mit mir. Versprochen?»

«Versprochen.»

Moment mal – was mache ich denn da?! Ich flirte schon wieder mit Henry. Schnell beende ich das Gespräch und schreibe Frida eine Nachricht, damit sie sich keine Sorgen macht. Carla wirft mir etwas zu, das ich überrascht auffange. Unterwäsche. Unterwäsche?

«Was soll ich denn damit?»

«Anziehen. Hab ich neu für dich gekauft und schon gewaschen. Beeil dich! Wir müssen los.»

«Aber ich versteh das nicht. Wohin denn?»

«Wirst du schon sehen – komm, das wird ein langer und anstrengender Tag.»

Damit soll Carla recht behalten, denn dieser Tag wird sehr, sehr anstrengend! Im Auto erklärt sie mir den Plan.

«Fünf Termine in fünf verschiedenen Geschäften mit ganz unterschiedlichen Konzepten und Ausrichtung.»

«Fünf Termine? Das heißt alle zwei Stunden ein Termin?»

«Ja, so ungefähr. Also los!»

Es geht um Brautkleider! Wir starten in einem riesigen Laden auf zwei Loft-Etagen – *Wedding House*. Seltsamerweise ist hier alles in Schwarz und Grau gehalten, weshalb die weißen Kleider umso heller leuchten. Es müssen Hunderte sein, geordnet nach Formen und Größen. In einem hinteren Teil des Ladens, von außen nicht einsehbar, steht ein Podest, dahinter ein großer Spiegel, davor eine Polstergruppe und auf der Polstergruppe – Frida, Lisa, Manu, Uschi und Mama. Ich fasse es nicht! Die haben mir gerade noch gefehlt.

«Was machen die denn hier? Und wieso ist Frida nicht in der Schule?», zische ich Carla zu und versuche, mich hinter einer Schaufensterpuppe zu verstecken, die ein riesiges Tüllkleid trägt. Aber Carla zieht mich dahinter hervor.

«Freistunden, sagt sie. Komm schon, Eva, das gehört dazu. Ich dachte, du freust dich.»

«Wie kommst du denn darauf? Nein, das verunsichert mich nur», flüstere ich, während ich lächelnd auf die Gruppe zugehe.

«Unsinn! Sie wollen dich nur unterstützen.»

Freudig begrüße ich die Runde und verteile Bussis. «Hey, schön, euch zu sehen!»

«Ja, man sieht dir richtig an, wie sehr du dich freust», sagt meine Mutter spitz, während sie mich an sich drückt. Sie kennt mich eben und kann leider in meinem Gesicht lesen wie in der *Bild*.

«Wir müssen dir doch beratend zur Seite stehen», lacht Lisa, mit der ich all die Jahre, die wir uns kennen, noch nie den gleichen Klamottengeschmack hatte. Wieso soll ausgerechnet sie mich bei meinem Hochzeitskleid gut beraten?

«Das konnten wir uns doch nicht entgehen lassen», freut sich auch Manu, die eigentlich nur zwei Farben kennt – Rot und Schwarz. Na, das kann ja lustig werden.

Uschi drückt mich und weint fast jetzt schon, obwohl ich noch gar kein Brautkleid anhabe.

«Egal, welches Kleid du anziehst – du wirst so hübsch aussehen. Und ich kümmere mich um die passende Torte zum Kleid.» Dann lacht sie breit und holt eine große Schachtel selbstgemachte Champagner-Trüffel in weißer Schokolade hervor. Ein Traum! Frida greift als Erste zu.

«Und ich bin die Geschmackspolizei, damit du auch bloß keinen Mist aussuchst», grinst sie und beißt von der Praline ab.

O Gott, das Ganze überfordert mich, denke ich. Aber nur ganz kurz, denn nun kommt …

«Hallo, mein Name ist Mila Maranowsky. Ich heiße Sie herzlich willkommen! Wer ist die Braut?»

Alle schauen mich an.

«Ich schätze, das bin ich», sage ich etwas unsicher, weil ich nicht weiß, was als Nächstes geschieht. Diese Frau ist mir unheimlich. Sie erinnert mich rein äußerlich an Glenn Close in *Eine verhängnisvolle Affäre*. Nur dass Mila Maranowsky sehr freundlich und zuvorkommend ist. Sie ist vielleicht Anfang 60, perfekt dezent geschminkt, gertenschlank, hat grauweißes hochgestecktes Haar, lange Beine auf schwarzen High Heels und trägt ein makelloses rotes Kostüm. Sie sieht sehr stylisch aus.

«Ah.» Mila Maranowsky mustert mich von oben bis unten, als würde sie blitzschnell mit ihrem eingebauten Laserblick von mir Maß nehmen. «Sehr gut. Wie wäre es zum Lockerwerden mit einer Runde Prosecco, die Damen? Oder Wasser?» Dann klatscht sie dreimal in die Hände, und wie aus dem Nichts taucht eine junge Frau in einem schwarzen Kleid auf und bringt uns Wasser und Prosecco.

«Dann wollen wir mal. Sie sind ja nicht zum Spaß hier, meine Liebe. Was haben Sie sich denn vorgestellt? Form, Länge, Ausschnitt, Farbe …»

«Weiß?», frage ich zaghaft und fühle mich wie ein Grundschulkind, das von der Lehrerin aufgerufen wird, das kleine Einmaleins aufzusagen.

«Na, das ist ja schon mal ein Anfang. Reinweiß, Naturweiß, Champagner, Ecru …»

«Nicht Reinweiß, so viel steht fest! Bin ja auch keine Jungfrau mehr», scherze ich verlegen. Das hier ist nicht meine Welt.

«Ach was! Das wäre auch ein Jammer, in Ihrem Alter, was?»

Sie zieht die Brauen hoch und schaut mich über ihre Lesebrille hinweg an. «Und sonst gar keine Idee?»

«Bisschen Hollywood wäre schon schön», sagt Frida. «Meine Mutter liebt die Kleider der Stars bei der Oscarverleihung.»

«Wunderbar, dann habe ich ein paar Ideen», sagt Frau Maranowsky und macht sich motiviert an die Auswahl einiger Kleider für mich. Mit ihrer Assistentin durchschreitet sie zielstrebig ihren Laden. Im Hintergrund läuft leise Klaviermusik. Wir trinken derweil Prosecco und naschen dazu Uschis Trüffel-Pralinen. Eine perfekte Mischung.

«So, wenn ich dann bitten dürfte …» Frau Maranowsky führt

mich zu einer sehr großen und komfortablen Umkleide, die fast schon Zimmergröße hat und deshalb vermutlich auch Salon heißt. Für mich ist der Rosen-Salon reserviert – rund, in der Mitte ein kleines Podest, damit die Länge der Kleider voll zur Geltung kommt, zu drei Seiten verspiegelt, dazu unaufdringliches warmes Licht. Perfekt. Darin hängen fünf Kleider, die darauf warten, von mir angezogen zu werden.

«Ich denke, Sie werden schon vom ersten Kleid so begeistert sein, dass Sie es lieben werden», sagt Frau Maranowsky sehr siegessicher. Na, das ist ja mal eine Ansage!

Das erste ist ein Prinzessinnenkleid mit weitem Rock, der mit glitzernder Spitze verziert ist, genauso das Oberteil oder was davon übrig geblieben ist. Denn es ist vielmehr ein Bustier, bei dem nur die Brüste mit Spitze verdeckt sind. Dazwischen lässt ein fast bis zum Bauchnabel tiefer V-Ausschnitt viel Haut unter einem durchsichtigen Chiffon-Stoff sehen.

Also ziehe ich es an und … finde mich recht sexy, allerdings gibt es da ein Problem.

«Äh, sagte ich, dass ich kirchlich heiraten werde?»

«Nun, dieses Kleid verlangt Mut und Ausstrahlung. Das haben Sie beides. Es ist an den entscheidenden Stellen absolut blickdicht. Und wenn Sie wollen, gibt es einen Schleier dazu.»

«Schleier? Nein, sicher nicht.»

«Dachte ich mir.» Mila Maranowsky schaut zufrieden an mir herunter und nickt, bevor sie den Vorhang öffnet, damit ich auf das größere Podest draußen vor der Sitzgruppe steigen kann, wie ein Seehund im Zirkus. Und hier sind die Spiegel noch mal deutlich größer. Das Kleid ist ein Traum! Und die Mädels sind sprachlos. Allerdings aus unterschiedlichen Gründen. Meine Mutter atmet tief ein, um ihre Meinung hinunterzuschlucken. Kenne ich schon. Lisa findet es «Geil!», und Manu rutscht ein «Wow» heraus. Uschi will, dass ich mich drehe, damit alle meinen fast nackten Rücken sehen können. «Da würde eine Fondant-Torte passen mit einem Hauch Glitzer. Innen eine leichte Zitronencreme …»

«Uschi, das Kleid!»

«Ja, sehr schön. Schick. Und so … nackt.»

Sie hat recht. Ich fühle mich nackt. Wie der Kaiser in dem Märchen *Des Kaisers neue Kleider*, der nichts trägt, aber niemand traut sich, es ihm zu sagen.

«Also mal ehrlich jetzt!», fordere ich die Runde auf.

«Für die Kirche zu gewagt», findet meine Mutter.

«Ja, und irgendwie ist es oben auch zu eng, oder?», fragt Lisa.

«Eigentlich sitzt es sehr gut», sagt Mila Maranowksy. «Es ist halt sehr auf Figur geschnitten.»

«Und warum hat es so wenig Stoff?», fragt Manu.

«Das ist *der* Trend dieses Jahr – Haut. Nackte Haut, die alles und nichts zeigt. Naturalismus», erklärt uns Frau Maranowsky.

«Was sagst du?», frage ich Frida.

Sie zieht unsicher die Schultern hoch. «Weiß nicht. Wie fühlst *du* dich denn?» Das sagt schon alles!

«Schön, aber irgendwie auch unsicher und viel zu sexy. Außerdem ist mir das oben zu eng.»

Meine Mutter begutachtet mich und schüttelt den Kopf. «Das bist du nicht, Schatz.» Und damit spricht sie allen in der Runde und mir aus der Seele. Nur Frau Maranowsky ist etwas enttäuscht.

Das zweite Kleid ist im Empire-Stil geschnitten und daher sehr bequem am Bauch. Lässt mich aber leider auch wie eine Schwangere aussehen. Das dritte Kleid ist hochgeschlossen mit langen Ärmeln und sieht an mir total altbacken aus. Das vierte Kleid ist ein langweiliges cremefarbenes Corsagenkleid mit Raffungen am Oberteil, in dem ich einen Monsterbusen habe. Das fünfte Kleid hätte gut in Sissis Kleiderschrank gepasst – mit Reifrock drunter und obendrauf mit Blümchen bestickt.

«Das ist es alles nicht», sage ich enttäuscht zu Frau Maranowsky.

«Eine Idee hätte ich da noch. Momentchen …»

Drei Minuten später steht sie mit einem Traumkleid vor mir. «Eigentlich dürfte ich es Ihnen gar nicht zeigen, weil es eine Anfertigung für eine andere Kundin ist. Aber sie hat Ihre Größe, und wenn Sie ganz vorsichtig sind, können Sie es ja mal probieren.»

Und ob ich das will. Es ist ein Kleid aus naturweißem Seidensatin mit weitem Rock, kleiner Schleppe und lässigen Eingrifftaschen. Dazu ein diagonal dezent gerafftes Oberteil aus belgischer Spitze mit V-Ausschnitt und Zwei-Drittel-Ärmeln. Schon auf dem Bügel kann ich sehen, dass es unglaublich elegant ist. Ohne Perlen, Glitzer oder andere Stickereien. Dieses Kleid ist pur am schönsten und hat keinen Schnickschnack nötig. Ich ziehe es an und fühle mich sofort wie eine Königin. Das ist *mein* Kleid. Und als ich vor den anderen auf das Podest steige, sind sie sprachlos.

Uschi weint sogar. «Das ist eine Champagner-Eistorte.»

Manu und Lisa sind sich einig, dass dieses Kleid nur für mich gemacht wurde und nicht für die Kundin, für die es ursprünglich angefertigt wurde.

«Ein französisches Designerkleid», sagt Mila Maranowsky. «Es gehören noch Seidenhandschuhe dazu und ein feiner Schleier aus Brüsseler Spitze, der wie ein Hauch auf dem Haar drapiert wird.»

Frida ist total geflasht. «Mama, du bist so schön darin!»

So was hört man nur selten als Mutter einer Pubertierenden, die ständig was an mir rumzunörgeln hat und der ich eigentlich nur peinlich bin. Dieses Kleid macht mich zu einem anderen Menschen. Ich höre Fanfaren, sehe eine weiße Kutsche vorfahren, Untertanen, die mir zujubeln. Und ich sehe mich zum Altar einer Kathedrale schreiten, nein, ich schwebe vor Glück.

Meine Mutter ist natürlich diejenige, die mich auf den Boden der Tatsachen zurückholt. «Keine Frage, Schatz, du siehst umwerfend aus. Aber was macht man mit so einem Kleid, nachdem es einen Tag getragen wurde?»

Zack-Bum! Aufgeknallt. «Danke, Mama, dass ich wenigstens ein paar Minuten träumen durfte.»

«Ich mein ja nur. Ich will nicht wissen, was es kostet.»

Was ist nur mit meiner Mutter los? Warum lässt sie mich nicht einfach diesen Moment genießen?

«Mama!»

Die Frage nach dem Preis habe ich von Beginn an, da ich dieses Kleid sah, ausgeklammert. Etwas in mir sagte: *Lass es lieber und genieße den Moment*. Leider war der Moment viel zu kurz. Versonnen stehe ich vor dem Spiegel und zögere den Moment des Loslassens heraus, wie ein kleines Mädchen.

«Das Kleid steht Ihnen phantastisch. Es ist wie für Sie gemacht. Vielleicht noch etwas kürzen und in der Taille ein wenig auslassen. Natürlich wäre das kein Problem. Keine Frage, das ist Ihr Kleid!»

Was soll's. Wo sie recht hat, hat sie recht. Also frage ich doch. «Und der Preis?»

Mila Maranowsky holt tief Luft. «Zugegeben, es hat seinen Preis, aber dafür ist es perfekt. 3200 Euro. Die Änderungen wären inkludiert, und ich könnte Ihnen auf Ihren nächsten Kauf bei uns einen Rabatt von 200 Euro geben.»

Will sie damit sagen, dass ich meine Ehe in den Sand setze und in den nächsten Jahren weitere Brautkleider bei ihr kaufen werde? Das wäre unverschämt. Oder vorausschauend? Moment, hat sie gerade 3200 Euro gesagt?

Mein schockierter Blick in die Runde spiegelt sich in den Gesichtern meiner Freundinnen und meiner Tochter wider. Nur meine Mutter macht dieses Ich-hab's-dir-ja-gesagt-Gesicht. Und bevor ich ernsthaft darüber nachdenke, den Preis eines Gebrauchtwagens für ein Brautkleid zu zahlen, fällt mir wieder ein, wo der Haken an der Sache ist. Ich würde es nur einmal im Leben tragen – denn davon gehe ich nach zweiundzwanzig Jahren Probezeit mal aus. Nur einen Tag!

«Na ja, es wäre diesen einen, ganz besonderen Tag wert», findet Lisa. «Und vielleicht trägt Frida es ja mal.»

Fridas Gesicht erhellt sich. «Das würde ich, Mama. Aber ich weiß gar nicht, ob ich überhaupt heiraten werde.»

«Du kannst es für 2000 Euro wieder verkaufen, und dann hat es nur einen Tausender gekostet», schlägt Manu vor.

«Denkst du, jemand gibt so viel Geld für ein gebrauchtes Kleid aus? Das bezweifele ich», sagt meine Mutter. Recht hat sie.

Uschi schüttelt den Kopf. «Wunderschön, aber zu teuer. Da bleibt nicht genug für die Feier übrig. Und die ist doch wichtiger, oder?»

Auch wieder wahr. Ich wende mich an Frau Maranowsky. «Ich heirate am 1. Juni. Wie lange vor dem Termin müsste ich es denn bestellen?»

«Oh, das ist ja fast schon in drei Monaten. Also Mitte April spätestens. Für Mai sind die Bestellungen alle gemacht. Sie sollten sich nicht zu lange Zeit lassen. Das Kleid kommt aus Frankreich und muss dann noch geändert werden. Das geht nicht von heute auf morgen.»

Obwohl sich mein Bauch-Ich komplett dagegen wehrt, das Kleid auszuziehen, und es am liebsten sofort bestellen möchte, weil es davon überzeugt ist, ohne dieses Kleid niemals glücklich zu werden, entscheidet mein Kopf-Ich, es sofort auszuziehen, um gar nicht erst in Versuchung zu geraten, das Kleid zu bestellen.

«Danke für die tolle Beratung, ich denke darüber nach und melde mich», sage ich zu Frau Maranowsky, die genau zu wissen scheint, dass ich ihr von der Angel gegangen bin und mich nie wieder bei ihr melde, sobald ich diesen Laden verlassen habe. Erleichtert verlasse ich das *Wedding House*.

«Schade, dass wir keine Fotos von dem Kleid machen durften», bedauere ich.

«Ja, keine Fotos, aber … Film!» Frida zückt lachend ihr Handy und zeigt mir ein Filmchen – ich in meinem Traumkleid. Sie gibt mir einen flüchtigen Kuss auf die Wange und verabschiedet sich.

«Sorry, Mama, ich muss los. Tschüs, Mädels, von nun an müsst ihr ohne mich weitermachen. Hab noch 'ne Verabredung.»

«Und was ist mit Schule?», frage ich.

«Freistunden!»

«Ach, den ganzen Vormittag? Das würde mich wundern.»

Frida atmet genervt tief durch. «Und Ausfall wegen Lehrermangel – beschwer dich beim Kultusministerium.»

«Mach ich! Und mit wem triffst du dich jetzt?»

«Jojo, ich soll ihm beim Lernen helfen.» Sie verlässt den Laden und schwingt sich auf ihr Fahrrad. Weg ist sie.

Manu spricht aus, was wir alle denken: «Was muss er denn so dringend lernen?»

«So ein spannendes Alter!», sagt Lisa sehnsüchtig

«Allerdings, aber wie heißt es so schön: Je oller, je doller», höre ich meine Mutter sagen. Wir ziehen weiter.

Der nächste Laden ist in der dritten Etage eines Gründerzeitaltbaus mit vier Meter hohen Wänden und Stuckdecken. Interessant. Die ganze Wohnung ist weiß lackiert. Von der Decke hängen goldene Lüster, an den Wänden lehnen große goldene Barockspiegel, und überall stehen goldene Tischchen und verschnörkelte Regale. Konsequent. Meine Damen-Clique wird von der jungen blonden Frau, deren Namen ich sofort wieder vergesse, auf einem Retro-Barocksofa mit goldenen Holzornamenten platziert. Sie fragt nach meinen Vorstellungen, und ich versuche diesmal etwas anderes. Farblich bleibe ich bei Creme. Form schmal, Halsausschnitt U-Boot oder Bardot. Alles Weitere darf die junge Dame aussuchen. Sie bringt mir ein langes und ein kurzes schmales Kleid aus Satin, schulterfrei mit kurzen bzw. nur angedeuteten Ärmelchen, die über die Schulter fallen. In beide Kleider muss ich mich zwängen, weil sie am Bauch zu eng sind.

«Da müsste dann natürlich Shape Wear drunter, sonst sieht das nicht so vorteilhaft aus.»

«Selbstverständlich», säusele ich bitter.

Diesmal gibt es kein Podest. Ich schlüpfe in hässliche weiße Pumps, die mir die Verkäuferin zur Verfügung stellt, um die Höhe zu simulieren. Scheußliche Schuhe, die mal in den achtziger Jahren modern waren und die wirklich jedes Outfit ruinieren. Dann trete ich vor meine Beraterinnen, deren Blicke Bände sprechen. Eigentlich brauche ich gar keinen Spiegel mehr, drehe mich aber trotzdem zur Seite und sehe mich im Spiegel – verkleidet als Weißwurst. Und wieder einmal bestätigt sich: Weiß trägt auf – bei mir besonders. Die junge Dame lächelt verlegen und versucht zu retten, was zu retten ist.

«Wir könnten die Mitte mit einem pastellfarbenen Band aufwerten, das wird bei dieser Kleiderform gern kombiniert.»

Das kann und will ich mir beim besten Willen nicht vorstellen. Wir bedanken uns artig und verlassen den Laden. Ich kapituliere.

«Danke, Carla, aber das macht keinen Spaß», sage ich. «Entweder zu teuer oder zu hässlich oder nicht mein Stil. Ich überlege mir noch mal genau, was ich anziehen will, und dann gehe ich zu einem Schneider und lasse es mir machen.»

«Einen noch, bitte! Oder, Mädels?», fragt Carla in die Runde, und alle sind ihrer Meinung.

«Beim Hochzeitskleid gibt man nicht so schnell auf», mahnt meine Mutter. «Es soll doch etwas Besonderes sein!»

Uschi, Manu und Lisa brauche ich gar nicht zu fragen, sie nicken.

«Aber dann ist Schluss!», sage ich.

Das nächste Geschäft ist ein kleiner Laden, den eine Modemacherin namens Violetta führt. Sie ist um die 40, und ihr romantischer Vorname passt zu den Kleidern, die sie entwirft. *Romantische Vin-*

tagekleider für den besonderen Tag steht in schnörkeliger Schrift auf der gläsernen Eingangstür. Die nette blonde Designerin mit der wilden Lockenpracht freut sich total, uns zu sehen, und führt uns durch ihren sehr liebevoll eingerichteten Laden. Vintage all over. Aufgearbeitete weiße Möbel, weißes Parkett, rosa Blümchentapete, Jugendstillampen, Pastellfarben, Lavendel in Milchtöpfen und Rosen in Metallblumentöpfen. Sehr hübsch, sehr gemütlich. Diesmal trinken wir grünen Tee, und meine Mädels sitzen an einem weißen Holztresen auf rosa und lindgrünen Hockern und warten auf mich. Ich nenne Violetta meine Vorlieben – Creme, nichts Enges, gerne mit Ausschnitt, aber nicht zu tief, Spitze, aber nicht zu viel, kein Satin, weiter Rock, aber nicht taillenbetont … und während ich das alles aufzähle, fällt mir auf, dass ich die eierlegende Wollmilchsau suche. Unmöglich, ein Kleid für mich zu finden, denn das gibt es nicht. Nachdem ich drei wunderschöne Vintagekleider aussuche und anprobiere, die mir alle drei wirklich gut stehen, bin ich geneigt, das, das am vorteilhaftesten aussieht, tatsächlich zu nehmen. Es hat eine schmale Silhouette, ist vanilleweiß mit einem weiten Chiffonrock, der schmal herunterfällt, und einem Oberteil aus Hippie-Spitze. Es sieht lässig und elegant aus.

«Ich glaube, es passt zu mir. Jedenfalls fühlt es sich leicht und unkompliziert an. Was meint ihr?»

«Du bist weder leicht noch unkompliziert. Daran ändert auch ein Kleid nichts», sagt meine Mutter, die offenbar keinen grünen Tee verträgt.

«Es steht dir super», sagt Manu.

«Und so was kannst du auf jeden Fall auch auf 'ner Strandparty anziehen», findet Lisa.

Manu legt den Kopf schief. «Hat man ja auch quasi jedes Wochenende.»

«Ich schon», sagt Carla und lacht. «Dann muss Eva mich eben häufiger in Spanien besuchen.»

«Genau, nur um das Kleid tragen zu können!», sage ich. «Gute Idee! Also, ich nehme es!»

Ich hab's ausgesprochen! Jawoll! Das ist mein Hochzeitskleid! Aber Violetta schüttelt den Kopf.

«Das geht leider nicht.»

Wir schauen sie alle an, als habe sie gerade gesagt, Robbie Williams sei schwul.

«Was? Wieso?», frage ich verwundert.

«Weil Sie nicht wirklich davon überzeugt sind.»

«Ach, und das wissen Sie?», fragt Lisa skeptisch.

«Aber der Kunde ist König», mischt sich Manu ein.

«Genau deshalb ja. Ich kann Ihre Freundin auf keinen Fall mit diesem Kleid heiraten lassen.» Jetzt wendet sich Violetta direkt an mich und schaut mir tief in die Augen. «Es ist doch so: Ihr erster Eindruck von dem Kleid ist – nett. Ja, es sieht ganz gut aus. Und es trägt sich auch ganz gut. Aber Sie fühlen sich irgendwie unter Druck gesetzt, weil Sie ein Kleid brauchen und mein Laden schon der x-te heute ist.» Sie holt tief Luft und schaut in die Runde. Ich will gerade etwas kontern, aber sie lässt mich nicht zu Wort kommen. «Es wäre nur ein Kompromiss.»

«Nein, es ist nur ein Kleid. Für mich ist es nur wichtig, dass ich nicht nackt vor den Altar trete. Und das hier ist okay.»

«Und genau deshalb kann ich Ihnen dieses Kleid nicht verkaufen.»

«Wie bitte?»

«Weil es nur *okay* ist. Es ist ein Brautkleid, und Sie heiraten einen Menschen, den Sie offenbar sehr gut kennen und der Ihr Mann werden soll. Bravo! Wieso heiraten Sie dann nicht in *Ihrem* Kleid statt in einem Kleid, das nur ein Kompromiss ist? Ihr Mann ist ja auch kein Kompromiss?»

«Aber es ist nur ein Kleid!», widerspreche ich.

«Das glaube ich Ihnen nicht. Wenn es so ist, dann brauchen Sie ja auch gar kein Brautkleid. Wenn es wirklich egal ist, können Sie auch Jeans tragen.»

Da hat sie recht. Und Carla, Mama, Lisa und Manu nicken. Sie stimmen Violetta zu.

«Aber … ist das nicht geschäftsschädigend, was Sie sagen?»

«Im Gegenteil! Es ist hoffentlich eine gute Beratung.»

«Definitiv!», sage ich. «Aber damit ist die Kleiderfrage noch immer nicht geklärt.»

«Sie werden mit Sicherheit Ihr Kleid finden. Und wenn Sie es gefunden haben, werden Sie es sofort merken. Es wird weder eine Frage des Preises sein noch irgendein Kompromiss.»

Eine beeindruckende Person. Wir verabschieden uns, und beim Hinausgehen muss ich sie doch noch etwas fragen. «Wie haben Sie denn Ihr Kleid gefunden?»

Violetta lacht. «Noch gar nicht.»

Ich bringe Mama nach Hause, und sie bittet mich, noch kurz mit reinzukommen, damit ich für Papa einen frischen Schlafanzug in die Klinik mitnehme.

«Er hat mir auf den Anrufbeantworter gesprochen, dass er dich schon lange nicht gesehen hat.»

«Du besuchst ihn ja auch nicht, Mama.»

«Das ist etwas anderes! Du bist seine Tochter!»

«Aber er hat dich nach Strich und Faden …»

«Eva! Das ist alleine Brunos und meine Angelegenheit.»

Im Wohnzimmer meiner Eltern betrachte ich die Familienfotos auf dem Sideboard. Das Hochzeitsfoto meiner Eltern ist von 1965. Wahnsinn – über 55 Jahre sind sie schon verheiratet. Und das Kleid – toll. Mit meiner neu gewonnenen Expertise schaue ich mir das Kleid zum ersten Mal in meinem Leben genauer an. Es ist im Stil der fünfziger Jahre: dreiviertellange Ärmel, hochgeschlossen, dazu ein weitschwingender Rock, aber nur knöchellang.

«Was sind das für Schuhe auf deinem Hochzeitsfoto?»

«Pumps mit goldenen Lurex-Fäden. Der letzte Schrei damals», sagt Mama, während sie die Sachen für Papa zusammensucht. «Als Kleinkind bist du damit durch die Wohnung gestakst und hast Prinzessin gespielt. Irgendwann waren sie hin. Schon vergessen?»

Scheint so. «Und was ist aus dem Kleid geworden? Hast du daraus nicht mein Taufkleid machen lassen?»

«Nur aus dem Schleier. Warte mal …»

Einige Minuten später steht meine Mutter mit einem Kleidersack vor mir. «Da ist es.»

«Wie? Was?», frage ich erstaunt. «Mein Taufkleid?»

«Mein Brautkleid. Aus irgendeinem Grund konnte ich es nicht weggeben. Hängt seit Jahren im Schrank.»

Ich öffne den Kleidersack, und der Geruch von getrocknetem Lavendel strömt mir entgegen. Puhh, ich verziehe das Gesicht.

«Besser als Mottenkugeln.» Da hat Mama eindeutig recht.

Vorsichtig ziehe ich das Kleid aus dem Kleidersack. Da ist es, Mamas Brautkleid, aus weißem Seidenbrokat.

«Mama! Das muss ein Vermögen gekostet haben damals.»

Sie nickt. «Allerdings, dein Opa hat sich nicht lumpen lassen. Ich war ja seine einzige Tochter. Die ganze Hochzeit hat ihn ein Vermögen gekostet. Die Geschäfte nach dem Krieg gingen gut, er hatte als Architekt viel zu tun.»

Das Kleid ist umwerfend. «Es ist unglaublich! Du hast es mir nie gezeigt.»

«Du hast nie danach gefragt.»

«Weil ich nicht dachte, dass du's noch hast. Darf ich's probieren?»

«Natürlich! Aber … ach, egal.»

Gesagt, getan, und es passt natürlich nicht. Wie sollte es auch, denn meine Mutter war damals kaum zwanzig Jahre alt. Natürlich hatte sie eine mädchenhaftere Figur als ich jetzt. Naiv von mir zu glauben, ich würde da in meinem Alter reinpassen.

«Passt leider nicht.»

«Nun, ich wollte es dir nicht sagen, aber du hast es ja jetzt selbst herausgefunden», lacht Mama. «Wenn du jemanden kennst, der es dir ändert, gebe ich es dir sehr gerne.»

Was?! Ich kann nicht glauben, was sie da sagt. «Bist du sicher? Es ist doch *dein* Brautkleid. Du hast es so viele Jahre aufbewahrt.»

«Ich hatte vermutlich gehofft, du würdest früher heiraten und hineinpassen. Irgendwann muss ich es vergessen haben.»

Ich umarme Mama vor Begeisterung. «Das ist unglaublich, Mama! Danke.»

Das Schönste an dem Kleid ist der Rock – weit, schick, wie ein Kleid von Helen Rose, der begnadeten Designerin von Grace Kelly, die nicht nur das Brautkleid zur Hochzeit mit Fürst Rainier von Monaco entworfen hat, sondern sämtliche Kleider aus meinem Lieblingsfilm *Die oberen Zehntausend*.

Ich mache ein paar Fotos von Mamas Kleid, gebe ihr einen Kuss und rufe auf dem Heimweg sofort Lisa an.

28.

Heute irgendwann kommt Arne aus Kiew zurück. Wir haben kaum telefoniert, während er unterwegs war, nur ab und zu hat er mir eine Nachricht geschickt, dass alles in Ordnung sei. Mir hat das völlig gereicht, denn ich hatte selbst viel um die Ohren, war lange in der Kapelle und habe viel gearbeitet.

Als ich gegen zehn Uhr abends nach Hause komme, ist er schon da und mit ihm dicke Luft, das merke ich sofort. Eine merkwürdige Stille strömt mir beim Eintritt durch die Wohnungstür entgegen. Lotti liegt verstört im Flur neben Arnes Koffer auf ihrem Kissen. Keine Begrüßung, eher eine Warnung.

«Was ist los, Lotti?», flüstere ich und kraule sie kurz, bevor ich Schlüssel und Mantel ablege. Arne steht in der Küche und öffnet gerade eine Bierflasche.

«Hallo. Schön, dass du wieder da bist. Wann bist du gelandet?», frage ich und nehme mir auch eine aus dem Kühlschrank.

«Hallo.» Wir geben uns einen flüchtigen Kuss zur Begrüßung. «Vor zwei Stunden. Hab mir ein Taxi genommen.»

Ich nicke. «Du guckst so brummig, alles okay?»

«Absolut nicht», sagt Arne und hält mir etwas hin. «Das habe ich in Fridas Zimmer gefunden.»

Na super – Kondome. Damit habe ich ehrlich gesagt überhaupt nicht gerechnet, weshalb ich so spontan auch nicht weiß, was ich sagen soll.

«Oh, geht das jetzt schon los?» Ich öffne die Flasche und nehme einen Schluck.

«Ist das alles, was du dazu zu sagen hast?!»

Das ist ein eindeutiger Vorwurf an mich, die Mutter der Angeklagten, die, Arnes Tonfall nach zu urteilen, offenbar der Grund allen Übels ist, was ich eindeutig von mir weise. Außerdem ist ja noch gar nichts passiert, und er tut so, als sei sie schwanger.

«Da kann *ich* doch nichts dafür?»

«Hast du das denn nicht auf dem Schirm? Da musst du doch mal mit ihr reden. Als Mutter!»

Und ich dachte immer, ich hätte einen modernen Mann an meiner Seite, kein Relikt aus den fünfziger Jahren.

«Du wirst es nicht glauben, aber das habe ich. Sonst hättest du *die* hier nämlich *nicht* gefunden», sage ich, nehme die Kondome und werfe sie auf den Tisch. «Sei froh, dass sie überhaupt welche benutzen!»

«Spinnst du?! Sie sollte in ihrem Alter gar keinen Sex haben.»

«Erstens ist sie kein Kind mehr. Und zweitens – wer sagt denn, dass sie schon Sex hat? Vielleicht ist das ja eine rein prophylaktische Maßnahme. Auf euch Jungs ist nämlich nicht immer Verlass in solchen Dingen.»

«Dann soll sie es lassen! Und mit wem überhaupt?»

«Musst du sie fragen, nicht mich.»

«Habe ich.»

«Und?»

«Sie sagt, es geht mich nichts an, und hat sich in ihr Zimmer verzogen.»

«Na super! Vielleicht fragst du dich mal, wieso sie dir nichts anvertraut. Wie's in den Wald hineinruft, so schallt es heraus.»

«Jetzt komm mir doch nicht so! Sie macht, was sie will. Heute war sie den ganzen Tag irgendwo unterwegs.»

«Stimmt, sie war erst mit mir zusammen und dann mit Jojo, für die Schule lernen.» Arne stutzt, nimmt einen Schluck Bier und atmet tief durch. «Außerdem – ich finde das sehr vorbildlich und verantwortungsbewusst von ihr. Oder willst du schon Opa werden?»

Wieder atmet Arne tief durch. «Bist du wahnsinnig!? Natürlich nicht! Ich will nicht, dass sie überhaupt mit Jungs rummacht.»

Ich schüttele den Kopf. «Dann sag es ihr!»

«Hab ich ja, aber sie redet nicht mehr mit mir.»

Aus ihm spricht die pure väterliche Verzweiflung, und ich sehe Arne seine Hilflosigkeit an, denn ihm ist natürlich klar, dass er diesen Prozess nicht aufhalten kann. Ich gebe ihm einen Kuss.

«Sie wird nun mal älter. Das ist unausweichlich. Und du kannst sie nicht ewig mit einem Keuschheitsgürtel im Turm einsperren. Wir müssen jetzt zusehen, dass Frida uns weiterhin vertraut. Sonst erzählt sie uns am Ende gar nichts mehr und kommt überhaupt nicht mehr nach Hause. Dann verlieren wir sie.»

Es ist schwierig für ihn. Gestern haben sie noch zusammen Sandburgen gebaut, heute findet er bei ihr Kondome. Für mich ist es übrigens auch nicht leicht.

«Und wie hast du reagiert?»

Arne zögert mit der Antwort etwas. «Handyverbot und Taschengeldentzug.»

Na, wunderbar. Ich verdrehe die Augen und kann mir ein Kopfschütteln nicht verkneifen. «Vorsintflutlich! Und alles andere als pädagogisch. Wir wissen beide, dass das kompletter Unsinn ist, der überhaupt nichts bringt, außer einer Trotzreaktion.»

«Hast du eine bessere Idee?»

«Allerdings. Vertrau ihr! Nimm sie ernst! Und erklär ihr unsere Sicht der Dinge. Unsere Ängste und Bedenken.»

«Ja klar, und dann lade ich sie und ihren Freund auf einen Mate-Tee ein, oder wie?»

Leider muss ich lachen. «Du kannst so bescheuert sein!»

Jetzt lacht Arne auch. «Ich weiß. Vielleicht fange ich erst mal bei dir an. Was habt ihr denn heute gemacht?»

«Hochzeitsvorbereitungen und danach in der Kapelle gearbeitet. Und du? Wie war's in Kiew?»

«Interessant. Die neuen Kollegen sind ganz nett. Eine deutsche Delegation aus dem Außenministerium war dort. Die Krimkrise ist noch nicht vorbei.»

«Schon klar», sage ich und weiß genau, dass auf jede Krise eine neue Krise folgt. Aber jetzt muss ich erst mal die häusliche Krise genauer einschätzen, nehme die Kondome und gehe zu Frida.

Sie sitzt schmollend in ihrem Zimmer und liest. Kaum spreche ich das Thema Kondome an, rattert sie wie ein Maschinengewehr die Kritik an ihrem Vater herunter, erzählt mir den Sachverhalt aus ihrer Sicht und fühlt sich völlig zu Unrecht bestraft.

«Vielleicht solltest du die Dinger auch nicht so offen rumliegen lassen. Klar ist das ein rotes Tuch für Papa. Er liebt dich.»

«Aber das ist total beknackt. Erstens habe ich gar keinen Sex, und zweitens kann er froh sein, wenn es nur das ist. Alle anderen in meiner Klasse kiffen und nehmen harte Drogen oder klauen.»

«Oh, ja, super! Da sind wir sehr dankbar», sage ich völlig frei von Ironie. Ich setze mich zu ihr aufs Bett, und es entsteht eine kurze Pause. «Echt jetzt? Die nehmen alle Drogen?»

Frida nickt. «Die meisten kiffen, aber manche nehmen auch Crystal Meth oder Ecstasy und geben voll damit an.»

«Und, hast du's auch schon mal probiert?»

«Gekifft ja, aber danach ist mir megaschlecht geworden. Nicht mein Ding. Außerdem hab ich voll Angst, die Kontrolle zu verlieren.»

Mir fällt ein riesiger Stein vom Herzen. «Sehr gut. Und wenn du mal in Schwierigkeiten gerätst, dann ruf uns sofort an, egal, wie spät es ist, egal, wo du bist. Weißt du, Papa regt sich jetzt vielleicht auf, aber wenn es wirklich ernst wird, dann wird er für dich da sein und dich überall raushauen. Er hat einfach Angst um dich, das ist alles. Und ich auch. Vergiss das nie!»

«Ich weiß, Mama.»

Ich halte die Kondome in die Höhe und grinse. «Für wen sind die denn überhaupt?»

Voll die peinliche Frage natürlich – so viel verrät Fridas Blick. «Ist doch egal.»

Ich lege den Kopf schief. «Nein, mein Hase, das ist nicht egal. Denn wenn er ein Idiot ist, solltest du ernsthaft darüber nachdenken, ob er's wert ist.»

«Er ist kein Idiot, Mama. Es ist … Jojo.»

Ha, dachte ich's mir doch! Der beste Kumpel, der Tröster, der Frauenversteher. Niemand schleicht sich so perfekt und unbemerkt in das Herz einer Frau wie der beste Freund.

«Dann seid ihr jetzt zusammen?»

«Vielleicht, mal sehen.»

Da bahnt sich also etwas ganz Großes an. Und vermutlich etwas Ernstes, denn je besser man den Partner kennt, desto geringer ist das Risiko eines Totalausfalls. Arne kriegt Konkurrenz.

29.

«Was ist los? Ist was passiert?», frage ich Carla, die mich ins *Kuchenrausch* zitiert hat, um etwas sehr Wichtiges mit mir zu besprechen. Warum es ausgerechnet im Café sein muss, ist mir schleierhaft.

«Ja, es geht um die Location. Wie's aussieht, gibt es keine, die allen Anforderungen entspricht.»

«Na, dann müssen wir wohl oder übel Kompromisse machen.»

«Never ever! Bei einer Hochzeit gibt es keine Kompromisse! Schon gar nicht, wenn ich das organisieren soll.»

«Ach Carla, sei nicht so theatralisch!»

«Das sagst du jetzt, aber wenn es so weit ist … Ich kenne dich, du wärst enttäuscht. Du brauchst ja auch über zwanzig Jahre, bevor du dir sicher bist, dass du auch den Richtigen heiratest. Und weil das so ist, habe ich mit Uschi viel hin und her überlegt. Und –»

«Wo ist sie überhaupt?», unterbreche ich Carla.

«Hinten. Sie muss was vorbereiten. Und –»

«Und wo ist Wolfgang?», unterbreche ich sie wieder.

Carla verliert langsam die Geduld. «Auch hinten. Also, es ist so, Uschi und Wolfgang –»

In diesem Moment kommen die beiden Hand in Hand aus der Küche zu uns an den Tisch. Beide haben so ein ganz irritierendes Lächeln auf den Lippen. Sie begrüßen uns und setzen sich, sichtlich aufgeregt. Was läuft hier?

«Wir müssen dir etwas sagen, Eva. Du sollst die Erste sein, die es erfährt!»

Ach du heiliger Strohsack! Das kann nur eins bedeuten. «Noch mal Zwillinge?!»

«Nein, nein, das ist es nicht», wehrt Wolfgang schnell ab und schaut Uschi an, die mich anstrahlt.

«Wir haben das Haus gekauft!»

Ich verstehe nur Bahnhof. «Was? Was denn für ein Haus?»

«Na, das hier!», sagen sie im Chor. Ein Blick zu Carla, die bestätigend nickt. «Oh, ja, gratuliere, ist ja 'n Ding. Ein ... großes Ding.»

«Allerdings, zwei Etagen plus Erdgeschoss und Anbau nach hinten raus», zählt Wolfgang stolz auf. «360 Quadratmeter. Das Haus hat ein Tuchhändler 1898 bauen lassen, für sich und seine Familie. Wir renovieren das Dach und vermieten die zweite Etage. Im ersten Stock bleiben wir wohnen, und hier unten bauen wir das Café etwas aus.»

Uschi ergänzt: «Wir haben das für die Zwillinge gemacht. Und es war noch relativ günstig wegen der Zinsen und so.»

«Klar, verstehe. Ich freu mich echt für euch. Und ... wow, dass ich eine der Ersten sein darf, die es erfährt. Toll! Aber mal ehrlich: Was hab ich damit zu tun?»

Uschi nimmt meine Hand. «Komm!»

Carla nickt, Wolfgang nickt, und mir wird klar, dass hier irgendwas im Gange ist. Wir stehen auf und gehen zur Hintertür des Cafés, an den Toiletten vorbei, den Gang entlang bis zur letzten Tür, die ich noch nie geöffnet habe. Wozu auch? Steht ja auch groß PRIVAT drauf. Wolfgang öffnet diese Tür, und wir treten hinaus in den Hof, auf dem eine vom Wetter gezeichnete Holzbank und ein dazu passender Tisch stehen. Der Hof ist vielleicht zwanzig Quadratmeter klein und eingerahmt von wildem Gestrüpp und Unkraut. Ich verstehe immer noch nicht, was ich hier soll. Wolfgang fegt mit der Hand etwas Laub vom Tisch und rollt einen Plan darauf aus. Einen alten Plan.

«So sah der Garten mal aus. Und so wird er wieder aussehen.»

Ich hab keine Ahnung, wovon er redet, und ehrlich gesagt werde ich allmählich ungeduldig, denn ich habe wirklich noch genug andere Dinge zu tun.

«Wolfgang, das hier ist ein Hof. Aber auf dem Papier sehe ich einen … Park. Wovon redest du? Könntet ihr jetzt endlich mal auf den Punkt kommen, bitte!»

Carla stimmt mir zu. «Ihr müsst es ihr schon erklären!»

Uschi führt mich zu einer Lücke im Gebüsch. Sie schiebt mich hindurch, und dann sehe ich das ganze Ausmaß des Gartens hinter den Sträuchern. Und er ist groß. So groß, dass mehrere Obstbäume und in der Mitte ein großer Ahorn darin Platz haben. Ringsum Gestrüpp, das ich nicht identifizieren kann, da es gerade nicht grünt. Ich kann Wege erahnen, die dort einmal gewesen sein müssen. Ein überwuchertes Blumenrondell und ein mit Moos bewachsener Brunnen.

«Also machen wir's kurz. Das Ganze wird nicht billig, aber die Bank hat uns einen Kredit gegeben, weil wir ein gutes Nutzungskonzept vorgelegt haben – Eventgastronomie.» Wolfgang gibt sich sehr sachlich. «Und da kommt ihr ins Spiel, Eva. Du und Arne, ihr könntet die erste Hochzeit sein, die wir hier ausrichten. In diesem tollen Garten, der nach den alten Plänen wieder neu hergerichtet wird. In den nächsten Wochen wird außerdem der alte Anbau neu verglast und zum Wintergarten umgebaut.» Gespannt auf meine Reaktion, schaut mich Uschi an.

«Aber wann soll das alles passieren? So ein Garten braucht doch Zeit zum Wachsen», wundere ich mich.

«Die Gärtner kommen morgen. Und der Wintergarten ist in wenigen Wochen fertig.» Uschi ist ganz aufgeregt.

Carla deutet meinen unsicheren Blick richtig und sagt schnell: «Ich finde die Idee super. Und es ist genau das, was du wolltest. Hier könntest du das Gartenfest feiern, von dem du träumst. Es ist genug Platz für mindestens hundertfünfzig Gäste, das Catering wäre vor Ort, die Kirche fast nebenan.»

Uschi nimmt mich bei den Händen. «Und es wäre das schönste Geschenk für uns, wenn ihr die Ersten wärt.»

Ich versuche, mir vorzustellen, wie das alles hier aussehen könnte, wenn es grünt und blüht. Uschi sieht mir an, dass es mir noch an Phantasie fehlt.

«Die hässliche Hecke hier kommt weg. Ringsum haben wir verschiedene Rosensorten, dort hinten sind Himbeeren und Brombeeren und dort Pfingstrosen, Hortensien, und da am Rand kommt ein Hochbeet mit Küchenkräutern hin. Ach, und überall, wo noch Lücken sind, sollen große Lavendel-, Rosmarin- und Salbeipflanzen dazwischen. Und der Brunnen wird wieder geöffnet.»

Carla hakt sich bei mir und Uschi unter.

«Das wird wunderschön! Ich kann es schon sehen und riechen.» Sie schließt die Augen, und atmet tief ein. «Wie das duftet!»

Auch ich schließe die Augen, und tatsächlich habe ich nun ein klares Bild vor mir. Ja, Uschi hat recht – das ist unsere Location!

***

«Das *Kuchenrausch*? Dieses Rentner-Café?» Arne ist nicht gerade begeistert von meinen Ausführungen. «Da hätte ich dir aber mehr Geschmack zugetraut.»

«Unsinn, es wird renoviert und der Garten komplett neu angelegt. Außerdem wäre es total praktisch. Wir hätten das Catering gleich vor Ort, und die Wege wären kurz. Und sie würden uns natürlich einen Sonderpreis machen.»

«Na immerhin. Lass mal sehen!»

Ich zeige Arne die Handyfotos, die ich von dem Garten gemacht habe, und ich merke sofort, dass auch ihm erst mal die Vorstellungskraft dazu fehlt.

«Nicht dein Ernst, oder? Da willst du heiraten? In dieser kargen Wildnis?»

«Es wird neu bepflanzt, und wenn es regnet, wäre das auch gar kein Problem. Es gibt ja dann den Wintergarten und das Café.»

Arne nickt nachdenklich, was ein gutes Zeichen ist, denn wenn ihm etwas nicht passt, argumentiert er sofort dagegen – ohne Denkpause. Er legt einen Arm um mich und gibt mir einen Kuss auf die Wange. «Ist es wirklich das, was du willst?»

«Ja, das ist es.»

Jetzt klatscht Arne motivierend wie ein Animateur in die Hände. «Okay, du entscheidest! Dann also im *Kuchenrausch*. Warum nicht?!»

«Willst du's dir nicht wenigstens selbst mal anschauen?», frage ich, etwas überrascht über seine schnelle Entscheidung.

«Wieso? *Du* bist davon überzeugt, dann wird es okay sein.»

«Aber Arne – nur okay reicht vielleicht nicht. Es muss doch auch dir voll und ganz gefallen.»

«Aber es gefällt mir. Deine Argumente sind überzeugend. Lass uns dort feiern. Okay, Schatz?»

Er klingt langsam genervt. Deshalb belassen wir es dabei. Wir feiern im *Kuchenrausch*! Und das wird richtig gut. Hoffe ich.

«Ach, und morgen früh haben wir zwei einen Termin. Danach geh ich dann direkt in die Redaktion. Morgen um neun.»

***

Tatsächlich – am nächsten Morgen sitzen wir gemeinsam beim Juwelier, der Arne auch schon bei dem Verlobungsring beraten hat, und schauen uns Trauringe an. Die Auswahl ist klein, aber fein. Arne war nicht davon zu überzeugen, auch in anderen Läden Ausschau nach geeigneten Ringen zu halten, weil seine Zeit begrenzt ist und er sicher ist, dass wir hier fündig werden. Das sind super

Voraussetzungen. Kurz gesagt: Hier *müssen* wir etwas Passendes finden.

«Haben Sie schon eine Vorstellung vom Material?»

«Gold», sagt Arne.

«Weißgold», sage ich.

Der Juwelier schaut uns nacheinander an, schiebt sich seine braune Designerbrille vom weißen, zurückgegelten Haar auf die Nase und macht sich Notizen. Die Haarfarbe macht ihn alt, die Locken wiederum wirken dem entgegen, weshalb ich sein Alter nur schwer schätzen kann. Irgendwas zwischen fünfzig und sechzig.

«Matt oder glänzend?»

Wir antworten wieder gleichzeitig. «Glänzend», sagt Arne. «Matt», sage ich.

Der Juwelier schreibt.

«Mit oder ohne Struktur?»

Wieder gleichzeitig. «Ohne», sagt Arne. «Mit», sage ich.

Der Juwelier notiert.

«Stein oder kein Stein?»

«Stein», sagt Arne. «Ohne», sage ich.

Der Juwelier schaut uns verwundert an. «Haben Sie je über die Ringe geredet?»

Wir wechseln einen kurzen Blick.

«Ja», sage ich.

«Nein», sagt Arne.

Das überrascht mich, denn seit seinem Antrag habe ich ihm mehrmals erklärt, welche Art von Ring mir gefallen würde.

«Aber ich hab dir so oft gesagt, was ich schön finde.»

«Stimmt. Wir haben bloß nie explizit darüber geredet. Oder hast du mich je gefragt, was *ich* schön finde?»

Das hätte er ja dann sagen können. Hat er aber nicht, weil er auf meine Äußerungen gar nicht eingegangen ist. So als habe er darüber hinweggehört oder währenddessen über andere Dinge nachgedacht. Das macht er übrigens oft, wenn ich ihm etwas erzähle. Er hört dann zwar, *dass* ich etwas sage, aber er nimmt nicht wahr, *was* ich sage. Es ist, als sei ein Filter zwischen Ohren und Gehirn, der sich sofort einschaltet, sobald meine Stimme ertönt. Das ist übrigens ein Phänomen, das viele Frauen von ihrem Partner kennen, mit dem sie schon lange zusammen sind. Zu lange vielleicht?

Wir sind uns also in der Ringfrage offenbar überhaupt nicht einig, denke ich und stelle mich auf ein langes Auswahlverfahren ein. Aber der Juwelier, der mich an Salvadore Dalí ohne Zwirbelbart erinnert, hat seine Notizen nicht umsonst gemacht.

«Verstehe», sagt er und geht zu seinen Vitrinen, um uns einige Exemplare vorzulegen.

Es ist eine kleine Auswahl aus Weißgold-, Rotgold- und Gelbgold-Ringen, nicht matt und nicht glänzend, sondern mit Struktur. Interessant. Wir beugen uns über die Ringe, um sie genauer zu betrachten. Ich vermute, dass es sich um beschlagene Ringe handelt, die man als Brautpaar selbst zurechthämmern darf, um sie gemeinsam zu gestalten. Das habe ich auf dieser Hochzeitsmesse gesehen. Da hieß es, dies seien *die aufregendsten Trauringe*, denn sie seien *einzigartig wie das Brautpaar selbst*. Klang für mich nicht überzeugend, denn da zahlt man teures Geld, damit man seine Ringe selbst gestaltet bzw. brutal auf sie einhämmert? Das scheint mir eher ein Prozess zum vorehelichen Abbau von durch Hochzeitsvorbereitungen aufkommende Aggressionen zu sein.

«Nein, diese Ringe sind nicht gehämmert, sie sind gegossen. In eine Form gegossen. Sehen Sie hier, das ist eine Form aus Grashalmen. Und diese Ringe hier sind in eine Form aus Baumrinde gegossen. Sehr elegant, sehr wirkungsvoll und trotzdem schlicht.»

Wir schauen genauer hin und erkennen die feinen Strukturen und ihre Unterschiede.

Gleichzeitig greifen Arne und ich nach einem Paar Ringe in

Roségold, durch die Baumrinden-Struktur nicht matt und nicht glänzend und mit einem ganz zarten Kupferschimmer.

«Wunderschön», sage ich, und Arne stimmt mir zu. «Absolut.»

Der Juwelier zieht die Brauen hoch, lächelt zufrieden und nickt. Er ist wirklich gut, daran gibt es keinen Zweifel. So schnell haben wir uns selten geeinigt.

Wir wählen die Breite der Ringe, der Juwelier misst die Größe, und der Preis ist akzeptabel, sogar auf die Gravur einigen wir uns schnell – Vornamen und Datum – fertig.

«Ich freue mich, wenn Sie mit Ihrer Wahl glücklich sind», sagt er. «In jeder Hinsicht!» Er will anrufen, wenn die Ringe fertig sind.

«Siehst du, geht doch», sagt Arne selbstsicher, als wir den Laden verlassen. «Du kannst dich auch schnell entscheiden, wenn du willst.»

«Du aber auch», sage ich, «wenn du willst.»

Wir grinsen uns an und küssen uns zum Abschied liebevoll vor dem Schaufenster des Juweliers. Dann gehen wir getrennte Wege zur Arbeit.

30.

In den nächsten Wochen geht alles seinen Gang, die Hochzeitsvorbereitungen laufen auf Hochtouren, und nun stehe ich mit Mamas Kleid in Lisas Nähzimmer, in dem sie nebenberuflich Dessous entwirft und näht. Schöne Sachen, viel Spitze, manches sehr erotisch. Ich schaue durch die Kollektion und überlege mir, wie ich wohl darin aussehen würde? Arne würde es vermutlich gar nicht wahrnehmen, aber … Henry. Sollten wir jemals … dann bräuchte ich so was vielleicht. Ganz sicher! Lisa könnte mir bestimmt was machen. Aber … ach … Unsinn! Was ist nur los mit mir? Ich trage schließlich bald ein Hochzeitskleid!

«Hier hängen die Einzelstücke. Ich mache auch viel auf Bestellung.»

«Für wen?», frage ich neugierig und will natürlich Namen hören. Vielleicht ist ja jemand aus der Nachbarschaft oder dem weiteren Bekanntenkreis dabei.

«Vertraulich», sagt sie und zwinkert mir zu. «Privatkunden aus besten Kreisen. Superlukrativ. Wenn das so weitergeht, verkaufe ich die Apotheke und mache nur noch in Unterwäsche. Aber auch Horizontal-Gewerbliche sind dabei, wenn du verstehst, was ich meine. Für deine Hochzeit mache ich dir was Besonderes. Ja?»

«Weiß nicht, ob Arne darauf steht. Lass uns erst mal auf das Wesentliche konzentrieren», sage ich zu Lisa und will ihr gerade das Kleid zeigen, als es klingelt. Sie geht zur Tür, und einen kurzen Moment später stürmt Manu ins Nähzimmer.

«Wo ist es? Ich will es sehen! Schnell, ich hab nicht viel Zeit – Mittagspause.»

Sofort zeige ich meinen Freundinnen Mamas Kleid, das ich in der Zwischenzeit habe reinigen lassen, damit es nicht mehr so stark nach Lavendel und altem Kleiderschrank riecht.

Manu hält staunend die Hände vor den Mund. «Oh mein Gott! Das ist so … das ist so … Hollywood!»

«Na ja, noch nicht ganz, aber wer weiß, was Lisa daraus machen kann», sage ich.

Lisa befühlt das Kleid fachmännisch und schaut sich die Nähte an. «Toller Stoff – von wann ist es?», fragt sie.

«1965.»

«Und du bist wirklich sicher, dass ich es ändern soll?»

Ich bin total sicher. «Vielleicht kannst du Mamas Kleid so verändern, dass *meins* daraus wird, ohne den Charakter des Kleides zu verändern?»

Manu ist verwirrt. «Aber wie soll das denn gehen? Deine Mutter war ja viel dünner als du.»

«Lass das mal meine Sorge sein», freut sich Lisa und bindet sich die blonden Haare zu einem Pferdeschwanz. «Pass auf … Du liebst doch Blusenkleider …»

Sie nimmt einen Block und einen Bleistift und macht eine schnelle Skizze, um uns zu erklären, was sie an dem Kleid ändern möchte. Sie will das Oberteil auftrennen und einen V-förmigen tiefen Revers-Ausschnitt daraus formen.

«Die Ärmel kürze ich etwas und schlage sie einmal um …» Sie zeichnet die Ärmel ein, dann den Rock. «Und den Rock werde ich im Bund etwas weiter machen, und dann nähe ich dir zwei Taschen ein. Das wird ein Hammer! Lässig, elegant und einzigartig.»

Die Skizze sieht großartig aus. Ich kann es kaum erwarten, Mamas Kleid in neuem Style zu tragen.

Manu ist auch begeistert.

«Wenn dieses Kleid am Ende wirklich *so* aussieht, dann darfst du mein nächstes Brautkleid auch machen», sagt sie.

Total verwundert schauen wir sie an. «Haben wir irgendwas verpasst?», frage ich sehr, sehr, sehr neugierig, und Lisa macht das entsprechende Fragezeichen-Gesicht dazu.

Unschuldig wie ein Lamm schaut Manu uns aus ihren großen braunen Augen durch die noch größere schwarze Brille an. «Wer weiß? Wenn ich erst mal geschieden bin … ist alles möglich.»

Lisa und ich atmen erleichtert auf, und Lisa macht sich daran, meine Maße zu nehmen.

«Und wenn ich tatsächlich jemanden kennengelernt hätte? Guido ist ja nicht der einzige tolle Typ auf Erden.»

«Dann hättest du uns längst davon erzählt», nuschelt Lisa, mit einigen Stecknadeln zwischen den Lippen.

«Ja, vermutlich. Aber *wie* soll ich denn jemanden kennenlernen?», fragt Manu so vorwurfsvoll, als seien wir schuld an ihrem Dilemma.

Lisa und ich schauen uns fragend an.

Lisa nimmt die Nadeln aus dem Mund. «Sorry, aber *du* bist die Swinger-Lady, die in solche Clubs geht. Und da fragst du *uns*, wie man Männer aufreißt?»

Abwehrend halte ich die Hände vor mich. «Ich bin sowieso raus aus der Nummer – ich heirate schließlich.»

«Aber im Swingerclub lernt man doch nicht den Mann fürs Leben kennen. Da triffst du den Mann für den schnellen Sex. Das ist was ganz anderes. Mit den Typen da rede ich nicht mal.»

«Aha, wieder was gelernt», sage ich, und Lisa nickt.

«Warum versuchst du's nicht mal mit 'ner Dating-App?»

Manu schüttelt den Kopf. «Nein, ich will ganz normal jemanden kennenlernen. Einen, der mir nicht erzählt, er sei dreißig, obwohl er schon sechzig ist. Oder der sich als sportlich beschreibt, aber seine Fußspitzen nicht sehen kann.»

«Schon klar», sage ich. «Dann musst du wohl ausgehen.»

Manu strahlt mich an. «Nein, *wir* müssen ausgehen. Wie lange sind wir drei schon nicht mehr um die Häuser gezogen? Und unsere Pärchenabende sind ja nun auch Vergangenheit. Kommt schon, Mädels! Zeit, dass wir mal wieder die Nächte unsicher machen.»

«Ich mache ja gerne was mit euch, aber ich hab da momentan nicht die Kraft zu», sagt Lisa.

«Wieso?», frage ich.

«Dreh dich mal», befiehlt mir Lisa, und ich mache eine 45-Grad-Drehung. «Na ja, die zwei Jobs, dann hat Max Probleme in der Schule, das Haus, und Franky kümmert sich um gar nichts. Ich bin ehrlich gesagt zu müde zum Ausgehen.»

«Warum trennt ihr euch nicht endlich?», fragt Manu.

«Weil ich da gerade auch nicht die Nerven für habe.»

«Das klingt, als wärst du schon scheintot!» Da muss ich Manu eindeutig recht geben. Sie schüttelt den Kopf und klatscht in die Hände. «Das geht doch nicht! Ich meine, wir stehen in der Blüte unseres Lebens! Das können wir nicht einfach an uns vorbeiziehen lassen. Wir müssen raus, uns zeigen, was erleben. Und du, liebe Lisa, brauchst unbedingt Abwechslung und vielleicht auch einen neuen Typen!»

«Also, ich brauch das nicht. Ich hab einen Mann», sage ich.

«Hm … aber wann hatten wir unseren letzten Weiberabend? Und ich meine nicht unsere Kuchenorgien bei Uschi!»

Keine von uns hat darauf eine Antwort.

Während Lisa Maß nimmt, rufe ich Arne an und erzähle ihm triumphierend, dass das Kleid so gut wie abgehakt ist. Zu meiner großen Überraschung hat er einen Oldtimer für die Hochzeit aufgetrieben – mit Chauffeur.

«Guido? Was hat *der* mit alten Autos zu tun?», frage ich und wechsele verwunderte Blicke mit Lisa und Manu.

«Er hat sich eins gekauft. Oder besser – er hat es sich zum 50. geschenkt. Einen taubenblauen Mercedes mit Heckflosse, Baujahr 1964. Warte …» Arne schickt mir Fotos des Wagens aufs Handy. Das Auto sieht aus wie aus einem alten Ganovenfilm – großartig! Ich zeige Lisa und Manu die Fotos, beide schütteln den Kopf.

«Er hatte so was erwähnt», stöhnt Manu und verdreht die Augen. «Midlife-Crisis!»

«Was? Ist da jemand bei dir?», fragt Arne verwundert.

«Nein, nein, das war ich. Klingt nach einer Midlife-Crisis.»

«Ich glaube, es hat was mit der Trennung von Manu zu tun. So eine Art Verlustausgleich. Kompensation, verstehst du?»

Ich lasse die Mädels natürlich mithören, und Manu tippt sich an die Stirn. «Schwachsinn!»

«Was?», fragt Arne. «Ich versteh dich so schlecht.»

«Ich meine … macht es Sinn – so ein Riesenwahnsinnsauto?»

Arne lacht ins Telefon. «Guido sagt, im Kofferraum hätten locker vier Leichen Platz.»

«Hm, dann sollten wir unbedingt dran denken, welche einzupacken. Schickes Auto!»

«Gefällt's dir?»

«Ja! Gut gemacht! Tschüs, bis später.»

«Guido ist so ein Spinner!» Manu schaut auf die Uhr. «Hört mal, ich muss zurück. Hast du meine Bestellung fertig? Dann nehme ich sie gleich mit», sagt sie zu Lisa, die daraufhin eine Papiertüte aus einem Schrank holt und sie Manu gibt, wie ein Dealer seinem Kunden ein Kilo Koks oder so. Ich beobachte meine Freundinnen und sage erst mal nichts. «Ich organisier uns mal was fürs Wochenende! Da machen wir dann mal richtig einen drauf.» Manu verabschiedet sich und geht zurück in ihren Optikerladen. Endlich widmet sich Lisa ausgiebig meinem Kleid.

«Ich geh da sicher nicht mit!», sagt sie und steckt den Saum neu ab. «Ich muss niemanden kennenlernen. Das fehlte mir auch noch.»

«Was ist denn los bei Franky und dir?», frage ich verwundert. «Hat Franky etwa eine Affäre?»

Lisa winkt müde ab. «Leider nein! Dann wüsste ich wenigstens, was das Problem ist. Aber für eine andere Frau hat er weder Zeit noch Nerven. Es ist eher … Es ist alles so … sinnlos.»

Sie holt tief Luft und fängt plötzlich an zu reden. Ohne Punkt und Komma, als hätte sich eine Schleuse geöffnet. Sie redet sich ihren Ehefrust von der Seele. Dass sie und Franky sich nichts mehr zu sagen haben und sowieso schon lange getrennt schlafen. Dass sie nicht mehr zusammen Urlaub machen und Franky ständig Notdienste in der Klinik schiebt, um nicht zu Hause sein zu müssen, und dass Lisa sogar froh darüber ist. Dass sie alles, was sie gemeinsam tun, nur noch für Max machen.

«Aber Max ist fünfzehn. Meinst du nicht, dass er mit eurer Trennung klarkommen würde?»

Lisa zieht die Schultern hoch. «Vielleicht. Aber vielleicht wollen wir uns ja auch gar nicht trennen.»

«Versteh ich nicht. Du bist doch nicht glücklich!»

«Wir leben nebeneinanderher. Sogar daran haben wir uns gewöhnt.»

Das klingt sehr traurig. «Redet ihr denn darüber?»

Lisa schüttelt den Kopf.

«Paartherapie?»

«Würde Franky nie wollen.» Sie putzt sich die Nase. «Wer weiß, vielleicht kriegen wir die Kurve ja noch.»

Ich bin sprachlos. Lisa wischt sich ein Tränchen von der Wange und steckt die letzte Nadel in den Rocksaum von Mamas Hochzeitskleid.

«So, fertig. Du kannst dann gleich auch die Bestellung für deine Mutter mitnehmen.»

Hab ich richtig gehört? «Für meine Mutter?! Ist sie etwa Kundin bei dir?»

Überrascht schaut mich Lisa an. «Ja, klar!»

«Ach ja, hatte ich vergessen», lüge ich.

«Ist ja auch egal. Jedenfalls wäre es nett, wenn du ihre Sachen mitnehmen würdest, sonst stapelt sich hier alles. Bezahlt ist schon.»

Lisa drückt mir eine Papiertüte in die Hand, und wir verabschieden uns.

«Und wenn was ist oder du reden willst, ruf an, okay?», sage ich.

Sie nickt. «Danke. Tschüs!»

Später im Auto schaue ich in die Tüte. Ein wunderschönes Dessous-Set aus schwarzer Spitze und roter Seide kommt zum Vorschein und bringt mich zum Grinsen. Es ist sicher nicht für die Blicke meines Vaters bestimmt, sondern eher für diesen … diesen Tango-Friedhelm. Diesen Latinlover.

Natürlich bringe ich Mama die Tüte direkt auf dem Rückweg, um herauszufinden, ob ich richtigliege. Aber sie bleibt ganz cool.

«Das ist lieb, Schatz, danke. Ich hab leider gar keine Zeit zum Plaudern. Ich treffe mich mit Friedhelm. Wir wollen zusammen Tanzschuhe für mich kaufen.»

«Tanzschuhe, aha … Und ist das jetzt was Ernstes mit euch?»

«Mal sehen. Vielleicht. Momentan weiß ich nur eins: Es tut mir gut – egal, was es ist.»

«Und wozu diese Dessous?»

«Tun mir auch gut. Lisas Entwürfe sind toll. Für jedes Alter! Solltest du dir auch mal gönnen. Da würde sich dein zukünftiger Mann vielleicht auch freuen. Ich meine, nach so vielen Jahren ist bei euch bestimmt auch 'n bisschen die Luft raus. Oder?»

Ich glaub, ich hör nicht richtig. «Nein. Alles prima bei uns.»

«Na, umso besser, dann gönn *du* dir mal was Schönes. Such dir was Hübsches aus bei Lisa, ich schenk's dir, bei dem ganzen Stress, den du hast!»

***

Ich verzichte auf Mamas Angebot, denn der Stress wird nicht geringer durch ein paar hübsche Dessous, denen weder ich noch sonst wer Beachtung schenken würde. Zu Hause checke ich den Stand der Dinge und schlage mein *Kuchenrausch*-Notizbuch auf, um zu kontrollieren, welche Posten auf meiner To-do-Liste abgehakt werden können und welche noch zu erledigen sind.

LOCATION: Die Renovierungsarbeiten im, am und hinterm *Kuchenrausch* sind in vollem Gange, und ich hoffe, dass alles so wird, wie Uschi und Wolfgang es sich wünschen. Und ich. Um das Essen kümmern sich Carla, Uschi und Wolfgang.

GÄSTELISTE: Ist längst geklärt, und damit sind auch alle Einladungen raus. Obwohl uns sämtliche hochzeitserfahrene Freunde und Bekannte vor den ewigen Diskussionen um die Gästeliste gewarnt haben und uns Tipps gegeben haben, war das eigentlich gar kein Problem. Ich führe das vor allem darauf zurück, dass wir nicht mehr die Jüngsten sind und somit auch schon viele Verwandte gestorben sind, die normalerweise auf Hochzeiten von jungen Menschen zwischen zwanzig und dreißig die Plätze der üblichen Tanten, Onkels und Urgroßeltern einnehmen. Zudem fallen in unserem Fall auch vermeintliche Freunde aus, die irgendwann zu Bekannten degradiert wurden oder sich aus anderen Gründen ins Abseits manövriert haben. Vielleicht wurden *wir* ja auch aussortiert – das ist dann auch egal.

DEKO: Tischdeko, Blumenschmuck, Gartendeko – das alles ist Carlas Bereich, in den ich mich überhaupt nicht einmische.

Die Punkte DJ und FOTOGRAF überlasse ich Frida. Sie hat hoch und heilig versprochen, sich um diesen Posten zu kümmern. Eine Hochzeit mit schlechter Musik ist wie ein Curry, das nicht scharf ist, oder ein Tzatziki ohne Knoblauch – in jedem Fall langweilig. Und eine Hochzeit ohne schöne Fotos ist eine Hochzeit ohne Erinnerungen. Ich hoffe, dass ich mich auf Frida verlassen kann.

KIRCHE: Für die kirchliche Trauung ist alles erledigt, bis auf den Trauspruch, den Arne und ich noch auswählen müssen, aber das hat noch etwas Zeit, weil der Pfarrer seine Ansprache sowieso erst eine Woche vor der Hochzeit schreibt, wie er meinte.

Schließlich der wichtigste Punkt, ohne den auch die kirchliche Hochzeit nicht stattfinden kann – die Anmeldung zur Trauung auf dem STANDESAMT. Diesen Haken mache ich morgen.

Nach einer unruhigen Nacht, in der es draußen recht windig war, gehen Arne und ich am Morgen gemeinsam zum Standesamt, um unsere Hochzeit anzumelden. Ein äußerst förmlicher Behördengang, den man meiner Meinung nach durchaus auch online abhandeln könnte. Aber nein, hier ist Präsenz gefragt. Wir warten auf dem Flur, wo uns das Gefühl beschleicht, an einem unwirklichen Ort gelandet zu sein – irgendwo zwischen Geburt und Tod. Ein surrealer Ort, an dem man eine Nummer zieht, wie auf jedem Amt. Dann setzt man sich, wartet und starrt auf einen überdimensionalen Bildschirm, der in drei Kategorien anzeigt, welche Nummer als Nächstes in welchem Raum an der Reihe ist. Geburt, Heirat, Todesfall. Und je länger man auf diese Nummern schaut, desto deutlicher wird, dass wir tatsächlich nur eine Nummer im System sind. Als Nummer geboren, als Nummer verheiratet, als Nummer gestorben. Nicht mehr und nicht weniger. Das ist nicht nur ernüchternd, sondern extrem demotivierend. Am liebsten würde ich diesen deprimierenden Ort sofort verlassen, aber Arne sieht das weniger dramatisch.

«Ein gutes Behördensystem, das sogar funktioniert. Freu dich doch! Das hat man selten.»

Diese Einstellung kann ich ganz und gar nicht teilen, denn es wird immer absurder. Als unsere Zahl zwischen Geburt und Tod aufblinkt, gehen wir in das angezeigte Zimmer, wo uns ein junger, aber relativ desinteressierter Standesbeamter mit wenigen Worten das Prozedere erklärt. Er nimmt unsere und Fridas Geburtsurkunden und das Anmeldeformular entgegen, drückt uns eine Rechnung in die Hand, die wir auf dem Flur an einem Kassenautomaten begleichen sollen, um dann erneut auf der demotivierenden Bank zwischen Geburt und Tod zu warten, bis unsere Nummer erneut aufgerufen wird, um dann in ein anderes Zimmer zu gehen, wo eine andere Beamtin uns fragt, welche Zusatzleistungen wir gerne hätten und ob wir vielleicht in einer der Außenstellen des Standesamtes heiraten wollen, woraufhin sie uns eine Orts- und dazugehörige Preisliste und entsprechende freie Termine vorlegt. Wir verneinen, da wir nur eine einfache standesamtliche Trauung vor der kirchlichen wollen, wofür wir aber einen Wochenendaufschlag zahlen müssen, weshalb wir wieder an den Automaten geschickt werden, wieder auf der Holzbank zwischen Geburt und Tod gefangen sind, um mit der Quittung in das gleiche Büro zurückzukehren, wo die wirklich nette Standesbeamtin uns nach unserem Stammbuch fragt, das wir nicht haben, aber bei ihr bzw. der Stadt käuflich erwerben können. Also suchen wir das hübscheste von den hässlichen aus, gehen wieder zum Bezahl-Automaten, um ihn zu füttern, platzieren uns wieder zwischen Leben und Sterben, um am Ende die Erlaubnis zum Heiraten zu bekommen samt Termin, Ort, Uhrzeit und Belehrung über das Verhalten der Hochzeitsgesellschaft im Standesamt. Es dürfen kein Reis geworfen, keine Blumenblüten gestreut, keine Getränke oder Lebensmittel verzehrt werden. *Bei Zuwiderhandlung stellt die Stadt dem Brautpaar anfallende Reinigungskosten in Rechnung.*

«So romantisch kann Heiraten sein», sage ich zu Arne, als wir das Amt verlassen.

«Siehst du, Heiraten ist gar nichts Besonderes. Auch nur ein kleiner Akt des Lebens zwischen Geburt und Tod. Kein Drama.»

31.

Es wird Frühling. Mit der Konservierung komme ich gut voran. Ich habe das Holz gefestigt, Löcher mit Kunstharz gefüllt, Risse neu verleimt und Fehlstellen mit Kittmasse ausgebessert. Nun reinige ich das Retabel, bevor Farben und Malerei ausgebessert werden. Es ist schön, wie die Arbeit Schritt für Schritt reift, Farben und Figuren wieder so erkennbar werden, wie sie ursprünglich gemacht wurden.

Der unbekannte Meister des Flügelaltars hat eine wunderbare Arbeit geleistet, und ich bin froh, dass ich seinem Handwerk nun durch meines wieder zu Glanz verhelfen kann, Hunderte Jahre später. Wahnsinn, wie viel Mühe wir Menschen uns machen, das Alte wieder zum Leuchten zu bringen, während wir das Gegenwärtige verblassen lassen und vernachlässigen, ohne es zu bemerken. Erst sehr viel später, wenn es abgenutzt und nahezu unsichtbar geworden ist, wird uns bewusst, dass da etwas Schönes war. Und vielleicht erinnern wir uns daran, vielleicht vergessen wir es aber auch komplett.

Die liebe Anna hat immer gegen das Vergessen angekämpft. Sie wusste um die Schätze der Kapelle und die Erinnerungen, die sie bewahren wollte. Daher hat sie sich so sehr für den Erhalt der kleinen Kirche eingesetzt, die eng mit ihrem eigenen Leben verbunden ist.

An einem sonnigen Frühlingstag im April steht sie mit Henry überraschend vor der Kapelle und kämpft mit den Tränen: «Ich bin alt, und alles, was ich habe und was mein Leben ausmacht, sind Erinnerungen. Ich reise nicht mehr, mein Körper wird immer schwächer, aber hier oben und hier», sie tippt sich an den Kopf und hält die Hand aufs Herz, «ist alles, was ich bin und war. Und wenn ich einmal nicht mehr bin, nehme ich das alles zwar mit, aber die Kirche bleibt und erinnert an die vielen Menschen, die hier einmal glücklich waren, die hier geliebt und gelebt haben – so wie ich. Und ihr tragt dazu bei.»

Mit dieser kleinen Dankesrede verabschiedet sich Anna von mir und Henry. Sie hat beschlossen, in ein Seniorenstift umzuziehen, weil sie Angst hat, das Leben allein nicht mehr bewältigen zu können. «Ich muss jetzt los, sonst heul ich doch noch», sagt sie hektisch, umarmt uns ganz schnell, steigt in ein wartendes Taxi und rauscht ab. Was für ein Abschied! Ich bin sprachlos.

Henry, Lotti und ich müssen das erst mal sacken lassen und gehen ein Stück am See spazieren. Die Sonne wärmt jetzt schon etwas. «Eine tolle Frau», sagt Henry voller Überzeugung.

«Ja, beeindruckend! Sie geht in ein Heim, bevor etwas passiert. Das würden meine Eltern nie.»

Henry lacht. «Was machen deine Eltern? Wie geht's deinem Vater?»

Im Laufe der Monate, die mich Henry während der Restaurierung immer mal besucht hat, habe ich ihm so einiges über meine Familie anvertraut. Wie man halt so quatscht, wenn einer sich gerne bei der Arbeit unterhalten lässt und der andere gerne unterhält und wenn man sich sympathisch ist.

«Och, meinem Vater geht es ganz gut, glaube ich. Er hat es irgendwie hingekriegt, die Reha zu verlängern, um nicht nach Hause zu müssen. Wahrscheinlich ist er der einzige Mensch auf Erden, der freiwillig krank ist.»

Henry lacht. «Ist denn sein Bruch auskuriert?»

«Denke schon.»

«Du weißt es nicht?»

«Doch, doch, mein Mann, also mein zukünftiger … und unsere Tochter Frida sehen regelmäßig nach ihm. Na ja, und seine Geliebte natürlich. Linda. Wegen der ist er ja sowieso nur noch in dieser Rehaklinik. Sie besucht ihn täglich.»

«Kennst du sie eigentlich?»

«Ich habe sie nur einmal flüchtig gesehen, aber ich kenne sie nicht. Wieso auch?»

«Weil sie deinem Vater offenbar wichtig ist.»

«Ja, er wollte auch, dass ich sie mal kennenlerne. Aber das wäre meiner Mutter gegenüber illoyal. Das kann ich nicht machen.»

Henry nickt. «Verstehe. Und wie geht es ihr? Tanzt sie noch mit diesem Tango-Mann?»

«Diesem Friedhelm, ja. Die haben auch was miteinander, aber so genau redet sie darüber nicht.»

«Und geht es ihr gut damit?»

«Offenbar. Sie hat ja kaum noch Zeit», sage ich, bleibe stehen und schaue Henry verwundert an. «Sag mal, ist das hier ein Verhör über meine Familie?»

«Oh verzeih, nein, ich habe nur das Gefühl, ich kenne sie alle schon. Und … ich glaube, ich würde sie einfach gerne näher kennenlernen. Ist das so schlimm? Du hast immerhin angefangen, mir von deiner Familie zu erzählen.»

Das stimmt. Wenn mir die Familie in den letzten Monaten über den Kopf gewachsen ist, war Henry ein dankbarer Zuhörer. Dennoch weiß ich im Gegenzug nur wenig über ihn, außer dass er Witwer ist und zwei erwachsene Söhne hat.

«Und was ist mit *deiner* Familie? Was machen *deine* Eltern?»

«Meine Mutter ist schon tot, und mein Vater ist dement.»

Na super – gab es keinen größeren Fettnapf? «Das tut mir leid.»

«Muss es nicht. Ist ja nicht deine Schuld», sagt Henry.

«Stimmt. Es tut mir trotzdem leid. Wie ist das mit deinem Vater?»

«Ach, ganz unterschiedlich. Mal ist es sehr lustig, wenn er alles durcheinanderbringt und selbst darüber lachen kann, und mal ist es sehr traurig, wenn er merkt, dass er seine Erinnerung verliert. Am schlimmsten ist es, wenn er sich nicht an meine Mutter erinnert.»

«Ist sie schon lange tot?»

Henry nickt. «Sie starb vor acht Jahren nach einem Schlaganfall.»

Ich weiß gar nicht, was ich sagen soll, so bedrückt mich diese Geschichte. Schweigend laufen wir nebeneinanderher.

«Oh, aber weißt du, was das Gute an der Demenz ist?»

«Bin gespannt.»

«Das mag vielleicht makaber klingen, aber wenn mein Vater sich nicht an meine Mutter erinnert, dann kann sie ihm auch nicht fehlen, und er muss nicht um sie trauern.»

«Du meinst, die Demenz schließt ihre Lücke?»

«Genau, und eine Wunde.»

Henry hat eine wirklich clevere Art, alles im Leben positiv zu sehen. Für ihn ist das Glas immer halb voll.

Ich beobachte zwei Krähen, die in einer Linde sitzen und sich gegenseitig ankrächzen, wobei ich nicht weiß, ob es ein Balzen ist oder eher eine Drohung. Es entsteht eine merkwürdige Pause.

«Sag mal, kann ich dich noch etwas fragen?»

«Nur zu!», sage ich.

«Was macht deine Hochzeit?»

Ich schaue ihn von der Seite an und überlege mir, was er mit der Frage bezweckt. «Wieso?»

«Na, du redest kaum darüber, und ich hab mich gefragt, ob das noch aktuell ist?»

«Doch, doch, es ist noch aktuell – am 1. Juni ist Termin.»

Henry nickt, und ich glaube fast, ein wenig Enttäuschung in seinem Blick zu erkennen. «So bald schon.»

Ich atme tief durch. «Ja, so bald schon.»

Wir gehen weiter, und ich komme mir vor wie in einem Roman von Jane Austen, wo alles gesagt, aber nichts ausgesprochen ist.

32.

Zu Hause stecke ich gerade den Schlüssel ins Schloss der Wohnungstür, als sie ruckartig von innen aufgerissen wird.

«Hallo! Komm doch herein, Schätzchen!»

Erschrocken, überrascht und irritiert schrecke ich zurück, denn vor mir steht völlig unerwartet mein Vater, strahlt mich an und begrüßt mich überschwänglich.

«Hallo, Papa», sage ich unsicher. «Was machst du denn hier?»

«Ich wohne jetzt hier.» Er zeigt auf seinen Koffer im Flur.

Irgendwas stimmt mit meinem Gehör nicht. «Was?!»

Er schreit in meine Richtung: «ICH – WOHNE – JETZT – HIER!»

Ich schrecke zurück und halte schützend die Arme vor meinen Körper, als könne ich die Schallwellen abwehren. «Schon gut, bin ja nicht schwerhörig!»

«Warum fragt du dann nach? Arne hat mich im Gästezimmer einquartiert.»

Ich brauche ein paar Sekunden, um zu verstehen, was hier passiert. Aber ich versteh's trotzdem nicht. Was ist das hier? Versteckte Kamera? Ein alberner Scherz, der nicht witzig ist? Endlich kommt Arne dazu, nimmt mir Jacke und Tasche ab und schiebt mich in die Küche.

«Wir kommen gleich, Bruno», sagt er zu Papa und schließt die Küchentür hinter uns.

«Arne, was ist hier los!? Hast du 'ne Wette verloren?»

Er geht aufgeregt auf und ab.

«Ich kann nichts dafür. Er stand überraschend mit seinem Koffer vor der Tür. Was sollte ich denn machen? Ihn wegschicken?» Endlich bleibt mein Verlobter stehen und sieht mir ins Gesicht. «Eva, die haben ihn endgültig aus der Reha entlassen», flüstert er, damit Papa nichts von unserem Gespräch mitbekommt, was natürlich völlig absurd ist, weil unsere Wohnung total hellhörig ist.

Trotzdem flüstere ich auch, was sich albern anhört, weil es sich in aufgeregtem Zustand ganz einfach schlecht flüstern lässt. «Aber warum geht er dann nicht einfach nach Hause?»

«Was ist das denn für eine bescheuerte Frage, Eva? Du weißt doch am besten, wie es um Marlene und ihn steht.»

«Na, dann soll er halt zu seiner Linda gehen.»

Die Küchentür springt auf, und Frida kommt schwungvoll rein. «Mama! Hast du schon gesehen? Opa zieht ein. Cool, oder?»

Also gut, Krisenbesprechung im Wohnzimmer. Wir lassen Bruno erst mal die Situation erklären, um dann in die Einzelheiten zu gehen. Vielleicht relativiert sich dann alles. Ich reg mich ja in letzter Zeit häufig über Sachen auf, die sich dann ganz schnell erledigen, und hoffe, dass alles nur halb so wild ist und wir für Papas Problem eine schnelle, faire und akzeptable Lösung finden.

«Was ist denn überhaupt passiert, Papa?», frage ich in ganz ruhigem und vor allem besorgtem Ton.

Mein Vater – eins achtzig groß, mit der Figur eines ehemaligen Amateurfußballers, der es in jungen Jahren bis in die dritte Liga geschafft und erst mit 65 die Seniorenmannschaft verlassen hat – wirkt nun etwas niedergeschlagen, nachdem er bemerkt hat, dass sein Erscheinen bei mir eine gewisse Irritation auslöst.

«Die haben mich rausgeworfen.»

«Wer?», fragt Frida.

«Die in der Rehaklinik, dabei bin ich Privatpatient.»

«Papa, du kannst auch nicht ewig in der Reha bleiben.»

«Aber ich fühle mich nicht gesund. Mein Bein tut mir weh.»

«Du kannst doch zu Hause mit der Physiotherapie weitermachen. Das machen viele.»

«Aber nach Hause kann ich nicht, weil …» Und dann kommt's: «Marlene hat die Schlösser ausgetauscht.»

«Was?!» Diese Information haut mich echt um. «Sie hat was?!»

«Langsam mache ich mir wirklich Sorgen um dein Gehör, Kind. Mal ehrlich, bist du schwerhörig? Ich kenne da nämlich einen guten Akustiker – mein Zimmernachbar aus dem Krankenhaus. Der mit der Prostata, weißt du? Ich geb dir seine Nummer.»

«Papa! Mama hat wirklich die Schlösser austauschen lassen?!»

Mit einem Mal erhebt mein Vater seine Stimme, als sei ich zehn Jahre alt. «Meinst du, ich wohne freiwillig in diesem Chaos hier?» Mit einem verächtlichen Blick schaut er sich um und deutet auf die Unordnung im Wohnzimmer. Stimmt! Es gibt nur eine Sache, die er mehr hasst als schlechten Fußball: Unordnung.

«Und wie hast du dir das vorgestellt?», frage ich und höre mich nicht nett an, weshalb ich sofort relativiere: «Ich meine, ist ja kein Problem – dazu haben wir ja eine Schlafcouch im Gästezimmer. Aber da kann man ja nur ein paar Tage drauf schlafen. Viel zu unbequem.»

«Opa kann auch gerne in meinem Zimmer pennen», fällt mir Frida in den Rücken. «Ich geh ins Gästezimmer. Da ist das WLAN viel besser.»

Arne legt meinem Vater buddymäßig die Hand auf die Schulter und klopft noch mal nach. «Mensch, Bruno, das ist ja 'n Ding, dass du noch mal so einen Stress mit den Frauen bekommst. Auf deine alten Tage! Du kannst natürlich bleiben, so lange du willst!»

Schon wieder habe ich das Gefühl, meinem Gehör nicht zu trauen. Vielleicht sollte ich doch mal zu Papas Prostata-Akustiker gehen und einen Hörtest machen.

***

«Wie kannst du das einfach so bestimmen?!», frage ich Arne später im Bett. «Hab ich da vielleicht auch noch ein Wörtchen mitzureden?»

«Ich wollte nur nett sein zu meinem zukünftigen Schwiegervater.»

«Schleimer!»

«Er ist schließlich dein Vater, und er braucht jetzt vor allem deine Unterstützung, Eva.»

«Aber wenn du ihn hier so großzügig ohne Limit aufnimmst, dann musst du auch dafür geradestehen und dich um ihn kümmern.»

Arne lacht laut auf, als hätte ich ihm gerade einen Witz erzählt. «Du bist ja lustig! Wann soll ich das denn bitte machen? Nächste Woche muss ich schon wieder nach Kiew. Ist doch kein Problem, dann schläft er halt ein paar Nächte hier. Bei unserem Chaos wird er eh nicht lange bleiben wollen. Nacht, Schatz.» Kaum ausgesprochen, dreht er sich auf die Seite und schläft in wenigen Sekunden ein, während ich Papa im Gästezimmer schnarchen höre.

So was muss Arne doch mit mir besprechen. Das kann er doch nicht so einfach bestimmen! Und es geht dabei ja auch gar nicht nur um mich. Er kann doch nicht allen Ernstes von mir erwarten, dass ich Papas Verhalten hinnehme und die räumliche Trennung meiner Eltern auch noch unterstütze. Auf gar keinen Fall! Im Gegenteil! Ich werde erst mal mit Mama reden und herausfinden, was es mit den neuen Schlössern auf sich hat. Am Ende hatte Papa nur die falschen Schlüssel dabei. Zuzutrauen wäre es ihm.

Doch als ich am nächsten Tag zu meiner Mutter fahre, um sie zur Rede zu stellen, kommt heraus: Mama hat tatsächlich die Schlösser austauschen lassen, um sicherzugehen, dass mein Vater sich nicht in ihrer Abwesenheit einfach ins Haus schleicht. Sein Haus!

Ich stehe neben ihr im Garten und rede auf sie ein, während sie seelenruhig die Rosen schneidet, auf dem Kopf einen Sonnenhut und an den Händen Gartenhandschuhe. Sie sieht aus wie eine britische Landlady, die ihre Langweile mit Rosenzucht betäubt.

«Seit wann trägst du Handschuhe bei der Gartenarbeit?», wundere ich mich.

«Seit ich Tango tanze. Niemand tanzt gerne mit einer Partnerin, die von Dornen zerkratzte Hände hat. Was dagegen?»

«Mama, du kannst nicht einfach die Schlösser austauschen. Das Haus gehört auch Papa.»

«Soll er doch zu dieser Frau gehen, deren Namen ich sicher nicht aussprechen werde.»

«Ihr müsst miteinander reden. Das kann doch nicht einfach so auseinandergehen.»

«Sag das deinem Vater. Er hat es so gewollt.» Mit einem kräftigen Schnitt mit der Rosenschere schneidet sie eine voll aufgegangene Blüte ab und legt sie zu einigen anderen in einen Korb.

«Und wie soll es jetzt weitergehen? Mit euch?»

«Schauen wir mal. Ich lasse mir auf jeden Fall nicht auch noch den Rest meines Lebens durch deinen Vater ruinieren. Das kannst du ihm gerne ausrichten. Und sag ihm bitte auch, dass es Männer gibt, die mich attraktiv finden und für die ich nicht unsichtbar bin.»

«Ist es dir denn wirklich so ernst mit diesem Friedhelm, dass du die vielen Jahre mit Papa wegwirfst?»

Mama hält inne und betrachtet eine Blüte, die sie gerade abschneiden will. «Das … weiß ich nicht, aber es tut mir gut, und … ich fühle mich so jung und attraktiv und begehrt.» Sie schaut mich an. «Und das genieße ich so lange wie möglich.»

Sosehr ich auch versuche, meine Mutter milde zu stimmen und zwischen ihr und meinem Vater zu vermitteln, es ist sinnlos. Mama hat offenbar beschlossen, neue Wege zu gehen.

***

Am Abend erzähle ich Papa von meinem Besuch bei Mama und beziehe für ihn das Bett im Gästezimmer neu. Meine Bettwäsche war ihm zu bunt, da er von zu Hause, aus der Klinik und aus der Reha nur schneeweiße Bettwäsche gewohnt sei. Ich atme tief durch und bleibe geduldig.

«Dann ist das was Ernstes mit deiner Mutter und diesem Eintänzer?», fragt Papa traurig, während er seine Sachen im Regal, das ich für ihn freigeräumt habe, zum dritten Mal umschichtet.

«Ist es was Ernstes mit dir und dieser Linda?»

«Natürlich nicht», sagt Papa voller Überzeugung. Aber dann zögert er und schaut verträumt in die Ferne. «Doch, irgendwie schon, aber … anders, als du denkst.»

«Was denke ich denn?», frage ich.

Mein Vater sucht nach Worten und presst schließlich eine Erklärung heraus, die ihm anscheinend sehr schwerfällt.

«Also … Das mit Linda und mir ist eine ganz besondere Beziehung. Ich … ich kann es nicht erklären. Es ist, was es ist. Wir tun uns einfach gut, verstehst du?»

«Das Gleiche sagt Mama über sich und Friedhelm.»

Papa stößt einen schweren Seufzer aus. «Dachte ich mir.»

Ganz ehrlich? Ich verstehe meine Eltern nicht. Also versuche ich es auch bei Papa mal auf die direkte Art. «Schlaft ihr miteinander, du und Linda?»

«Eva!», mahnt er.

Was auch immer die Antwort wäre, Papa schaut mich an, als sei ich fünf Jahre alt, was bedeutet, dass er sich definitiv nicht mit mir darüber unterhalten wird, denn Sex war und ist bis heute kein Thema zwischen uns. Kopfschüttelnd geht er ins Bad.

Auch wenn ich jetzt nicht unbedingt schlauer bin, aber es war einen Versuch wert. Ich muss unweigerlich an Arne und Frida denken, die beim Thema Sex offenbar auch so ihre Probleme haben, weil Arne nicht wahrhaben will, dass seine Kleine groß wird. Und ich kann nun bestätigen, dass das Thema Sex auch im erwachsenen Alter für Väter und Töchter unausgesprochen bleibt. Zumindest in unserer Familie.

Für mich bleibt unklar, wie erwachsene Kinder mit der Trennung ihrer Eltern umgehen. Jedenfalls habe ich bislang darüber nirgendwo gelesen. Wie darf, wie muss oder wie sollte ich als Tochter da reagieren? Auf wessen Seite stelle ich mich? Darf ich überhaupt Partei ergreifen? Darf ich schmollen und egoistisch sein wie ein verletztes Kind? Oder ist das alles tabu, sobald man selbst eine gewisse Reife erreicht hat?

Papa kommt im Schlafanzug aus dem Bad zurück und setzt sich aufs Bett, dessen Federung er leicht auf und ab wippend testet. «Mir war das ja etwas zu weich letzte Nacht. Hab auch schlecht geschlafen. Zu Hause und in der Klinik hab ich ja immer sehr hart geschlafen. Das ist auch viel gesünder. Sagen übrigens auch die Therapeuten. Durch falsche Matratzen kann man sich den Rücken ruinieren. Vielleicht solltet ihr mal über ein neues Gästesofa nachdenken.»

«Ja, vielleicht», murmele ich.

Frida bringt Papa eine Flasche Mineralwasser für die Nacht und muss natürlich auch noch ihren Senf dazugeben.

«Sag mal, Opa, lässt du dir das einfach so gefallen von Oma? Das ist doch auch dein Haus! Ich meine, ihr habt so viele Jahre miteinander darin verbracht – das kann's doch nicht gewesen sein?»

«Ach, Frida, ich habe deiner Großmutter nie weh tun wollen. Aber vielleicht ist unsere Zeit einfach vorbei. Kann doch sein. Oder?»

Ich setze mich zu Papa auf die Bettkante und nehme ihn in den Arm. «Mensch, Papa, jetzt warten wir erst mal ab, wie sich die Dinge entwickeln. Hm?» Was Blöderes fällt mir leider nicht ein, denn ich habe null Ahnung, wie sich die Dinge entwickeln werden.

«Kopf hoch, Opa, das ist nur so 'ne Phase bei Oma. Wahrscheinlich die Hormone – so wie bei Mama.»

Danke. Frida kann so furchtbar altklug sein. Ihr Handy klingelt.

«Ja? Okay, ich komm gleich», sagt sie ins Telefon.

«Willst du etwa noch ausgehen?», fragt Papa überrascht.

«Auf keinen Fall, Opa! Schlaf gut!» Frida gibt ihm einen Gutenachtkuss und rauscht ab.

Doch vor der Tür fange ich sie ab.

«Halt! Wo willst du hin?», zische ich, damit mein Vater nichts mitbekommt.

«Wieso? Ist doch erst halb zehn, und ich habe morgen die ersten zwei Stunden frei.»

«Um zwölf bist du wieder da. Klar?», flüstere ich

«Aber ...»

Fridas Protest wird im Keim erstickt. «Kein Aber. Um zwölf oder gar nicht!» Meine Ansage lässt keine Zweifel aufkommen.

Ich will nur schnell meinem Vater gute Nacht sagen, aber er muss noch was loswerden. «Sie ist ein braves Mädchen. So was hat es bei mir früher auch nicht gegeben! Du warst auch ein braves Mädchen», sagt er, und ich schweige. Natürlich durfte ich früher nicht mitten in der Woche ausgehen. Deshalb bin ich ja auch aus dem Fenster geklettert. Ich sage gute Nacht und gehe zu Arne ins Wohnzimmer, der vor dem Fernseher sitzt und sich irgendein Champions-League-Spiel anschaut.

«Hatte Doris mal einen Liebhaber? Oder dein Vater eine Affäre?»

«Was?» Arne ist sichtlich irritiert. «Nein!»

«Glaubst du oder weißt du?»

«Äh, keine Ahnung. Vermute ich. Die Ehe meiner Eltern war völlig intakt. Soweit ich das beurteilen kann. Außerdem hätten sie wohl kaum mit mir darüber geredet.»

«Vielleicht sollte ich deine Mutter selbst fragen.»

«Wozu das denn? Spielt das noch eine Rolle? Mein Vater ist seit Jahren tot.»

«Ich würde es gerne wissen, das ist alles.»

Arne schüttelt den Kopf. «Du hast sie nicht mehr alle», nuschelt er und wendet sich wieder dem Fernseher zu. «Ist Frida schon im Bett?»

«Äh …» Ein paar Sekunden überlege ich, ob ich lügen soll, und entscheide mich dann für eine Halbwahrheit. «Nein, sie ist noch 'ne Runde mit Lotti gegangen.»

«Okay, alles klar», sagt Arne beiläufig. Wie auf Kommando höre ich hinter mir im Flur, dass sich die alte Hündin langsam geräuschvoll aus ihrem Korb erhebt, weil ich ihren Namen genannt habe. Mist! Zum Glück starrt Arne gebannt auf den Fernseher, und ich bin mir sicher, dass er gar nicht mitgekriegt hat, was ich gesagt habe. Wie ein geölter Blitz verlasse ich das Wohnzimmer und schließe hinter mir die Tür, um Lotti aus dem Verkehr zu ziehen beziehungsweise selbst mit ihr Gassi zu gehen.

Völlig in Gedanken vertieft, mache ich eine große Runde mit dem Hund und denke dabei über meine Eltern nach. Wieso sollten sie sich eigentlich nicht trennen, wenn es nicht mehr läuft? Meine Mutter hat recht – viel Zeit bleibt nicht mehr, um noch mal mit jemandem von vorn anzufangen. Genau genommen ist das ganz schön mutig. Vielleicht machen sie jetzt aber auch einfach nur eine Krise durch. Diesmal vielleicht etwas extremer, aber das gibt sich schon, und danach ist alles wieder gut. Dann muss ich an Henry und seine Eltern denken und bin unendlich dankbar dafür, dass ich meine Eltern noch habe. Es ist unvorstellbar für mich, sie eines Tages zu verlieren.

Als ich nach fast einer Stunde zurückkomme, ist das Haus hell erleuchtet, und Arne, Bruno und Frida kommen mir im Hausflur aufgeregt und mit Taschenlampen entgegen. Frida stürmt als Erste auf mich zu und drückt mich so fest, als sei ich von einer Weltreise zurückgekehrt.

«Endlich! Da seid ihr ja! Zum Glück. Ich bin ja so froh! Wo hast du sie denn gefunden?»

Ich bin verwirrt. «Was? Gefunden? Wen?»

«Na, Lotti! Sie ist mir doch abgehauen, als ich mit ihr Gassi war. Deshalb bin ich doch ohne Hund zurückgekommen. Aber zum Glück hast du sie jetzt gefunden!» Frida redet mit mir, als sei ich komplett hirnlos. Und ungefähr so schaue ich sie auch an. Aber dann begreife ich langsam und spiele mit, um Frida nicht in Erklärungsnot zu bringen.

«Ach … ja-aa! Lotti! Sie ist wieder da! Ich hab sie für dich gesucht … und sogar gefunden!» Mein Gott, wer diese schlechte Performance nicht durchschaut, dem ist nicht zu helfen. Arne gehört offenbar dazu.

«Eva, was glaubst du denn, wozu es Handys gibt?!» Er ist total aufgebracht. «Wo war sie denn, die Ausreißerin?» Er beugt sich zu Lotti runter, die gar nicht weiß, was los ist, und unsicher mit dem Schwanz wedelt.

«Och, sie ist …»

«Kind, uns so einen Schreck einzujagen. Da hätte ja wer weiß was passieren können», unterbricht mich mein Vater zum Glück und wendet sich mit erhobenem Zeigefinger an Arne. Papa ist schon in Schlafanzug und Bademantel, was der Geste etwas die Schärfe nimmt. «Zu so später Stunde lässt kein Mann seine Frau mehr auf die Straße!»

Arne fühlt sich zu Unrecht ermahnt. «Aber Eva ist doch eine starke Frau, und das hier ist 'ne ruhige Gegend, und …»

«Papperlapapp! Frauen haben nachts nichts auf der Straße verloren!», geht mein Vater Arne an. Es wirkt.

«Natürlich. Du hast vollkommen recht, Bruno. Ich werde das nächste Mal dran denken und selbst gehen.»

Ich kann mir ein Grinsen nicht verkneifen. Ja, Arne hatte schon immer Respekt vor meinem Vater. Und was sein Vater-Tochter-Verhältnis angeht, ist Bruno vielleicht sogar sein Vorbild. Das macht es mir und Frida umso schwerer. In jeglicher Beziehung.

Eine halbe Stunde nachdem sich die Aufregung gelegt hat und Frida im Bett liegt, gehe ich noch mal zu ihr.

«Du schuldest mir was, Fräulein!»

«Danke, Mama, dass du mich nicht bei Papa verpfiffen hast.»

«Ich dachte, du wolltest bis zwölf ausgehen. Wieso bist du denn schon so früh zurück?»

Jetzt fängt sie aus heiterem Himmel an zu weinen und fällt mir schluchzend um den Hals.

«Jojo will mich nicht mehr sehen.»

«Was? Aber ich dachte, es sei was Ernstes.»

«Es ist kompliziert. Weil wir so eng befreundet sind. Mir geht das zu schnell.»

«Dir? Aber du wolltest doch sogar schon mit ihm schlafen?»

«Ja, dachte ich auch, aber irgendwie bin ich doch noch nicht so weit.»

«Ah, und das versteht er nicht. Stimmt's?»

«Er fühlt sich von mir verarscht. Aber so ist es gar nicht.»

«Wie ist es denn dann?»

«Es fühlt sich komisch an. Ich meine … wo wir doch beste Freunde sind.»

Ich wiege meine kleine Frida, die offenbar gerade ihren ersten Liebeskummer hat, sanft in meinen Armen wie ein Baby und streiche ihr übers Haar. Sie weint leise.

«Das wird schon wieder. Vielleicht ist es ganz gut, wenn ihr euch 'ne Weile nicht seht. Für ihn ist dieser ganze Gefühlskram auch neu.»

«Aber ich will ihn nicht verlieren!»

«Das wirst du nicht. Er ist doch ein feiner Kerl, hm?»

«Ich glaub, er trifft sich mit einer anderen …»

Daher weht also der Wind. Dieser kleine Mistkerl! Droht damit, Frida sitzenzulassen und was mit einem anderen Mädchen anzufangen, weil sie nicht mit ihm schlafen will. Das ist so eine alte Masche!

«Oh», sage ich verwundert, «na, dann solltest du dich zurückziehen und abwarten. Mach dich rar. Er wird schon merken, was er an dir hat und mit dir verliert.»

Frida putzt sich die Nase und nickt. «Ja, das hab ich mir auch schon überlegt. Aber …», sie fängt wieder an zu weinen, «… es tut so weh!»

Ich fühle so sehr mit meiner Kleinen. Natürlich kann ich ihr sagen, dass es vorbeigeht. Dass jeder Liebeskummer irgendwann ein Ende hat. Dass sie später darüber lachen wird. Und dass sie sicher irgendwann in ihrem Leben die große Liebe finden wird. Aber das ändert alles nichts daran, dass es jetzt und hier so furchtbar weh tut. Und zum ersten Mal im Leben bin ich der Champions League dankbar, dass sie Fridas Vater vor dem Fernseher ablenkt, denn wenn er das hier miterleben würde, wäre er so wütend, dass er vermutlich sofort und auf direktem Wege zu Jojo fahren und ihm die Meinung geigen würde. So was machen Väter nämlich, wenn jemand ihre Töchter zum Weinen bringt.

33.

Ein paar Tage später flattert uns die Bombe ins Haus, als ich die Post reinhole und Arne ins Büro fährt. Ein Brief an Papa, der Absender ist mir völlig unbekannt.

«Jetzt bekommt er schon seine Post hierher», sage ich zu Arne. «Offenbar will er sich hier länger einrichten. Wir müssen unbedingt eine neue Wohnung für ihn finden.»

«Von mir aus kann er bleiben. So kommen wir uns endlich mal näher.» Arne gibt mir einen Kuss, schwingt sich auf sein Rad und verschwindet mit einem dahingehauchten «Tschüs, bis später!» in die Redaktion. Es ist eindeutig Frühling, denke ich, werfe einen Blick auf die sprießenden Bäume in der Straße und schließe die Tür.

«Post für dich, Papa.» Ich lege ihm den Brief auf den Tisch und mache mir den zweiten Kaffee an diesem sonnigen Frühlingsmorgen. Aber als ich mich umdrehe, ist Papa ganz bleich und hält mir das Papier hin. Was hat das zu bedeuten? Ich lese, und mir wird auch ganz schwindelig. Jetzt ist der Bogen überspannt! Ich muss etwas unternehmen, schnappe mir wütend Jacke, Autoschlüssel und Leine, treibe Lotti vor mir her und knalle die Wohnungstür hinter mir zu.

Um diese morgendliche Uhrzeit ist meine Mutter neuerdings im Fitnessstudio. Ich selbst habe ihr vor Wochen ein Probeabo im Studio meines Vertrauens geschenkt, damit sie fit wird und es auch bleibt. Seither geht sie dreimal die Woche zum Zirkel- und Muskelaufbautraining für Ü60er. Ich muss sagen – sie ist ziemlich fit und sieht ziemlich flott aus in ihrem Sport-Outfit.

«Mama, im Ernst? Du willst die Scheidung?»

«Oh, ich scherze nicht», sagt meine Mutter. «Komm, mach mit! Könnte dir auch mal wieder guttun», sagt sie und legt sich über einen großen Gymnastikball, um ihre Bauch- und Rückenmuskeln zu trainieren. Auf und ab, auf und ab. Das macht es etwas schwierig, mich vernünftig mit ihr zu unterhalten. Auf und ab, auf und ab.

«Ja, danke auch! Aber bleiben wir bei dir: wieso Scheidung?»

Auf.

«Friedhelm will mich heiraten.»

Und ab.

Ich fasse es nicht! «Was? Du kennst ihn doch kaum.»

Auf.

«Genau, deshalb habe ich auch seinen Antrag abgelehnt.»

Und ab.

«Aber die ganze Sache hat mich nachdenklich gemacht. Und wer weiß?»

Auf.

«Sei nicht albern, Mama! Du kannst dich nicht einfach scheiden lassen!»

Und ab.

«Wieso nicht?»

Auf.

«Weil ich es nicht will!»

Und ab.

«Dein Bruder sagt, ich soll tun, was mich glücklich macht.» Fertig, sie richtet sich von dem Gummiball auf. Sagte ich, dass mein Bruder ein desinteressierter, egoistischer Blödmann ist, der am anderen Ende der Welt lebt? Seit wann interessiert er sich für Mamas Gefühlshaushalt? Und seit wann sprechen die beiden überhaupt über so was?

«Okay, Mama, aber jetzt sag ich dir was. Papa geht's nicht gut. Er leidet unter eurer Trennung.»

«Ohhh, das tut mir aber leid!», sagt sie sehr ironisch und streckt sich. «Hat er seine Affäre in die Wüste geschickt?»

«Äh … ja, nein … was weiß ich!»

«Siehst du, er will sich nicht ändern, und er will die Situation nicht ändern!» Meine Mutter geht zum nächsten Gerät. «Meinetwegen muss er das auch gar nicht mehr.»

«Was soll das nun wieder heißen?»

«Endlich spüre ich das Leben wieder. Und weißt du was? Ich bin dieser Linda sogar dankbar, denn durch die Affäre deines Vaters wurde ich ja erst wachgerüttelt. Was für ein großes Glück!»

«Aber wollt ihr nicht wenigstens mal vernünftig in aller Ruhe miteinander reden, wie zwei erwachsene Menschen?»

«Wieso? Es ist doch längst alles gesagt.»

«Mama, was soll das!?»

Sie schaut mich überrascht an, als läge die Antwort auf der Hand. «Selbstoptimierung, Schatz. Was sonst?»

Oje! Was habe ich da nur angerichtet?!

Mit einem erdrückend schlechten Gewissen verlasse ich diesen Ort des Grauens, an dem ich schon seit Monaten nicht mehr war, obwohl ich mich vor der Hochzeit eigentlich noch mal ordentlich in Form bringen sollte. Aber das erledigt ja nun meine Mutter für mich, die sowieso schon meinen Platz in diesem Studio eingenommen hat, jeden duzt und ständig dort rumhängt, wenn sie nicht beim Tango ist oder sich neue Klamotten kauft. Draußen wird mir klar: Ich muss das in Ordnung bringen! Also kehre ich wieder um.

«Mama, kann ich die Briefe lesen?»

«Welche Briefe?»

«Die Briefe, die du gefunden hast. Die Briefe von Papas Geliebter.»

Meine Mutter reagiert gar nicht, sondern macht stur ihre Übungen. Sie ignoriert mich einfach. Also mache ich es dringlicher.

«Mama! Ich muss diese Briefe lesen!»

«Was spielt das noch für eine Rolle?»

«Ich will mir selbst ein Bild machen. Vielleicht tun wir Papa ja doch unrecht. Lass sie mich lesen, bitte!»

Unaufhörlich macht Mama ihre Rückenübungen an einem Trainingsgerät und dreht dabei Oberkörper und Kopf mal nach links, mal nach rechts. Ich halte sie mit einem Ruck fest, damit sie mir ihre Aufmerksamkeit schenkt.

«Mama!» Langsam werde ich sauer.

«Na schön, ich hab sie verbrannt», sagt sie trotzig, aber dennoch kleinlaut.

«Du hast was?! Aber es waren Papas Briefe!»

«Es ist meine Ehe! Und jetzt lass mich in Ruhe!»

«Nein, Mama, es ist *eure* Ehe», sage ich leise und gehe.

Ich fühle mich elend. Hätte ich doch bloß nicht mit diesem Selbstoptimierungs-Mist angefangen. Hätte Papa doch bloß nichts mit dieser Linda angefangen. Hätten meine Eltern doch in ihrer Ehe mehr aufeinander gehört. Aber ganz egal, wie viele Konjunktive einen vermeintlich besseren Ausgang der Geschichte vermuten lassen – die Realität ist nicht verhandelbar.

Missmutig fahre ich in die kleine Kapelle und gehe meiner Arbeit nach. Ich beginne mit der Retusche der ausgebesserten Fehlstellen, was sehr viel Ruhe erfordert. Gut so! Konzentriert arbeite ich Stunde um Stunde, und es funktioniert tatsächlich. Die Arbeit lenkt mich ab – von meinen Eltern, meiner Hochzeit, Fridas Liebeskummer. Lotti liegt neben mir und schläft. Ab und zu wechselt sie die Position, doch ansonsten genießt sie die Ruhe. Zwischendurch gehen wir an die frische Luft und atmen durch. Dann geht's weiter. Heute liebe ich meinen Beruf umso mehr und bin dankbar, dass er mich alles andere vergessen lässt. Erst eine Nachricht von Uschi holt mich ins Hier und Jetzt zurück: *Alles im Zeitplan! Der Garten wird toll!*

***

Am Abend bin ich mit Lotti allein. Arne ist noch im Büro, und Papa führt Frida ins Kino aus. Er findet, dass ihm und Frida etwas Abwechslung guttun würde – wo sie doch beide verlassen wurden. Die Armen.

Jedenfalls gehört der Abend mir.

Wenn es etwas gibt, was mich jetzt noch den Tag halbwegs versöhnlich ausklingen lässt, dann ist das ein gutes Mahl. Ich werde kochen – konzentriert mit einem absehbaren befriedigenden Ergebnis – einer Minestrone. Dabei werde ich Radio hören und mir danach die Gemüsesuppe schmecken lassen. Dazu esse ich das frische Brot, das Papa neuerdings dreimal die Woche aus einer Bäckerei mitbringt, die er seinen *Geheimtipp* nennt. Er will uns partout nicht verraten, wie der Bäcker heißt. Nach dem Essen ein heißes Bad und ab ins Bett. Hauptsache, alle lassen mich in Ruhe.

Die erste Amtshandlung ist das Einschalten des Radios, die zweite das Öffnen einer Flasche Wein. Ich liebe es, beim Putzen und Schnibbeln des Gemüses Hörspiele, Radioreportagen oder Features zu hören. Und diesmal geht es auch noch um die Ukraine. Ich schalte mitten in eine Reportage über Kiew und seine Kunst- und Kulturszene. Klingt ziemlich interessant und macht mich total neugierig. Schon beim Zuhören beschließe ich, Arne auf jeden Fall häufig zu besuchen, um mir einen eigenen Eindruck dieser Stadt zu machen. Die Reportage zieht mich regelrecht in den Bann. Die Journalistin führt mich zum Andreassteig, wo sich Künstler in Galerien und Werkstätten tummeln, zu den goldenen Kuppeln des Höhlenklosters Lavra und in die Bäckerei Bulochnaya Yaroslavna, wo es die besten Zimtschnecken geben soll. Ich liebe Zimtschnecken und kann schon beim Zuhören riechen, wie es in der Bäckerei duftet.

Ich bin geradezu euphorisiert, während ich den Kochlöffel schwinge. Wer hätte das gedacht? Doch das kurze Aufblitzen guter Laune wird im Keim erstickt, als ich am Ende der Reportage höre, wer dafür verantwortlich ist. Und mir fällt der Löffel in die Suppe – Alexandra Galina, Journalistin in Kiew. Das kann nicht sein, denke ich und googele in einer Nanosekunde den Namen dieser Frau auf meinem Handy. Tatsächlich: Alexandra Galina, Bürochefin der Nachrichtenagentur IP in Kiew. Und jetzt erinnere ich mich auch wieder an Arnes Antwort, als ich ihn fragte, wie er an das Angebot für die Stelle in Kiew gekommen sei. Er kenne die Büroleiterin dort, hat er geantwortet. Dass es *die* Alexandra ist, mit der er vor Jahren schon mal fremdgegangen ist, hat er wohlweislich verschwiegen. Schlagartig geht mir ein Licht auf. Offenbar hat mich meine Menschenkenntnis bei Arne völlig im Stich gelassen. Alexandra Galina – ich hätte es mir denken können. Ich lasse die Minestrone Minestrone sein, nehme die Weinflasche und setze mich ins Wohnzimmer, wo ich im Dunkeln auf Arne warte.

Eine halbe Stunde später höre ich, wie er seinen Schlüssel ins Schloss steckt. Ich höre, wie er die Tür öffnet, wie der Schlüssel aufs Schlüsselbrett gelegt wird, die Tür zufällt und Arne seine Jacke aufhängt. Dann begrüßt er Lotti ausgiebig und ruft:

«Hm, hier riecht's aber gut. Was gibt's denn, Schatz?»

Ich antworte nicht. Arne geht in die Küche, wo er mich vermutet.

«Das sieht aber gut aus!» Jetzt rührt er offenbar und stellt fest: «Etwas verbrannt. Eva, du hast vergessen, die Suppe kleinzustellen. Ich mach dann den Herd mal aus. Eva?»

Lotti geht zu ihm, um ihrem Herrchen zu zeigen, dass sie mich gefunden hat. «Lotti, wo ist Frauchen? Eva?» Jetzt kommt er ins Wohnzimmer. «Was machst du denn hier im Dunkeln?»

Ich nehme einen Schluck Wein. «Mich betrinken.»

«Aha.» Arne macht Licht und weiß offenbar nicht, was er von mir halten soll. «Und warum? Ich meine … ist was passiert?»

Ich nicke. «Ich hab eine tolle Radioreportage über Kiew im Radio gehört. Wirklich gut. Ich hab richtig Lust auf Kiew. Ich meine, nicht so wie du, rein kulturell und so. Und die Alexandra, die kennt sich ja auch richtig gut aus – so als Büroleiterin der IP. Ich meine, hey, so ein Zufall, dass die deine Chefin ist! Super! Brillant! Prost!» Ich nehme einen großen Schluck Rotwein. «Der is' echt gut, den sollten wir für unsere Hochzeit in Erwägung ziehen. Hier, probier auch mal, Schatz!»

Aber Arne ist nicht danach. Ich kann ihm ansehen, wie es in ihm arbeitet und er nach einer Erklärung sucht. Aber er findet offenbar keine, die auch nur annähernd plausibel wäre. Schwer atmet er ein und aus, aber sein Problem wird dadurch nicht leichter. Ich würde mich kaputtlachen, wenn das nicht alles so unendlich bitter wäre.

«Hör mal, Eva, das … das war wahrscheinlich nicht so eine gute Idee, dir das nicht zu sagen.»

«Ach, wie kommst du denn darauf?» Langsam merke ich, wie der Alkohol mich einlullt. «Quatsch! Ist doch völlig in Ordnung, wenn du mit deiner Geliebten irgendwo im Ausland zusammenarbeitest. Und wie praktisch! Weit weg von der Familie! Dein schlechtes Gewissen bleibt zu Hause, während du in der Ukraine guten Gewissens fremdgehst.»

«So ein Quatsch! Genau das wollte ich vermeiden. Deshalb hab ich dir nicht erzählt, dass Alex dort die Büroleitung hat.»

«Och, Hase, wenn das so ist, dann ist ja alles gut!»

«Genau! Es geht nur um die Arbeit!»

«Morgens Büro, abends Bett. Das ist geradezu genial! Fein!»

Lotti spitzt die Ohren, weil sie sich angesprochen fühlt. Oder aber sie begreift nicht, warum ich mit ihrem Herrchen genauso rede wie mit ihr sonst. Irritiert schaut sie zwischen Arne und mir hin und her.

«Jetzt hör doch mal mit diesem Zynismus auf und lass uns vernünftig reden!»

«Zynisch an der Sache ist, dass du mich heiraten willst. Zynisch ist auch, dass du mich angelogen hast.»

«Ich habe nicht gelogen! Sie ist eine Kollegin, und durch sie habe ich den Job in Kiew bekommen.»

Jetzt werde ich laut. Ich kann nicht anders. «Aber das ist nicht die ganze Wahrheit, und das weißt du!»

«Du sagst mir ja auch nicht, wer dein neuer Auftraggeber ist.»

«Weil es keine Rolle spielt und ich nicht mit ihm im Bett war!»

«Ach Eva, das haben wir doch hundertmal durchgekaut. Wieso bist du so nachtragend?»

Ich schüttele den Kopf und werde ruhiger, denn diese Frage macht mich fassungslos. «Das fragst du wirklich?»

«Ja, ich versteh's nämlich nicht.»

«Weil es mich verletzt hat! Du hast mich damals belogen und mit ihr geschlafen – warum solltest du es nicht wieder tun?»

«Aber es ist längst vorbei. Und es war eine einmalige Angelegenheit. Ich dachte, wir sind darüber hinweg?»

«Das dachte ich auch – bis heute.» Jetzt schießen mir die Tränen in die Augen, so wütend und enttäuscht bin ich. «Warum hast du mich angelogen?»

«Ich habe nicht gelogen, ich habe nur ihren Namen nicht genannt, weil ich wusste, dass du ausflippen würdest.»

«Ich flippe nicht aus. Ich fühle mich nur verarscht!»

Ich stehe auf, dränge mich an Arne vorbei in die Küche und hole mir ein Stück Küchenrolle zum Naseputzen. Wie kann man nur so selbstgerecht sein, frage ich mich.

«Eva, ich schwöre, da ist nichts! Es ist rein beruflich. Wir sind alle älter geworden. Es besteht gar kein Grund, dass du dich so maßlos aufregst.»

Das ist der Gipfel, denn auch damals hat er erst seine Unschuld beteuert, bevor er eingeknickt ist und den Seitensprung gestanden hat. Ich habe ihm damals verziehen, aber vergessen habe ich die Sache nie.

«Ich rege mich maßlos auf? Sag mal, geht's noch?! Du machst

mir Vorwürfe, weil ich mich darüber aufrege, dass du nicht aufrichtig zu mir warst? Wieder einmal! Und auch noch mit der gleichen Frau?! Du bist so ein selbstgerechter Arsch!»

Aus meiner verletzten Enttäuschung wird nun blanke Wut.

«Aber sie ist doch längst verheiratet und hat Kinder!»

«Ja und? Hat das jemals irgendwen von irgendwas abgehalten? Du warst auch damals schon in einer Beziehung, und ich war schwanger! Und nun willst du sogar heiraten!»

Ich lache theatralisch, vielleicht sogar leicht hysterisch, aber heute darf ich das. Jetzt und hier tut ein wenig Hysterie ganz gut, und daher setze ich noch eins drauf. «Und diese ganze Hochzeitsnummer? Wolltest du damit dein schlechtes Gewissen mir gegenüber beruhigen?»

«Was?»

«Erst fremdgehen, dann fortgehen und mir dann mit Verantwortung und Sicherheit kommen. So was hab ich mir von Anfang an gedacht. Und damit hast du es dir ziemlich leicht gemacht! Machst selbst keinen Finger krumm und schickst mich in diese Hochzeits-Hölle! Ich hasse so was! Ich hab nie ans Heiraten gedacht, bis du mit deinem blöden Antrag angekommen bist. Meine Mutter hatte recht!»

«Deine Mutter? Was hat die denn damit zu tun?»

«Sie fand es von Anfang an albern, in meinem Alter überhaupt noch zu heiraten. Sie hält die Hochzeit für totalen Unsinn. Und mein Vater sowieso.»

So langsam scheint auch Arne sauer zu werden. «Ah, dein Vater, ja klar! Für ihn war ich doch nie gut genug für dich!»

«Na, du hast ja immerhin dein Bestes gegeben, um das zu beweisen! Und weißt du was?» Um den Streit nun auf seinen dramatischen Höhepunkt zu treiben, streife ich meinen Verlobungsring mit etwas Mühe von meinem dicken Finger und knalle Arne das Ding vor die Füße. «Schieb dir deine Hochzeit in den Allerwertesten!»

Anders als erwartet ist Arne nicht sprachlos überrascht von dieser Wendung, sondern setzt nun seinerseits noch eins drauf. Er hebt den Ring auf.

«Und weißt du was? Das werde ich! Denn ich werde sicher keine Frau heiraten, die das nicht auch will.»

«Na, dann wäre ja alles gesagt!», schreie ich.

«Absolut!», schreit Arne zurück.

«Prima!»

«Fein!»

Als Papa und Frida nach Hause kommen, ist alles vorbei. Ich bin schon ins Bett gegangen, nachdem Arne türenknallend das Haus verlassen hat und zu Guido gefahren ist. Das hat mir Manu sofort aufs Handy geschrieben, weil sie und Guido an diesem Abend ein Gespräch über die Aufteilung des Hausinventars hatten, als Guido einen Anruf von Arne bekam, der sichergehen wollte, dass sein Kumpel auch zu Hause ist. Manu wollte natürlich genau wissen, was los ist, aber ich habe ihre Nachricht nicht beantwortet, denn das hätte sofort wieder alle anderen Mädels auf den Plan gerufen, und danach ist mir nun wirklich nicht.

Dass Arne nicht zu Hause schläft, ist wohl das Beste, denn im Gästezimmer schläft mein Vater, und die Couch im Wohnzimmer ist schrecklich unbequem. Das Letzte, was ich mir nach diesem Streit vorstellen kann, ist das gemeinsame Einschlafen mit Arne in einem Bett – wortlos, voller Groll, wütender Anspannung und unschönen Gedanken. Das braucht niemand. Ich kann mich nicht mehr erinnern, wann wir das letzte Mal nach einem Streit getrennt geschlafen haben. Muss ewig her sein, denn normalerweise gibt einer von uns beiden nach, damit wir beide gut einschlafen können. Früher haben wir nie viel gestritten – erst in letzter Zeit und dann umso heftiger. Und diesmal hatte ich allen Grund, sauer zu sein!

Trotzdem ist es seltsam, allein in dem großen Bett zu liegen. Es fühlt sich nicht gut an. Leer und kalt. Natürlich kann ich nicht schlafen, denn ich habe das Gefühl, einen zentnerschweren Betonblock auf meiner Brust zu haben, der mich weder atmen noch zur Ruhe kommen lässt. Ich wälze mich hin und her und frage mich, ob es jetzt meine Schuld war, dass alles so gekommen ist. Ob ich zu theatralisch oder zu hysterisch war. Ob ich Arne vielleicht sogar unrecht tue und wie es ihm jetzt wohl geht. Okay, den schönen Verlobungsring hätte ich vielleicht nicht so vehement auf den Boden knallen sollen. Aber das war pure Emotion – ich war so wütend! Und immer wieder frage ich mich, wie und ob es jetzt wohl weitergeht.

TEIL 3

ALLES AUF NULL

34.

Seit unserem Streit gehen Arne und ich uns aus dem Weg. Ich verbringe mehr Zeit bei der Arbeit in der Kapelle und meiner Werkstatt als je zuvor und habe mich mehr oder weniger von der Außenwelt abgeschottet. Frida und mein Vater müssen jetzt einfach mal mit ihren Problemen alleine klarkommen, aber ich habe das Gefühl, die zwei helfen sich gegenseitig sowohl emotional als auch logistisch. Ich habe momentan überhaupt keine Nerven, mir zu überlegen, wie es mit Papa weitergehen soll, jetzt, wo Mama die Scheidung will. Er wohnt weiterhin in unserem Gästezimmer, und Frida scheint ihren Liebeskummer mit Jojo ganz gut zu überwinden. Arnes und meine Krise dagegen dauert an, aber ich baue auf die Zeit. Meine Wut ist schwächer geworden, und mein Verstand setzt langsam wieder ein. Vielleicht sollten Arne und ich einfach mal vernünftig miteinander reden, ohne uns gegenseitig zu unterbrechen, ohne uns gegenseitig Vorwürfe zu machen, ohne uns ständig runterzumachen. Wie zwei vernünftige, erwachsene Menschen, die eine gewisse Reife haben sollten.

Ich nehme mir also fest vor, das Schweigen zu brechen und ganz ruhig und vernünftig den ersten Schritt zu machen. Doch als ich ein paar Tage nach unserem Streit mit einer Flasche von Arnes Lieblingsrotwein und den besten Vorsätzen nach Hause komme, ist etwas anders. Es fehlen Dinge – eine Reisetasche, Jacken, Schuhe, der Kulturbeutel im Bad. Ich ahne, dass er fort ist. Dann entdecke ich einen Brief auf dem Nachttisch.

Meine liebe Eva,
wenn du das liest, bin ich schon in Guidos Almhütte in den Bergen, wo ich die nächsten Tage allein verbringen werde. Danach habe ich den nächsten Termin in Kiew. Ich weiß gar nicht, wo ich anfangen soll. So viel ist mir in den letzten Tagen und Nächten durch den Kopf gegangen. Es tut mir aufrichtig leid, dass ich dir nicht die Wahrheit über Alexandra gesagt habe. Auch wenn ich meine Gründe hatte, es war nicht richtig, dir zu verheimlichen, dass sie es war, die mir das Kiew-Angebot gemacht hat. Aber seit damals ist da nie wieder etwas zwischen uns gewesen. Du kannst das glauben oder nicht.
Ich habe dir den Antrag gemacht, weil du mir wichtig bist. Ich wollte das Band zwischen uns festigen, damit wir uns nicht verlieren, wenn ich nach Kiew gehe. Und ich wollte dich und Frida damit absichern. Aber vielleicht war das falsch, und es war gut, wie es nun gekommen ist. Vielleicht haben wir uns geirrt. Vielleicht ist da schon länger nicht genug, um zu heiraten. Nutzen wir unseren Streit, um einen Schnitt zu machen, bevor es zu spät ist oder bevor wir beginnen, einander zu verachten. Frida wird es verstehen, sie ist alt genug, um unsere Trennung zu verkraften.
Ich melde mich bald.
Arne

Rauschen. Begleitet von dumpfen, gleichmäßigen Herzschlägen, höre ich mein Blut rauschen. Um mich herum sind alle Geräusche verstummt. Ich höre nur mich. Meinen Atem. Die Luft, die ich aus dem Raum einsauge, durch meine Lungen rauschen lasse, um sie wieder auszustoßen. Ich höre nur mich. Trennung. Er trennt sich von mir, hat nun selbst die Verlobung gelöst und trennt sich von mir. Ganz klar und unmissverständlich. Ich verstehe das. Habe es schwarz auf weiß gerade gelesen. Hier in diesem Brief steht es geschrieben. Arne trennt sich von mir. Ich habe ihn verloren. Es ist aus, vorbei, beendet. Meine Gedanken stehen still, meine Gefühle sind grauschwarz. Ich fühle eine immer größere Schwere in mir, bin wie gelähmt. Es ist schlimm. So schlimm, dass ich nicht weinen kann, den Druck nicht hinauslassen kann. Das Atmen wird zunehmend schwerer, ich muss … mich übergeben.

Zwei Tage und Nächte bleibe ich im Bett. Stumm. Will mit niemandem reden. Papa und Frida kümmern sich, glauben, ich hätte Magen-Darm-Probleme und Arne sei beruflich unterwegs. Ich sage nichts, spüre nichts, denke nichts.

Bis Lisa mich überraschend anruft. Sie ist betrunken. Nachmittags um drei.

«Franky ist weg.» Sie klingt irgendwie hysterisch.

«Was? Wie weg?»

«Keine Ahnung! Weg eben. Nicht zu Hause. Seit drei Tagen.»

«Geh halt zur Polizei.»

«Blöde Idee. Wieso das denn?», fragt sie allen Ernstes.

«Na, um ihn vermisst zu melden.»

Lisa lacht laut auf. «Quatsch, ich vermiss den doch nicht!»

Das Gespräch nimmt seltsame Züge an. «Lisa, was willst du?»

«Uhh, bist du schlecht drauf, oder was?», lallt sie. Sie ist wirklich schon betrunken. «Ich will feiern! Mich betrinken! Was hast du denn?» Das klingt fast wie ein Vorwurf.

«Mir geht's heute nicht gut.» Aber das interessiert sie gar nicht. «Warum rufst du an?»

«Weil du gesagt hast, du bist für mich da, wenn ich dich brauche. Und jetzt brauch ich dich!» Sie weint fast und klingt wie ein kleines, bockiges Mädchen.

«Wofür?»

«Na, um mit mir auszugehen. Mir fällt die Decke auf den Kopf. Ich muss mal raus hier. Was erleben. Andere Männer kennenlernen.»

«Sorry, da bin ich echt nicht die Richtige heute. Frag Manu.»

«Die erreiche ich nicht. Ich hab nur dich. Komm schon», quengelt sie. «Ich muss mal mit jemandem reden.»

«Worüber?», frage ich müde.

«Alles Mögliche. Meine Ehe, mein Leben. Deine Hochzeit.»

Verdammt! Die Hochzeit – die Vorbereitungen laufen auf Hochtouren. Ich muss das alles stoppen.

«Außerdem ist das Kleid fertig», höre ich Lisa sagen. Na wunderbar. Jetzt setzt sie mich mit dem Kleid unter Druck, denn dass sie das erwähnt, heißt ja nichts anderes als: *Ich springe sofort, wenn ich für dich was nähen soll. Und jetzt brauch ich dich einmal, und du zierst dich*. Recht hat sie. Außerdem ist es ganz gut, wenn ich mich aus meinem eigenen Jammertal befreie. Also raffe ich mich auf, um Lisa in einer Kneipe zu treffen.

Als ich komme, hat sie schon einen Gin Tonic vor sich stehen. Ich bestelle einen Weißwein und bin ganz Ohr. Lisa redet ohne Punkt und Komma, aber alles, was sie sagt, kenne ich schon. Alles, bis auf eins: «Ich bin einsam, Eva. Ich lebe mit Mann und Sohn zusammen und bin einsam. Ist das nicht armselig?»

«Da bist du sicher nicht die Einzige», sage ich.

«Aber ich will das nicht! Ich will nicht einsam sein.»

«Wo ist denn Franky?»

«Keine Ahnung. Hier schau!»

Lisa zeigt mir eine Nachricht von Franky auf ihrem Handy. *«Bin ein paar Tage wandern»*, lese ich vor. «Dann trifft er sich sicher mit Arne und Guido auf der Alm. Wäre nicht das erste Mal.»

Lisa schaut mich verwundert an. «Stimmt. Aber so wortlos?»

«Ja, und? Ihr habt euch doch schon lange nichts mehr zu sagen.»

«Aber wir leben zusammen und so.»

Lisa führt sich auf wie ein trotziges Schmollkind.

«Liebt ihr euch denn noch?»

Sie überlegt einen sehr langen Moment. «Keine Ahnung. Is' doch auch egal. So was verändert sich ja im Laufe der Jahre.»

«Aha?» Jetzt bin ich aber neugierig.

«Was ist schon Liebe? Es geht doch um ganz andere Dinge, wenn man älter wird, oder? Und Sex wird auch total überbewertet.»

«Ich glaube, du redest dir da was ein. Warum trennt ihr euch nicht? Dann würde es dir sicher besser gehen.»

«Nein! Auf keinen Fall. Mir geht's doch gut! Das ist nur 'ne klitzekleine Krise. Was hätte ich denn davon, wenn ich Franky verlasse? Nichts! Soll ich etwa auf das Haus und die Fernreisen und Skiurlaube verzichten? Und was ist mit Max?»

«Der zieht doch eh in drei Jahren aus, oder?»

«Aber bis dahin braucht er seine Eltern. Beide.»

«Wenn das alles nicht so wild ist, warum sitzen wir dann hier?»

«Weil … weil mir die Decke auf den Kopf fällt. Und mein Personal Trainer schwul ist. Und ich unglücklich bin.»

«Ich auch.»

«Du? Aber du bist doch die Einzige von uns, die glücklich ist und bald heiratet.»

Wie sie das so sagt, klingt es, als sei Lisa neidisch auf mich. Ich will es ihr gerade erklären, da kommt Manu durch die Tür.

«Hey, da seid ihr ja!»

«Wo warst du denn? Ich hab so oft versucht, dich zu erreichen», sagt Lisa vorwurfsvoll.

«Ich hatte ein nerviges Gespräch mit Guido. Wegen der Scheidung und so.»

«Ich dachte, Guido ist auf der Alm?», wundere ich mich.

«Er fährt erst morgen. Was haben die für Probleme, wenn sie sich alle drei auf der Alm treffen?», fragt Manu.

«Uns», sage ich.

«Das kannst du laut sagen. Und ich sag euch auch was: Das ist erst der Anfang.» Manu ist offenbar echt sauer auf Guido. «Ich brauch unbedingt einen Drink. Guido ist so ein Arsch, das glaubt ihr nicht!»

Sie bestellt sich auch einen Gin Tonic und lässt sich fast eine Stunde ohne Pause über ihren Noch-Mann aus, der sie angeblich nur über den Tisch ziehen will – finanziell und materiell. Es geht um die Eigentumswohnung, Möbel, Ersparnisse, Elektrogeräte, gemeinsame Schulden und, und, und. «Er will mir sogar den Schmuck wegnehmen, den er mir geschenkt hat. Und mein Auto, das er angeblich für mich gekauft hat. Dabei hab ich die Hälfte dazugegeben. Das müsst ihr euch mal vorstellen! Wie sich ein Mensch so verändern kann! Unglaublich. Und jetzt mischt sich sogar seine Familie ein. Angeblich hätte seine Mutter schon immer gewusst, dass ich nicht gut genug bin. Das hat ja mein Vater über ihn von Anfang an auch gesagt.»

«Seht ihr, das ist der Grund, warum ich mich NICHT trenne. Das will ich alles nicht. Von mir aus kann meine Ehe bleiben, wie sie ist, solange keine Schlammschlacht daraus wird», sagt Lisa und bestellt noch eine Runde.

«Und du? Du sagst ja gar nichts. Sag doch auch mal was dazu! Ich hab doch recht, oder?» Manu stößt mich von der Seite an, damit ich reagiere. Aber ich kann nicht. Ich bin müde von diesem beschissenen Tag und so überfordert mit den Problemen meiner Freundinnen, dass ich kein Wort rauskriege.

«Was soll sie schon dazu sagen, immerhin heiratet sie bald. Und sie wird es besser machen als wir, denn sie kauft schließlich nicht die Katze im Sack», sagt Lisa und drückt mich. «Du Glückspilz!»

«Trinken wir auf Eva! Die alles richtig macht.» Manu hebt ihr Glas, und die beiden stoßen mit mir an. Oje, wenn die wüssten, denke ich, nehme einen großen Schluck, schaue traurig in mein Glas und spreche es schließlich aus: «Arne hat mich verlassen. Ich glaub, er hat 'ne Affäre.» So, jetzt ist es raus, und das tut zwar gut, macht die Sache aber nicht besser.

Doch weder Manu noch Lisa reagieren auf meine Worte. Als ich aufschaue, stehen die beiden hinter mir an der Bar und quatschen mit zwei Typen, die sich offenbar nicht auskennen und Anschluss suchen, über irgendeinen Club. Die Mädels benehmen sich wie zwei ausgehungerte Wölfe, die endlich ihre Opfer gefunden haben.

Sie drehen sich gleichzeitig zu mir um und strahlen übers ganze Gesicht. «Die Nacht ist jung, wir gehen tanzen!», sagt Lisa euphorisch.

«Ohne mich.» Da ich offenbar die Einzige bin, die hier noch Trübsal bläst, und ich keine Spielverderberin sein will, stelle ich mein Glas ab und schüttele den Kopf. «Ich muss ins Bett. Passt auf euch auf, Mädels. Tschüs.»

Ohne Bussirunde mache ich mich auf den Heimweg und lasse meinen Freundinnen ihren Spaß.

Am nächsten Tag gehe ich wieder arbeiten. Sonst nichts. Ich stehe auf, fahre mit Lotti in die Kapelle, bleibe dort bis abends, gehe ins Bett, stehe auf, fahre mit Lotti in die Kapelle – tagein, tagaus. Die Arbeit hilft und lenkt ab. Es dauert zwei, drei, vier Tage – keine Ahnung, kein Gefühl. Die Routine hilft. Langsam komme ich zu mir. Finde heraus aus meinem dumpfen Gefühl der Lähmung und denke wieder. Denn Stillstand hilft nicht. Es muss weitergehen. Irgendwie. Es ist nur eine Trennung. Niemand ist gestorben, außer vielleicht … ein Gefühl. Wir müssen reden, Arne und ich. Vernünftig miteinander reden, um zu sehen, ob es noch eine Zukunft für uns gibt oder nicht. Ich kann ihn nicht einfach ziehen lassen, aufgeben. Uns aufgeben. Wir müssen das klären.

«Was meinst du, Anna, wäre reden nicht das Sinnvollste?»

Mit ihren sanften Augen und dem Heiligenschein schaut mich Marias Mutter, die heilige Anna, an, als würde sie gleich nicken und mir zustimmen. Wenn sie mir doch nur einen Rat geben könnte. Vielleicht würde sie so was sagen wie *Hab Vertrauen!* oder *Lieben heißt verzeihen* oder so was. Sie ist jetzt noch hübscher, nachdem ich sie gereinigt und ihr etwas neue Farbe gegeben habe – noch anmutiger, würdevoller, voller Liebe und Güte.

«Das wäre tatsächlich das Sinnvollste», höre ich eine sanfte Frauenstimme auf meine Frage antworten und drehe mich um. Carla – meine Carla. «Hier verkriechst du dich also. Ich habe mir schon Sorgen gemacht.»

«Wieso?»

«Du gehst nicht ans Telefon, beantwortest keine Nachrichten und tauchst einfach ab.»

«Ich hab halt viel Arbeit.»

«Manu hat erzählt, dass die Männer auf der Alm sind. Was ist passiert?»

Erleichtert, endlich jemandem mein Herz ausschütten zu können, lege ich Pinsel und Farben zur Seite und steige von meinem kleinen Gerüst.

«Die Kurz- oder die Langversion?»

«Die faktenreichste.»

«Erinnerst du dich an Arnes Affäre 2004 mit einer Kollegin? Ich kam danach direkt zu dir nach Spanien.»

«Allerdings. Ein klassischer Seitensprung, soweit ich mich erinnere.»

«Genau. Ich hatte ihm verziehen. Alles war gut. Bis diese Frau ihm den Kiew-Job angeboten hat, er mir aber davon nichts gesagt hat.»

Carla verzieht das Gesicht. «Oh nein! Unklug.»

«Genau. Ich hab ihm also eine Szene gemacht, er hat versichert, nie wieder was mit ihr gehabt zu haben. Wir sind im Streit auseinandergegangen, und nach zwei Tagen bei Guido hat er sich von mir getrennt und ist auf die Alm gefahren.»

«Das kling nicht gut. Guido hat einen schlechten Einfluss.»

«Vielleicht. Es ist jedenfalls aus.»

Endlich löst sich das Gefühls-Vakuum in mir auf, und ich falle

Carla weinend in die Arme. Es ist so befreiend. Ich heule und heule und heule. Erst ein tiefes Räuspern hinter uns lässt mich aufhorchen. Ich schaue Carla über die Schulter und sehe Henry. Henry! Ausgerechnet jetzt! Er steht in der Tür wie ein rettender Engel. Und ich stehe hier, mit verquollenen Augen, verwischter Wimperntusche und heule. Na super!

«Eva? Was ist passiert?»

Er ist wirklich besorgt – das mag ich so an ihm. Er klingt nicht nur so, er ist es wirklich. Jetzt gibt er mir sogar ein frisches Stofftaschentuch.

«Hier.»

Schniefend nehme ich sein Taschentuch und putze mir die Nase. Laut und kraftvoll. Ich will es ihm zurückgeben, aber er winkt ab.

«Was ist denn passiert? Kann ich irgendwie helfen?»

Langsam löse ich mich von Carla. «Nein danke. Eine Familienangelegenheit. Das ist übrigens meine beste Freundin Carla. Du erinnerst dich vielleicht? Und das ist Henry Hagemann, mein Chef.»

«Ja klar, wir kennen uns aus Spanien und haben miteinander telefoniert, als sie dich krankgemeldet hat», erinnert sich Henry.

«Genau! Schön, Sie wiederzusehen!», sagt Carla. Sie schütteln einander die Hände.

«Ganz meinerseits», erwidert Henry und wendet sich mir zu. «Wie's aussieht, habe ich einen siebten Sinn. Ich wollte dich heute Abend zum Essen ausführen. Du schuldest mir ein Abendessen, Eva. Schon vergessen? Wenn du nicht mit mir ausgehst, muss ich zu einem langweiligen Vortrag über Immobilienfonds. Du warst meine Ausrede.» Er grinst mich frech an. «Lass mich nicht hängen!»

«Na, das passt ja geradezu perfekt», freut sich Carla. «Ich glaube, Eva kann einen schönen Abend heute gut gebrauchen.»

Ich muss lachen. Henry schafft es immer, im richtigen Moment am richtigen Platz zu sein und das Richtige zu sagen. «Okay, aber nur, wenn wir heute nicht über die Arbeit reden.»

Henry hebt eine Hand zum Schwur. «Versprochen, das wird ein rein privater Abend. Ich hole dich um halb acht ab. Ich freu mich!» Mit einem zufriedenen Lächeln auf den Lippen verabschiedet er sich von uns – «Die Damen!» – und geht.

Carla zieht die Brauen hoch und nickt anerkennend. Ihr Blick spricht Bände.

Während ich nach Hause fahre und mich auf meine Verabredung vorbereite, bin ich hin und her gerissen zwischen Wut und Enttäuschung über Arnes Verhalten. Immer wieder stelle ich mir die gleiche Frage: Wie konnte er nach so vielen Jahren nur so unaufrichtig zu mir sein? Ich verstehe das alles nicht. Aber Arne ist nicht der Einzige, der sich amüsieren kann. Deshalb konzentriere ich mich auf den vor mir liegenden Abend mit einem gutaussehenden Mann, der mich offenbar auch attraktiv findet. Seit unserem ersten leidenschaftlichen Kuss in einer spanischen Strandbar haben Henry und ich nie wieder ein Wort darüber verloren. So als habe dieser Kuss nie stattgefunden oder als sei das in einem anderen Zeitalter oder einem anderen Leben geschehen. Vielleicht auch in einem anderen Universum. Es war ein langer, ausgiebiger und sehr prickelnder Kuss bei Mondschein und Meeresrauschen und einem leichten Gin-Rausch. Es rauschte jedenfalls in und um uns gewaltig.

Mich hat dieser Kuss sehr beeindruckt – von Arne war ich schon ewig nicht mehr so leidenschaftlich geküsst worden. Und seit Monaten tun Henry und ich so, als sei da nie etwas gewesen zwischen uns. Ist vermutlich auch besser so, weil wir ja in einem Arbeitsverhältnis stehen.

Eigentlich ist mir gar nicht nach Ausgehen zumute, aber Carla hat recht – ich brauche Ablenkung. Und Henry ist die perfekte Ablenkung. Ich fand ihn schon in Spanien superattraktiv, und den Kuss habe ich bis heute nicht vergessen. Und wäre ich nicht in einer Beziehung gewesen, hätte es vermutlich auch mehr als einen

Kuss gegeben. Aber jetzt … Wie's aussieht, ist jetzt alles anders. Ich schließe jedenfalls für heute Nacht nichts aus.

Es gibt überhaupt keinen Zweifel über das Outfit heute Abend, denn endlich bietet sich mir die Gelegenheit, den neuen roten Hosenanzug anzuziehen, in dem ich mich so rattenscharf finde. Und heute ist es ungemein wichtig, dass ich rattenscharf aussehe, weil ich dringend ein nettes Kompliment brauche. Ja, ich gestehe, heute betreibe ich *fishing for compliments*, aber das ist in meiner Situation völlig legitim. Schließlich bin ich belogen und verlassen worden! Also habe ich die Etiketten von dem Anzug gerissen und mich in das rote Outfit geschmissen. Tatsächlich – rattenscharf! Dazu schwarze High Heels, schwarze Handtasche, roter Lippenstift und tiefschwarz getuschte Wimpern. Es tut so gut, sich mal wieder herauszuputzen! Ein letzter Blick in den Spiegel und …

«So aufgetakelt! Wo willst du denn hin?»

«Danke für die netten Worte, Papa», sage ich. «Ich gehe aus.»

«Aha, und mit wem? Arne ist es jedenfalls nicht.»

«Mit meinem … einem Mann.»

«Hast du etwa auch eine Affäre, wie deine Mutter? Kaum ist dein Mann auf Reisen, triffst du dich mit einem anderen – schäm dich!»

Höre ich richtig? Mein Vater verurteilt mich? Der Mann, der meine Mutter betrogen hat? «Wer selbst im Glashaus sitzt, sollte nicht mit Steinen …»

Aber Papa wendet sich ab. «Du verstehst nichts.»

Ich belasse es dabei, um nicht mit ihm zu streiten.

Punkt halb acht steht Henrys Auto unten vor der Haustür, genau dort, wo er mich letzten September nach unserem gemeinsamen Flug im Regen abgesetzt hat. In dem Moment, in dem ich aus dem Hausflur auf die Straße trete, spüre ich die Blicke meines Vaters im Rücken. Er steht am Küchenfenster hinter der Vase mit den frisch gepflückten Hortensien. Und obwohl mein Verlangen, mich umzudrehen und ihm die Zunge rauszustrecken, groß ist, tue ich es nicht, sondern strecke stattdessen Oberkörper und Kopf noch ein wenig mehr, um meinem Vater zu zeigen, dass ich erwachsen bin.

Henry steigt aus seinem Wagen, um mir die Beifahrertür zu öffnen. Das hat Arne, glaube ich, zuletzt gemacht, als wir mal bei irgendeinem Presseball waren, wo jeder ankommende Gast fotografiert wurde. Ich im Ballkleid und Arne im Smoking. Da hat er dann auf Gentleman gemacht. Muss Lichtjahre her sein. Henry vermittelt mir den Eindruck, dass es für ihn ganz normal ist, mir die Tür zu öffnen. Und er sieht auch im weißen Hemd mit dunklem Sakko gut aus. Da braucht er keinen Smoking.

Zur Begrüßung küsst er mich sanft auf die Wange und flüstert mir dabei ins Ohr: «Wow, du siehst umwerfend aus!»

Gänsehaut!

Da ist es! Das herbeigesehnte Kompliment. Ich liebe Komplimente, nur kann ich leider gar nicht damit umgehen, weshalb ich nicht nur verlegen bin, sondern auch anfange, dummes Zeug zu reden, wenn mir jemand etwas Nettes sagt.

«Ach nein, ich habe drei Kilo zugenommen in letzter Zeit.» Hallo?! Bin ich völlig bescheuert? Und das stimmt ja auch gar nicht. Es sind nur zweieinhalb. Wieso sage ich so was?

«Unsinn, das Rot steht dir wirklich gut. Solltest du öfter tragen. Toller Anzug.»

«Danke», sollte ich jetzt eigentlich sagen. Aber verlegen, wie ich bin, gebe ich natürlich wieder kompletten Käse von mir. «Ein Schnäppchen im Ausverkauf.»

Unfassbar! Was stimmt nicht mit mir? Wieso kann ich es nicht einfach mal hinnehmen, dass mir jemand etwas Nettes sagt? Ein Kompliment relativiert man doch nicht! Das genießt man und lässt es ansonsten unkommentiert! Menschenskinder, ich bin eine erwachsene Frau von fast fünfzig Jahren, unfähig, ein wirklich nettes Kompliment von einem sympathischen Mann einfach hinzunehmen. Und jetzt werde ich auch noch rot. Na super! Wenigstens passt es zum Anzug.

Wir fahren in ein sehr angesagtes Restaurant etwas außerhalb der Stadt mit Blick auf den Fluss. Es ist ein altes Kloster, das liebevoll wiederhergerichtet wurde. Leider ist es zum Draußensitzen noch zu kühl, aber die Aussicht aus dem großen Panoramafenster ins Tal ist dennoch magisch. Bei Kerzenschein und gedämpftem Licht stoßen wir mit einem Glas Champagner an. Die Stimmung ist angespannt – positiv angespannt, perfekt angespannt, aufregend angespannt.

«Und was feiern wir nun?», frage ich.

«Dein Lächeln.»

Hat er das gerade wirklich gesagt? Das kann nicht sein Ernst sein. Aber wie es scheint, meint er das wirklich ernst, und das ist irgendwie auch süß.

Jetzt lacht er mich an. «Na ja, das ist doch … also ganz neutral betrachtet, ist das doch netter als Tränen. Finde ich zumindest. Es steht dir auch viel besser. Wenn du aber lieber noch mal weinen möchtest – nur zu!» Er beugt sich zu mir und flüstert: «Wir sind ganz unter uns, und ich hab auch frische Taschentücher dabei.»

Ich schaue mich um und runzele verwundert die Stirn. Henry schaut sich ebenfalls um und macht ein entschuldigendes Gesicht. «Na ja, fast jedenfalls. Du müsstest die anderen dreißig Gäste einfach ausblenden.»

Jetzt muss ich wieder lachen. «Nein, nicht nötig. Mir ist gerade nicht zum Heulen.»

«Sehr gut! Darf ich fragen, was der Grund war? Ich hoffe, es hat nichts mit der Arbeit zu tun.»

«Oh nein! Im Gegenteil. Die Arbeit ist gerade das Einzige, was mich glücklich macht. Wirklich! Ich liebe meine Arbeit, und dieser Auftrag ist einfach ein Traum!»

Jetzt strahlt mich Henry an. «Darauf stoßen wir an!» Wir erheben die Gläser und lassen sie klingen. Herrlich prickelt der Champagner. «Was hat dich dann so traurig gemacht? Ich meine, ich will wirklich nicht indiskret sein. Du musst nicht ...»

Ich atme tief durch und überlege in einer Nanosekunde, ob ich diesem Mann mein Privatleben darlegen soll. Mein Verstand sagt eindeutig *nein!* Denn Dienst ist Dienst, und Schnaps ist Schnaps, hat mein Vater immer gesagt, wenn seine Kollegen ihm Dinge anvertraut haben, die er gar nicht wissen wollte. Allerdings sitze ich jetzt hier, in meinem sexy roten Anzug und den High Heels, und signalisiere Henry eindeutiges Interesse.

«Mein Mann hat sich von mir getrennt ... Ich meine, mein Verlobter.»

«Oh!», rutscht es Henry heraus, und ich weiß nicht, wie ich das deuten soll. Positiv erfreut oder mitfühlend? «Ich meine, das tut mir leid ... Vorausgesetzt, es tut dir leid. Ich meine, ich kenne ja die Umstände nicht.»

«Schon gut, die Umstände sind etwas kompliziert», sage ich. «Aber er ist weg, und ich bin hier.» Oh Gott, wie ich das sage! Als würde ich mich anpreisen wie ein Stück Fleisch auf dem Markt. Bin ich so verzweifelt, wie ich mich anhöre?

Bevor eine Verlegenheitspause entsteht, kommt die Kellnerin genau im richtigen Moment, um die Bestellung aufzunehmen. Gott sei Dank! Ich entscheide mich für ein Thunfisch-Carpaccio und danach eine gegrillte Bachforelle an Sellerieschaum auf Petersilienpüree. Henry nimmt erst ein Mandelschaumsüppchen und danach ein Risotto mit Meeresfrüchten und Trüffeln. Das überrascht mich, denn ich hätte geschworen, dass er sich für Steak oder Rinderbäckchen oder so was entscheidet.

«Ich koche total gerne!», erzählt er zu meiner großen Überraschung, und ich bin froh, dass wir auf Smalltalk umsteigen. «Ist sozusagen meine zweite Leidenschaft.»

«Was ist die erste?»

Er schaut mir tief in die Augen und beugt sich wieder etwas über den Tisch, als wollte er mir gleich eine Liebeserklärung machen.

«Alte …»

Wie bitte?

«… Häuser.»

Natürlich! Was sonst! Darüber haben wir uns ja ausgiebig im Flieger unterhalten. Er fährt fort: «Aber am besten ist ein altes Haus, in dem traditionell gekocht wird. Deshalb mag ich dieses Restaurant hier so gerne. Das Haus ist alt, die Küche modern, aber bodenständig. Und ein gutes Risotto nach einem alten Rezept ist für jeden Koch eine Herausforderung. Deshalb bin ich sehr gespannt, ob es so gut ist, wie ich hoffe. Ich mache übrigens auch ein ganz gutes Risotto.»

Aha, ist das jetzt die nächste Einladung, der nächste Schritt?

«Sagt wer?», frage ich.

Henry zögert mit der Antwort. «Meine Kinder.»

Ich muss lachen. «Und Kinder können unerbittlich sein.»

«Allerdings!»

Das Essen ist phantastisch. Genau wie der Wein. Und von Minute zu Minute wird der Abend entspannter, das Gespräch lockerer und die Stimmung zwischen Henry und mir gelöster. Ich erfahre von ihm, dass sein jüngerer Sohn im Ausland studiert und der ältere eine Hallig in der Nordsee bewirtschaftet, was ich total spannend finde. Henry bedauert, dass er beide nur sehr selten sieht, und rät mir, Frida einzusperren, damit sie nicht so schnell erwachsen wird, so wie seine Söhne. Ich muss lachen, weil das ungefähr Arnes Taktik ist.

«Kann ich verstehen! Hätte ich eine Tochter, würde ich das Haus verbarrikadieren und ihr einen Keuschheitsgürtel anlegen.»

«Vielleicht gründest du mit meinem …» Ich stocke, denn ich weiß gar nicht, wie ich Arne jetzt eigentlich nennen soll. Ex? Klingt komisch. «… mit Fridas Vater eine Selbsthilfegruppe.»

Ohne es zu wollen, habe ich Henry eine Steilvorlage geboten. «Wie geht's jetzt weiter mit … Fridas Vater?»

Ich nehme einen Schluck Wein. «Keine Ahnung. Ist noch ganz frisch. Jedenfalls ist er fort, und demnächst geht er sowieso ins Ausland.»

Henry füllt mein Glas auf. «Klingt endgültig.»

Ich stochere nachdenklich in meinem Essen. Er hat recht. Es klingt wirklich sehr endgültig, und das fühlt sich unerwartet traurig an. Ich spüre, wie sich eine Schwere in mir ausbreitet, die ich den ganzen Abend bislang erfolgreich verdrängt habe. Also Themenwechsel.

«Und du? Würdest du noch mal heiraten?»

Die Antwort kommt wie aus der Pistole. «Klar! Wenn ich mich wieder verliebe – wer weiß?!» Er beugt sich zu mir. «Und du? Würdest du dich noch mal verlieben und verloben?»

Wow, jetzt wird er aber ganz schön direkt. Mir wird ganz warm, und ich gestehe, dass ich bei Henry schwach werden könnte. Ja, ich glaube, ich könnte mich in ihn verlieben. Langsam beuge ich mich zu ihm über den Tisch. «Kommt ganz drauf an», sage ich und spüre, wie die Luft zwischen uns prickelt.

«Worauf?»

Ja, worauf eigentlich? Und plötzlich fällt mir auf, dass die Situation ähnlich ist wie an dem Abend, als ich Arnes Antrag angenommen habe. Gläser, Kerzen, gedämpftes Licht, gelöste Stimmung, ein leichter Schwips. Ich lehne mich zurück und nehme einen Schluck Wasser. «Auf das Risotto.»

Henry grinst. «Okay, dann hab ich ja gute Karten. Und wenn dir mein Risotto nicht schmeckt, dann schau ich dir einfach bei der Arbeit zu und genieße den Anblick.»

«Henry, was willst du eigentlich von mir?»

Er lehnt sich zurück und schaut nachdenklich aus dem Panoramafenster. «Ich will … mit dir zusammen sein.»

«Und dann?»

«Dann sehen wir, was es mit uns macht.»

«Aber du bist mein Chef.»

«Nur für dieses Projekt. Danach ist alles möglich.»

Er legt es wirklich drauf an. Aber genau das ist es, was mir so an Henry gefällt. Er spricht aus, was er denkt, und reißt mich mit, auf seiner Feel-Good-Welle. Ein Leben an seiner Seite stelle ich mir aufregend und abwechslungsreich vor. Dazu sieht er gut aus, und wir mögen die gleichen Dinge: Altes und Leckeres. Nur kann ich mit seinem Tempo nicht mithalten, fürchte ich.

«Hör mal, Henry, der Abend ist traumhaft, aber ich weiß nicht, ob ich schon …»

Blitzschnell beugt er sich wieder vor und legt mir einen Zeigefinger auf den Mund. «Schschschsch! Sag's nicht. Wir haben Zeit. Du hast Zeit. Finde heraus, was du willst, und triff deine eigenen Entscheidungen.»

Wie recht er hat! Nicht Arne entscheidet über mein Leben, sondern ich selbst. Nicht Papa, nicht Mama, nicht Frida, nicht Manu oder Lisa und auch Henry nicht. Ich entscheide, was ich will. Aber: Was will ich eigentlich?

«Weißt *du* immer so genau, was du willst?»

Er lacht und grinst zweideutig. «Meistens.»

«Und wenn nicht?», frage ich.

«Dann weiß ich zumindest, was ich nicht will, und handele nach dem Umkehrschluss, was dazu führt, dass ich nur Dinge mache, die mir guttun.»

«Ich weiß nicht immer, was ich will», sage ich.

«Schau zurück, sieh dir an, wie du lebst und was du liebst, dann weißt du, was du wolltest. Oder?»

Ja, er hat recht. «Ich wollte ein Kind, einen Hund, einen tollen Job, die Selbständigkeit. Nur das mit der Beziehung hat nicht so geklappt.»

«Kann ja noch kommen.» Henry grinst. «Dessert? Das Beste zum Schluss.»

«Warum nicht.»

Wir nehmen Crème brulée, dazu Espresso und Grappa. Die Karamellschicht auf der Crème ist schön crispy und knackig, darunter eine verführerisch sahnige Vanillecreme. Dann bringt mich Henry nach Hause.

Während der ganzen Fahrt frage ich mich, wie dieser Abend enden wird. Die Antwort folgt nach einer halben Stunde – er endet vor meiner Haustür. Wir sitzen noch einen Moment schweigend im Auto, beide unsicher über den nächsten Schritt. Ich bin ziemlich aus der Übung und habe zudem einen leichten Schwips, was doch eigentlich die Situation erleichtern müsste. Doch weit gefehlt, die Hemmungen bleiben.

Schließlich breche ich das Schweigen. «Danke für den schönen Abend. Es war genau die Ablenkung, die ich heute brauchte.»

«Gern. Ich fand's schön mit dir.»

Und jetzt? Was passiert jetzt? Soll ich mich auf ein Abenteuer mit Henry einlassen, obwohl er mein Chef ist? Bloß wie? Ihn auf einen Kaffee mit zu mir bitten? Wohl kaum, denn da wären ja noch mein Vater und Frida, die mir vermutlich beide einen Strich durch die Rechnung machen würden. Etwa im Auto? Auf keinen Fall! Also dann zu ihm? Mich würde schon interessieren, wie er so wohnt und wo. Außerdem ist er Single, und ich bin es jetzt ja auch. Es wäre also eine saubere Sache.

«Ich … wir können leider nicht zu mir, weil meine Tochter …»

«Oh, okay, schon klar. Kein Problem. Ich denke, wir …» Er schaut mich an, beugt sich zu mir und küsst mich. Ganz sanft. Dann etwas mehr, und ich küsse ihn genauso und spüre in mir eine größer werdende Lust auf Henry, die alle Hemmungen verdrängt. Ja, ich will ihn! Jetzt! Und er will mich, daran gibt es keinen Zweifel.

«Halt! Stopp», höre ich mich plötzlich sagen, denn mit einem

Mal schaltet sich mein Verstand wieder ein und setzt alles andere außer Kraft. «Henry, es tut mir leid, ich kann nicht. Es ist zu früh. Das mag jetzt vielleicht komisch klingen, aber ich …» Ich küsse ihn. «… ich will auch mit dir zusammen sein, aber … ich kann nicht. Noch nicht.»

Henry streichelt mein Gesicht, mein Haar und schaut mich wortlos an. Dann küsst er mich sanft auf die Wange. «Es ist okay. Wir haben Zeit.»

Er steigt aus, um mir die Tür zu öffnen, und nimmt mich in den Arm. «Schlaf gut!»

Und dann fährt er weg. Ohne mich. Und ich gehe allein in mein Bett, das ich jahrelang mit Arne geteilt habe, und bin froh, nichts überstürzt zu haben, denn ich mag Henry zwar sehr, aber Arne ist noch überall – in meinem Kopf, in meinem Herzen, in meinem Bett. Schließlich kuschele ich mich in Arnes Bettzeug, inhaliere seinen Geruch und schlafe ein.

Mitten in der Nacht klingelt mein Telefon. 3.45 Uhr – das kann nichts Gutes bedeuten. Niemand verwählt sich um diese Zeit, schon gar nicht auf dem Festnetz, wo sowieso kaum noch jemand anruft. Der erste Gedanke, der mir durch den Kopf schießt, gilt meiner Mutter. Vielleicht ist sie gestürzt. Schlaftrunken gehe ich ran.

«Hey, ich bin's», höre ich leise Arnes Stimme.

«Arne! Du? Alles okay? Ist was passiert?»

«Nein, ich … tut mir leid, wenn ich dich wecke, aber ich konnte nicht schlafen.»

Ich richte mich etwas auf, um bequemer zu telefonieren.

«Wie ist das Wetter zu Hause?»

Was soll die Frage? Ich antworte mit geschlossenen Augen. «Es ist dunkel. Keine Ahnung. Deshalb rufst du doch nicht an, oder? Wo bist du?»

«Immer noch in Guidos Hütte. Ziemlich einsam hier.»

«Aber du hast doch Franky und Guido.»

«Trotzdem.»

«Hm …» Ich schlafe fast wieder ein. «Und?»

«Viel zu tun hier. Die Hütte ist morsch, überall zieht's durch, es ist kalt und ungemütlich.»

«Solange es nicht reinregnet.»

«Schon passiert. Gestern mussten wir ein paar Töpfe aufstellen, weil es überall reingetropft hat.»

«Arne, ich bin ziemlich müde. Warum rufst du an?»

Pause. Ich höre ihn atmen.

«Ich hab 'ne Liste gemacht mit Sachen, die jetzt erledigt werden müssten.»

Keine Ahnung, worauf er hinauswill. «Was denn erledigen?»

«Na ja, wegen der Hochzeit und so. Es sind nur noch ein paar Wochen. Zuerst müsstest du beim Pfarrer den Termin absagen und die Location. Damit Uschi und Wolfgang neu planen können. Das wäre nur fair von uns.»

Es ist, als würde er mir einen Dolch ins Herz rammen, so sehr spüre ich den Stich. Er meint es also wirklich ernst mit der Trennung. Nicht dass ich daran gezweifelt hätte – danach klang sein Brief auch gar nicht. Nur hatte ich im Stillen gehofft, dass sich mit etwas Abstand alles wieder einrenken würde.

Ich versuche, mir nichts anmerken zu lassen. «Ja, klar. Daran … hab ich auch schon gedacht. Der Pfarrer wird nicht begeistert sein, nach dem ganzen Termin-Hin-und-Her.»

«Vermutlich nicht.»

Pause. Ich muss ihn das einfach fragen. «Du willst das wirklich? Alles absagen?»

Nun höre ich Arne einen tiefen Seufzer ausstoßen. «Hab ich mich auch immer wieder gefragt, aber du hast wahrscheinlich recht, ich hätte dir den Antrag nicht machen dürfen.»

«Aber –» Ich will etwas einwenden, doch Arne lässt mich nicht.

«Nicht unter diesem Druck. Ich … ich wollte einfach beides – die neue Chance mit Kiew, aber das, was ich hier habe, wollte ich nicht verlieren. Verstehst du? Das war purer Egoismus, zumal ich dich auch noch belogen habe. Und mal ehrlich, Eva, was macht es noch für einen Sinn, wenn wir einander nicht vertrauen?»

Ich nicke, obwohl er mich nicht sehen kann.

Arnes Stimme wird leiser. «Außerdem … ist doch schon lange die Luft bei uns raus. Vielleicht wollte ich nur etwas retten, das nicht mehr zu retten war.»

Ich versuche, den Kloß im Hals herunterzuschlucken und von mir abzulenken. «Deine Mutter wird begeistert sein.»

«Und *deine* Eltern erst.»

Wir lachen beide gequält. Dann verstummen wir fast gleichzeitig. Seltsames Gespräch, mitten in der Nacht.

«Allerdings …» Arne macht wieder einen tiefen Seufzer. «Ich hätte dich schon gerne mal im Brautkleid gesehen.»

«Hör auf, Arne. Wir haben's vermasselt.»

«Vielleicht hätte ich dich viel früher fragen sollen.»

«Ja, vielleicht.» Pause. «Arne?»

«Ja?»

«Hast du mit ihr geschlafen?»

Er zögert einen Moment zu lang.

«Nein.»

«Ich kann dir nicht mehr glauben.»

«Ja, ich weiß.»

«Schlaf gut», sage ich und lege auf.

***

«Gemeindebüro St. Nikolai, Pfarrer Butterbier?»

«Herr Butterbier, Eva Hitz hier. Ich –»

«Ah, Sie rufen wegen der Beisetzung Ihres Vaters an, da wollte ich sowieso noch mal mit Ihnen reden, weil –»

«Moment, nein! Mein Vater? Das muss ein Missverständnis sein, es sei denn, mein Vater ist zwischen dem Frühstückstisch und unserem Briefkasten tödlich verunglückt. Nur bezweifele ich, dass Sie dann schon informiert wären», wundere ich mich.

«Aber Sie sind doch Evamaria Hinz, die Tochter von Rudi Sauerland?»

«Nein, Herr Butterbier, ich bin Eva Hitz, die Tochter von Bruno Hitz. Es geht um meine Hochzeit am 1. Juni.»

«Ach, sagen Sie das doch gleich. Wollen Sie absagen?»

Huch, das erstaunt mich jetzt aber. «Äh ja. Woher wissen Sie das?»

«Ach, so ein Gefühl, das ich heute nach dem Aufwachen hatte. Wollen Sie einen neuen Termin?»

Ich zögere mit der Antwort. Will ich? «Nein danke, wir haben es uns anders überlegt.»

«Na, immerhin gut, dass Ihnen vor der Trauung Zweifel kamen und nicht erst danach. Haha … Aber … ach ja, Sie waren das Paar, das sich ewig geprüft hat vor der Bindung. Was ist passiert?»

Die Nachfrage überrascht mich. «Oh, das ist eine gute Frage. Es mangelt wohl an Vertrauen. Irgendwie.»

«Das tut mir sehr leid. Werden Sie sich trennen?»

«Schätze schon, Herr Butterbier.»

«Wie nimmt es Frida auf?»

«Sie weiß es noch nicht.»

«Verstehe. Wenn Sie Beistand brauchen, kommen Sie oder rufen Sie mich jederzeit an, Frau Hitz. Das Gleiche gilt für Ihren … für Frida und Fridas Vater.»

«Ich richte es aus. Danke.»

Damit wäre unser Hochzeitstermin gestrichen, aus, vorbei.

Jetzt muss ich es nur Frida und den anderen erklären, mit denen ich ausgerechnet zur Brautkleid-Anprobe bei Lisa verabredet bin.

«Es wird keine Hochzeit geben», sage ich ohne jede Vorbereitung.

Lisa und Frida sitzen auf der Fensterbank und schauen mich an, als hätte ich marsianisch gesprochen. Keine sagt ein Wort. Als es Sturm klingelt, gehe ich zur Tür und öffne. Manu stürmt mal wieder aufgeregt herein.

«Okay, ich habe nur noch eine halbe Stunde Mittagspause, weil ich schon im Schuhladen auf dem Wall war. Da ist Ausverkauf. Und ich brauchte doch noch ein paar schicke Hacken für deine Hochzeit, und …» Sie schaut in unsere ernsten Gesichter und wundert sich offensichtlich. «Moment. Irgendwas stimmt doch nicht. Wieso hast du das Kleid noch nicht an, Eva?»

«Kannst du die Schuhe wieder zurückbringen?», fragt Frida.

«Nee, runtergesetzt. Wieso? Was ist hier los?»

«Die Hochzeit fällt aus», sagt Lisa.

«Was?! Wirklich? Ich dachte, ihr hättet eure Krise überwunden», glaubt Manu.

«Krise? Was denn für eine Krise? Kann mich vielleicht mal jemand aufklären?» Lisa springt auf und läuft aufgeregt im Raum umher. «Seit wann hast du denn auch eine Krise, und wieso erfahren wir erst heute davon?»

«Ich hab's schon mal gesagt, aber da habt ihr mir nicht zugehört. Egal. Fakt ist: Arne und ich … Frida, dein Vater ist nicht auf Geschäftsreise. Er ist ihn Guidos Almhütte. Wir haben uns getrennt.»

Frida macht große Augen. «Was?! Wieso?! Versteh ich nicht!»

«Da ist einiges zusammengekommen. Frag Papa selbst, wenn er zurück ist», erkläre ich.

Lisa setzt sich wieder und lehnt sich auf ihrem Stuhl hinter der Nähmaschine zurück. «Nee, oder? Das glaub ich jetzt nicht!»

Ich muss leider nicken.

Manu setzt sich kopfschüttelnd auf die Fensterbank. «Oh Mann, da wartet ihr so lange und dann das.»

Lisa steht auf und nimmt einen Kleidersack von einem Ständer. «Und was mach ich jetzt damit?»

Sie packt mein Hochzeitskleid aus, das sie extra für mich aus Mamas altem Brautkleid angefertigt hat. Es ist umwerfend, das kann ich schon auf den ersten Blick sehen.

«Komm, zieh's mal über, bitte, bitte!», bettelt Manu. «Lass uns dich wenigstens einmal kurz im Brautkleid sehen.»

«No way!», sage ich.

Lisa schaut mich an wie Lotti, wenn sie was vom Tisch will. «Bitte, damit ich sehen kann, wie es geworden ist. Als deine Schneiderin muss ich das wissen. Das bist du mir schuldig.»

«Sie hat recht. Zieh's an, Mama, bitte!», quengelt sogar Frida.

«Aber nur ganz kurz, okay?»

Als ich mit Mamas altem Brautkleid vor meine Freundinnen und meine Tochter trete, halten wir alle den Atem an. Es ist unglaublich schön geworden. Lisa hat eine Meisterleistung vollbracht und aus Mamas Kleid *mein* Kleid gemacht. Es sieht genauso aus wie auf Lisas Entwurf. Elegant und lässig zugleich, knöchellang mit weit schwingendem Rock. Das Oberteil hat Lisa vorne aufgeschnitten und einen weichen V-Ausschnitt mit schmalem Revers geformt, das sich zum Nacken hin ganz leicht aufstellt. Die Ärmel sind dreiviertellang, und der Rock hat sogar Taschen. Ein Traum aus weißem Seidenbrokat. Ich drehe mich zu den anderen und muss plötzlich ganz schrecklich weinen, weil es so schön ist und weil ich es nie zu meiner Hochzeit tragen werde und weil die Ehe meiner Eltern vor dem Aus steht. Frida, Lisa, Manu und ich fallen uns in die Arme, denn es gibt für jede von uns einen triftigen Grund, sich mal so richtig auszuheulen. Warum also nicht jetzt?

«Macht mir bloß keine Make-up-Flecken auf das Kleid», ermahnt uns Lisa und verteilt Kleenex, als wir uns nach ein paar Minuten endlich beruhigen.

«Ich schwör, ich werde niemals heiraten. Das ist mir alles viel zu stressig», sagt Frida und putzt sich die Nase. «Beziehungen sind ohnehin schon kompliziert genug. Wozu das alles noch schwieriger machen?!»

Da ist was dran, denke ich.

Bevor ich das Kleid wieder ausziehe, drehe und wende ich mich darin, und Lisa macht Fotos, um diesen einzigartigen Moment festzuhalten. Ich bestehe darauf, ihre Arbeit zu bezahlen, was sie natürlich zunächst ablehnt. Aber es ist wichtig für mich, dass ich ihr die vereinbarte Summe für die Änderungen bezahle. Vielleicht hat es etwas mit Stolz zu tun – so genau weiß ich das nicht. Jedenfalls gebe ich Lisa das Geld, und sie packt das Kleid wieder ein.

«Was hast du damit vor?», fragt Manu.

«Keine Ahnung. Vielleicht ziehe ich es heimlich ab und zu an. Vielleicht verkaufe ich es. Vielleicht färbe ich es ein. Mal sehen. Und was machst du mit deinen neuen Schuhen?»

«Behalten und damit tanzen gehen natürlich! Der Junggesellinnenabschied wird jedenfalls nicht abgesagt. So weit kommt's noch!»

Lisa nickt. «Gute Idee! Lasst uns jetzt erst recht ausgehen und Spaß haben!»

«Also momentan steht mir nicht der Sinn nach ausgehen», sage ich, sehe aber den Blickwechsel zwischen Lisa und Manu, der nichts Gutes ahnen lässt.

***

Später mache ich einen langen Spaziergang mit Lotti und Frida und versuche, unserer Tochter die ganze Situation zu erklären.

«Schöne Scheiße», kommentiert Frida, womit sie absolut recht hat. «Und jetzt? Papa kommt doch irgendwann zurück. Ich meine, er wird ja nicht ewig auf der Alm bleiben.»

«Wenn er zurückkommt, fliegt er direkt nach Kiew.»

«Zu dieser Frau. Super!»

«Zumindest werden sie eng zusammenarbeiten.»

Frida bleibt stehen. «Und was ist mit mir? Ich mein, ich bin noch minderjährig. Habt ihr auch mal an mich gedacht bei einer Trennung?»

«Natürlich … äh … nein», muss ich zugeben. «So weit waren wir noch nicht. Ein Schritt nach dem anderen. Das sehen wir dann, wenn Arne zurück ist.»

«Und was wird aus Opa, wenn Oma sich scheiden lässt? Bilden Opa, du und ich dann eine Single-WG, oder was?»

«Das sind wir schon», sage ich. «Wir sind aber auch eine Familie.»

Ich pfeife durch die Finger nach Lotti, die auf sich warten lässt. Früher kam sie auf Pfiff wie ein Pfeil aus dem Gebüsch geschossen, heute trottet sie eher wie eine gemütliche alte Dame aus dem Wald und lässt sich durch nichts auf der Welt aus der Ruhe bringen. Ich wünschte, ich hätte Lottis Gelassenheit. Dann würde mich so schnell nichts erschüttern. Hochzeit hin oder her.

Um ein wenig zur Ruhe zu kommen und mir über meine Gefühle klarzuwerden, gehe ich sowohl zu Henry als auch zu Arne, der sich sowieso nur selten meldet, auf Abstand. Henry musste zum Glück nach unserem Date ein paar Tage geschäftlich nach Spanien. Unser Kontakt beschränkte sich auf ein paar abendliche Textnachrichten, in denen wir uns gute Nacht wünschten. Kein einziges Mal hat Henry mich gedrängt, und ich habe nicht das Gefühl, dass er mir eine Entscheidung abverlangt, die ich auch noch gar nicht treffen kann.

Eine Woche nach meinem Date mit Henry laden Uschi und Manfred zur inoffiziellen Einweihung des Wintergartens ein, der fast fertig ist. Das bot sich an, weil sie einen befreundeten Barkeeper zu Gast haben, der den ganzen Abend hinter der Bar steht und die abenteuerlichsten Drinks mixt. Der Wintergarten wurde nicht nur schnell, sondern auch superschön renoviert. Es wurden neue Holzbalken gesetzt und ringsum alles neu verglast und isoliert. Zudem hat Uschi für kalte Tage einen Kamin einbauen lassen. Alle Holzbalken sind von innen komplett weiß lackiert, wodurch jede Deko passend zur Jahreszeit wunderbar inszeniert werden kann.

Der Abend ist eine gelungene Abwechslung zu dem emotionalen Auf und Ab der letzten Wochen. Ich sitze mit Henry, den ich kurzerhand dazugeladen habe, und Carla gemütlich an einem runden Tisch, und wir reden über spanische Fincas. Das heißt, Henry und Carla reden über alte spanische Fincas – offenbar ein Thema, das sie beide sehr fasziniert –, während ich an meinem sehr guten, aber auch sehr starken Cocktail nippe und ab und zu einen Kommentar zum Thema dazugebe. Henry sieht wirklich gut aus heute Abend. Leicht gebräunt strahlen seine Augen umso mehr. Er ist zuvorkommend, einfühlsam, witzig und klug. An seiner Seite fühle ich mich unglaublich wohl. Genauso geht's mir mit Carla, die mir immer ein gutes Gefühl gibt, egal, wie groß meine Sorgen sind. Und wenn ich mir die beiden so anschaue, kann ich glücklich sein, sie als Freunde zu haben. Das heißt … bei genauerem Hinsehen sollte ich vielleicht sogar eifersüchtig sein, aber das ist Unsinn, denn dazu mag ich beide viel zu sehr.

Gerade will ich bei dem sympathischen Barmann neue Drinks besorgen, als ich sie sehe: Meine Mutter Hand in Hand mit einem mir fremden Mann. Das muss er sein. Das muss Friedhelm sein. Groß, schlank, um die achtzig, frischgebügeltes Hemd, so hat ihn mir Frida beschrieben. Das ist er also. Zusammen kommen sie in den Wintergarten, begrüßen Uschi und Wolfgang wie alte Freunde und schauen sich suchend um. Als sie uns entdeckt haben, steuern sie zielstrebig auf unseren Tisch zu. Ich atme tief durch und bewahre Haltung. Los geht's!

«Hallo, Liebes!», begrüßt mich Mama. «Ich hatte mir schon gedacht, dich heute hier zu sehen. Nachdem ich wochenlang nichts von dir gehört habe.» Sie wendet sich ihrem Begleiter zu. «Das ist Friedhelm, Friedhelm, das ist meine Tochter Eva.»

Friedhelm macht einen kleinen Diener und reicht mir seine große, warme Hand. «Wat is' dat schön, Sie endlisch kennenzulernen. Dat Marlenschen erzählt so viel von Ihnen.»

Ein Rheinländer! Ich frage mich ernsthaft, wie das mit Mama zusammengeht, die nicht nur einen eigensinnigen Humor hat, der eher britisch anmutet, sondern zudem eine große Karnevals-Aversion hegt und pflegt.

«Ganz meinerseits, Friedhelm. Nur erfahren habe ich über Sie leider nicht so viel. Meine Mutter hütet Sie wie ein Geheimnis. Alles, was ich weiß, ist, dass Sie ein großartiger Tänzer sind.»

Ich frage mich, ob seine vollen weißblonden Haare echt sind oder ob er ein Toupet trägt. Sehr schwer zu sagen.

«Isch tanze nur so jut, wie Ihre Frau Mutter dat tut», sagt er und küsst Mamas Hand.

Meiner Mutter ist das offenbar etwas zu viel, denn sofort zieht sie ihre Hand zurück, um Friedhelms Kompliment kokett abzuwinken. «So ein Unsinn!»

«Setzen Sie sich doch zu uns.» Henry steht auf und zeigt auf die freien Plätze am Tisch.

«Oh, gerne, danke!», freut sich Mama und nimmt mit Friedhelm Platz.

«Das ist Henry, mein ...» Ich zögere kurz, weil ich Schwierigkeiten habe, Henry einzuordnen. «Mein Chef und sehr guter Freund.»

«Aha», sagt meine Mutter und mustert Henry, als könnte sie tief in seine Seele blicken. «Sie arbeiten also zusammen.»

«Ganz recht», erwidert Henry.

«Wo ist denn Ihr Verlobter, Eva?», fragt Friedhelm.

Vielleicht hätte meine Mutter mal mit ihm reden sollen, nachdem Frida ihr von unserer Trennung erzählt hat.

«Nicht hier, und er ist auch nicht mehr mein Verlobter.»

«Ach», sagt Friedhelm etwas konsterniert. «Dat tut ma leid.»

Mama knufft ihn in die Seite. «Hab ich dir doch erzählt.»

«Nächste Woche sagen wir die Hochzeit offiziell ab.»

«Ach, dass es so ernst ist, hat Frida mir aber nicht erzählt», wundert sich meine Mutter.

«Du hast uns ja auch nicht vorher informiert, als du dich von Papa getrennt hast.»

Zugegeben, die Situation zwischen meiner Mutter und mir ist gerade etwas angespannt, was vor allem an ihrem Begleiter liegt, der selbst aber gar nichts dafür kann.

«Und was machen Sie so, Friedhelm, wenn Sie nicht mit meiner Mutter tanzen?», frage ich Mamas Tangopartner.

Friedhelm strahlt mich an, als würde er seinen Beruf noch immer lieben. «Nun, isch bin … nein, isch war Beamter, jetzt leider im Ruhestand. Oder besser im Unruhestand, oder, Marlenschen?» Er lacht lauf auf und knufft meine Mutter leicht in die Seite, die das gar nicht lustig findet.

«Höre ich da einen rheinischen Akzent?», frage ich belustigt.

«Ja sischer dat! En eschte kölsche Jung», freut er sich.

«Interessant, ich wusste gar nicht, dass meine Mutter auf Karneval steht.» Ich lächele Mama an, die nur leicht den Kopf schüttelt. Friedhelm umarmt sie.

«Ach, dat krieje ma schon hin, wat, Marlenschen?»

«Und in welcher Funktion haben Sie dem Staat gedient?»

«Ordnungsamt.»

«Oh, nicht sehr beliebt, was?», lache ich, verstumme aber sofort, als mich Mamas Todesblick trifft. «'tschuldigung.»

Friedhelm nimmt's gelassen und winkt ab. «Se ham ja rescht. Mer musset nemme, wie ett kütt – met Humor! Sonst werd mer depressiv.» Er lacht laut auf und strahlt Mama an. Sie lächelt.

Lustig, denke ich und frage weiter: «Und haben Sie Kinder?»

«Nä, aber wat nit es, dat kann ja noch wäde, oder, Marlenschen?» Damit klopft er Mama auf die Schulter und freut sich über seinen eigenen Witz. Meine Mutter zeigt nur wenig Regung.

Ich bleibe am Ball, um zu sehen, was passiert. «Aber doch bestimmt schon mal verheiratet gewesen, oder? So 'n Mann wie Sie!»

Wieder lacht er auf. «Bis jetzt hät sisch noch keine jetraut. Aber wer weiß …» Er wirft einen Blick auf Mama und flüstert mir zu: «Isch arbeite dran. Mein Jeheimnis ist dä Hüftschwung.»

Wieder lacht er, und man muss einfach mitlachen – sogar Mama.

«Wie habt ihr zwei euch denn kennengelernt?», bohre ich weiter, doch jetzt geht Carla dazwischen. Zum Glück, weil ich sonst nicht mehr aufhören würde, den armen Friedhelm zu nerven.

«Marlene, Friedhelm, was wollt ihr trinken?», fragt meine Freundin, bemüht, die Situation zu entschärfen. «Eva und ich wollten gerade ein paar Drinks holen.»

«Wollten wir?», frage ich blöd, verstehe aber den Wink, als Carla mich in den Arm kneift. «Ach ja, wollten wir!»

Wir nehmen die Wünsche auf und geben sie an den Barkeeper weiter, der in aller Seelenruhe einen Drink nach dem anderen zubereitet. Ich könnte ihm stundenlang dabei zusehen. Und tatsächlich ist er so ein Typ, dem man alle seine Sorgen anvertrauen würde, ohne Angst zu haben, dass er etwas davon weiterplaudert. Er ist einer, der einfach nur zuhört.

«Entspann dich, Eva, und genieß den Abend. Dein Henry ist ein toller Typ, und deine Mutter macht ihr eigenes Ding. Okay?»

«Carla, er ist nicht *mein* Henry. Und was meine Mutter angeht, finde ich es schon seltsam, dass sie hier mit einem Mann Händchen hält, der nicht mein Vater ist. Damit muss ich erst mal klarkommen.»

«Musst du nicht!», sagt sie und wendet sich an den bärtigen Barkeeper. «Können wir bitte zwei schnelle Wodka haben?»

«Klingt nach Notfall», sagt der Barkeeper und zwinkert uns zu.

«Genauso isses», sagt Carla und zwinkert zurück.

Er stellt uns zwei geeiste Gläser hin und füllt sie großzügig. «Prost, die Damen!»

«Danke», sagt Carla und gibt mir eins der Gläser. «Hier, zum Lockerwerden.»

Wir kippen die beiden Shots runter, kneifen die Augen fest zusammen und schütteln uns wie Hunde. Dann gehen wir mit den inzwischen fertigen Cocktails zum Tisch zurück.

Irgendwie rauscht der Abend an mir vorbei. Genauso wie Uschi und Wolfgang, die alle Hände voll zu tun haben. Ich beobachte die beiden. Sie sind ein so super eingespieltes Team. Und das sowohl privat als auch beruflich. Ich beneide sie um ihre Power und ihre Harmonie, um ihr Sexleben, ihre Zwillinge und ihre neue Immobilie. Sie scheuen kein Risiko, um gemeinsam Erfolg zu haben. Ich beobachte Henry und Carla, die beide totale Spanien-Fans sind. Ich beobachte meine Mutter und ihren Friedhelm, die sich mit Henry und Carla über die verschiedenen Tango- und Flamenco-Arten unterhalten, während ich darüber nachdenke, dass Arne und ich nicht mal beim Tanzen harmonieren.

Ehrlich gesagt wäre es mir lieber, wenn Papa statt Friedhelm mit Mama Händchen halten würde. Und wenn Arne dabei wäre, mit dem ich zwar nie gut tanzen konnte, aber mit dem ich an solchen Abenden super Spaß haben konnte.

Irgendwann, nach dem dritten Wodka-Cocktail, stehe ich auf und mache einen polnischen Abgang, ohne Verabschiedung und Bussirunde. Ich setze mich in ein Taxi und lasse mich einfach nach

Hause fahren, wo ich mich aufs Bett lege und mitten in der Nacht Arne anrufe.

Völlig verschlafen geht er nach dreimal Klingeln ran.

«Hey, ich bin's.»

«Oh, hallo, Eva, ist was mit Frida?», fragt er besorgt.

«Nein, alles okay. Ich wollte nur … Hast du bei Guido den Oldtimer abbestellt?»

«Was?!» Er braucht einen kurzen Moment, um zu begreifen, worum es geht. «Oh Mann, rufst du deshalb mitten in der Nacht an?»

«Weshalb sonst? Ist mir gerade eingefallen. Du wolltest dich darum kümmern.»

«Ja, ich weiß, ist längst erledigt.» Arne gähnt.

«Oh, hast du etwa schon geschlafen?», frage ich naiv.

«Was denkst du denn? Es ist 2.23 Uhr. Hier gibt's weit und breit keine Bar, wo ich mich betrinken kann.»

«Wo bist du gerade? In Kiew?»

«Da war ich schon. Bin übers Wochenende wieder auf der Alm. Allein.»

Ich bin froh, dass er nicht mehr in Kiew ist – in der Nähe dieser Alexandra. Ja, ich bin eifersüchtig, ohne es zu wollen.

«Vielleicht solltest du auf der Alm eine Bar eröffnen. Könnte sich lohnen.»

«Glaub nicht, dass man damit hier reich wird. Wer sollte da schon hingehen?»

«Einsame Typen wie du?»

Arne lacht. «Ja, vielleicht. Ich hör mich mal um und mache eine Marktanalyse. So was wie Moe's bei den *Simpsons*, wo sich alle einsamen und gescheiterten Typen der Gegend treffen und betrinken. Vielleicht finde ich ein paar Leidensgenossen.»

«Ich habe mich heute Abend betrunken. Hat aber keinen Spaß gemacht.»

«Oh, dann wärst du in meiner Bar genau richtig.»

«Klingt nach Selbstmitleid», sage ich.

«Überhaupt nicht! Ich denke hier nur viel nach. Das ist alles.»

«Worüber?», frage ich.

«Über mich, dich, uns, meine Fehler.»

«Und? Zu welchem Schluss bist du gekommen?»

«Bin noch nicht fertig mit dem Nachdenken.» Pause. «Und du warst also aus?»

«Ja, Uschi und Wolfgang haben den Wintergarten eröffnet.»

«Ach, schon! Ist es schön geworden?»

«Super. Sie haben sogar einen Kamin eingebaut. Für die Eröffnung haben sie den Barkeeper gebucht, der ihnen die Drinks gemixt hat, als sie sich kennengelernt haben. Witziger Typ.»

«Dein Typ?»

Aha, warum fragt er das jetzt? Ist er etwa eifersüchtig?

«Vielleicht?»

Stille.

«Hast du mit dem Pfarrer gesprochen?»

«Ja.»

«Und, was hat er gesagt?»

«Es hat ihn gar nicht überrascht. Er hatte morgens schon so ein Gefühl, hat er gemeint», sage ich.

«... ein Gefühl, dass wir absagen werden? Komischer Vogel!»

«Ja, Trennungen scheinen gerade in zu sein.»

«Was macht Bruno?»

«Er macht so sein Ding. Von dieser Linda erzählt er aber nicht so viel. Ich glaube, er besucht sie noch ab und zu. Dass Marlene sich scheiden lassen will, setzt ihm ganz schön zu.»

«Er liebt sie noch.»

«Ja, ich glaube auch. Ich hab diesen Friedhelm kennengelernt.»

«Und? Wie ist er?»

«Das Gegenteil von Papa. Lustig, aber er passt nicht zu Mama.»

«Klar, dass du das sagst.»

«Was machst du so den ganzen Tag da oben?»

Dann erzählt mir Arne von seinen Wanderungen und den Menschen, die er in den Bergen trifft. Von den Hütten, den Tieren, die seine Wege kreuzen, und dem vielen guten Essen in den Alpen.

«Lotti hätte großen Spaß hier und viel Bewegung.»

«Ach, lass die mal. Sie ist auch nicht mehr die Jüngste.»

Ich erzähle Arne von Lottis gescheitertem Versuch, eine Ente zu jagen, worüber wir beide lachen. Und vom Fortschreiten meiner Arbeit in der Kapelle. Wir reden über Carlas Singleleben, Lisa und Franky, die sich nichts mehr zu sagen haben, und über Manu und Guido, die sich nur noch zanken.

Erst im Morgengrauen, mit dem Singen der ersten Vögel gegen vier Uhr, bin ich so müde, dass wir des Gespräch beenden und ich erleichtert in mein Kissen sinke. Erleichtert darüber, mal wieder mit Arne geredet zu haben.

***

«Hast du ’n neuen Lover?», fragt Frida beim Frühstück.

«Nein, wieso?» Ich nehme die Milch aus dem Kühlschrank.

«Weil du die halbe Nacht beim Telefonieren gekichert und gelacht hast», sagt mein Vater, der gerade in die Küche kommt.

«Was?», staune ich. Haben die zwei das etwa mitbekommen?

«Ich hatte den Eindruck, du warst leicht angetrunken, Kind.»

«Ja, ich auch, Mama.»

«Habt ihr etwa an meiner Tür gelauscht?»

«Nein, ich war auf dem Klo und konnte danach nicht mehr einschlafen, weil du so gekichert hast», sagt Frida und löffelt ihre Haferflocken im Eiltempo, weil sie wieder mal zu spät dran ist.

«Und ich habe noch eine Serie geschaut. Konnte auch nicht schlafen. Du warst jedenfalls nicht zu überhören.»

Na, da bin ich ja froh, dass ich keinen Mann mit nach Hause gebracht habe.

«Mit wem hast du denn die ganze Nacht telefoniert, Mama?», fragt Frida, während sie ihren Fahrradschlüssel sucht.

«Das geht euch überhaupt nichts an», sage ich, gebe meiner Tochter ihren Schlüssel und schiebe sie zur Tür hinaus. «Hab einen schönen Tag, Schatz.»

Wumms, Tür zu.

«Du hast jemanden kennengelernt, stimmt's?», höre ich Papas Stimme hinter mir. Ich verdrehe die Augen und atme durch.

«Nein, Papa, ich habe niemanden kennengelernt.»

«Ach, und der Herr, mit dem du neulich Abend aus warst? Hast du mit dem die ganze Nacht telefoniert?»

«Es geht dich zwar nichts an, aber wenn du's genau wissen willst, habe ich mit Arne telefoniert.»

«Mitten in der Nacht? Wer's glaubt!»

«Ja, mitten in der Nacht, weil wir kaum einen gemeinsamen Zeitpunkt finden, um über die Abwicklung der Hochzeit zu reden. Da gibt es nämlich jetzt genauso viel zu organisieren wie bei der Planung. Oder besser zu deorganisieren.»

«Ich könnte dir dabei helfen.»

«Ach», sage ich neugierig und schiebe Papa zurück in die Küche, wo ich uns noch einen Kaffee mache. «Wie steht's denn eigentlich mit dir und deiner … Affäre?»

«Wie oft denn noch! Linda ist nicht meine Affäre!», sagt Papa mit großem Nachdruck.

Ich schüttele den Kopf, denn ich glaub's nicht. Aber egal. «Okay, lassen wir das mal außen vor. Aber sie *war* deine Affäre.»

«Vor Urzeiten. Das ist mit Mama geklärt.»

«Jaja, so doof war ich auch mal, zu glauben, so was sei geklärt.»

Papa winkt ab. «Ach, weißt du was, kümmere dich um deine eigenen Probleme, die sind groß genug.»

Da hat er leider recht. Trotzdem muss ich nachhaken. Es geht schließlich um die Ehe meiner Eltern. «Warum hängst du so an dieser Frau?»

«Das … kann ich dir nicht genau sagen. Sie ist … wenn du sie kennen würdest, wüsstest du's. Sie ist wunderbar. Sie ist meine Seelenverwandte. Sie ist mein Freund und meine Beraterin, meine Schwester, die ich nie hatte, verstehst du?»

Nein.

«Aber sollte Mama nicht das alles für dich sein?»

«Deine Mutter ist …» Papa nimmt seine Brille ab und wischt sich über die Augen. Weint er etwa? «… die Liebe meines Lebens.»

Das verstehe, wer will. «Aber dann beende das mit Linda doch einfach.»

Er schüttelt den Kopf. «Das kann ich nicht. Ich kann mich nicht entscheiden. Ich liebe sie beide.»

Das ist so typisch! Geht es denn hier wirklich nur um ihn? Um meinen Vater? «Das ist so egoistisch! Was ist mit Mama?»

«Es scheint ihr gut zu gehen. Mir ist nur wichtig, dass sie glücklich ist.»

Ohhhhhh! Ich könnte ausflippen! Das ist so bekloppt! Weil er sich nicht entscheiden will, tut er so, als sei er der große, verständnisvolle Gönner, der seiner Frau nichts mehr wünscht, als dass sie glücklich ist.

«Weißt du was, Papa? Ich glaub dir nicht», sage ich und fasse einen Entschluss.

Ich fahre zu ihr. Ich besuche Linda. Das habe ich schon lange vor. Deshalb habe ich ihre Adresse aus Papas Adressbuch abgeschrieben, als ich im Gästezimmer sauber gemacht habe. Und das ist völlig legitim. Ich will sie kennenlernen, diese Linda!

35.

Zwei Stunden und ein Telefonat mit Carla später stehe ich mit Lotti vor ihrer Tür. *L. Schönfeld* steht an der Klingel des hübschen kleinen Häuschens mit den vielen Blumentöpfen vor dem Eingang im ländlichen Umland, nur rund eine Autostunde von uns entfernt. Einmal quer durch die Stadt und dann noch etwas Landstraße. Ruhig ist es hier. Gepflegte Vorgärten, Geranien an den Balkonen, Bäcker, Metzger, ein kleiner Supermarkt in der Nähe. Man könnte meinen, es sei spießig, aber genau das Gegenteil ist der Fall. Es wirkt alles sehr heimelig und gemütlich. Der perfekte Ort für junge Familien oder Mehrgenerationen-Projekte. Für Stadtflüchtlinge und Landliebhaber, die ihr Leben von jetzt auf gleich auf Öko umstellen und nur noch Latzhosen tragen und auf einem echten Strohhalm kauen. Diese absurden Klischeebilder gehen mir hier sofort durch den Kopf. Statt Straßenlärm höre ich das Rauschen der Bäume im Wind. Schön ist es hier.

Kaum aus dem Auto gestiegen, lullt mich dieser Ort in eine Stimmung aus Entspannung und Gelassenheit ein. Lotti springt wie ein junger Hund aus dem Wagen und wirft sich ungeniert in den Kies auf der Straße, um sich wohlig darin zu wälzen. Was ist das hier? Ein magischer Ort, der aus allen Lebewesen das Beste hervorholt?

Lotti und mir gefällt es hier, aber es macht mich natürlich misstrauisch. Was mag dahinterstecken? Welche dunkle Kraft benebelt mir hier die Sinne? Ich klingele und lausche. Die Vögel zwitschern so laut, dass ich mich gar nicht auf die Geräusche im Haus konzentrieren kann. Erneut drücke ich den Klingelknopf. Jetzt höre ich Schritte und eine Frauenstimme.

«Ich komme!» Die Stimme ist jung und freundlich. Ich würde schätzen, eine gutgelaunte Dreißigjährige. Nicht die Frau, der ich in der Klinik begegnet bin. Die Tür geht auf, und da steht sie: Linda, exakt die Frau, der ich im Krankenhaus begegnet bin. Vielleicht zehn Jahre jünger als meine Mutter mit einer klaren, freundlichen Stimme, die sie vermutlich bei unserer ersten Begegnung auch schon hatte, die mir aber egal war, weil ich nur Negatives in ihr gesehen habe. Das tue ich heute auch noch, allerdings nicht mehr ganz so absolut. Linda trägt eine Schürze und wischt sich die Hände daran ab. Sieht aus, als sei sie gerade beim Backen. Es riecht köstlich. Verwundert schaut sie mich an.

«Hallo, ich bin …»

«Oh, ich weiß, wer Sie sind. Sie sind Brunos Tochter Eva, die mir meine Kohlrouladen stehlen wollte.» Sie hält mir die Hand hin, merkt aber, dass noch Teigreste daran kleben, und wischt sie sich erneut an der Schürze ab. «Hallo, kommen Sie rein!»

Wir schütteln uns die Hände, und ohne loszulassen, zieht Linda mich ins Haus, als habe sie mich erwartet.

«Ich habe Sie schon erwartet», sagt sie tatsächlich. Ich komme mir vor wie Alice im Wunderland. Dann begrüßt sie Lotti, die ihr schwanzwedelnd den Kopf entgegenstreckt. «Ah, Lotti, nicht wahr? Ich hab schon so viel über dich gehört», sagt Linda, knuddelt Lotti einmal kräftig durch und schließt hinter uns die Tür. Lotti liebt sie vom ersten Moment an. Aber Lotti liebt jeden Menschen, der ihr Zuneigung schenkt.

Wir gehen in die Küche. Das Haus ist sehr gemütlich und geschmackvoll eingerichtet. Ohne überflüssigen Schnickschnack, aber mit viel Liebe. Alles in Weiß, Blau und Grau gehalten, dazu einige sehr schöne alte Möbel und ein paar Farbtupfer in Form von einzelnen Teppichen, Kissen, Decken. Ein ausgewogener Mix aus alt und modern. Entweder hat sie alles hier komplett renoviert, oder sie wohnt noch nicht lange in diesem kleinen Schmuckstück.

«Das ist das Haus meiner Großeltern. Ich hab's vor fünf Jahren komplett renovieren lassen, nach dem Tod meines Mannes.»

Kann sie Gedanken lesen? Unheimlich.

«Woher wussten Sie, dass ich heute kommen würde?»

«Nicht heute», lacht sie, «irgendwann. Ich wusste, dass Sie irgendwann mehr über mich wissen wollen. Sie sind schließlich Brunos Tochter und haben ein Recht darauf.»

Ich nicke und schaue mich um.

«Bitte entschuldigen Sie mich kurz. Ich muss das Brot aus dem Ofen holen.»

Linda backt Brot. Viel Brot. Und sie backt in einem alten Brotbackofen, der vermutlich schon immer in dieser Küche stand – der Küche ihrer Großeltern. Es duftet hinreißend, und als Linda die drei Brote aus dem großen Ofen holt, wird mir einiges klar. Denn seit mein Vater bei uns eingezogen ist, kümmert er sich freiwillig alle paar Tage um frisches Brot. Und er wollte absolut nicht sagen, woher dieses unverschämt leckere Brot dreimal die Woche kommt. Es war sein großes Geheimnis – bis heute –, und er hat sich diebisch gefreut, dass es uns so gut schmeckt.

«Sie sind also die geheimnisvolle Brotbäckerin», sage ich.

«Ja, die bin ich wohl. Möchten Sie?» Linda bricht ein Stück warmes Brot ab und reicht es mir. Ich kann nicht widerstehen. Es schmeckt köstlich.

Das alles hier, der Ort, das Haus, diese Frau, das Brot – es ist alles total surreal. Wie aus einem Märchen.

«Es tut mir leid, wenn ich bei unserer ersten Begegnung etwas grob zu Ihnen war, aber ich weiß einfach nicht, in welcher Beziehung Sie zu meinem Vater stehen. Das … das ist alles etwas verwirrend für mich. Und für meine Mutter», erkläre ich.

Linda seufzt. «Ich habe Bruno angefleht, seiner Familie reinen

Wein einzuschenken. Das Gleiche habe ich mit meinem Sohn gemacht. Ich habe ihm alles ganz genau erklärt.»

«Alles?»

«Das Verhältnis zwischen Bruno und mir.»

«Also doch ein Verhältnis.»

Ich wusste es. Und ich kann es meinem Vater nicht mal mehr verübeln. Sie ist so unglaublich sympathisch und zudem sehr hübsch. Nicht so wie meine Mutter, aber anders. Während meine Mutter sehr elegant und klassisch schön ist – sehr Marlene eben –, ist Linda eher mädchenhaft.

«Ja, aber das ist längst vorbei, mehr als dreißig Jahre liegt das nun zurück. Es war eine kurze, aber sehr heftige und leidenschaftliche Affäre, wie man sie nur aus alten Filmen kennt.» Linda lacht und schaut sehnsüchtig in die Ferne.

«Und heute?», frage ich.

Sie lächelt und gießt uns Tee ein.

«Heute ist Bruno mein bester Freund, mein Vertrauter, mein Berater. Ich habe Ihrem Vater so viel zu verdanken. Er war immer da, wenn ich ihn brauchte. Als mein Mann starb und …», sie sammelt sich kurz, «meine Tochter tödlich verunglückte … und als ich danach schwer erkrankte.»

Was soll man da sagen? Nichts kann diesem Leid gerecht werden. «Das tut mir sehr leid», sage ich trotzdem, und das ist untertrieben.

«Das war alles etwas viel für mich, verstehen Sie? Bruno war mein Halt. Die vielen Briefe, die wir uns geschrieben haben. Ohne ihn hätte ich das alles nicht überwunden.»

Mein Vater? Reden wir von dem gleichen Mann?

«Lieben Sie ihn?»

Die Antwort kommt ohne jedes Zögern. «Ja! Ja, ich liebe ihn. Er ist der Bruder, den ich nie hatte.»

Linda kommt um den Tisch herum und nimmt meine Hand.

«Eva, ich weiß, wie es um die Ehe Ihrer Eltern steht. Und ich habe Bruno schon so oft gesagt, er soll ganz offen mit seiner Frau über mich reden oder ... unsere Freundschaft beenden, wenn es sein muss.»

«Das würde er niemals tun.»

«Ja, das ist zu befürchten. Ich habe schon oft daran gedacht, selbst mit Ihrer Mutter zu reden, aber –»

«Bloß nicht! Das würden Sie nicht überleben.»

«Er liebt Ihre Mutter. Und er weiß, dass er viele Fehler gemacht hat. Reden Sie mit ihr. Bitte!»

Ich verspreche es.

«Und wie weit sind die Hochzeitsvorbereitungen?», fragt sie plötzlich aus heiterem Himmel. Ich bin total überrumpelt. Was soll ich ihr sagen? Geht es sie überhaupt etwas an? Schließlich ist sie ja nicht meine Freundin.

«Es ... ist kompliziert», sage ich und raffe meine Sachen zusammen, um mich zu verabschieden.

«Na, dann halten Sie's einfach», rät mir Linda und lächelt mich ganz seltsam an, so als wüsste sie eigentlich alles und noch viel mehr – mehr als ich selbst. Dann drückt sie mir ihr Kohlrouladenrezept in die Hand und eine Heilsalbe für Papas Bruch. «Er macht gute Fortschritte, finden Sie nicht?»

«Allerdings», sage ich und verabschiede mich.

«Auf bald. Und geben Sie Bruno einen Kuss von mir!»

«Ja ... Klar ... Mach ich», sage ich und gehe mit Lotti zum Auto.

Bevor die Hündin ins Auto springt, knie ich mich zu ihr runter und nehme ihren Kopf in meine Hände, um ihr tief in die schwarzen Knopfaugen zu blicken.

«Das war irgendwie schräg, oder, Lotti?» Die Hündin wedelt mit dem Schwanz und legt den Kopf schief, bevor sie mich anbellt. Ich weiß genau, was sie sagen will. «Schräg, aber nett.»

Wir verstehen uns.

Als ich nach der Arbeit aus der Kapelle nach Hause komme, steht völlig überraschend Arnes Rucksack im Flur. Damit hab ich nicht gerechnet. Erst überlege ich, ob ich wieder kehrtmachen soll. Dem Problem aus dem Weg gehen sozusagen. Dem Konflikt ausweichen. Aber was würde das ändern? Also gehe ich in die Küche, wo Bruno, Frida und Arne Abendbrot machen. Und zwar mit einer solchen Routine, als sei das in letzter Zeit ständig ihr gemeinsames Ritual gewesen.

«Hallo, ich hoffe, ich störe nicht.»

«Oh, hallo, Eva, nein, komm, setz dich!» Arne kommt lächelnd auf mich zu. Wir begrüßen uns mit Wangenküssen, wie zwei alte Freunde.

«Ich hab uns eine Graupensuppe gemacht», sagt mein Vater, worüber ich mich sehr wundere.

«Seit wann kochst du, Papa?»

«Seit … es mir jemand beigebracht hat.»

Er meint natürlich Linda, die es offenbar geschafft hat, aus meinem Vater einen Koch zu machen. Papa liebt gutes Essen, aber wenn es ihm niemand zubereitet, muss er wohl selbst den Kochlöffel schwingen. Das hat meine Mutter in Jahrzehnten nicht hinbekommen, weil sie sich gar nicht erst die Mühe gemacht hat, meinem Vater das Kochen beizubringen. Linda hatte offenbar die Geduld. Und die Suppe ist wirklich gut. Als ich Lindas frisches Brot dazu auf den Tisch lege, ist Papa ziemlich überrascht.

«Du warst bei ihr?»

«Ja, und ich finde sie ausgesprochen nett!»

Frida und Arne wechseln einen Blick und wundern sich.

«Wen, Opas Affäre?», fragt Frida.

«Sie ist nicht Opas Affäre, sie ist seine Freundin», korrigiere ich Frida.

«Dann habt ihr also gar keinen Sex?», fragt sie ihn strahlend, und ich will sie schon ermahnen, weil ich das ziemlich frech finde, aber ihr Blick verfinstert sich schon wieder. «Das ist ja noch viel schwieriger. Ich meine, *wenn* man Sex hat, ist das doch 'ne klare Sache. Wenn nicht …»

«… ist trotzdem viel Gefühl im Spiel», ergänzt mein Vater.

«Du sagst es, Opa. Aber viel Gefühl ohne Sex ist viel komplizierter!»

«Könnten wir vielleicht das Thema wechseln?», bittet Arne.

Ich nicke. «Arne hat recht – trotzdem möchte ich euch von meinem Besuch bei Linda erzählen.»

Ich berichte von ihrer freundlichen Art und ihrem gemütlichen Zuhause und gebe Papa am Ende meiner Ausführungen den Kuss von ihr. Bruno ist erleichtert, dass wir uns so gut verstanden haben.

«Und wie sieht's bei dir aus, Papa?», knüpft Frida unerbittlich an das Thema an. Das muss sie von ihrer Mutter haben. Aber Arne geht auf diese eindeutige Frage nach seinem Liebesleben gar nicht erst ein, sondern erzählt von Kiew und den Reparaturen an der Almhütte. Egal – Frida ist froh, dass ihr Vater wieder zu Hause ist.

«Kriegt ihr euch jetzt wieder ein?», fragt sie und grinst blöd.

Arne und ich wechseln einen kurzen Blick.

«Nein, wir kriegen uns nicht ein», sage ich. «So einfach ist das nämlich nicht. Wir müssen erst …»

Aber Frida winkt ab. «Alles klar, verstehe. Klingt kompliziert, ist es aber nicht. Hör mal, Papa, um die Sache etwas abzukürzen: Wieso entschuldigst du dich nicht, und ihr vertragt euch wieder? Ganz einfach. Für Kompliziertes hab ich jetzt auch gar keine Zeit. Muss los.»

Und schon ist sie weg, denn sie und Papa haben gekocht, und wer gekocht hat, muss weder aufräumen noch abwaschen. Papa verzieht sich mit Lotti in den Garten, um, wie er sagt, ein paar Dinge zu überdenken. Arne räumt den Tisch ab und ich die Spülmaschine ein – eine Routine, die wir über zwanzig Jahre lang trainiert haben. Da sitzt jeder Handgriff.

«Und wie geht's jetzt weiter?», frage ich nach dem Einräumen des letzten Löffels.

«Du spülst die Töpfe, und ich trockne ab.»

«Grandiose Idee.» Ich lasse Spülwasser einlaufen. «Aber mal im Ernst. Willst du wieder einziehen, bis du ganz nach Kiew gehst?»

«Du meinst, wie Frida vorgeschlagen hat? Ganz unkompliziert?»

Ich ziehe unschlüssig die Schultern hoch. So als würde ich mir wünschen, dass er wieder einzieht und alles wieder so wird wie früher. Aber will ich das wirklich?

«Ich glaub nicht, dass es so einfach geht. Ich hab viel nachgedacht in den Bergen und … na ja, vorübergehend werde ich wohl hierbleiben, bis ich eine Wohnung gefunden habe.»

Ich reiche ihm eine Schüssel, damit er sie abtrocknet.

«Lohnt sich das denn noch?», wundere ich mich.

«Klar, ich will ja nicht ewig in Kiew bleiben und werde sicher auch öfter hier sein, um euch … um Frida zu sehen. Und meine Sachen müssen auch irgendwo bleiben. Ich habe ja dort nur ein möbliertes Apartment.»

«Oh, ja klar, das klingt … vernünftig. Also – bis du eine Wohnung gefunden hast, kannst du natürlich hierbleiben», sage ich, obwohl es ganz schön weh tut zu wissen, dass er dann für immer auszieht. «Aber was machen wir mit Bruno? Er ist ja im Gästezimmer?»

«Ich dachte, wir werfen deinen Vater raus und ich gehe ins Gästezimmer», sagt Arne völlig ernst und stellt die Schüssel weg.

Mir fehlen die Worte. Spinnt er jetzt total? Und genauso perplex schaue ich ihn an.

«Scheeeeerz!», lacht Arne. «Ich geh auf die Couch im Wohnzimmer.»

«Nee, die ist doch furchtbar unbequem. Du gehst in den Wintergarten. Da steht ja noch dein altes Klappsofa, und du hast deine Ruhe», schlage ich vor. «Ist zwar etwas hell morgens, aber du bist ja Frühaufsteher.»

«Okay», sagt Arne und holt seine restlichen Sachen aus dem Auto, während ich ins Schlafzimmer gehe und sein Bettzeug hole.

Mit Kissen und Decke bepackt, stehe ich vor unserem großen gemeinsamen Bett, das wir vor Jahren zusammen ausgesucht und gekauft haben, und werde plötzlich wehmütig. Wie viele Stunden wir gemeinsam darin verbracht haben! Frida wurde darin gezeugt, meterweise Bücher wurden darin gelesen und vorgelesen, Kissenschlachten gemacht, Diskussionen ausgefochten, Versöhnungen zelebriert, geliebt, gekuschelt, gezankt, gestillt, geweint, geküsst. Und das alles gemeinsam. Natürlich habe ich zwischendurch auch immer wieder mal allein darin geschlafen, wenn Arne beruflich unterwegs war. Aber da wusste ich immer, dass er zurückkommen würde. Jetzt erst wird mir schlagartig bewusst, dass wir vermutlich nie wieder gemeinsam in diesem Bett einschlafen oder aufwachen werden. Und das ist schmerzhaft.

Arne und ich gehen früh schlafen, in getrennten Zimmern und Betten. Ich lese zum gefühlt hundertsten Mal *Stolz und Vorurteil*, kann mich aber nicht so recht konzentrieren. Ich wälze mich von einer Seite auf die andere. Wieder liege ich in meinem leeren, großen Bett und kann nicht schlafen, weil mir tausend Dinge durch den Kopf gehen. Vor allem der Gedanke, dass meine Beziehung am Ende ist. Und Henry? Stehen wir am Beginn einer neuen Beziehung? Nach ein paar Verabredungen? Was ist das überhaupt mit Henry? Und wo führt das hin? Ich kann doch nichts Neues beginnen, wenn mir die Trennung von Arne so weh tut. Alles geht plötzlich so schnell! So viele Dinge gehen mir durch den Kopf, dass ich davon schläfrig werde. Gerade als ich endlich wegdämmere, brummt mein Handy.

«Was? Was ist los? Hallo?» Ich bin völlig durcheinander.

«Ich bin's.»

«Arne? Aber wieso … wo bist du? Ist was passiert?»

«Nein, ich bin nebenan.»

«Was?!» Versteh ich nicht. «Bist du aus dem Bett gefallen und gelähmt? Warum rufst du mich aus dem Nebenzimmer an?»

Pause.

«Hab ich dich etwa geweckt?»

Ist er jetzt völlig durchgedreht?

«Nein! Natürlich nicht. Wieso sollte jemand um …» Schnell werfe ich einen Blick auf meinen Wecker. «… um 2 Uhr 38 schlafen?»

Klar übertreibe ich, damit er ein schlechtes Gewissen hat.

«Ich kann nicht schlafen», höre ich ihn ins Telefon seufzen.

«Ach was!»

«Und du?»

Ich zögere mit der Antwort.

«Nicht so richtig», gebe ich schließlich zu.

«Warum nicht?»

«Weil … weil wir in einer blöden Situation sind. Weil zwischen uns nichts wirklich ausgesprochen ist. Weil du mir endlich die Wahrheit sagen musst. Hast du seit damals noch mal was mit Alexandra gehabt? Ich brauche Klarheit, Arne!»

«Nein!» Er atmet schwer, als überlege er jedes Wort, das er von nun an sagt. «Aber wir sind uns ein paarmal bei dem einen oder anderen Pressetermin begegnet.»

Ein Stich ins Herz – ich wusste es. «Oft?»

«Eva, das ist doch völlig egal.»

«Absolut nicht. Wie oft?»

«Weiß nicht, drei-, viermal vielleicht. Und dann ist sie irgendwann ins Ausland gegangen.»

«Arne, bitte sei ehrlich zu mir. Habt ihr bei einem dieser Treffen noch mal miteinander geschlafen?»

«Nein!»

Das klingt entschieden.

«Schwör's!»

Er schnaubt. «Ich schwöre beim Augenlicht unserer Tochter, dass ich nie wieder mit Alexandra oder irgendeiner anderen Frau geschlafen habe. Auch nicht mit einem anderen Mann oder einem Alien!»

Ich muss lachen. Er auch.

«Bitte glaube mir!», flüstert Arne.

«Das möchte ich so gerne, aber die Sache mit dieser Alexandra ist wirklich nicht einfach für mich. Wie soll ich dir noch vertrauen, wenn du nach Kiew gehst und eng mit ihr zusammenarbeitest?»

«Ich weiß. Und es tut mir leid.»

«Zum Glück ist jetzt dieser ganze Zirkus um die Hochzeit vorbei.»

«Hast du's Carla schon gesagt?»

«Sie hat's mit Fassung getragen.»

«Bald ist Ostern, wir … müssen endlich die Absagen rausschicken, oder?»

«Ich schätze schon. Was schreibt man denn da?», frage ich.

«Keine Ahnung. Ist mein erstes Mal.»

«Vielleicht so was wie *wegen unüberbrückbarer Differenzen blablabla*?», frage ich.

«Klingt nach Hollywood», sagt er. Wir müssen beide lachen.

«Genau, so steht's immer in der Presse, wenn sich ein Promi-Paar trennt.»

«Da steht dann aber auch *wir bleiben trotzdem gute Freunde und kümmern uns gemeinsam um den Nachwuchs*?»

«Arne, du liest also doch heimlich die *Gala*!»

«Nur beim Zahnarzt!», gibt er kleinlaut zu.

«Schon klar.»

Das Gespräch wird immer entspannter.

«Also, was schreiben wir?», fragt er. «*Liebe Freunde, leider müssen wir die Hochzeit absagen, weil … wir* … Müssen wir das überhaupt begründen?»

Ich überlege. «Gute Frage, aber ich denke, das sind wir unseren Freunden und Familien schuldig. Oder? Und wenn wir einfach die Wahrheit schreiben? *Blablabla … sagen wir die Hochzeit ab, weil wir uns getrennt haben.*»

Arne lacht. «Das wäre die einfachste Variante. Ich kann's aber auch auf mich nehmen. Ist schließlich meine Schuld.»

«Oh, wie großzügig. Aber willst du *alles* auf dich nehmen?»

«Ach, du willst eine Teilschuld? Okay, dann schreiben wir: *Weil wir beide unfähig waren, miteinander zu reden, trennen wir uns und sagen die Hochzeit ab*», schlägt Arne vor.

Ich muss wieder lachen. «Klingt schon besser. Wir können aber auch schreiben, dass wir uns getrennt haben, weil du schnarchst.»

«Oder weil du im Schlaf sprichst», sagt Arne. «Nein, noch besser, weil du dich nicht für Fußball interessierst.»

«Das wäre ein Trennungsgrund? Dann sage ich, weil du dich nicht fürs Theater interessierst.»

«Und du dich nicht für Krimis», sagt er.

«Und weil ich immer allein auf Popkonzerte gehen muss.»

«Und weil du nicht auf Heavy Metal stehst.»

«Und weil du es hasst, mit mir shoppen zu gehen.»

«Und du seit Jahren nicht mehr mit mir auf einem Flohmarkt warst.»

«Und weil du japanisches Essen verabscheust.»

«Und du Currywurst und Pommes aus deinem Leben verbannt hast. Genauso wie Weißbrot und Zuckerrübensirup.»

Ich stoppe diese alberne Auflistung, obwohl es Spaß macht, Arne endlich mal alles vor die Füße zu knallen, was mich schon lange an ihm stört.

«Hmmm, das hab ich ja total vergessen. Frischgebackene Brötchen mit Butter und Zuckerrübensirup. Lecker!», gebe ich zu.

«Aber erst reinbeißen, wenn du vorher deinen Namen fehlerfrei mit Sirup aufs Brötchen geschrieben hast.»

«Zum Glück hat mein Name nur drei Buchstaben», lache ich laut auf. «Genial! Und dann alles verschmieren und reinbeißen. Leere Kohlenhydrate können so lecker sein!» Ich kann es geradezu schmecken und riechen – das beste Sonntagsbrötchen meiner Kindheit. Als Frida anfing, feste Nahrung zu sich zu nehmen, war das einer der ersten Genüsse, die ich ihr nahegebracht habe. Jedenfalls konnte Frida dadurch ihren Namen schon mit drei Jahren fehlerfrei schreiben.

«Also gut, ich schlage vor, wie halten die Absage so neutral und sachlich wie möglich. ... *sagen wir unsere Hochzeit wegen unüberbrückbarer Currywurst- und Heavy-Metal-Differenzen ab.*»

«Hervorragend, Herr Schröder, so machen wir's.»

«Sehen Sie, Frau Hitz, so werden wir uns doch noch einig. Und jetzt ... schlaf gut, Frau Hitz.»

«Du auch, Herr Schröder.»

***

Fortan leben wir alle zusammen wie in einer WG. Jeder bringt sich irgendwie ein in unsere seltsame Wohnsituation. Mir gefällt, dass die starren Familienrituale der letzten Jahrzehnte sich gelockert haben. Jeder geht einkaufen, jeder kocht, jeder macht sauber – meistens jedenfalls. Zugegeben, ohne meine Ansagen funktioniert das nicht immer reibungslos, aber seit wir einen Putzplan haben, kümmert sich auch mal jemand anderes ums Klo. Ich lasse mich gerne bekochen, selbst wenn Frida zunehmend vegan kocht – oder sagen wir, sie versucht es zumindest. Aber das wird schon noch, und irgendwann schmeckt's dann vielleicht auch.

Obwohl es zu viert etwas eng in der Wohnung ist, kehrt unter den neuen Bedingungen so was wie Normalität ein. Sogar Arne und mein Vater kommen gut miteinander aus. Morgens kommt jeder aus seinem Zimmer, und wir begegnen uns etappenweise im Bad oder in der Küche. Arne geht täglich in die Redaktion und schaut sich außerdem Wohnungen an. Ich fahre raus in die kleine Kapelle und komme mit dem Altar langsam zum Ende. Frida lässt sich kaum zu Hause blicken. Sie trifft sich nach der Schule mit ihren Freunden, macht Sport und geht uns ansonsten aus dem Weg. Und wenn wir sie fragen, heißt es nur: *Schule? Läuft! Alles im grünen Bereich. Kein Grund zur Sorge.* Details über ihr Privat- oder gar Liebesleben gibt es nicht. Erst recht erfahren wir nichts über ihre schulischen Leistungen. Nur das Nötigste an Informationen. Doch ab und zu frage ich mich schon, ob es nicht gut wäre, mal genauer nachzuhaken, um einen besseren Einblick in ihr Schulleben zu bekommen. Das aber würde wieder Stress mit Frida bedeuten. Und solange es keinen konkreten Grund zur Sorge gibt, mische ich mich nicht ein. Schwierig, diese Pubertät.

Arne und ich dagegen sitzen häufiger als früher abends harmonisch noch bei einem Glas Wein zusammen und reden. Über uns, unsere Leben, unsere Pläne, Träume und Gedanken. Seltsam – warum haben wir während unserer Beziehung damit aufgehört? Es ist, als würden wir uns neu kennenlernen. Neugierig frage ich ihn über die Ukraine aus, und er erklärt mir die schwierige politische Situation dort, beschreibt mir Land und Leute und die Küste am Schwarzen Meer und schwärmt von der guten Küche. Und ich finde, mein Ex-Verlobter ist, rein subjektiv betrachtet, ein ziemlich netter Typ. Er hat sich in den letzten Wochen verändert, ist aufmerksamer geworden, hört mir zu und fragt nach, wenn ich über meine Arbeit rede. Plötzlich interessiert ihn, was ich denke und mache und wie ich mir meine Zukunft vorstelle. Nur dass ich meine Zukunft gar nicht richtig vor mir sehe, weil mein Leben gerade etwas turbulent ist. Je genauer ich ihn anschaue, umso mehr fällt mir auf, dass Arne ein wirklich interessanter und gutaussehender Mann ist. Ist das der Mann, mit dem ich die letzten Jahrzehnte zusammengelebt habe? Ist das der Mann, der bald ausziehen wird?

«Und was macht die Wohnungssuche?»

«Läuft noch. Aber das wird schon. Dann habt ihr hier wieder mehr Platz, und ich kann irgendwo mein Basislager aufschlagen.»

«Du kannst bleiben. Dein Basislager ist hier», sage ich. «Bruno wird nicht auf Dauer hier wohnen können.»

«Willst du ihn rauswerfen? Nein, Eva, wir brauchen mehr Abstand.»

«Vielleicht hast du recht.»

Arne nickt. «Tut mir leid, dass es so gekommen ist.» An seinem Blick erkenne ich, dass es ihm sehr ernst ist. Keine Floskel, sondern echtes Bedauern.

«Mir auch», sage ich.

***

Über Ostern wird gefaulenzt, und jeder macht sein Ding. Nachdem mich Henry an Karfreitag angerufen hat, gehen wir Samstag zusammen ins Theater. Der Abend ist eindeutig schöner als das Abo-Absitzen mit Arne. Wir schauen uns *Der Gott des Gemetzels* an und erzählen uns anschließend bei einem Glas Wein unsere schlimmsten Elternbegegnungen. Sehr lustig! Henry und ich lernen uns immer besser kennen. Und was am wichtigsten ist: Wir haben den gleichen Humor. Als er mich auf dem Heimweg im Auto fragt, ob ich mit zu ihm komme, bin ich kurz davor, ja zu sagen. Warum denn auch nicht? Ich bin Single, erwachsen und finde Henry äußerst attraktiv.

«Ja, gerne … aber ich kann nicht», höre ich mich stattdessen sagen und komme mir vor wie in einem schlechten Liebesfilm. Ich sehe Henry an, dass er enttäuscht ist, auch wenn er versucht, verständnisvoll zu bleiben und Haltung zu bewahren.

«Es war einen Versuch wert.»

«Und ich wäre sauer, wenn du es nicht versuchen würdest, aber solange wir in einem Arbeitsverhältnis stehen, kann ich das nicht.» Ich muss ihm ja nicht auf die Nase binden, dass ich noch nicht über Arne hinweg bin.

«Dann muss ich dich wohl feuern.»

«Musst du wohl, aber wer übernimmt dann meine Arbeit in der Kapelle?»

Henry verzieht das Gesicht «Stimmt. Nur gut, dass da ein Ende absehbar ist. Aber ich lass nicht locker.»

«Das will ich hoffen.»

Er setzt mich zu Hause ab, und wir verabschieden uns mit einem sanften, sehr einfühlsamen Kuss – eher freundschaftlich, aber dennoch sehr sinnlich, obwohl sich unsere Lippen kaum berühren. Dieser Kuss kann alles bedeuten.

«Bist du sicher?», fragt er zum Schluss.

«Leider ja», flüstere ich und ärgere mich einmal mehr, dass ich nicht über meinen Schatten springen kann.

Zurück in meiner Super-WG, wo zum Glück schon alle schlafen, ändert sich meine Stimmung schlagartig, und ich habe sofort ein schlechtes Gewissen. Völlig irrational, aber tief in mir habe ich das Gefühl, etwas getan zu haben, was nicht richtig ist. Vielleicht liegt es daran, dass mein Vater und mein Ex in den Zimmern nebenan schlafen.

***

«Und jetzt?», fragt Carla, der ich davon erzähle, als wir zu Uschi und Wolfgang gehen. Es riecht nach Frühling, und der April zeigt sich zum Schluss noch einmal von seiner besten Seite.

«Jetzt ist Henry wieder zurückhaltender.»

«Und Arne?»

«Sucht sich 'ne Wohnung und geht bald nach Kiew.»

«Zu dieser Alexandra?»

«Wer weiß.»

Obwohl Uschi und Wolfgang längst von unserer Trennung erfahren haben, geben sie die Hoffnung nicht auf. Sie hatten sich so darauf gefreut, mit uns den neuen Garten einzuweihen.

«Könnt ihr den Termin nicht an ein anderes Brautpaar vergeben?», frage ich.

Wolfgang verdreht die Augen. «Hase, das ist doch nicht das Gleiche! Wir wollen kein anderes Paar.»

«Wollt ihr's nicht doch noch mal miteinander versuchen? Nach so vielen Jahren trennt man sich doch nicht so einfach. Hm?!» Uschi fleht mich regelrecht an. Vergeblich.

Ich versuche, ihr und Wolfgang zu erklären, was mir selbst lange nicht klar war:

«Arne und ich haben uns schon längst verloren, ohne es bemerkt zu haben. Ich glaube, wir haben uns in den letzten Jahren einfach nur was vorgemacht. Und durch die Heirat dachten wir beide, dass wir dann wieder näher zusammenrücken. Aber wenn einer auf dem Absprung ins Ausland ist und der Partner nicht, ist das wohl eine schlechte Voraussetzung.»

Während ich das so sage, wird mir bewusst, dass nicht nur Arne Schuld an unserer Trennung hat, sondern dass wir es wirklich beide vermasselt haben. Wir haben nicht genug aufeinander achtgegeben, obwohl wir immer dachten, dass wir uns gerade als unverheiratetes Paar mehr umeinander bemühen. Ein Trugschluss, das weiß ich nun.

«Also, geht aufmerksam miteinander um und passt gut auf eure Beziehung auf», rate ich Wolfgang und Uschi, die in meinen Augen bislang alles richtig gemacht haben. Dann kommt mir eine spontane Idee.

«Ach wisst ihr was, ich feiere einfach meinen 50. Geburtstag nächstes Jahr bei euch im Garten.»

Ein müder Trost.

36.

An einem sonnigen Dienstag im Mai um 8.30 Uhr sitzen Arne und ich gemeinsam bei Fridas Klassenlehrer. Wenn beide Eltern kommen sollen, ist es ernst. Ich hatte es geahnt!

«Das sieht wirklich nicht gut aus.» Dr. Bockbach, Fridas Klassenlehrer, verschränkt die Arme vor seinem dicken Bauch, als habe er ein unwiderrufliches Urteil gesprochen.

«Ja, und was heißt das jetzt?», fragt Arne unruhig. Ich weiß, dass er innerlich kocht. Er beugt sich über den Tisch, als wollte er seinem Gegenüber gleich an die Gurgel gehen. Beruhigend lege ich ihm eine Hand auf den Unterarm.

«Das heißt, dass Ihre Tochter versetzungsgefährdet ist. Sehr sogar», betont Dr. Bockbach.

«Und wieso erfahren wir jetzt erst davon?», frage ich.

Jetzt lacht der Kerl auch noch. «Das, liebe Frau Hitz, sollten Sie Ihr Töchterchen fragen. Und grüßen Sie sie, wenn Sie sie sehen. Ich habe Frida nämlich seit Tagen nicht gesehen.»

«Was?!» Arne und ich fallen aus allen Wolken. «Unsinn, sie geht doch jeden Tag zur Schule», sagt Arne.

«Hier ist sie jedenfalls nicht jeden Tag.» Dr. Bockbach schlägt das Klassenbuch auf und zeigt uns Fridas Fehlstunden. «Sehen Sie, letzte Woche war sie ganze drei Vormittage hier, und nach der großen Pause ward sie nicht mehr gesehen.»

Arne verdreht die Augen. «Ja meine Güte, sie ist in der Pubertät. So was müssten Sie als Lehrer doch am besten verstehen. Das ist ’ne Phase! Die geht auch wieder vorbei.»

«Prima, dann kann Frida ja die 10. Klasse wiederholen, wenn sie diese Phase hinter sich gebracht hat.» Dieser Blödmann kommt sich offenbar auch noch witzig vor.

«Um die Sache abzukürzen: Sie sagen, Frida ist versetzungsgefährdet. Das heißt, sie wird nicht zwangsläufig sitzenbleiben. Richtig?», frage ich klar und deutlich.

«Kaum vorstellbar, dass sie das Ruder noch rumreißt.»

Arne weiß genau, worauf ich abziele, und springt mir zur Seite. «Das war nicht die Frage, Dr. Bockbach. Die Frage war: Wird sie sitzenbleiben?»

Er atmet genervt aus. «Nicht zwangsläufig, aber –»

«Aber wenn sie die erforderliche Leistung bringt, schafft sie die Versetzung. Nicht wahr?», frage ich zuckersüß, aber mit Nachdruck.

«Theoretisch ja, aber –»

«Praktisch auch», sagt Arne sehr bestimmt. «Danke für das Gespräch.» Wir verabschieden uns knapp und verschwinden von diesem Ort des Schreckens.

«Hast du das gewusst?», fragt Arne mich im Treppenhaus.

«Nein, natürlich nicht. Mit mir redet sie nur das Nötigste.»

«Mit mir noch weniger.»

Vor der Schule bleiben wir stehen und schauen uns tief in die Augen. Wir denken beide das Gleiche, und Arne spricht es aus.

«Unsere Schuld, oder? Weil wir solche Egoisten sind!»

Ich nicke. «Schätze, ja. Wir haben Frida völlig aus den Augen verloren.»

Schweigend und voller Selbstvorwürfe fahren wir nach Hause, um mit unserer schulschwänzenden Tochter zu reden.

***

«Der Bockbach übertreibt voll! Der ist so eklig. Bei dem machen alle blau.» Fridas Verteidigungstaktik ist klassisch für ihr Alter. Nicht schlecht, aber durchaus ausbaufähig. Wir sitzen zusammen am Küchentisch und stellen unsere Tochter zur Rede.

«Erstens spricht es nicht gerade für dich, wenn du etwas machst, weil alle es machen. Und zweitens sitzt er am längeren Hebel, fürchte ich.» Arne versucht, sachlich zu bleiben. «Und ab einer bestimmten Anzahl an Fehlstunden kannst du 'ne Ehrenrunde drehen.»

«So 'n Quatsch! Solange ich gute Noten schreibe, bleib ich auch nicht sitzen.»

Ich muss da jetzt mal was klarstellen, glaube ich. «Wie soll das denn gehen, wenn du den ganzen Stoff verpasst?!»

«Ich krieg das schon hin! Lasst das mal meine Sorge sein.»

Frida ist genervt, aber ich bin genervter. «Frida, es geht hier nicht nur um deine Versetzung, sondern auch um Vertrauen. Wir haben dir nämlich vertraut. Jedes Mal, wenn du großspurig gesagt hast: *Schule? Läuft!*»

«Was habt ihr denn? Das Schuljahr ist doch noch gar nicht vorbei. Wir schreiben bis zu den Ferien noch haufenweise Tests und Arbeiten.»

«Ferien sind im Juli, Fräulein!», mahnt Arne.

«Ja, und? Das sind noch zwei Monate! Ich krieg das schon hin.»

«Na, da sind wir aber gespannt», sage ich weniger optimistisch.

«Außerdem bist du noch keine 18. Woher hast du denn die Entschuldigungen für deine Fehlzeiten überhaupt? Oder hast du etwa unsere Unterschriften gefälscht?», fragt Arne mit Nachdruck.

«Nein! Hab ich nicht!» Langsam wird Frida nervös.

Und Arne wird langsam ungeduldig. «Sondern?» Frida senkt den Blick – schuldbewusst, sehr schuldbewusst. «Sondern?!»

«Opa.»

Aha, hätte ich es mir doch denken können. Das Dream-Team! Ich kann nur den Kopf schütteln.

«Du hast Opa da mit reingezogen?»

«Er hat es mir selbst angeboten. Außerdem ... was hätte ich denn machen sollen?»

Gleich flippt Arne aus, ich spüre es ganz genau. «Zur Schule gehen!»

Frida holt tief Luft. «Wieso denn? Euch ist doch egal, ob ich zur Schule gehe oder nicht. Ihr kümmert euch nur um euch. Ihr merkt ja überhaupt nichts mehr!»

Jetzt geht sie zu weit. «Ich glaube, du vergreifst dich etwas im Ton!», sage ich.

Aber Frida dreht nun erst richtig auf. «Ja klar, muss ich doch auch! Sonst hört ihr mich ja nicht!»

«Sag mal, geht's noch?!» Arne wird es zu bunt. «Es geht hier nicht um uns. *Du* schwänzt die Schule, lügst uns an und treibst dich permanent irgendwo rum!»

Frida fängt an zu weinen, aber ich bin mir gar nicht sicher, ob aus Wut oder Verzweiflung. Oder beides?

«Mir hört ja auch keiner mehr zu. Alle wollen immer nur was von mir. Und ihr ... ihr macht alles kaputt ohne Rücksicht auf ... auf mich und die Familie. Ich mein, könnt ihr euch mal entscheiden, was ihr wollt? Zusammenleben oder nicht? Heiraten oder nicht? Wollt ihr überhaupt noch Familie? Dann bin ich dabei. Aber so, wie das jetzt hier läuft – dieser ganze WG-Wischiwaschi-Kram, das ist doch scheiße!»

Die Tränen fließen jetzt in Strömen. Frida springt dramatisch auf und rennt in ihr Zimmer, wo sie sich einschließt. Wir hören sie schluchzen. Ich will sofort hinterher, aber Arne hält mich fest.

«Lass sie mal. Sie ist wie du.»

«Wie meinst du das denn?», wundere ich mich.

«Erst großes Drama, aber dann beruhigt sie sich auch wieder.»

Okay, ich lasse das jetzt mal so stehen, um nicht noch einen Streit heraufzubeschwören. Wir bleiben stumm in der Küche sitzen und lassen das erst mal sacken. Und je mehr ich versuche, die Situation für mich zu analysieren, desto klarer sehe ich.

Denn ehrlich gesagt – Frida hat recht. Diese ganze Situation hier ist unerträglich. Ich habe mir da was schöngeredet. Von wegen WG-Idylle! Vielmehr bin ich langsam erschöpft, weil ich überhaupt nicht mehr zur Ruhe komme. Weil keine Klarheit herrscht. Weil Arne keine Wohnung findet. Weil Papa sich nicht zwischen zwei Frauen entscheiden kann. Und Frida sich uns entzieht. Und was ist eigentlich mit mir? Zu wem fühle ich mich hingezogen – Henry oder Arne? Um wen soll ich kämpfen? Mit wem leben? Arne hat seine Entscheidung getroffen und wird mich verlassen. Henry drängt mich nicht und lässt mir Zeit und Raum. Aber was will ich? Ginge es mir ganz alleine nicht viel besser? Sollte ich nicht erst mal zu mir selbst finden?

Irgendwann stehe ich auf, um ins Bett zu gehen.

«Frida hat recht. Wir müssen uns entscheiden, wie es weitergeht. Wir alle brauchen Klarheit. So wie jetzt kann die Wohnsituation nicht bleiben.»

Arne nickt. «Ich werde erst mal zu Guido ziehen, und dann sehe ich weiter.»

«Okay. Dann rede ich mit Papa. Er muss auch wieder sein eigenes Leben leben.»

Ich gehe ins Bett und stelle mir vor, wie es sein wird, wenn Frida und ich die Wohnung hier ganz für uns allein haben und mal wieder ausgiebig reden und Zeit miteinander verbringen können.

***

Bei einem ausgiebigen Frühlingsspaziergang mit Lotti erkläre ich meinem Vater am nächsten Tag die Situation.

«Du kannst dich nicht einfach in unsere Familienangelegenheiten einmischen und Fridas Entschuldigungen unterschreiben.»

Papa stellt sich doof. «Wieso denn? Ich bin doch auch Familie und hab deine Entschuldigungen früher schließlich auch unterschrieben. Ist doch nix dabei.»

«Doch, Papa. Du bist nicht Fridas Erziehungsberechtigter.»

«Ach, aber wenn ihr beide vom Bus überfahren werdet, dann dürfen wir einspringen?»

«Genau, wenn Arne und mir etwas passiert, dann wirst du zusammen mit Mama Fridas Erziehungsberechtigter. Nur dann!»

«Oh, das hatte sie mir anders erklärt.»

Ich fasse es nicht! Ganz schön dreist! Das hat sie definitiv nicht von mir.

«Noch leben wir ja zum Glück», sage ich. «Hör mal, da ist noch was. Findest du nicht auch, dass es langsam zu eng wird in unserer Wohnung?»

«Aber das Gästezimmer ist für Gäste, und ich *bin* ein Gast.»

«Für Gäste, nicht für Dauergäste.»

«Jetzt bist du aber kleinlich. Lotti und ich sind auch schon ein sehr gutes Team.»

«Jetzt mach es mir doch nicht so schwer, Papa. Außerdem solltest du zu Mama zurückkehren, wo du hingehörst.»

«Das sieht sie anders.»

«Weil sie gekränkt ist. Du hast sie vernachlässigt und dich überhaupt nicht mehr um sie bemüht. Obwohl ihr über fünfzig Jahre verheiratet seid. Stattdessen hast du Linda bei allen möglichen Dingen um Rat gefragt.»

«Unsinn! Was redest du denn da! Das ist der Lauf der Dinge.»

Wenn ich so was höre, dreht sich mir der Magen um! «Mal ehrlich, Mama ist doch total unsichtbar für dich geworden.»

«Aber sie hat sich doch einen anderen gesucht.»

«Weil du ihr keine Aufmerksamkeit mehr geschenkt hast! Und

jetzt gibt es andere Männer, die sie sehr attraktiv finden, mit ihr tanzen, ausgehen und sie sogar heiraten wollen. Verstehst du? Mama kann andere Männer haben.»

«Da hast du's! Sie hat mich verlassen.»

Resignierend seufzt mein Vater jede Spannung aus seinem Oberkörper heraus. Er gibt ein erbärmliches Bild ab.

«Mensch, Papa, stell dich doch nicht so an. Sie will doch keinen anderen.»

«Aber sie hat die Scheidung eingereicht!»

«Nur um dich wachzurütteln. Aber wenn du nicht langsam aufwachst, wirst du sie wirklich verlieren.»

«Was soll ich denn machen? Sie scheint fest entschlossen.»

«Du musst um sie kämpfen. Lad sie zum Essen ein. Geh mit ihr aus. Erfüll ihr ihren größten Wunsch. Was weiß ich!»

Papa bleibt stehen und nickt nachdenklich. «Meinst du, wenn ich mich ändere, würde sie zu mir zurückkehren?»

«Kommt drauf an, wie du dich anstellst. Vielleicht lässt du's erst mal langsam angehen. Zuerst brauchst du eine eigene Wohnung, dahin kannst du sie dann mal einladen, dich mit ihr verabreden und so. Das könnte Mama gefallen.»

Papa nickt und lächelt. «Willst du ein Eis, Kleines? Da vorne ist eine Eisdiele.» Ich hake mich bei ihm unter, und wir gehen Eis essen – wie früher.

***

Am nächsten Abend kommt mein Vater mit Lotti nahezu euphorisch von der Gassirunde zurück.

«Hört mal, ich habe mich mit Lotti beraten. Übrigens ein sehr kluger Hund, wusstet ihr das? Jedenfalls – auf Lottis Rat hin hab ich mir überlegt …» Er macht eine Kunstpause und holt Luft. «Na, wegen Marlene und mir und so. Vielleicht sollte ich tatsächlich endlich hier ausziehen und einfach zurückgehen – nach Hause, wo ich hingehöre, statt hier nur im Weg zu sein. Ich finde, ich sollte mir mein Territorium zurückerkämpfen.»

Irgendwas muss mein Vater missverstanden haben, als ich mit ihm geredet habe.

Arne tätschelt Lotti den Kopf, die sich ihm sofort zu Füßen wirft und um Streicheleinheiten bettelt. «Vielleicht sollte ich dich auch mal konsultieren, Lotti?»

«Papa, so hab ich das aber nicht gemeint!», sage ich.

«Wieso? Du wolltest doch, dass ich ausziehe.»

«Aber du solltest es langsam angehen lassen. Mama will dich nicht im Haus haben, schon vergessen?»

«Das werden wir noch sehen. Ich werde auf jeden Fall das Haus nicht einfach räumen, damit dieser … dieser Toupet tragende Eintänzer sich dort ins gemachte Nest setzt.»

Ich wundere mich ein wenig. «Kennst du ihn denn?»

«Na ja, ich habe die zwei beobachtet», gibt er kleinlaut zu.

«Heimlich?», frage ich erstaunt.

Papa nickt. «Er ist sehr aufdringlich, dieser Friedhelm.»

«Na ja, immerhin will er Mama heiraten.»

Papa reißt die Augen auf, denn offenbar ist ihm diese Nachricht neu. «Aber will sie ihn denn?!»

Ich wiege den Kopf hin und her. «Er ist nicht der Einzige. Sie ist eine attraktive Frau und hat viele Verehrer.»

«Das werden wir ja noch sehen!» Das klingt wie eine Kampfansage. Papas Augen blitzen vor Wut. Er rennt in den Flur und zieht sich seine Jacke über.

«Wo willst du denn jetzt noch hin?», fragt Arne besorgt.

«Nach Hause!»

«Aber sie hat doch die Schlösser ausgetauscht», rufe ich.

Doch das stört Papa nicht im Geringsten. «Nicht alle. Die Kellertür hat sie vergessen!»

Einmal mehr wundere ich mich. «Woher weißt du das denn?»

Papa schaut mich mit diesem verschmitzten Blick eines jungen Mannes an, den er nur draufhat, wenn er etwas im Schilde führt, und zwinkert mir zu. Er war dort, um nachzusehen, wird mir klar.

«Papa, tu nichts, was ich nicht tun würde!», rufe ich ihm hinterher und greife sofort zum Telefon, um meine Mutter anzurufen, aber sie geht nicht ran. Vermutlich ist sie gar nicht zu Hause, sondern mit Friedhelm im Konzert oder Theater oder sonst wo. Auch gut. Papa hat sein Telefon gar nicht erst mitgenommen. Nicht gut.

Schließlich beschließe ich, zum Haus meiner Eltern zu fahren, aber Arne hält mich zurück.

«Misch dich nicht ein – sie sind erwachsen!»

***

Als in dieser Nacht mal wieder das Telefon klingelt und mich aus einem wirklich schönen Traum reißt, in dem ich mit Henry auf einer Segelyacht durch eine Wüste segle und wir dabei Sachertorte essen, verfluche ich Arne dafür, dass er seine Schlaflosigkeit wieder mit mir teilen will. Verdammt!

«Ja! Was?! Was ist passiert? Arne, hör auf, mich nachts anzurufen!», schreie ich schlaftrunken ins Telefon. Aber es ist gar nicht Arne.

«Du muss kommen! Dein Vater dreht vollkommen durch!»

Ich bin schlagartig wach, als ich Mamas Stimme höre.

«Was ist los?»

«Er hockt auf einem Baum und weigert sich, herunterzuklettern. Wie ein bockiges Kind!»

Kaum zu glauben, was sie sagt. «Warte, ich bin gleich da.»

Schnell ziehe ich mir was über und suche meine Autoschlüssel im dunklen Flur.

«Was ist los? Ist was passiert?» Arne steht in Shorts und T-Shirt schlaftrunken im Flur und flüstert. Schon komisch. Obwohl es auch seine Wohnung ist, kommt er mir wie ein Fremder vor. Und er sich auch, glaube ich.

«Komm mit, irgendwas mit Bruno. Ich wusste es!»

Schnell steigt Arne in Jeans und Turnschuhe, dann nehmen wir sein Auto und fahren zum Haus meiner Eltern.

Es ist hell erleuchtet. Wir parken in der Einfahrt, und schon als ich aussteige, höre ich seltsame Klänge. Seltsame, aber irgendwie auch total vertraute Töne. Langsam folge ich meinem Gehör, und dann sehe ich ihn. Wie ein Vogel sitzt Bruno, mein 74-jähriger Vater, auf einem starken Ast im Baum und spielt Mundharmonika. Ganz leise spielt er so vor sich hin. Wie zum Zeitvertreib. Jetzt ist er komplett durchgedreht.

«Was machst du da oben, Papa?», frage ich.

Er unterbricht sein Spiel und schaut zu mir runter. «Siehst du doch.»

«Schon, aber warum?»

«Da hast du's! Man muss die Frage präziser stellen, dann bekommt man auch die richtigen Antworten.»

«Und was ist die richtige Antwort, Papa?»

«Ich befinde mich in einem Sitzstreik und vertreibe mir die Zeit.»

«Es ist drei Uhr früh. Ich halte das für keine gute Idee.»

«Unsinn. Das ist eine spitzenmäßige Idee, weil ich nämlich nicht einschlafen darf, sonst falle ich vom Baum. Also spiele ich Mundharmonika.»

Ich schaue Arne an, der sprachlos neben mir steht.

«Jetzt tu doch was», zische ich.

«Witzig. Soll ich ihn etwa persönlich da runterholen?»

«Ja!»

«Eva, er ist keine Katze. Der Mann wiegt über achtzig Kilo. Wie soll das gehen?!»

«Gar nicht», hören wir Papas Stimme vom Baum. «Es gibt nämlich kein Zurück. Ist wie im Leben: Hoch kommst du mühsam, runter kannst du nur fallen. Hehehe.» Er lacht über seinen eigenen Witz.

«Papa, geht's dir gut da oben?» Ich bin echt besorgt, denn es muss ihn eine ziemliche Anstrengung gekostet haben, da hochzukommen. Aber irgendwie bin ich auch beeindruckt von meinem alten Herrn, dass er das überhaupt geschafft hat. Immerhin sitzt er in rund vier Meter Höhe. Der Stamm hat unten überall kleine Astvorsprünge, das weiß ich noch aus meiner Kindheit, aber man braucht trotzdem viel Kraft, um sich hochzuhieven. Nicht schlecht!

«Mir geht es prima, Schatz! Geh rein und lass dir von deiner Mutter einen heißen Tee machen, damit du dich nicht erkältest.» Er sitzt einfach nur da oben im Baum und spielt *Papa Was a Rollin' Stone* von den Temptations. Witzig und traurig zugleich. Vor allem aber schräg. Arne und ich gehen ins Haus, wo meine Mutter völlig ruhig in der Küche Tee kocht und Brote schmiert.

«Was ist passiert? Habt ihr euch gezankt?», frage ich sie.

«Nein. Er wollte sich durch den Kellereingang ins Haus schleichen. Aber den hab ich verbarrikadiert. Und dann hat er Krawall gemacht. Als ich ihm mit der Polizei gedroht hab, ist er auf den Baum geklettert. Kindisch! Tee?»

«Nein danke», sage ich.

«Ja gern», sagt Arne.

«Zucker?»

«Ja, zwei Stücke bitte.»

«Milch?»

«Ein klitzekleines bisschen.»

«Arne! Mama!», ermahne ich die beiden Ignoranten. «Ich störe euer Teekränzchen nur ungern, aber Papa sitzt auf einem Baum und spielt Mundharmonika, um nicht einzuschlafen und herunterzufallen. Wie könnt ihr jetzt Tee trinken?!»

«Schätzchen, du musst die Männer ignorieren, wenn du ernst genommen werden willst. Ich hab das erst viel zu spät begriffen», sagt meine Mutter tatsächlich. Ich kann's nicht glauben!

«Was redest du für einen Blödsinn! Papa geht's nicht gut, seit du ihn ausgesperrt hast. Und du hängst mit diesem Friedbert rum.»

«Friedhelm.»

«Ist doch egal. Ihr solltet etwas mehr Respekt voreinander haben. Und vor den vielen gemeinsamen Jahren. Das … das wirft man doch nicht einfach weg.»

«Sag das deinem Vater! Ich habe lange genug zugesehen, wie er sich mit einer anderen Frau amüsiert!»

«Aber –» Gerade will ich Linda in Schutz nehmen, da hebt Arne mahnend die Hände.

«Pssst! Mal ruhig!» Wir lauschen. «Er hat aufgehört zu spielen.»

Und schon macht es laut RUMMMS, als sei ein dicker Mehlsack irgendwo runtergefallen. Wir schauen uns an und ahnen, was passiert ist.

«Shit!»

Dann rennen wir alle drei raus.

***

Eine Stunde später klärt uns Franky in der Notambulanz über Papas Gesundheitszustand auf und hält uns gleichzeitig eine Standpauke.

«Sagt mal, seid ihr eigentlich alle noch zu retten?! Man lässt doch einen alten Mann mit einer gerade verheilten Oberschenkelfraktur nicht auf einen Baum klettern! Erst recht nicht mitten in der Nacht! Was habt ihr euch dabei gedacht?!»

Mama, Arne und ich sitzen mit gesenktem Blick nebeneinander auf einer Bank im Wartebereich der Notaufnahme und werden von Franky zurechtgestutzt, der wie ein Schulrektor mit hinter dem Rücken verschränkten Armen über den Rand seiner Lesebrille ernst schauend vor uns auf und ab geht. Wir fühlen uns alle schuldig.

«Ihr könnt von Glück sagen, dass er nur eine Gehirnerschütterung und ein paar Prellungen hat und nicht auf die Bruchstelle gefallen ist.»

Mama findet als Erste ihre Sprache wieder. «Wann kann er denn wieder nach Hause?»

«Wir checken ihn erst gründlich durch, machen noch ein paar Tests, und dann schauen wir mal.»

Ich springe auf und tue so, als habe mir jemand eine Nachricht aufs Handy geschickt.

«Oh, Franky, ich glaube, da ist eine Nachricht von Lisa für dich», sage ich und zeige ihm mein Handydisplay, auf dem gar keine Nachricht steht. Aber ich nutze den Moment der Nähe, um Franky leise zu bitten, meiner Mutter begreiflich zu machen, dass Papa nicht unbeaufsichtigt sein darf. Ja, ich will ihn loswerden.

Franky ist sichtlich verwirrt, versteht aber mein Anliegen.

«Und kann man Bruno alleine lassen, oder muss jemand bei ihm bleiben?», sage ich laut. «Ich meine, weil Arne auszieht, Frida zur Schule geht und ich arbeiten muss. Wir brauchen dann vielleicht einen Pfleger zu Hause, der sich um Papa kümmert?»

Noch während ich die Frage stelle, wird meine Mutter nervös.

Franky antwortet sehr souverän und kompetent. Gut so, denn meine Mutter gehört noch zu der Patientengeneration, für die ein Arzt der Gott in Weiß ist.

«Eva, dein Vater sollte auf keinen Fall allein bleiben, weil er noch etwas wackelig auf den Beinen sein wird, wenn er nach Hause kommt. Es sollte erst mal rund um die Uhr jemand bei ihm sein.»

Ich komme mir vor wie in einer Laientheatergruppe, aber es funktioniert.

«Ich kümmere mich darum», höre ich meine Mutter wie aufs Stichwort sagen. «Wir brauchen keinen Pfleger, Liebes», sagt sie zu mir. «Ich mache das.»

***

Drei Tage später holt meine Mutter meinen Vater aus der Klinik ab. Und weil mein Vater glaubt, dass sein Plan vom Sitzstreik auf dem Baum aufgegangen ist, und er sein Glück darüber kaum in Worte fassen kann, hat er ein Geschenk für Mama. Ich stehe daneben, weil ich den ganzen Formalitäten-Kram mit der Klinik für Papa noch erledigt habe, und bin genauso überrascht wie meine Mutter.

«Für dich. Ich glaube, das bin ich dir schuldig», sagt Papa und überreicht Mama feierlich einen Umschlag.

Sie öffnet ihn und zieht einen Reiseführer heraus, in dem zwei Flugtickets liegen – nach Argentinien. Mama ist völlig verblüfft, weiß aber nicht, wie sie das einzuordnen hat.

«Die Hochzeitsreise, auf die du seit 56 Jahren wartest, inklusive Tango-Kurs in einer der besten Tangoschulen.»

«Damit willst du alles wiedergutmachen?», fragt Mama streng.

Papa nickt kleinlaut. «Willst du meine Frau bleiben?»

«Kommt ganz drauf an.» Sie ist unerbittlich.

Aber er ist hartnäckig. «Worauf?»

«Wie du dich als Tänzer anstellst.»

«Dann gibst du mir eine Chance?»

«Nur wenn du dich ändern willst.»

«Ja, ich will! Unbedingt!», sagt Papa wild entschlossen und ziemlich überzeugt. Ich zweifele jedenfalls nicht an ihm.

***

Sie scheinen sich tatsächlich wieder anzunähern. Jedenfalls hat Mama ihre Beziehung zu Friedhelm beendet, während Papa im Krankenhaus war, hat sie mir erzählt. Sie fand Papas Sitzstreik zwar höchst albern, aber irgendwie auch süß. Daher hat sie beschlossen, ihren Mann wieder ins Haus zu lassen, vorausgesetzt, er hält sich an den neuen Regelkatalog, den sie aufgestellt hat: geteilte Haus- und Gartenarbeit, regelmäßige Theater-, Konzert- und Restaurantbesuche, regelmäßig frische Blumen für Mama, kein Fernsehen im Schlafzimmer, gemeinsame Wochenend- und Bildungsreisen und – ein Tango-Crashkurs für Papa, um sich auf den großen Argentinienurlaub vorzubereiten, damit er Mama nicht blamiert. Papa hat allem uneingeschränkt zugestimmt. Am meisten hat er Mama mit seinen neuen Kochkünsten überrascht.

Wahrscheinlich braucht es noch eine Weile, bis meine Eltern sich in ihrem neuen alten Leben gemeinsam als Paar wiederfinden, aber sie sind bemüht umeinander und geben sich nicht auf. Nur das zählt.

37.

Konzentriert setze ich zum Abschluss meiner Arbeit auf den Heiligenschein der Anna eine neue Schicht aus Blattgold, die der Figur ein besonderes Licht verleiht. Das Vergolden ist eine der schönsten Aufgaben meines Berufs. Auch oder gerade weil der Weg bis dahin aufwendig ist und mehrere verschiedene Grundierungen voraussetzt.

Aus dem Augenwinkel merke ich, wie Lotti unruhig wird, und höre draußen ein Auto vorfahren. Die Tür wird geöffnet, Lotti springt auf und begrüßt Henry, der mit ernster Miene näher kommt.

«Hallo! Ist jemand gestorben, oder warum schaust du so?», witzele ich.

«Hallo, Eva.»

«Ist was passiert?»

«Anna ist vorgestern gestorben.»

«Was? Unsere Anna hier aus der Kapelle?»

Henry nickt betroffen.

«Sie hatte wohl ein schwaches Herz und hat sich nach einem Schwächeanfall nicht so richtig erholt.»

«Und … woher weißt du das?»

«Vom Pfarramt. Die haben mich angerufen, weil Anna keine Verwandten hatte und ich ab und zu mit ihr telefoniert habe.»

«Ach, die liebe Anna. So plötzlich.»

Annas Tod setzt mir schon zu. Vielleicht kannten wir uns nicht sehr gut, aber dennoch waren wir uns auf eine besondere Art nah. Sie hat mich gefunden – und ich sie und die Kapelle und Henry.

Ich erinnere mich an unsere letzte Begegnung und muss weinen.

«Sie war so glücklich über die Restaurierung hier. Wir sind uns nur wenige Male begegnet, aber ich hab sie sofort ins Herz geschlossen.»

«Ging mir genauso», sagt Henry und wischt mir mit einem Stofftaschentuch die Tränen aus dem Gesicht. Dann küsst er mich auf die Stirn und nimmt mich tröstend in den Arm. «Hey, sie war 87 – das ist doch ein beachtliches Alter.»

Das wundert mich. «Wirklich? Ich hatte sie auf höchstens 80 geschätzt. Sie sah so jugendlich aus.»

«Das lag an ihren Latzhosen», sagt Henry, und wir müssen beide lachen.

Henry setzt mich zu Hause ab, wo mich an diesem Abend niemand erwartet. Papa wohnt wieder bei Mama, und Arne ist mit Frida essen gegangen.

Ich gebe Lotti ihr Futter und überlege, auch etwas zu essen, nehme aber lieber ein Bad. Als es an der Wohnungstür klingelt, will ich eigentlich nicht aufmachen, denn Frida und Arne haben Schlüssel, und auf Besuch hab ich keine Lust. Also lasse ich es klingeln. Doch auf das einfache Klingeln folgt Mehrfach-Klingeln – bis ich mich genervt anziehe und zur Tür gehe. Ich öffne, schaue hinaus. Nichts. Plötzlich werde ich geschubst, und um mich herum wird alles schwarz … Ich sehe nichts mehr! Jemand hat mir etwas über den Kopf gestülpt – einen Sack, einen Kissenbezug vielleicht. Alles ist plötzlich dunkel. Hilfe! Ich höre mehrere Stimmen, die aufgeregt durcheinanderreden, verstehe aber nichts, weil Lotti so laut bellt. Jetzt werde ich gepackt. In mir regt sich Widerstand, Adrenalin schießt durch meinen Körper, und ich beginne, mich zu wehren, trete, schlage um mich, schreie. Ich höre, wie jemand meine Wohnungstür zuzieht und Lottis Bellen dahinter dumpfer wird. Zum Glück ist sie jetzt in Sicherheit. Im Gegensatz zu mir. Mehrere Personen schleppen mich weg, die Treppe hinunter in ein Auto. Panisch schießen mir tausend Gedanken durch den Kopf. Werde ich etwa entführt?

Es kommt schlimmer. Musik ertönt. Laute Musik – es ist ohrenbetäubend und grauenhaft. Es ist … Helene Fischer. Kürzlich erst habe ich von Foltermethoden in US-Gefängnissen gehört, wo den Gefangenen unerträglich laute Countrymusik vorgespielt wurde. Das Auto setzt sich in Bewegung. Ich werde entführt! Ich werde tatsächlich entführt! Doch irgendetwas stimmt hier nicht, etwas passt nicht zu meiner schlimmsten Befürchtung und lässt meine Atmung flacher werden. Ich muss mich konzentrieren und schnuppere, denn durch den Sack nehme ich einen Geruch wahr. Ein Parfum … das ich kenne … das ist … orientalisch, sehr intensiv, sehr einzigartig – *Shalimar*! Und das benutzt nur …

«Carla?», frage ich unsicher. «Bist du das?»

Der Wagen bleibt stehen. Jetzt höre ich Gekicher und bin irritiert, weil das alles nicht zusammenpasst. Dann wird mir mit einem Ruck der Sack vom Kopf gerissen, und die Musik wird leiser.

«Überraschung!»

Ich schaue reihum in vier strahlende Gesichter – Carla, Lisa, Manu und Uschi – und bin sprachlos. Warum tun sie mir das an? Die Musik wird wieder aufgedreht, und die Mädels grölen im Takt mit:

«Atemlos durch die Nacht …»

DAS ist ein wahr gewordener Albtraum und der Beginn einer wahnwitzigen Irrfahrt durch die Nacht, in der alle Regeln außer Kraft gesetzt werden, alle Hemmungen fallen und alle guten Vorsätze zum Teufel gejagt werden, denn im Gegensatz zu mir haben diese vier Hupfdohlen unseren geplanten und nicht abgesagten Junggesellinnenabschied nicht vergessen.

Wir sitzen in einem alten VW-Bus aus den Sechzigern, und ich kriege ein Flower-Power-Outfit übergezogen, passend zur Bar, zu der wir fahren.

«Seid ihr irre?! Wie könnt ihr mir so einen Schreck einjagen?»

«Ja!», rufen meine Freundinnen im Chor. «Wir sind irre!»

Dann also Junggesellinnenabschied, völlig wurscht, ob die Hochzeit stattfindet oder nicht. Ich bin nur froh, dass meine Mädels so alt sind wie ich oder sogar älter und dass mir daher einiges an Peinlichkeiten und Anstrengung erspart bleibt. Zum Glück heirate ich ja ohnehin nicht, sodass ich das ganze Junggesellinnen-Spektakel auch nicht ernst nehmen muss.

Der Spaß unterwegs ist groß. Manu hat unbemerkt Fotos von meiner Entführung gemacht, die wir uns anschauen. Jetzt kann ich über mein erschrockenes Gesicht lachen. Und während Lisa eine Flasche Crémant Rosé hervorzaubert und uns eingießt, was in einem alten VW-Bus gar nicht so einfach ist, steuert Carla das erste Ziel an – einen hässlichen Hinterhof, in dem stinkende Müllcontainer stehen. Na toll! Carla steigt aus und zieht eine große Kiste vom Beifahrersitz, öffnet sie, klappt den Deckel hoch, zieht einen Gurt heraus, und ehe ich mich versehe, hängt sie mir einen Bauchladen um den Hals. Da sind sie, unter einer Abdeckung, die Carla nun wegzieht – Schnapsfläschchen, Zigarren, bunte Kondome und Dildos in allen Varianten.

«Das ist nicht euer Ernst!», rufe ich entsetzt und schaue an mir herunter. Eine tief ausgeschnittene Bluse mit Blumen, dazu ein kurzer Rock und Overknee-Stiefel. Und jetzt dieser Bauchladen! Da verstehe ich tatsächlich keinen Spaß!

«No way! Könnt ihr voll vergessen, dass ich so irgendwohin gehe!» Ich protestiere so lange, bis sie abstimmen und mir das Ding abnehmen. In der Zwischenzeit hat Manu wieder lustige Fotos von meinem entsetzten Gesicht gemacht. Haha.

«War sowieso nur ein kleines Scherzchen», kichert Lisa.

«Aber die Klamotten bleiben an!» Da sind sich alle einig.

Von mir aus. Durch den hässlichen Hinterhof gehen wir zu einem unscheinbaren ebenso hässlichen Hintereingang in ein Luxushotel und fahren mit dem Aufzug bis aufs Dach, wo für uns ein Tisch in der *White Rooftop Cocktail Lounge* reserviert ist. Zufällig ist noch Happy Hour. Wir bestellen alle Arten von Cocktails und stoßen an.

«Auf Eva, die nächste Woche leider *nicht* heiratet, obwohl wir es ihr alle gewünscht hätten», sagt Carla.

«Und auf einen spannenden Neuanfang!», sagt Lisa.

«Willkommen im Single-Leben», betont Manu. «Dem Motto des heutigen Abends!»

Nur Uschi macht ihr betroffenes Uschi-Gesicht. «Schade, dass es nicht geklappt hat mit Arne und dir. Ihr habt so gut zusammengepasst. Und was ich euch für eine Torte gemacht hätte! Na ja, trotzdem: viel Glück für dich!»

Wir prosten uns alle zu, und nur wenige Minuten später sind wir mitten in einem Gespräch über das Heiraten an sich, Bi- und Homosexualität unter Hunden, schweinefleischfreie Kitas, die *Gilmore Girls* und unsere Ex-Männer. Wie genau diese Themen zusammenhängen? Niemand weiß es genau. Zwei Stunden und je drei Cocktails später gehen wir in meine Lieblings-Tapasbar, trinken weiter und essen spanische Leckereien dazu. Neue Location, neue Sitzordnung, neue Gespräche. Diesmal reden wir über den Unterschied zwischen Käse- und Quarkkuchen, die Menopause, einen gutaussehenden Mann am Nachbartisch und potenziellen Sex mit unseren Ex-Männern.

«Wie läuft es mit eurer Scheidung?», frage ich Manu.

«Oh, eigentlich ganz gut. Neuerdings können wir viel offener über unsere Beziehung reden.»

«Oh», rufe ich begeistert, «ihr redet wieder miteinander!»

Manu nickt. «Vor allem über Sex. Verrückt, oder?»

«Kenne ich! Kommt mir alles total bekannt vor», lallt Lisa. Ich glaube, sie hatte schon mehr als fünf Gin Tonic. «Neulich habe ich gedroht, Franky tatsächlich zu verlassen.»

Großer Jubel bricht unter uns anderen aus.

«Und dann?», frage ich.

«Oh, dann haben wir uns überlegt, wie das wohl wäre, wenn wir uns trennen würden. Das hat uns total scharf gemacht. Und dann hatten wir Sex.»

«Waaaas?», rufen Uschi, Manu, Carla und ich gleichzeitig.

Lisa nickt. «Das erste Mal seit drei Jahren.»

Manu umarmt Lisa. «Drei Jahre! Das ist ja furchtbar! Wie hast du das ausgehalten?»

Lisa setzt ihren Unschuldsblick auf. «Na ja, da war dieser Pharma-Vertreter, und der kam ein paar Mal …»

«Was?! Wo?» Uschi will's genau wissen.

«Wie, wo?» Lisa ist verwirrt.

«Na, wo ihr's getrieben habt», sage ich.

«Im Hotel natürlich.»

«Nein!» Carla schüttelt den Kopf. «Ich wollte wissen, wo ihr euch kennengelernt habt.»

«Ach so! Na, in der Apotheke. Der kam regelmäßig. Und als er noch neu war, wollte er ein paar Restaurant- und Hoteltipps und so.»

«Und da hast du gleich mit ihm die Hotels getestet», lacht Manu.

«Sozusagen.»

«Das hast du uns nie erzählt!», beschwere ich mich. «Ich dachte, Freundinnen reden über alles.»

«Bin ich blöd? Wo Arne und Guido so dicke sind. Das wusste niemand. War ja auch nichts Ernstes.»

Carla freut sich. «Sehr gut!»

«Was ist eigentlich mit dir, Carla? Hast du ab und zu was laufen?» Manu kann so herrlich direkt sein.

«Och, ich bin sozusagen … frisch verliebt. Aber das ist … noch nicht spruchreif.»

Weil ich weiß, dass die Mädels nicht lockerlassen werden, plaudere ich ein wenig aus.

«Carla hat ein klitzekleines … sagen wir Luxusproblem. Denn es handelt sich um einen jungen, gutaussehenden andalusischen Koch, der begnadet kocht und es offenbar ernst meint mit unserer Carla», sage ich. Carla verdreht die Augen, und die Mädels legen die Stirn in Falten und zeigen äußerstes Mitleid für Carlas überaus tragische Situation.

«Na, so ist es nicht ganz, mal abwarten!», sagt sie, und wir wechseln das Thema.

Gegen zwei Uhr morgens verlassen wir die Tapasbar und machen uns auf den Heimweg. Eigentlich sind wir auf dem Weg zum Taxistand, wenn da nicht diese Musik wäre, die aus dem Keller einer stadtbekannten schlechten Disco kommt, um die wir seit Jahrzehnten einen Bogen machen, weil wir ganz einfach zu alt dafür geworden sind. Und das sind wir immer noch, allerdings sind wir auch zu besoffen, um *nicht* hineinzugehen.

Beleuchtete Stufen leiten uns hinab. Carla zahlt für uns alle den Eintritt, der einen – na was wohl – Schnaps zum Lockerwerden inkludiert. Na dann, Prost! Keine Ahnung, was es ist, aber es ist süß und synthetisch und ekelig – ein Energy-Shot.

Wir tanzen nonstop zu wohlklingenden Discohits aus den siebziger und achtziger Jahren von Kool & the Gang, Michael Jackson, Madonna und Earth, Wind & Fire. Aber so richtig geht die Post erst ab mit *Copacabana* von Berry Manylow und *Dancing Queen* von Abba. Wir können jeden Song mitsingen und tun es auch. Da erblassen die Kids ringsum!

Offenbar sind wir so mitreißend und lustig, dass sich schließlich eine Clique junger Herren um uns schart, die sehr gut tanzen und, wie sich herausstellt, aus dem gleichen Grund unterwegs sind wie wir – Junggesellenabschied. Wir haben wirklich großen Spaß mit diesen sympathischen jungen Männern, die alle um die dreißig sind. Zwei angehende Ärzte, ein Fahrradladenbesitzer, ein Graphiker und ein Hundetrainer. Der Fahrradladenbesitzer ist der Bräutigam. Wir zwei haben besonders viel Spaß in dieser Nacht, denn wir tanzen, singen und quatschen am meisten. Im Morgengrauen verlassen wir diese Disco-Hölle, aber der Spaß ist noch lange nicht vorbei …

38.

In der Ferne nehme ich ein dumpfes Geräusch wahr – irgendwo ganz weit weg. Es kommt näher, wird lauter … bis mein Gehirn es langsam greifen kann. Es ist ein Handy. Mein Handy!

Das Klingeln verstummt. Langsam öffne ich die Augen und sehe eine Lampe. Eine Lampe, die ich nicht kenne. Nie zuvor gesehen habe. Mein Mund ist trocken, ich habe Durst. Es riecht nach Schweiß, verschiedenen Parfums und kaltem Zigarettenrauch. Ich fühle mich wie in meiner Studienzeit nach einer durchfeierten Nacht. Nein, viel schlimmer. Ich stinke. Das rieche ich nicht nur, das fühle ich.

Es klingelt wieder. Unter meiner viel zu engen Schädeldecke hämmern mein Puls und das Telefonklingeln erbarmungslos auf meine letzten Gehirnzellen ein und vernichten sie brutal.

Mein Telefon! Ich muss rangehen! Ich bin eine Mutter! Was ist mit meinem Kind? Also will ich aufspringen, was aber gar nicht so einfach ist, denn nackte Arme und Beine liegen auf und unter mir. Mir egal, ich winde mich irgendwie aus diesem wirklich großen Bett heraus und suche in dem mir unbekannten Raum mein Telefon, das ich schließlich in meiner Tasche unter meinen Klamotten auf einem weißen Ledersofa finde.

«Ja, hallo?»

«Spreche ich mit Frau Hitz?», fragt eine unbekannte Männerstimme.

Ich bin total kurzatmig. «Ja! Ja, ich bin's. Ist was mit Frida?»

«Äh … nein, Sorgenfrei hier, Juwelier Sorgenfrei & Söhne. Ich wollte nur sagen, dass Ihre Ringe fertig sind, Frau Hitz.»

«Was?» Wovon redet der Mann?

«Ihre Trauringe, Frau Hitz. Sie können sie abholen.»

«Oh, ach … ja, natürlich, okay, danke.» Blitzschnell beende ich das Gespräch und werfe das Handy in meine Handtasche zurück, als sei es durch ein unheilbares Virus verseucht. Was ist das hier? Ein Traum? Bin ich gefangen in meinem eigenen Albtraum? Dann will ich bitte ganz schnell aufwachen.

Ich schaue mich um und an, denn an der Wand neben mir lehnt ein großer goldgerahmter Spiegel. Und was ich darin sehe, ist verstörend. Nämlich mich in Unterwäsche. Irgendwie bin ich aber auch erleichtert, dass ich überhaupt etwas anhabe, denn in dem Bett, aus dem ich gerade aufgestanden bin, liegen zwei Männer, die ich nicht kenne. Moment … What?! Zwei! Unbekannte! Männer!

Ich hatte recht: Es *ist* ein Albtraum! Da liegen zwei nackte Typen in dem Bett. Sie sind nackt, und ich habe irgendwo dazwischengelegen. Oder darunter? Keine Ahnung, und so genau will ich das gar nicht wissen. Haben wir hier letzte Nacht etwa eine Orgie veranstaltet?

Ich schaue genauer hin und erinnere mich. Links liegt der Fahrradladenbesitzer und auf der rechten Seite der Graphiker – zwei der Typen aus der Disco. Schnell steige ich in meine Klamotten, während ich mich die ganze Zeit frage, ob ich mit diesen beiden Typen einen Dreier hatte. Wie auch immer, ich muss hier weg. Auf dem Weg zur Wohnungstür komme ich an der Küche vorbei. Teure Küche. In dem riesigen zweitürigen Kühlschrank entdecke ich Mineralwasser und trinke direkt aus der Flasche, als sei ich kurz vorm Verdursten. Bin ich auch. Dann schließe ich die Kühlschranktür und sehe das Foto. Es zeigt die beiden Typen, die nebenan im Bett liegen, Hand in Hand vor dem Eiffelturm. Ich drehe das Bild um und lese: *Rio & Marvin, Paris 2019*, dahinter ein Herz. Wie süß, denke ich. Dann erst fällt der Groschen, und ich bin echt erleichtert. Die beiden sind schwul, und wir hatten zwar großen Spaß, aber definitiv keinen Sex miteinander. Ja, so war's, ich bin ganz sicher!

Draußen rufe ich mir über eine App ein Taxi. Gut so, ich habe nämlich keine Ahnung, wo ich bin. Die Gegend sieht alles andere als schick aus – ein altes Industrieviertel am Stadtrand, grau und trist. Und für einen kurzen Moment frage ich mich, was alles hätte passieren können. Denn offenbar bin ich betrunken mit zwei mir völlig fremden Typen nach Hause gefahren. Wozu auch immer – ich will es gar nicht wissen! Auch wenn nichts passiert ist, ich schäme mich für meinen Leichtsinn.

Nach drei langen Minuten in dieser ungemütlichen Gegend hält ein Taxi direkt neben mir. Ich steige ein, und die Fahrerin schaut mich an, als habe sie Angst um ihre Polster.

«Haben Sie vielleicht ein Kaugummi?», frage ich.

Sie nickt, lacht «Und ob!» und gibt mir ein ziemlich starkes Pfefferminzkaugummi, das mich von innen zu desinfizieren scheint. Diese Frau kennt sich offenbar aus mit dem *Morgen danach*.

Ich schnüre die Jacke enger, um mein Flower-Power-Outfit zu verbergen, und lasse mich von der Fahrerin zum Juwelier bringen, wo ich, ohne die Sonnenbrille abzunehmen und ohne viele Worte zu verlieren, die Ringe begutachte, den kleineren anprobiere und plötzlich wehmütig und traurig werde. Bloß nicht! Nicht jetzt und nicht hier! Also bezahle ich rasch und verlasse den Laden.

Zu Hause gebe ich mich ausgiebig der Körperpflege hin, um die Achtung vor mir selbst wiederzugewinnen. Danach sitze ich mit einem großen Pott dampfendem Kaffee im Bademantel auf der Wohnzimmercouch und betrachte ausgiebig Arnes und meine Eheringe. Schöne Ringe. Geschmackvoll und gut ausgewählt. *Arne & Eva, Eva & Arne*. Doch Eva und Arne gibt es nicht mehr, weil wir einen Grund gefunden haben, uns zu trennen. Es stimmt: Eine Ehe kann keine kaputte Beziehung kitten, erst recht nicht, wenn das Paar räumlich voneinander getrennt leben soll.

Aber … war unsere Beziehung denn wirklich so kaputt? Vielleicht hat Arne mich tatsächlich nicht belogen. Wollte ich ihm so sehr *nicht* glauben und *nicht* vertrauen, dass er aufgegeben hat, für seine Unschuld und um uns zu kämpfen? Vielleicht *wollte* ich unbedingt die Betrogene sein? Weil ich noch von damals so verletzt und nachtragend war und unserer Beziehung daher nicht vertraut habe? Nein, ich habe *ihm* nicht vertraut, weil Arne mich nun wieder belogen hat. Vielleicht wäre ein Filmriss genau richtig, eine Gehirnwäsche. Einfach alles vergessen und von vorn anfangen. Das Vertrauen zueinander wiederfinden. Vorausgesetzt, wir wollen einander noch. Allerdings: Er will nicht, so viel steht fest. Sonst wäre er nicht ausgezogen, würde keine neue Wohnung suchen und würde nicht immer wieder nach Kiew fahren – zu dieser Frau.

Und ich? Warum lasse ich ihn nicht einfach ziehen und werde mit Henry glücklich? Er tut mir so gut. In seiner Nähe fühle ich mich geborgen und geliebt. Nur … fühlt es sich anders an als bei Arne.

Ja, ich will Arne noch, aber ich weiß nicht, wie. Gedankenverloren stecke ich mir meinen Ring an und spiele daran herum, als Frida sich neben mich aufs Sofa setzt. Sofort lasse ich die Ringe verschwinden.

«Hey, wie war dein Mädelsabend?»

«Lang- oder Kurzversion?»

«Kurz.»

«Anstrengend, lang und schmutzig.»

«Alles klar, weiß Bescheid. So siehst du auch aus.»

«Danke. Und du?»

«Ich habe mich mit Jojo ausgesprochen. Er sieht ein, dass es doof ist, sich aus dem Weg zu gehen.»

«Ach was, und was ist mit seiner Neuen?»

Frida winkt ab. «Ach, da war gar nichts. Hat er nur so gesagt, um mich eifersüchtig zu machen.»

Wieso bin ich nicht überrascht?

«Ich hab deinen Rat befolgt und ihn einfach links liegengelassen. Hat funktioniert.»

«Siehst du, gar nicht so schlecht, meine Tipps. Und jetzt?»

«Jetzt sind wir wieder best buddies, zum Glück. Nicht mehr und nicht weniger. Und du kannst Papa sagen, dass ich noch Jungfrau bin. Alles im grünen Bereich.»

«Das kannst du ihm selbst sagen. Was ist mit der Schule? Ist da auch alles im grünen Bereich?»

Frida nickt. «Keine Fehlstunden mehr – versprochen! Ich schaff das Schuljahr! Vertrau mir! Was ist mit euch? Kriegt ihr das hin?»

«Keine Ahnung.»

Ich freue mich für Frida, dass sie ihren besten Freund zurückgewonnen hat. Kann ich von mir nicht behaupten. Und je länger ich mit dem Ring am Finger unbemerkt spiele, ihn betaste und drehe, desto klarer wird mir, dass mir mein bester Freund fehlt.

«Wie läuft's mit Papas Wohnungssuche?», frage ich Frida.

«Schwierig. Irgendwas passt immer nicht. Und dann die vielen anderen Bewerber, die auch 'ne Wohnung suchen. Echt schwierig.»

«Hm, dachte ich mir», sage ich. «Wo ist er denn jetzt?»

«Ich glaube, bei Guido. Da will Papa wohnen, bis er was gefunden hat, bevor er nach Kiew geht. Er sagt, er will endlich klare Verhältnisse.»

Mit mir redet Arne kaum noch, weil wir uns selten über den Weg laufen. Obwohl ich doch weiß, dass er gehen wird, tut es weh. Und mir wird klar, dass wir uns demnächst wirklich endgültig trennen werden. Nach fast dreiundzwanzig Jahren, einer kleinen Ewigkeit.

***

Mit Henry bin ich in der Kapelle verabredet, denn meine Arbeit an dem dreiflügeligen Altaraufsatz ist vollbracht. Der letzte Schritt der Restaurierung ist abgeschlossen, der Auftrag erfüllt. Es ist eine seltsame Begegnung, und wir wissen beide nicht so richtig, was wir sagen sollen. Da ist so viel zwischen uns. Und jetzt, da ich nicht mehr für ihn arbeite, könnten wir es wagen, uns näherzukommen, eine Beziehung einzugehen. Die Anspannung ist kaum auszuhalten.

Wir stehen vor dem Altar und betrachten andächtig Figuren und Malerei. Henry geht ganz nah ran, um sich kleine Details genau anzuschauen und um den Unterschied zu erkennen.

«Unglaublich! Es ist wundervoll! Du hast wirklich eine tolle Arbeit geleistet, und trotzdem sieht es alt aus.» Er hebt eine Hand und will die Anna anfassen, zögert aber und wirft mir einen fragenden Blick zu. «Darf ich?»

«Vorsichtig.»

Behutsam streicht Henry über das Holz und die Konturen der Figuren.

«Wirklich schön. Danke, Eva!»

Ich nicke. «Schade, dass Anna das nicht mehr erleben konnte. Um ehrlich zu sein, habe ich vor allem für sie daran gearbeitet. Es war ihr so wichtig.»

«Vielleicht leuchtet die heilige Anna deshalb so besonders.» Henry kommt zu mir und legt mir einen Arm um die Schultern. Er gibt mir schweigend eines seiner Stofftaschentücher, weil er bemerkt hat, dass ich fast schon wieder weine. Aber jetzt muss ich lachen, und die Spannung löst sich etwas.

«Ich bringe dir demnächst mal deine Taschentücher zurück – gewaschen und gebügelt.»

«Warte, bis es genug sind, damit es sich lohnt.»

«Was passiert jetzt mit der Kapelle?», frage ich.

«Ich habe eine kleine Stiftung gegründet, die hier eine Stätte der

Erinnerung an das geflutete Dorf und seine Bewohner errichten will. Mit Fotoausstellung, Interviews und so.»

«Und das Retabel?»

«Bleibt, bis die Gemeinde einen neuen Platz gefunden hat.»

Ich kann nicht anders und muss Henry einfach umarmen, weil er so großartig ist. Und plötzlich stehen wir in enger Umarmung vor dem Altar, als hätten wir gerade geheiratet und würden uns jeden Moment den Kuss nach dem Jawort geben. Die Luft knistert. Unsere Gesichter sind ganz dicht beieinander, unsere Nasen berühren sich. Ich kann sein Aftershave riechen, seinen Atem spüren. Es ist total vertraut, aber auch irgendwie seltsam. Wir schauen einander tief in die Augen. Mein Herz schlägt mir bis zum Hals, weil ich keine Ahnung habe, wo das hier enden soll.

«Henry, ich ...»

«Schschsch.» Er nimmt mein Gesicht in seine warmen Hände, streichelt sanft meine Wangen, meinen Mund und küsst mich. Ganz sanft, mit weichen, geschlossenen Lippen und geschlossenen Augen. Nicht mehr und nicht weniger. Dann drückt er mich fest an sich. Still stehe ich in Henrys Armen und genieße den sanften Druck an sein Herz. Wir atmen im Gleichtakt. «Weißt du, Eva, das mit uns ist schon besonders.»

«Stimmt», sage ich und bin plötzlich total unsicher.

«Du bist toll, und ich bin wirklich gerne mit dir zusammen.»

«Ja, ich bin auch froh, dass wir uns begegnet sind», sage ich.

Worauf will er hinaus? Was wird das hier?

«Und jetzt, da ich nicht mehr dein Chef bin ... denkst du, es würde dauerhaft passen mit uns? Ganz ehrlich!»

Ich spiele mit dem Revers seines Mantels. «Ganz ehrlich – dauerhaft vermutlich nicht, dazu passen wir *zu* gut zusammen. Es gäbe kaum Reibungspunkte zwischen uns. Oder?»

Henry nimmt meine Hände und nickt. «Du siehst das auch so? Meine Güte, bin ich erleichtert.»

Jetzt muss ich lachen. «Ja, wir sind uns viel zu ähnlich. Irgendwann würden wir uns verlieren, belangloses Zeug reden und uns miteinander langweilen. Und wir könnten keine normalen Freunde mehr sein.»

«Und das wäre doch jammerschade», sagt Henry mit Bedauern.

Erleichtert atme ich auf. «Absolut! Denn verlieren will ich dich nie. Dann sind wir jetzt so was wie best buddies, oder? Zumindest würde meine Tochter das so ausdrücken.»

«Sehr gerne!», sagt Henry und drückt mich erneut fest an sich. «Ich bin so froh, dass wir das geklärt haben. Und sag mal: best buddies können doch über alles reden, oder?»

Ich löse mich aus seiner Umarmung und schaue neugierig zu ihm auf. «Schieß los!»

«Ich glaub, ich bin verliebt.»

«Ach, und …» Doch bevor ich ihm nähere Fragen dazu stellen kann, gibt sein Handy einen Alarmton von sich. Henry schaut auf seine Uhr und wird plötzlich unruhig.

«Tut mir total leid, aber ich habe noch einen Termin. Ich erzähl dir später alles. Schickst du mir die Abschlussrechnung?»

«Mach ich. Ach, Henry, bevor du gehst, könntest du mir noch einen Gefallen tun?»

«Jeden!»

39.

Mit einem Picknickkorb sitze ich in einer fremden Wohnung, die automatische Fensterabdunkelung ist halb heruntergelassen, um vor zu starker Sonneneinstrahlung zu schützen. Ich will sie hochlassen, aber der Schalter reagiert nicht, weil vermutlich die Sicherung aus ist. Da ich den Sicherungskasten nicht finde, belasse ich es dabei und gewöhne mich langsam an die spärlichen Lichtverhältnisse.

Nervös schaue ich auf meine Armbanduhr, die mir Arne vor ein paar Jahren zum Geburtstag geschenkt hat. Um Punkt 19 Uhr klingelt es. Ich gehe zur Tür und drücke auf, ohne nachzufragen, wer dort ist. Ich lasse die Wohnungstür angelehnt und warte. Drei Minuten später hör ich im Hausflur einen Aufzug. Jemand kommt vorsichtig in die Wohnung.

«Hallo?», höre ich die Männerstimme.

«Nur herein!», rufe ich mit leicht verstellter Stimme und entzünde die Kerzen, die ich mitgebracht habe.

«Gibt es kein Licht?», höre ich die Stimme fragen.

«Nein, kommen Sie ins Wohnzimmer. Geradeaus.»

Vorsichtig kommt er ins Wohnzimmer, wo jetzt nur zwei Kerzen flackern.

«Sind Sie die Maklerin?»

«Vielleicht», sage ich. Jetzt erkennt er nicht nur meine Stimme, sondern auch mich im Schein der Kerzen. Und ich sehe ihn. Arne.

«Eva, du?»

«Hast du jemand anderen erwartet?»

«Eine Maklerin. Was machst du denn hier?»

«Och, ich habe die Branche gewechselt. Ich hab gehört, du suchst eine Wohnung. Voilà! Drei Zimmer, Küche, Bad, Balkon.»

Er ist echt verwirrt. Ich öffne uns zwei Flaschen eisgekühltes Bier, die ich mitgebracht habe.

«Hier, magst du?»

«Gerne.» Ich sehe, wie er sich verwundert umschaut, lächelt und das Bier nimmt. «Was wird das hier?»

«Weil wir uns so selten zu Hause begegnen, dachte ich, ich helfe dir bei deiner Wohnungssuche.»

«Aber woher hast du diese Wohnung?»

«Connections», sage ich nur. «Jetzt setz dich doch erst mal. Komm, Platz ist genug.»

Wir setzen uns auf den Boden neben die Kerzen und stoßen an.

Dann beginne ich mit meinem kleinen Vortrag.

«Hör mal, Arne, ich will nur sagen, dass ich mich für dich freue. Und dass du diese Chance mit Kiew bekommst, ist großartig. Und du sollst sie auch unbedingt wahrnehmen. Verzeih mir. Ich –»

Er unterbricht mich. «Moment, Moment! Mal langsam, bitte! Heißt das, du hast diesen Besichtigungstermin extra eingefädelt, um mir das zu sagen?»

Ich atme tief durch, wie beim Yoga, wo ich jetzt viel lieber wäre.

«Na ja, was ich eigentlich sagen will, ist ...» Herrje, ich bin so nervös. Also nehme ich einen großen Schluck Bier und setze neu an. «Ich ...» Ich krieg keinen Ton raus. Verdammt!

«Ganz ruhig! Entspann dich. Ich bin es nur. Was willst du mir sagen?» Arne klingt wie ein Therapeut. Auch das noch.

Also noch mal tief durchatmen. «Vielleicht sollten wir ... doch ... heiraten? Ich will es nämlich, weil ich dich liebe. Und zwar schon mehr als zwanzig Jahre.»

O Gott, mein Herz überschlägt sich gleich. Mein Gesicht ist rot, mein Puls superschnell. Jetzt ist es raus, und ich atme tief durch und warte gespannt auf seine Reaktion. Und warte und warte.

Aber Arne schaut mich nur verblüfft an und nimmt dann auch einen großen Schluck. Schließlich, nach einem unendlich langen Moment des Zögerns, schüttelt er den Kopf.

«Ich versteh das alles nicht.»

Das ist so typisch für ihn. Ich meine, was gibt es denn da nicht zu verstehen? Ich habe doch mein Anliegen klipp und klar zum Ausdruck gebracht. Also versuche ich es erneut, diesmal in einem etwas pädagogischeren Ton.

«Arne, wir sind schon durch dick und dünn gegangen, haben bisher alle Hürden genommen, sind gefallen und haben uns immer wieder aufgerappelt. Wir haben alles, was ein Paar gemeinsam erleben kann, erlebt. Alles, außer der Hochzeit. Ich will dich nicht verlieren, sondern mit dir verheiratet sein. Weil ich mit dir alt werden möchte. Egal, wie viele Kilometer zwischen uns liegen. Und in den Wochen unserer Trennung habe ich mich durch unsere nächtlichen Telefonate und Gespräche wieder in dich verliebt und daran erinnert, wie es war, als wir uns kennengelernt haben. Es ist das gleiche schöne Gefühl, das ich vor über zwanzig Jahren hatte.» Ich rede ohne Punkt und Komma, denn solange ich rede, kann er mir keinen Korb geben. Also weiter. «Wir kennen uns gut genug, um zu wissen, dass wir nicht wieder scheitern. Rein rational gesehen spricht nichts dagegen, aber rein emotional vieles dafür. Lass es uns probieren!»

Dann hole ich auch noch die Ringe hervor, um die Peinlichkeit auf die Spitze zu treiben. Es ist so schnulzig! Wenn ich er wäre, würde ich jetzt laut lachen, aufstehen und gehen, weil ich denken würde: Jetzt spinnt die Alte komplett!

Und was macht Arne? Genau, er lacht, statt sich die Ringe anzuschauen. Okay, das war's. Er lacht mich aus. Er hat schon lange mit unserer Beziehung abgeschlossen und ist mental längst in Kiew oder bei Alexandra oder sonst wo. Jedenfalls nicht hier, nicht bei mir.

Er lacht erst leise und dann immer lauter, und ich würde am liebsten aufstehen und gehen. Immerhin habe ich es versucht. Und jetzt suche ich verzweifelt nach einem würdigen Abschluss dieser albernen Vorstellung.

«Okay, vergiss es. Streich die letzten fünf Minuten aus deinem Leben! Ich kann dir auch die Wohnung zeigen. Allerdings müsste ich erst die Sicherung finden, damit du was sehen kannst. Sie hat 90 Quadratmeter und einen … einen Rundumblick auf den Fluss.»

Arne versucht zwar, sein Lachen zu unterdrücken, aber es gelingt ihm überhaupt nicht. Im Gegenteil – er steckt mich an damit, und ich muss mich zusammenreißen, um nicht mitzulachen. Daher rede ich einfach weiter.

«Es gibt ein großes Bad mit Fenster und ein kleines ohne und Fußbodenheizung und ein Gäste-WC mit –»

Jetzt hält Arne abrupt inne. «Moment, gibt es in der ganzen Wohnung Fußbodenheizung?»

«Äh, ich glaube, ja», sage ich unsicher und bücke mich, um den Boden abzutasten, was natürlich totaler Unsinn ist, weil die Wohnung ja unbewohnt ist und daher auch ungeheizt. Meine ungelenke Performance scheint aber sehr witzig zu sein, denn jetzt prustet er laut aus. Ich kann auch nicht länger an mich halten und muss mitlachen. Dabei rede ich unerschrocken weiter. «Es gibt einen Hauswirtschaftsraum … einen Stellplatz … und einen Keller mit Fahrradständer …»

Wir sind so albern, wir kriegen uns kaum noch ein.

Plötzlich überkommt mich ein unglaublich warmes Gefühl, das rauswill. «Ich vermisse dich.»

Arne verstummt, und ich spüre, dass er ähnlich fühlt. Er umarmt mich ganz fest, und wir küssen uns. Endlich! Ein erlösender Kuss, den ich so sehr herbeigesehnt habe – leidenschaftlich, intensiv, sanft. Nicht mal die Küsse in unserer Hotelnacht waren so gefühlvoll. Wir haben mit den Jahren vergessen, uns so zu küssen, haben es aber nicht verlernt. Es ist unglaublich. In mir regt sich alles, mein Magen dreht sich, mein Herz klopft, das Adrenalin schießt wild durch meinen Körper. Ich will mehr und mehr und nie wieder aufhören. Arne geht es genauso. Zusammen sinken wir auf den unbeheizten Fußboden der leeren Neubauwohnung im achten Stock mit Blick auf den Fluss. Doch mitten im Kuss lässt Arne von mir ab und schaut mich an.

«Wie viel?»

«Was?»

«Der Quadratmeter?»

«Ich glaube, 14 Euro kalt.»

«Zu teuer», sagt er, und wir machen weiter, wo wir aufgehört haben. Dann stoppe ich, als er mir gerade die Bluse aufknöpfen will.

«Ohne Provision. Ich würde darauf verzichten.»

Er schaut mich an, küsst mich wieder, holt Luft und zieht eine Augenbraue hoch. «Darüber ließe sich reden.» Gerade will er den dritten Knopf meiner Bluse öffnen, da hält er wieder inne. «Nachhaltige Bauweise? Ökostrom?»

«Ja!», sage ich und ziehe sein Hemd aus der Hose.

«Heizung?»

«Erdwärme.»

«Perfekt.»

Und endlich kommen wir zur Sache, ziehen uns gegenseitig aus, streicheln uns überall und haben den ersten wirklich phantastischen, ausgiebigen und hemmungslosen Sex seit Monaten. Und nicht nur einmal. Dagegen war die Sache im Hotel ein Nümmerchen. Nein, es ist besser als wildes Übereinanderherfallen. Es ist richtig, richtig guter Versöhnungssex mit allem Drum und Dran. Dafür trenne ich mich gerne mal.

Nach gefühlt fünf Stunden liegen wir erschöpft, verschwitzt, schwer atmend und glücklich nebeneinander auf dem neuen Parkett und verschnaufen.

«Und?», frage ich.

«Was und?»

«Wie ist deine Antwort?»

Arne verzieht das Gesicht und rümpft kopfschüttelnd die Nase. «Auf keinen Fall.»

«Was?!»

«Ich muss das noch mal ausgiebig testen, bevor ich eine endgültige Antwort gebe.»

«Ja, stimmt, da gebe ich dir absolut recht.»

Wieder liegen wir einander in den Armen wie zwei frischverliebte Teenies, die etwas Neues für sich entdeckt haben – Sex.

«Halt! Stopp! Moment!», ruft Arne schließlich. «Zeig noch mal her!»

«Was?»

«Die Ringe. Ich hab sie gar nicht richtig gesehen.»

Also hole ich erneut die Ringbox aus meiner Handtasche, klappe sie auf und zeige ihm die Ringe. Er nimmt sie raus und schaut sie sich von allen Seiten genau an.

«Sind schön geworden, oder?», frage ich.

«Absolut perfekt.»

Er nimmt den kleineren Ring heraus, nimmt meine Hand und steckt ihn mir an.

«Lass uns von vorn beginnen.»

«Heißt das …»

Arne küsst mich und nickt. «Ja, das heißt: Lass uns heiraten! Weil etwas Gutes noch besser werden kann. Lass uns ein neues Gefühl ausprobieren. Ich bin sicher, dass es da sein wird, wenn wir uns das Jawort geben. Und …» Er zögert.

«Und was?»

«Ich will nur einmal im Leben heiraten – und du bist die Einzige, die dafür in Frage kommt.»

FINALE

DIE HOCHZEIT

40.

Ja, ja, am Ende wollen es natürlich alle gewusst haben, dass wir wieder zueinanderfinden. Meine Freundinnen sowieso, Papa auch, Frida hatte es gehofft. Na ja, und Mama …

«Hauptsache, du bist glücklich», sagt Mama laut und flüstert mir zu, dass ihr lieber gewesen wäre, «wenn du dich endlich mal emanzipiert hättest!». Mach ich ja trotzdem. Und ihre Sicht der Dinge kann ich total verstehen. In ihrer neuen Beziehungskonstellation mit dem alten Partner hat sie nun das Sagen. Da wird sich Papa warm anziehen müssen, denn Mama macht definitiv ihr Ding. Aber ist es eigentlich immer so notwendig, dass einer in der Beziehung das Sagen hat? So wie ich das bei Arne und mir sehe, haben entweder wir beide nichts zu sagen oder alles.

Also gut, heiraten wir nun also doch, obwohl wir die komplette Hochzeit ja schon längst abgesagt hatten. Nun bleiben uns nur noch wenige Tage – genau gesagt fünf! –, um unsere Hochzeit erneut vorzubereiten. Wahnsinn. Aber wozu hat man Freunde. Carla nimmt kurzerhand alles Nötige in die Hand. Um manches müssen wir uns auch gar nicht mehr kümmern, wie die Ringe, das Brautkleid, den Caterer und sogar die Partylocation. Denn Wolfgang und Uschi haben sich so über unsere Versöhnung gefreut, dass sie eine kurzfristig angenommene Vereinsfeier des örtlichen Dackelclubs abgesagt haben mit der Ausrede, ihre Zwillinge seien gegen Hundehaare allergisch.

Die bereits geplante Tischordnung haben wir ad acta gelegt, weil sowieso nur noch im kleinen Kreis gefeiert werden kann.

Da ich ja auch den Termin auf dem Standesamt am Samstagvormittag vor der kirchlichen Trauung abgesagt habe, müssen wir eine neue Lösung finden, denn ausnahmslos alle Termine am Freitag und Samstag sind nun vergeben. Also müssen wir nehmen, was wir kriegen können, nämlich Dienstagnachmittag um 17.30 Uhr kurz vor Feierabend.

Auf dem Standesamt geht es wieder zu wie auf einem Jahrmarkt. Ich hatte ja keine Ahnung, dass so viel geheiratet wird. Wahnsinn! Am laufenden Band. Vor einem Zimmer steht eine türkische Großfamilie, deren andere Hälfte offenbar vor dem Amt im Autokorso sitzt und endlos hupt, sodass der Lärm bis in die letzte Kammer des Stadthauses dringt. Einen ähnlichen Lärm veranstalten sie auf dem Flur, die Männer in Anzügen mit gegelten Haaren, Hipster-Bärten und Sonnenbrillen. Die Frauen in großen glitzernden Roben mit viel Make-up und aufwendigen Steckfrisuren. Aus einem anderen Raum kommt ein ergrautes Paar um die 70, das so unfassbar glücklich aussieht, als hätten die beiden ein Leben lang aufeinander gewartet. Einige Paare könnten altersmäßig locker unsere Kinder sein. Eins dieser sehr jungen Paare hat sogar ein Baby dabei. Frida, die uns natürlich zum Standesamt begleitet, staunt nicht schlecht, als da ein Mädchen aus ihrer Schule mit Mann und Kind vor uns aus dem Trauzimmer kommt.

«Luzie! Was machst du denn hier?»

Luzie hält mächtig stolz ihren rechten Arm hoch, in dessen Beuge eine Babyschale hängt, und wackelt mit dem Ringfinger, an dem ein schlichter silberner Ehering steckt.

«Maik und ich haben uns gerade getraut. Super, nicht? Ich bin jetzt Frau Schreiber. Und das ist unser Sohn Benno, also nicht direkt Maiks Sohn, aber trotzdem sind wir jetzt eine Familie.»

«Gratuliere!», sagt Frida. «Du warst so schnell weg von der Schule letztes Jahr. Machst du dein Abi noch nach?»

«Nee, erst mal nicht. Muss mich ja um den Kleinen kümmern.

Und dann mal sehen. Vielleicht noch eins – mit Maik. Wenn ich einmal dabei bin, kann ich auch gleich weitermachen. Und du?»

«Oh, ich bin mit meinen Eltern hier. Die heiraten auch gleich.»

Luzie mustert uns und lächelt mitleidig.

«Ach, hat deine Mutter 'n Neuen?»

Ihr ist offenbar nicht bewusst, dass wir sie hören können.

«Nee, die wollten nach über zwanzig Jahren endlich mal heiraten», klärt Frida das andere Mädchen auf.

«Ach, krass! Wär ja nichts für mich, so lange zu warten. Heiraten muss schon sein. Voll die Party!»

Unsere Nummer wird auf einem Screen angezeigt, und Arne, Frida und ich gehen in Zimmer 5, wie der Bildschirm es von uns fordert. Nach einem sehr nüchternen juristischen Akt eines sehr korrekten und nüchternen Standesbeamten mittleren Alters, dem man deutlich ansieht, dass er endlich Feierabend machen will, verlassen wir exakt 13 Minuten später mit der unterzeichneten Heiratsurkunde in einem hässlichen Stammbuch aus blauem Samt das Standesamt und sind nun also mit dem ausgesprochenen *Ja* und je einer Unterschrift vor dem Gesetz verheiratet. Eine sonderliche emotionale Veränderung bemerken weder Arne noch ich oder Frida danach. Alles beim Alten.

***

Heute ist alles anders. Es ist der 1. Juni, die Regenwolken der letzten Tage verziehen sich, und die Sonne scheint, wie es der Hundertjährige Kalender und vier verschiedene Wetter-Apps vorausgesagt haben. Heute ist Samstag, und ich bin aufgeregt, denn um 14 Uhr werden Arne und ich uns in der kleinen Kapelle am See das Jawort geben. Wir mussten Pfarrer Butterbier überreden, uns nun doch noch so kurzfristig zu trauen. Weil er nämlich schon am Vormittag eine Eheschließung in seiner Kirche vollzieht, umringt vom Stadtfest-Rummel, wollte er partout keine zweite Trauung an diesem Tag. Es war die Kapelle am See, die ihn schließlich überzeugte. Denn er kennt die kleine Kirche aus seiner Kindheit und hat in der Nähe häufig bei seinen Verwandten eine schöne Zeit verbracht. Unser Glück.

Insgesamt sind es nun rund 25 Gäste, und das ist auch gut so, denn die kleine Kirche würde sonst aus allen Nähten platzen. Ich habe keine Ahnung, wie Carla die kleine Dorfkirche hergerichtet hat und was auf mich zukommt, aber ich bin total aufgeregt.

Frida bringt mir ein weiteres Glas Prosecco ins Schlafzimmer, denn die Nervosität steigt. Lisa hilft mir beim Anziehen von Mamas Kleid, das jetzt zwar noch den gleichen Spirit hat, aber doch anders aussieht. Sie bindet mir am unteren Rücken eine hübsche, dezente Schleife, mit der sie das Kleid neu tailliert hat, was einen hübschen Akzent setzt, der aber gar nicht mädchenhaft, sondern eher mondän wirkt.

Ich stehe vor dem Spiegel, die Hände in den Rocktaschen, betrachte das aufgeknöpfte Blusenteil und finde mich ziemlich lässig.

«Sportlich, elegant, verspielt und dennoch erwachsen», sagt Lisa zufrieden.

«Genau mein Stil. Es ist traumhaft, Lisa! Vielleicht solltest du wirklich die Branche wechseln.»

«Auf keinen Fall», sagt Lisa. «Es macht nur Spaß, solange es ein Hobby bleibt.»

Frida schaut nervös auf die Wanduhr. «Mama, wann wollte Opa uns abholen?»

Ein Blick auf mein Handy löst nun auch leichte Nervosität bei mir aus. «Vor zehn Minuten. Ruf ihn doch mal an.»

«Schlaumeier! Hab ich doch längst. Er geht nicht ran.»

«Und was sagt Oma?», frage ich.

«Keine Ahnung – soll ich sie anrufen?»

Ich verdrehe genervt die Augen und greife zum Telefon, um

selbst meine Mutter anzurufen, die mit Manu zur Kapelle fahren wollte.

«Mama, wo bleibt denn Papa?»

«Ja, ist er denn noch nicht da?!»

«Würde ich sonst anrufen?»

«Aber er ist vor einer Stunde zu Hause los. Hat ein Taxi gerufen und wollte den Wagen holen, um dich abzuholen.»

Eigentlich wollten wir doch Guidos Oldtimer nehmen, aber den hat er kurzfristig wieder verkauft, nachdem ihm klarwurde, dass er so einen Wagen ständig warten muss. Also hat Papa sich angeboten, ein Hochzeitsauto zu besorgen.

Doch jetzt bin ich ein wenig beunruhigt. «Aber den guten Anzug hatte er an, oder?»

«Selbstverständlich, bloß –», meine Mutter stockt.

«Was, Mama?!»

«Seltsam … Er hatte einen Koffer dabei.»

«Einen Koffer?!» Bei mir läuten alle Alarmglocken. «Ich ruf zurück!»

Nein! Das tut er mir nicht an! Wiederholt rufe ich Papa an, aber sein Telefon ist ausgeschaltet. Dann versuche ich es bei Linda – auch ohne Erfolg. Die beiden werden sich doch wohl nicht an unserer Hochzeit doch noch füreinander entschieden haben?!

Gerade will ich Carla in der Kirche anrufen, da hupt ein Auto. Wir rennen alle zum Fenster und … staunen. Ich könnte heulen, so sehr berührt mich, was ich sehe.

Da steht mein Vater vor dem Haus in einem roten Mercedes Cabriolet aus den Sechzigern mit beigefarbenen Ledersitzen. Dazu trägt er einen eleganten blauen Anzug mit Nadelstreifen, die passende Sonnenbrille und einen Strohhut. Er wirkt um Jahre jünger und wirft mir einen Handkuss zu. Ach Papa! Ti amo!

Als ich aus dem Haus komme und Papa mich zum ersten Mal im Brautkleid sieht, hält er die Hände vors Gesicht und weint.

«Mein Gott, Eva! Bist du das? Mein kleines Mädchen? Es ist unglaublich! Du siehst aus wie … wie deine Mutter am Tag, als ich sie heiraten durfte. So schön!»

«Ach Papa!», seufze ich. «Das ist das schönste Kompliment!»

«Ich bin sehr stolz auf dich!»

Er drückt mich vorsichtig und öffnet mir die Beifahrertür des Cabrios.

«Papa, warum hast du einen Koffer dabei?», frage ich, denn der Lederkoffer liegt auf dem Rücksitz.

«Darin ist mein Geschenk für euch. Warte ab!»

Das ist wirklich eine schöne Überraschung. Rasch binde ich mir ein klassisches zartrosa Seidentuch um den Kopf, damit meine kunstvoll gesteckte Frisur mit den gefühlt hundert Haarnadeln und den weißen Blüten während der Fahrt geschützt ist. Dazu trage ich eine schicke Sonnenbrille à la Jacky Kennedy. Frida steigt hinten ein. Papa fährt uns stolz im offenen Wagen vor der Kapelle vor, wo ein paar der Gäste auf uns warten. Alle anderen sind schon drin. Da es keine Orgel gibt, spielt Brunos neuer Freund Prostata-Günther auf dem Akkordeon eine Melodie, die durch die offene Tür der Kapelle nach außen dringt. Ich habe die Melodie noch nie in meinem Leben gehört und finde, dass sie nicht wirklich zum Anlass passt. Klingt eher nach Hamburger Hafenkneipe, aber das ist jetzt auch egal.

Papa gibt mir einen Kuss auf die Wange, atmet tief durch und bietet mir seinen rechten Arm an. Ich hake mich unter, er legt seine linke Hand auf meine und drückt sie so fest, als wollte er mich absolut nicht gehen lassen. Möglichst langsam treten wir ein und schreiten durch den Hauptgang vorbei an den wenigen Bankreihen der kleinen Kapelle. Ich höre Lotti winseln, die offenbar irgendwo unter den ersten beiden Bankreihen festgehalten wird. Und ich sehe unsere Gäste. Darunter auch Linda, die in der letzten Reihe sitzt und Papa zulächelt. Natürlich wäre sie niemals mit ihm durchgebrannt, aber in Stresssituationen schließe ich nichts aus. Ich habe sie persönlich eingeladen, damit sie sich mit Mama ausspricht. Na ja, es sollen ja noch Wunder geschehen. Zum Ausgleich habe ich auch Friedhelm eingeladen, damit wenigstens einer heute mit Mama das Tanzbein schwingt. Außerdem sehe ich Jojo, der Frida, die hinter uns geht, ein breites Lächeln schenkt. Arnes Mutter Doris, die sich die Tränen trocknet, als sie uns sieht. Und Guido neben Manu, Franky neben Lisa, Uschi neben Wolfgang und Henry neben … Carla! Die beiden halten sich an den Händen. Carla und Henry? Ja klar! Dass ich da nicht früher draufgekommen bin! Leider kann ich diesen Gedanken nicht vertiefen, weil der Weg zum Altar sehr kurz ist und Arne schon mit einem breiten Lächeln auf mich wartet. Er sieht so gut aus, obwohl ich beim Kauf dieses schicken Anzugs gar nicht dabei war, sondern Frida. Und er trägt sogar eine festliche Weste darunter. Und – Moment, sehe ich das richtig? – Socken mit Smileys, die mindestens so strahlen wie er. Und ich sehe Arne an, dass er mindestens so nervös ist wie ich.

Alles, was von nun an passiert, kommt mir wie ein Schnelldurchlauf vor, obwohl ich mir größte Mühe gebe, jede Sekunde, jeden noch so kleinen Moment in mir für die Ewigkeit festzuhalten und zu archivieren, um auch bloß nichts von meiner eigenen Hochzeit zu verpassen oder zu vergessen. Aber das ist eine Illusion, und ich kann nur hoffen, dass es genug Leute gibt, die heute Fotos machen.

Pfarrer Butterbier empfängt uns vor dem Altar und hält eine wirklich schöne Ansprache über die Kraft und Stärke einer nicht mehr taufrischen Liebe, die genauso gewachsen ist wie das Kind, das aus ihr entstanden ist. Und er spricht über das Zusammenwachsen zweier Leben, das gemeinsame Überwinden von Krisen und den Wert eines Versprechens, das unausgesprochen schon längst erfüllt wurde. Zwei Stunden hat der Pfarrer vorgestern auf unserer Couch gesessen, um sich unsere Geschichte anzuhören und sich ein genaueres Bild von uns zu machen. Und so, wie er jetzt redet, ist ihm das ganz gut gelungen. Denn er hat mit jedem Wort recht. Wir sitzen vor ihm wie ein Königspaar, und es fühlt sich an wie die Vollendung eines Bauwerks, das nach jahrzehntelanger Bauphase endlich ein Dach bekommt.

Es folgen die Lesung aus dem Evangelium, Gebete und schräg gesungene Kirchenlieder, die unter Begleitung der hanseatisch klingenden Quetschkommode von Prostata-Günther klingen wie echte Seemanns-Shantys. Gar nicht mal übel und mit etwas mehr Schwung als gewohnt. Dann folgt die eigentliche Trauung, der Höhepunkt.

Wir halten es klassisch: Wir erheben uns, Pfarrer Butterbier stellt zuerst Arne die Frage, ob er mich zur Frau nimmt. Arne wendet sich mir zu und lächelt mich wirklich sehr, sehr glücklich an, während er ein absolut überzeugendes, aber sanftes *Ja, mit Gottes Hilfe* antwortet. Wow! Wenn er so Versicherungen verkaufen würde, wäre er mit Abstand jedes Jahr der Versicherungsmann des Jahres mit fetten Provisionen. Aber mich muss er nicht mehr überzeugen. Ich schmelze dahin. Pfarrer Butterbier stellt auch mir die Frage, ob ich Arne zum Mann will, und ich spüre, wie mich langsam, aber sehr heftig eine Hitzewelle erfasst. Ich fühle mich, als läge ich im Hochsommer mit einer Heizdecke unter einer Daunendecke, und mir wird langsam, aber stetig immer heißer. Als der Pfarrer dann an die Stelle mit dem Tod kommt – also *bis dass der Tod euch scheidet* –, habe ich einen ersten kleinen, aber heftigen Schweißausbruch. Als habe jemand kurz eine heiße Dusche auf- und wieder zugedreht. Und weil mich das so nervös macht, kommt jetzt noch Herzrasen hinzu. Und wenn ich gleich umkippe? Dann hätte uns der Tod schon geschieden, bevor ich ja sagen kann, wie makaber.

Ich puste mir selbst Luft ins Gesicht und spüre die Schweißperlen auf meiner Stirn.

«Eva?» Pfarrer Butterbiers Stimme dringt zu mir durch.

Dann schaue ich in sein fragendes Gesicht und wende mich Arne zu, der mich auch erwartungsvoll anstarrt. Ich sehe diesen Mann und pfeife auf die Wechseljahre!

«Ja, mit Gottes Hilfe», sage ich glücklich, denn schließlich heiraten wir kirchlich, und so eine Hilfestellung kann nicht schaden. Carla, meine Trauzeugin, bringt die Ringe. Dann folgt ein holpriger Ringwechsel, weil meine Finger total geschwollen sind. Also muss ich Arne nachhelfen, den Ring auf meinen Wurstfinger zu schieben, was die Zeremonie spannend macht und etwas verzögert. Seiner passt natürlich auf Anhieb auf den schlanken Ringfinger.

Vor dem Segen entzündet Arnes Trauzeuge Guido unsere Traukerze, die Arnes Tante Margrit extra für uns gestaltet hat, weshalb sie dann auch am lautesten schluchzt, als die Flamme endlich brennt. Die nächste Herausforderung für mich kommt mit dem Segen. Denn dafür müssen wir uns jeder auf ein Kissen niederknien, das auf den Stufen zum Altar liegt. So weit, so gut. Pfarrer Butterbier hat das alles mit uns besprochen. Was wir nicht beachtet haben, ist, dass der Steinboden in der Kapelle so rutschig ist, dass meine neuen Hochzeits-Heels durch die Schräge mein Gewicht nicht halten können – ich zu schwer, der Boden zu glatt. Je mehr ich unter dem Kleid, das zum Glück meinen Kampf um Halt verdeckt, auch versuche, nicht die Schräge hinabzurutschen, umso aussichtsloser wird meine Suche nach Halt. Schließlich entscheide ich mich blitzschnell, mein gesamtes Körpergewicht auf die Oberschenkel zu verlagern. Das verlangt höchste Konzentration und lässt mich meinen kleinen Schweißausbruch vergessen.

Es klappt. So könnte ich ein paar wenige Minuten lang Haltung bewahren. Vielleicht. Es muss nur schnell gehen, sonst kippe ich nach hinten. Aber der liebe Gott macht es mir heute wirklich nicht leicht und hat noch einen zusätzlichen Schwierigkeitsgrad eingebaut. Denn zum Segen legen jetzt beide Trauzeugen je eine Hand auf die Schulter des Brautpaares – Guido die rechte Hand auf Arnes linke Schulter und Carla ihre linke Hand auf meine rechte Schulter. Und weil Carla alles in ihrem Leben mit einer gewissen Gründlichkeit macht, drückt sie meine Schulter mit besonderem Nachdruck. Ich lächele sie kurz an, während meine Oberschenkel zu zittern beginnen. Sie lächelt zurück, während meine Oberschenkel zu brennen beginnen. Endlich segnet der Pfarrer unsere Liebe und Ehe, und … ich komme nicht hoch. Wie auch, denn ich kann keinen Druck auf die Füße geben, ohne wegzurutschen.

«Hilf mir!», zische ich Carla lächelnd an. Aber sie begreift es nicht, bis ich ihren Arm packe und versuche, mich daran festzuhalten und hochzuziehen, wodurch aber auch sie ins Straucheln gerät. Jetzt taumeln wir beide, doch zum Glück kann Pfarrer Butterbier herbeispringen und Carla halten, an der ich mich schließlich hochhangele. Jetzt greift Arne meine Hand, und wir küssen uns. Endlich. Es ist vollbracht – unter Schweißausbrüchen und Muskelkrämpfen habe ich Arne das Jawort gegeben.

Mit dem nächsten Seemannslied schunkeln wir glücklich aus der Kapelle.

Bei strahlendem Sonnenschein und einem Gläschen Champagner, den Wolfgang spendiert, lassen wir uns herzen und drücken, küssen und umarmen – alle gratulieren uns. Ganz besonders freut sich der Pfarrer, dass er uns an diesem Ort trauen durfte, in dem er, wie er uns anvertraut, zum ersten Mal in seinem Leben ein Mädchen geküsst hat – seine heutige Frau. Und das sei doch ein gutes Zeichen. Allerdings! Doris und meine Eltern gratulieren sich gegenseitig und versichern einander, dass sie nie gedacht hätten, diese Hochzeit noch zu erleben. Oh Wunder!

Am schönsten ist die Umarmung von Frida, die uns ganz fest drückt und vor Freude weint.

«Wisst ihr, dass ich euch richtig dankbar dafür bin, dass ihr erst jetzt geheiratet habt?»

Das wundert mich. «Wieso das denn?»

«Weil ich dabei sein konnte. Und zwar nicht als Baby oder Kleinkind oder so, sondern so richtig! Das ist das Allerbeste!»

Das ist mit Abstand das schönste Kompliment überhaupt zu unserer Hochzeit. Jetzt heulen wir alle drei.

Dann chauffiert uns Papa im Cabrio zum *Kuchenrausch*. Ich bin schon so gespannt zu sehen, wie der Garten geworden ist! Carla und Uschi haben mir nämlich verboten, mir vorher alles anzuschauen. Wir treten hinaus in den Garten und sind völlig von den Socken, so schön ist alles geworden. Der Garten blüht und grünt an jeder Ecke. Die Gärtner haben wirklich tolle Arbeit geleistet und noch am Morgen die letzten Pflanzen gesetzt. Dazu hat Carla eine traumhafte sommerliche Deko gezaubert, ganz in feinen Pastellfarben – mit Kerzen, Fackeln, Laternen, Lichterketten und Blumen, mit Macarons, Eistorte und Zitronenbiskuits. Und dazu stehen auf allen Tischen frische Erdbeeren und Limonade, Prosecco und Rosé. Der Nachmittag ist sehr lauschig, die Stimmung ist sommerlich entspannt, leicht und herzlich. Überall im Garten sitzen kleine Grüppchen und reden, schlürfen Erfrischungen, essen Erdbeer-Mascarpone-Törtchen und lachen.

Mit der Hochzeitstorte hat Uschi sich selbst übertroffen – eine dreistöckige Champagner-Limetten-Eistorte, die erfrischend, süß, sauer und unglaublich sahnig schmeckt, mit einer knusprig-dünnen Krokantschicht in der Mitte. Ein Traum, von dem sie behauptet, er würde perfekt zu meinem Kleid passen. Lässig, spritzig und knusprig.

Arne und ich fühlen uns wie die Hauptdarsteller in unserem eigenen Film, alles ist irgendwie surreal. Lisas und Frankys Sohn Max macht lauschige Musik mit seinem *Trio de Luxe* – einer Band, die das Rat Pack neu interpretiert und sich ihr Taschengeld mit Songs von Frank Sinatra und Dean Martin aufbessert. Später übernimmt Frida dann die Musik. Ich bin gespannt.

Die Zeit vergeht wie im Flug, dabei möchte ich sie anhalten und jede Sekunde festhalten. Arne und ich sind wie im Rausch, ganz ohne Drogen. Mit Einbruch der Dunkelheit werden Kerzen und Fackeln entzündet und die Lichterketten eingeschaltet.

Wir essen im Wintergarten, der ausschließlich von Kerzen erleuchtet wird. Das Kerzenlicht zaubert eine wunderschöne Atmosphäre und setzt den Raum mit seinen weißen Holzbalken und Schrägen erst recht in Szene. Wir sitzen an einer langen Tafel, und alle reden und lachen miteinander. Ich freue mich über den perfekten Tag und wunderschönen Abend. Allein dafür hat sich das Fest gelohnt. Ja, ich bin glücklich! Auch wenn es sich Arnes Mutter Doris in ihrer schnippischen Tischrede nicht nehmen lässt zu erwähnen, dass sie eher mit einer Trennung denn mit einer Trauung gerechnet hätte. Mein Vater retourniert ihr Bonmot mit einem kleinen Scherz auf unsere Kosten, denn ab einem gewissen Alter müsse man wohl nehmen, was komme, bevor es ein anderer oder eine andere tue. Hahahaha. Tischreden eben.

«Komm mit, ich hab was für dich!», flüstert mir Arne überraschend am Buffet zu. Ehe ich reagieren kann, stellt er meinen Teller auf einem Tisch ab und zieht mich an der Hand hinter sich her.

«Was denn?», frage ich ungeduldig.

«Wart's ab.»

Arne führt mich hinters Haus in eine Gartenecke, zu einer Bank, die mir zuvor nicht aufgefallen war.

«Was ist es? Ein Geschenk?»

Arne nickt und holt etwas unter der Bank hervor. «Mein Hochzeitsgeschenk an dich.»

Er drückt mir ein Päckchen in die Hand, das nicht größer ist als eine Pralinenschachtel. Langsam ziehe ich an der weißen Schleife und nehme den Deckel ab. Es ist ein Foto. Von dem Haus, in dem wir wohnen.

«Hm … Versteh ich nicht.» Entsprechend schaue ich ihn an. «Hast du etwa das Haus gekauft? Ein Haus mit sechs Wohnungen?»

«Ach, nein! Überleg noch mal.»

Ich schaue auf das Bild, habe aber keine Ahnung.

«Na, wer wohnt denn da im ersten Stock links?»

«Wir!»

Ich verstehe noch immer nicht, was er will.

«Du schenkst mir *uns*?»

«Bingo!»

Also, ich weiß ja nicht, wie viel er schon getrunken hat, aber es muss 'ne Menge gewesen sein. «Arne, was willst du mir sagen?! Sag es bitte klar und vor allem eindeutig!»

Arne nimmt Haltung ein und stellt sich aufrecht vor mich hin. «Also gut: Ich habe Kiew abgesagt.»

Ich halte den Atem an und schreie überrascht und vor Glück. «Waaaas? Nein!»

«Doch! Für uns drei!»

Ich springe meinem Mann um den Hals und küsse ihn ab. Dann halte ich inne.

«Aber was ist aus deinem Traum geworden? Du wolltest doch noch mal eine echte Herausforderung in deinem Leben?»

«Na, hab ich doch jetzt. Die Ehe mit dir.»

«Und Alexandra?»

«War froh, dass ich es ihr noch rechtzeitig gesagt habe, und hat schon eine andere Kollegin gefragt, die ich ihr empfohlen habe.»

Jetzt muss ich meinen Mann einfach küssen.

«Danke, Mann!»

«Sehr gerne, Frau.»

Ich kann es nicht fassen: Arne ist nun tatsächlich mein Mann. Und er hat für unsere Liebe auf seinen Traum vom Auslandskorrespondenten verzichtet. Wahnsinn. Ich habe das nie von ihm verlangt und hätte ihn gehen lassen. Aber jetzt bin ich froh, doch noch gekämpft zu haben. Wir sind glücklich über unsere Entscheidung, aus der ursprünglich geplanten pragmatischen Eheschließung nun doch eine unvergessliche romantische Hochzeit im Kreise unserer engsten Familie und liebsten Freunde gemacht zu haben – ohne Kollegen und ohne Abschied.

«Außerdem ... deine Eifersucht wäre mir zu stressig gewesen», sagt er, bevor wir uns ein Eis am italienischen Eiswagen im Hof holen und die anderen beobachten – wie früher, wenn wir auf Hochzeiten waren. Nur dass dies hier unsere eigene Hochzeit ist.

«Bin ich wirklich so eifersüchtig?», frage ich.

«Schon, aber ich ja auch. Und ich weiß nicht, ob ich in Kiew entspannt geblieben wäre.»

«Ach, vertraust du mir nicht?»

Er gibt mir einen Kuss auf die Wange. «Doch!»

Und Blitz. Jojo hat uns im richtigen Moment abgeschossen. Er macht den ganzen Tag und Abend schon Fotos von uns und unseren Gästen in allen möglichen Situationen. Allerdings vermute ich, dass Frida überdurchschnittlich häufig sein Motiv ist. Die beiden hängen die ganze Zeit zusammen, und eine halbe Stunde später sitzen sie in einer dunklen Ecke auf einer Bank und knutschen. Ich will Arne ablenken, weil eine Eifersuchtsszene so ziemlich das Letzte ist, was ich heute möchte. Doch er hat die beiden längst entdeckt.

«Schau mal! Süß, die beiden, nicht?»

«Äh, ja. Schon süß», wundere ich mich.

«Ich glaube, Jojo ist ein feiner Kerl. Ich werde demnächst mal ein Bier mit ihm trinken gehen. Oder ich nehme ihn zum Fußball mit. Und dann laden wir seine Eltern mal zu uns ein. Hm, Schatz?»

Dass er immer gleich so übertreiben muss!

«Klar», sage ich, schaue mich weiter um und entdecke Carla an der Bar im Wintergarten. Arne geht zu Frida und Jojo – nicht ohne sich durch ein lautes Räuspern anzukündigen –, während ich zu meiner Freundin gehe.

«Hey, du und Henry?»

Sie umarmt mich zum x-ten Mal heute. «Arne und du, ihr seht so glücklich aus. Ich freu mich so für dich. Und das Kleid deiner Mutter ist umwerfend.»

Ich bohre weiter. «Du und Henry?»

«Ja, ich und Henry. Es hat plötzlich gefunkt an dem Eröffnungsabend hier. Ich … ich kann's nicht erklären. Es ist … Magie.» Das hat sie aus einem Film, vermute ich.

Carla hat tatsächlich Glückstränen in den Augen. «Er ist es. Verstehst du? Er! Der, von dem ich immer wusste, dass es ihn gibt. Henry ist es!»

«Ja, er ist der Beste. Ich freu mich so für dich!» Wieder umarmen wir uns und heulen jetzt beide vor Glück. Henry kommt dazu, sichtlich irritiert.

«Ist was passiert?»

Ich schaue ihn an, nicke und umarme auch ihn. «*Du* bist es, Henry Hagemann! Du!»

Okay, es waren schon ein paar Gläschen bis jetzt, weshalb ich etwas sentimental bin. Aber ich wünsche den beiden so sehr, dass sie glücklich miteinander werden!

Aufgeregt kommt Mama zu uns. «Kommt schnell! Papa will dir und Arne was zeigen!» Sie und Frida trommeln auch alle anderen Gäste zusammen, und wir folgen ihr in den hinteren Teil des Gartens, wo Lotti aufgeregt neben Papa umherspringt, der mit seinem Koffer am Brunnen steht.

«Achtung, 3, 2, 1 und Tadaaaaa!»

Hinter Papa leuchten an drei Bäumen drei große Neon-Leuchtschriften in Rosa, Hellblau und Gelb in Schreibschrift auf: *Liebe, Glück, Vertrauen*. Arne und ich fassen uns an den Händen und sind sprachlos, so schön sieht das aus. Glücklich falle ich meinen Eltern um den Hals. Das war also in dem Koffer.

«Die habe ich selbst gemacht», sagt Papa stolz. «Für euch, damit ihr euch immer an diesen Tag erinnert und euch niemals verliert. So wie ich Marlene fast verloren hätte.» Das ist so süß!

Tatsächlich habe ich das Gefühl, dass auch meine Eltern wieder frisch verliebt sind, so wie sie miteinander turteln.

Als Frida nach dem Essen, zu dem ich kaum gekommen bin, am Abend Musik auflegt, tanzen fast alle. Der Sound ist sensationell gut und die Stimmung entsprechend. Mama und Papa tanzen sogar miteinander, während Friedhelm mit Linda tanzt.

Wir reden, lachen, schwofen, trinken und singen die ganze Nacht, tanzen und feiern bis zum Sonnenaufgang. Irgendwann liegen die High Heels am Rand der Tanzfläche, Krawatten und Sakkos über den Stühlen. Ausgerechnet als Prostata-Günther zur Krönung dieser lauen Sommernacht Schnäpse austeilt, am Lagerfeuer Hans Albers imitiert und dazu leise Akkordeon spielt, sind wir alle so vertieft in die Stimmung, dass wir sogar vergessen, diesen ganz besonderen Moment im Foto festzuhalten. Es ist wie damals, als wir zum ersten Mal verliebt mit den besten Freunden am Lagerfeuer am Ostseestrand saßen und uns wünschten, dass diese Nacht niemals vorübergeht.

Doch irgendwann fangen die Vögel an zu zwitschern, und der Morgen dämmert. Als ich am 2. Juni um 5.54 Uhr angeschlagen, mit schweren Beinen, dreckigen und vom Tanzen geschwollenen Füßen und nach mehreren Runden Schnaps in den Spiegel schaue, weiß ich, dass diese Frau da im Spiegel verdammt glücklich aussieht. Und verliebt in ihren Ehemann, den sie seit zweiundzwanzig Jahren kennt. Und betrunken. Und müde. Und fertig. Doch das ist okay, schließlich heirate ich nur einmal im Leben. Hoffentlich.

FRAU BLOOM SAGT DANKE!

Ganz besonders danke ich *dem* Mann, der mich tatsächlich nach vielen Jahren geheiratet hat, als niemand mehr daran glaubte, und unseren beiden Töchtern, dass sie die Hoffnung darauf nie aufgegeben haben.

Liebe Ciara, danke für die lauen Nächte auf deiner spanischen Dachterrasse. Ich komme wieder!

Nach Lübeck ein großes Dankeschön an Maire, die witzigste und netteste Restauratorin Norddeutschlands, für ihre kompetente Beratung. Und an Benno für den 64er Mercedes mit Heckflosse. Was für ein Spaß!

Ein Riesendankeschön an Ditta Friedrich, meine Lektorin im Rowohlt Verlag, die mich unermüdlich motiviert hat und wieder eine tolle Wegbegleiterin war.

Danke den besten Agenten der Welt, Lisa Volpp und Felix Rudloff von Copywrite – mit euch macht alles noch mehr Spaß.

Auch an Katharina Rottenbacher einmal mehr ein großes Dankeschön für ihre Unterstützung, die so hilfreich ist!

Wie immer zum Schluss: Danke, Lola, dass du mich in Bewegung hältst!

Weitere Titel von Franka Bloom

Anfang 40 – Ende offen

Anfang Sommer, alles offen

Mitte 40, fertig, los